Reverência Indomável

Rebecca Ross

Reverência Indomável

Tradução
Sofia Soter

Alt

Título original: *Wild Reverence*

Editora responsável **Paula Drummond**
Editora de produção **Agatha Machado**
Assistentes editoriais **Giselle Brito e Mariana Gonçalves**
Preparação **Vanessa Raposo**
Revisão **Paula Prata**
Diagramação **Guilherme Peres**
Projeto gráfico original **Laboratório Secreto**
Design de capa original **Olga Grlic**
Ilustrações de capa **Shutterstock.com | Gorbash Varvara (flores); QuirkCraft Studio (estrelas); Artskrin (espada)**
Adaptação de capa **Carolinne de Oliveira**

Texto fixado conforme as regras do Acordo Ortográfico da Língua Portuguesa (Decreto Legislativo nº 54, de 1995)

CIP-BRASIL. CATALOGAÇÃO NA PUBLICAÇÃO
SINDICATO NACIONAL DOS EDITORES DE LIVROS, RJ

R746r Ross, Rebecca
Reverência indomável / Rebecca Ross ; tradução Sofia Soter. - 1. ed. - Rio de Janeiro : Globo Alt, 2025.
21 cm.

Tradução de: Wild reverence
ISBN 978-65-5226-090-1

1. Romance americano. I. Soter, Sofia. II. Título.

25-99534.1 CDD: 813
CDU: 82-31(73)

Gabriela Faray Ferreira Lopes - Bibliotecária - CRB-7/6643

1ª edição, 2025

Direitos de edição em língua portuguesa para o Brasil
adquiridos por Editora Globo S.A.
R. Marquês de Pombal, 25
20.230-240 – Rio de Janeiro – RJ – Brasil
www.globolivros.com.br

Para todos que já tiveram que
abrir mão de alguém que amavam

Personagens

REINO MORTAL

Vincent de Beckett, senhor de Wyndrift
Nathaniel de Beckett, irmão mais novo de Vincent
Edric, capitão da guarda
Lady Hyacinthe, cavaleira de Wyndrift
Alyse, senescal do castelo
Gwenda, curandeira do castelo
Grimald de Beckett, barão de Englewood
Hugh de Delavoy, lorde de Drake, aliado de Wyndrift
Adria, a Rainha Poeta
James, Lara e Tristan, arrendatários de campos de Wyndrift
Henriette, irmã de James
Darian, artesão de Wyndrift

REINO INFERIOR

Zenia, rainha do inverno, do fogo* e da astúcia*
Alva, deusa dos pesadelos e sonhos
Phelyra, deusa da folia e do dinheiro*
Bade, deus da guerra
Dacre, deus da cura, senhor dos Inferiores
Hem, ferreiro e vassalo mortal do deus da guerra
Xan, deus do ferro
Orphia, deusa da morte, matriarca dos Inferiores

REINO CELESTE

Warin, deus da primavera, do ferro* e dos rios*
Thile, deus do crepúsculo, das promessas* e do verão,* senhor dos Celestes
Luz, deusa da colheita e da chuva*
Shale, deus do vento
Enva, deusa da música
Rowena, deusa da fortuna, matriarca dos Celestes
Demi, deusa do outono

DIVINOS QUE PERTENCEM A MÚLTIPLOS REINOS

Matilda, arauto dos deuses
A guardiã do deserto

**Indica magia que foi roubada*

As cortes divinas

determinadas pelas estrelas e seus horóscopos

A CORTE BAIXA, OU DIVINOS NASCIDOS COM MAGIA QUE PODE SER TRAÇADA COMO:

Constelações de 3 pontas ou menos
Constelações de 4 pontas
Constelações de 5 pontas

A CORTE MÉDIA, OU DIVINOS NASCIDOS COM MAGIA QUE PODE SER TRAÇADA COMO:

Constelações de 6 pontas
Constelações de 7 pontas
Constelações de 8 pontas

A CORTE ALTA, OU DIVINOS NASCIDOS COM MAGIA QUE PODE SER TRAÇADA COMO:

Constelações de 9 pontas
Constelações de 10 pontas
Constelações de 11 pontas ou mais

PRIMEIRO ATO

O fim cria o início

I

Morte e seu Horóscopo

MATILDA

Em outra época, há muito tempo, eu acreditava que o deus da guerra era meu pai, apenas porque ele foi o primeiro a me pegar no colo quando nasci. As vestes dele estavam manchadas de carmim devido a uma batalha mortal, a capa, dilacerada por espadas e chicotes de armas, e a pele — aquecida pelo sol primaveril — cheirava a sal e fumaça adocicada. Ele viera visitar a toca de minha mãe, nas profundezas, onde a terra é quieta e escura, para pedir seu conselho sobre uma disputa, e acabou se tornando testemunha de meu parto.

Eu cheguei tão rápido que ele não teve chance de acabar o vinho e partir, como preferiria, pois estava ávido para voltar ao campo de batalha e evitar qualquer questão relativa ao parto. Ele diz que eu vim ao mundo com um grito que arrebentaria raízes e tempestades, que faria reis mortais se curvarem diante de mim. Minha voz, sem dúvida, ecoou por toda passagem do mundo Inferior.

— Segure ela — insistira minha mãe, ofegante, mas corada.

E ele segurara, me abraçando, sem jeito, junto ao peito manchado de sangue. Um deus cujo coração, segundo os rumores, era duro e inflexível como quartzito, que era filho único da deusa da morte e ceifava almas às centenas sem remorso.

— Do que vai chamá-la? — perguntou Bade, sustentando minha cabeça com a mão.

Sua palma era grande o bastante, forte o bastante, para me pulverizar, mas ele me segurou como se eu fosse uma coisinha frágil. Uma criança divina feita de asas de donzelinha, seda de aranha e devaneios.

Minha mãe hesitou, limpando das pernas o sangue dourado. O ar tinha um cheiro verde e ardido, como sálvia recém-cortada e o vinho de abrunheiro que ela derramara.

— Não sei.

— O pai...?

— *Não*. Vou mantê-la escondida dele. Pelo menos nas primeiras décadas. Ela deve desenvolver a própria força antes de eles se conhecerem.

— Muito sábio de sua parte — disse Bade, mas parou, pensativo, olhando para mim, ainda coroada pelo icor de minha mãe. — Porém, uma pequena deusa não pode crescer sem um nome para guiar seu caminho.

Fez-se silêncio, apenas o fogo crepitando na lareira. Esta lembrança não é minha, mas me foi contada tantas vezes que parece me pertencer.

Minha mãe inclinou a cabeça, o cabelo preto escorrendo pelo ombro como uma cascata à meia-noite, e franziu a testa. De repente, pareceu perturbada, embora ele só pudesse imaginar o motivo.

— Nomes moldam os divinos tanto quanto as estrelas — disse ela, finalmente, acariciando a seda clara do meu cabelo.

Eu estava quieta, mas de expressão franzida, pestanejando enquanto absorvia a névoa do mundo novo.

— Talvez eu deva esperar para ver o que diz o horóscopo — continuou. — Dar seu nome após a definição de sua magia.

— Eu não esperaria por isso, Zenia.

— Por que não?

— E se ela acabar com alguma magia insossa? Pode ser a deusa dos impostos, da paciência, da paz, alguma outra coisa tediosa.

— Então do que a chamaria, se fosse sua filha?

— Matilda — disse ele, sem hesitar, como se tivesse, por diversas vezes, pensado no nome que daria a uma filha, apesar da ausência de prole em sua vida imortal.

— *Matilda?* — repetiu minha mãe, surpresa. — Por quê?

— Significa *poderosa na batalha*.

— É claro que daria um nome desses a sua filha.

— Não é adequado?

— Para uma criança nascida da sua sede de sangue? É.

Bade abriu um meio sorriso, que suavizava seu rosto feio, marcado por cicatrizes. Ele relaxou os ombros, ainda me abraçando.

— Você sabe tão bem quanto eu que jurei não ter filhos a não ser que sejam feitos do amor. E prefiro ser temido a ser amado.

— Como preferimos todos — concordou minha mãe. — Mas será que não notou, meu velho aliado? A guerra apenas torna mais brilhante a chama do amor, mais ousada. Ela parece florescer do sangue que você deixa para trás, desabrochar nos lugares mais improváveis. Nas fissuras rachadas do mundo. Nas sepulturas, na angústia e no medo que você inspira.

— Eu não notei — respondeu Bade, sem conseguir disfarçar a tensão em sua voz áspera de cascalho.

Fiquei inquieta, voltando a chorar, tomada por uma onda repentina de fome.

— Pegue-a — pediu ele, e me passou para minha mãe, que me abraçou por um longo momento, olhando para mim com carinho vulnerável.

— Matilda — repetiu ela, e o nome pareceu se encaixar, embora ainda não soubesse sob que constelação eu nascera.

Que magia se escondia em minhas veias, onde era meu lugar destinado nas cortes divinas.

Zenia me alimentou e, enquanto eu engolia seu leite dourado, prosseguiu com o conselho ao deus da guerra sobre sua batalha vindoura, como se meu nascimento fosse um acontecimento comum e um mero inconveniente.

Porém, a verdade é que... desde então, não nasceu mais nenhum divino, seja dos Inferiores ou dos Celestes.

Zenia me escondeu na toca por três dias, ignorando as batidas na porta e as vozes questionadoras que atravessavam o batente de pedra. O clã Inferior estava curioso com meu nascimento, minha magia sem nome, meu horóscopo sem definição e — acima de tudo — a identidade de meu pai, pois as cortes subterrâneas sabiam que ele deveria ser um inimigo. Um deus dos sorrateiros e esnobes Celestes.

Enfim, porém, a curiosidade de minha mãe também cresceu, e ela emergiu dos aposentos e me transportou pelas passagens sinuosas e enevoadas do reino subterrâneo, embrulhada em veludo azul-celeste, até Orphia, deusa da morte e matriarca do clã. Poderia parecer estranho levar uma recém-nascida para visitar a morte, mas a verdade é que medimos a vida por seu fim, ou pela falta de fim, no caso dos imortais. De qualquer modo, Orphia era uma das mais antigas e sábias de nosso povo, e sabia ler horóscopo, o que minha mãe ansiava por saber a meu respeito.

— Deixe a criança ali — disse Orphia, abanando a mão fibrosa.

Ela não ousaria me pegar no colo como o deus da guerra fizera, e minha mãe agradeceu pela omissão ao me deitar em um rolo de pele de carneiro perto da lareira, onde as pedras estavam quentes e iluminadas pelo fogo.

Há, contudo, algumas coisas a saber sobre a toca de Orphia.

A porta é difícil de encontrar, e os cômodos são um favo de ambientes trancados e colunas de mármore esculpidas na forma de feras assustadoras. Há uma lareira, cujo fogo nunca se apaga. Há vigas no alto do teto, de onde pendem vestes compridas e escuras. Há um enorme tear, com uma tapeçaria sem fim esticada em sua bocarra. E há uma rachadura no teto de pedra, que convida um pilar de luz celestial a derramar-se em seu espelho de escriação. É por meio dele que ela vigia as constelações e avalia horóscopos; o céu noturno se reflete na folha oval de obsidiana.

Zenia se aproximou do espelho, revelando sua ansiedade. Orphia, porém, a chamou para perto do fogo, onde fervia um ramo de flores brancas em água de chuva na panela de cobre. Vapor subia do líquido que esfriava nas pedras. Não havia fragrância além de um odor muito suave de pimenta e mel.

Orphia estava processando um preparo de linguamarga, extraindo a essência de flores venenosas pela fervura. Flores colhidas no reino mortal. E minha mãe estava prestes a bebê-lo.

— Tome, Zenia — disse Orphia, servindo o líquido incolor como água em um copo pequeno. — Você sabe que deve responder sinceramente para que eu leia as estrelas de sua descendência.

Veneno não mata divinos, nem mesmo nos adoece, como faz com mortais. Porém, ainda nos curvamos a seu poder. Quando o bebemos, podemos dizer apenas a verdade enquanto a toxina é filtrada em nossas veias. Uma mentira queimaria nossa língua, transformaria nossa voz em fumaça.

Zenia hesitou. Seu rosto, belo e pálido como uma manhã de inverno, estava úmido de perspiração. Ela tinha segredos a guardar, mas aceitou o copo e bebeu o líquido, com uma careta quando o amargor lhe cobriu a língua.

— Meu coração está aberto — disse ela, sustentando o olhar implacável de Orphia. — Por favor. Eu quero saber onde na corte recai minha filha. Se ela crescerá em segurança, sem ser notada, ou se eu devo ensiná-la a matar para se proteger.

— Você deve ensiná-la a se resguardar, qualquer que seja a constelação sob a qual ela nasceu — disse Orphia, se dirigindo ao espelho de escriação. — Porém, comecemos. Você deve responder a todas as questões que eu lhe apresentar. Entende?

Zenia confirmou. Com as mãos trêmulas, apertou a barra da capa.

— Quando ela foi concebida? — perguntou Orphia, olhando para o espelho. Não havia reflexo de seu rosto anguloso, branco como a lua. Apenas bruma preta, e o brilho suave das estrelas, como se ela as despertasse no anoitecer.

— Era o auge do verão — respondeu Zenia. — Os primeiros frutos tinham acabado de ser colhidos. As azeitonas, de ser espremidas. As ovelhas, de ser tosadas. A chuva acabara de estiar, deixando os rios cheios. O sol se pusera e a lua subia, em curva minguante.

— Você descreve o reino mortal.

— Sim, foi onde ocorreu nosso encontro.

— E quem é o pai?

Minha mãe hesitou e mordeu o lábio.

— Não posso dizê-lo, Orphia. Quando nos despedimos, ele me fez jurar uma promessa. Que, se eu pronunciasse seu nome, mesmo nas profundezas que o sol nunca tocou e onde ele nunca pisou, ele ouviria e me encontraria.

— Para reunir-se com seu amor, ou para matá-la?

Zenia fez silêncio.

— Um dia, ele me amou. Eu era um segredo que ele guardava, mas a paixão não durou, e nossa despedida não foi gentil.

Os olhos de Orphia, azuis e afiados como safira escavada na pedra, cintilaram enquanto ela encarava o espelho. Mais estrelas nasceram na escuridão.

— Então confirme para mim que ele é Celeste.

— Ele é.

Considerando as pistas que minha mãe dera sobre ele — *verão, promessa, a lua, um inimigo dos Inferiores* —, Orphia inferia quem era meu pai, mesmo que seu nome não fosse pronunciado nas sombras.

— Imagino que não tenha nada dele para...

— Tenho — interrompeu Zenia, e tirou do bolso interno da capa uma mecha de cabelo ruivo-fogo. — Cortei enquanto ele dormia, da última vez que estivemos juntos.

Orphia sorriu, satisfeita.

— Será suficiente.

Ela pegou o cabelo e o jogou no espelho, onde a mecha desapareceu, deixando ondulações na obsidiana estrelada.

Há poder implícito no cabelo, por mais estranho que possa parecer. Cortar uma mecha de um deus adormecido é um gesto poderoso; minha mãe poderia exigir qualquer coisa de meu pai em troca daqueles fios, pois seria uma vergonha para ele saber que ela estivera acordada enquanto ele dormia. Que ele ficara tão vulnerável em sua presença. Porém, em vez de fazer alguma exigência a ele, Zenia usara aquilo para ler meu horóscopo. Para escapar do nome que não pronunciaria.

Em seguida, minha mãe espetou o dedo e ofereceu uma gota de sangue.

Então, as deusas aguardaram, em quieta expectativa, até uma constelação queimar, mais forte do que as outras, no reflexo do céu noturno.

— Hmm.

Orphia tamborilou com as unhas compridas na moldura dourada do espelho. Anéis de prata na forma de ossos brilhavam em todos os seus dedos.

— O que foi? — perguntou minha mãe, se esticando, embora não soubesse escriar. — O que está vendo?

— Uma constelação de seis pontas.

Zenia ficou quieta, mas sua cabeça estava acelerada, calculando onde eu me encaixaria nas cortes divinas.

— Então ela pertence à Corte Média. E em seu grau mais baixo, ainda por cima.

— Está insatisfeita?

— Não. Estou aliviada. O pouco poder deve protegê-la.

— Esperemos que sim — respondeu Orphia, com certa demora, provavelmente pensando no fato de minha mãe pertencer à Corte Alta, e apenas por ter matado dois outros divinos para ganhar mais pontas de constelação, subindo na hierarquia de poder.

— E a magia? — insistiu Zenia.

— Vocês dois criaram um arauto.

— Um *arauto*?

— Você parece decepcionada.

— Eu... *não*, estou surpresa, apenas.

Minha mãe se calou, sem dúvida sentindo o veneno queimar a língua, arrancando dela a verdade. Ela estava pensando em impostos, paciência e paz, em todos os outros poderes tediosos que eu poderia ter. Arauto não parecia muito diferente deles. Ela cutucou as unhas.

— O que faz um arauto? — perguntou.

— Sua filha será uma mensageira, transportando palavras, prenúncios e proclamações entre os reinos.

— Entre os reinos? — retrucou Zenia, com desgosto evidente. — Não quero que Matilda percorra os *reinos*. Nem mesmo o mortal. O lugar dela é aqui embaixo, comigo e com nosso clã. Será mais seguro para ela.

— Há segurança no movimento, se realmente temer pelo bem-estar de Matilda — retrucou Orphia. — E o que você quer dizer é *isto*: não quer que sua filha conheça o clã do *pai*, lá no alto.

— Ele sequer sabe que fizemos um filho.

— Mas saberá, Zenia. Quando ele a vir, saberá que ela é dele, e a fúria que sente por você queimará ainda mais forte.

— E quando ele a verá? — Minha mãe abanou a mão esquerda, exasperada. O anel de pedra da lua no polegar refletiu a luz do fogo, como se concordasse. — Serão muitos anos até isso acontecer e, como é o caso da maioria dos deuses, tempo, vinho e consortes enevoam a memória. Ela será conhecida como Matilda Inferior, e...

— Ela não pode assumir o nome do clã — disse Orphia, com um suspiro —, assim como não pode assumir o nome de Celeste.

Zenia pestanejou, rubor subindo por seu pescoço.

— Não, ela precisa de um nome de clã. De um lar. Algo para ancorá-la. Aliados de confiança.

Orphia estava cansando da companhia, e olhou novamente para o espelho. Era impossível ver a deusa da morte sem notar sua beleza — que o filho, Bade, não herdara em grau algum —, mas ela era atraente de um modo que nenhum outro Inferior era. A morte era o luar na espada, um redemoinho oceânico na maré alta. Efêmera, cruel e fria, como gelo no ferro.

As expressões dela eram sempre mutáveis, profundamente resguardadas. Ela deixava entrever apenas o que desejava, mas, naquele momento, um ar de susto tomou seu rosto. Ela arregalou os olhos, redondos e escuros como luas novas. Com as mãos brancas como osso, apertou a moldura do espelho, e abaixou a cabeça para estudar as constelações que continuavam a queimar no negrume.

— Orphia? — chamou minha mãe, com a voz estridente de medo.

Eu a escutei e choraminguei, mas Zenia não reparou.

— Viu mais alguma coisa? — insistiu ela.

Tão rápido quanto o momento chegou, ele se foi. A deusa da morte se empertigou, com expressão plácida, e soltou a moldura do espelho.

— Achei ter visto algo fora do lugar — declarou, e se dirigiu ao tear.

Era seu modo educado de dispensar visitas. Quando tocasse a lançadeira e olhasse para os fios coloridos, sua atenção ali se deteria. A irritação ou o deleite aumentariam, dependendo da estampa e do desafio.

— Outra constelação? — perguntou Zenia, a voz suave de esperança. — Maior do que a de arauto?

Orphia não respondeu.

Ela pegou a lançadeira, mas, em vez de estudar os nós e as teias, olhou para mim, ainda deitada na lã perto do fogo.

Eu me calei, pois até eu sabia que não deveria desafiar o humor da morte.

Porém, Orphia dissera a verdade nesse dia.

O movimento seria minha armadura.

Eu não era inteiramente Inferior, nem Celeste por completo. Era *ambos*, o que nunca antes acontecera.

Eu era Matilda, e só.

Matilda, de lugar algum, família alguma.

Eu me tornaria arauto dos deuses, para decepção de minha mãe.

E a deusa da morte certamente vira algo fora do lugar nas minhas estrelas.

II

Promessas de sal

MATILDA

Eu cresci rápido, como deve fazer qualquer deusa que desejar sobreviver.

Minha mãe me ensinou, ainda cedo, que alguns divinos — apesar do assombro da presença rara de uma criança em seu meio — me matariam para roubar as seis pontas de minha constelação. Devorariam minha magia, por mais humilde que a anunciação parecesse de início, e a tomariam para si, destinando-me às brumas eternas, despida de dignidade e poder.

Não há nada mais devastador para um deus do que perder o poder e a imortalidade, ter seu nome esquecido e apagado em desgraça.

Por causa dessa ameaça constante, os aliados mais próximos de minha mãe se tornaram também os meus.

Bade, deus da guerra.

Phelyra, deusa da folia e do dinheiro.

E Alva, deusa dos sonhos e pesadelos.

Lembro a frequência com que os quatro se reuniam na toca da minha mãe, à mesa de pedra, dividindo o vinho enquanto discutiam, aconselhavam e conspiravam junto ao fogo. Com doze invernos em meu nome, eu escutava como copeira, embora a maior parte da discussão fosse complexa e obscura demais para que eu compreendesse por completo. Eles brincavam comigo, bagunçavam meu cabelo como parentes afetuosos. Depois de eu encher as taças de vinho — era uma das poucas coisas que queríamos dos mercados mortais: suas uvas e frutas, fermentadas em álcool, além das flores venenosas —, Alva me entregava discretamente um de seus pequenos pergaminhos com uma piscadela, e a aliança esquecia minha presença.

Eu era apenas um arauto, uma criança divina com pele macia.

Porém, logo entendi que Bade estava embrenhado em um dilema cansado de guerra, de que ele nunca falava na presença do grupo aliado. Ele esperava Phelyra e Alva partirem e ficava para trás, para pedir o conselho apenas de minha mãe.

— Ela é um *calo* no meu pé — confessou, passando a mão pelo cabelo castanho-acinzentado.

Eu nunca ouvira tanto desânimo em sua voz, e permaneci deitada na cama na alcova ao lado, com o pergaminho de sonhos mortais de Alva aberto entre as mãos. Eu temia que, a qualquer movimento, minha mãe se lembrasse de minha presença e me mandasse embora.

Acima de tudo, eu estava curiosa para saber quem era esse *calo*.

— Suponho que ela tenha sido mais esperta que o rei mortal novamente — disse minha mãe, suspirando, e encheu a taça de Bade com um vinho seco de verão. — Diga o nome dela. Você nunca o mencionou.

— *Adria* — Bade praticamente cuspiu. — Eles a chamam de Rainha Poeta. Ela veio do nada, da lama e do lixo da sociedade mortal, mas era tão sagaz com as palavras, comovendo os analfabetos e os corações de pedra dos senhores, que a proclamaram soberana para usurpar o rei. Ela recolhe preces e devoção como se fosse imortal. Rouba devotos de mim e, com isso, enfraquece meu poder. Esta guerra terminará se eu não fizer nada contra ela. Ela prevaleceu nas três últimas batalhas. O rei e as forças dele ficarão mais caóticos e desorganizados a cada dia.

Ele virou o vinho de um gole; a bebida escorreu pela barba, pingando nas vestes escarlate como pedras preciosas. Minha mãe fazia silêncio, tamborilando os dedos na mesa. Sinal de que estava tramando.

Eu visitara o reino mortal algumas vezes com Zenia, apenas com a intenção de aprender onde se escondiam as portas do mundo Inferior. Os portais secretos que conectavam nosso mundo ao da humanidade, para que, um dia, eu pudesse ir e vir sem empecilhos. Porém, esta guerra entre o Rei Usurpado e a Rainha Poeta já transcorria havia anos. Eu vira evidências nas florestas queimadas que eu e minha mãe percorremos, nas plantações dizimadas, nas covas recém-escavadas, nos castelos desmoronados e na fumaça perpétua no ar.

A destruição parecia se estender de um horizonte ao seguinte, deixando cicatrizes na terra, e eu me perguntava como Bade, que eu amava como um pai, sentia prazer em tamanha devastação.

— O verdadeiro problema é ela ser poeta — declarou Zenia —, mais do que ser rainha.

Poetas, bardos e escritores mortais frequentemente eram um problema para divinos. Tais humanos eram visitados pelas corujas da Fortuna e recebiam vislumbres de nossas lendas, mitos, vidas. Era fácil para qualquer um com pena e tinteiro reescrever nossas narrativas, alterá-las para encaixá-las melhor a suas crenças, fossem verdade, ou não.

— Então devo matá-la — disse Bade.

— E criar um mártir? — retrucou minha mãe.

— Sua pena silenciaria, e a morte dela poderia atiçar as chamas da guerra, estendê-la por mais alguns anos.

— Sim, mas então as preces antes escritas em seu nome irão para *ela*. A morte muda o coração dos mortais de modos que achamos difíceis de compreender. Isso você deveria saber, tendo sido gerado pela própria matriarca.

— Então o que fazer? — Bade cruzou os braços grossos. O rubi na orelha direita reluziu, lembrando uma gota de sangue mortal. — O rei logo se renderá a ela. Uma paz duradoura é iminente, pois esta rainha é jovem, em termos mortais. Eu acabarei entediado, triste e ocioso.

— E isso não é aceitável — disse minha mãe.

Bade franziu mais a testa.

— Está zombando de mim?

— Não.

— Então me diga, Zenia. Me diga o que *fazer*. Você é o inverno, e também o fogo e a astúcia, e preciso de seus conselhos.

Pelo rabo do olho, vi minha mãe se levantar. O vestido preto cintilava com o movimento; a rede de pedras da lua brilhava como estrelas caídas no cabelo escuro e solto. Ela andou até a lareira e pegou uma adaga escondida atrás das velas na prateleira.

— Eu ouvi rumores sobre a Rainha Poeta — começou minha mãe. — Ela distribui tiaras douradas entre os membros do conselho, tiaras como coroas. Representam poder e respeito. Dão voz e prestígio àqueles que as usam, mesmo que sejam pessoas humildes.

— Sim, e o que há nisso? — questionou Bade, impaciente. — O que tem a ver comigo?

— Você, meu amigo, precisa ganhar uma dessas tiaras.

— Ela *nunca* daria uma tiara para um deus. Essas coroas são oferecidas às pessoas do conselho que ela considera boas, altruístas, dispostas a morrer pela causa. E eu não sou bom, nem altruísta. A última coisa que eu faria seria perecer por uma mulher mortal, Zenia.

— Tem tanta certeza assim?

O silêncio entre eles ficou pesado, tenso.

— De qualquer modo, acho que você deve encontrar-se com essa tal de Adria — continuou Zenia. — A sós, na tenda dela.

— Achei que você tivesse dito para *não* matá-la.

— Certo. Você precisa *falar* com ela, cara a cara, e deve seduzi-la.

A expressão de Bade ficou congelada, como se minha mãe tivesse convocado sua magia invernal e tocasse o ombro dele para preservá-lo em gelo. Por fim, ele riu, uma gargalhada alta que, ao ouvir, era impossível não sentir no peito. Tive que fechar a boca com força, mas não foi para engolir o humor. Foi para conter minhas perguntas, minhas curiosidades, que a conversa revolvera como um eclipse de mariposas.

— Não tenho desejo algum de deitar-me com ela — disse Bade, enfim, secando lágrimas dos olhos. — Já me deitei com mulheres mortais o suficiente. Mulheres de aparência muito mais agradável do que a dela.

— A questão não é essa — respondeu minha mãe, com a cadência mais dura. — A questão é ganhar o amor e a confiança dela, amolecer seu coração. Se tiver sucesso nisso, terá o poder e a influência para conduzi-la. Poderá semear a discórdia entre o conselho. Será uma distração para ela, poderá fraturar sua corte, o que estenderá consideravelmente a guerra.

Bade ficou solene. Eu os observava, de olhos arregalados, sem nem tentar disfarçar minha atenção. Vi ele engolir em seco, mexendo a garganta.

— Olhe para mim, Zenia — sussurrou ele, rouco. — Eu sou feio. Cheio de cicatrizes. Empunho espadas, não palavras. Esta rainha é uma poeta. Não há a menor chance de eu conquistar seu amor em uma noite.

— Levará mais tempo do que uma única noite — respondeu Zenia, mais gentil. — Você deve ser esperto.

— Esse nunca foi meu ponto forte.

— Então seja estratégico — declarou minha mãe, e estendeu a adaga para ele. — Posso ajudá-lo nas primeiras vezes em que falar com ela. Deixarei você pegar minha astúcia emprestada por três dias. Com isso, saberá o que dizer à rainha. Após o pôr do sol do terceiro dia, se precisar de mais magia minha, terá que voltar para cá e receber a marca novamente.

Bade esticou a mão, aceitando a adaga. Eu nunca vira um feitiço de empréstimo. A maioria dos deuses se recusava a fazê-los — somos um bando muito egoísta, desconfiado —, e eu me empertiguei um pouco na cama. Porém, ele hesitou, vendo a luz dançar no aço.

— O que devo pagar pelo empréstimo? — perguntou. — Imagino que o preço seja alto, para tamanha generosidade.

Foi então que minha mãe olhou para mim.

Eu corei e abaixei o olhar para o registro de sonhos aberto entre minhas mãos, que comecei a enrolar, ardendo de vergonha. Minha mãe não sabia que Alva me emprestava os pergaminhos, e Zenia logo me chamou.

— Matilda? Venha cá.

Eu me levantei e escondi o rolo de pergaminho embaixo da coberta, com a boca seca. Andei até a mesa, sentindo a luz do fogo se espalhar pelos meus braços. O calor acariciou meu rosto. *Coragem*, pensei, lutando contra a tentação de encolher os ombros em penitência.

Bade virou a cadeira para me olhar, arqueando as sobrancelhas até a testa virar um mapa de rugas fundas. Ele esquecera minha presença, encolhida na periferia. Os olhos dele — de um tom de verde que rivalizaria com as esmeraldas que brotavam nas maiores profundezas do subterrâneo — transbordavam tanto de afeto por mim quanto por uma hesitação que me magoaria se eu já não soubesse que não era meu pai.

— Zenia? — perguntou Bade, olhando de mim para ela.

— Você fará uma promessa de sal para minha filha — disse ela. — Será seu aliado fiel, e nunca a trairá, mesmo que eu e você nos tornemos inimigos. Mesmo que lhe custe sua própria vida, você a auxiliará sempre que ela estiver em perigo ou necessidade. Você a ensinará a lutar e a se defender.

Bade ficou quieto, mas tensionou a mandíbula, como se rangesse os dentes.

— É pedir demais — disse ele, após um momento demorado, dirigindo a minha mãe um olhar ardente.

— É?

Bade suspirou e voltou o olhar para mim. Imediatamente, as chamas dentro dele arrefeceram e ele estendeu a mão. Eu a peguei, hesitante. Eu não sabia explicar o nó na minha garganta, nem por que meus olhos ardiam de lágrimas. Porém, parecia surgir em mim um machucado, que manchava de roxo minhas costelas a cada respiração.

Eu ansiava por um pai, embora existisse em um reino onde pais frequentemente matavam as filhas, e as filhas, os pais — tudo em nome de roubar magia. Porém, eu desejava que fosse Bade, apesar de seus hábitos de guerra. Desejava que ele não hesitasse diante do preço da minha mãe.

Eu queria que alguém me assumisse.

— A verdade, Matilda — começou ele —, é que será difícil cumprir essa promessa. Você ainda é jovem, e não sabemos quem se tornará. E se, ao crescer, você me detestar? Ainda me desejaria como aliado? E se tornar-se uma deusa que anseia pela paz, que faz tudo para buscá-la? Como, então, eu seria um bom aliado para você, hein?

— Eu entendo — disse, apesar de minha voz soar abafada, como se eu falasse debaixo de uma faixa de pano. — Eu não desejaria que você fizesse uma promessa difícil.

Essa era outra coisa que minha mãe me ensinara, além da localização das portas do reino Inferior. Promessas eram compromissos. Nunca deveria oferecer, nem aceitar, uma promessa se não tivesse certeza de que não era uma armadilha. Juras de casamento frequentemente incorriam nesse perigo.

Bade apertou minha mão; era em parte conforto, em parte um pedido de perdão, e olhou de novo para minha mãe.

— Ela é sensível demais para isso — disse ele.

— Então a torne férrea — declarou Zenia, com as palavras encurtadas pela impaciência. — Ela não terá a infância comprida e lânguida que a maioria de nós viveu. Ela precisa crescer rápido.

Bade voltou a atenção para mim.

— É isso que você deseja?

Eu confirmei, embora ainda não tivesse certeza do que desejava, nem das dificuldades que aquilo traria. Porém, pensei: *Se eu for forte, não viverei mais com medo de ser massacrada, de minha magia ser roubada. Poderei viajar entre os reinos, destemida. Visitar os salões Celestes, onde vive meu pai.*

Jamais teria confessado isso a minha mãe, mas ela estava certa em vários aspectos: eu precisava de um aliado próprio, e não podia me dar ao luxo de ser sensível.

— Está bem — disse Bade, cedendo, e soltou minha mão. — Traga pergaminho, pena e tinteiro.

Eu corri para obedecer, indo até as prateleiras esculpidas na parede acima da minha cama. Quando voltei com os materiais, minha mãe tinha limpado a mesa, e eu depositei tudo diante de Bade, curiosa para ver o que viria a seguir.

— Escreverei minha promessa duas vezes — explicou ele, mergulhando a pena na tinta. — Eu a pronunciarei, então comerei uma, e você, a outra.

— Como uma prece? — perguntei.

— Sim, mas não será tão doce, nem tão amarga. Você nem *imagina* o gosto horrível que algumas preces têm.

— Então qual será o gosto dessa promessa?

Bade começou a escrever, e parou por um momento.

— Você terá que esperar para ver.

E foi o que eu fiz, observando-o escrever a promessa nas tiras de pergaminho. A caligrafia dele era quase ilegível, repleta de manchas de tinta que lhe tiravam xingamentos, mas, quando forçava a vista, eu discernia palavras.

— Tome, esta é sua — disse ele, ranzinza.

Eu peguei o pergaminho pela beirada.

Mortais que adoravam Inferiores escreviam preces e as enterravam no solo. Essas preces de tinta chegavam até nós aqui embaixo, como se seguissem as raízes retorcidas das árvores, aprofundando-se nas sombras. O pergaminho dobrado então florescia pelas rachaduras de nossas tocas, ou pelas fissuras do salão, ou junto às trepadeiras que cresciam no teto dos corredores. Eu já vira minha mãe comer preces — como divina, ela atraía suplicantes como uma tigela de mel atrai moscas —, e suas preces sempre chegavam pela rachadura junto à lareira. Naquele momento, duas preces aguardavam ali, e ela não tinha nenhuma pressa para devorá-las e respondê-las.

— Conforme eu recitar, você deve acompanhar no seu pergaminho — explicou Bade. — É para garantir que eu não diga falsidades para enganá-la. E que eu declare a promessa por inteiro.

Eu fiz que sim, sem conseguir falar.

— "Eu, Bade Inferior, deus da guerra, juro uma promessa de sal para Matilda, arauto dos deuses. Eu serei seu aliado fiel e nunca a trairei. Eu a auxiliarei sempre que ela estiver em perigo ou tiver necessidade. Eu a instruirei para que lute e se defenda, até torná-la forte como aço. Se eu quebrar esta promessa, ela terá o direito de terminar minha imortalidade, e meu nome cairá em desgraça."

Ele pronunciou a promessa, palavra por palavra.

Quando ele comeu seu pergaminho, eu fiz o mesmo, e a promessa tinha o gosto salgado do mar. Como uma noite inundada de lágrimas. Como gotas de suor provocadas pelo sol implacável do meio-dia.

Eu torci o nariz quando o pergaminho derreteu na língua. Fora um ligeiro calafrio, não me senti diferente de antes da promessa. Ajeitei um fio de cabelo rebelde para trás da orelha, corando de decepção.

Bade deve ter interpretado minha expressão. Ele bufou, irônico, e disse:

— Eu avisei que não seria doce.

Com a promessa engolida, minha mãe se deu por satisfeita.

Ela pegou a adaga pelo punho de osso e eu a vi cortar a palma da mão. Icor, espesso e brilhante como ouro derretido, brotou da pele. Sem pressa, ela mergulhou o dedo no sangue, esperando Bade estender a própria mão.

Ela desenhou nove pontas na palma larga dele, e as conectou com linhas. Era a constelação da astúcia. Magia que ela roubara ao matar outro divino cujo nome não era mais pronunciado, cuja imortalidade fora apagada como uma vela.

Bade olhou para a constelação desenhada, esperando o sangue secar. Ele dobrou os dedos, escondendo o brilho do ouro, e meneou a cabeça para minha mãe.

— A marca durará três dias — disse Zenia.

O corte na mão dela estava se fechando — eu sabia que não deixaria nem o menor sinal de cicatriz para trás —, e ela deixou a adaga perto das brasas quentes da lareira.

— Porém — continuou —, não deixe a Rainha Poeta vê-la em sua mão, pois ela saberá que você porta um encanto.

O feitiço de empréstimo estava completo.

Bade se levantou para partir, mas parou na porta e se dirigiu a mim:

— Três dias, Matilda. Então, eu voltarei. Esteja pronta para ser treinada.

— Estarei — respondi, com o coração acelerado, ávida pelo desafio.

Esperei ele sair e bater a porta antes de me virar para Zenia e perguntar:

— Por que chamam de promessa de *sal*?

Ela demorou para responder, atiçando o fogo com a magia, sem dizer nada. Luz acobreada se espalhou pelos cantos da sala, e as aranhas cintilaram nos fios, lá no alto. Em uma teia, uma mariposa fora pega, e batia as asas furiosamente, tentando se salvar da perdição.

— É assim que chamam — disse minha mãe, afagando meu cabelo — pois exige esforço e, frequentemente, grande sacrifício.

Naquela noite, quando minha mãe foi à corte, eu me aninhei junto ao fogo e terminei de ler o pergaminho que Alva me dera mais cedo.

Era um de seus muitos registros de sonhos mortais, que abarcavam tudo que eu poderia imaginar. Sonhos ridículos, engraçados, serenos, apavorantes. Alva usava sua magia para visitar mortais em sonho, observando o que se desenrolava nos pensamentos. Depois, escrevia as sequências em detalhes vívidos.

Era nosso segredo, pensei, radiante. Nem minha mãe sabia dos sonhos, e foi então que comecei a ver Alva como *minha* aliada, mesmo sem a promessa de sal.

Naquele pergaminho específico estavam muitos sonhos e pesadelos, mas dentre eles havia um que li e reli enquanto o fogo definhava.

Havia um garoto de cabelo preto como as asas dos corvos, olhos cinzentos como o mar de inverno. Ele era alto e esguio para a idade. Era anguloso, de face magra e tristeza terna, como se passasse fome e ansiedade, mas crescesse apesar dos obstáculos, como erva-daninha brotando das rachaduras do calcário. Ele sobrevivera graças aos livros encadernados em couro em seu quarto estranho e circular, e à luz do sol, tão generosa no reino mortal.

De repente, as paredes se dissiparam como fumaça a seu redor, e ele se viu em um pátio, embora os limites do sonho fossem borrados.

— Esperem! — gritou, correndo atrás de dois homens a cavalo. — Finnian? Marcher, *esperem*, me deixem ir também! Eu quero lutar pela Rainha Poeta.

Quando tentou pegar a arma na cintura, porém, a bainha estava vazia. Quando olhou para baixo, os pés estavam descalços e ensanguentados. As roupas eram trapos, e ele estremeceu, vulnerável.

Um dos homens a cavalo — era jovem e corpulento, com cabelo arruivado e olhos de desdouro — olhou para trás, rindo.

— Você ainda é muito novo, Vincent. Espere aqui. Voltamos já.

Vincent não esperou.

Ele correu atrás dos cavalos até afundar os pés em um rio. A água foi um choque gélido. A correnteza o puxava como mãos persistentes, derrubando-o de joelhos, subindo até o queixo.

— Não me abandonem! — gritou ele, mas sua voz se foi.

Água encheu sua boca, invadiu os pulmões.

Ele estava se afogando. Tentou gritar de novo, mas Finnian e Marcher nunca olhavam para trás, não o viam se debater, e ele afundava como pedra…

O relato de Alva terminava ali.

Ele devia ter despertado do pesadelo.

Vincent, pensei, provando o nome em pensamento.

Deixei o pergaminho de lado, mas o sonho me assustara. Eu não sabia se era pelo desespero de Vincent por ser abandonado, pela menção à Rainha Poeta ou pela sensação do afogamento.

Porém, eu pensei em Bade, nas nove pontas desenhadas em ouro na palma da mão. De olhos fechados, tracei a constelação da astúcia em minha própria mão, o desenho complexo das estrelas, na forma de uma flecha tensionada no arco de um arqueiro. Pensei na promessa de sal que ele me fizera, com gosto de lágrimas. Pensei na Rainha Poeta que ele fora iludir e seduzir, e me perguntei como seria ter um calo no meu pé.

— Vincent — sussurrei para o fogo.

III

Dúvidas e fissuras

MATILDA

Minha magia, que eu esperava sentir me inundar como maré, permaneceu adormecida. Mantinha-se oculta como um esqueleto, escondida sob minha pele, a medula transbordando de poder sem uso. Porém, minhas estrelas de arauto continuavam além de meu comando. Era um mistério, e sua nebulosidade logo começou a me preocupar.

Como uma deusa da Corte Média — e de seu patamar mais baixo, ainda por cima —, eu sabia que não me assemelharia em nada a minha mãe, a Bade, a Phelyra, a Alva, todos membros da Corte Alta. Ou eles tinham constelações de nascimento complexas, cheias de pontas, ou adquiriram mais poder e prestígio por matança, e eu não tinha o menor desejo de roubar.

Contudo, eu estava convencida de que o treinamento que Bade me jurara na promessa de sal traria minha magia à tona.

Neste aspecto, eu estava tão certa quanto errada.

Os três dias de ausência de Bade se passaram, demorados como anos.

Zenia separara uma túnica de lã para eu vestir, assim como sandálias com tiras de couro cruzadas até os joelhos e um cinto feito de teia de aranha congelada. Ela furou minhas orelhas com três pequenas pedras da lua, e a breve pontada de dor me deu a sensação de ter fissurado a casca da infância, pronta para emergir. Com dedos ágeis, minha mãe trançou meu cabelo arruivado até ele descer pelas minhas costas, com a grossura de uma corda.

— Será que Bade terá uma tiara da Rainha Poeta? — perguntei.

— Acho que logo saberemos — respondeu Zenia, mas não soava esperançosa.

Cumprimentei Bade sorrindo quando ele chegou.

Ele apenas esperou na porta, com o rosto contorcido por uma expressão tempestuosa, como se sentisse um fedor. Não havia tiara dourada em sua fronte. Meu coração deu um pulo; imaginei que ainda não quisesse me treinar, até ele olhar para minha mãe.

— Conversaremos depois — disse para ela, quase rosnando. — Venha, Matilda — acrescentou para mim, com mais suavidade.

Corri atrás dele pela névoa que rodopiava nos corredores. É assim que medimos o tempo no subterrâneo, pois não temos como enxergar o céu, exceto pelo espelho de Orphia. Quando a névoa das passagens está em maré baixa, roçando os tornozelos, sabemos que é noite no reino mortal. Conforme a névoa sobe, a aurora se aproxima, até a maré alta do meio-dia, quando a névoa, fria como água, lambe nossos ombros. É por isso que a maioria dos Inferiores são noturnos, frequentam a corte, organizam folias e conduzem tarefas durante a noite mortal, pois a maré da névoa é baixa. Quando está alta, descansamos.

Fiquei grata pela névoa estar na altura dos tornozelos naquele momento, senão teria perdido Bade, que me conduzia por um labirinto de corredores onde eu nunca me aventurara, descendo por escadarias circulares iluminadas por tochas, e seguindo por arcos incrustados de pedras preciosas. O ar tomou um frio afiado, e retomou um calor que me aliviou quando começamos a seguir os tinidos de baques metálicos.

Quando paramos, eu estava ofegante, intrigada ao notar que tínhamos chegado à forja.

— Deixe-nos, Hem — disse Bade ao mortal que bombeava o fole.

Hem, pálido, de cabelo prateado e quase tão alto quanto um deus, interrompeu o serviço e fez uma reverência antes de sair por uma porta lateral. Eu o vi partir, pestanejando de surpresa. Eu já vira muitos mortais no salão quando as três cortes se reuniam. Sua presença no reino subterrâneo não era incomum. Eles serviam nosso vinho, nossa comida. Às vezes dançavam, participavam das folias e serviam de entretenimento, porém, nunca vira nenhum que trabalhasse atrás de portas fechadas.

Era um lembrete chocante de que humanos eram submetidos a nós enquanto estivessem em nosso reino. Alguns escolhiam morar em nossas cortes para sempre após a morte, poupando a alma do risco e julgamento da bruma do além. Outros, contudo, estavam vibrantemente vivos ao deixar o reino mortal pelo nosso, e nos serviam por promessas eternas, a não ser que decidíssemos quebrá-las.

— Você tem um vassalo? — perguntei, as palavras emergindo como acusação.

Era atrevimento, realmente, perguntar algo assim para o deus da guerra, que nitidamente suportara três dias difíceis no reino mortal.

Bade parou de andar. Ele estava a caminho da parede onde espadas, chicotes de armas, machados, lanças e adagas estavam pendurados em ganchos de ferro. Uma espada chamou minha atenção, mais do que as outras: tinha a empunhadura de ouro incrustada com um rubi, e a lâmina comprida de obsidiana reluzente. Era linda.

Fechando a cara, Bade entrou no meu caminho, encontrando meu olhar. As chamas da forja jogavam um brilho de bronze em seu rosto pálido, destacando cada cicatriz cansada.

— Essa é uma pergunta mortal, Matilda. Uma pergunta que eu não esperaria de você.

Eu cruzei os dedos atrás das costas, minha indignação crescendo.

— Por quê?

— Por que *o quê*?

— Por que tem um vassalo?

— Porque eu queria. Pronto. É suficiente?

— Ele está vivo?

— Ele tem cara de vulto para você?

— Não. — Fiz uma pausa, sabendo que mortais falecidos no reino subterrâneo eram cercados por uma leve translucidez. Só que eu ainda estava aprendendo a discernir essas coisas apenas com a vista, e tinha mais a dizer. — O que Hem faz para você?

— Ele é ferreiro. Isso tudo — disse Bade, indicando as armas novamente — é criação dele. Ninguém se equipara a seu talento. Nem mesmo um deus. Quando quero armas encantadas, encomendo dele.

Passei o olhar pelo aço e ferro, sem enxergar seu valor até voltar para a espada de obsidiana.

— Ele sai daqui? Tem família que...

— Ele não tem família e, sim, às vezes percorre o reino mortal ao meu lado — interrompeu Bade. — Ele veio para o subterrâneo de bom grado, e é feliz aqui. Porém, mesmo que eu o forçasse a me servir, estaria em meu direito como deus.

Pensamentos percorriam minha mente como peixinhos. Uma ruga se formou na minha testa, e eu estava abrindo a boca para fazer outra pergunta quando Bade estendeu a mão e me calou.

— Você está considerando uma lógica mortal — disse ele, balançando a cabeça em decepção. — De onde vem isso? Certamente não é de sua mãe.

Lógica mortal? Eu mordi o lábio, surpresa ao imaginar um garoto exaurido de cabelo preto. Ao me lembrar de como ele sentira frio, fome e desespero, correndo atrás de homens que eu supunha serem seus irmãos.

A garra do terror rasgando seu peito quando ele se afundara.

Vincent.

Deviam ser os sonhos mortais de Alva, que eu gostava de ler, e de que não desejava abrir mão.

— Foi apenas curiosidade — respondi, casual. — Minha mãe não tem vassalos.

— Bem, você precisa abandonar esse tipo de pensamento fraco.

— Perguntar sobre mortais é fraqueza?

— *Lamentar* por eles é — corrigiu ele

Eu me forcei a me calar, observando-o buscar um escudo na estante. Porém, eu o escutei resmungar baixinho — *que a forja me acuda* — quando voltou, de espada e broquel de madeira em mãos.

— Você quer ser temida ou amada? — perguntou ele.

Fui pega desprevenida, e hesitei antes de responder:

— Temida.

— Não me convenceu.

— Quero ser *temida* — insisti, arreganhando os dentes.

— Melhor.

Bade me olhou por um momento demorado. Eu não ousei ser a primeira a desviar o olhar.

— Você quer ser esquecida e ter seu nome apagado em desgraça, ou quer ser lembrada?

— Quero ser lembrada.

— Então deve desejar ser forte e temível, acima de tudo. Sua magia e imortalidade devem ser duas coisas que nenhum outro divino ousará roubar. Agora, pegue o escudo. Quando criar confiança com ele, passaremos para as armas.

Aceitei o broquel, chocada com o peso. O escudo quase me derrubou, e meu braço fino ficou rígido quando passei a mão nas alças de couro, trazendo o broquel para a frente do corpo no que eu esperava ser um esforço valente.

— Levante, firme. Isso, assim.

Bade ajustou um pouco o escudo, de modo que o alto bloqueasse minha boca, e a parte de baixo protegesse minhas costelas.

— É estranho — confessei.

— Já que estamos falando de fraquezas — disse ele, ignorando meu comentário. — Há dois pontos que você deve defender fisicamente, mas apenas um deles pode acabar com sua imortalidade. Sua mente ou seu coração. Qual se tornará seu ponto fraco depende apenas de você. Para que você sucumba a ele, o seu inimigo deve conhecê-la bem e atacá-la com precisão.

Bade bateu no escudo bem na altura do meu pescoço e, de novo, na altura do meu coração. A madeira estremeceu em resposta. Eu estava tremendo, com dificuldade de mantê-lo erguido.

— Qual você acha que é seu ponto mais fraco, Matilda? — perguntou ele. — Sua mente ou seu coração?

Eu queria dizer *mente*, pois parecia a opção menos vergonhosa. Porém, engasguei com a palavra.

Engoli a resposta, que ardeu como brasa no peito, e declarei:

— Meu coração.

— Hmm — murmurou, um estrondo demorado, como de trovão, mas parecia de concordância. — E qual você acha que é o meu?

— Sua mente.

— Tem certeza?

— Tenho. Você é o deus da guerra.

— E não há coração no conflito? Não há sentimento, nem emoção?

As perguntas dele confundiram minha convicção. Eu franzi a testa, em dúvida.

— Se for planejar me matar e roubar minha magia — continuou ele —, é melhor saber qual é minha fraqueza, pois a vantagem do ataque surpresa ocorre apenas *uma* vez. Agora, prepare o escudo e se defenda de mim.

Ele atacou com a espada e, mesmo sabendo o que viria, eu não estava preparada.

Pulei para trás, perdi o equilíbrio e caí no piso de pedra com um solavanco. O escudo machucou minhas canelas, mas eu consegui impedi-lo de se soltar do braço, e me encolhi atrás da madeira.

— Levante-se — disse Bade, me oferecendo a mão. — Tentemos novamente.

Deixei ele me levantar, e ele atacou de novo. Dessa vez, eu me defendi, mas ele abanou a cabeça.

— Você está protegendo apenas o coração.

— Mas é o ponto fraco — argumentei.

— Sim, e se proteger apenas ele, eu saberei qual é sua fraqueza. Proteja ambos. O pescoço, o peito. Faça eu me questionar, duvidar. Levante mais o escudo. *Mais*, Matilda.

Eu tentei, mas sustentar o escudo na altura da minha boca me exauria, e Bade, embora mantivesse os golpes leves e fracos, era incansável. Rapidamente, o ar não cheirava mais a ferro quente e fumaça da forja, mas era doce como fruta madura, pisoteada.

Olhei para baixo.

A pele dos meus joelhos tinha ficado ralada de tanto cair. Minhas canelas estavam arranhadas. O icor escorria em fios lentos e incandescentes pelas minhas panturrilhas, manchando as sandálias. Pegadas douradas agraciavam o piso de pedra.

— Acabou, então? — perguntou Bade. — É tudo o que tem a oferecer?

Cerrei a mão direita em punho. Minhas unhas, que estavam compridas, pontudas e azuladas, afundaram na palma úmida.

Se antes houvesse alguma dúvida quanto ao meu ponto fraco, ela se acabou. Em um arroubo de emoção, joguei o escudo nos pés dele. Minha pele estava quente, brilhando. Meus olhos ardiam como fogo quando me virei e disparei pelo corredor, pela névoa na altura da cintura.

Horas deveriam ter passado, para a maré subir assim. Horas em que eu me debatera, me atrapalhara e me sentira fraca atrás do escudo.

Bade gritou meu nome. Uma, duas vezes. Primeiro, parecia achar graça, mas logo sua voz virou o retumbar de um tambor, me perseguindo com preocupação.

Eu fugi dele, subindo as escadas em espiral. Corri sob arcadas incrustadas de pedras, segui o rastro de rubis que logo foram substituídos por peridoto. As pedras nunca mentiam, nunca mudavam. Mesmo quando colhidas da terra, voltavam a crescer, como dentes de leite. Elas marcavam as fronteiras do clã Inferior e, embora corresse por passagens que não me eram familiares, eu conhecia o mapa das pedras. Peridoto era uma pedra oeste, que levaria ao topázio, pedra noroeste, e o topázio, à pedra da lua, que marcava meu lar, nos recantos mais ao norte do reino.

Percebi, com uma onda de euforia, que eu nunca antes estivera sozinha nos corredores.

A liberdade foi como vinho, inebriante, e um sopro de gargalhada me escapou quando cheguei à porta da toca de minha mãe. As pedras da lua no batente me cumprimentaram com um brilho suave, como se felizes por me ver. A tranca encantada reconheceu minha mão quando peguei a maçaneta de ferro, e a porta se abriu com um sussurro.

Entrei às pressas na sala iluminada pelo fogo, mas logo parei, derrapando.

Minha mãe não estava sozinha.

IV

Aquilo que é proibido

MATILDA

Zenia estava sentada à mesa perto da lareira, bem diante de Phelyra. Entre elas estava uma mistura de moedas estranhas, além de algo peculiar. Era um objeto oblongo e iridescente, com metade do tamanho da palma da minha mão.

Meu coração ficou suspenso no peito.

O lugar daquela coisa não era na nossa toca.

Avancei mais um passo, sem conseguir desviar os olhos de seu brilho ofuscante, mesmo quando minha mãe se levantou da cadeira.

Perdi o fôlego quando entendi que era a escama de um dos eithrais de Dacre. Eu nunca vira uma escama solta, assim, arrancada. Os dragões eram bichos perigosos e temperamentais que moravam nas profundezas mais baixas e voláteis do reino. Às vezes, eu sentia seu rugido reverberar no piso de pedra, e outras vezes, captava o vestígio distante de sua podridão nos corredores. Porém, eu vira um grupo deles apenas uma vez e, ironicamente, não fora no subterrâneo, mas quando eu e Zenia caminhávamos pelo reino mortal.

Os eithrais tinham transformado um dia quente e verdejante de primavera em um inverno frio e desolado. Suas asas cobriam o sol do meio-dia. Eles atiçaram um vendaval que fedia a decomposição.

Ao longe, o sino de um vilarejo começara a soar. Um alerta que me causara um calafrio mais forte do que o vento dos dragões, porque sinos, entre mortais, eram sinais de morte iminente. Abismada, assisti aos eithrais cortarem as nuvens, mergulhando à caça de presas.

Venha, dissera Zenia, pegando minha mão e me puxando para um arvoredo próximo que nos protegeria. *Não deixe que a vejam. Eles são atraídos por movimento.*

Dacre — o senhor de nosso clã — ocasionalmente soltava os eithrais, que chamava de "bichos de estimação", pelo reino mortal, para se alimentarem e causarem terror e desastre, tanto para humanos quanto para Celestes.

Imagino que seja boa hora para observar que Alva, por acaso, é meia-irmã de Dacre.

Antes de eu perguntar a respeito da escama, Phelyra a cobriu com a mão.

— Matilda? — perguntou Zenia, e parou entre mim e a mesa, impedindo minha visão. — Cadê Bade?

— Não sei — respondi, distraída pela escama de eithral.

Distraída pelo tilintar das moedas que Phelyra puxava para dentro de uma bolsa de veludo, como se tivesse pressa para escondê-las antes de Bade chegar. As moedas não pareciam aquelas de ouro, prata e cobre que fabricávamos no reino inferior. Eram azuis como o céu, escuras como a noite, e radiantes como as estrelas, capturadas e esmagadas em orbes achatados.

— É para você estar ao lado dele sempre que sair da porta da toca — disse minha mãe, seu desgosto ácido como uma maçã azeda. — Você nunca deve ficar sozinha.

Desviei o olhar da agitação fervorosa de Phelyra de volta para Zenia.

— Como é que serei capaz de encontrar minha magia se você não para de sufocá-la? — perguntei, com igual acidez.

Minha mãe me deu um tapa.

Ela nunca me batera, e a surpresa ardeu mais do que o contato.

Tropecei, mas apenas por estar cansada de sustentar o escudo. Quando meu rosto corou em um tom manchado de ouro, olhei para ela. Choque e remorso atravessaram as feições da minha mãe antes de ela voltar à expressão fria. Eu era fraca, como ela temia. Sequer aguentava o peso de sua mão.

Quero ser temida, não amada.

— Vá se limpar — disse ela, enquanto se voltava para Phelyra. — Não quero sangue no chão.

Eu me esquecera dos joelhos, cujas feridas finalmente tinham fechado.

Torci a língua, imaginando todas as palavras que queria dizer, mas não tinha coragem de pronunciar. Obediente, passei pela mesa e pela lareira.

Os fundos da toca eram mal iluminados, o ar fresco e aromatizado pela coleção de perfumes de Zenia, carregado de mirra, mel e água de rosas. As sombras eram compridas e azuis, as paredes, desenhadas com veios de ouro, e flores brancas e pequenas brotavam de trepadeiras penduradas no teto abobadado. Era ali que minha mãe ocasionalmente dormia em uma cama redonda de plumas, onde guardávamos nossas roupas, além de nossos cofres de joias e ouro. Degraus gastos no extremo do cômodo levavam à passagem de um córrego, que criava uma piscina particular.

Quando sentei no degrau para desamarrar as sandálias, escutei a conversa cochichada entre minha mãe e Phelyra.

— *Onde está?*

— Em segurança — respondeu Phelyra. — Mas ela viu.

— Sim. Falarei com ela — respondeu Zenia, um instante antes de Bade chegar.

— Ela está aqui? — perguntou ele, a voz rouca e irreconhecível.

Eu esperava que sua fúria fizesse as paredes tremerem, embora eu só o tivesse visto perder o controle *uma* vez. Apesar do renome de seu temperamento e sua sede de sangue, ele raramente o demonstrava para mim.

— Está — respondeu Zenia, de voz arrastada. — O que aconteceu com seu dever de protegê-la? Ela é muito jovem para vagar sozinha fora da toca.

— Ela é — arfou ele — muito ágil.

— *Ágil?*

— É, isso mesmo. Mas por que a surpresa, afinal? Matilda é um arauto. Eu gostaria de vê-la correr a céu aberto, sem o limite das curvas estreitas de nossas passagens. Acho que, um dia, ela ganharia até de Shale e toda a sua velocidade.

— Minha filha não apostará corrida com o deus do vento, muito menos um Celeste.

Fez-se uma pausa, como se Bade tivesse acabado de notar a presença de Phelyra. Sua obtusidade me fez fazer uma careta enquanto eu lavava as feridas com água fria, limpando o icor seco nas pernas.

— Phelyra — disse ele.

E *pronto*. Um toque de desconfiança na voz, apesar da aliança duradoura.

— Bade — retrucou ela. — Suponho que você deseje conversar com Zenia a sós.

— Não — uma palavra seca. — Por que suporia isso?

— Você frequentemente se demora após nossas reuniões.

— É mesmo? Rá. Eu não sabia que você observava minhas idas e vindas, Phel.

— *Basta* — interveio minha mãe. — Phelyra? Sei que você foi convocada para uma corte particular. Não gostaria de atrasá-la.

— Não, realmente. Obrigada pelo vinho e pela conversa, Zenia.

Escutei uma cadeira arranhar o chão, Phelyra se levantando. Prendi o fôlego e também me levantei, indo de fininho à porta entreaberta, do outro lado da qual estavam os três, fora do alcance da minha vista.

Por dentro, supliquei para Bade notar a tensão no ambiente. Ele certamente veria a bolsa volumosa que Phelyra escondia. Não estaria escutando o tilintar a cada movimento dela? Moedas Inferiores não faziam aquele som, o que indicava que Phelyra transportava dinheiro Celeste proibido.

A verdade, porém, é a seguinte: Phelyra nascera como deusa da folia, uma constelação de oito pontas. Fora membro da Corte Média até matar para ganhar o poder do dinheiro, ascendendo à Corte Alta. Um dos poderes mais peculiares que complementam sua magia monetária é sua capacidade de criar bolsos em qualquer lugar.

Eu não tinha dúvidas de que, naquele momento, ela escondera a bolsa de moedas estranhas em um bolso secreto que fizera em suas vestes, junto da escama de eithral. Não haveria como Bade notar o volume ou ouvir o tilintar das moedas enquanto ela se afastava sem dizer mais nada.

Eu me perguntei se minha mãe mencionaria aquilo para ele, visto que estavam a sós, exceto pela minha presença sorrateira no cômodo adjacente.

Zenia, contudo, apenas suspirou e perguntou:

— Como foi com a rainha mortal?

— Horrendo — respondeu Bade. — Ela não quer nada comigo.

— Você deveria visitá-la novamente.

— Ofereci meu favor, meu poder, minha sabedoria. Pedi um lugar no conselho, mas ela disse que não precisa de mim.

— Eu falei para você seduzi-la, não forçá-la a incluí-lo no conselho.

— E como...?

Bade se calou, como se recebesse uma ordem.

Um momento depois, minha mãe chamou:

— Matilda? Venha cá.

Eu entrei na sala, relutante. Vi que Bade trouxera meu escudo, que me ofereceu.

— Isto agora é seu — disse ele. — Carregue o escudo nas costas quando caminhar pelos corredores. Proteja com ele seu coração quando dormir. Transporte-o de sala em sala, mesmo ao fazer as tarefas mais simples. Com o passar do tempo, você ficará mais forte, mais familiarizada com ele. Em breve, sentirá que este escudo é parte do seu corpo.

— Quer dizer que o nosso treinamento acabou? — perguntei, com um aperto na garganta, ao aceitar o escudo.

— Não. Eu passarei cinco dias fora — disse Bade, e parou um momento, olhando para minha face, ainda ardendo do tapa de minha mãe —, mas, quando voltar, retomaremos as lições.

Eu assenti. Um pedido de desculpas estava na ponta da minha língua, por abandonar a primeira aula, mas não tive a humildade necessária para pronunciá-lo. Divinos raramente admitem um equívoco, devido à vulnerabilidade que isso cria, e Bade não esperou que eu oferecesse arrependimento.

Ele foi embora sem dizer mais uma palavra. Não pediu para minha mãe emprestar sua magia da astúcia, o que significava que voltaria à Rainha Poeta com sua própria força, empunhando a própria magia ensanguentada.

Dessa vez, ele diria suas próprias palavras.

— Phelyra e eu estamos criando algo para você — disse minha mãe mais tarde, na hora do descanso.

Eu estava sentada na cama dela, com o escudo de Bade ao meu lado, de queixo apoiado nos joelhos ainda doloridos enquanto ela desembaraçava meu cabelo com um pente de chifre.

— Um presente — acrescentou. — Queremos fazer surpresa.

Eu sabia que não era um presente legítimo, e, sim, um modo de me impedir de falar do que eu vira antes.

— Esse presente demanda uma escama de eithral? — perguntei, surpresa pelo sarcasmo que escorria das minhas palavras. — E moedas do reino superior?

Minha mãe parou o movimento, o pente agarrado no fundo do meu cabelo.

— Você reconheceu a escama — sussurrou. — Eu não sabia se reconheceria.

— Claro que reconheci. Como Phelyra arranjou uma coisa dessas? Arrancou de um eithral? Dacre certamente ficará muito chateado se...

Zenia segurou meu ombro com tanta firmeza que senti as unhas marcarem curvas na minha pele. Ela me virou para encará-la, arregalando os olhos castanhos em súplica.

— *Sim* — murmurou, como se as paredes tivessem ouvidos. — Você pode ter estranhado que Phelyra esconda tudo de Bade, mas se ele soubesse... Bade contaria para Alva, e Alva contaria para o irmão. Entende o que quero dizer, Matilda?

Engoli em seco. Achei que entendesse e, embora soubesse de partes, ainda não enxergava o todo.

— Entendo — murmurei, mesmo que a dúvida me atravessasse como uma espada.

— Então não deve dizer uma palavra disso para Bade. Nem para Alva.

Minha mãe virou minha cabeça e voltou a pentear com movimentos mais bruscos. Fiz uma careta quando o pente puxou um nó.

— Prometa — insistiu.

— Eu prometo — tranquilizei-a, com pressa, nem que fosse para suavizar seus gestos. — Mas posso perguntar o porquê? Por que ter a escama, se é tão perigosa? Por que ter as moedas Celestes, se aqui são proibidas?

Minha mãe interrompeu o movimento.

Ela deixou o pente de lado e pôs algo liso e frio na minha mão. Era uma das moedas Celestes, e como meu coração se encheu de vontade de aproximá-la da luz.

Não era sólida e pesada como o dinheiro Inferior, e eu a estudei intimamente, surpresa ao ver o azul em seu círculo, além de nuvens sopradas, como se a moeda fosse uma entidade viva, ou um espelho do céu mortal.

— Venha comigo — disse minha mãe, com um toque de animação. — Quero mostrar uma coisa.

Eu a segui até a lareira principal. As chamas estavam baixas antes de pressentirem sua presença, mas logo cresceram, dançando para ela. O fogo sempre respondia a Zenia, como se fosse ela sua deusa.

Zenia pegou uma segunda moeda Celeste da bolsinha de teias de aranha congeladas que mantinha amarrada no cinto. Eu me aproximei para estudá-la. Aquela era escura como a noite, com uma meia-lua reluzindo na face. Outro vislumbre do céu, imortalizado em moeda.

Antes que eu pudesse dizer qualquer coisa, minha mãe a jogou no fogo.

— *Mãe!* — exclamei, me sobressaltando.

Eu caí, batendo os joelhos na pedra com um estalo, e estiquei a mão, desesperada para tirar a moeda das chamas.

Zenia me segurou.

— Não — disse ela. — Escute, minha filha.

Eu hesitei, atordoada. Quando a moeda da meia-noite começou a derreter, emitiu um som efêmero. Na época, eu não sabia descrevê-lo, mas era um longo suspiro de música. Um trio de flautas, entrelaçadas pelas notas de uma harpa.

O som era *deslumbrante*. Depois de ouvir tamanho esplendor, jamais poderia esquecê-lo. A melodia me preenchera como os vinhos mais escuros, as luas mais brilhantes.

Era uma magia que eu não sabia criar, mas ainda sentia no corpo, na alma.

E desejei mais.

Eu não conseguia me mexer. Não conseguia nem respirar ao escutar, mas, quando a moeda derreteu por inteiro, o som virou fumaça, dançando pela chaminé.

— O que foi isso? — perguntei.

Minha mãe apenas apontou a moeda Celeste ainda comigo, que eu apertava no punho. Do tom do céu do meio-dia, decorado por nuvens brancas e macias.

Eu a entreguei ao fogo e escutei mais um trecho de música. Que me tirou o fôlego. Que me encheu de tamanho prazer e me deixou vazia quando se desfez na fumaça.

Por algum tempo, eu e minha mãe nos revezamos, jogando moedas no fogo, engolindo a música que o derretimento nos oferecia. Sentimos tristeza, triunfo, angústia, orgulho, emoções inspiradas pelos sons contidos nas moedas. Não tínhamos tamanha beleza no reino Inferior. Tínhamos nossos tambores, que batiam como um segundo coração no peito quando os ouvíamos, ditando nossas danças, mas não tínhamos a graça, a nuance, a emoção coletiva que possuíam as flautas, as liras, os aulos, as cítaras, os címbalos e as harpas Celestes.

A deusa da música é uma Celeste, e seu nome é Enva.

Quando a bolsa de moedas de minha mãe se esvaziou, nós duas acabamos de corpo pesado, saciadas pelos pedaços de melodia. Era o modo de Zenia de se desculpar por me bater mais cedo, e descansei a cabeça em seu ombro, atenta às chamas.

— Ainda não entendi por que você tinha essas moedas — falei, com a voz baixa, onírica. — Podemos arranjar mais?

— Os Celestes pagam muito dinheiro por escamas de eithral — respondeu Zenia. — Muito mais do que por nossas pedras preciosas, nosso mármore, nossa obsidiana.

Podíamos trocar esses bens com os Celestes por néctar das nuvens, roupas tecidas pelo vento, e mel de seus apiários. Esse escambo era aceitável, mesmo entre inimigos. Contudo, ela falava das coisas que trocávamos nas sombras, em segredo. Por coisas proibidas.

Sua sinceridade apenas me deu mais coragem. Ela me tratava como aliada, não como criança divina.

— E quão difícil é encontrar uma escama? Phelyra realmente roubou uma de um eithral adormecido?

— Não — disse minha mãe, acariciando meu cabelo, com o olhar fixo no fogo. — Ela achou uma, nas áreas mais profundas do reino, onde os eithrais ficam contidos. A escama estava jogada, abandonada no chão, e ela a pegou. Ocasionalmente, escamas caem das criaturas quando Dacre as fere.

— Dacre *fere* eles? — ecoei, com um nó no estômago.

— Sim. Como mais os controlaria? Quando começam a divergir de sua vontade, ele os ataca com um golpe fatal, e então os cura. Depois, os bichos se amansam. Ele faz o mesmo com a matilha de cães.

Eu respeitava os cães, que lembravam lobos e moravam em covis espalhados pelo reino, como respeitava os eithrais, o que significava que raramente os encontrava sozinha. Porém, imaginar criaturas tão extraordinárias feridas apenas para serem dominadas encheu minha boca de cinzas.

— Que triste — cochichei.

— Não desperdice emoção com esses bichos, Matilda.

Aceitei a repreensão, mas cutuquei uma unha.

— Para que os Celestes querem escamas de eithral? — perguntei, enfim. — O que fazem com elas?

— Possuí-las é sinal de poder.

Essa revelação trouxe sobriedade, como se Zenia tivesse jogado água gelada no meu rosto.

— Poder? De que modo?

— Escamas de eithral podem cortar qualquer coisa. Até a cabeça, o *coração* de um deus. Possuir uma única escama causa medo, mesmo entre os Celestes.

— Por que dar tanto poder aos Celestes? — perguntei. — Eles nos odeiam.

— As escamas são poucas e raras. Não chegam às mãos de qualquer Celeste, apenas de poucos, seletos, se for essa sua preocupação. Mas também é porque temos corações, por mais que tentemos ignorá-los, e o coração sempre deseja aquilo que não pode ter — respondeu Zenia. — O que você daria para ouvir tal música novamente, Matilda? Para sentir tal magia agitar seu sangue?

Mordi minha bochecha até a dor latejar.

E percebi que eu daria praticamente qualquer coisa apenas para escutar aquela música fugaz uma última vez.

A harpa Celeste ainda ecoava na minha memória horas depois, enquanto eu lia o pergaminho de sonhos mais recente de Alva. Ela o entregara para mim com um sorriso estranho, um brilho sagaz no olhar, que não entendi antes de abrir o pergaminho e ler o primeiro sonho, recém-escrito.

Era outro de Vincent.

Ele sonhara de novo com o rio e, dessa vez, também sonhara comigo.

V

O calo no seu pé

MATILDA

Ele estava se afogando, afundando no coração frio e sombrio do rio, até eu pegá-lo pela mão.

Eu me vi pelos olhos dele. Meu cabelo arruivado fluía ao meu redor como fios de seda. Meu vestido branco se agitava em torno das pernas que eu movimentava contra a corrente. As pulseiras douradas no meu braço tilintavam; as pedras da lua dos brincos cintilavam na luz fraca. Com minha mão forte e confiante, segurei a dele e me recusei a soltar.

O terror dele diminuiu como se eu tivesse abafado carvões em brasa, transformando medo em fumaça.

— Não me abandone — sussurrou ele.

Eu o puxei para cima.

Emergimos juntos, arfando.

O sonho terminava assim, abrupto.

Fechei o pergaminho, tremendo. Eu me sentia pesada, como se minhas roupas e cabelo ainda estivessem encharcados do rio. Meus olhos ardiam, como se eu os tivesse aberto debaixo d'água. Meu coração estava na boca.

Eu nunca vira aquele garoto mortal. Lera seus sonhos, apenas, mas ele sabia de mim. De algum modo, ele me vira, e eu, sem saber, entrara em seu sonho.

Esperei minha mãe tirar suas horas de descanso e afivelei o escudo de Bade nas costas para sair da toca. Corri pelas sombras e pela luz das tochas das passagens até a porta de Alva, onde hesitei, ansiosa, para bater.

Ela deve ter pressentido minha presença.

A porta se abriu e ela me mirou de cima, os olhos azuis iluminados de humor. O rosto dela era de uma beleza afiada, com maçãs do rosto altas e esculpidas, emoldurado por novelos de cabelo dourado. Sua boca era carnuda, pintada de preto, as bochechas tinham covinhas e a pele era branca como alabastro. Ela usava um vestido vermelho, preso nos ombros por broches de prata, e cheirava a vinho quente e madeira chamuscada. Notei uma pena entre seus dedos manchados de tinta, como se eu tivesse interrompido a escrita.

— Sua mãe sabe que você está aqui, Matilda? — perguntou ela.

Eu meneei a cabeça em negativa.

— Então entre. Ela não gostaria que você se demorasse nos corredores.

Era a primeira vez que eu visitava a toca de Alva. Passei pela porta, admirando o cômodo vasto. Havia um sem-fim de estantes repletas de pergaminhos, móveis descombinados, uma lareira de mármore, uma prateleira coberta de garrafas de vinho coloridas, e tapeçarias assombrosas nas paredes. Minha atenção, contudo, fixou-se na mesa onde ela escrevia um novo pergaminho.

— Por que ele sonhou comigo? — perguntei, sem conseguir conter a dúvida. — Eu nunca o vi.

— Quem? — perguntou Alva.

— *Vincent*.

— Ah. O garoto mortal de olhos cinzentos, que frequentemente sonha com afogamento. Venha, criança, sente-se.

Eu não queria me sentar. Queria andar, queria *queimar*, mas deixei ela me levar até uma cadeira. Puxei o escudo de Bade para apoiá-lo no colo, caso precisasse.

— Em resposta à sua dúvida — começou Alva, servindo-se de uma taça de vinho —, eu não sei.

Aquela reação me frustrou. Devo ter demonstrado, porque ela riu.

— Não se desespere, Matilda. Tenho uma teoria.

— Que teoria?

Ela tomou um gole demorado, divertindo-se com minha impaciência.

— Você sabe o que são sonhos?

— São uma criação da mente — respondi. — Fantasias frívolas, na opinião da minha mãe.

— Para alguns, são. Mas também são um vislumbre da alma.

Eu franzi a testa.

— Isso não explica por que esse garoto estranho sonha comigo, se nunca nos conhecemos.

— Talvez, ao ler seu primeiro sonho, você e ele tenham forjado uma conexão. Talvez você tenha deixado sua marca nele.

— Mas como? Quando li aquele primeiro sonho no seu pergaminho, era apenas tinta. A noite do sonho já passara fazia tempo.

— A alma não segue o mesmo tempo que seguimos. Não se desloca do mesmo modo.

Eu ponderei aquela ideia, tentando entender o que estava implícito nela.

— A alma viaja pelo passado? Pelo futuro? — perguntei, enfim, contendo um calafrio.

Ava sorriu.

— É o que ouvi Orphia dizer.

— Orphia?

— Sim. A morte conhece bem as almas. Ela as recolhe quando estão em seu momento mais desesperado, mais vulnerável. Se tiver mais perguntas, talvez deva falar com ela.

A última divina que eu queria abordar era a matriarca.

— E, se a incomoda que esse garoto sonhe com você, basta me devolver o pergaminho. Posso parar de emprestá-los.

— Não — retruquei, rápido. — Eu gosto de lê-los. Aprendo coisas sobre o mundo mortal.

— Muito bem — respondeu Alva, e sorriu, como se soubesse algo que eu desconhecesse, expondo os dentes manchados de vinho. — Mas cuidado, Matilda.

Era um sinal de dispensa, e eu recolhi o escudo, tremendo sob seu peso.

— Como assim? — perguntei.

— Não deixe os sonhos a tornarem sensível demais — disse ela. — Proteja sua própria alma, criança.

As semanas passaram com sua constância, uma mesclando-se na seguinte. E Vincent continuou a sonhar comigo.

Eu lia os sonhos depois de Alva escrevê-los, intrigada ao me ver em seu mundo mortal. Aos poucos, os pesadelos de afogamento cessaram, e passamos a subir em árvores. A nos sentar juntos no saguão da fortaleza dele, a nos desafiar a jogar pedrinhas nas taças dos irmãos mais velhos. A cavalgar em pôneis pela charneca e fingir que voávamos. A escalar torres e parapeitos. A rir e discutir; a sonhar dentro dos sonhos. Éramos conectados por amizade e uma familiaridade que me doía no peito.

Às vezes, eu ansiava para que fosse verdade, e talvez fosse essa a sensibilidade de que Alva me alertara.

— Como você se chama? — perguntava Vincent, em certo ponto, todas as vezes.

Eu nunca respondia.

A pergunta partia o sonho como um raio, e me deixava à deriva quando eu enrolava o pergaminho.

Eu conhecia ele. Conhecia seus medos, suas preocupações, suas paixões. Via a fortaleza no rio que chamava de lar, o amor que tinha pelos três irmãos, o respeito que nutria pelo pai, a tristeza que nascia da ausência misteriosa da mãe. E, nos sonhos, eu não era uma deusa, apenas uma garota mortal que ele amava como amiga.

Eu conhecia ele, mas ele não me conhecia de verdade.

Eu notava que as estações mudavam no reino mortal pela água que fluía por nosso córrego subterrâneo. Na primavera, a correnteza era agitada, morna. No verão, tornava-se funda e quente, fumegante. O outono inspirava corredeiras mornas outra vez, salpicadas por folhas caídas das árvores da superfície, e, no inverno, o riacho ficava frígido e lento, obstruído por cacos de gelo.

Minha mãe florescia no frio, enquanto eu lamentava o fim do outono. Meu décimo-segundo inverno logo terminaria; minha infância minguava como a lua. Descobri que o tempo passava rápido quando eu treinava com Bade na forja, Hem atento a nós enquanto trabalhava, conforme minhas lições progrediam de escudo para espada e lança. Descobri também que o tempo parecia parar quando o deus da guerra estava no reino mortal com a Rainha Poeta, o que parecia cada vez mais frequente.

No fim do inverno, quando a impressão é de que o gelo nunca derreterá e a terra nunca aquecerá, ele passou duas semanas distante, e definhei na toca enquanto aguardava sua volta.

Eu estava relendo um dos meus sonhos prediletos: Vincent e eu explorávamos as grutas do mar e descobríamos um cofre trancado, coberto de cracas e algas escorregadias, em uma poça. Ele às vezes sonhava com o oceano, mas o medo de se afogar nunca acompanhava essas ondas; eu ainda não entendia o motivo, mas, juntos, debatemos como abrir o cadeado enferrujado do cofre.

Perdi o foco quando Zenia me chamou, a realidade me arrastando das cavernas salgadas ao lado de Vincent, e de volta para a toca.

Eu me sobressaltei, rasgando o pergaminho ao escondê-lo embaixo da coberta. Levantei-me da cama e andei até o cômodo nos fundos da toca, onde minha mãe e Phelyra me aguardavam, de pé.

— Feche os olhos e estenda as mãos — disse minha mãe.

Ela escondia algo atrás do corpo, com os olhos brilhantes de humor. Phelyra, ao seu lado, abriu um sorriso tímido com a boca pintada.

Lembrei que ela prometera um presente, uma recompensa por guardar o segredo da escama de eithral. Fechei os olhos e estendi as mãos espalmadas.

Eu esperava uma montanha de moedas Celestes, para queimá-las e ouvir música, mas minha mãe pôs algo frio e flexível nas minhas mãos. Eu não estava preparada para o peso; o presente quase escorregou dos meus dedos, e eu o apertei com força.

Curiosa, abri os olhos, pestanejando.

Equilibrado nas minhas mãos estava um cinto dourado, incrustado de pedras de lua ovais.

— Experimente — insistiu minha mãe, quando hesitei.

Não era o que eu esperava. Porém, era de um artesanato estonteante, fabricado com o mais puro ouro Inferior, grosso como meu punho. As pedras da lua eram uniformes, como ovos cortados ao meio, o brilho branco encantador enquanto eu virava o cinto na luz.

— É lindo — falei, em voz baixa. — Obrigada às duas.

Zenia passou a faixa ao redor da minha cintura e me ensinou a fechar a fivela, bem na altura do umbigo.

— Sua mãe queria pedras da lua para lembrá-la de casa — disse Phelyra. — Para nunca se esquecer de onde veio. Mas eu dei um toque do meu encanto.

— Como assim? — perguntei.

— Cada pedra é um bolso. Achei que seria útil quando você começasse a viajar pelos reinos. Talvez precise carregar algumas coisas. E, não, não sentirá o peso. Poderia enfiar um cavalo, um cão ou a cabeça escalpada de um divino em um bolso desses, embora eu tenha ouvido falar que você anda ágil ultimamente, até com aquele escudo amassado que Bade a faz carregar por aí.

— Phel — repreendeu minha mãe, provavelmente para o comentário da *cabeça escalpada*.

Esse tipo de fala não me incomodava.

Olhei para as pedras reluzindo na minha cintura. Toquei uma e meus dedos desapareceram em seu cerne, como se eu os mergulhasse em uma piscina de água fria e funda, e senti a vastidão dos bolsos que Phelyra tecera.

Eu poderia guardar os pergaminhos de Alva ali. Talvez até conseguisse enfiar em um bolso o escudo que carregava, mas imaginava que Bade fosse considerar isso trapaça. Foi então que notei que a pedra mais próxima do fecho tinha uma mancha azul-escura. Uma sombra que não estivera ali um momento antes, quando o cinto ainda não me envolvera. Abaixei a cabeça para analisá-la melhor, e minha mãe arfou.

— O que é *isso*? — perguntou Zenia, batendo a unha na pedra.

Percebi que os bolsos lhe eram inacessíveis, e olhei discretamente para Phelyra, que arqueou a sobrancelha como se ela também notasse a marca estranha.

— Passei três invernos colhendo apenas as melhores pedras da lua — comentou minha mãe. — Tire o cinto, Matilda. Substituirei essa.

— Deixe assim — comentou Phelyra, frustrada. — Se trocá-la por uma mera mancha, terei que encantar cada pedra novamente para o feitiço do bolso, e não tenho tempo para essas coisas. Além do mais, a pedra não está estragada. Apenas reagiu ao toque de Matilda.

Phelyra estava certa.

A pedra respondera a mim de um modo estranho e, quando eu a analisei melhor, a sombra me lembrou de um olho fechado, com pestanas compridas e escuras.

— Você não a encantou para minha mãe manter o olho eternamente sobre mim, encantou? — brinquei com Phelyra.

Ela torceu o nariz e inclinou a cabeça, as mechas loiras caindo por cima do olho. Com o outro, ela me deu uma piscadela. Minha mãe, porém, só fez franzir mais a testa.

Foi então que senti, mas não compartilhei a sensação. Algo sombrio dormia dentro de mim. Um dia, despertaria, e eu não fazia ideia de como me preparar.

Pressenti que havia algo de errado com Bade da vez seguinte que o encontrei para treinar na forja.

As duas semanas com a rainha tinham terminado, mas, quando voltou para me treinar, ele estava distraído. Seu cabelo estava coberto de neve, branca como as manchas que salpicam a pelugem dos cervos, e eu sentia nele o cheiro do vento frio e rigoroso. Havia cicatrizes novas em seus antebraços, recém-fechadas, e a capa vermelha estava rasgada e suja de lama.

— Você andou lutando? — perguntei, num desperdício de fôlego.

Era óbvio que ele andara lutando e, a julgar pelo seu desânimo, devia ter perdido. Engoli em seco e ajeitei as mãos no punho da espada que ele me entregara. Meu escudo seguia empoleirado no outro braço como um falcão fiel.

Passou um momento tenso enquanto eu esperava ele iniciar o combate.

Bade fez silêncio, com o olhar distante. Manteve embainhada a própria espada, aquela de obsidiana que eu admirava. Os braços cruzados no peito. Ele encarava as brasas na fornalha, como se encantado por seu brilho crepitante.

— Me escutou? — perguntei, mais alto. Meu coração fraquejava, angustiado.

Não era do feitio dele. Ele nunca desviava a atenção da tarefa. Quando finalmente se virou para mim, foi com os olhos avermelhados.

— O que você disse? — perguntou ele, rouco.

— Aconteceu algo no reino mortal? Uma batalha que estava esperando?

— Sim.

Por que ele soava tão lamentoso? A guerra tinha acabado? Ele estava entrando em um período de paz?

Ele não notara o cinto de pedra da lua, o primeiro sinal de sua desatenção. Eu esperava que ele fizesse um comentário direto. Que o considerasse um empecilho e me mandasse tirá-lo durante o treino.

Eu preferiria o antigo Bade, mesmo que ele gostasse de me irritar, e decidi que precisava animá-lo. Precisava distraí-lo.

— Como anda o calo no seu pé? — perguntei, sorrindo.

Bade franziu a testa.

— O quê?

— O calo — repeti, perdendo o humor. — Um dia, você a chamou assim. Não lembra?

— Está se referindo a Adria — disse ele, desviando o rosto. — Ela está...

Eu esperei, mas ele nunca terminou a frase. Era como se não tivesse palavras para descrevê-la, e, de repente, meu coração gelou.

— Não posso ficar aqui — murmurou ele, passando os dedos pelo cabelo.

A coroa de neve derretera, e ele começou a andar antes de lembrar que me deixara para trás, chocada.

— Teremos que continuar em outro momento, Matilda — concluiu.

— *Quando?*

— Não sei. Volte para sua mãe.

Com isso, ele sumiu por um corredor anexo. Uma rota escura para o leste, que eu nunca tomara.

Embainhei a espada e guardei o escudo em um dos bolsos de pedra da lua — cabia perfeitamente, como Phelyra dissera — antes de ir atrás dele.

Eu conhecia o mapa das pedras, e poderia me localizar assim.

Ele andava rápido, como se algo ao longe o fisgasse e puxasse. A cada tantos passos, ouvia sua respiração ofegante nas sombras.

Será que fora ferido? Se sim, eu teria notado, e deuses saram rapidamente, desde que o golpe não seja na falha. A armadura dele estava incólume. Não vi marcas acima de seu pescoço, e não compreendia sua angústia.

Ele era meu aliado pela promessa de sal, mas, de muitas formas, eu era também a dele.

Segui Bade de rubi a esmeralda a malaquita, até a porta que levava ao reino mortal acima de nós.

Eu me forcei a esperar dez respirações antes de ousar atravessar o portal atrás dele. Quando saí, fui recebida por uma lufada de vento ardente e um mundo quieto, coberto por neve fresca.

A porta ficava no tronco de um carvalho nodoso, protegido por uma floresta densa. Analisei a árvore para lembrar onde se escondia a porta, e segui as pegadas de Bade pela neve fria, na qual eu afundava até os tornozelos. Eu o persegui até a beira da floresta, e ali parei, olhando o vale lamacento que se estendia à minha frente, cercado por montanhas pontudas.

O espaço continha um acampamento de guerra. Havia fileiras de barracas e estandartes. Fumaça subia de fogueiras; o ar tinha gosto de carvalho e folhas queimadas, misturado a lama fresca.

Vi Bade adentrar o campo tranquilamente, conhecido entre os guerreiros de armadura. Alguns chegaram a fazer reverências em sua passagem, embora ele não lhes desse atenção. A capa vermelha era fácil de identificar, e eu forcei a vista para acompanhá-lo com o olhar até uma barraca ampla, erguida no centro do recinto. Ali, ele sumiu, e eu tive dificuldade de engolir a queimação na garganta.

Ele estava voltando para a Rainha Poeta.

Não tinha acabado de deixá-la? Quase joguei as mãos ao alto, rangendo os dentes de frustração.

Seu tolo.

Era assim que deuses perdiam sua imortalidade. Por distrações. Por baixar a guarda. Não era ele quem me ensinara aquilo? Não era ele quem persistira em reforçar essa lição, de novo e de novo, com a espada que batia no meu escudo, me forçando a ficar mais forte, mais dura, mais sábia sob seus golpes?

Um galho estalou acima de mim.

Meus pensamentos cessaram; levantei o queixo bruscamente. Havia uma arqueira de sentinela posicionada bem acima de mim, à vigia. Eu não achava que tivesse me notado ainda, mas meu coração pulou mesmo assim.

Em silêncio, recuei, apagando as pegadas no caminho.

Não nos faria favor algum expor a localização de uma porta Inferior. Esses portais eram nossos segredos, e pegadas emergindo de um carvalho torto despertariam suspeitas. Bade realmente perdera o bom-senso, deixara um rastro para qualquer mortal ou Celeste curioso localizar, e não consegui afastar o calafrio que me acompanhou até voltar à toca.

VI
A Rainha Poeta e o deus da guerra

MATILDA

A água do córrego começou a aquecer, efervescente. O inverno estava minguando, e eu via a mudança na minha mãe, sua estação de poder dando lugar à primavera tempestuosa e lamacenta. Ela dormia mais para recuperar as forças, o que divinos raramente faziam devido ao perigo que o sono representava, mas ela confiava em mim. Não havia nela medo de que eu a atacasse enquanto dormia em nossa toca. Nunca lhe ocorrera que eu pudesse decepar seu pescoço, arrancar-lhe a cabeça, roubar para mim sua magia.

Tal confiança me agradava, mas eu dormia com o escudo atado no braço, a placa de madeira protegendo meu peito, como Bade instruíra.

E quanto ao deus da guerra... ele passava mais tempo ausente do que presente, mas, quando me dava lições, eram boas, apesar de curtas. Ele ou estava em um humor jovial, brincando em um instante e disparando correções no seguinte, ou distraído o suficiente para eu vencê-lo em combate.

Eu me perguntava sobre aquele dia de inverno em que eu o seguira, e o que lhe causara tamanho transtorno. Porém, nunca tive a coragem de questioná-lo, e nunca mais falamos de Adria nem de calos.

Foi poucas noites antes do meu décimo-terceiro aniversário que tudo desmoronou.

A névoa estava alta nos corredores, revelando o meio-dia mortal. Minha mãe dormia nos fundos da toca, e eu lia um novo pergaminho de Alva quando senti a reverberação na pedra. Eithrais urravam, muito abaixo dos meus pés, e eu escutei, paralisada. O som cessou, e voltou a subir, espalhando um calafrio pelo meu corpo até fazer-se silêncio por fim.

Dacre devia ter soltado os dragões para caçarem lá em cima.

Voltei a atenção para o pergaminho.

O tempo parecia parar quando eu mergulhava nos sonhos de tinta, mas meu transe foi interrompido quando escutei o rufar distante dos tambores. Era uma convocação ao salão: as três cortes — alta, média e baixa — recebiam ordens de apresentarem-se imediatamente.

Com um xingamento, guardei o pergaminho em um dos bolsos de pedra da lua, junto do escudo, e fui despertar minha mãe. Ela estava deitada na cama, o cabelo preto espalhado pelo travesseiro, o peito subindo e descendo no sono profundo. Ela sempre parecia mais leve, mais jovem, ao dormir.

— Mãe — chamei, sacudindo seu ombro.

Zenia me pegou com força pelo pescoço, arregalando os olhos e arreganhando os dentes.

— Sou só eu — sussurrei. — O tambor... Dacre está convocando as cortes.

Ela me soltou e sentou, arfando como se tivesse despertado de um pesadelo. Sem dizer nada, ela se levantou e alisou as rugas do vestido de seda branca.

Ela não confia em mim tanto quanto imaginei, entendi, com um calafrio, massageando meu pescoço machucado.

— Faz pouco tempo desde a última vez que a corte se reuniu — reclamou minha mãe, enquanto eu a via cobrir o cabelo com a teia de pedras da lua e calçar um par de sandálias douradas. — Por que ele nos convoca novamente?

Não respondi, mas um pressentimento estranho me tomava. Eu também odiava a corte, mas tinha a impressão de que algo terrível acontecera.

Seguimos um grupo de Inferiores ao salão, um ambiente imenso à luz de fogo, sustentado por pilastras incrustadas com pedras preciosas de todas as cores. O piso era de mármore preto e branco, tão lustroso que eu via meu reflexo, como se andasse em gelo. As lareiras flamejavam com labaredas de coração azul, e estandartes de bordado detalhado pendiam das paredes, retratando mitos e vitórias dos Inferiores.

A pintura dos eithrais assombrava a parede oeste, e eu os observei — corpos poderosos sob camadas de escamas brancas e iridescentes, com asas compridas e afiadas, olhos vermelhos incrustados de rubis cintilantes, presas e garras escuras de sangue — enquanto me dirigia à posição da Corte Média, no centro do salão. Eu nunca tivera permissão de acompanhar minha mãe à dianteira da câmara, onde a Corte Alta se reunia ao pé do estrado, apesar de seu medo de me deixar sozinha.

Sentei-me a uma das mesas compridas, ignorada pelos Inferiores ao meu redor. Ao ver deles, eu ainda era uma criança, indigna de atenção, embora alguns admirassem o brilho do meu cinto. Ofereci-lhes a mesma indiferença, notando que não servia-se vinho algum, como era costumeiro na corte. Em vez de circular pelas mesas com jarros da bebida, os vassalos humanos estavam parados junto à parede como uma fileira de estátuas, misturando-se aos estandartes e às pinturas de feras.

Engoli em seco, mas o pavor pressionava meu peito como uma garra, e deixei o olhar vagar para a frente da sala.

Vi minha mãe, sentada ao lado de Phelyra. E Alva, de pé no estrado, onde o irmão, Dacre, repousava no trono. Ela estava curvada, cochichando algo ao seu ouvido. Continuei a olhar ao redor, mas não encontrava Bade. Ele sempre se sentava com minha mãe e Phelyra. Era fácil de achar, com os ombros largos, o rosto rústico, a voz retumbante.

Cadê você, Bade?

Como se escutasse meu grito silencioso, ele chegou.

Ele entrou em um sopro pela porta oeste, logo abaixo do arco do voo de um eithral pintado. Os vassalos humanos saíram do posto, e o fogo piscou, sombrio, como se as chamas quisessem se apagar.

Os tambores pararam de soar.

Silêncio ecoou pelo ar, interrompido apenas pelos passos pesados de Bade. Todos os olhos estavam fixos nele, que entrava mancando no salão. Meu coração parou de bater quando vi que ele usava uma tiara dourada na cabeça. Finalmente, merecera uma coroa de Adria, fato que foi rapidamente esquecido quando percebi que ele não estava só. Ele trazia uma pessoa embrulhada em uma capa esfarrapada. Ele a abraçava com ternura, e era inegável que se tratava de alguém mortal, de sangue carmim. O mesmo sangue salpicava o rosto de Bade. Pingava por seus braços. Ensopava a capa púrpura, transformando gradualmente a lã no tom da meia-noite.

— Ora, deus da guerra, seja bem-vindo — disse Dacre, abrindo os braços em zombaria. — Estávamos esperando que chegasse.

Agitação percorreu o salão. Era por *isso* que Dacre nos convocara. Ele queria que testemunhássemos um confronto com Bade.

Os Inferiores ao meu redor vibravam de expectativa e teorias. Fazia muito tempo que não víamos uma luta entre os nossos.

— *Finalmente* — comentou um deus de voz arrastada atrás de mim. — Algo que merece uma vinda à corte.

Outro perguntou:

— Cadê o vinho?

O icor gelou nas minhas veias. Quando respirei, meus pulmões viraram neve.

Eu não enxergava mais Bade dali. Pulei para cima da mesa, uma dor indescritível espalhando-se por meu corpo, como se eu tivesse sido perfurada. Apertei as costelas com as mãos, vendo Bade aproximar-se de Dacre.

— Você deve curá-la — disse Bade, destemido, e seu pedido ressoou pelo salão. — Deve consertar o que partiu.

— Eu o faria, com prazer, se você não tivesse destruído um dos meus bichos de estimação — retrucou Dacre.

Pestanejei, com a cabeça inundada pela visão repentina de Bade matando um eithral. *Impossível*, pensei. Algum dragão já fora derrubado?

— Você nunca deveria tê-los soltado — retrucou Bade, a voz carregada de ira. — Sabia que terminaria em um massacre.

— Que dias estranhos vivemos... — declarou Dacre.

Ele se levantou do trono. Suas vestes eram tecidas com a seda branca mais fina, incrustadas de minúsculas safiras. O cabelo loiro rivalizava com o ouro do meu cinto, cintilando a cada faísca de luz, e o rosto pálido era perfeitamente esculpido, deslumbrante ao olhar.

— Antigamente, você não se importava que eu mandasse meus eithrais se alimentarem no reino mortal. Não tão antigamente, você até encorajava o feito. O que o fez mudar de ideia, deus da guerra?

A pergunta pareceu destruir Bade.

Ele caiu de joelhos; seu desespero ardia como fumaça no ar.

De novo, minha visão dele foi obstruída, e eu perdi qualquer respeito pelos limites da corte. Desci da mesa e me aproximei, dando a volta nas mesas e nos outros divinos que se levantavam para enxergar melhor Bade e o embrulho ensanguentado que carregava. Pela primeira vez, fiquei feliz por ser ignorada. Ninguém se incomodou com minhas cotoveladas. Ninguém me impediu de subir em outra mesa, e tive a vista perfeita de Bade quando começou a desembrulhar a capa roxa.

Ele trazia uma mulher mortal.

Era a primeira vez que a via, mas soube que era a Rainha Poeta.

O cabelo dela era da cor da madeira de salgueiro, cortado na altura do queixo. Uma coroa de ouro decorada com pérolas brilhava em sua cabeça. O rosto dela tinha forma de coração, com uma constelação de sardas espalhadas pelo nariz, e a pele, que eu imaginava um dia ter sido bronzeada pelo sol, estava pálida, esmaecida. Ela estava de olhos fechados, com a cabeça pendendo contra Bade até ele sustentá-la com a mão. Sangue escorria dos cantos de sua boca.

Eu desci o olhar.

Ela usava armadura, como era comum entre mortais que nos encontravam ou se envolviam em batalha, mas vi que a couraça de aço fora rasgada, com a facilidade com que se cortaria linho. Duas linhas fundas e irregulares, em conformidade com as garras de um eithral. Uma das feras devia tê-la capturado, rasgando-a do ombro até o quadril. Uma ferida dolorida e purulenta que não tinha cura sem intervenção divina.

Perdi o fôlego quando Adria abriu os olhos.

Ela ainda estava viva, porém, alarmada, vi sua sombra começar a se esvair sob seu corpo. Eu nunca vira isso — uma sombra se separando do corpo que lhe era devido. Nenhum dos divinos ao meu redor pareceu notar. Nem mesmo Bade e Dacre, ou Alva, ainda no estrado, com o rosto neutro, sem emoção, embora flexionasse a mão ao lado do corpo. Em contraste, as sombras de todos eles permaneciam firmes.

Uma das pedras da lua no meu cinto esquentou, me fazendo chiar. Olhei para baixo, chocada ao ver que a pedra com a mancha estranha mudara novamente. Não imitava mais um olho fechado com cílios compridos. Tinha aberto, expondo uma íris azul de meia-lua, com pupila escura como obsidiana.

Eu a cobri com a mão.

— *Cure ela* — suplicou Bade, o orgulho desintegrado.

Seu óbvio desespero deixava-o exposto como se despido, e eu tive dificuldade de olhar para ele.

— Você é o deus da cura — insistiu. — Misericórdia, senhor.

Dacre ficou quieto, deleitando-se com o poder; ele era o único divino capaz de fechar feridas tão terríveis. E derrubara ninguém menos do que o temível deus da guerra.

— O que é *isso*? — perguntou Dacre, descendo os degraus do estrado. — Algum símbolo de prestígio mortal? — Ele arrancou a tiara dourada da cabeça de Bade e a arremessou nas sombras. — Eu curarei esta mulher mortal deplorável se você me der sua forja. Sua coleção de armas encantadas. Seu vassalo, que você protege e afasta de mim.

Não, Bade, eu queria gritar. Queria socá-lo e fazê-lo recobrar o bom senso. Senti um aperto súbito no peito; engoli lágrimas por ver sua desgraça se desenrolar.

Você quer ser temida ou amada?, ele um dia me perguntara.

Temida, eu respondera, por saber que era mais seguro. Eu me dedicara àquele caminho, que ele aprovava. Porém, ali, meu coração estava confuso, transtornado, enquanto eu o via olhar para Adria. Eu nunca vira uma expressão tão delicada em seu rosto anguloso e feio. Como se ele fosse feito de plumas, de lanugem, de areia quente.

Sensível.

— Não — disse Adria, a voz fraca e tênue. — Não abra... mão disso por... mim.

Ela fechou os olhos de novo, e ele acariciou seu cabelo. Ela tinha dificuldade de respirar; doía escutar o ir e vir úmido de suas inspirações, expirações.

O rosto de Bade desmoronou.

Naquele momento, percebi que eu me equivocara quanto a sua falha. Ele um dia me deixara em dúvida, mas não havia mais questão: era o coração dele, que ele acabara de revelar ao clã inteiro. Tudo por causa *dela*, uma mulher mortal que um dia ele conspirara para enganar. Uma mulher mortal que, de alguma forma, saíra vitoriosa.

Dacre assomava acima deles, esperando a decisão de Bade.

O momento parecia uma forquilha de ferro, vermelha de calor, afundando no meu tronco.

Estava tudo prestes a mudar. Não havia redenção após aquele juízo; o que quer que Bade escolhesse, alteraria as estrelas. Abalaria nossas bases e formaria novas fissuras em nosso mundo, admitindo uma enchente de trevas desconhecidas.

Eu sentia flamejar na pedra da lua, ainda escondida na minha mão.

Uma pergunta sem resposta.

— Tudo que me pedir — disse Bade, enfim, erguendo o olhar para Dacre — eu lhe darei, se curá-la para mim.

Dacre sorriu, de boca fechada e torta, e estendeu os braços.

— Me dê ela.

— *Não* a solte, Bade.

O comando de Orphia ecoou pelo ar, chamando nossa atenção para a porta leste, onde ela se postara na entrada, alta e sombria como uma nuvem de tempestade com suas vestes pretas.

Dacre ficou tenso. Ele olhou para a deusa da morte, torcendo a boca em uma carranca de desgosto.

— Orphia — disse, com a voz seca. — Que magnanimidade sua juntar-se a nós.

Ela adentrou o salão. Inferiores abriram passagem como água. Fazia muito tempo que Orphia não frequentava a corte. Ela era a matriarca, a mais velha dos Inferiores. Era a única que não se curvava diante do poder de Dacre.

— Mãe — disse Bade, alívio e medo disputando lugar em seu rosto, em sua voz. — Se eu não fizer isso, ela morrerá.

Orphia parou, devagar, junto a eles. Notei que a sombra de Adria se encolhia ainda mais, como se dobrando-se para ser recolhida pela morte.

— Talvez. Mas, se deixar Dacre curá-la, ela viverá em dívida com ele. Ela se curvará às vontades dele, e apenas dele.

— Não quero que ela viva em dívida com nenhum de nós — respondeu Bade, seco. — Nem com ele, nem comigo. Ela pertence apenas a si.

— Como espera que ela viva aqui, entre nós, com sua independência intacta? — interveio Dacre, cor subindo por seu rosto, a raiva ardendo como estrelas nos olhos. — Você conhece nossas leis. Para residir em nosso reino, essa mulher mortal deve tornar-se vassala. Mesmo se ela decidir coabitar conosco eternamente como um vulto, será obrigada a servir.

Adria poderia voltar ao reino subterrâneo depois de morrer. Sua alma se tornaria um vulto se ela optasse por essa via. Porém, era o que Dacre dissera: ela seria acorrentada ao serviço eterno. Abriria mão de sua chance de alcançar o paraíso da bruma. E eu não imaginava que Bade desejasse isso para ela. Vê-la, sem jamais poder tocá-la. Vê-la se curvar a nossas vontades, dia e noite, noite e dia.

— E, se recusar minha generosidade em curá-la — disse Dacre, mais baixo —, deverá levá-la de volta para morrer em seu próprio reino.

Bade, ainda abraçando Adria, deu as costas a Dacre para olhar para a mãe.

— Se você levar a alma dela agora — sussurrou para Orphia —, eu a seguirei pela bruma. Eu deixarei com prazer que um divino me dizime quando ela respirar seu último sopro.

Orphia ficou em silêncio, mas seu desgosto mergulhou o salão em gelo, como se uma enchente nos invadisse. As sombras no chão ficaram compridas, contorcidas. A pedra da lua ainda queimava como brasa na minha mão.

— Há outra saída — disse Orphia, enfim, com palavras lentas e relutantes. — Não posso curar suas feridas, mas adiarei ceifar sua alma enquanto for possível. Eu abrirei mão de quatro estrelas de minha constelação para dá-las para ela. Posso torná-la imortal, mas apenas parcialmente.

Murmúrios irromperam pelo salão; fascínio misturado a nojo.

Dacre levantou a mão, exigindo silêncio.

— Quer dizer que transformará esta mulher mortal em uma de *nós*? — perguntou ele.

— Sim — respondeu Orphia. — Porém, ela precisará de mais quatro estrelas para completar sua divindade.

— Impossível! Isso nunca foi feito — bufou Dacre.

— *Pegue as minhas* — murmurou Bade, ao mesmo tempo. — Tire quatro estrelas minhas e as dê para ela.

Orphia abanou a cabeça.

— Não podem ser suas, meu filho.

— Então de quem? Onde encontrá-las?

— As estrelas devem ser oferecidas por minha outra metade. Por minha irmã.

Todos sabíamos da irmã de Orphia. Era Rowena, deusa da fortuna, a matriarca Celeste. As duas não conversavam cara a cara havia séculos. A rixa entre elas era lendária, o princípio de nossos dramas divinos.

— Que tragédia — suspirou Dacre, sem demonstrar um pingo de tristeza, e olhou para Bade. — Nenhum de nós pode andar no reino Celeste. Você deve decidir se eu devo curá-la agora, ou se ela deve morrer.

Bade não lhe deu ouvidos.

Ele erguera o rosto, ávido, como se procurasse alguém na multidão. Em questão de instantes, seu olhar encontrou o meu e ali ficou, fixo em mim. Ele era meu aliado pela promessa do sal, meu pai forjado em alma. E eu sabia do que ele precisava antes que pronunciasse as palavras.

— *Matilda* — sussurrou. — Matilda, você é Celeste e também Inferior. É a única entre nós que pode percorrer os três reinos. Você irá em meu nome? Levará uma mensagem para a deusa da fortuna?

— *Não* — veio o protesto rápido de minha mãe, como uma espada rasgando o ar. — Bade, ela ainda é muito jovem. Ela não está pronta...

— Eu irei — declarei, com a voz trêmula.

Eu não estava com medo, mas tampouco tinha coragem. Estava *faminta*. Senti uma porta se abrir, e queria atravessá-la.

— Tem certeza, criança? — perguntou Orphia, o mais gentil que jamais soara, como se soubesse que me mandaria à cova de um leão.

— Eu irei — repeti, mais alto, e desci da mesa.

Dessa vez, os Inferiores abriram caminho para mim, afastando-se como se eu tivesse asas, ou duas cabeças, ou arrastasse atrás de mim um divino morto.

Cheguei ao lado de Orphia, sem saber o que viria a seguir. Minha magia crescia dentro de mim, quase dolorida, como se escapasse dos limites dos meus ossos, da minha pele.

A deusa da morte estendeu uma carta, selada por uma gota de cera vermelha. Era como se soubesse que isso aconteceria e viesse preparada, com um pedido redigido e pronto para entrega. O nome da irmã estava escrito no pergaminho, em uma caligrafia que lembrava teia de aranha.

— Entregue isso a Rowena — disse Orphia. — Ela estará em seu solar Celeste.

Minha boca secou. Com a língua grudada nos dentes, perguntei:

— E como encontro o solar?

— Não sei, criança. Nunca estive no reino superior.

Foi então que entendi o desafio que eu havia impulsivamente aceitado.

Eu também nunca estivera no reino Celeste. Não sabia como adentrar seus portões. Não sabia como percorrê-lo em segurança.

E se eu esbarrasse com meu pai? Saberia que era ele?

Eu sentia o olhar penetrante da minha mãe. Ela também nunca subira ao Celeste. Todos os seus encontros com meu pai ocorreram na paisagem mortal, sob a copa das árvores e no emaranhado da grama do vale, protegidos pela sombra das cavernas. Eu me recusei a olhá-la, sabendo que apenas me deteria.

Peguei a carta de Orphia.

Imediatamente, senti o zumbido de colmeias. Senti o cheiro doce de um pomar e de terra quente, recém-arada. Ouvi um estalido, como de uma lançadeira no tear.

Meu coração subiu à boca, me puxando bruscamente para o céu. Avancei um passo e senti que estava prestes a me erguer. Como se asas realmente tivessem brotado entre meus ombros.

Era minha magia, me conduzindo a Rowena.

Guardei a carta em um dos meus bolsos de pedra da lua. Ninguém se pronunciou. Ninguém se mexeu. Todos os olhares estavam fixos em mim quando saí correndo do salão.

VII
Ruiva

MATILDA

Emergi por uma porta na lateral de uma colina, cujo batente era disfarçado por tufos de grama comprida.

Era um dia de primavera tórrido, o sol em seu zênite no céu. Nuvens se acumulavam, estrondando ao longe no sul, e eu me permiti um instante para me localizar, ajustando a vista à luz forte. Estava cercada por charnecas, afundada até os joelhos em tojos amarelos, e quase senti que era o único ser no mundo, exceto pelos pardais piando nas samambaias.

Foi um momento de paz até sentir o impulso urgente que me conduzia a Rowena. Um puxão forte, como um fio amarrado a meus pulmões. Subi o olhar, mas vi apenas o azul profundo do céu, o sol implacável, as nuvens acumuladas que nem tufos de lã.

— Rowena? — chamei, me perguntando se ela me ouviria.

Não veio resposta.

Subi a colina até o topo, mas não me senti mais próxima do solar. Haveria de existir um acesso ao reino Celeste, como as portas Inferiores, mas eu não fazia ideia de como descobri-lo.

Não tinha sequer o nome do meu pai para chamar.

A pedra da lua estranha ainda esquentava minha cintura, mas o olho não se abrira mais. Ainda estava semicerrado, meio iluminado.

— Suponho que você não possa ser minha visão? — ponderei em voz alta, esperançosa.

De novo, não veio resposta.

Ficar ali parada seria perda de tempo. O que minha magia revelara? Um pomar. Um apiário. Um tear.

Decidi correr até cruzar o caminho de alguma dessas pistas, abrindo uma trilha em meio ao tojo. Subi e desci colinas, meu coração batendo como um tambor, minhas pernas compridas devorando a distância tranquilamente. Dali a pouco, vi fumaça subir ao longe. Passei por fazendas devastadas, plantações arrasadas. Restos em carvão de bosques. Cemitérios sem sepulturas, apenas terra revolvida e ciscada por urubus.

Eram provas da guerra entre o Rei Usurpado e a Rainha Poeta, e eu engoli em seco, pensando em Adria lá embaixo nos braços de Bade, respirando com dificuldade, com o abdome rasgado.

O rei vencera.

Ela poderia, sinceramente, tornar-se uma de nós? Dacre dissera a verdade: nunca antes acontecera. Ela seria a primeira mortal a se tornar deusa, se eu localizasse Rowena.

O tempo passava. O sol me provocava enquanto afundava no horizonte oeste, e eu percorrera um terreno sem fim, sem localizar minha passagem. Eu começava a ficar desesperada, cansada.

Sempre que sentia a tentação de descansar, imaginava o rosto de Bade. Como ele me olharia quando eu voltasse ao reino subterrâneo, tendo fracassado em minha primeira missão de arauto.

Se Adria falecesse, seria devido à minha incompetência.

Finalmente, cheguei a um rio largo, caudaloso. Alguém armara acampamento ali, embora a fogueira fosse apenas cinzas quentes em um círculo de pedras e a grama estivesse marrom e amassada, como se um anel de barracas tivesse sido tirado recentemente.

Minha sede me levou à água, e eu atravessei o acampamento abandonado e me ajoelhei no musgo da margem, enchendo as mãos. Molhei o rosto e bebi, fechando os olhos para saborear a água fresca e doce. Eu ainda estava lá, ajoelhada, de olhos fechados, quando senti um cheiro podre de decomposição. Em seguida, veio a temperatura gelada, a luz baixa.

Ergui o rosto e vi um bando de eithrais no horizonte.

De início, mantive o coração estoico, como se tivesse sido ceifada na corte. Não havia nada a sentir, nem mesmo a temer. Porém, um calafrio me percorreu quando percebi que as criaturas me notaram e mudavam de curso para pairar na minha direção.

Eu podia permanecer onde estava, ajoelhada, imóvel, a céu aberto. Porém, o vento agitava meu cabelo solto, soprando-o ao redor dos ombros. Era o movimento que os atraía.

Eu me levantei e olhei para trás, avaliando a paisagem extensa em busca do esconderijo mais próximo. Nada me parecia seguro, além de um arvoredo distante, na encosta, e a cobertura espessa de samambaias altas e verdejantes graças às chuvas abundantes.

Fui me dirigindo às samambaias, decidindo que me deitaria e deixaria as folhas me cobrirem. O topo das plantas batia nos meus joelhos. O vento soprava cada vez mais forte, um frio de arder, quando senti alguém agarrar meu tornozelo e me puxar com força.

Perdi o equilíbrio e caí, batendo os joelhos na terra.

Meu coração retumbou de choque e, em sequência, irritação, ao notar que era um garoto mortal quem me derrubara. Ele tivera a mesma ideia que eu, de se refugiar ali. Vislumbrei apenas parte de seu rosto — um emaranhado de cabelo preto como um corvo, um olho cinzento e arregalado —, sob as folhas agitadas.

— O que você está fazendo? — questionei, seca.

Um vislumbre da boca dele, tensionada em uma linha fina, e do pescoço pálido. As samambaias continuaram a dançar sobre ele, que notei ainda apertar meu tornozelo.

— *Se abaixe* — suplicou ele, a voz falhando de medo. — Está atraindo eles para cá.

Não havia tempo para discutir com ele, como eu gostaria.

Cedi, deixando as samambaias cobrirem minha cabeça. A última coisa que eu queria era me deitar a seu lado, mas foi o que fiz, estatelada de barriga para baixo, sem jeito. E foi ali, escondida sob as folhas verdes, que vi seu rosto nitidamente.

Eu conhecia ele.

Fazia muitos meses que eu lia seus sonhos.

Perdi o fôlego. Não conseguia respirar enquanto eu o encarava, e ele me encarava de volta.

Ele arregalou os olhos de mar cinzento. Ficou de queixo caído. Eu parecia tê-lo espantado ainda mais do que ele me espantara.

— *Ruiva?* — perguntou.

Pestanejei. Quase falei que não, mas enfim entendi. Quantas vezes ele pedira meu nome? E quantas vezes, em vez de eu responder, o sonho se desfizera?

Sussurrei:

— É disso que você tem me chamado?

Ele não respondeu. Algo atrás de mim roubou sua atenção, e ele se encolheu, aterrorizado. Ainda assim, me puxou, como fazia nos pesadelos. Enlaçou os braços ao meu redor, enroscou as pernas nas minhas. Primeiro, pensei: *Ele está com medo*. Então entendi que o abraço não era por sentir medo por si. Ele me segurava como uma âncora na tempestade. Um peso para me prender ali. Ele me segurava por temer que eu fosse levada embora. E, se eu fosse carregada, ele estava tão entrelaçado em mim que a fera teria que nos levar juntos.

O frio podre se agitava.

Eu sentia a pressão no ar, os tímpanos estalando, quando uma sombra cobriu as samambaias.

Rapidamente, puxei o escudo da pedra da lua no meu cinto. Ele cobriu meu braço esquerdo, algo sólido para nos proteger.

Vincent pressionou o rosto no meu cabelo, os dedos apertando as costas do meu vestido.

Fiquei agradecida por todo o treinamento de Bade, por me obrigar a ficar mais forte. Golpe atrás de golpe, até meus ossos parecerem prestes a rachar, meus músculos arderem de agonia, e meu icor queimar como fogo. Hora atrás de hora, suportando o peso da resistência.

As garras do eithral acertaram a madeira com um solavanco.

O bicho queria arrancar o escudo do meu braço, mas eu rangi os dentes e me *segurei*. Eu não tinha medo, e ele não me tiraria dali; não me tiraria de Vincent. O dragão investiu uma segunda vez, mas eu me segurei de novo, com o braço firme como aço.

Poderia ser um sonho, pensei. Contudo, o garoto apertado contra mim era de carne e osso. Era quente, vibrante. Respirava no meu cabelo. Estava *ali*, ou talvez fosse melhor dizer que era eu quem estava *lá*, no mundo dele.

Até aquele momento, eu não me dera conta de quão forte me tornara. Minha infância realmente ficara para trás, deixando uma versão polida de mim.

Pela terceira vez, o eithral mergulhou, mas as garras apenas rasparam o escudo, sem insistência. Eram feras poderosas, mas simples, facilmente distraídas por coisas brilhantes e em movimento, e eu e Vincent éramos sombras paralisadas em um mar de samambaias, protegidos por um escudo de madeira sem graça.

O ar começou a esquentar. A luz do sol voltou, uma enchente dourada, e um vento do oeste suave carregou para o sul o fedor podre.

Os eithrais se foram, e eu engoli em seco. Minha boca estava ressequida, meu braço, exausto.

Guardei o escudo no bolso novamente, e Vincent levantou o rosto para me olhar. A expressão dele era diferente de qualquer uma que eu já tivesse encontrado em todos os meus anos subterrâneos. Era inteiramente transparente: suave, de fascínio e camaradagem. Confiança. Alívio. Afeto.

Ele estava vulnerável, assim como eu, e se aproximou bem quando eu me ajeitei para afastar uma folha de samambaia do olho. A boca dele roçou meu queixo.

Nós dois ficamos paralisados.

Entendi que ele tentara me dar um beijo na boca. Surpresa me percorreu em um calafrio. Em seguida, porém, um calor agradável se espalhou pela minha pele, como se eu tivesse me aninhado junto ao fogo após uma noite fria e longa.

Vincent corou.

Ele desviou o rosto, como se de repente não suportasse me olhar. Uma mecha de cabelo preto caiu no seu olho. A emoção que eu lera em seu rosto se fechou, tomada por vergonha.

— Me... me desculpe — sussurrou ele. — Você é a garota mais corajosa que eu conheço, e está *aqui*, depois de tantos meses em que eu a vi apenas em sonho. Eu não sabia que você existia de verdade. Eu achei... Não sei o que achei. Mas...

Eu me estiquei, chamando de volta seu olhar torturado.

Encostei a boca na dele, como um selo. Um beijo de inocência, breve, mas sincero. Quando me afastei, nós nos entreolhamos, compartilhando outro momento de choque puro e prazer.

Então eu ri, a alegria me inundando como uma onda.

Vincent se juntou a mim, e gargalhamos até chorar, minhas costelas doerem de êxtase e parecer que tínhamos bebido toda a luz do céu.

Eu percebi que podia conter tamanha felicidade. Havia um espaço para ela, escondido dentro de mim, que poderia se enraizar mais profundamente se eu permitisse.

— Como você me encontrou? — perguntou Vincent, quando nossas risadas cessaram.

— Eu não estava tentando — confessei. — Esbarrei em você.

— Que nem nos meus sonhos?

Eu assenti, sem saber como mais responder.

— Por que você estava aqui, assim, exposto?

— Estou esperando meus irmãos voltarem. Eles foram convocados como reforços para a rainha. Estávamos acampados aqui, voltando para casa, quando chegou o recado de que eles deveriam ir a cavalo ao vale.

— Ah.

Senti um aperto no peito. Lembrei-me de Adria, ferida. Bade, esperando ela se transformar. Eu ainda tinha uma mensagem a transportar, e senti meu coração rasgar um pouco quando me sentei, saindo do abrigo de samambaias.

— Ruiva?

Vincent me seguiu e, relutantes, voltamos à realidade que nos cercava. Um mundo por um fio, prestes a desmoronar.

— O que foi? — insistiu ele. — Quer voltar comigo para casa? Meus irmãos logo devem chegar. Pode ir no meu cavalo.

— Não posso — falei, e me levantei. — Tenho que ir.

Vincent se levantou. Ele era mais alto, mais magricela do que nos sonhos. Eu amei que ficássemos de olhos alinhados.

— Aonde?

— Celeste.

Um momento de silêncio passou entre nós. Olhei para ele e vi um lampejo de assombro em seu rosto.

— *Deuses* — sussurrou.

Ele empalideceu, ainda me olhando. Meu vestido branco, tecido da seda mais fina, meus braços nus brilhando em ouro. Meu cinto de pedra da lua, que ainda não aparecera em seus sonhos.

— Você é uma deusa, não é? — perguntou.

Por esse tempo todo, ele acreditara que eu era uma garota mortal.

Minha garganta apertou. Isso mudaria o que ele pensava de mim? Ele passaria a me temer?

— Sou — respondi, e a palavra doeu. — Eu…

— *Vincent!*

O grito veio de longe.

Eu e Vincent nos viramos para a colina, onde homens a cavalo surgiram, pontos no horizonte. Eu sabia que eram seus dois irmãos mais velhos, Finnian e Marcher. Eu os vira em seus sonhos e, quando vieram a galope, notei que não estavam a sós. Eles chegavam acompanhados por um grupo de guerreiros. Cavaleiros, arqueiros com arcos de teixo, guerreiros portando bandeiras. Contei duas marcas heráldicas diferentes. As flores brancas no veludo azul que eu reconhecia como sigilo Beckett, e outra, que não me era familiar. Um estandarte amarelo com três montanhas.

Os cavalos espumavam suor, imundos de lama. As flâmulas estavam rasgadas. O rosto e a armadura dos homens estavam sujos de sangue, sombrios.

Eu sabia a notícia terrível e devastadora que eles trariam.

Eles acreditavam que Adria estava morta. Que fora assassinada por um eithral. Que se fora, arrancada deles. O mundo deles estava fraturado.

Recuei um passo, sem conseguir explicar por que meu coração acelerava como uma lebre assustada na moita. Um arrepio de alerta me atravessou.

Fuja.

Uma deusa sozinha, cercada por homens devastados pela guerra, corria perigo. Pois homens são como eithrais; são atraídos por coisas brilhantes, arrebatadoras, ávidos por domá-las. Embora eu confiasse em Vincent, não confiava em mais nenhum mortal.

Fuja, repetiu-se a ordem.

Eu dei meia-volta e desatei a correr.

— Espere! — exclamou Vincent, frenético. — Ruiva, *espere!*

Não diminuí o passo, nem por ele. Eu o escutava correr, desesperado. Ele me chamou de novo, e de novo, pelo apelido que me dera. Que ardia nos meus olhos. Que cortava minha respiração, como o início de um soluço choroso.

Eu queria ser de aço, mas olhei para trás, sem conseguir resistir.

Vincent, inevitavelmente, desacelerara, com o rosto contorcido de agonia conforme a distância entre nós se expandia. Ele nunca me alcançaria. Os irmãos dele, porém, atraídos pelo movimento, tinham se afastado da comitiva e vinham galopando atrás de mim.

Eles se aproximavam, mas as colinas também. Eu estava determinada a me esconder nas sombras do vale.

Soou um grito abafado, um dos irmãos me chamando.

Eu não consegui distinguir as palavras; meu sangue rugia nos ouvidos. Fixei o olhar no caminho à minha frente, no encontro do chão com o céu. Estava subindo a encosta às pressas quando um deus surgiu diante de mim, desenhado em uma lufada fria.

Ele era velho, com um rosto triste e abatido, e cabelo comprido e prateado. A barba trançada com contas tilintava. A voz dele era de timbre grave, e os olhos, de azul vívido. O nome dele me veio como se sussurrado em meus pensamentos.

Shale.

— Aonde vai, criança divina? — perguntou ele.

— À Fortuna — sussurrei. — Pode me levar ao solar de Rowena?

— Tem certeza que é aonde quer ir?

— *Tenho.*

— Então me dê a mão.

Precisei fechar os olhos para enxergar seus dedos compridos, que lembravam plumas. Quando os peguei, senti um sacolejo no estômago, e ousei olhar para baixo, para o mundo borrado que deixara para trás. Verde mesclado a marrom, marrom dando lugar a azul. Uma sensação eletrizante me atravessou, como se tivesse bebido vinho demais. Roubava o ar da minha boca, como um beijo.

Deixei o deus do vento me carregar ao reino Celeste.

VIII

Não solte ela

VINCENT

Em um momento, Ruiva estava lá, correndo colina acima. No seguinte, se fora.

E eu gostaria de acreditar que minha história começou muito tempo antes, quando cheguei ao mundo como um menino pálido e quieto, destinado a morrer um dia. Porém, começa de verdade *aqui*, neste momento em que dos meus sonhos nasceram ossos, dentes e pele no mundo desperto. No momento em que conheci Ruiva, cara a cara.

Lembro vividamente.

Como tremi, parado na grama. Como o céu estava brilhante, e eu protegi os olhos, fitando o lugar onde ela desaparecera. Como o vento baixou até o ar ficar estático e quente, sufocante.

Eu não conseguia ouvir nada além do rugido do meu coração.

Ruiva não era uma garota, era uma deusa.

E eu sabia que estrelas pertenciam a ela. Eu as aprendera de cor. Podia fechar os olhos à noite e apontar em sua direção. Podia desenhá-las na palma da mão.

Quando um mortal mata um deus, suas estrelas somem do céu, e nunca mais são vistas. Foram poucas as constelações que já desapareceram. Poucos da minha espécie conquistaram tamanho feito mítico.

Quando um deus mata um deus, as estrelas permanecem firmes no céu, mas sua magia responde ao que saiu vitorioso.

E quando uma nova constelação emerge — o que, nesta era, é tão raro quanto sumirem —, todos nós reparamos, pois sabemos que significa que nasceu um divino.

A constelação de Ruiva — seis pontas iluminando o céu do oeste — acendeu-se pouco depois do meu próprio nascimento. Nossos astrônomos acrescentaram as seis estrelas aos mapas de constelações, ponderando a quem pertenceriam. Que magia conteriam? Estávamos aguardando o divino em questão revelar sua presença para nós, assumir em público essas estrelas.

Estava estarrecido por saber que, por aquele tempo todo, sonhava com ela.

Finnian e Marcher giraram com os cavalos na colina. Meus irmãos mais velhos pareciam perplexos, observando o lugar onde ela desaparecera. De tão atento que estava neles, me perguntando o que estariam conversando entre si, não notei o outro cavalo que chegava a galope ao meu lado.

— Você deixou ela ir embora.

Eu me sobressaltei e me virei. Meu tio Grimald me olhava de cima do corcel. O sol reluzia em sua armadura. As manchas de sangue da batalha da véspera eram escuras, espalhadas como tinta na couraça e nas manoplas.

— Eu não sabia quem ela era — menti.

Ela era meu segredo, como eu imaginava ser o dela.

Grimald suspirou, decepcionado. Seu rosto se suavizou, porém, e ele estendeu a mão.

Aceitei a oferta silenciosa de carona; ele me puxou com o grunhido alto de um homem de meia-idade, mas ainda não tinha acabado de falar:

— Da próxima vez, não solte ela. Peça seu nome, seu favor. Poderíamos tê-la usado. Não se solta uma deusa, muito menos uma jovem, sem nome, cujas estrelas ponderamos há mais de uma década.

Cerrei os punhos. Uma lembrança de meros momentos antes girou em minha mente, dourada. O jeito com que eu me agarrara a Ruiva sob as samambaias. Não era por mim, pelo meu medo; eu queria *protegê-la*, minha companheira de sonhos, minha amiga que me ajudara a superar os pesadelos, e enfim percebi como meu esforço fora fraco e fútil. O que eu poderia ter feito para proteger uma deusa?

Entendi que não poderia fazê-lo abraçado a ela. Apenas ao deixá-la partir.

O pensamento me deixou incomodado, dolorido.

— Não pegue no pé do menino — disse outra voz.

Olhei para a direita e vi que o Lorde Hugh se juntara a nós, com a armadura tão ensanguentada e amassada quanto a de Grimald. Hugh era como um parente para mim, cumprindo uma função de tio, e era nosso aliado mais forte, cavalgando sob seu estandarte das montanhas. Ele também fora devoto à causa de Adria. Lutar por ela unira nossas famílias.

— É uma lição que ele precisa aprender — disse Grimald para Hugh. E, mais firme, para mim: — Me escutou, Vincent?

— Escutei, tio.

— Se voltar a vê-la, mantenha ela a seu lado, custe o que custar.

Felizmente, ele se calou quando seguimos caminho de volta a Wyndrift, e Hugh me dirigiu um olhar triste. Fomos para casa pelo rio, e as palavras do meu tio eram como espinhos na roupa, arranhando minha pele.

Não solte ela.

Mas quem conseguiria conter o vento?

E — mais importante — quem seria tolo a ponto de dar sua confiança — seu *amor* — a um ser tão livre?

IX

Pergaminho, tinta, cravo

MATILDA

Shale me soltou antes de eu estar pronta.

Eu caí, braços cortando o ar, desesperada para me segurar. Porém, eu não tinha asas, nem no que me agarrar enquanto o mundo retomava a definição. Meu cabelo ficou embaraçado, embolando no rosto; caí com um solavanco, de joelhos no chão, e tive um momento decididamente mortal: tonta, vomitei na grama.

— Achei que tinha mandado não trazer pirralhos vassalos para minha porta — soou a voz lenta de uma mulher, límpida como um sino e afiada como vidro. — Muito menos doentes.

— Esta, minha cara Fortuna, não é nenhuma pirralha vassala — respondeu Shale. — Você ainda não a olhou devidamente.

— E por que olharia?

— Porque creio que verá algo bastante... inesperado.

Fez-se silêncio. Infelizmente, eu ainda sentia ânsias de vômito. Minha pele estava arrepiada pela viagem no vento, meus ossos, vibrando. Quando me acalmei, olhos pingando lágrimas e boca com gosto doce e podre, notei que alguém parara na minha frente na grama alta.

Ela tinha pés intrigantes. Eram compridos, ossudos, azulados e com garras, como se fosse ao mesmo tempo deusa e fera.

Um calafrio me percorreu. Afundei os dedos na terra; não me atrevi a erguer o rosto. Não sem seu convite. Devagar, o zumbido nos meus ouvidos diminuiu, e consegui processar meus arredores.

Estávamos em um pomar. Romãs e ameixas salpicavam a grama que nos cercava, como se tivessem acabado de cair dos galhos. Ao longe, um solar de colunas brancas e telhado de nuvem brilhava no topo de uma colina, resplandecente tingido nas cores do poente. À minha direita, escutei o zunido de abelhas, e soube que o apiário estava próximo. Senti o cheiro de mel silvestre, mesclado aos suspiros que Shale soprava pelo pomar da Fortuna.

— Olhe aqui — ordenou Rowena.

Eu engoli em seco e ergui o queixo, deixando o cabelo cair do meu rosto.

A deusa da Fortuna era uma velha magra, com ombros curvados, rugas fundas no rosto e dedos retorcidos. O cabelo comprido e fino tinha a cor da primeira neve da estação. À primeira vista, ela parecia ter a idade do mundo, emergindo de uma era com a qual podíamos apenas sonhar. Seus olhos, contudo, me eram familiares. Eram idênticos aos da irmã. Azul-claros e leitosos, como se enxergasse todos os fios da vida, todos os nós atados e cruzamentos que sentíamos, sem ver.

Sustentei seu olhar, meu coração batendo com força na garganta.

Vi a surpresa atravessá-la, como o choque de metal na lã. Eu me perguntei se ela veria algum sinal de meu pai em mim. Estava desesperada para saber, mas intimidada demais para perguntar.

— Teci incorretamente os fios dela no tear — disse Rowena, franzindo mais a testa. — Maldita Orphia, que me enganou dessa vez. E maldito Th...

— Você não sabe se teceu incorretamente — interrompeu Shale. — Esta deusa ainda é criança. Talvez seja você a correta.

Rowena estava abalada demais para responder. Ela deu meia-volta e se dirigiu ao solar, ágil para a idade.

Confusa, eu me virei para Shale.

— Devo segui-la? — perguntei.

Ele deu de ombros, sem me ajudar.

— Você deve aprender os ventos alísios, criança divina — disse, começando a se dissipar em um vendaval frio. — Pode viajar por eles de acordo com o cronograma, de leste a oeste, ou oeste a leste. Eles podem levá-la de volta ao reino mortal, e também trazê-la para cá, desde que saiba a que portal Celeste pretende chegar.

Dito isso, ele se foi, misturado ao vento que sacudia as árvores.

Frutas choveram na minha cabeça.

Eu me levantei com esforço, olhando a escadaria de mármore distante que levava ao solar de Fortuna. Ainda tinha uma carta a entregar, e esperava que o que Rowena tinha visto em meu rosto bastasse para impedi-la de me assassinar quando eu a seguisse.

Caminhei pelo pomar até o primeiro degrau. Ali, me detive, paralisada por incerteza. Foi nesse momento que senti o vento alísio de que Shale falara; ele soprava, frio, do leste, inspirando outro tremor nas árvores. Então a paisagem se calou, em expectativa, e vi que um deus chegara exatamente no mesmo lugar em que Shale me depositara. O portal de Rowena para visitas, logo aprendi, pois ela gostava que primeiro atravessassem o pomar.

Forcei a vista para o novo visitante que andava pela grama, chutando frutas caídas com as sandálias. O sol salpicava seu cabelo comprido e cinzento e suas vestes verde-musgo. Ele andava de braços nus, grossos de músculo e bronzeados de dias ao sol. O rosto era perfeitamente simétrico, com sobrancelhas escuras elegantes, maçãs do rosto altas, nariz comprido e boca carnuda.

Quando ele chegou à clareira — ainda sem me olhar e notar —, sua beleza me espantou. Fiquei grudada ao degrau. Foi suficiente para esquecer minha missão, abafar minha voz interna, que me implorava: *se esconda... não deixe que a veja.*

Respirei fundo. Tive uma leve amostra de sua magia — chuva, lírios macerados, terra quente e úmida, pólen em pétalas de rosa.

Ele ergueu o rosto, pressentindo meu olhar. Fixou os olhos azuis vívidos nos meus.

Ficou paralisado, arqueando as sobrancelhas. Era impossível determinar sua idade — ele emanava a radiância e o vigor de um deus jovem, mas, mesmo assim, era muito mais velho do que eu. Cheguei a esta conclusão apenas porque ele era confiante, e recuperou a compostura antes de mim.

Ele se aproximou, as sandálias ressoando no mármore ao parar no mesmo degrau em que eu estava. Foi apenas então, sob sua atenção exclusiva, quando ele assomou diante de mim, escondendo o sol poente e as estrelas cintilantes, quando vi o brilho de âmbar em seus olhos e senti o calor de sua presença, que pressenti meu perigo.

— E quem — disse ele, um tenor melódico — seria você, deusinha?

— Quem disse que sou deusa? — retruquei.

Minha pergunta o fez desviar o olhar do meu, e me avaliar em um movimento vagaroso, detalhista. Ele fixou a atenção no meu cinto e eu prendi o fôlego, na esperança de ele não ver o que Rowena encontrara em mim. As feições de meu pai anônimo.

— Eu digo que você é divina — respondeu ele, por fim. — Quer saber por quê?

— Por quê?

— Porque sinto o cheiro de sua essência, e nunca a encontrei antes — declarou, se aproximando para inspirar fundo. — Você cheira a pergaminho, tinta, cravo. A água escorrendo na pedra e a fumaça de papel queimado. A algo mais profundo, mais sombrio ainda. Algo que não sei descrever, o que indica que veio do reino lá de baixo. O único lugar ao qual nunca fui.

Ele se afastou. Abriu um sorriso largo, expondo uma fileira de dentes perfeitamente alinhados.

— Perguntarei de novo, deusa Inferior — disse ele, dessa vez mais baixo, como se trocássemos segredos. — Diga-me seu nome e sua magia, e eu lhe direi os meus.

— Você é o deus da primavera. Sinto o cheiro da sua essência com igual força.

Minha resposta o chocou. Ele apenas me encarou, rangendo os dentes, e eu soube que acertara. Podia ser um grande perigo se estivesse na presença de um divino orgulhoso.

Era esse o deus que expulsava os poderes invernais da minha mãe todo ano. Para quem ela era obrigada a se curvar, a abrir espaço, permitindo que derretesse o gelo, a neve, o céu cinza e amargo, a terra fria.

— E seu nome é Warin — acrescentei.

Eu me lembrava de todas as vezes que Zenia o xingava quando o inverno chegava ao fim. Quando ela se deitava na cama, enfraquecida, e eu me deleitava com a água quente e efervescente no córrego.

— Que espertinha — comentou ele. — É por isso que os Inferiores a esconderam de nós?

Ele esticou a mão para passar os dedos na minha face. Fiquei tensa. Fui atravessada por um alerta, e recuei um passo antes de ele conseguir me tocar.

Warin franziu a testa.

— Não desejo machucá-la. Vejo que é ainda criança, e muito pouco refinada. Não que eu esperasse algo diferente dos Inferiores. Contudo, está aqui agora, em nosso reino, um mistério em carne e osso, e devo me perguntar o *porquê*. Quem a trouxe? Qual é seu nome?

— *Warin*.

A voz de Rowena perfurou o ar, atraindo nosso olhar. Do alto da escada, ela encarava nós dois, de cara fechada.

— Deixe a criança em paz, e vá-se embora — disse ela, abanando a mão.

— Esqueceu nossas reuniões? — perguntou Warin, petulante. — Você cancelou a última, e a anterior. Por favor, matriarca, preciso de sua sabedoria.

— Estou ocupada e tenho visita; que chegou primeiro, então é você quem deve partir.

— E quem, pergunto, é esta visita? — perguntou Warin, olhando para mim.

— Mantenha o segredo da presença dela, e eu me reunirei a você amanhã — disse Rowena. — Porém, se eu ouvi-la mencionada na corte, saberei que veio de você, e quebrarei seus ossos para beber seu tutano. Estamos entendidos?

Warin ficou em silêncio por um momento, como se a necessidade de fofocar na corte fervesse em seu peito. Porém, uma reunião com a Fortuna acabou pesando mais na balança.

— Entendidos — disse para Rowena, com uma reverência. E então, mais baixo, mas igualmente afiado, acrescentou para mim: — Até a próxima.

Eu o vi voltar pelo caminho pelo qual viera, passando as sombras do pomar e as frutas caídas até o portal na grama. Ele ficou ali por alguns momentos, de costas para nós, até chegar o vento alísio do leste. Então, desapareceu, como um cisco no olho.

Essa forma de viagem me fascinava tanto quanto me angustiava. Minha ignorância era evidente como buracos deixados por dentes caídos, e estava pensando em como poderia andar de vento sozinha quando escutei Rowena pigarrear.

— Por que veio aqui, criança?

Eu a olhei, zonza ao pensar no meu motivo para a visita. *Adria. Bade. A carta da Morte.*

— Trouxe um recado — respondi.

— Fale mais alto. Não a escuto bem.

Tendo dito isso, ela se virou e entrou no solar.

Considerei um convite oficial e subi a escada às pressas.

No topo, parei entre duas pilastras, absorvendo os arredores.

O solar de Rowena era aberto e arejado. Não tinha paredes, mas cortinas brancas que esvoaçavam entre as colunas, e o piso era de mármore liso. Flores silvestres brotavam de rachaduras, e hera crescia em uma mesa de madeira rústica posta com potes e vidros e uma tigela transbordando de mel, reluzindo no favo. A trepadeira cercava uma cama redonda de plumas, assim como uma pequena pira oratória, cujas brasas ardiam, vermelhas.

Mortais enterram as preces para os deuses Inferiores, mas as queimam para os Celestes.

Eu teria passado mais tempo estudando a pira fascinante, interessada em saber como as preces chegavam ali, mas Rowena chamou minha atenção para o outro lado do solar, onde estava de pé, tecendo em um tear. A cena fez meu coração parar, como se eu já tivesse estado ali, muito tempo antes. Como se lembrasse de algo esquecido havia tempo.

Cheguei mais perto e entendi minha reação; era o tear gêmeo ao que Orphia tecia no reino subterrâneo. Um tear de onde se derramava uma eterna tapeçaria.

— Você e sua irmã têm o mesmo tear? — perguntei, esquecendo meu medo.

— Temos — disse Rowena, com os olhos fixos no trabalho, uma estampa que eu não enxergava. — É assim que nos comunicamos hoje em dia. O que eu teço, ela desfia. E tudo que ela amarra e desenha? Eu desenrolo. Tentamos nos superar, formar estampas que a outra não conseguiria deslindar.

— Parece um jeito difícil de progredir na tapeçaria.

— A vida é difícil, não é? Os fios a refletem.

Fiquei em silêncio, lembrando o que ela dissera no pomar. *Teci incorretamente os fios dela no tear.*

— Você desfiará o desenho que Orphia teceu para mim? — perguntei, com o tom vacilante.

— Não, criança. É tarde para isso. Devo olhar para a frente no que diz respeito a seus fios — falou Rowena, franzindo a testa para a tapeçaria e tamborilando a unha comprida na boca. — Eu a vi nascer como arauto, mas não a enxerguei como metade Celeste. Foi erro meu, minha imprecisão. Por isso, sua fortuna agora me é difusa, exceto por uma coisa.

Eu esperei, mas ela não me contou o que era essa *uma coisa*.

Antes que eu pudesse perguntar, uma pequena coruja branca entrou voando no solar, e se empoleirou ao lado do ombro de Rowena. A ave me encarou com seus olhos dourados e arregalados, e eu estremeci, entendendo que era um de seus bichos de estimação. As corujas da Fortuna sabiam discernir os desenhos que ela e Orphia trançavam no tear compartilhado. As aves então voavam para o reino mortal, expondo nossas histórias de vida em sonho para escritores, bardos, e poetas, como Adria. Era assim que nossas lendas divinas eram traduzidas para a humanidade. Era também assim que nossas histórias se corrompiam. Às vezes, os humanos as alteravam ou exageravam.

— Suponho que suas corujas não tenham compartilhado nada de mim com os mortais? — perguntei.

— Você própria sabe responder a essa pergunta. Os mortais sabem de você? Rezam para você? Cantam sobre você?

Não, pensei imediatamente, mas então me lembrei de Vincent, e perdi o fôlego. Ele sonhava comigo já havia estações. Nossos destinos deviam estar entrelaçados no tear, mesmo que Rowena não o admitisse para mim, e imaginei que uma de suas corujas vira tal fato e decidira se intrometer nos sonhos de Vincent.

Olhei para a ave, que desviou o rosto, vendo a Fortuna tecer.

— Então... — disse Rowena, e abaixou a lançadeira, me fulminando com o olhar. — Que recado é esse que tem para mim?

Eu odiava como tremia. Odiava me sentir tão pequena e insegura ao tirar do cinto a carta de Orphia.

— Um pedido — respondi, estendendo para ela o pergaminho. — De sua irmã.

Rowena ficou paralisada, olhando para a carta. Achei que talvez a recusasse, e me preparei para persuadi-la, quando ela me surpreendeu.

— Eu sabia que isso viria — falou, em voz baixa, mais para si do que para mim. Ela deu a volta no tear, as garras dos pés estalando no piso. — Vi nos fios, porém... Imaginei que viria muito depois.

Ela estaria falando da ascensão de Adria como deusa? Da desgraça de Bade?

A reação me deu esperança e eu a vi abrir a carta, que leu com uma expressão indecifrável. Enfim, a coisa mais estranha ocorreu: Rowena jogou a cabeça para trás e gargalhou, um som alto e contagiante.

— Que *curioso* — disse, com a voz rouca. — Que delícia. Não serei superada, irmã.

— Então... concederá quatro estrelas suas para compor a constelação de Adria? — sussurrei.

De repente, falar doía.

Rowena nem pareceu escutar. Ela andou até a mesa e enxotou uma panapaná de borboletas para revelar uma resma de pergaminho, um tinteiro e uma pena branca. Contudo, ela não escreveu uma carta em resposta, como eu esperava. Pegou uma faca, embainhada no cinto de couro, e cortou a palma da mão. Com o icor, desenhou uma constelação de cinco pontas no pergaminho.

— Entregue isto a Adria — disse Rowena, e me entregou a folha.

Imediatamente, minha magia começou a me puxar na direção da Rainha Poeta. Uma sala quente, iluminada pelo fogo, o cheiro de couro oleoso, o tilintar distante de uma forja.

Ela estava na toca de Bade.

Peguei o pergaminho, cintilando com estrelas douradas, e o guardei cuidadosamente no bolso.

— O que devo fazer depois de entregar?

— Orphia saberá. Ela está com Adria, aguardando sua volta. Agora vá. Pegue o vento alísio oeste para voltar ao reino mortal. Se viajar pelo leste, se atrasará e chegará ao salão Celeste. E creio que deva evitá-lo, por enquanto.

Eu assenti e corri até a escada, com o coração acelerado, mas ela me deteve.

— Arauto? — chamou Rowena. — Que tipo de deusa se cria quando Fortuna e Morte se conectam em uníssono após séculos de rixa e inimizade?

Hesitei, ansiosa demais para brincar de adivinhação.

— Eu não sei, matriarca — respondi. — Diga-me.

Rowena sorriu, revelando uma fileira de dentes tortos e afiados.

— Criamos uma deusa da paz.

X
Estamos todos condenados

MATILDA

Peguei o vento alísio oeste para voltar ao reino mortal, seguindo o conselho de Rowena. Foi como adentrar uma correnteza de água morna e deixá-la carregar-me ao meu destino. Um transporte rápido, de tirar o fôlego, que desafiava minha sensação de controle — eu não gostava de confiar em algo que não via nem comandava, e cambaleei, de pernas bambas, quando pisei em solo mortal. Felizmente, dessa vez consegui conter no estômago o que ainda nele restava.

O vento sussurrava ao meu redor, espalhando nuvens cinza-escuras lá no alto. Em algum lugar, Shale ria, achando graça, mas talvez orgulhoso de minha primeira viagem nos ventos alísios.

Não tive tempo de saborear minha pequena vitória. Estava anoitecendo, e mais tempo do que eu supunha se passara.

Minha boca estava seca, e engoli a saliva, sentindo o gosto ácido de bile. Bati os pés até o sangue voltar, formigando, e corri pela terra vasta na direção da porta Inferior mais próxima que localizei. Uma porta conveniente, mas de acesso arriscado, por ficar escondida nas ruínas de um castelo abandonado.

Às vezes, bandoleiros e criminosos se abrigavam nos escombros. Às vezes, até deuses maliciosos se esgueiravam por ali, esperando que um mortal indefeso passasse. Eu me escondi atrás do muro de pedras, estudando a fortaleza assombrosa enquanto a noite manchava o ar. Respirei fundo uma vez, outra, aguardando. Não havia sinais de vida, de movimento, de luz.

Devagar, avancei pelo pátio emaranhado de mato, as pedras rachadas afundando sob meus pés. Estava chegando à porta do porão, que levava ao nosso mundo subterrâneo, quando outra porta chamou minha atenção. Um muro deveria ter desabado desde minha última visita, revelando um batente com uma porta de carvalho, intacta e solitária. Um portal abandonado.

Provavelmente fora a entrada de um quarto antes das paredes ruírem, e eu senti uma atração inexplicável pela porta. Meu coração martelou quando encostei na maçaneta de ferro. Empurrei a dobradiça enferrujada, e minha magia se agitou.

Do outro lado, não encontrei a mesma paisagem da fortaleza destruída à noite.

Eu abrira um portal para outro mundo.

O piso era de argila rosa, subindo e descendo em ladeiras e vales, rachado com veios finos de lavanda. Árvores estranhas cresciam em galhos compridos e tortos, que tocavam o chão antes de subirem ao céu, a casca cor de creme descascada como pergaminho, os caules salpicados de folhas translúcidas que piscavam com vaga-lumes. Um riacho iridescente fluía, a água sarapintada de luz estelar.

O mais estranho, contudo, talvez fosse o céu.

Tinha muitas cores, como o poente após a tempestade, e era o lar de dois sóis — um maior, outro menor — e quatro luas diferentes, cada uma em uma fase. Havia também uma vastidão infinita de estrelas, e reconheci as constelações espalhadas, cintilantes como sal derramado. A astúcia, o inverno e o fogo de minha mãe, as três penduradas em áreas diferentes do céu. A guerra de Bade. A folia e o dinheiro de Phelyra, uma brilhando no leste, e a outra, no sul. Os sonhos e pesadelos de Alva.

E minha própria constelação, as estrelas de um arauto, seis pontas reluzentes, na forma de um falcão-peneireiro em voo.

Avancei alguns passos e parei quando um arco de obsidiana brotou da estrada à minha frente. Quando me aproximei para analisá-lo, senti a força inebriante de sua magia. Era um portal que conduzia a outro mistério, e admirei suas cores mescladas. Assim que comecei a decifrar a cena à minha frente, algo inesperado me espantou.

— *Ruiva!* — A voz de Vincent se derramou pelo portal, um eco que fez meu coração pular para a boca. — Onde você estava? Como me encontrou?

Forcei a vista, tentando enxergá-lo na ilusão oscilante da porta. Eu o pressentia, mas não o via. E, se passasse por aquela abertura, não sabia aonde iria, quão longe chegaria. Temi me perder.

Trêmula, voltei pela porta que levava aos restos frios do castelo. A pedra da lua estranha do cinto ardeu, como se em advertência. Olhei para baixo, vendo que o olho estava quase inteiramente aberto, e, de algum modo, entendi que não era bom sinal. O que quer que essa pedra me permitisse enxergar, eu me arrependeria de vê-lo.

Fechei a porta abandonada.

Corri pelo reino subterrâneo, a névoa soprando nos meus tornozelos.

Corri pelo salão surpreendentemente vazio, exceto por vassalos que esfregavam o sangue de Adria no piso. Corri por passagens que me eram tão familiares que eu poderia percorrê-las de olhos fechados. Corri, ignorando os gritos dos deuses curiosos por quem passava, até escutar apenas meu coração que batia como um tambor.

Quando cheguei à forja, vi Hem, quieto, perto do fole, sua tristeza tão tangível quanto a fumaça que subia das brasas fracas.

— Hem? — perguntei, rouca, meu cansaço e alívio tão agudos que estava prestes a chorar. — Cheguei tarde demais?

— Matilda — disse Hem, a esperança inundando seu rosto como se eu fosse o sol dissipando a tempestade, e me chamou para perto, abrindo a porta que levava à toca de Bade. — *Venha*. Estão à sua espera.

Entrei pela porta às pressas, seguindo o corredor escuro. Passei os dedos na parede fria, nas facetas dos rubis incrustados. Ao longe, via a luz que marcava a toca de Bade. Apesar de tanto treinar com ele na forja, eu nunca pisara em sua casa.

O túnel me jogou em uma câmara cavernosa. Ancorando a sala estava uma mesa comprida, coberta de armaduras, uma espada, um pote de óleo, livros encadernados em couro, pão, queijo e várias taças com restos de vinho. Cotas de malha pendiam das vigas, cintilando como mortalhas à luz das estrelas. Camurça espalhada no chão atraiu meu olhar para a lareira, diante da qual Bade sentava-se em uma poltrona gasta, com Adria no colo.

A armadura dela fora removida e largada, deformada, no chão. Adria usava uma túnica de Bade. A lã macia engolia seu corpo esguio, e suas feridas continuavam a sangrar. O sangue ensopava o tecido, gotejando pelas pernas nuas.

Ela repousava em seu colo, mas continuava a respirar, em desafio. De olhos fechados, puxava sopros de ar superficiais. Mesmo junto à deusa da Morte, que aguardava para coletar sua alma, a Rainha Poeta lutava pela vida.

— *Matilda* — sussurrou Bade, com tanta ternura que lágrimas me subiram aos olhos.

Muitos deuses tinham duvidado que eu encontraria o caminho Celeste e convenceria a Fortuna a conceder suas estrelas. Mais tarde, eu descobriria que tinham feito apostas no salão depois de minha partida, e que apenas algumas deusas — dentre elas, Alva — acreditaram em meu sucesso. Nem mesmo minha mãe achava que eu conseguiria, mas imagino que foi devido à esperança de que eu não tomasse nenhum caminho que cruzasse o de meu pai. Até a abençoada Orphia, que me atribuíra aquela missão, não imaginava que eu voltaria vitoriosa, e me olhou com rara compaixão, como se preparada para o anúncio de meu fracasso.

Avancei um passo, a luz do fogo me cobrindo, quente e dourada. Sustentei o olhar torturado de Bade — ele morria com ela, respirava com ela — e abri o bolso de pedra da lua. Peguei a carta de Rowena e a estendi no espaço entre nós.

— Trouxe um recado — falei. — Para Adria.

Fez-se silêncio na sala, exceto pelo crepitar das chamas e pela respiração vacilante de Adria. Ela reuniu o que restava de força e me olhou, com tanta gentileza nos olhos, tanta gratidão, que compreendi por que os mortais se curvavam diante dela.

— Obrigada — sussurrou. — Bade...

Entendi que ela não conseguia mexer o braço. Estava em um ângulo torto, quebrado, e Bade a ajeitou com cuidado, para que ela aceitasse a carta, porém Orphia chegou primeiro e arrancou de mim o pergaminho.

— Mãe — reclamou Bade.

A deusa da morte não lhe deu ouvidos. Ela abriu o pergaminho e olhou para as cinco estrelas que Fortuna concedera, o icor ainda úmido na página.

— É claro que minha irmã daria cinco quando dou quatro — bufou Orphia. — Mas é suficiente. Bade, estenda a mão direita de Adria.

Era a do braço quebrado, e ele a moveu com cautela. Ainda assim, Adria fez uma careta, a cabeça pendendo de dor. Quando sua mão direita finalmente foi estendida, espalmada, Orphia mergulhou a unha no icor da irmã e desenhou as cinco estrelas que Rowena lhe dera na palma de Adria.

Cinco estrelas da Fortuna na mão direita, e quatro estrelas da Morte na esquerda.

Adria seria uma divina da Corte Alta. E, como previra Rowena, seria a deusa Inferior da paz.

Após serem desenhadas, as constelações derreteram na pele de Adria. Ela suspirou profundamente e Bade ficou tenso, fitando seu rosto, como se acreditasse que ela escaparia. Contudo, ela apenas desmaiou. A palidez da pele começou a se esvair, um rubor brotando na face. A sombra no chão escureceu, parando de oscilar.

Olhei para baixo e vi que o olho da pedra da lua voltara a se fechar.

— Adria? — sussurrou Bade.

— Deixe ela dormir — disse Orphia, dobrando o pergaminho, que guardou nas vestes pretas. — Levará um tempo para a magia se acomodar dentro dela. E ela se feriu gravemente.

A deusa da morte logo partiu. Imaginei que estivesse ansiosa para olhar o espelho de escriação, para ver as quatro estrelas deixarem sua constelação, as cinco dadas por Fortuna, e se encontrarem em nova configuração, iluminando uma área escura do céu.

Eu mesma gostaria de assistir a tamanho milagre, mas meu desejo de permanecer com Bade e Adria me manteve ali.

O ar quieto e sereno encheu a sala. Como se eu fosse uma mariposa na parede, vi Bade afastar o cabelo da testa de Adria. Um toque familiar, confiante, como se ele já a tivesse acariciado assim muitas vezes. Uma emoção estranha subiu à minha garganta, engasgada, enquanto ele carregava Adria para o quarto, para deitá-la na própria cama.

Eu queria resistir aos sentimentos, que me cobriam como musgo.

Porém, me curvei diante eles.

E me perguntei como era possível meu coração sentir saudade de algo que eu nunca vivenciara.

Sozinha, me sentei à mesa e comecei a folhear um dos livros, surpresa ao encontrar as páginas repletas de desenhos. Ilustrações de Bade, percebi, que eram impressionantes de detalhadas, representando uma variedade de armas. Uma em específico chamou minha atenção. Parecia um triângulo alto, com uma vara comprida. *Trabuco*, dizia a caligrafia horrível de Bade, com anotações da distância a que conseguia arremessar pedras.

Estudei o trabuco e peguei o pão. Arranquei um naco generoso e comi enquanto lia sobre armas de cerco e aprendizados de batalha de Bade, abraçando os joelhos.

Eu não esperava que ele voltasse à sala. Não, imaginei que tivesse se esquecido de minha existência, que preferiria ficar ao lado de Adria, esperando ela despertar, plenamente transformada. Por isso, quando ele reapareceu alguns momentos depois, fiquei surpresa, ainda com o pão na mão.

— Matilda — disse Bade, e eu me levantei, deixando de lado o pão de centeio.

— Ela está dormindo? — perguntei.

Ele confirmou e, de braços vazios e sem precisar ser forte por ela, vi como estava exausto. Como estava murcho, como panos molhados no varal.

— Venha, sente-se — falei, puxando a cadeira. — Posso servir um vinho, buscar pão fresco e...

— Não.

O comando dele me fez hesitar.

— Venha cá — disse ele, mais suave.

Andei até ele, que me surpreendeu de novo quando abriu os braços e me puxou para um afago apertado. Encostei a orelha no peito dele, onde ouvia a vibração firme do coração — sua falha, o ponto fraco de sua armadura —, e fechei os olhos.

Ele me abraçou como um pai mortal abraçaria a filha, como se nada pudesse me tirar dele. Era o amor familiar que eu já vira muitas vezes em sonhos e me maravilhara, por ser ausente — ou muito bem disfarçado — no mundo imortal.

— Obrigado — disse ele, a palavra reverberando em mim.

Minha garganta estava apertada demais para falar; apenas o abracei com ainda mais força em resposta. Porém, minha cabeça estava a mil, tomada por pensamentos afiados.

É o começo do fim, ponderei. *Se deuses implacáveis podem amolecer com tamanho amor, estamos todos condenados.*

XI

Companhia para velhas almas

MATILDA

Eu não estava presente quando Adria finalmente despertou como deusa.

Ela dormiu por três dias e três noites, e finalmente minha mãe exigiu que eu voltasse à nossa toca e abandonasse Bade em sua desgraça. Isso me irritou — como ela podia falar tão mal do próprio aliado? —, mas logo entendi que ela estava falando a "língua da corte", e boatos fervilhavam pelo salão e pelos corredores. *O outrora poderoso e temível deus da guerra se rebaixou a amar uma mulher mortal e agora causava um caos nas estrelas ao torná-la uma de nós.*

O caos era um exagero, mas iluminava um medo profundo. Adria era a deusa da paz, mas poderia ter outros poderes que não conhecêssemos?

— Isso não pode levar a nada de bom — declarou Phelyra certa noite quando a aliança, exceto por Bade, se reuniu ao redor da nossa lareira para tomar vinho.

Em certo momento, eu me dera conta de que eles todos — Phelyra, Alva, Zenia, Bade — eram deuses temidos pelos mortais. Preces escritas para eles eram alimentadas por preocupação, tensão e pavor, nunca amor e devoção, e isso apenas aumentava seu poder. Eu refletia sobre isso enquanto, sentada mais afastada, organizava as preces apavoradas que chegaram para minha mãe. Porém, eu escutava a conversa atentamente.

— Adria não é uma de nós — prosseguia Phelyra. — O lugar dela nunca será aqui. Bade fez um terrível desserviço a ela. Deveria tê-la deixado morrer na glória do campo de batalha.

— Adria ficará *bem* aqui — disse Alva, em sua melodia inebriada. — Além do mais, são quatro estrelas a menos para Orphia, e cinco a menos para Rowena.

— Não sabia que você era de contar estrelas, Alva — disse Phelyra, com um olhar aguçado. — Você nunca roubou magia.

— É porque não *sou* — retrucou Alva, e virou o resto do vinho, descuidada. — E não sabia que você dava tanta importância para sentimentos mortais, Phel. Achei que ficaria muito mais preocupada com o impacto que a divindade de Adria terá na nossa.

— Impacto? — ecoou minha mãe.

— Exato — confirmou Alva, e serviu mais um cálice de vinho, ao que Zenia torceu o nariz em desaprovação. — Vocês não pensam nisso? Na influência que a magia dela terá na nossa?

— Ah, você está falando isso só para nos provocar, Alvie — respondeu Phelyra, arrastando a voz, e o apelido causou em Alva uma expressão tempestuosa. — Uma constelação de nove pontas é boa, mas magia baseada em paz é fraca, submissa. Acho que devemos nos preocupar mais com como Bade tentará usá-la para seu benefício.

— Ele não quer usá-la — opinei, sem conseguir ficar de boca fechada.

As três deusas se viraram para mim, sentada em meio a um monte de preces escritas.

— O que quero dizer — acrescentei, mais calma — é que ele a ama de verdade. Ele não quer controlá-la.

— Você é jovem, querida — disse Phelyra, e seu tom condescendente me fez ranger os dentes. — Um dia, entenderá melhor.

— Deixe ela — disse Alva. — Ela entende mais dos mortais do que você.

— Como assim? — perguntou minha mãe, com a voz seca.

Eu fiquei rígida, de repente com medo de olhá-las. Alva e sua língua solta estavam prestes a expor o fato de que ela me emprestava os pergaminhos de sonhos. Que eu forjara uma conexão com um garoto mortal chamado Vincent.

— Afinal, ela é arauto dos três reinos — respondeu Alva, e soltei um suspiro lento e trêmulo, continuando a organizar as preces que minha mãe já ignorava havia uma semana.

A conversa passou para outros assuntos, mas foi só quando elas se despediram que percebi que Alva não estava nada bêbada. Ela me entregou um pergaminho discretamente com uma piscadela, os olhos límpidos e reluzentes como pedras preciosas. Que estratégia ela estava traçando?

Esperei minha mãe ir à feira para abrir o pergaminho, procurando o sonho de Vincent nos textos de tinta. Eu o encontrei perto do final, o que indicava que deveria ter sido um sonho da noite anterior.

Ele estava sentado à escrivaninha do quarto, escrevendo uma carta. A luz entrava pela janela, destacando um brilho azul no cabelo preto.

A porta se abriu e ele ergueu o rosto, arregalando os olhos ao ver que era eu na porta.

— *Ruiva!* — exclamou, levantando-se tão rápido que derrubou a cadeira.

Escutei a alegria em sua voz; vi o prazer desenhado em seu rosto ao me olhar. O ar entre nós ficou dourado, doce. Era como um reencontro com alguém depois de muito tempo de saudades.

— Onde você estava? Como me encontrou?

Eu não respondi.

Na realidade, eu franzi a testa, como se não o visse.

Ele correu pelo quarto para me alcançar, mas eu fechei a porta em sua cara, e o sonho terminou.

Eu enrolei o pergaminho.

Minhas mãos estavam geladas, meu coração, errático.

A porta abandonada na fortaleza. Eu a abrira e vira uma terra estranha. Um portal que levava a um sonho.

Às pressas, calcei as sandálias e peguei a capa. Escondi o pergaminho em um dos bolsos do cinto e segui para o cofre do quarto dos fundos. Lá dentro se escondiam moedas de ouro e prata; eram frias na minha mão em concha, cintilando como água entre meus dedos. Eram tão abundantes aqui no reino subterrâneo, assim como as pedras preciosas, que eu às vezes esquecia seu valor. Suspirei e peguei punhados de moedas, até encher mais dois bolsos.

Se fosse partir, precisava ser logo, antes de minha mãe voltar.

As aranhas me observavam das teias distantes; o fogo dançava alto na lareira, ávido para me vislumbrar na saída silenciosa da toca.

Comoção ecoava pelos corredores enquanto eu os percorria, a névoa em maré baixa. Parecia ocorrer uma discussão violenta no salão, mas isso era acontecimento comum desde que Adria fora imortalizada, então eu segui caminho, chegando à porta abandonada da fortaleza em ruínas sem ser vista.

Era uma noite sem nuvens, e uma lua cheia subia no céu, derramando luz de prata no piso rachado.

Eu não sabia o que esperar quando cheguei à porta dessa vez. Senti um nó no estômago quando a madeira de carvalho rangeu, revelando as colinas rosadas, as árvores estranhas, os dois sóis e as quatro luas. As constelações queimando no céu poente.

— Vincent? — chamei.

Fui recebida apenas pelo silêncio.

Adentrei esse reino, deixando a porta entreaberta. A cada dez passos, eu tirava uma moeda do bolso e a deixava no chão, para encontrar o caminho de volta. Para meu espanto, as moedas tinham se transformado. Não eram mais de ouro e prata, e, sim, dinheiro Celeste. Pedaços do céu que faziam música ao derreter.

O tempo passou enquanto eu vagava, deixando um rastro de moedas. Procurei, mas não encontrei um arco de obsidiana que me levaria ao sonho de Vincent. Na realidade, eu estava sozinha naquela terra bizarra, e logo senti tanta sede que me ajoelhei no riacho iridescente, sôfrega para bebê-lo. Quando mergulhei as mãos na correnteza, não havia nada. Era uma ilusão, e meu coração deu um pulo de medo.

— Matilda, caminhe comigo até a bruma, sim? — pediu uma voz triste e grave.

Sobressaltada, eu me virei e vi um deus familiar, com o qual nunca falara diretamente. Xan, o belo deus do ferro, que era da Corte Alta Inferior. Fiquei surpresa por ele saber meu nome, e ter parado ali para me fazer um pedido, até ver que seu pescoço fora cortado. Icor quente e brilhante jorrava da ferida fatal. Eu o vi escorrer pelo peito largo, pingar como chuva por seus dedos.

Isso é um sonho?, pensei, ao me levantar.

— O que aconteceu?

— Venha, caminhe comigo — insistiu ele, mas não esperou pela minha resposta. — Faça companhia para esta velha alma.

Ele seguiu jornada por uma trilha batida e sinuosa que se dirigia à luz da lua cheia. Subindo uma ladeira, descendo outra. Seus passos eram pesados, em ritmo contido. Eu o alcancei rapidamente.

— Você está sonhando, Xan? — perguntei. — Por isso o vejo aqui?

Ele riu.

— Sonhando? Não, criança. Estou morto.

Eu mordi o lábio, sem saber o que dizer.

Ele me olhou de soslaio, com os olhos verdes e vívidos apesar do anúncio macabro.

— Está vendo a ferida, não?

— Estou, mas você está falando. Sua voz...

— Os mortos ainda falam, pelo menos até chegarmos ao portão da bruma.

Caminhamos mais um pouco em silêncio, até ele perguntar:

— Você está morta? Não vejo nenhum ferimento.

— Eu... acho que não?

— Você soa em dúvida.

— Nunca estive aqui, mas estava respirando quando cheguei.

— Sua mãe nunca a ensinou sobre o deserto? — perguntou Xan. — É aqui que todos passamos, se e quando morremos. Divinos e mortais. É assim que chegamos à bruma. Devemos encontrar o portal e atravessá-lo para alcançar o repouso eterno. Porém, isso ocorre apenas se a guardiã nos considerar dignos da passagem.

— Ah, sim.

Ajeitei o cabelo atrás da orelha. Zenia mencionara o deserto e a temida guardiã apenas *uma* vez. Uma história de ninar que eu achara ser puro mito, com base em sua relutância em repeti-la. Minha cabeça foi tomada de teorias de por que eu atravessara uma porta para chegar àquele lugar. Eu não estava morta — tomara —, e, sim, invadindo uma paisagem dos falecidos. Até que me lembrei de Vincent e de minha presença em seu sonho. Eu ouvira a voz dele ali.

Ele está morto? A preocupação me atravessou, me tirando o fôlego. *Não*, a lógica conteve meus pensamentos desesperados. *O pergaminho de Alva prova que ele estava sonhando. Ele está vivo.*

— Ah, aqui chegamos — disse Xan.

Estávamos diante do portal da bruma.

Na história de minha mãe, ela o descrevera de modo muito diferente. Como uma bela estrutura de ferro cruzado e pedras preciosas, que se abria e fechava de acordo com o desejo volúvel da guardiã. Uma barreira semelhante às que encontrávamos no reino subterrâneo. Ali, ao lado do próprio deus morto do ferro, vi que o portal era diferente de tudo que eu já tinha visto.

Parecia feito de osso liso, e era imenso. A arcada se erguia como uma fúrcula em contraste com o céu de vinho e açafrão, e quanto mais perto chegávamos, mais vibrava, como as notas de uma harpa recém-calada. Nada bloqueava sua entrada, mas a bruma ali dentro era espessa e agitada. Quando abri a boca para respirar, desesperada de sede, capturei a umidade na língua e a engoli. Era instigante e doce, como as flores em nosso córrego subterrâneo.

— E agora, o que acontece? — perguntei, olhando para Xan.

A atenção dele estava na bruma. Vi a sede em seus olhos, a intensidade com que desenhava sulcos em seu rosto.

— Agora, esperamos — respondeu, mas sua voz perdera o brilho.

Olhei para baixo e vi que ele não tinha sombra, embora eu ainda tivesse, e senti um calafrio.

O chão tremeu. De novo e de novo, como passadas pesadas. A guardiã enfim veio ao nosso encontro, atravessando a bruma.

Ela era uma gigante. Uma anciã enrugada de cabelo comprido e prateado. Tinha um olho opaco com íris azul-leitosa, pupila escura e cílios compridos. Seu rosto parecia esculpido em pedras pálidas, com facetas duras e retas, como se o escultor tivesse pressa ao traçar suas feições. Os dentes eram afiados em pontas e estavam manchados de sangue, e o vestido cinza ficava amarrado em um ombro por um nó de cabelo preto e branco.

— Vejo que fez a gentileza de trazer meu olho de volta — disse ela, com uma voz tão vívida que o poente brilhou ao seu redor.

Passou-se um momento até eu entender que ela falava *comigo*. O sangue gelou nas minhas veias. Devagar, olhei para meu cinto, e vi que o olho de pedra da lua estava inteiramente aberto. Eu não sentira o calor ardente como da última vez, quando Adria estava morrendo.

— Perdão — falei, com a voz rouca de medo e sede. — Eu… Me deixe tirar a pedra. Eu não sabia…

— Não, criança. Ele está no lugar certo: no seu cinto. Eu não teria arrancado meu olho na noite de seu nascimento e jogado-o no reino subterrâneo para sua mãe colhê-lo se assim não o quisesse — disse ela, e voltou a atenção para Xan, arqueando as sobrancelhas. — E quem você trouxe ao meu portal?

— Eu não o trouxe… — respondi, rápida.

Ao mesmo tempo, Xan disse:

— O deus do ferro. Xan Inferior. Minha imortalidade foi extinta por trapaça e azar.

— Quer dizer que a única magia que possuía foi *roubada*, e que vem para mim em desgraça — disse a guardiã, torcendo a boca. — Veio na esperança de eu deixá-lo passar para a bruma, tolhido de poder e honra.

Xan não respondeu.

Um nó apertou minha garganta enquanto o silêncio constrangedor se estendia.

— Guardiã — falei, finalmente —, como se chama este lugar?

— O nome deste reino é tão antigo que não há mais palavra para ele. Nem mesmo eu me recordo, e tenho estado aqui, vagando por essas colinas, olhando o céu sem estrelas, por séculos. Isso foi muito antes de eu dar à luz Morte e Fortuna e meu sangue derramado formar constelações.

Ela passou a mão no nó de cabelo no ombro. Senti o estômago embrulhar ao perceber que o cabelo tinha sido cortado de suas filhas, Orphia e Rowena.

— Então agora o chamam apenas de *deserto* — continuou —, onde as almas dos mortos devem embarcar em sua jornada final, rumo a meu portal. Aqueles a quem recuso entrada… bem, são condenados a vagar eternamente com sede insuportável. Tornam-se pesadelos.

— Pesadelos? — ecoei. — Então este lugar também é…

— Onde deambulam as almas vivas em sonho, sim — respondeu a gigante com um sorriso, uma cena aterrorizante, e precisei de todas as minhas forças para não cair para trás. — Alva também caminha por aqui, embora não fisicamente, como você. Apenas em pensamento. E ela nunca encontrou meu portal.

— Eu não entendo — falei, engolindo em seco. — Sou apenas um arauto.

— Um arauto que transporta palavras, e talvez outras coisas — arrulhou a guardiã, e virou o olho único para Xan, que se mantinha quieto e imóvel como estátua ao meu lado. — Por que devo deixá-lo passar para a bruma? Que conquistas pode alegar? Convença-me de sua dignidade.

Antes que ele respondesse, ela tirou do bolso uma balança dourada e a largou no chão com um baque.

Olhei para a balança, os dois recipientes opostos vazios, esperando serem preenchidos.

Xan também olhou, arquejante

Era assim, então, que a guardiã decidia quem era digno da bruma? Com o peso na balança?

Xan listou suas muitas conquistas, mas a guardiã abanou a mão no ar, como se as palavras fossem uma mosca irritante.

— Não, não — disse ela. — Comece do início.

Ficaríamos muito tempo ali, se ela quisesse cada detalhe da vida de um deus. Xan recomeçou, dessa vez com a noite de seu nascimento, quando as estrelas despertaram no céu ao som de seu primeiro choro. Porém, um peso só foi acrescido à balança quando ele contou a história de, na juventude, desafiar Dacre a uma corrida pela área mais escura das catacumbas. Foi apenas então que o olho da guardiã brilhou e ela jogou uma pedra no lado direito da balança.

Não era uma pedra, percebi ao chegar um pouco mais perto para analisá-la. Era uma falange, um fragmento ósseo de dedo, e eu não sabia a quem pertenceria. A um deus? Um mortal? Alguém cuja passagem pela arcada fora recusada?

Xan logo aprendeu o que a guardiã queria. Não eram as boas ações, embora às vezes ela jogasse outro osso a seu favor quando ele se mostrava gracioso ou compassivo. Eram as histórias sangrentas, as narrativas devastadoras. As decisões terríveis e os momentos miseráveis de tirar o fôlego.

Ela não queria saber de uma vida restrita.

Queria ver que marca a alma deixara para trás.

Xan se saía bem. A balança pesava a seu favor e, enquanto ele discursava, comecei a pensar na deusa dos sonhos e pesadelos.

Alva.

Eu me perguntei se ela pressentira desde o começo aquela estranha magia em mim. Se sabia que eu podia visitar o deserto e — por consequência — os sonhos, que eram seu domínio. Se fora essa sua verdadeira motivação ao me entregar os pergaminhos. Não para me entreter, nem expandir meu conhecimento dos mortais, e, sim, como uma espécie de teste.

O que ela via em mim, e o que queria?

Um dia escolheria me matar, para roubar essa magia sem nome para si?

O lado direito da balança de Xan bateu no chão com um tilintar musical.

— Já basta — anunciou a guardiã, com um sorriso feroz, e uma pulseira feita de caveiras chocalhou em seu braço. — Pode seguir para o paraíso, Xan Inferior. A não ser que prefira ser acompanhado pelo arauto?

Xan franziu a testa e olhou para mim. Seu corte finalmente parara de sangrar, como se o icor tivesse secado.

— Acompanhado para onde? — questionou. — Ela não está morta. Não pode entrar na bruma.

A guardiã se calou, mas fixou em mim seu olhar, como se eu tivesse a resposta.

Eu não tinha.

Eu não fazia a *menor* ideia do que ela queria dizer, mas sentia que deveria. Um calafrio me percorreu e eu ajeitei os pés, ávida para voltar correndo à porta abandonada. Para ir embora daquele lugar e não retornar nunca mais.

— Perdão — disse para ele, em um sussurro. — Não sei o que ela quer dizer.

— Melhor assim — respondeu Xan, e suspirou. — Consigo me guiar por conta própria.

Eu o observei avançar, com os ombros endireitados em postura orgulhosa. Ele estava prestes a atravessar o portal, a bruma revolta como se faminta para acolhê-lo, quando minha curiosidade deu origem a uma última pergunta.

— Xan? — chamei, e ele parou para me olhar. — Quem o matou? Quem roubou sua magia?

Ele ficou quieto por um momento, uma expressão de angústia contorcendo sua face, como se pensar na vida imortal lhe trouxesse uma onda de dor. Até que o incômodo pareceu passar, e a paz o inundou.

— O deus da primavera — respondeu, desaparecendo na bruma. — Warin Celeste.

XII
Sonhos no deserto

MATILDA

Eu corri pelas colinas ressequidas, voltando pela trilha que eu e Xan havíamos tomado para o portal.

O nome afiado ainda ecoava em mim.

Warin Celeste.

Estremeci, uma mistura confusa de calor e frio pulsando pelos meus ossos. Eu estivera a sós com ele, em uma escada. Tínhamos nos falado, cara a cara. Ele quase tocara meu rosto com sua mão assassina e ardilosa.

Qual é seu nome?

Fiquei aliviada por não ter respondido.

Meu rastro de moedas ainda cintilava no chão, marcando o caminho de casa. Recolhi uma a uma, sem fôlego, e as larguei no bolso, tilintando. Estava quase na porta da fortaleza em ruínas, prestes a espanar dos pés o pó rosado daquele lugar, quando algo chamou minha atenção.

Um arco de obsidiana brotou do chão. Na moldura de meia-noite, vi outra cena por completo.

Outro portal de sonho. O que eu esperava encontrar.

Cheguei mais perto, a visão ondulando como água, mas, quando voltou à nitidez, fiquei chocada ao ver um penhasco chuvoso e um garoto pendurado na beirada. Era um pesadelo de Vincent.

Meu coração acelerou.
Eu não hesitei por um momento sequer.
Atravessei o portal escuro.

XIII
Escamas, moedas e uma garota de cabelo vermelho

VINCENT

Havia um eithral morto no topo do penhasco.

Era um acontecimento tão peculiar que nos distraiu do luto congelante da morte da Rainha Poeta. Por noites a fio, eu sonhei em alcançar a fera que matara Adria e, com ela, nossa esperança. Em pegar uma escama, não para utilizá-la de modo algum, apenas para declarar que eu tocara a magia.

Que eu empunhara o impossível.

Assim, eu caía nas garras do mesmo sonho noite após noite, porém nunca chegava ao topo do penhasco. Na maioria das vezes, meus irmãos mais velhos estavam presentes; eles passavam por mim na subida, chegando lá em cima com tranquilidade, e me chamavam, de novo e de novo, mas nem suas vozes despertavam minha coragem quando o medo me paralisava na encosta. Em outra noite, era Hugh Delavoy, aliado de nossa família, que me encorajava a apertar o passo, e se decepcionava por eu não chegar no topo.

— Não está vendo, Vincent? — perguntava ele, com urgência. — Precisamos das escamas. Poderíamos matar um deus.

— Eu não quero matar deus nenhum — tentei dizer, mas estava sem voz.

Certa noite, ele desapareceu depois de se decepcionar.

Eu fiquei ali pendurado, com os dedos agarrados às fissuras da pedra do penhasco, todos os músculos ardendo de esforço para não soltar, a chuva desabando implacável das nuvens. Se eu olhasse para baixo, via apenas rocha lisa e névoa encobrindo uma escuridão profunda. Se olhasse para cima, via o eithral, uma mancha branca distante na chuva, com uma asa afiada murcha e rasgada como a vela de um barco.

Eu sentia medo demais para subir.

Foi então que Ruiva apareceu, como se por um encanto.

Ela se agarrava à rocha ao meu lado, tão perto que nossos cotovelos se esbarraram.

— Olá — disse ela, tão alegre e inocente que o sonho quase se desfez. — Que surpresa ver você aqui.

— É?

Eu fiz uma careta, achando que soava bobo. Desde que eu a vira no mundo desperto, minha língua perto dela ficava toda embolada.

— De... De onde você veio? — perguntei.

— Um portão — respondeu Ruiva, como se fizesse perfeito sentido.

Ela não me deu tempo de questionar mais nada. Levantou o queixo, e a chuva cintilou em seu cabelo comprido e solto.

— Está tentando chegar no topo? — perguntou ela.

Eu confirmei, com dor nos braços de manter a posição por tanto tempo. Medo percorreu minha pele, deixando um rastro de arrepios.

— Então venha. Eu subo com você — disse Ruiva.

Ela começou a avançar, segurando o próximo apoio.

Meu corpo parecia ferro de tão pesado.

— Eu... não consigo — sussurrei. — Vou cair.

Ruiva hesitou, e então desceu, voltando ao meu lado.

— Vincent — disse ela, em um murmúrio quente. — Você está sonhando. Aqui, tudo é possível, sob o seu comando.

As palavras dela me penetraram devagar e, onde antes havia chuva fria e cinzenta, surgiu sol e céu azul. E onde antes não havia onde me segurar, surgiu uma corda.

Era meu primeiro sonho lúcido. De repente, eu possuía magia própria. Eu me sentia como o eco de um deus.

Escalamos juntos até o topo, onde o eithral permanecia esparramado, morto. O peito dele fora rasgado. A imensa espada obsidiana do deus da guerra ainda estava enterrada ali, a guarda de rubi cintilando ao sol. O que chamou nossa atenção, porém, foi o fato horripilante de que todas as escamas iridescentes tinham sido arrancadas. Restava apenas uma, no ombro da fera, manchada de sangue prateado.

Ruiva pareceu espantada com a cena. Ela se ajoelhou e encarou o bicho, pálida.

— É só um sonho — lembrei.

Porém, quando tentei fazer as escamas crescerem, não tive resultado. Era apenas um sonho, mas sua origem era verdadeira.

— Quem você acha que as extraiu?

— Não sei — disse ela, com uma nota de tensão na voz. — Porém, minha mãe me diz que os Celestes as cobiçam. Eles usam as escamas para ganhar poder, e pagam muito por elas no mercado clandestino. — Ela hesitou, antes de murmurar: — Quer a última?

Eu achei que quisesse, mas, quando passei os dedos pela escama solitária, meu peito pareceu oco, cheio de teias de aranha.

— Não — respondi.

— Então nos leve para outro lugar. Me tire daqui.

Achei que não teria força para isso, mas a presença de Ruiva — as palavras dela — agitava algo em mim. Eu peguei sua mão e o eithral morto virou fumaça, e o penhasco se derreteu em tinta.

Fomos parar no meu quarto. O fogo queimava na lareira. A janela estava aberta, como eu gostava, para o caso da coruja branca me visitar, e eu escutava o rio dali. A armadura e a cota de malha pelas quais eu implorava havia anos estavam estendidas na minha cama, como se apenas ali, em pesadelos, meu pai me considerasse forte o bastante para merecer o aço.

Ruiva andou até a lareira, levando os dedos ao cinto de pedra da lua.

— Quer ver uma coisa? — perguntou ela. — Um segredo que minha mãe me mostrou?

Eu a segui e fiz que sim.

— Quero.

Ela pôs na minha mão uma moeda estranha, que cintilava com uma lua crescente e um punhado de estrelas.

— O que é isso? — perguntei, examinando melhor. — Um pedaço de céu?

— Uma moeda Celeste.

Uma segunda moeda apareceu nos dedos dela, o espelho de um nascer do sol. Ela a jogou no fogo, de onde, maravilhado, vi música nascer das chamas.

Depois disso, nos revezamos, ajoelhados lado a lado na frente da lareira, jogando dinheiro encantado no fogo até acabar. Ela amava ouvi-las derreter em flautas e cordas, mais até do que eu, acho que porque música era uma raridade lá onde ela vivia.

— Ruiva? — sussurrei.

Ela me olhou com um sorriso tênue, o queixo apoiado na mão. A cor voltara ao seu rosto, e os olhos castanho-escuros estavam luminosos ao brilho do fogo.

Hesitei. A resposta pela qual eu ansiava desesperadamente acabaria com o sonho, como acontecia toda vez que eu perguntava. Porém, dessa vez, algo parecia diferente. Eu estava sonhando, mas, de certas formas, não estava.

— Eu chamo você de Ruiva porque você é a garota de cabelo carmim — falei. — Mas qual é seu nome de verdade?

— Matilda — respondeu ela.

— *Matilda* — ecoei, um nome em cascata que combinava com ela. — E sua magia?

— Sou o arauto dos deuses.

— É Celeste, então? Eu a vi desaparecer na colina.

— Não. Quer dizer, na verdade…

Ela não teve a oportunidade de concluir o pensamento. Antes, sua presença partira ao meio meus pesadelos. Dessa vez, contudo, o terror ainda espreitava às margens. Das sombras do quarto, meu tio Grimald apareceu de súbito.

— Pegue ela! — gritou ele para mim, exasperado. — Prove que é homem! Agarre ela. Não falei que ela nos seria útil?

Matilda pulou, surpresa, mas, antes de escapar, meu tio a pegou pelo braço e a puxou.

Eu tropecei para trás, com o coração a mil. Parecia que minhas costelas tinham rachado quando abri a boca para gritar, mas minha voz sumiu. Água brotava de mim, com o gosto de um lago turvo. Tentei atacar, arrancar as mãos de Grimald dela, mas meus pés estavam paralisados, mais frios do que o gelo.

— Vincent — disse Matilda, com uma pontada de medo na voz, e arranhou as mãos do meu tio, que a arrastava para longe. — É um sonho. *Acorde.*

Eu tremi com o esforço repentino para despertar. Cerrei os punhos até as unhas machucarem a pele. Mordi a língua até cobre inundar minha boca.

Não pude fazer nada além de ver Grimald arrastar Matilda para as sombras.

Só então meus pés finalmente se mexeram.

Eu sabia que ela estava perdida. Se eu a perseguisse, nunca a encontraria.

Acorde.

Corri até a janela aberta, um arco estreito e brilhante na pedra. Pulei, desabando pelo ar, o medo apertando meus pulmões. Caí na escuridão fervilhante do rio.

Ofegando, eu acordei, enroscado no lençol.

Matilda.

Repeti o nome dela, de novo e de novo, até o nascer do sol derreter as últimas sombras do quarto.

XIV

A última palavra

MATILDA

— Por onde você andou?

A pergunta da minha mãe me acertou como uma pedra assim que entrei na toca. Eu sabia que tinha passado tempo demais distante, e que ela esperaria meu retorno, andando em círculos, de olhos vermelhos.

Fechei a porta e massageei o braço. Hematomas tinham brotado ali, prova de que eu não era imune em sonhos. Que poderia ser ferida e presa, como o tio de Vincent quase conseguira fazer.

Agarre ela. Não falei que ela nos seria útil?

Essas palavras me causavam calafrios. Quanto mais relembrava, mais verdadeiras me pareciam, como se ditas no mundo desperto.

Era assim que Vincent me via? Como algo a ser dominado, um poder a ser utilizado?

— Eu estava passeando — respondi.

Zenia parou o movimento e me fulminou com o olhar.

— *Passeando?* — repetiu, rangendo os dentes, e, quando se aproximou, eu me preparei para sentir a palmada violenta. — Você entende o perigo que corre agora que seu aliado de sal caiu em desgraça, uma mortal virou uma deusa de poderes desconhecidos e um eithral foi derrotado no processo?

Inevitavelmente, pensei no eithral do sonho de Vincent. Despido de escamas, morto no penhasco. Naquele momento, percebi como Alva estava correta: o sonho expunha vislumbres da alma, mas também revelava fragmentos da realidade.

Vincent era um garoto mortal, que escalava determinado a alcançar o eithral para pegar uma escama.

— Não há perigo em um eithral morto — retruquei, mas apenas para espezinhá-la.

Quando minha mãe se enfurecia, ficava com a língua solta.

— Um eithral morto tem *escamas* que são facilmente *roubadas* — explicou Zenia, devagar e sibilante, como se eu fosse ignorante. — E preciso lembrar que essas escamas podem cortar qualquer coisa? Até o pescoço grosso do deus do ferro.

Eu sabia que Xan estava morto. Não era novidade para mim, mas ainda espalhou um calafrio até meus ossos.

— Ele foi morto com uma escama? — perguntei, lembrando-me de seu pescoço cortado.

— *Foi*. Por um deus com quem eu e Phelyra *nunca* negociamos. Ele não deveria ter uma escama.

— Quem? — perguntei, esperando Zenia me contar uma resposta que eu já sabia.

— Warin, aquele deus da primavera arrogante e insuportável — respondeu ela, voltando a andar em círculos. — Dizem que ele pegou uma escama e enfiou no pescoço de Xan durante o jantar em um salão mortal. Não é bom sinal, Matilda.

— Mãe — suspirei. — Você e Phelyra têm vendido essas escamas ilegalmente para Celestes já há muitas estações.

— Vendemos *seis* escamas, ao todo — corrigiu minha mãe, fria. — E, como eu já disse... foi apenas para um divino.

Uma batida na porta nos interrompeu.

Zenia fez uma careta ao abrir, mas sua rigidez se esvaiu quando notou que era apenas Phelyra.

— Tenho notícias terríveis — disse ela, ofegante, como se viesse correndo de muito longe. A barra do vestido dela estava enlameada, e o cabelo loiro, embaraçado. — Encontrei o eithral. Ele morreu no topo de um penhasco, e não lhe falta uma escama sequer.

Olhei para minha mãe, confusa. Essa notícia certamente era boa, não? Afinal, não precisaríamos temer que as escamas parassem em mãos perigosas. Porém, ela empalidecera, arregalando os olhos.

— Você certamente extraiu algumas? — respondeu Zenia.

— Parece que eu tive tempo? — retrucou Phelyra, abrindo os braços. — Dacre estava na minha cola.

— Então ele recuperou o corpo?

— Sim.

— Agora, portanto, já deve saber.

Phelyra sustentou o olhar tenso de minha mãe, sem dizer nada.

— Mãe — falei, interrompendo o silêncio. — Eu não entendo. Achei que não quiséssemos que as escamas fossem roubadas.

Ela se virou para mim, quase como se tivesse esquecido minha existência.

— Certo, mas agora Dacre saberá que a escama que Warin usou para matar um deus Inferior não foi extraída de um eithral morto, como Phelyra e eu esperávamos. Ele perceberá que alguém no clã cometeu um crime e tem vendido escamas para os Celestes.

— E agora, o que nós faremos? — perguntei, com o coração a mil.

De repente, imaginei Dacre torturando minha mãe e Phelyra pelo crime. Mutilando elas ou danificando sua beleza permanentemente.

— *Nós?* Não, Matilda, você não tem nada com isso — disse Zenia, e pegou a capa. — Você ficará aqui enquanto eu e Phelyra cuidamos de algumas coisas. Não abra a porta para ninguém além de mim ou Bade. Nem mesmo para Dacre, caso ele venha. Ele pode alegar que quer conversar com você, fazer algumas perguntas, mas você não estará segura com ele. Nem com Alva, inclusive.

Eu segui as duas até a porta.

— Quando você volta?

— Em breve — respondeu minha mãe. — Fique aqui, onde é seguro. Entendeu?

Como eu mantive silêncio, ela me dirigiu um olhar afiado.

— Entendi — respondi, com a voz rouca.

Ela e Phelyra foram embora sem dizer mais nada.

A batida soou na porta pouco depois de minha mãe sair.

Eu abaixei o livro que estava lendo perto da lareira. Respirar naquele momento parecia perigoso; segurei o ar no fundo do pulmão, fixando o olhar na porta. Eu sabia que era encantada. A fechadura de ferro só se abria por minha mão ou pela de Zenia, mas, ainda assim, retesei o corpo.

Três batidas soaram novamente.

Engoli em seco e caminhei até a porta sem fazer barulho, para encostar a orelha na madeira.

— Quem é? — perguntei.

— Sou eu, sua amiga — disse uma voz familiar. — Alva.

Eu hesitei entre o alívio e a pontada da desconfiança. Minha mãe dissera para não deixá-la entrar, mas eu sempre considerara Alva como aliada.

— Você me deixa entrar? — perguntou ela.

— Por que você veio?

— Trouxe uma coisa para você.

— Deixe na porta, por favor — falei.

— Está tudo bem, Matilda?

— Está.

— Posso falar com sua mãe, então?

— Ela está ocupada no momento, mas avisarei de sua visita.

Fez-se um longo momento de silêncio. Enfim, escutei um tilintar e os passos de Alva, que se afastava.

Aguardei mais um pouco, encostada na madeira. Minha curiosidade cresceu, e destranquei a porta e espiei pela fresta, vendo que Alva trouxera um novo pergaminho.

Rapidamente, eu o peguei e fechei a porta outra vez, suspirando quando a tranquei.

Voltei à lareira e abri o pergaminho, surpresa ao ver que não tinha nada escrito. Franzi a testa e continuei a desenrolar, até que enfim encontrei o único sonho que Alva redigira.

Vincent estava agarrado ao penhasco, na chuva. Eu apareci a seu lado como uma chama vermelha-viva, queimando a névoa cinzenta de seu medo.

Senti um aperto na garganta ao continuar a ler, revivendo o sonho.

"Quem você acha que as extraiu?", me perguntara Vincent sobre as escamas arrancadas do eithral.

"Não sei", eu respondera. "Porém, minha mãe me diz que os Celestes as cobiçam. Eles usam as escamas para ganhar poder, e pagam muito por elas no mercado clandestino."

Eu fiquei paralisada. Era um momento que, por tolice, acreditei compartilhar com Vincent, e apenas com ele. Contudo, Alva estivera ali nas sombras, à nossa espreita, e meu rosto ardeu em chamas.

Pelos deuses.

Sibilei ao expirar e, em desespero, joguei o pergaminho no fogo da lareira. Andei em círculos, me perguntando se eu tinha acabado de condenar Zenia e Phelyra.

Eu precisava alertá-las que Alva sabia do contrabando. Que *eu* as expusera.

Tremendo, amarrei as sandálias na canela. Não sabia aonde minha mãe fora, mas decidi que, primeiro, correria até a toca de Phelyra, supondo que as duas poderiam ter se reunido lá para conversar livremente, sem minha presença.

A névoa dos corredores chegava à cintura enquanto eu corria da pedra da lua à esmeralda e ao topázio. Ouvi gritos ao longe: vozes de fúria e choque, escapando do salão. Não deixei o medo me deter; cheguei à porta de Phelyra e esmurrei a madeira.

— Phelyra! — arfei, ainda batendo, até ralar a pele. — *Phelyra!*

A porta se escancarou e eu caí para dentro em um tropeço.

— O que houve, garota? — questionou Phelyra. — Quer que o clã inteiro saiba que você está aqui?

Olhei pela toca bagunçada, apinhada de cacarecos, e encontrei minha mãe, que contava uma pilha de moedas Celestes à mesa. Ela se levantou ao me ver, a preocupação rapidamente dando lugar à raiva.

— Eu mandei você ficar em casa — disse Zenia, andando até mim.

— Eu...

Minha voz falhou. Eu queria chorar por minha tolice. Meu rosto ainda ardia de vergonha.

— Eu cometi um erro — declarei.

Phelyra fechou a porta. Eu a via pelo rabo do olho, cintilando em um vestido dourado. Ela voltou à mesa e parou um pouco atrás de minha mãe.

— Erro? — perguntou Zenia, seca. — Como assim?

— Alva sabe do mercado clandestino, e que os Celestes querem escamas pelo poder. Ela me viu em um sonho com Vincent, jogando moedas no fogo, logo depois de escalarmos o penhasco para ver o eithral morto. Ele quase pegou a última escama, e achei que pegaria! Achei que ele pegaria, e fiquei tão aliviada por ele escolher não pegar. *Estou tão aliviada*, e nem sei o porquê. Por que eu deveria me importar? Ele não sabe nada de mim, na realidade, nem da vida por aqui!

Minha boca era uma represa arrebentada. As palavras jorraram de mim em um frenesi. Uma confissão à luz de velas que aliviou o peso no meu peito por um mero momento.

A fúria de Zenia diminuiu, aliviando as rugas em sua testa. Ela quase parecia assustada, me escutando tagarelar. Seu rosto se tornava mais pálido a cada respiração; ela arregalou os olhos, como se me visse e percebesse que — depois de tantos anos —, na realidade, não sabia nada de mim.

— Quem é Vincent? — perguntou, calma.

Pela primeira vez, senti sua atenção inteiramente dedicada a mim. Não estava distraída por moedas proibidas, pelo crime de extrair escamas de eithral nem pelo desejo de demonstrar poder na corte.

— De que sonho está falando? — insistiu. — Você viu o eithral no penhasco?

Fechei a boca, me recompondo. Porém, eu queria contar tudo para ela. Estava tão exausta dos segredos que carregava, e olhei para o chão entre nós, tentando pensar no melhor jeito de começar.

— Vincent tem sonhado comigo — comecei a dizer, e minhas palavras foram interrompidas por um som que eu nunca ouvira.

Um ruído úmido e estalado, de ossos fraturados. Uma respiração rouca de choque.

Levantei o queixo de supetão.

Uma escama de eithral escapava pelo pescoço de minha mãe. Tinha atravessado, em um corte limpo, osso, vento, voz e sangue. Era uma ferida fatal em sua falha — sua mente — e ela começou a desabar, arfando.

Eu só consegui encará-la, boquiaberta, inerte pelo choque.

Phelyra, diretamente atrás de minha mãe, também observou, com o olhar frio, a aliada cair, sangue dourado jorrando pelo chão, doce como leite com mel.

Mãe.

Não sei se foi um pensamento ou um berro. Um rugido me consumia, e caí de joelhos para segurá-la logo antes de se estatelar.

Aninhei Zenia no meu colo, seu icor encharcando meus braços, e senti algo roçar minha pele. Era a arma que Phelyra fabricara. Uma escama de eithral em um cabo de madeira, como uma flecha. Ela atacara rápido e firme, traindo nós duas no nosso momento mais vulnerável. Quando minha mãe estivera inteiramente concentrada em mim, de guarda abaixada.

— Mãe — sussurrei. — O que eu faço?

Eu não conseguia imaginar um mundo sem ela. Minha cabeça se recusava a reconhecer o que meu coração sabia ser a verdade: a imortalidade dela acabara de ser extinta. A magia, roubada. Restava nela apenas um fio tênue de luz, que se apagava rápido. Uma flor murchando sob a geada.

— *Thile* — disse minha mãe, a voz não mais melódica, apenas um borbulhar áspero.

Ela me fitava com os olhos brilhando de angústia. Seu rosto estava pálido, e o sangue escorria cada vez mais rápido, formando uma poça dourada sob nossos corpos.

— Como é? — sussurrei, me abaixando mais. — Mãe, *por favor*. Fique comigo.

— Thile — repetiu ela, fechando os olhos trêmulos, como se encontrasse enfim a paz.

Era um nome, percebi, arfando.

Thile.

O nome de meu pai foi sua última palavra.

XV

Escudo para os cães

MATILDA

Thile, deus do crepúsculo, das promessas e do verão. Senhor dos Celestes.

Ainda assim, o nome de meu pai — um som que eu tanto desejava ouvir — não ressoou em mim enquanto eu abraçava minha mãe morta. O tempo pareceu se esvair, me deixando paralisada em um momento sombrio, cruel e gelado como o solstício de inverno. Minha vista ficou embaçada, as lágrimas ardendo. Quando pisquei, elas caíram como chuva no rosto de minha mãe.

Enfim, o tilintar de moedas, o estrépito de um cálice de prata caindo no chão e o farfalhar de vestidos arrancados dos cabides me fizeram olhar para Phelyra. A deusa do dinheiro e da folia, que tomara para si o fogo, o inverno e a astúcia. Seu poder era imenso. Eu o sentia no cômodo, como se ela fosse um redemoinho no oceano.

— Por quê? — perguntei, rouca.

Minha questão a fez hesitar, mas apenas por um segundo, como se tivesse me esquecido por completo. Percebi que ela estava dando voltas pela toca, arrumando as malas às pressas. Enchendo os bolsos encantados com o máximo de pertences que conseguiria carregar.

— Ah, docinho — disse ela, a voz suave de dó. — Nossos planos cautelosos se desmancharam, e era ela ou eu. Sua mãe não me culparia por isso. Tive que me proteger e, para isso, remover a voz dela. Um dia, você entenderá.

— Não — retruquei, meu choque dando lugar à fúria. — Não entenderei, *não*. Eu *nunca* trairei um aliado como você fez.

— É sorte sua ter uma magia tão humilde que eu não a cobice. Que eu a tenha poupado — disse ela, continuando a arrumar as coisas, enfiando uma capa azul em um bolso, e então um cofrinho do qual transbordava um colar de pérolas. — É melhor fugir, Matilda. Aqui não é mais seguro para você. *Fuja*, menina. Se Dacre pegá-la, ele a torturará em busca de respostas.

Dito isso, Phelyra se foi.

Ela saiu correndo da toca e deixou a porta escancarada.

Eu me perguntei aonde ela iria, para onde fugiria.

E embora a última coisa que eu quisesse fosse acolher o conselho de uma aliada traiçoeira, escutei gritos no corredor. A voz de Alva, seguida pela de Dacre.

Eles vinham na minha direção.

Faíscas se agitaram no meu peito, queimando o desespero, a inércia remanescente.

Quando tentei deitar minha mãe no chão, não consegui. Não com o cabo de madeira ainda atravessando seu pescoço. Rangendo os dentes, arranquei a arma, e fiz uma careta ao sentir a escama rasgá-la novamente. Porém, acabei com a arma na mão, escorregadia e dourada de icor.

Minha mãe não sabia que Phelyra tinha uma escama. Se soubesse, Zenia nunca lhe teria dado as costas. Teria desfeito a aliança, porque o poder entre elas seria desequilibrado. E eu me perguntei como Phelyra arranjara aquela escama. Será que minha mãe imaginava que fora negociada como contrabando?

Hesitei, e enfim guardei a flecha de eithral no bolso.

Deitei minha mãe no chão delicadamente.

Fiquei devastada por não poder fazer mais nada por ela. Por ter que abandonar seu corpo ali.

— Não me esquecerei disso, mãe — sussurrei, e me levantei. — Encontre seu repouso na bruma.

Tremendo, corri para a forja.

Corri para Bade.

Ele devia saber que eu corria perigo.

Bade me encontrou no corredor, e quase colidimos na névoa agitada. Ele arregalou os olhos ao me ver — esfarrapada, ensanguentada, tremendo que nem vara verde.

— Você está ferida? — perguntou ele, brusco.

Eu aprendera já fazia tempo que ele usava aquele tom quando tentava esconder a preocupação. Abanei a cabeça, as palavras enterradas entre meus ossos. Se eu falasse, choraria, e não podia correr o risco de parecer fraca.

Vozes ecoavam atrás de mim. Os gritos soavam mais irritados, decisivos. Ao longe, um cão começou a uivar.

Bade olhou para trás de mim, alarmado.

Eu só podia torcer para que Dacre tivesse invocado os cães para perseguir Phelyra e minha mãe. Porém, quando descobrisse a morte de Zenia, sem dúvida mandaria os cães me procurarem em seguida. E minha chance de escapar deles era pouca. Eram criaturas fortes e rápidas, que seguiam rastros pelo cheiro.

Bade pegou minha mão, e quase desabei de tanto alívio. Sentir seus dedos quentes e fortes nos meus revigorou minha coragem.

— Venha comigo — murmurou ele e, juntos, corremos para sua toca.

Hem trabalhava na forja, mas ao me ver parou, de martelo na mão e sobrancelhas arqueadas.

— Hem? — disse Bade, calmo. — Pode, por favor, buscar uma espada e um escudo para Matilda?

Hem fez uma reverência e largou o martelo. Bade continuou a me conduzir pela porta da toca, nós dois a passos rápidos para deixar para trás o metal e a fumaça da forja. Ele esperava que eu lutasse, mas eu não sabia se tinha força suficiente para me proteger dos cães. Perguntei-me se Phelyra dissera a verdade: será que Dacre me torturaria em busca de informação?

— Adria? — chamou Bade, quando chegamos à sala, onde finalmente soltou minha mão. — Pode separar alguns mantimentos? Um cantil de água e comida suficiente para uma semana?

Adria apareceu do quarto adjacente, com uma pilha de livros nos braços. Ela usava um vestido branco, com broches de rubi nos ombros. O cabelo castanho-claro estava penteado, liso como seda, e o rosto, radiante. De olhar, eu nunca saberia que ela não era uma de nós. Nunca saberia que ela fora mortal, de tão graciosa que era ao empunhar sua imortalidade e seu poder, se não fosse pela compaixão constante em seus olhos, seu coração.

Sua falha era a minha.

Quando nos entreolhamos, vi algo passar por ela. Algo sombrio e belo, refletido de mim. Havia mais em sua magia, assim como na minha.

— Matilda! — exclamou ela, largando os livros. — Você está machucada!

— Eu... não, minha mãe morreu — consegui dizer, e as palavras saíram como um anúncio seco.

Adria e Bade ficaram tensos, ainda me encarando, de olhos arregalados.

— Quem a matou? — perguntou ele, em voz baixa.

— Phelyra.

Eu contei das escamas de eithral, do contrabando.

Um músculo tremeu na mandíbula tesa de Bade. Ele não tinha conhecimento de nada daquilo, e olhou de relance para Adria. Eles pareciam se comunicar sem palavras, em um fluxo que passava despercebido por mim.

O momento foi interrompido por Hem, que chegou com uma espada e um escudo.

— Senhor? — disse ele, estendendo as oferendas.

Enquanto Adria corria para preparar uma bolsa de couro com comida, Bade aceitou as armas.

— Não deixe ninguém entrar — disse para Hem, que, com mais uma reverência, foi guardar a porta. — Aqui, Matilda. Isso talvez a deixe mais vagarosa, mas você precisa levar a espada e o escudo, e se preparar para usá-los.

Eu engoli em seco, olhando para a espada que me era familiar. Era minha predileta, forjada por Hem, com a qual eu treinara implacavelmente nas últimas estações.

Aonde devo ir?, eu queria perguntar. *Não posso ficar com você?*

Era minha esperança mais fervorosa: que Bade me escondesse em sua toca. Que fantasia tola; era claro que ele não faria isso. Eu não era sua filha. Era apenas uma criança divina que ele relutantemente jurara proteger.

Em vez disso, o que falei foi:

— Não preciso de escudo. Ainda tenho o primeiro que você me deu.

Bade pestanejou.

— Mas onde está?

Sem dizer nada, peguei o escudo do bolso de pedra da lua. Ele cobriu meu braço esquerdo, a postos, e Bade riu, impressionado, um sorriso repuxando sua boca.

— Muito bem. Leve a espada.

Guardei o escudo de volta e acrescentei a espada a um bolso fácil de alcançar com a mão direita. Como Phelyra prometera um dia, eu não sentia nada do peso.

Torci o nariz só de pensar nela, como se sentisse um cheiro ruim.

— Que cara é essa? — perguntou Bade.

Eu mordi o lábio. Não queria sequer dizer o nome dela, então perguntei:

— O que devo fazer? Fugir ou lutar?

Ele fez silêncio por um momento, medindo as palavras.

— Em batalha — disse enfim —, chega um momento em que é preciso decidir se você quer manter sua posição e lutar, mesmo que resulte em morte, ou se é hora de bater em retirada e fugir.

— Como eu saberei que decisão é a melhor?

— O que você acha que Dacre fará se pegar você, Matilda?

— Eu... acho que ele me torturará para tirar informação de mim. Que me ferirá e me curará, de novo e de novo.

— Então fuja. E não olhe para trás.

Eu suspirei, preparada para fazer mais uma pergunta, quando fomos interrompidos.

— Bade — chamou Adria, dos fundos. — A água...

Fui com Bade até o córrego subterrâneo que passava pela toca e vi que a água estava agindo de forma irregular. Ela fervia, emitindo vapor de calor escaldante. Eu só vira isso acontecer duas vezes, sempre correspondendo a um verão mortal de rachar.

— Então pegue vinho, Adria — disse Bade, e me pegou pelo braço para me distrair do córrego quente. — Precisamos pensar em aonde você pode buscar santuário. *Rápido*. Nosso tempo está acabando.

Aonde posso ir? A pergunta reverberou por mim, me forçando a reconhecer a verdade terrível de que não havia muitos lugares em que eu me sentia segura.

Eu mordi o lábio, em dúvida. Até que pensei *nele,* e meu coração deu um pulo de esperança.

— Matilda? — insistiu Bade, ao ver a mudança na minha expressão.

— Posso procurar Vincent.

Bade franziu a testa, desconfiado.

— *Vincent?* Não reconheço o nome. Quem é?

— Um amigo mortal.

— Você buscaria santuário entre os homens? Eles têm muralhas capazes de conter Inferiores? Moram em linhas de

Ley? Têm uma fortaleza com uma porta escondida que conecte nossos reinos?

Ele disparava perguntas para as quais eu não tinha resposta. Minha ansiedade começou a fervilhar, minha respiração acelerada.

— Não sei — sussurrei. — Mas confio nele. Ele me protegeria.

— Então suponho que ele tenha um exército para defendê-la? Tropas sob seu comando? Um portão que pode manter fechado e trancado, portas para bloquear em barricada? Mantimentos para um cerco? Porque, quando você sair deste reino, Dacre mandará os cães e os eithrais em seu encalço.

Não.

Vincent era um garoto mortal. Ele tinha a minha idade, ainda aprendendo a assumir seu papel como terceiro filho de um senhor de terras. Ainda não era um nobre adulto.

Mas seus irmãos mais velhos? Seu pai? Será que me defenderiam? Eu sabia que seu tio, que também morava na fortaleza, gostaria de se aproveitar de mim, com base no pesadelo de Vincent. Ainda assim, de repente, não consegui imaginar pedir proteção a Vincent, não quando custaria tanto para seu povo e sua família. Eu também não sabia onde, exatamente, ficava a fortaleza dele. Apenas que as raízes eram vizinhas a um rio, e que tinha uma ponte com três torres, que exploramos com frequência em sonhos.

Minha esperança começou a se fraturar.

— Para onde Phelyra fugiu? — perguntei.

— Provavelmente desceu para as profundezas, até as velhas catacumbas, para esperar e se esquivar dos cães até conseguir voltar, o que pode levar anos. Não é uma área segura para você se esconder.

Eu estava perdida. Não tinha mais aonde ir.

Bade soltou um suspiro. O chiado da água do córrego chamou sua atenção por um segundo antes de ele voltar a me olhar, apoiando o rosto nas mãos calejadas.

— Acho que é hora de você subir para o reino Celeste — disse, gentil, mas contorceu o rosto como se as palavras fossem farpadas e o cortassem por dentro. — Você já viajou para lá uma vez, em meu nome. Pode ir novamente e pedir a proteção de seu pai.

Thile Celeste.

De repente, eu entendi a fervura da água. Por que as paredes de pedra ao nosso redor, assim como sob nossos pés, esquentavam devagar, como se o calor do verão adentrasse o mais profundo que conseguia, tocando a escuridão.

Minha mãe quebrara seu juramento.

Ela pronunciara o nome dele pela primeira vez desde a despedida, catorze anos antes, e o guardara para um momento de necessidade. Um momento em que eu estaria em apuros. Ela sabia que dizer seu nome o convocaria, que ele procuraria por ela e — sem saber — pela filha cuja existência desconhecia.

— Talvez ele queira me matar — falei, rouca.

— Talvez — respondeu Bade, que não podia negar, nem para apaziguar meus medos. — E, se ele tentar, você se defenderá com o escudo e a espada, como eu ensinei. Protegerá sua falha pelo tempo necessário para a raiva dele arrefecer.

Assenti, mas meu coração estava pesado, batendo trôpego.

— Bade — falei, meu queixo tremendo nas palmas da mão dele. — Estou com medo.

Foi como se eu tivesse enfiado uma adaga no peito dele.

Por um momento, o deus da guerra pareceu vacilar, e achei que ele estivesse prestes a me mandar *ficar*. A dizer que bloquearíamos a forja e nos esconderíamos dos comandos e cães de Dacre pelo tempo que pudéssemos. Até a despensa se esvaziar e não termos o que comer, e as águas ferventes do córrego evaporarem e não termos nada a beber, e nossa desgraça se tornar marca indelével na pele.

— Senhor! — A voz de Hem, que nunca mostrava desespero, cortou o ar. — Eles estão chegando.

Bade soltou meu rosto.

— Temos que ir — disse ele, e eu o acompanhei até a sala, onde Adria nos encontrou.

Ela me passou uma bolsa de comida e um cantil de vinho, que guardei em outro bolso de pedra da lua. Eu estava prestes a correr atrás de Bade quando ela pegou minha mão e apertou os dedos.

— Você é forte — disse ela. — Você é corajosa. E voltará para nós.

Eu inspirei sua benção, surpresa pelo efeito que teve em minha determinação, mas não havia tempo para agradecer. Bade gritou para eu me apressar, e Adria soltou minha mão.

Corri atrás dele, saindo pela forja. Bade vestira a capa vermelha e trazia um escudo no braço, a espada embainhada na cintura.

— Você vai comigo? — perguntei, esperançosa.

— Eu a escoltarei até a porta mortal — respondeu ele. — Quando sair, deverá encontrar seu pai sozinha.

É claro, pensei, odiando a dor em meu peito.

— Boa viagem, Matilda — disse Hem, e fez uma reverência. Então, com um brilho de orgulho nos olhos, acrescentou: — Acerte em cheio.

Eu abri a boca para responder, mas o latido de um cão me interrompeu. Eles estavam chegando, logo na curva da rota mais ao sul, repleta de névoa até o ombro.

— Por aqui — disse Bade, indicando o corredor leste. — Para a porta da Wirewood. Você na dianteira, e eu na retaguarda.

Saí em disparada, a princípio sentindo as pernas rígidas. De repente, percebi que era o mesmo trajeto pelo qual uma vez eu seguira Bade, quando o calo no pé dele deixara de ser um calo. Que estranho voar pelo corredor com ele, dessa vez, perseguida pelos cães.

Em cinco respirações, minha pele brilhava de suor. Meu vestido grudava no corpo, ensopado. O ar estava excepcionalmente quente e úmido. Até as paredes choravam. Água pingava da rocha, formando poças e deixando o piso escorregadio.

Meu pai, mais uma vez, emanando a magia pelas profundezas da terra, à procura de Zenia.

Quatro fôlegos depois, a névoa se dissipou por inteiro.

Levei um susto tamanho que derrapei e parei de andar. Bade quase me derrubou.

— O que foi? — soltou ele. — Por que parou?

— A névoa! Cadê?

— Dacre a conteve. Sem dúvida, para nos enxergar melhor nos corredores.

— Ele pode fazer isso? — questionei, voltando a correr. — É como deter o tempo.

— Como senhor, ele pode fazer muita coisa.

A ideia me causou um calafrio. Estávamos nos aproximando da escada que levaria à porta da Wirewood quando vi cães no corredor mais adiante, a pele translúcida e o coração flamejante os destacando com nitidez. Sem a névoa, eles poderiam nos ver com a mesma facilidade com que eu os via. Meu ritmo fraquejou; medo ardeu no fundo da minha garganta.

— À direita — disse Bade, firme. — Podemos chegar à porta do Campo Azul.

Virei bruscamente à direita na bifurcação, Bade arfando atrás de mim. Porém, os cães nos seguiram, com latidos cada vez mais afoitos ao rever suas presas, as garras arranhando o piso de pedra com uma velocidade que só fazia intensificar quando o corredor se tornou um túnel comprido e reto, incrustado de calcedônia.

Outra matilha de cães surgiu ao longe, bloqueando a passagem.

— Eles estão nos cercando! — gritei, perdendo velocidade.

— À direita! — ordenou Bade, e viramos outra curva para fugir.

Minha cabeça estava confusa enquanto eu tentava traçar um mapa e me orientar. Ainda poderíamos chegar à porta do Campo Azul se permanecêssemos naquela rota.

A esperança se foi quando vi Dacre à minha espera logo adiante, cintilando como uma estrela cadente à luz do fogo. Cabelo dourado e roupas tão brilhantes que pareciam feitos de luar. Ele sabia exatamente por que porta eu pretendia escapar.

— Matilda! — chamou ele, e as paredes tremeram.

O fogo nas arandelas bruxuleou sob seu poder. Os cães soltaram um uivo paralisante.

— Matilda, não fuja de mim — insistiu ele.

— Continue correndo — sussurrou Bade, com urgência. — Pegue a esquerda.

Pela terceira vez, nos viramos.

E então, quando a rota se bifurcou, Bade me orientou para a direita outra vez.

— Não diminua o passo, nem olhe para trás, mas *escute*... me escute.

Ele estava arfando. Dava para ver que perdia velocidade; o ritmo de nossos passos estava descompassado.

— Você conseguirá chegar à porta do Lago Sombrio se pegar a esquerda e seguir as sombras — insistiu. — Voe, Matilda. Não pare até chegar ao reino mortal.

Por que está dizendo isso?

Meus pensamentos estavam a mil. Senti o ar vazio rodopiar atrás de mim. Um instante depois, apenas o som das minhas sandálias ecoava no chão.

Eu não resisti.

Olhei para trás e diminuí o passo.

Bade tinha parado. Ele me observava, a distância entre nós crescendo, os olhos brilhando. Ele desembainhara a espada, e o escudo estava a postos. Atrás dele, vi movimento. Eram os cães, chegando como a espuma da maré.

— Corra! — gritou ele. — Não pare por mim.

Que tolice era aquela? Por que ele tinha desistido?

Um momento depois, eu entendi, quando os cães trombaram com o corpo dele. Esfarraparam a capa dele, rasgaram a pele, tiraram sangue. Estavam desesperados para passar por ele, para me alcançar, mas Bade se mantinha firme e implacável como uma muralha.

Ele os conteve.

— *Bade!* — O berro rasgou minha garganta, ecoando pelo corredor.

Eu parei, derrapando, e peguei o escudo.

— Corra, Matilda — disse ele, a voz rouca de dor. — *Corra!*

O choro cortou minha respiração, mas eu obedeci. Guardei o escudo e voltei a correr, engolindo as lágrimas.

Deixei ele e o rosnado dos cães para trás.

A encruzilhada logo surgiu, de onde saía a passagem estreita e quase esquecida que dava na porta do Lago Sombrio. Nem ali, contudo, tive alívio. Alva erguia uma tocha mais adiante, me esperando chegar à bifurcação. Seus olhos aguçados me viram entrar nas sombras da rota do Lago Sombrio, e ela me perseguiu às pressas.

— Matilda! Pare, querida, vamos conversar!

Eu corri pela escuridão, de mão estendida, seguindo a parede, com dificuldade de enxergar o caminho sinuoso. Pedrinhas deslizavam sob meus pés; eu dançava com o medo de escorregar. A luz da tocha de Alva penetrava as sombras às minhas costas, me alertando de sua velocidade.

Só mais um pouco, pensei, me esforçando para acelerar.

— Sou sua aliada! — veio a voz de Alva em perseguição. — Sei que a culpa aqui não é sua. Sei que foi obra de sua mãe. Pare, por favor! Me deixe ajudá-la.

Meu coração vacilou, em dúvida. Eu queria confiar nela. Todas as horas que passara lendo seus pergaminhos, mergulhada de segunda mão em sua magia. Queria acreditar que ela não me faria mal.

Eu quase reduzi a velocidade. Quase cedi. Meus pulmões arfavam, minhas pernas tremiam de esforço.

Quase deixei ela me alcançar, até a voz de Bade voltar à memória.

Não pare até chegar ao reino mortal.

Disparei pelo que restava do caminho até ver o contorno fraco da escada, delineada em luz azul. Comecei a subir, seguida por Alva com sua tocha.

— Matilda! — Dessa vez, sua voz virara vidro, cortando o ar. — Eu lhe dei Vincent, e é *assim* que retribui? Fugindo como uma covarde?

Isso me fez parar de supetão.

Eu me virei para olhá-la, com raiva, apenas dez degraus nos separando.

— Você me deu ele? — rosnei, sem fôlego. — Você me *deu* ele? Como se ele fosse um vassalo qualquer? Um mero peão em seu esquema para ganhar minha confiança?

Alva diminuiu o ritmo, suada, mas mantendo a compostura. Ela subiu a escada, de tocha erguida.

— Escute o que direi — declarou. — Sei que você está assustada. Sei que não teve envolvimento com os crimes de sua mãe e de Phelyra. Queremos apenas saber com que Celeste elas negociavam as escamas. Mas, se você fugir... se sair por essa porta e deixar nosso reino, levará muito tempo para poder voltar. Considere isso.

Eu sabia que o que ela dizia era verdade.

Quando eu fugisse para o reino Celeste, levaria anos para ficar forte o bastante para voltar aos Inferiores. Anos para o fogo da fúria de Dacre arrefecer, para o crime de minha mãe e minha desobediência virarem memória distante.

Eu sabia de tudo isso, mas a voz de Bade atravessou meu coração hesitante.

É hora de você subir para o reino Celeste.

Eu me virei e pulei os degraus seguintes.

Alva chiou e esticou a mão para me puxar pelo tornozelo. Fincou as unhas compridas na minha pele, mas eu me soltei. Sangue escorreu pelo meu pé. Eu via a luz do reino mortal, escapando pelas frestas da porta. Uma promessa provocante do desconhecido.

Cheguei ao portal, aquele lugar estonteante intermediário. Um lugar inundado pelo mágico e pelo comum. Peguei a maçaneta de ferro rapidamente.

A porta se escancarou com um rangido.

Eu saí aos tropeços para o calor implacável e sufocante do sol de verão.

XVI

Farinha do mesmo saco

MATILDA

A luz era de rachar, e me tirou o fôlego.

Eu fui mancando, exausta, até a margem da água. O reflexo cintilante do Lago Sombrio me acolheu, um canto quieto e sereno no mundo mortal, onde a água corria tão fundo que era sempre anil. A margem era de ardósia; partes da rocha balançavam sob meus pés, fumegando sob o sol baixo. Não havia vento, apenas ar úmido e pesado, e as montanhas do norte eram uma mera imagem embaçada ao longe, como se mais miragem do que pedra.

Eu emergira de uma porta escondida em um rochedo, e a ardósia escorregava, desajeitada, quando Alva me seguiu.

— Matilda — chamou ela, rouca.

Ao olhar para trás, eu a vi cair de joelhos e cobrir os olhos com as mãos. A luz era demais para ela, que não teve opção além de recuar para o reino subterrâneo e fechar a porta até parecer novamente um simples pedregulho, e não um portal para o mundo Inferior.

Eu não tinha mais medo dela, e o lago me chamava. Com um suspiro, mergulhei na água morna, afundando por inteiro. Se eu nadasse o suficiente, poderia escapar do toque frio das sombras e deixar a água esconder meu choro. Porém, eu me contive, engoli as lágrimas e emergi, arfando.

Devagar, lavei o sangue de minha mãe, até minha pele ficar sensível e seus últimos rastros perdurarem na água como uma mancha de óleo.

Então eu boiei, na dúvida do que fazer em seguida. Poderia deter o tempo e ficar ali, lambendo as feridas? Poderia passar por uma fenda entre os mundos, livre de deuses e homens, e dormir até a tristeza passar?

Eu não tinha tamanho poder. E o tempo não para, nem para uma deusa.

Devagar, deslizei até a margem, em meio a vitórias-régias. Parei quando um movimento chamou minha atenção.

Alguém andava entre as árvores, se aproximando do lago. Luzes e sombras dançaram sobre ele, que vinha na minha direção. Um deus Celeste. Meu coração parou e eu afundei na água, deixando visíveis apenas os olhos e o topo da cabeça, os fios compridos de meu cabelo flutuando na superfície, emaranhados como uma rede de pesca.

Um dia, eu me perguntara como o reconheceria quando finalmente o visse. Essa preocupação se dissipou assim que ele surgiu. Por um momento, perdi o fôlego, vibrando de revelações. Entendi, enfim, por que Shale me ajudara quando eu estava fugindo dos irmãos de Vincent, puxando-me com sua mão de vento. Entendi o que Rowena vira quando olhara para mim em seu pomar, e o que Warin não notara.

Eu era um reflexo de meu pai.

Eu roubara o tom arruivado de seu cabelo, a palidez de sua pele. Os olhos castanho-escuros, o desenho anguloso do rosto. Seu modo de se deslocar, gracioso, silencioso.

Minha respiração fez a água tremular; continuei a analisá-lo.

Ele usava vestes que pareciam azul-escuras em um instante e violeta no seguinte, como se tecidas com o próprio crepúsculo. A barra da roupa era bordada em fio prateado, mergulhada na luz das estrelas. Uma capa vermelha esvoaçava atrás dele, amarrada na gola, e uma coroa de vinhas douradas decorava sua testa.

Ele ainda não me vira e, enquanto eu o observava, andava pela margem, de testa franzida. Era como se soubesse que uma porta Inferior ficava ali, o que me causou um calafrio de apreensão. Minha mãe não exporia um portal para ele, sem dúvida...

— Zenia? — chamou ele, com a voz grave, polida. — Já basta de brincadeiras. Por que se esconde de mim? Por que me invocou?

Thile passou na frente da porta na rocha, sem notá-la.

Eu relaxei. Não, era claro que minha mãe não trairia seu clã ao expor uma porta Inferior. Pensei, contudo, que talvez ela já tivesse encontrado meu pai ali, se misturado a ele à sombra das árvores, nadado com ele naquela água de anil.

Meu devaneio se estilhaçou quando um sapo me traiu, pulando de uma vitória-régia na água, bem na altura do meu ombro. O barulho do mergulho foi tão alto que poderia ser causado por uma rocha, e eu me tensionei quando Thile olhou para o lago e me encontrou imediatamente.

Raiva deformou seu rosto. Ele abriu as narinas e cerrou o punho direito, pulando na minha direção. Quando agitou a parte rasa da água, sem se deter, fugi para a margem, abrindo caminho entre as vitórias-régias. Precisava enfrentá-lo em terreno equilibrado, onde poderia me defender, e, assim que pisei em terra firme, puxei o escudo para o braço e me virei para ele.

Escudo erguido e firme, protegendo minha falha e meu pescoço, a beira curvada da madeira cobrindo minha boca, meu nariz, até minhas costelas. Ao me seguir, ele via apenas meus olhos, arregalados do medo que não consegui abafar, meu cabelo, pingando de água do lago, e meus pés calçados em sandálias. Fiquei tentada a continuar a recuar; queria manter uma boa distância, mas me lembrei de Bade dizer *mantenha sua posição*, e enfim parei e me firmei no lugar, preparada para um ataque.

Em resposta, Thile se deteve.

Ele me encarava com todo o fogo do céu, mas não empunhou espada. Nem arma alguma. Ele fez silêncio por um longo momento, um momento que me deu vontade de desabar no chão e me transformar em algo tão insensível e insignificante quanto um caco de ardósia. Apesar da postura defensiva, eu estava tremendo.

— Quem é você? — perguntou ele, finalmente.

— Matilda.

Que estranho o gosto do meu nome naquele momento, como se eu nunca o tivesse pronunciado.

— Inferior? — questionou.

Mordi o lábio até doer.

Ele deve ter tomado meu silêncio como afirmativa, mas então franziu ainda mais a testa. Ele finalmente enxergava, como se vislumbrasse o próprio rosto no espelho. Desconfiança brilhou em seus olhos, misturada a incredulidade.

— Abaixe o escudo — disse ele.

Relutante, eu obedeci, sem aguentar encará-lo. Olhei para o chão e o escutei respirar fundo.

Thile deu meia-volta abruptamente e saiu andando.

A partida dele me deu a força para erguer o olhar. Eu o vi sumir entre as árvores e fiz uma careta, insegura. Ousaria segui-lo?

Fiquei onde estava, uma fenda horrível se abrindo em meu peito. Bade se enganara; eu precisava de um santuário alternativo. Comecei a imaginar o rio que me guiaria até Vincent, pensando que deveria me arriscar com os mortais, quando Thile enfim voltou.

Ele estava recomposto dessa vez ao me olhar, e parou no mesmo local de antes.

Frio, perguntou:

— Onde está sua mãe?

— Se foi — respondi. — Para a bruma.

De novo, eu o peguei de surpresa. Por um momento, o sol brilhou tão forte que achei que fosse me cegar, e o calor ficou tão intenso que respirar doía.

— Quem? — perguntou Thile. — Quem a matou?

— Phelyra.

Ele se calou, pensativo, como eu. A luz e o calor diminuíram como um nó desatado, deixando de nos esmagar. A resposta dele atiçou meu interesse, e eu me perguntei se ele conhecia Phelyra. Talvez tivesse familiaridade com ela, e imaginei que poderia ser ele quem negociava o contrabando.

— O que você quer de mim? — perguntou ele, enfim, ainda desconfiado, ressabiado, como se esperasse que eu exigisse riqueza, poder, um título.

— Eu gostaria de subir com você ao reino Celeste — respondi. — Peço santuário em sua corte. Sua proteção, como sua filha que apenas agora soube seu nome.

Outro silêncio se estendeu entre nós, e achei que ele fosse recusar. Havia um brilho tão estranho em seus olhos, como se não soubesse o que fazer comigo, o que sentir quanto à minha existência. Se eu era uma dádiva ou uma maldição.

A verdade frequentemente é cruel.

Tínhamos perdido tempo; eu só podia imaginar quem seria se a correnteza fluísse por outro sentido. Se fosse ele a me criar no abrigo do céu e os Inferiores fossem o mistério.

Um vento frio começou a soprar.

Meu coração deu um pulo quando reconheci o alísio do leste.

— Então venha — disse Thile, estendendo a mão. — Há um lugar para você em minha corte.

Eu guardei o escudo e me aproximei um passo, só então notando que o olho em meu cinto de pedra da lua estava escancarado. O olho da guardiã, que se abria quando uma alma adentrava o deserto, a caminho da bruma. E percebi, tarde demais, que eu poderia ter corrido atrás da alma da minha mãe.

Poderia ter caminhado com ela, conversado com ela uma última vez, em sua jornada até o portão enevoado do repouso eterno.

É um arrependimento que ainda sinto.

Uma ferida que nunca sarou.

Thile começou a se dissipar; flocos de pó o cercavam, algum acesos como vaga-lumes. Eu peguei a mão dele e me segurei, apertando firme, com medo de ele me soltar. De ele mudar de ideia e me largar em algum lugar desconhecido, abandonada nas nuvens.

Eu não precisava ter me preocupado.

O aperto dele era inquebrantável. E ele me puxou consigo pelo vento alísio.

XVII
Preces enterradas

VINCENT

Eu pensava nela com frequência.

Pensava nela quando estava sentado no salão com meu pai e meus irmãos, e quando treinava combate no pátio. Quando subia no parapeito para ver o rio correr, e quando passava por meu tio nos corredores e me encolhia quando ele me dava um tapa no ombro acompanhado de uma piscadela de seus olhos pequenos. Quando deveria estar atento às aulas de geografia, aritmética, poesia, guerra, alquimia. Astronomia. Pensava nela quando me deitava à noite.

Matilda, contudo, sumira.

Ela não me encontrava mais em sonho, por mais que eu desejasse reencontrá-la. A coruja branca também deixara de visitar minha janela, e entendi que Matilda devia estar conectada à ave, de algum modo. Ainda não sabia que a criatura era um dos bichos da Fortuna. Eu não era poeta, nem bardo, mas a coruja escolhera me trazer um presente. Vira nossos destinos, entrelaçados no tear divino, e me apresentara Matilda muito antes de eu estar destinado a conhecê-la.

E, na ausência de Matilda — sua trama se desenredando da minha —, os pesadelos voltaram.

Eram tão frequentes que Finnian recomendou que eu orasse para Alva, pedindo alento. Não éramos uma família devota, e tínhamos nos livrado de qualquer estima que antes tivéssemos pelos deuses quando minha mãe nos abandonara para se tornar vassala dos Celestes. A ideia não me ocorrera até a sugestão casual de meu irmão: eu finalmente sabia o nome verdadeiro de Ruiva — *Matilda Inferior* —, então minhas palavras poderiam chegar a ela apesar da distância entre nós.

Comecei a escrever para ela.

Querida Matilda.

Eu enterrava minhas preces no quintal, deixando a terra cobrir a tinta das palavras.

Querida Matilda.

O pergaminho desaparecia e eu o imaginava chegando a ela muito abaixo de meus pés, em um mundo que poderia imaginar, mas nunca conhecer plenamente, nunca ver por inteiro.

Querida Matilda.

Eu escrevia para ela, mais e mais vezes, mas ela permanecia ausente.

Em pouco tempo, a primavera levou ao verão, e o verão, ao outono. Outono virou inverno, e eu fiquei um ano mais velho. E outro ano, e mais um, até mal me lembrar do menino que um dia a abraçara em meio às samambaias. Que um dia se atrevera a beijá-la.

Escrevi minha última carta para ela aos dezesseis anos.

Era solstício de inverno, uma noite fria de rachar. Eu me arrastei pelo salão ensanguentado, com a mão pressionando a ferida aberta na lateral do tronco, me firmando. Passei rastejando pelo cadáver de Finnian, de olhos abertos e vazios, e de Marcher, prostrado. Passei rastejando por meu pai, o pescoço aberto até o osso, e pelo corredor, sabendo que, se meu tio ou algum de seus homens me vissem, perceberiam que eu sobrevivera e me atacariam com um golpe fatal.

A Morte, porém, pareceu esquecer-se de mim naquela noite sombria.

Eu cheguei ao quarto vazio da senescal. Pergaminho, pena, tinta, tudo na mesa. Mal respirava ao pegar os materiais.

Eu me sentia irrevogavelmente dilacerado por dentro; a dor era insuportável. Por que eu ainda estava vivo? Deveria estar morto, junto aos meus irmãos.

Trêmulo, escrevi: *Matilda, me ajude.*

Usei a força que me restava para rastejar até o jardim, deixando para trás um rastro de sangue. Escutei meu tio e os homens comemorarem: canecos de cerveja batendo na mesa, mulheres chorando, uma cantoria bêbada e lasciva. Os sons me perfuravam como flechas. Lá fora, na neve, fazia silêncio, e o chão estava congelado. Eu cavei uma pequena cova e enterrei as palavras, e ali permaneci, caído de barriga para baixo, tomado aos poucos pelo torpor.

Apesar de sua ausência nos três anos anteriores, eu tinha fé de que ela viria me salvar.

— Matilda — sussurrei.

E então:

— *Ruiva.*

Preciso de você.

Ela sempre me encontrara quando eu precisava no passado, desfazendo meus pesadelos. Porém, era só coisa da minha cabeça. O tempo todo que eu passara com ela? Não fora real, e a verdade me atingiu como outra espada na carne.

O solstício não era um sonho, por mais que eu desejasse que fosse. Não, a traição de meu tio era um momento que cindia ao meio meu mundo.

Eu esperei por ela, mas nada além da neve me respondeu. Neve, sombras e dor, e um dos homens de meu pai, que sobrevivera ao ataque.

Edric me levantou.

Quando eu gritei, ele cobriu minha boca com a mão.

— *Silêncio* — sussurrou, abatido.

Ele me carregou de sombra em sombra, até a torre da Donzela na ponte, a única parte de nosso castelo que continha magia.

Era para ali que Alyse fugira com meu irmão mais novo, assim que a traição transcorrera. Era ali que os cavaleiros e guerreiros sobreviventes de meu pai também tinham encontrado abrigo, preparando-se para retomar o castelo das mãos de meu tio. Era ali que os artesãos tinham encontrado refúgio, escapando do pior da chacina.

Foi ali, deitado em uma manta de flanela, que morreu o resquício de minha fé.

Os deuses não se importavam com o que acontecia conosco. Não respondiam quando o chamávamos.

— Me deixe morrer — sussurrei para Alyse.

Ela apertou um pano na minha barriga, estancando o sangramento. Quando me olhou, foi com uma expressão afiada de raiva.

— Não — respondeu. — Você precisa viver por seu irmão mais novo. Precisa se tornar o senhor de Wyndrift.

Eu inspirei.

Expirei.

Sobrevivi à noite traiçoeira.

E não voltei a pensar em Matilda. Pelo menos, por muito tempo.

XVIII
Como brasas se apagando

MATILDA

O tempo corria como água entre meus dedos no reino Celeste.

Eu fiquei mais velha, mais astuta, na corte de meu pai. Não havia portas abandonadas para abrir nem pergaminhos de sonhos para ler. Perdi mais do que minha mãe naquele dia fatídico, mas olhei para a frente, deixando minha infância e tudo que a tornara suave se desfazerem no pó da memória.

Às vezes, pensava em Vincent e em seus sonhos.

Às vezes, me permitia a dor, como se abrisse uma ferida profunda. Eu pensava naqueles que deixara para trás, de quem sentia saudade. Aqueles que eu não podia mais ver, até lembrar-me de uma verdade simples:

Entre imortais, o amor é uma fraqueza.

Eu vira isso em Bade. E via em meu pai, em raros momentos, quando ele se calava na corte e me observava circular entre a multidão, com flores trançadas no cabelo.

Sabia que ele estava pensando em minha mãe, e no que poderia ter sido diferente.

Ali, no salão crepuscular de Thile, eu bebia néctar e comia ambrosia em travessas esculpidas em gelo. Eu me deleitava com a música das cordas, dançava com parentes distantes, e entregava recados e notícias de uma a outra porta Celeste, como faz um bom arauto. Eu sorria e dava risada e escutava mais do que falava. Escondia o que sentia de fato, porque emoções eram armadilhas, perigos. Mantinha os olhos atentos a escamas de eithral, questionando quem, entre os Celestes, as escondia. Para quem minha mãe as vendera? Qualquer sinal das escamas, assim como do contrabando clandestino, parecia ter terminado com a morte de Zenia e o exílio autoimposto de Phelyra.

Eu me apresentava como uma deusa simplória da Corte Média. Eu não era ameaça. Ainda assim, chamava a atenção dos Celestes; eu nascera nas sombras, na fumaça, na luz do fogo em pedras preciosas. Um lugar que eles nunca viram.

Gradualmente, eu desabrochei, como uma prímula que espera a lua para florescer. E, crescendo, assumi meu pleno poder.

Perguntei a meu pai se eu podia voltar ao reino mortal e começar minha era de deusa. Os humanos ainda não me conheciam, não sabiam meu nome. As corujas da Fortuna tinham recebido a ordem de não transmitir mais histórias nem visões a meu respeito, uma ordem vinda diretamente de Thile. Mas eu sabia que era hora de traçar meu próprio legado. No fundo... queria encontrar aquela fortaleza na beira do rio.

Eu queria falar com Vincent novamente. Comparar quanto tínhamos mudado e crescido. Será que o reconheceria?

— Não — disse meu pai, como se pressentisse em mim a fraqueza, o desejo pelo garoto que eu um dia conhecera em sonhos. — Você deve permanecer entre os Celestes, sob minha supervisão. Ainda não chegou sua hora.

A resposta dele me desagradou, mas eu era paciente.

Passou-se mais um ano, e eu perguntei outra vez.

— Estou pronta para viajar ao reino mortal — falei, sentada a seus pés. — Por favor, pai, me dê sua benção.

Eu não percebera, ao pedir-lhe santuário, que ele teria o poder de me manter sob suas asas enquanto quisesse. Novamente, ele recusou. Novamente, me deu uma resposta simples:

— Ainda não chegou sua hora, filha.

Eu fora expulsa em desgraça do reino inferior e proibida de descer ao reino mortal. Era uma deusa em uma gaiola entre as nuvens, e não sabia quando ele me devolveria a liberdade. Porém, imaginava que ele ainda pressentisse a fraqueza em mim. A compaixão pelos mortais. A saudade que eu sentia de minha mãe e meus parentes subterrâneos.

Que eu seja temida, não amada.

Eu teria que me transformar para partir. Não podia sair dali como chegara. Meu pai, então, me testava. Ele não deixaria uma filha sensível e despreparada vagar pelos reinos. Uma filha que o envergonharia.

Eu não pedi para partir de novo.

Em vez disso, aperfeiçoei minha velocidade e minha influência na corte dele.

Quando Warin finalmente me abordou, sem conseguir deixar de me olhar, não me surpreendi.

— Você cresceu desde nossa última conversa, deusinha — comentou, admirando a curva de minha cintura, minhas clavículas, meus braços nus. Eu estava quase da altura dele. — Na época, você era apenas uma criança, com uma língua muito afiada.

— Era mesmo. Você, por outro lado, não mudou nada — respondi, apesar de ele ter acrescentado poderes desde o dia em que eu o conhecera.

Ele era deus da primavera e do ferro. E eu notava que estava com fome de mais.

— Não? — perguntou ele, rindo com um som lânguido, vívido. — Então permita-me desafiá-la, Matilda Celeste. Eu a desafio a uma competição de arco e flecha. Se me derrotar, eu lhe darei qualquer coisa que você desejar. Se eu derrotá-la... você deve aceitar meu cortejo.

Não era a primeira vez que um deus Celeste me desafiava a um jogo. Eles gostavam de barganhas e da emoção da vitória, além de contemplar a vergonha de quem perdia. Contudo, era a primeira vez que o cortejo era proposto, o que fez um raio gelado de preocupação me atravessar. É claro que não permiti que Warin notasse.

— Qualquer coisa que eu desejar? — confirmei.

— Como eu disse.

— Então quero sua escama de eithral. Aquela que usou para matar Xan.

Pronunciei o nome que estava à beira de ser completamente esquecido. Um nome apagado de nossos mitos, nossas histórias. Como se Xan nunca tivesse existido.

Aquele nunca seria meu destino.

Warin arqueou as sobrancelhas, boquiaberto. Enfim, riu de novo, o som nitidamente mais afiado, me raspando como uma lâmina.

— De acordo, Matilda.

Eu nunca recebera instrução em arco e flecha. Todo o meu treinamento com Bade fora de escudo e espada, mas passei o dia seguinte me preparando com um dos arcos de meu pai, confiante de que venceria a rodada. Warin me parecia preguiçoso e com tendência a confiar demais na própria habilidade, e eu não precisava de sua escama de eithral; tinha minha própria no bolso, ainda dourada pelo sangue de minha mãe. Porém, eu não *queria* que deuses como ele empunhassem objetos de tanto poder.

Eu o subestimei lamentavelmente; ele era muito melhor arqueiro do que indicava.

A competição ocorreu no jardim do solar, onde alguns Celestes assistiram ao nosso duelo de flechas e alvos, e ele venceu de lavada. Foi minha primeira grande lição em conter minha confiança, em aprender a fazer uma aposta sábia em um desafio, e foi assim que Warin se tornou meu amante.

Pele na pele, fôlego a fôlego, ele me despia em sua cama. Ele me via, mas não me enxergava. Eu me mantinha resguardada, até no prazer, e ele não conseguia tirar a luz dos meus ossos. Não conseguia me fazer falar, nem quando meu corpo estava pesado, minha pele, reluzindo, seus dedos, acariciando meu cabelo.

— Como era lá embaixo? — me perguntava depois de nossos encontros.

— Era muito escuro.

— Os Inferiores tratavam você mal?

— Ocasionalmente.

— Como você ia e vinha?

— A pé, é claro.

Minhas respostas obtusas sempre o irritavam. Ele soltava meu cabelo e se levantava da cama, sentindo que seu esforço não lhe rendera nada.

— Você está sendo difícil, Matilda.

— Então pare de me convidar para sua cama. Não posso lhe dar o que deseja.

Ele deixava passarem algumas semanas e me ignorava na corte. Até que, inevitavelmente, eu atraía seu olhar outra vez — eu era a filha do verão e do inverno, e ele, o deus da primavera — e novamente acabava em seus braços, buscando algo que ele não podia oferecer. Algo que eu não sabia nomear. Algo que se escondia dentro de mim como brasas se apagando.

Certa noite, ele me procurou, bêbado, após uma folia da corte, com o cabelo embaraçado no rosto, as vestes amarrotadas e caindo dos ombros largos. Ele se ajoelhou na minha frente e apoiou as mãos nas minhas coxas, encarando-me com olhos avermelhados.

— Case comigo — pediu, rouco. — Quero que você seja minha, e apenas minha.

Fiquei tensa, com um nó na barriga. Casamento não estava no meu horizonte, mas eu ponderei a ideia, imaginando como seria ter um deus como ele unido a mim por juramento. Eu o considerava confiável apenas quando era de seu interesse. Se ele era assim como aliado, como amante, eu não imaginava como seria como marido.

— Você merece uma esposa melhor do que um arauto, não acha, Warin? — perguntei.

Ele afundou as unhas nas minhas coxas.

— Você é muito mais do que um mero arauto, meu bem.

As palavras dele me causaram um calafrio. Até que entendi que ele queria dizer que eu era filha do senhor dos Celestes. Que eu era metade Inferior.

— Você está bêbado — falei, e me levantei. — Minha resposta é não.

Ele pediria de novo, e outra vez. Era persistente, mas o que desejava, na realidade, não era eu. Warin queria meu conhecimento, e talvez por isso eu tenha me tornado tão fria quanto as pedras da lua que ainda usava na cintura. Ele queria saber onde se escondiam as portas Inferiores, e eu cuidava para não contar isso a ele, nem a ninguém. Nem a meu pai.

Foi assim que sobrevivi nas alturas por treze anos mortais.

Aprendi que eu não possuía um lar. O mais seguro para mim era o movimento, como previra Orphia. Eu era ao mesmo tempo do mundo dos céus e do subterrâneo e, por isso, nunca pertenceria por inteiro a nenhum dos dois. Porém, quando chegou a hora de voltar aos Inferiores, eu estava pronta para revê-los.

Ou pelo menos foi o que imaginei.

SEGUNDO ATO

O ardil do rio

XIX
Uma noiva inferior

MATILDA

Eu esquecera como era lindo o reino mortal.

Por treze anos, eu vivera no céu, mas, quando o vento alísio oeste me levou consigo à charneca, senti que estivera ali no dia anterior. Admirei as colinas, o helênio silvestre em flor, as samambaias da cor da ferrugem, os riachos finos em movimento, a mata distante com suas folhas douradas. O chão, salpicado pela chuva da manhã, passava sob nossos pés e o céu acima de nós era vasto, prometendo outra tempestade à noite.

À primeira vista, era uma paisagem idílica, como se saída de uma balada, até eu prestar mais atenção.

Eu esquecera, também, como aquele mundo era frágil e transparente, sem esconder nada. Se houvesse guerra, seca, praga, conflito, enchente, ele refletia seus males. Se houvesse paz, abundância, também era igualmente evidente, sem disfarçar segredos daqueles que por ali vagavam.

Enva desceu a colina primeiro, com a harpa reluzente nas costas. Ela seguiu a trilha no chão, o vento emaranhando seu cabelo comprido e escuro. Eu a observei por um momento, com um aperto incômodo no peito. Não estávamos distantes de uma porta Inferior, mas, quanto mais tempo passássemos por ali, mais oportunidades surgiriam para as coisas darem errado. Dacre nos aguardava muito abaixo do solo, e não demoraria a desconfiar de mim se nos atrasássemos.

Da última vez que eu o vira, fugia dele pelos corredores, ignorava suas ordens, era uma criança guiada pelo medo. Porém, eu voltaria como deusa, entregando a ele sua noiva.

— Olhe — disse Enva, me chamando para o vale onde ajoelhara na grama.

Vi o que chamara sua atenção. Ossos espalhados, com flores vermelhas brotando através de uma pequena costela. Uma criança humana morrera ali, provavelmente carregada por um eithral ou arrastada por um dos cães. Depois de analisar os sulcos na terra, parecendo escavados por garras, desconfiei que fora obra de um cão.

— Temos tempo? — perguntou Enva, já soltando a harpa dos ombros.

Eu nunca negaria a oportunidade de ouvi-la tocar e cantar.

— Temos — respondi, me acomodando na grama enquanto ela começava a dedilhar a harpa em cima dos ossos.

Ela era a deusa Celeste da música e, no salão de meu pai, suas canções frequentemente eram melodias poderosas, cascatas de júbilo. Agitavam nosso sangue, e nos faziam dançar e lembrar as histórias antigas, as lendas enevoadas das quais emergimos. Eram tão comoventes que trocávamos canções como moeda. No reino mortal, contudo, a música de Enva era muito diferente. Era triste, cheia de pesar. Perseguia os corações humanos e sua dor; também preenchia os vazios inspirados pela Morte.

Era assim que tinha começado a relação conturbada entre Enva e Dacre.

Dacre ouvira falar de sua proeza e a quisera como esposa, indo contra a tradição. Nunca houvera uma troca de juras de casamento entre Inferiores e Celestes. Nunca uma Celeste vivera no reino Inferior, exceto por mim.

Enva, entretanto, recusara.

Ele então soltara os cães e eithrais pelo mundo mortal, que enfim se acomodara em uma década de paz muito necessária após a ascensão de Adria. As mortes humanas injustas enfureceram Enva; sobre quantos túmulos ela cantara, sua música guiando almas e mais almas para o deserto? Quanta angústia suas notas tocaram? Finalmente, ela não aguentara mais morte e aceitara deixar o reino Celeste para se tornar noiva de Dacre, sob quatro condições. A primeira: que ele parasse de aterrorizar humanos e de causar massacres com seus bichos. A segunda: que perdoasse o comércio clandestino e reconhecesse que nunca recuperaria as seis escamas que Zenia e Phelyra negociaram um dia. A terceira: que Enva pudesse tocar harpa e cantar sempre que o desejasse. E, por último, que fosse eu a acompanhá-la ao reino subterrâneo.

Dacre aceitara, o que me chocara.

Por anos, ele ficara obcecado por aquelas escamas, desesperado para que fossem devolvidas. Todos sabíamos que Warin possuía uma, mas ninguém imaginava que outra estava comigo. O dono das quatro escamas restantes era um mistério.

Eu também não imaginava Dacre deixando os eithrais acorrentados nas sombras, nem os cães nas cavernas. Mal acreditava que ele me permitiria voltar sem castigo. Porém, queria acreditar que aquilo seria o início de uma nova era para os divinos, em que se manteria a paz entre os dois clãs.

Talvez fosse um feito de Adria, finalmente alcançando o auge de sua magia, treze anos após ser elevada à imortalidade. Não tínhamos especulado o que ela causaria em nosso mundo quando a recebemos? Havia mais alguma coisa por trás de sua magia plácida, alguma coisa que eu vira e reconhecera no dia em que minha vida desmoronara.

Enva acabou de dedilhar a harpa, a última nota se dissipando no vento. Ela não tocou por muito tempo — apenas uma canção triste, dolorida, pela alma da criança morta —, e eu a ajudei a se levantar.

— Está receosa por voltar e rever o clã de sua mãe? — perguntou ela enquanto caminhávamos lado a lado na direção da porta escondida na colina.

— Não — menti.

Eu não queria que ela se preocupasse por mim. Que achasse que uma pontada de medo ainda se escondia em meu sangue, depois de tantos anos.

— Acho que a melhor pergunta é se *você* está receosa — continuei. — Você será a primeira Celeste a viver lá embaixo.

Enva ficou quieta, ruborizada.

— Não — respondeu, enfim. — Embora eu vá sentir saudade das estrelas.

Caminhamos mais um pouco, atravessando um dos riachos sinuosos. Eu não poderia oferecer tranquilidade; sabia que ela sentiria saudade do céu. Tendo provado sua vastidão, eu entendia como a terra poderia parecer uma prisão até ela se habituar ao peso da pedra.

Shale passou soprando por nós, talvez em decepção, talvez em despedida. Era difícil entendê-lo, e minha capa esvoaçou, a fita puxando meu pescoço. A capa era um presente de adeus de meu pai; por muitos anos, fora dele — um tecido encantado e consciente. Quando a lã estava vermelha, vívida e orgulhosa como o sangue mortal, quem a vestia era visível, e atraía os olhos e a atenção de deuses e mortais. Porém, a lã poderia passar para um tom crepuscular de lavanda, e, com isso, quem a vestia se tornava invisível.

Era assim que meu pai se deslocara sem ser visto em todos os momentos em que encontrara minha mãe. Era assim que os escondera. A capa protegera eles e seu caso fugaz, e agora protegia a mim.

Quando Thile me entregara a peça, considerei que fosse seu modo de abençoar minha partida, afinal, além de dizer: *Não morra lá embaixo.*

— Estamos chegando — falei, e parei para tirar uma faixa de pano do bolso de pedra da lua. — Tem certeza de que quer fazer isso?

Enva não me olhava. Seus olhos, verdes como a grama, estavam voltados para as nuvens, para o azul do céu.

— Estou pronta — declarou, por fim.

Cobri os olhos dela com a venda, que amarrei. Então peguei sua mão — seus dedos gelados — e a conduzi pelo resto do caminho até a porta escondida na encosta. Por um momento, eu questionei se o portal ainda se abriria para mim. Se eu encontraria seu trinco.

Minha preocupação se esvaiu quando minha mão encontrou facilmente o batente, e a porta ganhou vida sob meu toque.

Eu ainda era Inferior; não esquecera aqueles segredos antigos.

Juntas, eu e Enva descemos para as sombras.

Mantive ela vendada enquanto a guiava pelos corredores.

As passagens gastas eram como eu lembrava, agradavelmente frias e iluminadas por fogo, assim como o salão. Pedras preciosas ainda ardiam nas colunas, eithrais pintados ainda decoravam as paredes, e mesas compridas ainda estavam bem enfileiradas, ocupadas pelas três cortes. Fumaça dançava das lareiras, vassalos serviam jarros de vinho, e o ar tinha um cheiro verde de especiarias.

Os Inferiores se levantaram, em silêncio, quando eu e Enva aparecemos.

Eu a levei pelo centro do salão até o estrado de onde Dacre, sentado no trono, nos observava. Pedras preciosas cintilavam em todos os seus dedos, e os diamantes iluminados pelas estrelas da coroa pareciam respirar. As vestes dele eram da cor do céu de verão, e exibiam os músculos dos braços e as sandálias douradas nos pés. Alva estava de pé à esquerda dele, usando um vestido cinza com um cinto de safiras. Ela não olhava para

Enva, como o irmão, mas para *mim*, como se curiosa para descobrir quem eu me tornara longe dali.

Enva e eu chegamos aos pés dele. Apertei os dedos dela, indicando que tínhamos chegado. Ela confiara em mim por completo. Eu poderia tê-la levado a qualquer lugar. Poderia tê-la conduzido a uma gaiola de ferro e a trancado ali, ou atacado sua falha e devorado sua magia. Ela me dera tamanha confiança, e eu só podia parar e contemplar se, naquele momento, eu a condenava. Se condenava a todos nós.

Fuja.

Achei ouvir a voz de Bade. Um sussurro do passado. Um eco da infância.

Voe.

A tentação de olhar para trás e procurá-lo me balançou. Eu não o vira quando entramos no salão, mas também não tentara encontrá-lo no mar de rostos. Porém, mesmo depois de tanto tempo, ele ainda era meu aliado pela promessa do sal.

Eu sentira saudades dele, mais do que acreditava ser possível.

— Seja bem-vinda, Enva Celeste — disse Dacre, sem esconder o entusiasmo na voz.

Ele se levantou e desceu os degraus para encontrá-la, e eu a soltei quando a sombra dele nos cobriu, ondulando.

— Você me agrada, me honra, ao aceitar este convite — acrescentou ele, e tirou a venda dela.

Enva o olhou, com a expressão fria e indecifrável. Ela poderia ser esculpida em mármore claro; tinha feições delicadas, um encanto discreto. Sempre me parecera que sua beleza ganhava corpo conforme o tempo passava, como vinho tinto escuro, e que ela escondia as emoções com um véu. Apenas aqueles mais próximos dela — seus aliados, seus músicos aprendizes — viam seu rosto de verdade. Eu o vira ocasionalmente, mas ela sempre gostara de mim, e se tornara a primeira pessoa em quem pude confiar no reino Celeste, apesar do alerta de meu pai.

Não deixe a música fazê-la achar que estará em segurança com ela.

— Obrigada, senhor — disse Enva, abaixando a cabeça, com a voz melodiosa e leve, comandando o ar. — Fico honrada por seu convite.

Ela não estava honrada. Estava furiosa, mas escondia bem.

E, naquele momento, poderia ter me convencido.

Dacre pegou a mão dela e foi então que, enfim, olhou para mim. Eu sabia que a corte não reconheceria minha presença antes dele. Eu seria ignorada até ele me acolher de volta.

— Meus cumprimentos, Matilda — disse ele, para meu intenso alívio. — Que prazer vê-la voltar para nós.

— Meu senhor — respondi, abaixando os olhos em sinal de respeito. — É bom estar de volta.

— Ficará conosco, espero? Gostaria que comemorasse nossa boda. O primeiro banquete do casamento será hoje.

— É claro.

Olhei de relance para Enva, mas ela encarava Dacre fixamente, procurando nele uma fraqueza, uma falha em sua máscara. Mal sabia que era *ela* sua fraqueza. Nenhum outro divino jamais o levara a tamanha emoção, tamanha loucura. Às vezes, eu me perguntava se ele tinha quebrado as próprias leis e derretera moedas Celestes na lareira deleitando-se com um instante breve de música. Se escutara um som que o assombrava, que ele não esqueceria nunca.

— Estarei aqui para comemorar com os dois — acrescentei.

Dacre nem me ouviu. Ele voltara a própria atenção para Enva também; havia um brilho faminto em seus olhos, além de encanto. Aquilo me deixou desconfortável, mas tal decisão não era minha, então recuei quando a corte foi liberada.

Conversas zumbiam ao meu redor. Eu me mantive na periferia do salão, procurando por Bade na corte alta.

— Você ficou muito bela ao crescer.

Eu me virei para Alva. Ela sorria de boca fechada e olhos brilhando, o cabelo loiro caindo a seu redor como fios de sol. Ela parecia sinceramente feliz ao me ver, como se não recordasse nosso último encontro. Em silêncio, ofereceu um cálice de vinho, que aceitei, de ombros tensos de desconfiança.

— Fiquei? — retruquei. — Na corte Celeste, apostaram que vocês não me reconheceriam.

— Então os Celestes são tolos. Esqueceram que fomos nós quem a criamos? Você pertenceu a nós, antes.

Ela tomou um gole de vinho, ainda me observando. Voltei a olhar a multidão.

— Você não o encontrará aqui — comentou ela.

— Quem?

O sorriso de Alva aumentou.

— Você sabe a quem me refiro. Aquele seu velho aliado teimoso.

— Achei que todos devessem apresentar-se à corte.

— Então você não soube?

Meu coração deu um solavanco.

— Soube do quê?

Se alguém tivesse matado Bade, roubado sua magia, eu ficaria devastada. Os Inferiores se arrependeriam de me acolher de volta em seu reino.

Porém, ao passar a mão nas pedras da lua do cinto, pensei: *Não. Eu saberia se ele tivesse morrido.*

Alva abria a boca manchada de vinho para falar, mas não teve a chance de responder. Outra deusa se junto a nós, surgindo ao meu lado, com um perfume carregado de mirra, jasmim e âmbar queimado.

— Matilda! Que prazer vê-la de novo, menina.

Aquela voz. O som me gelou até arder. Devagar, virei meu rosto e não vi ninguém menos do que Phelyra, de vestido suntuoso e transbordando de pérolas, falando comigo.

— Você desabrochou enfim, estou vendo — continuou Phelyra, passando seu olhar por mim. — Um verdadeiro reflexo da beleza dela.

Dela, de Zenia. E não, eu não era igual à minha mãe e a sua radiância invernal.

Phelyra tinha muita sorte por eu não estar armada. Meus dedos tremeram de vontade de puxar o escudo. Eu me permiti um momento impulsivo para me imaginar esmurrando o peito dela com o escudo, derrubando-a no chão. Quebrando o nariz, os dentes dela. Vendo seu icor escorrer pelo piso, como um dia vira o de minha mãe.

Eu nunca desejara matar ninguém, mas foi o que senti ali. Um fio sombrio, emaranhado em minhas entranhas. Puxando, atando e apertando meus pulmões até não me deixar respirar.

— Matilda? — disse Alva, com um toque de humor na voz, como se lesse meus pensamentos e mal pudesse esperar para me ver executá-los.

Abaixei o cálice, derramando vinho na pressa. Apertei o passo e saí do salão. Meu sangue estava fervendo, e eu precisava caminhar longamente pela névoa fria até a raiva arrefecer.

A memória, porém, é uma coisa curiosa. Eu não pensei no caminho que fazia até as pedras da lua cintilarem acima de mim e eu me dar conta de que seguira um trajeto familiar. Uma rota marcada pela infância. Meu coração se aquietou em um ritmo lento quando parei junto à porta de minha antiga toca.

XX
Tocar e agarrar

MATILDA

A porta se lembrou da minha mão, e destrancou assim que a toquei.

Lá dentro, a toca estava escura e bolorenta. As teias de aranha penduradas lembravam cortinas, e ossinhos estalaram sob meus passos a caminho da lareira, enquanto eu tateava no escuro em busca da prateleira onde ficava o pote de pó de fogo. Peguei um punhado e joguei nas cinzas, vendo as chamas voltarem, de início tímidas. Então cresceram, subindo e bruxuleando, jogando sua luz na sala.

Eu quase senti medo de olhar com mais atenção para meus arredores, mas enfim olhei.

A toca fora saqueada.

Cadeiras estavam derrubadas. Os vasos de argila do armário, estilhaçados no chão. Os vestidos de minha mãe tinham sido arrancados dos cabides, e meu colchão de plumas, rasgado por uma espada. Tapeçarias foram retiradas, e algumas pedras, desmontadas da parede, revelando esconderijos espertos. Eu andei até uma dessas reentrâncias, passando os dedos pelo pó. Devia ter sido Dacre, em fúria, anos antes. Pegando de nós o que desejava.

A única coisa intocada eram as preces, que se acumularam como neve na rachadura da pedra da lareira. Mortais oravam para uma deusa morta, pedindo invernos suaves, fogos duradouros e astúcia afiada. *Que desperdício de tinta e pergaminho*, pensei, recolhendo punhados de preces.

Eu as joguei no fogo.

As chamas devoraram alegremente o pergaminho dobrado, estalando e faiscando enquanto eu pegava mais um punhado. Essas preces também arderam.

A fumaça que subia era doce e me fazia engasgar. Engoli em seco e joguei outro punhado no fogo, parando apenas quando um pergaminho dobrado chamou minha atenção. Estava murcho, manchado de sangue. Quando toquei a prece, senti um calafrio gelado, como se ela tivesse sido enterrada no solo duro do inverno.

O papel se desdobrou em minha mão, expondo uma frase torta e desesperada.

Matilda, me ajude.

Eu prendi o fôlego.

Ninguém antes escrevera uma prece para mim, e a revelação me atingiu como um tapa: todas aquelas preces que eu queimara não eram para Zenia, eram para *mim*.

Eu me ajoelhei, desesperada para recuperá-las.

— Apague — sussurrei para o fogo, mas eu não era sua deusa, e ele não se curvaria a meu comando.

As chamas devoraram o pergaminho ainda mais rápido, chiando quando ousei esticar a mão para puxar um canto de papel. Apavorada, vi as palavras se desfazerem em fumaça, sem serem lidas.

Matilda, me ajude.

A súplica atraiu meu olhar outra vez. Ensanguentada, desesperada. Se eu pusesse a prece na língua e a deixasse derreter, saberia quem a escrevera. Porém, hesitei ao levar o pergaminho à boca. Por que pensei em Vincent, se ele não passara por minha cabeça nos últimos anos? Por que meu coração doeu quando o imaginei chamando por mim, e recebendo apenas silêncio?

— Você nunca foi de arrumar a casa, não é?

A voz familiar me paralisou.

Bade.

Guardei a prece ensanguentada no bolso, me levantei e me virei para ver o deus da guerra parado à porta. A primeira coisa que notei foi que ele tinha mais cicatrizes. As marcas cruzadas cobriam os antebraços e o pescoço, riscando até a face. Cicatrizes antigas, pelo brilho suave, mas tão numerosas que era difícil não notá-las. Então encontrei seu olhar, neutro, resguardado. Eu não sabia se ele estava feliz por me ver, e hesitei, abafando o desejo estranho, humano, de me jogar em seu abraço.

— Aprendi por exemplo — retruquei, lembrando o pão dormido, as muitas taças de vinho, as pilhas de livros, as peças de armadura, que antes viviam espalhados pela mesa dele.

Nós nos encaramos, a tensão retesada como uma corda.

Ele foi o primeiro a ceder. Um sorriso largo abriu seu rosto, aquecendo o olhar. Eu poderia ter desabado de alívio e estapeado ele por me enganar.

— Pelos deuses, Matilda — disse Bade, e se aproximou. — Você cresceu. O que deram para você comer no reino Celeste?

— Ocasos e chuva — respondi, seca. — Você, por outro lado, está igualzinho à minha memória.

— Não estou um *pouquinho* mais feio do que antes?

— Parece ter se metido em algumas confusões.

— É de se esperar, não acha?

Quando Bade abriu os braços, corri para ele. Eu me permiti um momento de fraqueza e me agarrei a seu abraço. Ali, eu me sentia segura, depois de muitos anos de armadura e fachada, preparada para o pior. Ali, eu me sentia uma criança, pequena e inocente, protegida da dança perigosa dos deuses e do poder.

Durou apenas um momento.

Quando recuei, vi melhor as cicatrizes. Marcas permanentes, feitas por garras e dentes. Meu coração deu um nó.

Os cães.

Eu me lembrei de quando eles o atacaram. Aquelas cicatrizes eram do dia de minha fuga. Prova de sua promessa de sal para me auxiliar e proteger, qualquer que fosse o custo.

— Como vai Adria? — perguntei, após pigarrear.

— Ela vai bem e quer muito ver você. Na verdade, a convidou a ficar conosco durante as festas do casamento, caso prefira estar entre aliados.

— É um convite gentil. Mas eu deveria ficar aqui, colocar ordem na toca.

— Então planeja passar mais tempo aqui embaixo? — perguntou Bade.

— Não tenho planos — confessei. — Mas imagino que, após o casamento, eu vá e venha, agora que Dacre aceitou minha presença. Falando nisso... você não estava na corte.

— Não — disse Bade, e bufou. — Fui expulso. *Desonrado*, como dizem.

— Por minha causa?

— Por muitas causas, Matilda. E não me incomoda. A corte é uma perda de tempo.

Eu queria concordar, mas não podia. A corte era onde aconteciam eventos importantes, e onde se espalhava o conhecimento relativo à mudança da magia. Era onde se formavam e desfaziam alianças, e onde se mantinha o poder.

— Vi que Phelyra foi aceita de volta à corte — falei, mais uma vez sentindo a ardência do gelo. — Assim como eu. E você, não? Como Dacre defende tal decisão?

— Phelyra pagou por seus crimes. Acaba de voltar, após dez anos no exílio. Ela agora é muito poderosa, e Dacre a quer como aliada, e não como rebelde vagando pelas catacumbas, com o potencial de se aliar ao inimigo. Nem preciso dizer que ele a fez implorar.

— E você é orgulhoso demais para isso?

Bade arqueou a sobrancelha. Era, sim. A única alma diante da qual eu o imaginava implorar era Adria.

— Mas, mais importante do que a corte... — começou a dizer ele, passando a mão pelo cabelo castanho, um hábito ansioso.

— Pois não? — perguntei.

— Minha mãe — disse, suspirando — quer ver você.

Bade me acompanhou até a toca de Orphia, que já era difícil de encontrar em um dia comum, mais ainda em um tão carregado quanto o da chegada de Enva. O ar nos corredores vibrava de energia estática, como se prenunciasse uma tempestade. Porém, a névoa se abriu para mim à porta da Morte, expondo um batente decorado em obsidiana vítrea e uma porta tão polida que vi o reflexo de meu rosto na superfície.

Estava pálida, com aparência preocupada, meu cabelo comprido da cor do cobre.

— Porque Adria perguntará — disse Bade —, quando devo dizer que você virá nos visitar?

— Depende do motivo para sua mãe querer conversar comigo.

— Quer que eu espere aqui?

Eu abanei a cabeça.

— Não. Passarei pela forja mais tarde, antes do banquete de casamento de hoje.

— Como queira.

Quando ele se foi, criei coragem e bati na porta.

— Entre — disse Orphia, uma ordem seca e impaciente.

Entrei na antessala, com as mãos molhadas, e avancei para a sala de estar, onde Orphia, de pé, tecia a tapeçaria eterna no tear.

Fazia muito tempo que eu não visitava os aposentos da matriarca, e tirei um momento para absorver o ambiente — a colmeia de salas abobadadas, as pilastras de mármore esculpidas em forma de feras, o espelho de escriação, as ervas fervendo no caldeirão, a fumaça com cheiro de tanaceto e sálvia. Percebi que não eram vestes pretas que pendiam das vigas do teto, e, sim, sombras recolhidas dos mortos, e contive um calafrio.

— Não quero que este homem morra — disse Orphia, em vez de me cumprimentar, ainda de olhar fixo no tear.

Parei a uma distância segura, irritada. Minha primeira vez no subterrâneo em anos, e Orphia me chamara para falar de algo que não tinha nenhuma relação comigo, e tratar de algum homem mortal.

— Ah? E *ele* quer morrer?

— Não — respondeu ela.

Anéis de prata na forma de ossos ainda reluziam em todos os seus dedos. O cabelo preto estava hidratado por óleo, penteado em uma cascata lisa pelas costas. Ela era tão linda quanto eu lembrava.

— Porém, minha irmã me superou com essas tramas e nós — continuou. — Que pena. Ele estava pronto para mim em uma noite sombria de solstício, mas eu me detive, curiosa para ver o que aconteceria com ele. Eu deveria imaginar que Rowena perceberia e daria um jeito de forçar minha ação. *Maldita.*

— Que pena para ele — concordei, pensando em tudo que precisava fazer na toca.

Eu precisava de um colchão novo, de roupas novas. Precisava estocar a despensa e preparar itens para negociar por pão e vinho no mercado, e colher mais madeira e pó de fogo.

— Mas talvez eu tenha como soltar esses fios dela — ponderou Orphia e, enfim, olhou para mim.

Aguçei minha atenção.

— Como?

— Por carta, se você conseguir encontrá-lo antes de minha visita hoje à noite.

Ela apontou a bandeja na mesa junto à lareira, onde o pergaminho selado por uma gota de cera me aguardava. Dali, eu via um rabisco de tinta, um nome que não conseguia ler naquela distância.

— Ele estará condenado quando as nuvens se abrirem e a lua brilhar — acrescentou ela. — É então que eu irei buscá-lo, a menos que você intervenha.

— Escreveu para ele uma carta com instruções de como evadi-la? — perguntei, estranhando que Orphia desse tamanha importância a um mortal.

— Algo assim — foi tudo o que ela disse, voltando a olhar para o trabalho. — Porém, será um desafio alcançá-lo. Se você não tivesse demonstrado sucesso na primeira vez que a mandei entregar uma carta impossível... não estaríamos conversando aqui.

— Quem é ele?

Orphia não respondeu. Ela apenas inclinou a cabeça para a bandeja outra vez, e voltou a tecer, esquecendo minha presença.

Nos meus anos celestes, eu aprendera que podia me recusar a entregar mensagens, mas era difícil lutar contra essa corrente. Quando alguém me procurava com um pedido, minha magia reagia, quer eu desejasse, quer não. O encanto percorria meu corpo como pontadas de fome, ávido por saciedade. E eu descobrira que *queria* correr de reino em reino, levada apenas pelo vento. Queria fechar as mãos e transportar palavras como joias. Queria absorver todas as notícias e o conhecimento que pudesse.

Eu me sentia mais viva quando em serviço.

Meu pai me vira ir e vir por seu reino em entregas, mas me proibira de me envolver em pedidos mortais. Eu precisava chegar à maioridade para me apresentar como deusa à humanidade, então eu esperara, afiando meu poder entre os Celestes. Porém, eu estava faminta de desafio, o que Orphia sabia. Ela sabia, também, que eu tinha curiosidade pelo mundo tempestuoso que conectava os de cima e de baixo como um fio de prata.

Eu me aproximei da mesa, onde a carta me esperava. Assim que eu a tocasse, minha magia aceitaria o pedido, e eu não teria opção além de cumpri-lo. Eu aprendera essa verdade de arauto do jeito difícil, e, desde então, tomava muito mais cuidado. O que eu escolhia tocar estava sob meu poder, mas, depois, me agarrava.

Finalmente, cheguei perto o bastante para ler o nome para o qual Orphia endereçara a carta. O homem mortal que ela não queria que morresse. Outra sombra que ela não queria pendurar em suas vigas. Por um momento, apenas olhei a caligrafia rabiscada. O nome de tinta que estaria condenado quando as nuvens se abrissem à noite.

Meu coração reagiu antes de minha cabeça.

Magia rasgou meu peito, com uma força tão vibrante que quase caí de joelhos.

Vincent de Beckett, senhor de Wyndrift

XXI
Um senhor que sonha na torre

MATILDA

Passei o dedo na tinta, tocando a carta. Deixando que me agarrasse.

Vincent de Beckett.

O nome era um calafrio nos meus ossos, um sussurro na memória. A magia se agitou e, como uma bússola interna, começou a me puxar na direção de sua moradia. O rio escuro e frio. Um emaranhado de mantas verdes. Uma tapeçaria de raposas vermelhas na parede de pedra.

Ele estava em casa, em sua fortaleza ancestral. Um castelo construído à margem do rio Wyndrift. Um lugar que eu visitara apenas em sonho.

E ele virara senhor. O que acontecera com seus irmãos? Com seu pai?

Com um aperto na garganta, guardei a carta de Orphia no bolso, sentindo aquele puxão no peito outra vez. Um convite urgente para encontrá-lo, rápido. Para poupar a vida dele antes de a Morte ir buscá-lo, delineada ao luar.

Orphia, satisfeita com minha tarefa, me ignorou. Estava vidrada pela tapeçaria, ávida para deslindar qualquer desenho traçado por Rowena, e era melhor assim. Eu não tinha mais palavras para ela, e saí correndo da toca.

Eu me esqueci de Bade e Adria, assim como do banquete de casamento de Enva e Dacre.

Emergi para o mundo mortal assim que começou a cair a chuva de fim de tarde.

A Porta da Samambaia me cuspiu como uma boca escancarada, mais uma vez na charneca bravia. Eu escolhera aquela passagem por ser a mais próxima do rio. Era ali que eu vira Vincent pessoalmente pela primeira vez, onde me escondera com ele sob as samambaias, selara sua boca com o beijo da inocência. Era ali que eu fugira de seus irmãos, voando pelas colinas até o vento me notar. Que estranho percorrer de novo a mesma terra, traçando meus passos antigos até a margem do Wyndrift — um rio tão largo e poderoso que sua bruma e espuma eram revoltas como as do mar. Segui o caminho rio acima, sabendo que me levaria a ele. A um garoto que tantas vezes sonhara com se afogar naquelas águas.

A chuva caía mais forte.

Era Luz, deusa Celeste, chorando pela partida de Enva. A escuridão logo dificultou minha visão, embora eu soubesse que o anoitecer ainda estava distante. Eu deveria ter muito tempo até a hora marcada para a morte de Vincent, mas meu coração batia acelerado, como se estivesse atrasada. Praguejando em voz baixa, peguei as duas correntes penduradas de meu cinto de pedra da lua, e os pequenos orbes que delas pendiam. Um disco lunar que refletia a fase da lua mortal, e um relógio de sol que lia o horário mortal. Presentes de meu pai, principalmente por desejar competir com o cinto que minha mãe fabricara. Eram meu modo de calcular o tempo, que passava de outro modo no reino Celeste.

Éramos deuses, mas vivíamos ao sabor do sol nascente e poente do reino mortal. Da lua crescente e minguante. Às ordens do tempo deles, para a maré das estações.

Eles não se davam conta do poder que tinham sobre nós, esses humanos que viviam por momentos breves no tempo. Era maior do que imaginavam.

Eu tinha mais uma hora de dia, de acordo com o relógio de sol. Deixei o disco cair, cintilando na corrente, e voltei a atenção para o rio. Era outono, quando a deusa Celeste Demi espalhava seu manto pelo mundo mortal. Quando cantava o ouro, o carmim e a umbra das árvores. Os dias iam ficando mais curtos, e as noites, mais frias, mais compridas. Em breve, Phelyra sopraria geada na grama, e Demi se curvaria diante da neve e do gelo.

Estremeci, afastando Phelyra dos pensamentos.

Não demorei para entender por que Orphia dissera que seria um desafio alcançar Vincent.

Parei em uma rocha ainda a certa distância, olhando meu destino através da chuva. Com base nos sonhos, eu sempre imaginara a fortaleza dos Beckett construída na margem, mas ela se erguia do *meio* do rio, instalada em uma ilha ampla, em forma de losango. Uma ponte era o único acesso ao castelo vindo da margem oeste, e também da leste, onde eu me encontrava, e essa ponte era uma estrutura orgulhosa e intimidante, com três torres diferentes.

Forcei a vista, sentindo a chuva encharcar o vestido e torná-lo cada vez mais translúcido. Eu precisava me aproximar para examinar melhor a fortaleza e encontrar acesso, e me envolvi na capa como se fosse uma armadura. Com aquele clima, estava vermelha-viva, ranzinza. Meu pai me alertara que o tecido podia ser teimoso quando molhado.

— Me transforme em sombra — sussurrei para ela.

A capa apenas esvoaçou ao vento, puxando as amarras no pescoço. Era claro que resistiria a mim quando eu mais precisava de seu auxílio. Enfim, vi a barra oscilar em violeta. O tom foi subindo, engolindo o vermelho como o sangue do coração humano, até eu parecer me transformar na luz da tempestade do entardecer que me cercava.

Invisível, subi pela margem e então me deparei o segundo desafio que Orphia convenientemente esquecera-se de mencionar — era típico da Morte deixar de fora detalhes cruciais —, e que provavelmente era o motivo de Vincent estar condenado à morte naquela noite.

Na margem leste, um campo de batalha se estendia diante de mim.

Barracas e estandartes se derramavam colina abaixo, na direção do encontro da ponte com a margem. Cavaleiros de cota de malha circulavam por ali, os corcéis selados e prontos para a montaria. Pajens corriam como formigas, de barraca em barraca, transportando armas e escudos de forjas improvisadas. Havia um aríete e uma fileira de trabucos, tornados portáteis por carroças e cavalos de tração. Grupos de soldados de infantaria com armaduras de couro fosco, lanças em mãos, estavam de guarda, ou treinando, ou talvez apenas aguardando comando. Seriam os primeiros a morrer, eu sabia, e quase senti a presença atenta de Orphia pairando pela névoa.

A ponte leste me era bloqueada, então. Mesmo invisível, eu não queria caminhar pelo acampamento, porque, ali, teria o obstáculo de persuadir os homens de Vincent a levantarem o portão na ponte, o que seria impossível em caso de ataque iminente. Contudo, para chegar à ponte oeste, eu teria que atravessar a nado o rio, tão vasto que, a seu lado, eu me sentia pequena. Eu não poderia me afogar, mas poderia ser arrastada pela correnteza e perder tempo que não tinha de sobra.

Passei o olhar do rio para o acampamento, para a ponte, e, enfim, para a própria fortaleza, salpicada em luz de fogo.

Eu precisava me aproximar mais.

Dei as costas à margem e adentrei um arvoredo de pilriteiros e amieiros, as folhas caídas como um tapete úmido e podre sob minhas sandálias. Porém, encontrei o que buscava. Um corvo fêmea, escuro e brilhante, estava empoleirado em um dos galhos. Nem ela me enxergava através do encanto da capa, mas pressentiu minha presença, o que era suficiente.

Me empreste sua visão?, perguntei sem emitir som.

Ela escutou meu pedido e inclinou a cabeça, voltando para baixo os olhos cintilantes. Encontrei o olhar dela e minha visão se mesclou à da ave. Ela se curvou para mim, revoou e, assim, pairamos sobre o rio.

Os Inferiores podem ter suas portas ocultas, mas os Celestes também têm seus segredos. Podemos compartilhar visão com a de qualquer criatura alada que nos acolher e, muitas vezes, até comandá-las. Fora uma das primeiras coisas que meu pai me ensinou quando eu me abrigara com ele, que me fizera jurar segredo diante de toda a corte Celeste.

Do céu, eu via o escuro do rio em seu cerne, revelando profundezas imensuráveis. Devagar, encorajei a ave a voar no sentido contrário ao da correnteza, até passarmos por cima da fortaleza e da ponte.

O castelo de Vincent ocupava a ilha. Porém, mesmo com os muros de pedra, os parapeitos e o rastrilho de ferro impenetráveis, o castelo era secundário em esplendor à ponte.

Era uma estrutura poderosa, que se estendia sobre o corpo do rio. A corrente era interrompida apenas pela fundação da ponte — pilares que desapareciam nos segredos do leito do rio, exceto pela torre central na ponte leste, enraizada em outra ilhota rochosa. Meu olhar de pássaro avaliou a altura e largura da ponte; era construída em basalto e bronze, com telhas de ardósia. As torres eram salpicadas de janelas — fendas estreitas para arqueiros, que brilhavam à luz de chamas douradas. Cada torre tinha também seu portão e rastrilho, todos fechados.

Entendi, então, como aquela ponte era formidável. Era forte e larga o bastante para permitir a passagem de um exército, incluindo cavaleiros e corcéis, fileiras de infantaria e trabucos nas carroças. Era fortificada de modo que seria possível passar a vida inteira entre seus muros, sem jamais pisar na grama. O senhor daquela ponte controlava quem passava de um lado para o outro, detendo conflitos ou os atiçando.

Um senhor capaz de empunhar poder como um divino.

Um senhor que Vincent se tornara, enfim.

O corvo circulou no alto, mas eu não pressenti a presença de Vincent na ponte. O puxão me atraía para o castelo, para um torreão em seu ponto mais alto.

Instiguei a ave a voar mais perto, nosso olhar unido se detendo na única janela com pinázios do torreão, cujo vidro estava aberto, apesar da chuva. O corvo pousou em um movimento fluido no parapeito de pedra, espreitando as sombras lá de dentro.

Era um quarto esparso, circular, com pele de carneiro estendida no chão. O fogo ardia baixo na lareira, cuja prateleira estava coberta por alecrim fresco. A única decoração na parede era uma tapeçaria de hera e quatro raposas vermelhas. Eu a reconheci imediatamente, pois aparecia com frequência em seus sonhos.

Candelabros de ferro cercavam o cômodo com sentinelas, mas poucas eram as velas acesas, as chamas com dificuldade de queimar na noite vindoura. Uma mesa era soterrada por papel, tinteiros de vidro e penas de ganso, e o guarda-roupa tinha portas esculpidas e ornamentadas. Armadura e cota de malhas pendiam de um cabideiro de madeira perto da lareira, cintilando à luz do fogo.

Olhei de um lado para o outro do quarto, enfim me fixando na cama.

Um homem dormia ali, o peito subindo e descendo em ritmo regular. O corpo esguio estava deitado, supino, na manta verde, o cabelo comprido, escuro como o céu noturno no solstício, espalhado pelo travesseiro. Ele usava calças e uma túnica simples, mas de boa qualidade, com couro nos cotovelos e colarinho aberto, amarrado em laço frouxo. As botas de cano alto, cruzadas no tornozelo, pareciam gastas, mas polidas. Um único anel brilhava em sua mão, no indicador esquerdo. O perfil pálido era tão afiado quanto a rocha de sua morada. Não galante, mas ainda assim atraente.

Vincent.

Ali estava ele, treze anos mais velho do que a última vez em que eu o vira. Restava nele um mero rastro daquele menino, cintilando como uma minúscula pedra preciosa, mas eu o reconheceria em qualquer lugar, mesmo drasticamente mudado. Ali estava ele, dormindo enquanto a Morte vinha a sua procura. Dormindo, enquanto um exército se reunia aos pés de sua ponte.

Desperte, queria gritar, sentindo a urgência da missão. A posição precária em que se encontrava. *Desperte!*

O corvo grasnou, disparando do parapeito em sobressalto. Minha magia se rompeu abruptamente, soltando a ave com um revoar de asas e chuva afiada.

Minha visão voltou ao meu corpo de repente.

Continuava sob os galhos molhados dos pilriteiros e amieiros. O crepúsculo pintava o ar; meu tempo estava acabando. Meu alvo era Vincent na torre, e eu não chegaria por ponte ou portão. Eu o alcançaria pelo caminho mais rápido e direto, o que significava que precisava atravessar o rio.

E quem era o rei dos rios, atualmente?

Tive vontade de rir de minha sorte, mas fiz a capa voltar ao vermelho, para que eu fosse vista. Então andei até a margem, peguei uma pedra e a joguei na água.

Chamei pelo rei dos rios, que também era rei do ferro. O cruel rei da primavera.

Warin.

XXII

O problema dos empréstimos e das velhas paixões

MATILDA

Ele chegou muito mais rápido do que eu esperava. No passado, Warin gostava de me fazer esperar quando eu queria sua companhia ou pedia sua ajuda. Porém, quando ouvi seus passos nas pedras da margem — quando senti sua presença como sentiria uma sombra fresca —, percebi que ele provavelmente já estava por perto, interessado pelo acampamento de guerra reunido à beira do rio.

— Você é a *última* deusa que eu esperava que me chamasse — disse ele, com a voz arrastada. — Não era para você estar no subterrâneo, comemorando o cativeiro de Enva entre seus parentes mais feios?

Eu me virei e o vi atrás de mim, a três passos de distância. Usava vestes que pareciam mergulhadas no poente. O cabelo loiro-acinzentado ficava prateado na luz fraca. Sua beleza ainda era tão impressionante quanto da primeira vez em que eu o vira no pomar da Fortuna, sua expressão, cruel, seus olhos, resguardados como se não confiasse em mim, mesmo depois de todos os anos que passamos como amantes, enlaçados na cama dele.

Considerando nossa última despedida nos degraus de seu solar, que tirara sangue de nós dois, eu sabia que ele não teria interesse em me ajudar naquele momento. Contudo, apesar do brilho cansado de seu olhar, havia também uma faísca curiosa ali.

Esse fogo atiçou minha determinação.

— Olá, Warin — cumprimentei, tirando o capuz. — Que cara boa.

Ele me olhou de cima a baixo, demorando-se no cinto de pedras da lua.

— Eu adoraria dizer o mesmo de você, deusinha, mas a chuva a faz parecer bastante mortal.

Era uma ofensa, mas não senti a espetada que ele intencionara. Warin era um dos raros deuses que nunca circulava entre a humanidade, pois a considerava muito inferior. Ele me dizia que eu, assim, não lhe era atraente, nem com o vestido translúcido e colado como gaze na pele, com a tez corada pelo ar frio, com o cabelo solto que se espalhava ao meu redor como vinho tinto derramado.

O olhar dele dizia o contrário. Ele não conseguia desviá-lo.

— Não desejo fazê-lo perder tempo — comecei, com a voz grave, baixa. — Mas preciso de algo de você.

— Você nunca precisou de nada de mim, Matilda.

— Então devo chamar outro deus Celeste? Shale, talvez?

Warin se calou, mas seu olhar ardeu no meu. Ele detestava o deus do vento, e o fato de meu pai dar preferência a Shale em detrimento de todos os outros divinos da corte. De Shale sempre ter gostado de mim, de ser o primeiro Celeste em quem confiei.

— Diga seu pedido — declarou Warin, cruzando os braços —, e talvez eu o outorgue.

Eu engoli, odiando a secura da minha boca.

— Você me emprestaria sua magia? Do pôr ao nascer do sol?

Ele arqueou as sobrancelhas, revelando surpresa.

— Que magia?

— Seu poder sobre os rios.

— Não.

— Não quer considerar o pedido por um segundo sequer?

— Eu nunca deixo *ninguém* pegar minha magia emprestada — retrucou ele —, e você, acima de todos, deveria saber disso.

Eu sabia. Sabia, mas ousara ter esperança de que ele se sensibilizaria e abriria uma exceção para mim. De que sua curiosidade quanto ao *porquê* de eu querer o poder por uma noite levaria a melhor sobre ele, e de que ele desenharia a constelação dos rios em minha mão com seu icor quente.

Um momento de silêncio passou entre nós. Havia apenas o rio, a chuva e nossa respiração, correndo no ar.

— Por que deseja meu poder? — perguntou ele, finalmente.

— Preciso atravessar — respondi, indicando a correnteza com a mão. — Tenho uma tarefa e preciso chegar ao castelo antes de anoitecer. Como vê... a porção leste da ponte me está fechada.

— Para quem está transportando uma mensagem?

— Isso não posso dizer, a não ser que me forneça sua magia.

Warin abriu um sorriso malicioso, satisfeito com a resposta.

— Você aprendeu comigo, não foi?

Eu aprendera muitas coisas com ele, mas aquela não estava na lista. A astúcia, eu puxara de minha mãe.

Esperei, a tensão apertada no meu peito.

— Minha magia está fora de consideração — disse ele —, mas há algo que eu posso emprestar e que a permitirá caminhar tranquilamente pelo leito do rio.

— Diga.

Ele tirou de dentro das vestes um par de chinelos. Eram feitos de tiras de ferro, junco trançado, pedras, musgo e limo do rio. Eu os estranharia se não sentisse o encantamento que pulsava dos calçados.

— Que empréstimo é esse? — perguntei.

— Você pode pegar esses chinelos e usá-los como bem desejar — disse Warin, com seu sorriso de foice. — Pode caminhar por meus rios. Pode respirar debaixo d'água enquanto eles estiverem em seus pés. Porém, quando eu estiver pronto para a devolução, você deve trazer os chinelos pessoalmente.

Não era tão terrível quanto eu esperava. Eu não era, afinal, um arauto que entregava recados? Que diferença seria entregar um chinelo? Assenti.

— Você deve me dar tempo amplo com os calçados, e não pode me segurar quando eu voltar — respondi.

— Segurá-la? Acho que já a segurei até cansar, não concorda?

— Você sabe o que quis dizer, Warin. Entregarei a devolução, e poderei partir. Você não pode me manter consigo por mais tempo do que eu gostaria.

Ele franziu a testa, o sorriso perdendo o brilho.

— Me ofende que você pense tão pouco de mim, Matilda. Se eu quisesse prendê-la em uma gaiola de ouro, já o teria feito. Se bem que da última vez em que você esteve em meu solar... passamos muitos bons momentos juntos. Ou você esqueceu?

— Não esqueci — respondi, ágil —, mas seria tolice aceitar um empréstimo sem definir meus termos. Como você me ensinou.

Isso o amoleceu. Eu tinha atiçado seu orgulho outra vez, e Warin inclinou a cabeça.

— Eu não a deterei por tempo excedente ao de um jantar, ao qual pedirei que você me acompanhe quando devolver os chinelos.

Tive que engolir um grunhido. Ele era astuto, e agradeci por minha intuição, pois, do contrário, talvez ele tentasse me segurar por mais tempo do que uma refeição.

— De acordo — respondi, mas meu coração deu um pulo de incerteza.

Warin estendeu os chinelos do rio. Eu os aceitei, impressionada pela leveza dos calçados, pela delicadeza, como se pudessem se desfazer ao menor contratempo.

— Quem os fez? — perguntei, me sentando em uma rocha e desamarrando as sandálias, às pressas.

— Não sei o nome dela — disse Warin, como se cansado. — Foi uma mulher mortal, em meu salão.

A resposta dele me fez hesitar, mas eu mordi a língua. Se o irritasse, ele poderia voltar atrás.

Em vez disso, falei:

— Como saberei que você quer que eu os devolva?

Warin sorriu. O vento alísio do oeste começou a soprar, carregando o último resquício de calor do sol poente, e ele se preparou para viajar na corrente. Folhas giraram no ar ao nosso redor; a chuva caiu mais forte.

— Não se preocupe, Matilda — disse ele, antes de desaparecer. — Você saberá quando eu chamá-la

Os chinelos couberam perfeitamente.

Guardei as sandálias no bolso e mexi os dedos dos pés até os juncos, o musgo, as pedras, o limo e o ferro parecerem parte de minha pele. Então, olhei para o rio como se eu nunca o tivesse visto. O anoitecer chegara; mesmo com os sapatos encantados de Warin, eu temia não encontrar Vincent antes das nuvens se abrirem.

Pisei na água rasa, meu coração vibrando nas veias.

Desci pé ante pé. Afundei no rio, a água agitada ao meu redor em um frio que eu só sabia comparar com o trecho índigo do céu logo acima das nuvens. Porém, eu me sentia pesada no centro do corpo, como se os sapatos e meu próprio coração — meus ossos e minha respiração — fossem feitos de ferro. Que estranho deixar a água fechar-se sobre mim e engolir-me por inteiro.

Os chinelos de Warin fizeram seu trabalho.

Eu caminhei pelo leito do rio, com os sapatos como âncora e guia.

Andei pela areia que revoava como a neve, pelo esqueleto de um cavaleiro afogado de armadura enferrujada. Por trechos de algas e cardumes de peixes iridescentes, e por pedras afiadas como dentes e cobertas por cracas. Em breve, eu não enxergaria mais nada. Estava no cerne de Wyndrift, um lugar tão profundo e frígido que nenhuma luz o alcançava, e parei, com medo de respirar. Eu tinha prendido o ar nos pulmões, deixando arder em brasa, até ser obrigada a confiar em Warin e no que ele me prometera.

Abri a boca e inspirei água.

Ela me preencheu como o ar da noite, adoçado pela tempestade. Meus pulmões se abriram como se fosse incenso no salão de meu pai, como o sabor de preces queimadas, e segui adiante pelas profundezas.

Senti novamente o puxão nas costelas, como se uma corda me enlaçasse e me arrastasse na direção da tarefa. Um senhor que sonhava na torre, que poderia, ou não, lembrar-se de mim. As palavras de Orphia tremeram nos meus ossos, me incitando a acelerar sob o peso carregado da água, a capa esvoaçando atrás de mim como uma bandeira.

Que pena. Ele estava pronto para mim em uma noite sombria de solstício, mas eu me detive, curiosa para ver o que aconteceria com ele.

Essa declaração não tivera muito significado para mim quando ela a pronunciara, quando eu imaginava um desconhecido. Conectada a Vincent, contudo, fazia meu coração subir à boca.

Ele estará condenado quando as nuvens se abrirem e a lua brilhar.

Era tudo um jogo entre irmãs. Os mortais eram entretenimento para os divinos. Quem se sobressairia no tear, quem faria um desenho que a outra não conseguiria desmanchar. Uma teia de vidas e mortes eternas.

Arreganhei os dentes na água.

A corrente mudou; senti a ponte se aproximar. Percebia sua atração poderosa, interrompendo o fluxo, como se eu estivesse próxima a uma colmeia, especialmente ao passar pela torre interna, construída na rocha. A água vibrava ao redor das fundações; o rio parecia *cantar* para a ponte.

Eu não tinha dúvida de que havia uma porta Inferior em algum lugar daquela torre, conectada a uma rota subterrânea. Encontrar aquele acesso seria crucial, e me ofereceria uma rota de fuga rápida se eu precisasse. Decidi que emergir ali, na fundação da ponte, chamando a atenção dos guardas de Vincent no portão, seria uma péssima ideia.

Eu sabia onde estava o senhor.

Quando cheguei à base da torre, parei e encostei as mãos na pedra lisa. Havia pequenas rachaduras que eu poderia usar para apoiar os dedos e os pés. Eu nascera cercada por tal rocha, mas nunca a escalara com tamanha temeridade. A dúvida me fez vacilar até eu começar a tomar impulso, e os chinelos se prenderam com facilidade nos apoios, o encantamento me ajudando.

Escalei, saindo do rio.

Meu vestido pesava, chorando água. O cabelo colava no meu pescoço como fios de lã, e minha capa abanava sem parar, puxando minhas clavículas como se gritasse: *Você perdeu a cabeça?*

— Não resista — murmurei, continuando a subir. — Me transforme em sombra.

Sem fôlego, fixei o olhar no torreão distante e na janela iluminada de Vincent. A chuva não parava de cair, e as nuvens ainda não tinham se aberto. Ainda restava tempo para eu desfazer o desenho que a Fortuna traçara para ele, mas meus pensamentos se estilhaçavam como vidro, balançados pelo nervosismo repentino.

Será que ele me reconheceria? Que se lembraria de mim? Eu não planejava um diálogo, mas talvez devesse ter pensado nisso enquanto caminhava pelo rio...

Um grito interrompeu meu ritmo.

Parei e olhei para trás, para a ponte do leste.

Não imaginei que fosse *eu* o motivo do susto, até uma flecha passar zumbindo por mim.

Alguém me vira de uma das torres, por mais impossível que parecesse na calada da noite. Até que notei o tom vermelho de minha capa, como um rubi radiante refletindo a luz fraca.

A capa atraíra o olhar deles, recusando meu pedido por invisibilidade, e fiquei tentada a arrancar o tecido do pescoço e deixá-la cair no rio, em castigo.

— *Traidora* — sussurrei, continuando a subir.

A capa apenas balançou, indiferente.

Ranzinza, como me foi alertado.

Outra flecha quicou na pedra, a um sopro de minha mão esquerda.

Engoli em seco e me apressei. Estava quase na janela de Vincent. Eu *quase* sentia a luz do fogo cobrir meu rosto quando uma flecha me acertou nas costas, logo abaixo da omoplata.

Fiquei paralisada, mais de choque do que de dor. Era um mero inconveniente, uma leve pontada de desconforto nos pulmões, e continuei a subir, escutando meu coração trovejar.

Finalmente, cheguei à janela. Um sorriso triunfante se abriu em meu rosto; senti gosto de chuva ao pular o parapeito.

Uma segunda flecha me acertou na panturrilha. De novo, era problema para depois, e eu mal senti a pontada da flecha ao cair dentro do quarto de Vincent. Eu preferiria uma chegada mais elegante, mas isso teria que bastar.

Senti o olhar dele.

Devagar, levantei o queixo para olhá-lo de volta.

Ele não estava na cama, dormindo, como eu esperava. Não, estava junto ao fogo, apenas de calças. A luz da lareira dançava em sua pele exposta, delineando o contorno dos ombros, do peito e a cicatriz comprida que cruzava seu abdome como uma serpente. Água reluzia no queixo recém-barbeado; ele estava lavando o rosto, deixando a pele avermelhada. O cheiro de ervas secas e sabonete de banha tomava o ar.

Minha presença pareceu petrificá-lo. Ele não se mexeu; mal parecia respirar. Até que o mundo lá fora adentrou o quarto. Gritos de alarme na ponte, seguidos pelo estrondo de pés calçados em botas subindo a escada da torre para chegar ao senhor e sua suposta assassina.

O nome dele ficou atravessado na minha garganta, como uma farpa.

Vincent.

Eu ansiava por dizê-lo, mas ele me olhava com as feições duras, incredulidade dando lugar a raiva.

— Quem é você? — perguntou, pegando a adaga na mesa, o aço cintilando em sua mão. — O que você quer?

A voz dele era áspera, grave. Me puxava como a maré, agitando a memória antiga vigorosamente.

Então ele não lembrava.

Continuei ajoelhada, icor começando a pingar de minhas feridas. Dor me percorreu como o rasgo de pergaminho molhado quando inspirei, trêmula. Era estranho; o desconforto não parecia vir das flechas, mas de algo interno, como um osso partido ou um órgão perfurado.

Fazia muito tempo que eu não sentia tamanha agonia, e me determinei a manter a frieza. A cicatrizar o corte que o momento abrira. A deixar o gelo cobrir meus ossos até não quebrarem, até eu não sentir nada, até eu não lamentar o que não acontecera.

Vincent andou até mim, ignorando as batidas na porta. As vozes que o chamavam, desesperadas.

Mesmo enquanto se aproximava, não me mexi. Meu cabelo estava embaraçado em um lado do rosto, descendo pelo pescoço. Eu estava encharcada, pesada de água do rio, e engoli em seco quando ele me alcançou, tão próximo que eu poderia tocar suas pernas.

Sustentei o olhar dele, paralisada. Um calafrio percorreu minhas costas.

Ele prendeu o fôlego abruptamente, como se levasse um tapa. Sua postura ficou rígida, e ele arregalou os olhos cinzentos como se estivesse se afogando.

A adaga caiu de sua mão, batendo no piso com um estrépito.

Então soou sua voz, suave e vulnerável. Uma voz que eu reconhecia, como se nos encontrássemos em sonho.

— *Matilda?*

XXIII
Ferro, pedra e ouro

VINCENT

Eu deveria saber que era ela, no segundo em que caiu pela janela. Deveria tê-la reconhecido quando me fitou com aqueles olhos castanhos e arredondados, mas a verdade era que eu não sonhava havia muito tempo. Havia anos que eu não pensava nela.

Apesar disso, eu deveria saber que um dia ela voltaria para mim, sem expectativa ou cerimônia, como apenas os divinos faziam. Deveria saber que ela esbarraria comigo outra vez, como naquele dia, entre as samambaias.

O momento se estendeu entre nós, comprido e tênue. Senti um aperto na garganta enquanto a admirava; com o tempo, ela ficara ainda mais bela, mais poderosa. Uma rosa que brotara espinhos, e parecia que eu pisava em areia. Que, se agisse rápido demais — se a tocasse —, o chão oscilaria sob mim.

Minha desconfiança voltou, como com qualquer coisa ligada às divindades, esparramando-se como hera, enroscando nos meus pulmões.

A adaga cintilou no chão; eu não deveria tê-la soltado.

— Por que você está aqui? — perguntei. — O que quer comigo?

Ela não teve a oportunidade de responder. A porta finalmente foi escancarada, expondo Edric, desesperado, e uma comitiva de cavaleiros, todos de espadas à mão.

— Senhor? — perguntou Edric, entrando no quarto, e fixou o olhar em Matilda antes de ver a faca que ela alcançaria com facilidade. — Alertas da ponte dizem que uma assassina entrou pela janela. Devo levá-la às masmorras para ser interrogada?

Olhei de volta para Matilda, contendo a resposta para ver o que ela faria. Porém, ela não era uma mulher, uma mortal; era uma deusa, e a ameaça das masmorras não a assustava. Percebi, também, que ela estava sangrando. Eu sentia o cheiro de seu icor, uma fragrância que me atraía. Como a névoa na charneca. Um perfume de fumaça adocicada.

Havia uma flecha espetada em suas costas, as plumas tremendo quando ela respirava. Uma segunda flecha perfurara sua panturrilha. Ela não parecia incomodada, quase como se esquecesse a presença das flechas.

Se ela fosse de carne e osso, fadada a morrer, aqueles ataques a teriam derrubado da torre. Ela já estaria afogada no rio.

— Senhor — disse-me ela, com a voz rouca. — Podemos conversar a sós?

Fiquei tentado a dizer *não*. Não, não quero ficar a sós com você. Não, não quero escutar o que tem a dizer depois de tantos anos de silêncio. Não, não quero voltar à infância, quando me sentia seguro com você.

Mas, pelos deuses, parte de mim ansiava exatamente por aquilo.

Percebi que eu era vulnerável diante dela. E não podia me permitir outra fraqueza, não com meu tio à margem do rio, sedento por meu sangue.

— Edric? — chamei, sem desviar os olhos de Matilda. — Mande Alyse trazer vinho, e também ataduras. Cuidarei disso sozinho.

— Não deseja que levemos esta mulher às masmorras?

— Ela é uma deusa. Esta é Matilda, arauto dos deuses.

Edric ficou paralisado, assim como os outros cavaleiros. Ele era reverente, como a maior parte do povo de Wyndrift, que enterrava preces no jardim para Inferiores e as queimava na lareira para Celestes. Que contava lendas para os filhos à noite, e que vivia sob o jugo do respeito, ávida para ver um deus um dia. Para falar com uma divindade pessoalmente. Para recebê-la em seus salões, para jantar a suas mesas. Para dormir em suas camas. Para ganhar seu favor, de qualquer modo.

— Deusa — disse Edric, um pouco mais rouco, espalmando a mão no peito.

O rosto áspero dele, que parecia perpetuamente queimado pelo vento das horas ao ar livre, ardeu em escarlate.

Em toda minha vida, eu jamais vira aquele homem corar. Ele fora mercenário na juventude, antes de ir a Wyndrift para servir ao meu pai como capitão da guarda. Nada o desestabilizava — nem espada, nem mulher, nem traição —, mas suponho que ele nunca esperara uma visita surpresa de uma deusa.

— Perdão — continuou ele — pela interrupção. Mas posso perguntar o motivo de sua visita?

Matilda começou a se levantar, graciosa. Minha mão tremeu, mas não me mexi para auxiliá-la. Na realidade, desviei o olhar, desesperado por uma distração. Para não admirar as roupas molhadas, o rubor rosado de sua pele.

— Trouxe uma mensagem — respondeu ela — para o seu senhor.

Ela ainda não dissera meu nome. Continuei a encarar minha armadura, que reluzia em seu suporte, esperando que eu a vestisse. Estava desconfiado do motivo para ela estar ali. Do tipo de mensagem que trazia para mim.

— Deixe-nos — ordenei para Edric.

Ele fez uma reverência e saiu do quarto com os cavaleiros. Quando ficamos a sós, peguei a adaga no chão e apontei uma das poltronas de couro diante da lareira.

— Quer se sentar? — perguntei, depois de um intervalo sem jeito.

Matilda assentiu e sentou-se na beira da cadeira, empoleirada como uma ave preparada para voar ao menor sinal. Soltei a adaga para pegar uma túnica do guarda-roupa, que vesti com rapidez, e enfim entendi por que ela sentara daquele modo — por causa das flechas.

Ela levantou o vestido branco até os joelhos. Água salpicava a pele clara, e os pés usavam calçados dos mais estranhos, uma mistura de ferro, musgo, pedras e juncos. Porém, não tive tempo de estudar aquela peculiaridade; o movimento me chamou a atenção quando ela arrancou a flecha da panturrilha.

Mais icor escorreu pela perna, formando uma poça no chão. Tendo soltado a flecha, Matilda pegou a barra da capa e fez pressão na ferida, e eu não sabia o que fazer. Sentia-me um intruso em meu próprio quarto, enquanto a observava, parado.

— Precisarei de sua ajuda para remover a outra — disse ela, e me olhou. — Está profunda, e não a alcanço.

— Certo — respondi, a palavra agarrada na garganta.

Andei até atrás dela e, apesar de ver nitidamente a flecha, enterrada diretamente abaixo da curva do ombro e se projetando sob as camadas da capa, o encosto da poltrona estava no caminho.

— Seria melhor se estivesse deitada — acrescentei. — E se tirasse a capa.

Sem dizer nada, Matilda fez o que pedi.

Ela desatou a capa e a pendurou no braço da poltrona antes de se prostrar no chão. Se eu havia imaginado que poderia simplesmente me posicionar acima dela e puxar a flecha, era engano meu. Seria preciso montar nela.

— Para retirar isso, preciso... me aproximar mais.

— Sim — disse ela. — Fique à vontade.

Pisei uma bota de cada lado da cintura dela. Devagar, me abaixei até me sentar em sua lombar. O corpo dela cedeu sob o meu, aquecendo minhas coxas. Não era a primeira vez que nos tocávamos; inevitavelmente, relembrei aquele dia distante sob as samambaias, quando eu a agarrara, desesperado para mantê-la por perto. Nenhum eithral a arrancaria de mim, ou pelo menos era o que eu acreditava. Contudo, ainda assim fiquei surpreso por senti-la tão macia. Por senti-la tão quente, como se feita da mesma carne, do mesmo osso que eu.

Era claro que não era verdade. Ela era feita de ferro, pedra e ouro. De segredos que eu nunca provaria, de lugares onde eu jamais pisaria.

— Por que está hesitando? — perguntou ela.

— Não estou.

— Está com medo de me machucar? É apenas uma flecha.

— Ainda assim, você sangrou em meu piso inteiro.

Ela se calou, mas virou a cabeça. Vi o desenho orgulhoso de seu perfil, dourado pela luz do fogo. O cabelo dela era uma bagunça embaraçada; eu a senti respirar, o ar em um fluxo profundo e regular.

Eu gritei por você, e não tive resposta.

Por que eu me importava? Aquele já era um solstício distante; eu era um menino ingênuo, que escrevia para ela, achando que seria minha salvação. Peguei o cabo de madeira, trazendo à tona toda a raiva, a dor, os medos que eu enterrara nos últimos treze invernos, e puxei a flecha.

XXIV

Mera fantasia

MATILDA

Não nos falamos por alguns momentos.

Eu tinha mentido; senti dor, sim, quando a flecha me soltou — uma ardência aguda que me provocou uma careta. Tentei esconder a reação, essa fraqueza brotando de uma mera flecha, mas acho que ele a sentiu, e Vincent me surpreendeu ao pressionar a ferida com a palma da mão, estancando o fluxo de sangue.

Sob a mão dele, minha dor se dissipou. As veias arrebentadas se costuraram em instantes, detendo a perda de sangue. A pele rasgada se reuniu em uma extensão lisa, sem deixar um rastro de cicatriz sequer.

Suspirei, profundamente, e Vincent se afastou. Sem ele, minha pele gelou; eu não percebera o quanto me banhara em seu calor, como uma serpente lagarteando ao sol, até ele se distanciar.

Eu me levantei e voltei ao assento que ele me oferecera, calafrios dançando pela minha pele.

— Está com frio? — perguntou, sem me olhar.

Ele lavava meu sangue das mãos em uma bacia, o reflexo de seu rosto brilhando no espelho oval pendurado na parede. Sua testa estava franzida, como se estivesse preocupado ou antecipando algo terrível. Como se minha presença o incomodasse.

— Não — respondi.

Outra mentira, embora eu tivesse nascido nas profundezas mais frias da terra, envolta em pedras e rochas que nunca viram a luz do sol. Eu vivera na vastidão do céu, caminhando por solares assombrados por nuvens nevadas e voando em ventos alísios mais frios do que o gelo. Por que, então, o reino mortal me capturava com tantas garras, tantas presas?

Vincent secou as mãos e se ajoelhou para jogar mais lenha no fogo. Seu rosto se iluminou na onda repentina de faíscas e calor, o cabelo tão preto que exibia o brilho azulado das plumas de um corvo. Eu o observava quando uma batida na porta interrompeu o silêncio, e ele se levantou para atender.

Uma mulher de certa idade esperava à porta, trazendo uma bandeja. Ela usava um vestido cinzento e simples, e um véu de linho creme cobria sua cabeça, alguns cachos de cabelo branco emoldurando o rosto corado. Apesar de não chegar à altura sequer dos ombros de Vincent, tinha aura de autoridade, que reconheci imediatamente. Ela era algum tipo de matriarca, como Orphia abaixo, e Rowena acima.

Decidi tomar cuidado com ela.

— Vinho e ataduras, como pediu, senhor — disse ela, notando minha aparência ali, sentada na poltrona, encharcada, as duas flechas caídas e as poças de icor cintilando no chão. — E talvez eu possa encontrar algo quente e seco para a donzela vestir, antes de ela pegar friagem?

Deuses não *pegavam friagem*, tampouco usávamos camadas e mais camadas de roupa, como faziam os mortais. Porém, eu notava a relutância de Vincent em me olhar enquanto usava o vestido fino que o rio tornara translúcido.

— Seria muita gentileza sua — respondi, com uma reverência de cabeça.

Vincent pegou a bandeja dela.

— Obrigado, Alyse.

Alyse, astuta e protetora, fechou a porta, e Vincent voltou à lareira, deixando a bandeja em uma mesa baixa. As ataduras tinham chegado tarde, mas ele serviu dois cálices de vinho e, ao me oferecer a bebida, finalmente olhou nos meus olhos.

— Então — disse, acomodando-se na cadeira à minha frente. — Trouxe uma mensagem para mim?

Nossos olhares se alinharam. Meu coração acelerou quando pensei nas palavras que trazia no bolso, pintadas pela mão da Morte. Por algum motivo, eu ainda não queria entregá-las, pois isso significaria o cumprimento de minha tarefa. Nada mais me prenderia ali, e eu queria me demorar, nem que fosse por mais um pouco.

— Trouxe. Porém, antes de eu entregá-la... posso perguntar por que um acampamento de batalha foi armado na margem leste?

Vincent sorriu, mas era uma expressão que eu nunca vira em seu rosto. Mordaz e abatida. Fazia ele parecer muito mais velho.

— Treze anos que não nos vemos, e quer falar comigo de *guerra*?

Mordi o lábio. Ele não sabia que o deus da guerra era meu aliado por promessa de sal, e que eu era mais poderosa do que a deusinha com quem ele sonhara um dia.

— Foi uma pergunta tola? — questionei, mantendo a voz calma apesar do calor que fervia em mim. — Então me permita dizer que fiz muitas tolices como deusa.

Uma delas sendo *ele*, e seus sonhos, que me tinham sensibilizado irrevogavelmente, como Bade me alertara. Porque ali estava eu, sentada com ele, quando deveria estar no subterrâneo, me preparando para o banquete de casamento de Dacre e Enva. Ali estava eu, demorando-me por algo que morrera havia muito tempo.

— Nunca a chamei de tola — disse Vincent, com o tom mais afiado. — Porém, certamente entende minha confusão, Matilda. Você estava em minha vida até de repente não estar mais e, embora a maioria dos deuses nos veja como entretenimento, um mero método para conseguirem o que desejam, nunca pensei em você dessa forma.

— Como, então, pensava em mim?

— Você foi minha amiga — disse ele, quase um sussurro, como se falar doesse. — É o *único* motivo para eu lhe dar esta chance, para permitir que sente-se comigo em meus aposentos. Estou abrindo uma exceção para você.

— Você teria aprisionado qualquer outro divino que entrasse por sua janela? — perguntei, sem conseguir esconder o choque que me percorria como ondas em um lago. — Teria afundado essa adaga em seu coração, sua garganta?

— Eu certamente não estaria aqui sentado compartilhando o meu melhor vinho com outro divino.

A irreverência dele me congelou, não por eu desejar sua adoração — eu nunca a quisera —, mas porque, de repente, senti medo por ele. Vincent não estava errado; a maioria dos deuses viam a humanidade de modo indiferente. Os humanos eram frágeis como dentes de leite; caíam com facilidade, e sempre havia outro para preencher as lacunas de sua morte. Almas viviam nas garras da morte e do nascimento, um ciclo que observávamos com coração frio.

Porém, os humanos que nos odiavam, que se recusavam a se ajoelhar, a orar e reconhecer nosso poder, frequentemente pintavam um alvo nas próprias costas. O que um deus poderia causar em um coração duro antes de ele se partir? Frequentemente virava um jogo, uma obsessão, até o mortal se curvar em rendição ou morrer, muito antes de seu prazo.

Não era o que eu queria para Vincent.

Queria que ele envelhecesse, sábio. Que encontrasse o amor, a companhia e a gentileza neste mundo sombrio e desolado. Que passasse como uma sombra sob a atenção imortal.

Era o que eu queria para ele. Porém, não podia ignorar o retumbar de preocupação em meu peito. Ele já chamara a atenção da Morte e da Fortuna. Warin reinava os rios e sem dúvida espreitava da margem, esperando o pior se desenrolar. Bade, que também deveria ter ciência da batalha que se formava, estava nas profundezas. E ali estava eu, jogada no meio de uma teia emaranhada, sem saber o que aconteceria quando o sol nascesse.

Vincent não soube o que fazer com meu silêncio, com a forma de eu olhá-lo como se nunca o tivesse visto. Levou o cálice de vinho à boca e um pensamento me ocorreu abruptamente.

— *Espere* — falei, e me levantei com tanta pressa que derramei meu próprio vinho.

A bebida manchou meu vestido como sangue mortal; o ar cheirava a uva, cereja, carvalho.

Ele ficou paralisado quando fechei os dedos ao redor dos dele, segurando a taça.

— O que foi? — perguntou ele, as palavras secas de irritação.

— Deixe-me beber primeiro.

Vincent me encarou, ofegando, e tudo que eu conseguia pensar era o seguinte: a chuva ainda tamborilava no peitoril. A escuridão se acumulara como seda, pesada e macia, escondendo a lua, as estrelas, o brilho distante dos salões Celestes. Em algum lugar, nas profundezas das nuvens, retumbavam trovões. Outra deusa, em luto pela partida de Enva para o reino subterrâneo.

— Supõe que esteja envenenado? — perguntou ele, rindo, incrédulo.

— Por que acha que estou aqui? — sussurrei em resposta, sustentando seu olhar.

Quando as nuvens se abrirem, dissera Orphia, mas eu não queria correr riscos.

Vincent soltou o cálice. Eu levei a taça à boca e cheirei o vinho antes de tomar um gole demorado. Veneno não me mataria, apenas soltaria minha língua para contar a verdade. Em qualquer outra companhia, eu hesitaria. Eu me recusaria a me colocar em posição tão vulnerável.

O vinho tinha um sabor forte, vívido. Eu me demorei com a bebida na boca, avaliando suas camadas. Senti o gosto da estação da colheita das uvas. O ano, sete verões antes. Fruta colhida tarde, sob nuvens cinzentas e baixas. Uma enchente que revirara o lodo dourado do rio.

Bebi, sentindo seu fogo, e soube que era seguro.

— Pronto — falei, devolvendo o cálice. — Não tem veneno.

— Você nadou pelo rio, escalou minha torre na chuva, sofreu o ataque de duas flechas, apenas para provar meu vinho?

Devagar, voltei a me sentar, com o rosto quente.

— Estou apenas tomando precauções. A mensagem que trouxe foi escrita pela mão da própria Morte.

— Ah, sim. Ela achou minha alma digna de ser recolhida, finalmente?

Franzi a testa diante de seu sarcasmo, mas relembrei o que Orphia dissera. O tom vazio das palavras. *Ele estava pronto para mim em uma noite sombria de solstício, mas eu me detive, curiosa para ver o que aconteceria com ele.*

Eu vira a cicatriz que serpenteava pelo abdome de Vincent. Um golpe que deveria tê-lo matado.

Abri um dos bolsos de pedra da lua e passei o dedo pela ponta afiada da carta de Orphia, guardada ao lado da prece amassada e ensanguentada. *Matilda, me ajude*. Deixei aquela súplica desesperada em repouso — eu carregaria seu peso culpado para sempre — e peguei a mensagem da Morte, que pus na mesa entre o vinho e as ataduras.

Minha entrega fora cumprida, e a magia me soltou em um suspiro.

Vincent olhou para o pergaminho, mas não fez menção de aceitar.

— Você veio me contar algo que já sei — disse ele, com mais suavidade. — É meu tio quem reuniu suas forças na margem leste, preparando-se para tomar de mim esta fortaleza. Não me surpreende que a Morte esteja à espreita hoje, mas vinho envenenado? Não creio que seria o fim que meu tio desejaria para mim. Ele é covarde, mas precisa testemunhar minha morte para, desta vez, garantir sua veracidade.

— Seu tio? — perguntei, uma ardência acre subindo pela garganta. — *Grimald?*

— Sim.

— Eu achei...

— Que ele morava aqui conosco? Que lutou por Adria ao nosso lado na última guerra? É verdade. Porém, foi antes do solstício que chamamos de Inverno Sombrio. Da noite em que Grimald nos traiu — disse Vincent, e hesitou, olhando para o fogo, como se não quisesse recordar. — É estranho que pareça ter acontecido ainda ontem, mas... meu pai e meus irmãos se foram há uma década. Às vezes, parece que vivíamos uma vida inteiramente diferente.

Fiz silêncio, ouvindo ele me contar do Inverno Sombrio.

O povo de Wyndrift se reunira no salão da fortaleza para o feriado do solstício de inverno: banquete, bebida, dança, folia. Tinham escutado lendas à beira do fogo, ouvido canções, selado a boca em beijos sagrados sob as folhas pendentes. O irmão mais novo de Vincent, Nathaniel, fora deitar cedo por estar enjoado, acompanhado por Alyse como uma mãe coruja. Ela não apenas era senescal, aprendi, mas quase uma avó para os irmãos Beckett, cuja mãe sumira pouco depois do nascimento de Nathaniel. Entendi, então, por que Alyse se mostrara tão protetora ao trazer o vinho e as ataduras, mas ignorei essa especulação enquanto Vincent me contava que os dois irmãos mais velhos, Finnian e Marcher, e o pai tinham sentado sobre o estrado, aquecidos pelo vinho temperado, pelas flautas e pela cantoria alegre.

Fora então que seu tio se erguera de uma das mesas e levantara o cálice como quem propunha um brinde.

O que se seguira fora surpresa, traição e sangue derramado. Um terço dos cavaleiros de Wyndrift quebrara o juramento e se voltara contra o senhor, massacrando o pai e os irmãos de

Vincent. Uma espada fora enfiada no tronco de Vincent, que desabara de cara no chão, fingindo estar morto.

— E depois, o que aconteceu? — perguntei, com um aperto na garganta.

— Esperei estarem ocupados comemorando a vitória — contou Vincent. — Quando não estavam olhando, me arrastei do salão até o… o jardim. Estava nevando. Eu me deitei ali para morrer, mas não consegui. Edric me encontrou, me levou para onde tinham escondido Nathaniel. Os cavaleiros ainda leais lutaram e recuperaram a fortaleza, expulsando meu tio e seus aliados. Fui nomeado senhor, mesmo que nunca quisesse esse título, que nunca devesse ser meu, e desde então esperamos Grimald voltar um dia para terminar o que começou.

— Por que ele tanto quer esta fortaleza?

— Ele acredita que é sua por direito. Por herança. Em nosso reino, títulos e terras são sempre herdados pelo primogênito. É raro que um segundo ou terceiro filho herde tais coisas enquanto o primogênito ainda é vivo. Meu pai era o segundo filho. Grimald, o mais velho. Contudo, o pai deles foi contra a tradição antiga e nomeou meu pai como herdeiro. Isso sempre foi motivo de discórdia em minha família, e entre o povo de Wyndrift. Quem é o senhor legítimo do rio? Alguns acreditam que seja Grimald, seguindo os hábitos antigos, e outros que, depois de meu pai, o título deveria ir para Finnian, então Marcher, e para mim, por fim.

— E onde seu tio passou esses últimos dez anos?

— Longe daqui, conquistando outra fortaleza, outra terra — respondeu Vincent. — Ele não esteve ocioso. Saiu daqui em desgraça, com um punhado de cavaleiros desonrados, e voltou como barão, com cinco mil homens para lutar por ele.

Pensei no acampamento, que se estendia até se perder de vista na margem. Barracas, forjas, um aríete, trabucos, cavaleiros e corcéis.

— Quando começa a batalha? — perguntei.

Vincent bebeu o resto do vinho e se levantou, como se a conversa tivesse terminado. Como se a exceção que abrira para mim — essa oportunidade de me sentar com ele em seu quarto — tivesse chegado ao fim.

— Ao amanhecer. Mas meu tio pediu uma negociação na ponte. Devo ir encontrá-lo daqui a pouco, para ver se conseguimos evitar o conflito armado.

— Há alguma chance de isso acontecer? Uma negociação de sucesso? — perguntei, minha esperança crescendo quando me levantei. — A carta de Orphia... ela disse que há como você escapar de sua mão, se ler suas palavras.

Vincent andou até a janela, parando no mesmo lugar onde eu caíra sem jeito, e cruzou os dedos nas costas. Eu sabia que olhava pela escuridão para o acampamento do tio, as fogueiras ardendo como estrelas cadentes na margem.

— Não preciso ler as palavras de Orphia — disse ele —, mas agradeço por trazer a carta. Por atravessar grandes perigos para me encontrar. Porém, eu não me verei em dívida com deus algum.

— Ler uma carta é uma dívida? — Não consegui esconder como a declaração me irritara.

Ele escutou o tom, virando-se da janela para me olhar outra vez.

— Sim — respondeu. — Quando eu ler o que ela escreveu para mim... não poderei esquecer as palavras nunca mais. Elas dividirão minha atenção, encherão-me de dúvidas para as quais nunca terei resposta, o que me enfraquecerá. E, caso eu sobreviva a esta noite, não será por meu poder, mas pelo *dela*, o que cria uma dívida. E não desejo dever nada a divino nenhum.

Abri a boca para rebater, mas não consegui.

Ele falava com tanta convicção, tanto fervor, que eu sentia apertar meu peito como um nó de lã.

— Entendo — respondi, em voz baixa.

Porque eu entendia. Conhecia dívidas, fraquezas e atenção dividida. Sabia que, quando uma carta era aberta e lida, suas palavras se entalhavam na mente, no coração. *Matilda, me ajude.*

— Se não aceita o auxílio de Orphia, aceitaria o meu? Não como deusa, mas como amiga? — perguntei.

Vincent ficou tenso.

Eu sabia que ele escrevera aquela prece. Aquela que me assombrava. Ele um dia me implorara por ajuda, na noite mais sombria de sua vida, e eu não respondera. Eu estivera distante, perdida nas garras dos céus, mas finalmente estava ali com ele. Poderia auxiliá-lo e me redimir pelos anos de silêncio.

— Deixe-me ficar com você — falei, andando até ele. — Deixe-me ajudá-lo.

— *Matilda* — Vincent suspirou meu nome, um som que revelava seu desespero. — Você diz ser minha amiga, mas todas aquelas noites em que nos encontramos, em sonho? Nada foi verdade. Nossa amizade foi baseada na mera fantasia de um menino solitário, e nada mais.

As palavras dele doeram como uma terceira flecha, enterrada entre minhas costelas.

Fiquei paralisada, a passos dele, e mais uma vez, não pude refutar sua declaração. Sonhos não eram realidade; afinal, eu não os lera em um pergaminho, entretida como se fossem lendas? Neles, eu não era apática, exceto no pesadelo do penhasco, que terminara com Grimald me arrastando pelas sombras? Um momento que ainda me atemorizava?

— O que você mais deseja na vida? — perguntei, esperando que houvesse um grão de verdade em todos aqueles sonhos, todos aqueles momentos que passamos juntos. Escalando torres, cavalgando na charneca, sentados lado a lado no salão.

Vincent arqueou as sobrancelhas, surpreso pela pergunta.

— Que diferença isso faz agora?

— Está com medo de responder?

— Sim — sussurrou ele. — Porque, se pronunciar o que desejo, serei condenado a nunca obtê-lo. Se o confessar a uma deusa, você não o usará como arma contra mim?

— Você tem os deuses em estima muito baixa.

— Se os estimo assim, é porque mereceram tal posição.

— E é isso o que pensa de mim, hoje?

Vincent se calou. Um músculo tremeu em seu maxilar. Achei que conhecia a dor devastadora de perder uma amizade, mas aquela foi uma ferida tão profunda que, por um momento, não consegui nem respirar.

Conte o que aconteceu.

Meu coração doía, e as palavras quase me escaparam. Eu não ignorara sua prece por despeito, e, sim, porque não estava no subterrâneo para recebê-la. Perdera minha mãe e fugira para o céu.

Porém, dizer isso me tornaria vulnerável demais. E pelo brilho frio nos olhos dele... não, não me imaginava expondo a alma para ele ali.

— Então por que falar comigo? — perguntei, com a voz trêmula. — Se sonhos não são verdade, e nossa amizade agora é considerada mera fantasia, e os deuses são todos vis, por que perder tempo comigo? Por que desperdiçar um cálice de seu melhor vinho? Por que desperdiçar sua voz e suas palavras, os últimos momentos de sua vida antes da Morte vir buscá-lo hoje? Por que sujar suas mãos com meu sangue?

A respiração dele acelerou, como se minhas palavras fossem um tapa. Porém, ele sustentou meu olhar quando me aproximei, corando como se eu fosse o fogo que aquecia sua pele.

— Eu não mereço isso, mereço? — sussurrei. — E você está certo: você me conhecia bem em sonhos, quando me moldava conforme sua necessidade. Porém, a verdade é a seguinte: você não sabe nada de mim, de minha vida nos reinos de baixo e de cima, de como oscilo entre os dois. Sequer sabia meu nome até eu finalmente oferecê-lo.

Vincent pressionou a boca em uma linha fina. A escuridão em seus olhos se espalhara, deixando apenas anéis finos de cinza.

— Você me disse — começou, e engoliu em seco, como se a voz falhasse. — Me disse que era Inferior.

— Eu *sou* Inferior, mas também sou Celeste. Não posso escolher um ou o outro. E sou a pior coisa que já aconteceu para os deuses.

Passei por ele. Eu voltaria pelo caminho pelo qual viera, pelo fundo do rio. Foi então que a mão de Vincent me segurou pelo braço, a palma queimando minha pele exposta.

— *Espere* — disse, me mantendo próxima.

Umidade da chuva nos cercava, salpicando nosso cabelo. Eu era da altura dele; estávamos olho a olho, boca a boca.

— Se eu lhe pareço frio — continuou —, peço que me perdoe, Matilda. Você me pegou de surpresa. Nunca imaginei que a veria novamente.

Foi minha vez de fazer silêncio e sustentar seu olhar. Eu via as palavras subirem nele, palavras que queria dizer, mas abafava. Em vez disso, Vincent sussurrou:

— Se eu pedir que fique e me ajude, qual é seu plano?

Eu não tinha planos.

Porém, isso nunca me impedira.

— Você disse que a negociação com seu tio acontecerá em breve? Na ponte?

— Sim — confirmou Vincent.

Eu pensei no que acontecia muito abaixo de nós, no salão Inferior, naquela mesma noite. Uma união impossível, um banquete de matrimônio entre dois inimigos. Uma aliança que, esperávamos, levaria à paz.

— Então permita-me acompanhá-lo — falei. — Deixe-me ir a seu lado. Não apenas como deusa, mas como sua esposa.

XXV
Para sua esposa

MATILDA

Esperei que ele risse, que desdenhasse de minha ideia. Que me soltasse.

Porém, Vincent continuou a me segurar em um aperto agradável no braço, com o olhar fixo no meu.

— Esposa? — ecoou, empalidecendo.

Não me ocorrera até então, quando vi as rugas de preocupação em seu rosto, que ele poderia já estar unido a alguém. Ou talvez fosse apaixonado por outra?

— Isto é — me corrigi, rápido —, se ainda não for casado, ou prometido?

— *Não*. Não, não sou.

— Então peguemos seu tio desprevenido. Quando me encontrar ao seu lado, casada com você, ele pode reconsiderar suas ações, pois um ataque contra você seria um ataque contra mim, e um ataque contra mim seria um ataque contra meu aliado.

— Seu aliado?

— O deus da guerra — respondi. — Bade. Ele jurou lealdade a mim.

Vincent se calou. O olhar dele estava distante, perdido em pensamentos, mas ele não soltava meu braço, e nossa respiração se mesclava. Quando ele expirava, eu inspirava, como se fôssemos contrapartes, interdependentes.

— O que acha? — insisti, sentindo a noite envelhecer ao nosso redor.

As nuvens ainda choravam, encharcando a terra de chuva pesada. Porém, eu não permitiria que me enganassem. Sabia que se abririam sem sobreaviso, fossem rasgadas por uma lufada de Shale ou por Luz quando se cansasse de prantear e recolhesse o véu, expondo a lua.

— Seria um ardil — acrescentei, para o caso de ele não ter compreendido. — Não pronunciaríamos juras verdadeiras. Porém, as pessoas acreditariam que nos unimos em particular. Acreditariam que eu sou prometida a você, como você é a mim.

Jamais seria tola a ponto de permitir que palavras me atassem a alguém, até mesmo a Vincent, em quem um dia confiara. Porém, também não podia deixá-lo escapar sozinho da Morte e enfrentar o tio. Este casamento enganoso me daria motivo para manter-me a seu lado. Para aliviar minha culpa, que ardia como uma farpa na palma da mão.

Vincent abriu a boca para responder, mas fomos interrompidos por ninguém menos do que Alyse, que abrira a porta com uma batida atrasada, como se tivesse pressa para olhar para Vincent e confirmar que ele ainda estava inteiro, depois do tempo passado comigo.

— Senhor — disse ela, ao ver nossa proximidade, trazendo pendurado no braço um vestido azul-escuro, além de uma combinação creme, meias e um par de sapatilhas douradas. — Vestimentas para a senhora, oferecidas por um dos tecelões. Creio que caberão perfeitamente.

— Obrigado, Alyse — disse Vincent, e me soltou. — Porém, houve uma mudança de planos.

— Ah? Pois não?

A mulher tinha o tom de que nada poderia surpreendê-la. Pela tensão em seu queixo, a inclinação da cabeça, o brilho nos olhos, eu notava que ela vira e ouvira de tudo naquele castelo ao longo dos anos e, por mais que quisesse ver a reação dela, minha atenção voltou a Vincent. Prendi o fôlego.

Ele já me olhava, como se precisasse confirmar que não era um sonho. Que o quarto ao nosso redor não estava prestes a se desmanchar, até nós dois despertarmos em reinos diferentes.

— Alyse? — chamou ele. — Preciso que encontre um vestido de noiva para Matilda.

Se eu imaginava que meu maior desafio seria convencer Vincent a fingir matrimônio comigo, estava equivocada. O mais difícil foi convencê-lo de que eu não podia perdê-lo de vista, e vice-versa, até garantir que a trama da Fortuna se deslindara.

— Vá com Alyse — disse ele. — Ela pode reunir damas para ajudá-la a se vestir. Podemos nos encontrar no pátio antes de cruzar a ponte.

Alyse nos encarava, com um choque tão tangível quanto a luz do sol. O quarto de repente pareceu quente e apertado demais.

— Não — respondi. — Não posso deixá-lo.

Vincent arqueou a sobrancelha.

— Mas eu preciso me vestir, e você também.

— Eu desviarei o olhar.

— Desviará? — Ele não estava duvidando de mim. Parecia achar graça. — E eu? Quer que eu fique aqui, a seu lado, enquanto se desnuda?

— Sim.

— Senhora Matilda — disse Alyse, encontrando a voz enfim. — Simplesmente *não* se faz isso aqui em nosso reino. Não sei entre os deuses, mas o noivo e a noiva devem se preparar separadamente. É tradicional. Depois, devem se encontrar no salão diante de testemunhas para pronunciar suas juras diante de nós.

— Eu compreendo — respondi, olhando para ela. — Porém, se quiser que seu senhor sobreviva a esta noite, fará exatamente o que digo.

Alyse finalmente começou a entender meu propósito. Eu não estava ali por capricho, para deitar-me com Vincent, traí-lo ou matá-lo. Eu fora protegê-lo, e usaria qualquer método necessário.

— Deixe-me buscar um vestido adequado — murmurou Alyse, mas continuou parada na porta, de testa franzida. — Permita-me perguntar, senhor... é verdade? O senhor e a senhora trocaram juras em particular?

Vincent hesitou. Parte de mim congelou de pavor, pensando que ele pudesse insistir em um ritual diante de testemunhas no salão. Como divina com magia no sangue, eu podia ser atada por promessas. Seria contida por qualquer coisa pronunciada com formalidade, qualquer acordo que nos unisse, e me questionei se Vincent sabia desse fato. Como seria fácil ele me prender, se assim o desejasse.

— Não — respondeu ele. — É um blefe. Um segredo que deve ser mantido entre nós três. Preciso que o povo de Wyndrift acredite que aconteceu. Preciso, também, convencer meu tio e as forças dele de que Matilda agora é minha, e eu, dela.

Alyse fez um gesto seco com a cabeça, compreendendo.

Ela partiu e andei até o vinho para tomar outro gole demorado. Meus nervos vibravam, e meus pensamentos corriam como riachos emaranhados e tortos.

— Já está arrependida deste ardil? — perguntou Vincent.

Eu me virei para ele.

— Deuses não conhecem arrependimento.

Outra mentira. Conhecíamos seu gosto, como os mortais, mas raramente o confessávamos.

— E você? — perguntei.

Vincent se encostou na cama, de braços cruzados, e me olhou com uma expressão imperscrutável.

— Ainda não tenho certeza. Acho que dependerá.

— Do quê?

Ele não respondeu. Apenas me olhou, e o espaço entre nós pareceu se distorcer até soar outra batida.

— Soube que uma noiva chegou pela janela — disse uma voz robusta e alegre do outro lado da porta. — Contudo, só acredito vendo, Vince. Achei que tivesse jurado que não se casaria.

Vincent suspirou, apertando o nariz. Para mim, murmurou:

— Meu irmão, Nathaniel.

Então, mais alto, chamou:

— Sim, Nate, entre.

A porta se abriu e Nathaniel entrou no quarto. Ele não se assemelhava em nada à minha lembrança dos sonhos de Vincent, quando ele era um menino de bochechas gorduchas e cabelo curto, arrastando uma manta para todo lado. Ele crescera em minha ausência, e tinha quase a mesma altura de Vincent, embora fosse muito mais largo em cintura e ombros. Sua pele era dourada pelo sol, e o cabelo castanho caía em ondas nas clavículas. Era bonito, de um modo rústico, e tinha um sorriso generoso — os dentes perfeitos, os dois da frente separados, o que só acrescia a seu charme — e olhos de castanho-âmbar emoldurados por cílios grossos e curvados.

Era feito do mesmo molde de Finnian e Marcher, puxando ao pai. O sangue Beckett. Enquanto eles eram largos, chamativos e calorosos como a terra ao sol, Vincent era seu contraponto. Pálido, esguio, de cabelo escuro e quieto, como o luar no oceano. Ele era o único filho a puxar à mãe distante, herdando atributos da linhagem materna. Às vezes, eu a vislumbrara em seus sonhos, e sabia que ela fora uma cantora, uma tecelã, uma dama da costa oeste e tempestuosa de Cambria.

— Ave, deusa — disse Nathaniel para mim, curvando-se em uma reverência profunda. — Deve ser a famosa Matilda.

— Famosa? — ecoei. — Apenas recentemente assumi meu poder. Não sabia que os mortais me conheciam.

— Ah, Vince já me contou tudo. Sua melhor amiga, Matilda. Embora, na época, a chamasse de Ruiva. *A garota de cabelo carmim.*

— Contou?

Não pude deixar de olhar de relance para Vincent, que estava corado. Ele franziu as sobrancelhas, fechando a cara para o irmão mais novo.

— Eu tinha inveja, na realidade, por você não visitar *meus* sonhos, nem derrotar *meus* pesadelos — continuou Nathaniel. — E aqui está, tão real quanto carne e osso, depois de tantos anos em que supus que a imaginação de meu irmão a criara como resposta às adversidades. O que a traz para nós em uma noite destas? Imagino que tenha notado o acampamento de batalha na margem leste?

— Uma mensagem — respondi. — Para seu irmão.

— Eu sou muito mais devoto do que Vince — disse Nathaniel, e levou a mão ao peito, anéis finos e dourados cintilando nos dedos. — Porém, tenho certeza de que ele concordaria comigo ao dizer que chegou no momento perfeito. O clima aqui é sombrio, ansioso. Depois de dez anos de paz, agora nos preparamos para o pior, e esta noite promete ser comprida e incerta. Contudo... a mera notícia de sua chegada atiçou a esperança entre nós. Agora mesmo, o salão está sendo arrumado para um banquete de casamento.

— Banquete de casamento? — grunhiu Vincent. — Não precisamos disso.

— É claro que precisam! — exclamou Nathaniel. — Além do mais, não é para você, é para *nós*. Para sua *esposa*. Queremos ver você e Matilda juntos. Esta deusa que veio nos salvar — continuou ele, e me olhou com um sorriso suave. — Assim como tenho certeza de que você deseja conhecer o povo de Wyndrift.

Eu desejava?

O ardil de repente lembrava o rio, mais fundo e forte a cada passo que eu avançava em sua correnteza. Uma coisa era emboscar Grimald com o casamento falso, mas outra seria enganar uma fortaleza repleta de mortais — o povo de Vincent, que ele protegia e amava. Eu não queria me envolver mais com eles do que era necessário. Não queria me sentir presa, ancorada, amarrada. Movimento era minha sobrevivência. Ficar parada era perigoso.

Demorei demais para responder.

— Sim — falei, uma palavra fraca. — Gostaria de conhecê-los.

O sorriso de Nathaniel, que começava a murchar, se revitalizou, iluminando os olhos.

— Excelente. Agora, Vince, vim vesti-lo para a negociação.

Era minha deixa para desviar o olhar.

Dei as costas a eles, minha atenção fixa na tapeçaria das quatro raposas pendurada na parede. Quatro raposas para representar os quatro irmãos Beckett, percorrendo uma floresta de trepadeiras. Flores brancas brotavam nas pegadas de suas patas. Uma coruja empoleirada nos galhos era um bom agouro, e vagalumes revoavam por todos os lados, brilhantes o suficiente para serem estrelas, e eu fiquei tentada a conectar suas pontas, como se criasse minha própria constelação.

Atrás de mim, os irmãos conversavam em voz baixa. Entre as palavras, soava o tilintar da armadura sendo presa, peça a peça, e esperei Vincent chamar meu nome para dar meia-volta, olhando imediatamente para ele.

A armadura lhe caía bem — a luz do fogo acariciava o aço escuro como se fosse algo vivo —, mas o que chamou minha atenção foi a tiara de ouro em sua cabeça. Eu nunca o vira de coroa e, por um momento, ele lembrou um deus.

Abri a boca para falar, mas não sabia o que realmente desejava dizer. Que ele me surpreendera? Que me era familiar, mesmo envolto em aço e ouro? Que portava o título de senhor com graça e compostura, mesmo sabendo que nunca quisera aquela responsabilidade?

Alyse interrompeu o momento desajeitado. Ela chegou com duas damas de companhia, moças delgadas que me olhavam com assombro, e Nathaniel partiu, prometendo que em breve nos veria no salão para o banquete.

Foi a vez de Vincent desviar o olhar, e sentou-se diante do fogo para terminar o vinho, de costas para nós, enquanto Alyse e as damas de companhia começavam a me arrumar como noiva. Elas tiraram delicadamente meu cinto de pedra de lua e meu vestido molhado, e, nua, esperei de pé uma das moças lavar o icor seco das minhas costas, da minha perna. Outra passou gotas de perfume no meu pescoço, na curva do punho, atrás dos joelhos, e a fragrância estranhamente me lembrava de minha mãe. Musgo, âmbar e um toque de fumaça adocicada.

Engoli o nó na garganta, aliviada quando Alyse me vestiu com a combinação pois pude disfarçar o lampejo de emoção que tomou meu rosto. Três pares de mãos foram necessários para passar o vestido de casamento pelo meu corpo alto. Ele tinha um corpete azul, amarrado por fita dourada, e mangas soltas e vermelhas, bordadas com florezinhas brancas. As saias eram azul e ouro, pesadas, e pregueadas com forro escarlate. Uma corrente de flores brancas fora bordada na barra, com pérolas nos centros. Quando eu me deslocava, a cauda arrastava pelo chão.

Depois, mandaram eu me sentar. Uma das moças começou a pentear meu cabelo, enquanto a outra, ajoelhada, tirou meus chinelos do rio.

— Ah, preciso usá-los — falei, escondendo os pés sob as camadas da saia.

Ela pareceu confusa, mas assentiu, e preparou o véu.

— Meu cinto — pedi, sentindo-me nua sem ele. Estiquei o braço para as pedras da lua onde Alyse as deixara de lado.

— Esse cinto não cai bem com o vestido — disse Alyse, abanando a cabeça. — Inclusive, os dois são contrastantes.

— Eu não vou a lugar nenhum sem ele — respondi, firme, pensando na espada, no escudo, nas cartas, nas idiossincrasias guardadas naqueles bolsos.

Na escama de eithral em um cabo de flecha que ainda brilhava em ouro depois da morte de minha mãe.

Eu carregava a arma como castigo.

Não podia me perdoar pelos erros do passado.

Alyse me encarou, nós duas em uma batalha estranha e silenciosa. O pente da dama de companhia ainda estava no meu cabelo, como se paralisado, até a voz de Vincent derreter o gelo entre nós. Do outro lado do quarto, ele declarou:

— Minha esposa terá tudo que desejar.

Alyse cedeu sem dizer uma palavra. Ela me entregou o cinto, mas torceu o nariz, como se as pedras a fossem morder.

Eu a respeitava por isto: ela não tinha medo de mim, e amava Vincent. A proteção dele provavelmente seria o único interesse em comum entre nós, e contive um calafrio de alívio quando dei a volta no corpete com o cinto, logo acima das saias.

Quando meu cabelo molhado foi domado por uma rede bordada com pérolas, presa na nuca, Alyse cobriu minha cabeça com o véu. Era translúcido e delicado, lembrando uma nuvem, e o mundo ficou embaçado através do pano. Quando eu respirava, o véu esvoaçava no meu rosto, e eu sentia o gosto distante do vinho.

— Ela está pronta, senhor — disse Alyse, depois de pousar uma tiara dourada em minha cabeça para segurar o véu.

A coroa gêmea à de Vincent.

As damas de companhia me ofereceram as mãos e, apesar de não precisar de sua assistência, eu aceitei e me levantei.

Vincent também se levantou e se virou para me olhar.

Eu não sabia o que ele pensava, o que sentia, ao me ver vestida de noiva. Seu rosto mantinha uma expressão resguardada, que quase pareceria de tédio, se eu não o conhecesse melhor.

Havia um brilho triste em seus olhos, como se fitasse algo que jamais teria.

— Está pronta? — perguntou ele, após um longo momento.

Eu assenti, sem voz.

Quando ele veio até mim e estendeu a mão, hesitei apenas um momento antes de aceitá-la.

XXVI
Devemos ensaiar

MATILDA

Desci a escada da torre ao lado de Vincent, de mãos dadas com ele. Achei que ele me soltaria quando saíssemos de vista de Alyse e das damas de companhia — ele parecia tenso, desconfortável —, mas manteve os dedos entrelaçados nos meus, quentes como brasa abafada.

— Temos que convencê-los — disse para mim, um murmúrio que quase não escutei.

Eu o olhei de soslaio.

— Convencer quem, do quê?

— Que eu a amo há muito tempo. Que temos uma história juntos — disse Vincent, e hesitou, mas vi sua mandíbula tensionar. — Meu povo. Meu tio. Ninguém acreditará que é verdade se já não nos conhecêssemos. Eu nunca me casaria com a primeira deusa a entrar pela minha janela.

— Não? — provoquei, ansiando por aliviar a situação.

Ele apenas me dirigiu um olhar sombrio.

— Então talvez este ardil não seja tão custoso? — continuei. — Pois, de fato, temos uma história juntos.

— Sim, mas como crianças. Como *amigos*. E, como mencionou antes... não sei muito de você.

Quase me arrependi de ter falado tão abertamente com ele. O peso se aninhava em meu peito como um gavião-de-olhos-

-dourados e, quanto mais eu o cutucava, mais percebia que não tinha o desejo de expor partes vulneráveis de mim para um amigo que se tornara um desconhecido, e ainda por cima irreverente.

— Eu acho — começou Vincent, com a voz oscilante — que o mais difícil será o toque.

— Estamos nos tocando agora.

— Apenas porque estou tentando recordar-me da sensação de tocar você.

Fiquei quieta, e ele apertou minha mão.

— Quando eu me aproximar de você, deve parecer natural — continuou. — Quando eu tocá-la, deve ser com confiança e calma, como se eu já a tivesse tocado muitas vezes antes. Como se você desejasse.

Eu não podia discordar; parecíamos duas peças desencaixadas, dois fios embolados. O espaço entre nossos ombros era gelado enquanto caminhávamos, nossos passos, descompassados.

— Então devemos ensaiar — falei —, até se tornar instintivo.

Ele devia pensar o mesmo, e por isso continuava a descer a escada espiralada com a mão na minha.

Sombras dançavam pelas paredes ásperas, no ritmo da luz das arandelas de ferro. O chão era frio aos meus pés. De muitos modos, o lugar lembrava o reino Inferior, e a semelhança me causava estranho conforto.

Quando deixamos a torre para trás, logo ouvi ecos do salão. Pessoas conversavam, algumas em frenesi, como se com pressa. Uma criança começou a chorar. Um menestrel tocava notas soltas na lira. Havia o cheiro de pão quente e carne assada, e uma cacofonia de sons, mesas e cadeiras arrastadas pelo chão. O ruído de um clã reunido. A pressa acelerada de um banquete de casamento improvisado.

Eu o temia quase tanto quanto a negociação na ponte.

Quando chegamos ao pátio molhado de chuva, recolhi a cauda do vestido e vi que as lajes eram alinhadas como uma avenida. Uma rua larga cortava a fortaleza, conduzindo ao lado oeste da ponte, e a seu redor ficava uma feira. Barracas de madeira fechadas para a noite, os toldos coloridos pingando de chuva. Barris ficavam afastados, assim como engradados e garrafas verdes de vinho. Gaiolas vazias de aves e tonéis de cerveja ficavam empilhados perto da entrada da forja, protegida dos elementos, contendo a vida apenas de brasas que arrefeciam devagar. Havia também uma horta, onde verduras de outono cresciam, tortas e maduras, em treliças, e hortaliças brotavam dos canteiros. Um lugar perfeito para enterrar preces, pensei.

Vincent me conduziu a uma colunata estreita, onde o homem parrudo, Edric, que irrompera no quarto da torre às pressas para me aprisionar, se protegia da chuva, de tocha em mão. Ele nos aguardava, percebi, para escoltar-nos até a ponte.

— Senhor — cumprimentou ele, com uma reverência, seu cabelo fino e claro brilhando como fios de ouro à luz fraca. Então, para mim, com uma expressão cautelosa e resguardada no rosto enrugado: — Senhora.

Senhora, e não *Deusa*. A princípio me espantei, até entender que seria meu título como esposa de Vincent. Eu o aceitei com um aceno de cabeça.

Nós o seguimos pela colunata, o lado leste da ponte erguendo-se, alto e largo, ao longe. A torre era salpicada por janelas iluminadas, o rastrilho levantado apenas o bastante para que eu Vincent passássemos sob seus dentes de ferro. Dois soldados com tochas nos esperavam, a postos, fora do alcance da chuva.

— Este é o portão do Centeio, senhora — disse Edric, como se me apresentasse a uma estrutura mítica com sentimentos frágeis. — Recebeu este nome pois a fortaleza antigamente assava pão nesta torre, para alimentar as sentinelas. Também era importante no caso do lado oeste da ponte desabar; assim, poderíamos nos nutrir do lado direito. Em dias de sol, ainda é possível sentir o cheiro fraco de pão quente. Porém, estou divagando. Através deste portão, se pode chegar às outras duas torres do leste, assim como à margem do rio. Tenho certeza de que Vincent a apresentará a ambos adequadamente.

Ele então olhou para Vincent, e afeto tomou seu rosto, como se fosse um pai. Me fez pensar em Bade.

— É aqui que os deixo, senhor — acrescentou Edric. — Conforme pediu. A negociação foi combinada na ponte da Fúria, e seu tio já chegou. Ele o aguarda lá.

Vincent olhava para o portão do Centeio, lamentoso. Um sopro suave de vento bagunçou seu cabelo escuro.

— Obrigado, Edric. E, sim, quero que fique aqui, perto de Nathaniel. Você sabe quais são minhas ordens, caso este encontro dê errado.

Edric respirou fundo, como se ávido para dizer mais. Porém, engoliu as palavras e apenas se curvou para Vincent, enquanto eu e ele passávamos pelo primeiro portão. Com um estrondo, o rastrilho desceu atrás de nós, até parecer que fomos engolidos por inteiro, e observei a escuridão da ponte.

Estávamos em uma porção coberta, protegida do tempo. Porém, vinte passos adiante, o telhado acabava com a torre, expondo uma extensão comprida de ponte a céu aberto. O piso sob meus chinelos era revestido de tábuas de madeira lisa, marcada por anos de viajantes, e havia portas arqueadas à direita e à esquerda, esculpidas nas paredes cobertas de musgo.

— Como Edric explicou, esta é a torre do Centeio — disse Vincent. Ele ainda não soltara minha mão. — Já estivemos aqui antes, em sonho. Você logo verá que a metade leste da ponte Wyndrift é dividida em três partes, marcadas por três conjuntos de torres: Centeio, Donzela e Fúria. A negociação ocorrerá na seção mais distante da ponte, sob vigia da torre da Fúria. Vamos pela passagem das sentinelas, para evitar a chuva tanto quanto pudermos.

Eu assenti, lembrando-me vagamente das torres. Elas frequentemente apareciam distorcidas nos sonhos dele, e segui Vincent por uma das portas. Fiquei surpresa pelo frio repentino do ar. Apesar do que Edric dissera sobre os dias de sol, senti um gosto muito tênue, uma promessa de pão. De massa e fermento. Um calafrio percorreu minhas costas e eu me mantive perto de Vincent, entrando e saindo de poças de luz do fogo ardendo nos braseiros pendurados.

Assim descemos, pegando uma escada estreita até chegarmos a um corredor comprido e reto. Passamos por janelas finas, e por lufadas de ar fresco e umidade da chuva e do rio. Soldados de armadura de couro estavam a postos em cada partição, de prontidão e armados com arcos e aljavas cheias de flechas. Eles abaixaram a cabeça quando eu e Vincent passamos, e resisti à tentação de observar o rosto de cada soldado, imaginando quem atirara em mim na escalada da torre. Se descobrisse, eu o parabenizaria pela mira precisa.

Chegamos à torre do meio, chamada de Donzela.

Era a torre construída na ilhota de rocha, e eu soube, assim que pisei sua fundação, que era encantada. Havia uma porta para o reino Inferior ali, escondida em suas pedras. Eu gostaria de encontrar aquele portal o quanto antes.

Deixei essas ambições arderem enquanto eu e Vincent atravessávamos o calor de um refeitório marcado por bandeiras heráldicas, um arsenal reluzindo com armas de aço e ferro, uma escada circular que subia para o quartel. Aquela torre era muito diferente da do Centeio; eu sabia que era por causa da magia que subia do reino subterrâneo. Eu ouvira falar do efeito que nosso mundo Inferior podia ter no mundo mortal, se humanos ousassem construir sobre nossas linhas de Ley. Que o encantamento podia imbuir coisas comuns — lareiras que ardiam mais brilhantes e por muito tempo, portas que se abriam e fechavam por conta própria, pisos que se inclinavam dependendo do clima. Às vezes, mortais viam os encantos como dádivas. Outras vezes, consideravam maldições.

Rápido demais, deixamos para trás o zumbido vibrante da torre da Donzela. Meu coração apertou com dor brusca, sentindo a falta da luz do fogo, do barulho e das pedras mágicas. Restava apenas o rio, agitado, fundo e escuro, sob nossos pés.

— Agora entendo por que você sonhava tanto com se afogar — comentei. — Eu não sabia que sua casa era no meio do rio. Sempre imaginei que morasse na margem.

Vincent bufou.

— Quando eu era criança, meu tio determinou que eu e meus irmãos deveríamos aprender a nadar, mesmo nas correntezas mais frias e escuras. Ele amarrava uma corda em nossa cintura e nos jogava da ilha, calculando o tempo que levávamos para voltar a nado. Finnian e Marcher tinham dificuldade, e eram mais fortes e mais rápidos do que eu. Eu nunca conseguia cortar as ondas, por mais que me esforçasse; Grimald era obrigado a me puxar de volta, decepcionado com minha fraqueza.

Raiva me percorreu, mais brilhante que um raio.

Precisei engoli-la até sentir as brasas crepitando em meu sangue antes de voltar a falar:

— Suponho que Grimald, por sua vez, nunca tenha tentado nadar contra a corrente no meio do rio, com uma corda amarrada na cintura?

— Não.

Um homem cruel, pensei, estremecendo ao lembrar-me das mãos dele em mim, da força e do desespero de seu aperto no pesadelo de Vincent, como se eu fosse um prêmio a usar e enjaular.

Avançamos em silêncio pelo corredor das sentinelas, passando por mais janelas, arqueiros e sombras frias, até chegarmos à torre da Fúria.

Uma cavaleira de cota de malha e armadura nos cumprimentou. Ela trazia na cintura uma espada, guardada em uma bainha desenhada com videiras prateadas. Sua pele marrom brilhava com a umidade da chuva, o cabelo estava preso em uma trança grossa, e seu rosto era solene, os olhos pretos como tinta, curiosos ao me fitar. A notícia do noivado de Vincent se alastrara como fogo pela ponte, pelo visto.

— Senhor, senhora — cumprimentou, com a voz sonora. — Parabéns por sua união. A notícia nos surpreende, mas é um prazer. Está tudo preparado para a negociação. Sigam-me, por favor.

— Obrigado, Hyacinthe — disse Vincent, e soltou minha mão, fazendo sinal para eu seguir a cavaleira pela escada curva.

Com a mão úmida e o sangue vibrando, eu subi atrás de Hyacinthe e passei pela porta aberta que nos deixava ao ar livre.

A chuva ainda caía; as nuvens acima de nós eram escuras e inchadas.

Eu não sabia se deveria estar aliviada ou não — quando as nuvens se abririam? —, e me sobressaltei quando senti a mão de Vincent em minha lombar, me guiando até a área coberta da torre da Fúria. Ele deve ter sentido meu susto, pois imediatamente afastou a mão, como se queimasse.

Suspirei. Precisávamos mesmo ensaiar. A verdade era que... eu não estava acostumada àquilo: a deixar alguém me tocar com tamanha tranquilidade. A aceitar com a naturalidade da respiração. A confiar tão implicitamente em outra mão. Não que eu não desejasse toque, pois desejava. Era uma vontade que eu raramente expunha, por medo de que crescesse. Não, eu evitava por sobrevivência, em um esforço de proteger minha falha.

Hyacinthe nos levou ao arco do portão da Fúria, onde um grupo pequeno de cavaleiros nos aguardava. O rastrilho que protegiam estava erguido apenas o bastante para eu e Vincent passarmos, de novo, mas logo notei que havia outro portão: de madeira maciça, reforçado por uma grade de ferro.

— Seu tio aguarda logo além do portão externo, senhor. Ele trouxe dois homens, um conselheiro e seu escudeiro, e vieram todos desarmados, como prometido — disse um dos cavaleiros, um homem de meia-idade com cabelo grisalho e uma cicatriz contorcida no rosto.

Ele me olhou com ar de dúvida, a desconfiança tão tangível quanto a chuva.

— E a deusa...? — questionou ele.

— É minha esposa, Matilda. Ela me acompanhará — disse Vincent, com alerta na voz, como se soubesse que alguns dos cavaleiros desconfiariam de minha presença. — Como discutimos hoje... minhas ordens são que não se envolvam em conflito algum. Nem mesmo caso ele me ataque. E sob circunstância alguma devem levantar o portão, a não ser por comando meu.

Os cavaleiros mantiveram o silêncio, mas alguns torceram a boca e remexeram os pés. Não gostavam da ordem de Vincent, e eu entendia o motivo. Imaginei que o barão pudesse ferir Vincent para forçar os cavaleiros a abrirem o portão da Fúria. E, se o portão de madeira e o rastrilho fossem abertos, o barão poderia controlar parte da ponte.

— Está pronta, Matilda? — perguntou Vincent.

— Estou — respondi.

Juntos, passamos por baixo do rastrilho, adentrando as sombras entre os portões. Quando o rastrilho começou a baixar atrás de nós, senti o olhar de Vincent traçar meu perfil através do véu.

— Tenho um pedido — declarei.

— Qual é?

Eu olhei para ele.

— Devemos esconder minha identidade. Pelo menos de início. Deixe Grimald acreditar que sou uma mulher mortal.

— Impossível. Sua beleza é reveladora — disse Vincent. — Edric pode ter deixado passar sua divindade mais cedo, em meu quarto, mas isso não ocorrerá com meu tio.

— O véu disfarçará meu poder.

— Então será preciso tirar seu cinto. Mesmo que Grimald não o reconheça daquele dia em que nos encontramos na charneca, o cinto atrairá o olhar e a curiosidade dele.

Eu não queria entregar meu cinto, mas ele estava certo. Se eu quisesse passar por mulher mortal, deveria tirá-lo, então foi o que fiz, deixando-o no espaço entre os dois portões.

— Está bem — disse Vincent, após um longo momento. — Fingiremos que você é mortal. Posso, porém, fazer também um pedido?

Eu arqueei as sobrancelhas, surpresa.

— Diga.

— Se meu tio me matar aqui, na ponte... você voltará para Nathaniel. Ajudará meu irmão a proteger este lugar e o manterá vivo.

— Você não morrerá hoje. Não ao meu lado.

— *Por favor*, Matilda.

Foi ali que entendi seu medo mais profundo; senti pulsar por ele como uma ferida aberta que latejava. Seu pai estava morto; sua mãe os abandonara. Ele perdera dois irmãos. Ele não suportaria perder outro, e ficar a sós no mundo, o último de seu nome. O último dos irmãos Beckett.

— Farei isso — declarei, ignorando a pontada de resistência que acompanhava a promessa.

O rastrilho terminou de baixar e foi trancado, espalhando um tremor pelo piso. O portão de madeira à nossa frente começou a subir em ritmo árduo, expondo a torre da Fúria encharcada de chuva.

Quando Vincent estendeu a mão no espaço entre nós, estiquei a minha também para aceitá-la. Dessa vez, o encontro foi fácil, como se eu o tivesse tocado centenas de vezes. Como se o encontrasse até no escuro.

Juntos, saímos para a ponte da Fúria como noivos.

XXVII

Quando as nuvens se abrirem

VINCENT

Fazia dez anos que eu não via meu tio.

O cabelo dele estava inteiramente grisalho, comprido e lambido, caído nos ombros largos. Ele deixara crescer uma barba fina, e a testa tinha rugas profundas de tanto franzir as sobrancelhas. Porém, olhando melhor? Era igual ao que eu lembrava. Os olhos ainda eram do azul astuto do mar, o nariz, torto por brigas demais, a postura, insuportavelmente orgulhosa.

Eu me aproximei da barraca da negociação, chuva gotejando da lona improvisada. Matilda acompanhava meu ritmo perfeitamente. A mão dela na minha era quente e forte; apenas ao encontrar o olhar penetrante de Grimald me dei conta do quão agradecido estava por ter a companhia dela.

A tensão apertou meu peito. Tentei respirar fundo, mas não consegui. Suor frio escorreu pelas minhas costas.

Porém, me recusei a desviar o olhar de meu tio.

Eu não fecharia os olhos. Não seria o primeiro a desviar o olhar. Não como fizera quando ainda menino, no salão sangrento, tantos invernos antes.

Grimald estava sentado em um lado da barraca, tamborilando os dedos decorados por rubi enquanto esperava. Usava as cores do título roubado — barão de Englewood —, e achei que o veludo púrpura e as folhas douradas tornavam sua pele macilenta e sem brilho. Porém, Grimald sempre ansiara por riquezas e títulos. Sempre usara suas melhores vestimentas, mesmo quando morava entre nós em Wyndrift.

Um escudeiro jovial de queixo quadrado e um conselheiro idoso de cabelo prateado estavam atrás dele, ladeando-o, ambos também olhando fixamente para mim e para Matilda quando entramos no abrigo da barraca. Supostamente estávamos em terreno neutro, mas eu não podia baixar a guarda. Nem com uma deusa como aliada, como *esposa*.

Um braseiro no centro da barraca fornecia luz âmbar e calor para afastar o frio profundo da noite. Eu me obriguei a não me sentar. Matilda e eu ficamos de pé atrás das cadeiras e, embora eu quisesse que parecesse uma decisão deliberada, a verdade era que meu coração estava a mil.

Engoli o nó na garganta, com medo de minha voz falhar. Por que eu sentia as silhuetas de meus irmãos me assombrando nos cantos? O fantasma de meu pai? Por que aquela noite parecia um rasgo na vida comum, descosturando o tempo?

Eu me sentia jovem, inexperiente. Desesperado outra vez, como se voltasse a quem era aos dezesseis anos. Era aquela sensação incômoda de parar na beira de um penhasco, a um instante de escorregar. De perder tudo novamente.

— Ah, que gentileza sua me trazer um presente, Vincent — o barítono de Grimald quebrou o silêncio tenso. Com o tom de humor, virou a atenção para Matilda. Ele passou aqueles olhinhos apertados por ela, da barra do vestido ao véu que embaçava suas feições.

Rangi os dentes. Raiva ardeu em mim, e o calor começou a derreter o medo.

Matilda abaixou a cabeça, fingindo subserviência, mas apertou meus dedos. Tranquilizando-me ou alertando? Eu não sabia, e resisti à tentação de dizer seu nome.

— Devo confessar que não lhe trouxe nada em troca, sobrinho — disse Grimald, continuando a análise explícita de

Matilda. — Por que ela esconde o rosto? Beleza certamente não precisa de disfarce.

— Esta é minha esposa — respondi, entredentes. — Você interrompeu nosso banquete de casamento.

Grimald ficou paralisado por um instante, surpreso.

Casamentos, no nosso mundo, criavam alianças fortes e inabaláveis. Frequentemente eram vínculos mais estreitos do que os do sangue. Era por *isso* que eu aceitara o ardil absurdo de matrimônio de Matilda. Ela estivera certa — como tantas vezes em meus sonhos — ao dizer que a mera crença abalaria a confiança de Grimald. Mesmo sem saber seu nome, meu tio de repente se desestabilizou.

Eu vi a desconfiança passar por seu rosto, seguida por raiva e preocupação. Quase escutei o redemoinho de seus pensamentos; ele questionava com quem eu acabara de me casar. Com a filha de quem eu acabara de me unir? Que reforços eu poderia pedir?

Ele se recuperou rápido. Sorriu, revelando os dentes amarelos à luz do fogo. Cruzou as pernas e os dedos, apoiando as mãos em um dos joelhos.

— Finalmente, tornou-se homem e assumiu uma esposa. Quem é a moça de sorte? Por que não fui convidado para a cerimônia e o banquete? Ainda somos parentes, afinal. Teria sido uma honra celebrar a seu lado, como um dia...

— Não há lugar para traidores em meu recinto — respondi, seco.

O sorriso de Grimald murchou, revelando uma expressão pétrea. Ele estreitou os olhos, sua verdadeira natureza emergindo. Um homem calculista e manipulador, que roubara o título de barão e queria o direito de berço que lhe escapara. Um direito de que meu avô não o considerara digno e arrancara dele como se cortasse um galho da árvore.

— Somos todos traidores a nosso modo, Vincent — disse Grimald, as palavras suavizadas por um suspiro. — Até aqueles entre nós que acreditam estar acima de tais noções. Todos traímos algo ou alguém, mesmo que apenas nós mesmos, e, se ainda não aprendeu isso… é porque tem muito a viver.

Eu fiz silêncio. Porém, lembrei que meu tio sabia muito de mim. Segredos, histórias e fraquezas.

Grimald estava presente na noite em que eu nascera naquela fortaleza, no auge da enchente do verão. Estava ali para me ver crescer ao longo das estações. Para oferecer conselho quando eu treinava com o mestre de armas. Estava ao meu lado quando aprendi a cavalgar, a me localizar na charneca, guiado apenas pelas estrelas. Ele me vira aprender a nadar no rio, e a dançar no salão nos dias de banquete.

Talvez por isso a traição fosse uma ferida tão profunda, que tanto demorava a sarar.

Um dia, eu respeitara meu tio, apesar de seus momentos de crueldade e egoísmo, de seu atrevimento e sua inveja, das piadas grosseiras que pesavam no ar.

— Agora, podem se sentar para conversarmos sobre o motivo de meu retorno? — perguntou Grimald, indicando as duas cadeiras vazias. — Não quero poupá-los dos prazeres da noite do casamento.

Matilda apertou meus dedos.

Juntos, sentamos nas cadeiras, soltando as mãos.

— Como estamos em território neutro — começou Grimald —, sob testemunho de meu conselheiro e meu escudeiro, e de sua… esposa…

Por que a hesitação?, pensei. Será que Grimald não acreditava em nós?

— Repito meu pedido — prosseguiu. — Rogo que me permita retomar meu direito de berço, que renuncie e me outorgue o título de senhor, como dita a tradição destas terras.

Fiquei quieto, deixando o silêncio se estender, meu tio aguardar. Eu escutava a chuva tamborilar na tenda. Escutava o sussurro do rio, correndo para o sul sob nós. Sentia o calor remanescente do toque de Matilda.

— Não posso lhe dar algo que não é mais seu — declarei. — Seu pai foi contra a tradição do primogênito e recebeu aprovação do rei para sua decisão de tirá-lo da linha sucessória. Wyndrift foi para meu pai, o herdeiro legítimo, e então para Finnian. Como você os massacrou a sangue frio, assim como Marcher, antes de meus irmãos produzirem herdeiros, esta fortaleza e este rio, por lei, vieram para minhas mãos. Você não é mais bem-vindo aqui, e aceitei ouvi-lo falar agora apenas na esperança de que tivesse vindo se redimir por seus atos de traição, embora jamais possa pagar a dívida terrível que tem para comigo.

Grimald passou a língua pelo lábio, rindo.

— Ora, ora, você ganhou coragem desde a última vez em que nos vimos. Desde que rastejou pelo chão e fugiu como um covarde, ansioso demais para salvar a própria pele para conseguir salvar seus irmãos.

Eu sabia que este golpe estava fadado a chegar. Que ele cutucaria minha ferida, o ponto ainda sensível de minha alma que eu queria arrancar pela raiz. O que eu não daria para apagar essa lembrança, para esquecer o que acontecera.

Eram muitas as noites em que eu me deitava e pensava em Finnian e Marcher. Em que desejava ter morrido, e deixá-los viver. Todos os tônicos que eu bebera ao longo dos anos, desesperado para inebriar meu sono, para afastar aqueles sonhos. Porém, vez ou outra, um pesadelo ainda escapava, e eu revivia o momento de minha sobrevivência e da morte deles, de novo e de novo.

O remorso era uma algema.

— Você deveria ter enfiado a espada mais fundo, então — respondi, surpreso por soar tão distante.

Como se eu nunca traçasse a cicatriz no meu abdome como uma estrada em um mapa. Como se ainda não sentisse a dor, anos depois de me recuperar.

— Escute, Vincent — disse Grimald, e se curvou para a frente, com o tom paternalista. — Não quero lutar com você. Na verdade, preferiria que você sobrevivesse, assim como

Nathaniel. Não vim derramar seu sangue, como sei que você deve imaginar. Quero apenas recuperar o que é meu por direito. Esta troca pode ser feita pacificamente. Uma mudança de liderança, acompanhando o amanhecer. Um recomeço, em outras palavras. Ninguém de nosso povo precisa se preocupar, nem temer. Nenhum cavaleiro deve arriscar perder a vida ou a honra. E você, meu filho... bem, olhe para você.

Lá vinha o segundo golpe.

Fiquei rígido, esperando que ele desse voz aos rumores que assombravam o castelo quando eu era menino.

— Sua mãe era conhecida pela beleza e pela temeridade — disse Grimald, olhando de relance para Matilda e seu véu, como se uma mulher sem rosto pudesse ser qualquer uma. — Uma verdadeira filha do mar.

— Fale abertamente — retruquei, com a voz fria, seca.

— Ela era volúvel, indomável como as marés. Condenava homens com a mera voz, e ansiava por receber qualquer um no leito. Seu pai, abençoada seja sua lealdade, era um corno. Ele não tinha força suficiente para segurá-la, e não é surpresa que a tenha perdido para os deuses. Que ela tenha escolhido viver nos céus, deixando os próprios filhos para trás como...

— *Basta* — declarei, a palavra afiada, cortando minha garganta como vidro. — Como ousa falar assim dos mortos?

— Sua mãe não está *morta* — retrucou Grimald, com um toque de frustração. — E há uma questão válida quanto à sua linhagem paterna e seu direito ao governo. Se seu progenitor foi o padeiro, o ferreiro ou um mero cavalariço.

Por um momento, eu nada disse.

Meu coração martelava novamente; suor gelado molhava minhas mãos. Um frio terrível subia por mim, correndo pelas pernas. Eu tinha certeza de que era a Morte me chamando; era o mesmo que sentira quando sangrara no salão. Um frio que não conseguia afastar. Um frio que me dava vontade de fechar os olhos e me entregar ao sono.

— Meu pai era seu *irmão* — respondi, finalmente, a emoção tirando meu fôlego, e bati o punho no peito. — Posso ter os olhos, o cabelo, a voz e o porte de minha mãe, mas sou metade dela, não sou? A ressurreição de velhos boatos, que você crê que lhe servirão de ferramenta para deslindar as costuras de meu reino, não levará ao resultado que deseja. Você passou tempo demais afastado. Esqueceu o que fez naquela noite. O povo de Wyndrift desdenha de seu nome. Na realidade, sequer o pronunciamos. Nós o chamamos apenas de *o traidor.*

Se ele sabia onde me atacar, eu também sabia onde acertá-lo.

Meu tio sempre quisera ser amado. Ser servido e idolatrado, como um deus.

Ele me encarou, de sobrancelha arqueada, sem palavras.

Atrás dele, tanto o escudeiro quanto o conselheiro empalideceram, de postura tensa. Ao meu lado, os dedos de Matilda tremeram em seu colo.

— Você não se entregará em paz? — perguntou Grimald, enfim, com a voz rouca.

Eu sorri, tão afiado, tão brilhante, quanto o sorriso dele pouco antes. A chuva começou a diminuir quando as nuvens se abriram no céu. Um feixe de luar escorreu, iluminando a ponte em prata.

— Não — respondi, e me levantei. — Eu não me curvo diante de assassinos traidores. Nunca entregarei este castelo, nem este rio, para você.

— Como queira, sobrinho.

Meu tio levantou a mão direita. Era um gesto enganosamente lânguido. Uma rotação dos dedos, como quem pedia vinho.

Demorei um momento para reconhecer o sinal.

O tempo desacelerou como um sonho febril. O brilho de um arco, refletindo o luar ao se mover. O rosto pálido de um assassino mais adiante na ponte, emoldurado por um capuz. Uma flecha assobiando pela noite, mirada em mim.

Eu prendi o fôlego.

Sentira o frio da Morte. Vira meu nome, pintado em sua caligrafia. Sabia que ela viria me buscar hoje, mas descobri que não conseguia me mexer, apesar do sangue vibrando, quente, nas veias. Não tive tempo de ordenar os pensamentos, de gritar uma ordem para meus cavaleiros postados na torre da Fúria. Estava desamparado, vulnerável, como se recém-nascido neste mundo.

Matilda, porém, se mexia como fumaça no rio.

Ela se posicionou entre mim e as sombras. E levou a flecha que deveria ter sido minha.

XXVIII

Perdão, preciso beijá-la

MATILDA

A flecha me atingiu no peito, logo acima do coração acelerado.

De início, achei que tinha penetrado minha falha, meu ponto fraco, criado uma fissura minúscula que estaria destinada a me destruir. Uma rachadura que cresceria a cada respiração, como gelo partido. Uma ferida que eu não poderia sarar.

Porém, meus pulmões se encheram do ar úmido da noite.

Meu coração continuou a bater, em desafio à dor.

Eu teimei em ficar em pé, recuando apenas um passo e esbarrando diretamente em Vincent. Ele levou a mão à minha cintura, firme, protetor. Senti sua respiração em meu cabelo.

Decidi que era a hora e levantei o véu.

Encarei, determinada e sombria, o barão. Vi-o arregalar as pupilas, o rosto empalidecer até um tom de branco doentio. Os pensamentos dele eram vívidos, como se desenhados na testa. Ele não atirara apenas na esposa anônima e mortal de Vincent, mas em uma deusa.

Grimald se levantou de um pulo, derrubando a cadeira. O escudeiro e o conselheiro fugiram e se encolheram, na pressa de se salvarem de minha ira.

Desesperado, Grimald levantou a mão e gritou, retumbante:

— *Parem!*

Eu estava tão atenta às nuvens, a Vincent, seu tio e nosso círculo de luz, que não olhara para além da barraca, para além do assassino que fugira com o arco. Os soldados de Grimald tinham aproveitado a calada da noite, da tempestade e da distração da negociação para se aproximar. Olhei para a fileira em movimento de armadura e espadas, acompanhando o rastro até o acampamento na margem do rio. Eu via a infantaria se reunir na ponte da Fúria, exposta pelo luar. Porém, o que atraiu meu foco não foi seu deslocamento; foi uma silhueta mais escura do que a noite, que cortava o meio da multidão, como um único peixe de escamas prateadas nadando contra a corrente.

Orphia.

A deusa da morte parou para olhar para trás, para mim, como se ouvisse seu nome em meu pensamento. O vento puxou seu cabelo comprido de ébano, e a luz das estrelas tocou seu rosto, banhando-a em uma beleza tão brutal que me deixou sem fôlego.

Ela curvou a cabeça para mim.

Eu desfiara a trama de sua irmã no tear compartilhado. Completara a tarefa.

E a própria Morte reconhecia meu poder.

— Seu nome, deusa.

O pedido de Grimald me trouxe de volta à barraca. Ele estava ajoelhado, como se para suplicar.

— Acredito que eu a vi um dia, há muito tempo, quando ainda era uma criança divina — continuou. — Eu a vi fugir de nós na charneca, com medo. Nunca a teríamos ferido e, infelizmente, nunca tive a oportunidade de conhecer sua identidade.

Eu não acreditava nele. Não podia imaginar o que ele teria feito comigo se eu não tivesse fugido, e senti um calafrio repentino.

— Eu me chamo Matilda — respondi, sustentando seu olhar. — Sou o arauto dos deuses. E, se desejar viver, reunirá suas forças e partirá de Wyndrift. Não atacará esta fortaleza, a não ser que esteja preparado para que eu convoque meus aliados para opô-lo.

— Senhora Matilda — disse Grimald, e estendeu as mãos suplicantes para mim. — Wyndrift é meu *lar*. Eu nasci aqui. Cresci nadando nestas águas. De acordo com a lei mortal, eu sou seu herdeiro legítimo. Sou o…

— Leis podem mudar, barão — interrompi —, como mudaram aqui. Você não tem mais direito sobre este rio e esta fortaleza e, portanto, invadiu o terreno e tentou assassinar meu esposo, o senhor legítimo. É sorte a sua que eu me detenha agora e lhe dê a oportunidade de bater em retirada. Você e seus soldados devem partir antes do nascer do sol.

Grimald, notando que estava ajoelhado em um pântano, que desafiara mais do que previa, levantou-se devagar.

— Mas, deusa, bater em retirada na margem lodosa? No escuro? Pode me conceder três dias? Três dias para meus soldados desmontarem o acampamento, e para o chão secar? Será impossível para minhas carroças transportarem os trabucos nesta lama.

Três dias.

Parecia tempo demais. Tempo suficiente para algo inesperado e descontrolado crescer, como erva-daninha sob a pedra. Porém, eu precisava me reunir com Bede para tratar deste conflito, prepará-lo para me auxiliar. Por fim, Grimald não mentia: depois de tanta chuva, as margens já estavam afundando em lama. Seria difícil desmontar o acampamento e partir naquelas condições.

Parte de mim queria intimidá-lo. Arreganhar os dentes e repreendê-lo, vê-lo fugir de mim na ponte. Contudo, eu me contive e, em vez disso, arranquei a flecha do peito. Eu a joguei no chão, aos pés de Grimald.

Ele olhou para a flecha cintilando de sangue dourado antes de engolir em seco e encontrar meu olhar fixo.

— Três dias — concordei. — Se, até então, não tiver partido, vamos considerar isso uma declaração de guerra. Agora, vá, antes que eu mude de ideia.

Grimald se curvou, mas olhou para Vincent uma última vez.

— Vejo que finalmente escutou meu conselho — murmurou, e senti Vincent se enrijecer ao meu lado, soltando minha cintura.

Eu não sabia o que ele queria dizer, mas imaginava, porque as palavras nunca tinham deixado minha memória.

Agarre ela. Não falei que ela nos seria útil?

O conselheiro e o escudeiro de Grimald recuaram com ele, os três apertando o passo pela ponte da Fúria. Os soldados os seguiram, de cabeça baixa e espadas embainhadas, de volta ao acampamento do barão na margem.

Foi apenas quando parecia que restávamos apenas eu e Vincent na ponte, apenas nós dois na noite, que ele pegou meus ombros e me virou para olhá-lo. Estava pálido e tremendo, percebi, e olhou para meu peito, examinando a ferida. A flecha me acertara bem acima da beira do corpete, um palmo abaixo da clavícula. Porém, a lesão já se fechava, minha magia apressada em consertar o que se partira. Meu sangue escorria em um filete, espalhando uma fragrância adocicada no ar.

Vincent passou o polegar pela beirada de meu vestido, logo acima do seio.

Senti aquela carícia fugaz até os ossos.

— Não faça isso de novo — sussurrou.

— O quê?

Ele recuou. Ar frio me envolveu, o que pensei ser bom. Gelo para me despertar, para trazer meu foco de volta ao que importava.

— Não leve outra flecha por mim — disse ele, voltando a atenção para o portão da Fúria e sua torre, o fogo das janelas reluzindo na bruma como faróis.

— E uma espada? — perguntei. — Uma lança? Um machado?

— Isso não é piada, Matilda.

— E estou rindo?

Contudo, eu me calei, porque *estava* fazendo piada. Parecia que eu não conseguia conter esse desejo de arrancar dele um sorriso ou um regozijo. Tirar aquela mortalha pesada que parecia carregar por ser senhor.

— Às vezes — falei, chegando mais perto —, é bom rir, até nos dias terríveis.

— Achei que você fosse um arauto, e não a deusa da folia.

A declaração dele me paralisou. Não, a deusa da folia era Phelyra, e minha boca secou, meu coração acelerando apenas de pensar nela.

Vincent percebeu a mudança em meu humor, a rapidez com que eu me fechara, e franziu a testa, olhando para mim.

— O que foi? — perguntou. — O que eu disse?

— Nada de importante. Veja, seus cavaleiros esperam na janela da torre para nos aproximarmos e abrirem o portão.

Comecei a caminhar, mas meus pensamentos estavam distantes, pulando o rio e o acampamento de Grimald, descendo para as profundezas, onde se desenrolava a união de Enva e Dacre.

Foi então que lembrei, chiando.

Tínhamos nosso próprio banquete de casamento a presenciar.

O salão de Wyndrift era uma sala ampla com vigas de madeira manchada por fumaça e sombras de catedral, que nem as chamas mais intensas desmanchavam.

Fiquei impressionada por sua vastidão, pelo som que ecoava lá dentro. Por ser ao mesmo tempo grandiosa e íntima. Lustres de ferro pendiam do teto, queimando com velas cuja cera pingara em estalactites compridas. As paredes de pedra eram adornadas por tapeçarias de raposas bordadas, cervos brancos, florestas encantadas e um rio que refletia a lua e as estrelas. Mesas compridas se estenciam pelo piso forrado de juncos, e o que que parecia ser um banquete humilde estava servido na coluna de carvalho: pão de centeio e peças de queijo, verduras em conserva e bolos de carne, pudins de gengibre e tortas de limão.

Vincent não desejava estar ali para fingir a união mais do que eu o desejava e, assim que entramos no salão, de mãos dadas, a multidão reunida se calou em silêncio absoluto. Todos fixaram o olhar em nós, a caminho do estrado. Nem bebês choravam, nem crianças se agitavam. Era quase surreal, um mar de estátuas, até eu ousar mirar seus rostos e me espantar com o que vi em seus olhos.

Eu esperava medo, mas o que encontrei foi esperança, alívio, assombro, preocupação, desespero. Os mais novos, em especial, me admiravam com sinceridade. Os mortais grisalhos me viam passar com sobrancelhas arqueadas e rugas de dúvida, expressões cautelosas e resguardadas, como se ter esperança naquele momento fosse insuportável, pois tinham se decepcionado vezes demais.

Entendi que o coração de Wyndrift não eram os cavaleiros, sentinelas e arqueiros, como presumira, e, sim, artesãos. Eram pedreiros, tecelões, sapateiros, alfaiates, ferreiros. Carpinteiros e comerciantes, padeiros, moleiros, menestréis, fazendeiros e escrivães. Havia mais crianças ali do que eu jamais vira, de recém-nascidos a adolescentes, e uma sensação estranha me puxou, como uma âncora, quando eu e Vincent subimos os degraus do estrado. Quando nos viramos e pude observar o salão da posição elevada.

Eram um povo gentil, pacífico. Homens e mulheres e seus filhos. Mortais com talento nas mãos e nas mentes, que queriam viver vidas tranquilas, aproveitar cada estação vindoura, o tempo com a família. Quando os olhei, não vi guerreiros.

Três dias.

Grimald não bateria em retirada. Apesar do medo que vira em seus olhos quando ele percebera quem eu era, o que eu era, pressenti que se manteria firme na margem. Passaria os três nascentes e poentes em suas artimanhas, enquanto eu mexia meus pauzinhos. Porém, se ele atacasse a fortaleza, como eu suspeitava que faria, o povo de Vincent correria um risco terrível. Com os trabucos, não teriam lugar seguro para se abrigar. Muros desabariam no rio. Se as duas pontes caíssem, ficariam isolados naquela ilha, forçados a nadar ou se afogar.

Eu me dei conta de que era responsável por manter não apenas Vincent e Nathaniel vivos, mas aquela gente também.

Eles precisam ir embora. Aqui não é seguro.

Essas palavras me atingiram bem quando Vincent começou a falar, sua voz grave enchendo o salão, retumbante como um trovão:

— Obrigado a todos por se reunirem e aguardarem, e por prepararem tamanho banquete. Como devem saber, eu e o traidor nos encontramos hoje na ponte, para uma negociação. Temo que a paz seja um sonho distante, e que o pior ainda esteja por vir antes de nossas vidas voltarem ao que deveriam ser. Porém, para minha surpresa, hoje não encontrei apenas um traidor que vem nos destruir. Uma velha amiga retornou, oferecendo auxílio em um momento de dificuldades.

Ele parou e olhou para mim. Seus olhos estavam sombrios, incertos, como se ainda esperasse que eu fosse brotar asas e voar. Escapar por entre seus dedos como o vento.

Decidi, naquele momento, que eu provaria que estava enganado.

Ele era irreverente e esperava apenas o pior dos deuses. Porém, eu ficaria ali, ajudaria ele e seu povo. Auxiliaria em sua era mais sombria até minha culpa ser lavada pelas boas ações, como sangue deixando um tecido. Até ele perceber que não podia me considerar farinha do mesmo saco que Thile, que Dacre e todos os outros deuses que viam os mortais como mero entretenimento.

— Esta é Matilda Inferior e Celeste — continuou —, arauto dos deuses. Ela e eu... reavivamos o afeto do passado e trocamos juras em meus aposentos, tornando-nos marido e mulher. Ela já salvou minha vida hoje, como prova seu vestido ensanguentado. Levou uma flecha mirada em mim, e eu só respiro e me apresento aqui diante de vocês hoje por causa dela. Ela é sua senhora de Wyndrift, e peço que a acolham, que a honrem e a amem como fazem comigo.

Eu não sabia o que esperava. O povo de Vincent se levantou e começou a aplaudir, até o salão ser tomado pelo som de centenas de palmas. Senti o ruído vibrar no peito.

Isto não é verdade, lembrei, enquanto Nathaniel trazia um cálice dourado de hidromel, com o maior sorriso no rosto. *É apenas teatro. Não há promessas nos unindo.*

Minha mãe me alertara que juras rapidamente poderiam virar algemas. Nossas lendas eram emaranhadas e atravessadas por divinos que seduziam e matavam seus esposos, apenas para devorar magia. Isso não me aconteceria, eu pensava quando menina; não seria o destino que Rowena tecia em seu tear.

— Beba, senhora — disse Nathaniel, entregando-me o cálice. — Beba, irmã. E que o rio a assuma como sua.

Tomei um gole hesitante. O líquido desceu, doce e ardido o bastante para limpar minha respiração. Eu não sentia diferença após beber, e Vincent foi o próximo a pegar o cálice, encostando a boca na borda dourada, no mesmo lugar de onde eu bebera. Ele engoliu a doçura, com o olhar fixo em mim.

Nathaniel pegou o cálice, se curvou e partiu.

O silêncio que tomou o salão era tão pesado que seria capaz de quebrar pedra. Vibrava em mim quando Vincent pegou meu rosto com as duas mãos. Meu coração pulou, em parte de choque, e em parte pelo toque inesperado. Ele se curvou para sussurrar em minha boca:

— Perdão, preciso beijá-la. Eles esperam testemunhar.

Não pude conter meu calafrio. Porém, tampouco me afastei.

Tínhamos nos beijado uma vez, naquele dia distante entre as samambaias. Como éramos jovens e inocentes, sem saber o que nos aguardava.

Dessa vez, Vincent não errou.

A boca dele encontrou a minha, casta e suave. Foi um toque educado, mas suas mãos continuavam a emoldurar meu rosto. Com o polegar, acariciou minha face, como se aprendesse a sensação de me tocar.

Eu sentia o mais leve gosto de mel na língua dele. Ele ficou tenso, perdendo o fôlego quando eu o segurei pela manga de cota de malha, mantendo-o por perto como faria uma amante. A armadura dele era fria junto a mim, mas, quando sua boca esquentou, parecemos derreter juntos, minha maciez contra as placas rígidas de seu aço. Ele emaranhou os dedos em meu cabelo, e o toque foi familiar, como se tivéssemos passado horas inúmeras nessa exploração.

Era, obviamente, puro fingimento.

Nós nos soltamos.

Ele abaixou as mãos, flexionando os dedos ao lado do corpo.

Eu não sentia mais frio. As sombras pareciam menos fundas e disformes, e a noite, menos comprida e estranha. Os três dias por vir pareciam menos temíveis.

Devia ser o efeito do hidromel.

O povo de Wyndrift tornou-se vivo, vibrante, comemorando o mais simples dos beijos, e eu lembrei a mim mesma que estava fingindo. Que, em breve, aquilo acabaria, e eu voltaria à minha vida, desenraizada, vagando pelos reinos com palavras nas mãos.

Porém, eu honraria aquela velha prece ensanguentada de Vincent, aquele peso no bolso. E podia apenas torcer para não o decepcionar outra vez.

XXIX
Veneno que cresce, bravio e belo

MATILDA

Eu esquecera duas coisas importantes sobre os mortais.

A primeira? Que a consumação do casamento na noite de núpcias era muito importante, especialmente em matrimônios por aliança.

A segunda? Que humanos precisavam dormir.

Quando Vincent e eu voltamos ao quarto na torre, era tarde. A chuva cessara, deixando para trás o ar úmido e grudento, e as nuvens se abriram em costelas, expondo a lua baixa e um punhado de estrelas. Estávamos a meras horas do nascer do sol. Ainda assim, eu não esperava ver as duas damas de companhia me esperando à porta para me ajudar a me despir. Não esperava que me lavassem e perfumassem novamente, que tirassem a rede perolada e desembaraçassem meu cabelo, que me deixassem vestida apenas em uma combinação translúcida. O cinto, que eu recuperara na ponte, permaneceu firme na minha cintura.

Vincent também foi auxiliado pelo irmão, que retirou sua armadura, peça a peça, a cota de malha e as botas, antes de buscar uma túnica limpa do guarda-roupa e nada mais.

— Durmam bem — disse Nathaniel com aquele sorriso malicioso e um brilho no olhar, quando as damas de companhia se curvaram e saíram atrás dele. — Veremos vocês ao amanhecer.

Vincent não disse nada. Na verdade, tinha cara de quem chupou limão.

— Boa noite — respondi, e Nathaniel fechou a porta, deixando-me a sós com Vincent, nós dois quase nus, com uma distância que parecia um oceano entre nós.

Passou-se um momento tenso. Ansiosa, deslizei o dedo em uma das pedras do cinto. Vincent me olhou e eu o olhei, e mil palavras pareceram se acumular em minha língua. Mil palavras, sem que eu conseguisse pronunciar uma sequer.

— Pode dormir na cama — disse Vincent, brusco. — Eu dormirei no chão.

— Ah, não será necessário — respondi, após pigarrear. — Eu não preciso dormir. Ou, se preciso, é muito raramente, e não será aqui. Pode ficar com a cama, e eu me sentarei junto ao fogo para pensar em tudo que seu tio disse hoje, e o que devemos planejar.

Para comprovar meu argumento, fui até a poltrona onde antes sentara e afundei no assento. Olhei para a lareira, vendo o fogo dançar.

— O que devemos planejar? — ecoou Vincent e, como eu esperava, seguiu-me, acomodando-se na outra cadeira. — Diga-me o que está pensando.

— Para começo de conversa, seu tio não tem intenção de bater em retirada. Ele usará estes três dias para armar um novo plano, que me leve em consideração. E eu não aceitaria dar a ele esse intervalo se não precisasse de meu próprio tempo de preparação.

— Preparação do quê?

Olhei de relance para ele.

— Amanhã, preciso ir ao subterrâneo e falar com Bade. Enquanto eu estiver lá, creio que você deva não apenas convocar seus próprios aliados, se já não o tiver feito, como também começar a evacuar as crianças, os idosos, os artesãos, os mais vulneráveis entre os que vivem aqui, e que não têm desejo, nem habilidade, para lutar. Transferi-los para um lugar mais seguro também será sábio no caso de um cerco. Seus recursos durarão mais para as pessoas que podem lutar, adiando ao máximo a fome.

— Eu não pensei em evacuar ninguém — confessou Vincent. — É difícil armar um cerco no castelo, devido ao rio. Por isso os Beckett construíram a fortaleza aqui. Se a ponte leste cair, ainda teremos a oeste para transportar mantimentos.

— Sim, mas é preciso considerar a possibilidade de alguém do lado oeste do rio se aliar a Grimald, cortando o fluxo de recursos — falei, e vi Vincent franzir a testa. — Você tem aliados? Se tiver, onde estão?

— Do lado oeste do rio — respondeu ele, sardônico. — Por isso não temo um cerco. As terras de Hugh de Delavoy são vizinhas às minhas. Ele lutou com meu pai e meus irmãos pela causa de Adria antes de Bade levá-la embora. Na época, eles eram como irmãos.

Ainda havia um toque de raiva na voz dele ao falar da decisão de Bade de levar Adria ao subterrâneo e salvar sua vida com a imortalidade. Uma lenda que se espalhara como enchente pela terra mortal quando Adria virara a deusa da paz. Eu mordi a língua, pensando que essa conversa precisaria ficar para outro dia. Porém, ainda assim veio uma lembrança, que tinha a ver com Adria e com minha primeira missão como arauto.

O momento em que eu vira Vincent, não em sonhos, mas no mundo real.

Havia dois estandartes heráldicos quando os irmãos dele chegaram à charneca, cansados e quebrantados pela guerra perdida. As flores brancas e o azul do rio dos Beckett, e outro, destacado e rasgado contra o céu.

— As três montanhas? — perguntei.

— Sim. É o brasão de Hugh.

— E ele jurou aliança a você? Fez uma promessa a *você* que não pode quebrar sem que você o libere?

— Ele fez um acordo com meu pai, que honro desde então. Ele tem permissão de cruzar nossa ponte sempre que necessário, mas, por isso, também deve nos ajudar a defendê-la caso sofra um ataque.

— Então não há juras feitas a você?

Vincent se calou. Aquilo me deixou inquieta.

— Onde está Hugh? — insisti. — Por que se ausenta? Onde estão seus soldados, prontos para defender a ponte?

— Grimald chegou ontem pela manhã. Assim que ele armou o acampamento, enviei uma mensagem a Hugh, nas mãos de meu mais ágil cavaleiro. Ele precisará de tempo para reunir os soldados e chegar, mas virá.

— Quer me enviar? — perguntei. — Posso entregar qualquer mensagem sua.

— Não.

Fiquei surpresa com a rapidez de sua resposta, como se ele a tivesse considerado.

— Quero você aqui — disse Vincent. — O recado que enviei já basta. Ele virá.

— Então tratemos da evacuação, pois deve começar assim que o sol subir. Aonde seu povo pode ir enquanto isso, para se proteger?

— O lugar mais próximo que me ocorre é Drake, o lar ancestral dos Delavoy.

Ótimo, pensei. Se o aliado fosse relutante, talvez sua opinião mudasse quando o povo de Vincent chegasse em busca de refúgio.

Vincent continuou:

— Quando você descer ao subterrâneo amanhã, iniciarei a evacuação para Drake. Sabe quanto tempo passará lá ou quando devo esperar sua volta?

Eu abanei a cabeça.

— Não. Mas devo voltar logo. Não demorarei mais de um dia.

O cansaço começou a me invadir, até eu lembrar nosso momento no salão. O banquete de casamento, e como — quando eu segurara sua roupa e me aproximara mais para o beijo — ele recuara.

— Peço perdão se o deixei desconfortável hoje — acrescentei.

— Ao que se refere?

— Durante nosso beijo. Eu não deveria ter puxado você. Não deveria ter me aproximado tanto.

Vincent suspirou e olhou para o fogo.

— Você não me causou desconforto. Apenas me surpreendeu. Não estou habituado a tais coisas.

— A ser tocado?

Ele olhou de relance para mim.

— Faz muito tempo, sim. E não pense que deixei de notar o mesmo em você, quando caminhamos em direção à ponte da Fúria.

Eu sabia ao que ele se referia. Ao momento em que tocara minha lombar.

Não lhe contei que a última mão que me tocara dessa forma fora possessiva, às vezes dura, ávida para arrancar meus segredos. Não contei que raramente dormia na presença de outra pessoa por temer que me matassem pelo meu poder, mesmo quando na companhia de um amante, e que repousar e me entregar por inteiro às mãos, aos olhos e à boca de outrem era uma vulnerabilidade que eu não podia arriscar.

Porém, com Vincent... Ele sempre fora gentil, até nos sonhos, quando a infância começara a derreter do corpo e, aos poucos, tomamos mais consciência de nós. Teria sido tão fácil para ele abusar de mim naqueles momentos, mas ele nunca o fizera.

— Seria agora um bom momento para praticar? — perguntei.

Ele me olhou por um momento tão demorado que achei que não tivesse escutado. Talvez eu só tivesse pensado, um eco do que desejava, até ele estender a mão para mim.

— Sim — respondeu Vincent. — Chegue mais perto.

Deslizei os dedos pelos dele. Quando ele me puxou, eu me levantei e andei até onde ele estava sentado. Sem dizer nada,

Vincent me convidou a sentar em seu colo, e eu me acomodei junto a ele, sentindo o calor de suas pernas se espalhar pela parte de trás de minhas coxas.

Eu me virei até olhá-lo de frente, com as bocas próximas, os olhos alinhados. Estiquei um braço ao redor de seu ombro.

— Me mostra? — perguntou ele, em um sussurro rouco que me arrepiou. — Me mostra onde tocá-la?

Engoli em seco e peguei a mão dele.

— Pode me tocar aqui — falei, conduzindo sua palma para meu ombro, para a sombra da clavícula. — E aqui — acrescentei, descendo seus dedos pelo meu braço inteiro. — E aqui também.

Posicionei a mão dele na minha cintura, logo abaixo do cinto. Vi ele olhar para baixo, encostando o polegar de leve em uma das pedras.

Tarde demais, notei que era o olho da guardiã.

— Que pedra estranha — comentou, estudando as sombras que lembravam cílios espalhados na pele pálida. — Parece um olho adormecido.

Eu soltei uma risada nervosa e puxei a corrente do relógio de sol, querendo distraí-lo.

— E é assim que marco o tempo quando estou em outro reino — expliquei, e meu plano funcionou.

Vincent pegou o relógio de sol e o admirou.

— Aqui, vejo a força do sol, e sei se é a aurora, o meio do dia, a tarde ou a noite. E este — acrescentei, pegando a outra corrente com seu orbe — é meu disco lunar. — Pus na mão dele o espelho que reproduzia as fases da lua. — Outra maneira de calcular o tempo.

— De onde veio isso? — perguntou Vincent, sem conseguir disfarçar o assombro.

— Os discos, do meu pai. O cinto, da minha mãe.

— E quem são seus pais?

Hesitei, percebendo, tarde demais, que ele me pegara em uma armadilha, como eu fizera com ele.

Vincent ergueu o rosto e encontrou meu olhar. Ele deixou escorregar os discos, que senti balançarem nas correntes.

— Não precisa me responder — acrescentou, voltando a mão à minha cintura, a combinação amassando sob seu toque —, mas eu gostaria de saber mais de você, Matilda.

Eu não sabia se tinha forças para contar tal história. Dos divinos dos quais eu nascera. Dos lugares onde estivera. Sorri, mas sem alegria, e comecei a passar os dedos pelo cabelo dele. Imediatamente, ele engoliu um gemido e fechou os olhos.

Aproveitei o momento íntimo para estudar seu perfil, as maçãs do rosto altas, a suave covinha no queixo, as cicatrizes finas na mandíbula. As manchas azuladas sob os olhos, causadas por noites insones, o traço orgulhoso do nariz e a ligeira ruga entre as sobrancelhas, como se ele as franzisse mais do que sorrisse. A curva irônica da boca.

Eu achava fascinante a aparência dele; como se, quanto mais observasse, mais histórias encontrasse nos detalhes. E me perguntei como cada inverno deixaria marcas nele, conforme envelhecesse. As cicatrizes, as rugas, as mechas grisalhas. As características únicas que eu raramente encontrava entre os deuses e as deusas, pois o envelhecimento físico entre nós levava séculos.

— Me conte uma história sua — sussurrou Vincent, abrindo os olhos.

Minha carícia suavizara seu corpo, sua respiração, mas seu olhar de aço ainda me penetrava.

— Eu sempre me perguntei onde você morava, após me deixar nos sonhos — acrescentou. — Para que lar retornava.

A pergunta inspirou um nó em minha garganta. Doía respirar, então desviei o rosto. Ninguém nunca me dissera algo assim.

— Minha mãe era a deusa Inferior do inverno, do fogo e da astúcia — contei, passando o dedo pelo bordado prateado na manga da túnica dele. — Meu pai é o deus Celeste do verão, das promessas e do crepúsculo.

Assim, comecei a contar fragmentos finos de meu passado. Cacos afiados, como se montasse um espelho estilhaçado. Que eu não soubera quem era meu pai, que vivera apenas no mundo inferior, que Bade fizera sua promessa de sal.

— Promessa de sal? — perguntou Vincent, interrompendo com delicadeza.

— Sim — respondi. — Ele prometeu me auxiliar, qualquer que seja o custo.

— Hmm.

Fizemos silêncio por um momento. Apenas o fogo crepitava na lareira, e foi minha vez de sentir os olhos pesarem quando os dedos de Vincent começaram a acariciar meu braço, seguindo o caminho da curva do cotovelo à clavícula. A manga da combinação caíra do meu ombro, e ele a deixou assim, desenhando traços lânguidos na pele.

— Você fala de sua mãe no passado. O que aconteceu com ela, se me permite perguntar?

— Ela foi morta por uma de suas amigas mais íntimas. Phelyra, deusa da folia e do dinheiro.

Sua mão parou, pesada.

— Perdão.

— Não há nada pelo que se desculpar.

— Há, sim. O que eu disse na ponte, sobre a deusa da folia. Me desculpe.

Acariciei o cabelo dele, o pedido de desculpas me trazendo um excesso de ternura, mas ele permanecia tenso de arrependimento.

— Você não sabia.

— Há quanto tempo isso aconteceu? Que você a perdeu?

— Há treze anos.

Ele devaneou. Eu via seu olhar vidrado, voltando no tempo.

— Foi há treze anos que eu a vi pela última vez — disse Vincent finalmente, e foi sua vez de juntar as peças, de tentar encaixar os fragmentos em uma imagem. — O que aconteceu após a morte dela?

— Precisei fugir para o reino Celeste e buscar santuário com o pai que não sabia de minha existência.

Vincent parou de respirar, de se mexer. Ele me olhou, vulnerável, e eu me enxerguei na lua nova de seus olhos. Meu reflexo, que não parecia de uma deusa, mas de uma mulher, impotente e condenada pelas circunstâncias que se desenrolaram ao seu redor.

Basta, pensei. Eu dissera demais, e me sentia terrivelmente vulnerável.

Eu me levantei do colo dele, agradecida por suas mãos me soltarem. Ele me permitiu me afastar, e andei até a janela, ainda entreaberta para a noite.

— Matilda — disse ele, também se levantando. — Eu...

Foi a leveza em sua voz, o toque de tristeza, que me deixou tensa.

— *Não* — interrompi. — Não se apiede de mim. Eu me tornei mais sábia após a morte de minha mãe, e mais forte na corte Celeste.

— E é isso o que mais deseja? Ser mais forte do que é agora?

Ele devolvia para mim a pergunta do *desejo*, e eu não gostei. Mantive o olhar fixo no mundo além do vidro da janela, o acampamento do barão cintilando do outro lado da lâmina ampla do rio.

— Sei apenas que não deixarei outro divino me matar, roubar minha magia e me jogar em desgraça no deserto — falei. — Eu não repetirei o destino de minha mãe.

Vincent fez silêncio, mas eu o escutava respirar. Sentia a distância entre nós. Meros instantes antes, estávamos tão próximos que sentíamos os dois corações, batendo como tambores no ritmo de nosso toque. De repente, uma fenda cindia o chão, mas eu não me arrependia. Eu nunca deveria esquecer que ele era mortal, e eu, não.

— É melhor você descansar — falei, olhando para trás.

Ele me observava; tive a sensação de que ele não desviara o olhar por um momento sequer.

— A noite logo chegará ao fim — acrescentei. — Eu ficarei de guarda.

Vincent obedeceu, assentindo.

Voltei a atenção para a janela e escutei ele andar até a cama. Quando ele afastou a coberta, soltou uma exclamação de surpresa.

— O que foi? Uma serpente? — perguntei, sem saber se mortais faziam esse tipo de brincadeira. Talvez uma antiga amante de Vincent estivesse com raiva e pusesse algo peçonhento no meu lado da cama.

— Não. Mas é um presente para você.

A intriga me atraiu.

Eu me afastei da janela para ver ao que ele se referia, e descobri um colar no travesseiro. Da corrente pendia um pequeno frasco de vidro, do comprimento de meu dedo mínimo, selado por rolha e cera dura, que continha um caule repleto de flores brancas.

Aproximei o colar da luz. Eu reconhecia a planta: eram as flores venenosas que Orphia uma vez fervera para minha mãe beber. Sua imagem estava bordada na barra de meu vestido de casamento. Estava tecida na tapeçaria da parede, as flores ocupando o rastro das raposas.

— Conheço esta flor — confessei. — Lá embaixo, chamamos de linguamarga, mas qual é seu nome verdadeiro?

— Júbilo-do-rio. Cresce apenas aqui na ilha.

Olhei para Vincent, do outro lado da cama.

— Que estranho.

— Gosta de lugares frios e rochosos, com tendência a inundação — respondeu ele, com um toque de ironia. — Assim como o povo que aqui vive. Mas, sim, os Inferiores adoram trocar pedras preciosas e lascas de obsidiana por punhados destas flores ou por garrafas de vinho.

Eu poderia até rir; ele não estava enganado.

— Agora devo usar este colar? — perguntei. — Como sua esposa?

— Sempre que alguém do outro lado do rio vem morar na ilha, seja por casamento ou opção, recebe um frasco de júbilo-do-rio para usar no pescoço — explicou Vincent. — Deve usar por um ano inteiro, pela passagem completa das estações, e isso torna a pessoa imune ao veneno das flores. Embora, como deusa, eu imagine que isso não valha no seu caso.

Estudei novamente as flores, cuidadosamente preservadas no vidro. Eu me sentia tola por ter provado o vinho de Vincent mais cedo, sendo que, naquele tempo todo, ele era imune ao veneno que crescia, belo e bravio, em sua ilha.

Decidi seguir a tradição e pendurei o colar no pescoço. O frasco pousou junto à minha falha, um peso agradável.

Vincent me observou com atenção sombria antes de baixar os olhos para a coberta da cama.

— Você sabia que eu também carrego um pequeno frasco aonde quer que eu vá? — perguntei, abrindo um dos bolsos.

O orbe de vidro jogava uma sombra azulada na palma da minha mão quando iluminado.

— O que ele contém? — perguntou Vincent.

— Nada.

— Então por que carregá-lo?

— É para o caso de alguém queimar para mim uma prece Celeste. Posso engarrafar a fumaça e transportá-la comigo.

— E você recebeu muitas preces? Quando no reino Celeste?

A pergunta dele me deixou tímida. Talvez eu sentisse minha idade, minha pouca experiência como deusa. Guardei o frasco azul no bolso e respondi:

— Não. Eu nunca recebi uma prece por fumaça.

Ele fez silêncio, como se não soubesse o que dizer.

É o momento, pensei. Eu deveria mencionar a prece dele. As palavras ensanguentadas. Deveria engoli-las em sua presença, para ele me ver me prometer a seu pedido. Porém, com o passar dos segundos, não encontrei coragem.

— Boa noite — falei então, voltando ao posto junto à janela. — Me desperte se algo acontecer.

Eu assenti, saboreando o ar gelado e a névoa que começava a subir do rio. Porém, eu estava ciente da presença dele, deitado na cama. Da respiração que logo mudou, revelando sua exaustão. Da rapidez com que adormeceu em minha presença, como se seus medos e temores diminuíssem na minha proximidade.

Não sei dizer quanto tempo passou enquanto eu esperava naquela janela. Pareceu ao mesmo tempo um mero sopro e uma estação inteira, mas, quando a névoa começou a se dissipar, entendi por que o ar me era tão agradável, e por que eu o inspirava com tanta profundidade.

Fumaça subia do acampamento do barão.

Eu me estiquei e espalmei as mãos no vidro molhado de chuva. Grimald e seus soldados queimavam preces. Vi os pontos de fogo, ardendo feroz através das horas mais sombrias da noite. Para quem oravam? Que divino Celeste ele tentaria trazer para a batalha contra mim?

Arreganhei os dentes, levando a mão ao pescoço, buscando o conforto da fita de minha capa encantada. Senti apenas a maciez da combinação, a corrente de prata, e a júbilo-do-rio no pingente, e me virei para olhar ao redor do quarto. Onde estava a capa? Pânico me atravessou até eu lembrar que humanos guardavam roupas em baús de cedro, e atrás daquelas portas de madeira inúteis que chamavam de *armários*, então andei, em silêncio, até o de Vincent.

As portas duplas rangeram em resposta quando eu as abri, e ali, pendurada entre as peças de Vincent como se finalmente estivesse sem seu devido lugar, encontrei minha capa.

Suspirei de alívio e a puxei do cabide.

— Não me dê um susto desses de novo — ralhei, mesmo sabendo que provavelmente fora Alyse quem a guardara.

A capa apenas esvoaçou em reação quando cobri meus ombros e a amarrei no pescoço. Eu não precisei comandá-la; o tecido foi de carmim brilhante a lavanda-escuro, me tornando invisível. Devia pressentir minha determinação, meus planos imprudentes. Eu não ficaria ali sentada, encolhida na torre, enquanto o barão tramava contra mim.

Olhei para Vincent. Ele ainda dormia, profunda e tranquilamente, e eu pulei a janela, tomando o caminho pelo qual antes viera. Desci a torre, o que era muito pior do que subir, pois as pedras estavam escorregadias da tempestade e o rio agitado emanava névoa.

Dessa vez, ninguém me viu.

Eu era apenas uma sombra na noite ao adentrar a água escura e salpicada de estrelas.

XXX

A fumaça das preces

MATILDA

A travessia do rio foi como a anterior — fria, escura, impiedosamente profunda. Porém, o leito de lodo macio sob meus pés, o movimento da correnteza no meu cabelo e a vibração da água na minha pele se tornavam mais familiares.

Saí na margem leste, onde observei o acampamento do barão. Um calafrio me percorreu, não pelo vento frio da noite, mas porque eu via os inúmeros rastros de fumaça subindo das barracas e dos pequenos braseiros. Eu sentia a fragrância de pergaminho e tinta queimados. O toque de desespero misturado a devoção.

Grimald de Englewood e seus soldados queimavam preces para um divino Celeste, e eu precisava saber qual era.

Comecei a me aproximar furtivamente, escondida pela capa.

O musgo estava encharcado, e a lama batia nos meus tornozelos. Segui pelas trilhas já fundas, notando meus arredores, até os mínimos detalhes. Os soldados estavam nas barracas, escrevendo em qualquer pedacinho de pergaminho que encontrassem ou reunidos em aglomerações soturnas ao redor dos braseiros, vestindo armadura enlameada e jogando preces nas chamas.

Não foi difícil localizar a barraca grandiosa de Grimald. Ficava no centro do acampamento, no topo da colina, oferecendo a ele um terreno nivelado e a vista para o rio, para a fortaleza

Wyndrift, e para o vale do outro lado, onde os corcéis pastavam e as forjas brilhavam.

Eu parei nas sombras.

Os painéis de linho da entrada esvoaçaram ao vento, expondo um vislumbre de Grimald. Ele estava de pé, a uma mesa baixa, olhando para o que parecia ser um mapa. Candelabros de ferro bruxuleavam a seu redor, derramando luz nos tapetes, na cama macia no canto, na armadura e na cota de malha penduradas em um manequim de madeira. Ele passou os dedos pela barba antes de encher um cálice de vinho e bebê-lo a goles febris.

Ele estava ansioso, impaciente, esperando as preces subirem.

Eu cheguei mais perto, atendo-me às sombras. Tomei cuidado com os soldados no caminho, para não roçar o ombro nos deles de passagem. Mantive meu corpo alto embrulhado na capa e, enfim, encontrei um canto escuro para me ajoelhar atrás da barraca do barão. Cortei delicadamente uma costura na lona com a pequena adaga que mantinha sempre em um dos bolsos, permitindo-me ver o barão com clareza.

Observei seu rosto, as rugas fundas na testa, o brilho cansado dos olhos. Aquele era ele, vulnerável; achava que estava sozinho e, portanto, deixava o medo transparecer. Minha presença na ponte o perturbara, mas eu sabia que homens desesperados tomavam decisões desesperadas.

Quem você está convocando?

Vento soprou pelo acampamento, sacudindo as barracas, atiçando o fogo nos braseiros, rasgando ainda mais a abertura entre as nuvens, até as estrelas parecerem cintilar de riso.

Era apenas o vento alísio do leste, mas parecia o prelúdio a uma chegada ponderosa, um modo de fazer os mortais tremerem e se curvarem antes da divindade caminhar entre eles. Segurei bem o capuz, para garantir que cobrisse meu cabelo. Prendi a respiração, escutando os sons do acampamento, onde caíra um estranho silêncio.

— Meu senhor, ele... ele *chegou* — arfou uma voz na entrada da barraca. — Devo trazer mais comes e bebes para os dois?

Grimald se virou. A postura dele se enrijeceu e ele passou a mão no punho da espada, embainhada na cintura.

— Sim — respondeu, mas sua voz falhou. — *Sim*, traga.

Continuei a observar de minha posição, à espera. Calafrios se espalharam pelos meus braços quando chegou a mim a fragrância de lírios macerados e grama. De ferrugem e vinho temperado e aquecido nas chamas.

Arfei de choque ao ouvir a voz arrastada e familiar.

— Soube que pediu uma audiência comigo? — perguntou Warin.

Ele estava na entrada da barraca, onde eu não o enxergava, mas via Grimald com nitidez. O barão se ajoelhou e abaixou a cabeça, deixando passarem três segundos completos antes de se pronunciar.

— Sim, deus do rio, do ferro e da primavera. Obrigado por responder com rapidez a nossa súplica.

— Levante-se — ordenou Warin e, embora soasse entediado, eu sabia da verdade: ele estava curioso para saber o que o barão tinha a dizer. — E diga-me que auxílio pede e por que convocou a mim, entre todos os deuses.

Grimald se levantou com dificuldade, curvado como se com dor nas costas. Enfim, fez um gesto gracioso indicando uma das cadeiras forradas em veludo, que ofereceu para Warin.

— Por favor, senhor, sente-se — disse, quando o escudeiro trouxe uma bandeja de bebida. — Posso lhe servir uma taça? Este vinho vem dos vinhedos do sul de Englewood, e é uma das melhores safras no mundo mortal.

Warin se sentou em silêncio. Finalmente, eu o enxerguei.

— Aceito uma taça — declarou, e suas vestes de poente eram tão vibrantes que faziam o ambiente parecer sem cor.

Grimald serviu duas taças de vinho do tom da meia-noite.

Warin aceitou a oferta, mas não bebeu imediatamente. Sua deferência provavelmente era para fazer Grimald suar ainda mais, e ele observou, de olhos semicerrados, o barão se sentar na cadeira à sua frente.

— Soube que sua negociação na ponte não ocorreu como o planejado — disse Warin, a voz quente de humor.

— Não, senhor — respondeu Grimald. — Havia uma... presença inesperada. Ela me pegou de surpresa.

— Hm. Sim, a arauto vem e vai como deseja, mas é inofensiva. Transporta cartas de amor e notícias que, quando entregues, já são antigas. Coisas que já aconteceram, e decisões equivocadas do coração. Ela não tem poder algum sobre o futuro.

Cerrei o punho até sentir as unhas machucarem a palma da mão.

— Pode até ser — respondeu o barão —, mas ela agora está casada com meu sobrinho. E eu...

Warin, que, infelizmente, decidira tomar um gole naquele instante, cuspiu seu vinho.

— Ela está o *quê*?

Grimald se sobressaltou.

— Eu... Ela se casou, senhor. Com Vincent.

— Você tem prova disso?

— Eles pareciam ser íntimos. Ela inclusive levou uma flechada por ele. Que deusa faria algo assim, se não por amor?

Observei Warin atentamente. As emoções ardiam nele, vívidas como o sol, e reconheci o brilho verde do ciúme, o calor branco da posse.

Ele recuperou a compostura. Porém, eu o conhecia bem; via que a raiva ainda puxava o canto de sua boca, dando a impressão de que tinha séculos a mais de sua idade verdadeira.

— Você não deve temer a arauto — insistiu ele, com a cadência polida. — Ela é jovem e inexperiente. Uma mera picada de abelha, se comparada ao corte da espada.

— Mas ela...

— Não quero mais falar de Matilda. Você me faz perder tempo. Diga, agora, por que me convocou para cá e me tirou de meu salão na calada da noite mortal. O que deseja?

— Eu desejo o rio — disse Grimald, ficando rouco. — Wyndrift e as pontes. Meu lar ancestral. É meu por direito.

— Então como você o perdeu?

Escutei, cansada, o barão explicar novamente sua situação. As mesmas palavras, a mesma emoção. O mesmo sentimento sobre a lei da herança do primogênito. A suspeita de que Vincent não era de sangue Beckett, e sabiam-se os deuses que não podíamos aceitar uma coisa dessas. A tentativa de Grimald de recuperar a fortaleza dez invernos antes, sem sucesso.

— Interessante — disse Warin, espantando uma mariposa que ousara voar mais baixo. — Pede, então, o meu favor quando chegar a hora da batalha. Se eu apoiar sua causa, o que você me dará?

— O que deseja, meu senhor?

Uma pergunta precária para um humano fazer a um deus.

Warin sorriu e se esticou, aproximando-se.

— As pontes leste e oeste são muito impressionantes, não são? Na verdade, perturbam a correnteza do meu rio, interrompendo seu fluxo e permitindo que qualquer um passe por minhas águas.

— Sim. — Grimald percebeu seu erro. De repente, soou mais reservado; parou de beber o vinho e empertigou a coluna ereta. — Contudo, o senhor de Wyndrift pode recusar passagem.

— O que é um imenso poder.

— Realmente.

— Um poder que eu acredito que nenhum homem mortal deve deter.

Grimald fez silêncio. Eu o vi engolir em seco.

— É isto que eu desejo, barão — continuou Warin. — Este rio é meu antes de ser seu, e você pode cuidar dele sob minha supervisão, mas quero ser considerado guardião da ponte. Todos que a atravessarem devem me pagar pedágio.

— Pe... pedágio, meu senhor? Qual é seu preço?

— Para cada mortal que passar, eu exijo...

Warin se calou, bem quando um filete de vento sussurrou pela lona rasgada. A lufada suave agitou os mapas na mesa, ameaçando apagar as velas. Ele arregalou os olhos e abriu as narinas.

Fiquei paralisada de medo ao entender o que chamara sua atenção.

O vento carregara para dentro da barraca a fragrância de minha magia, borrifada como perfume no rosto de Warin. O cheiro de pergaminho, tinta e cravo. De água escorrendo na pedra e fumaça de papel queimado. Algo atraente e indescritível. Assim como eu o reconhecera sem vê-lo, ele também me reconheceu.

Ele olhou ao redor da barraca, me procurando nas sombras.

— Senhor? — chamou o barão, se ajeitando na cadeira. — Posso...?

— *Silêncio.*

Eu quase escutava os pensamentos de Warin. Ele estava tentado a cobrar meu empréstimo para me expor. Os chinelos nos meus pés. Eu não teria opção a não ser responder. Levantar e entrar na barraca, com os chinelos nas mãos, revelando minha presença.

Fuja.

Engasguei com meu coração. Meu icor começou a vibrar, quente de alerta.

Fuja.

A hesitação me custou.

Um segundo depois, os olhos de Warin encontraram o rasgo na lona.

A dureza de sua expressão se suavizou quando ele riu baixinho. Sacudiu a cabeça, abrindo um sorriso até entortar sua beleza.

Recuei, mesmo sabendo que a capa me escondia dele. Porém, Warin ainda pressentia minha presença. Ele sabia que eu estava à espreita, observando-o, escutando suas palavras.

— Meu senhor? — insistiu o barão, e olhou ao redor da barraca, como se também sentisse algo estranho. — Está tudo bem?

— Está, sim — disse Warin, deixando o vinho de lado com um floreio exagerado. — Porém, temo que tenhamos que concluir esta conversa em outro momento.

— Ah? Espero que não o tenha desagradado.

— Não tem nada a ver com você. Não, eu fui chamado a uma caçada.

O anúncio de Warin me atravessou como um caco de gelo. Ele estalou os dedos e uma aljava apareceu a seu lado, assim como seu arco de teixo predileto. O mesmo arco com que me derrotara em desafio muito tempo antes.

Bade um dia me aconselhara quanto à hora de lutar e à hora de recuar. Meus pés doeram quando me ergui; os chinelos do rio estavam mais apertados, mais pesados.

Desatei a correr.

XXXI
Clamor por santuário

MATILDA

Um dia, minha mãe me ensinou a nunca fugir de um deus.

Eles sentem atração por aqueles que não podem ter, aqueles que os temem ou os odeiam.

E, embora gostem de uma boa perseguição, de uma caçada vigorosa para avivar o rubor da face e o fogo no icor, ficarão apenas mais furiosos e perigosos caso a presa se prove mais ágil e deles escape.

Quantas vezes ignorei os conselhos de minha mãe?

Muitas, muitas vezes.

Eu sabia que era mais rápida do que Warin. Sabia também, contudo, que o rio respondia a ele, e o rio era meu caminho de volta à torre de Vincent.

Corri pelo acampamento, a respiração ardendo no peito. Eu me recusava a olhar para trás, mesmo sentindo Warin em meu encalço. Ele emergiu ruidosamente da barraca do barão. Seus passos batiam com força na terra, fazendo a lama estremecer.

Matilda, me chamou, sua magia encontrando a minha com facilidade — ferro e primavera e rios, perseguindo palavras aladas. Como se soubesse exatamente onde eu estaria. *Por que foge de mim?*

Disparei pelas últimas fileiras de barracas. Uma trilha sinuosa na qual quase tropecei. Que me dessem espaços amplos e vastos. Que me dessem as ondas sem fim da charneca, a extensão onde a terra encontra o céu, onde eu poderia me desfazer. Poderia voar. Poderia escapar de qualquer deus, até de Shale.

Se ao menos eu tivesse aquilo ali.

A margem logo surgiu; a beira do rio cintilava, lambendo as rochas como se sussurrasse para mim: *Corra. Mais rápido.*

Eu estava preparada para me arremessar nas profundezas, deixar que me engolisse por completo, quando a água se abriu em fios de espuma, expondo lama salpicada e juncos partidos. Eu parei, derrapando, e admirei a cena, impressionada. Quando tentei adentrá-la outra vez, a água se recusou a tocar-me, recuando como a maré.

— Ah, *aí* está você — disse Warin, aproximando-se por trás. Eu sentia a distância entre nós diminuir, com um calafrio na nuca. — Achou mesmo que poderia atravessar meu rio sem que eu soubesse? Venha, quero falar com você.

Dei um passo para o lado, em uma área de grama murcha. Quando olhei para Warin, notei que ainda não me discernia plenamente. Varria com o olhar o lugar que o rio lambia sob seu comando, embora eu já tivesse me afastado três passos dali.

Ele tirou uma flecha da aljava. Meu coração parou de bater quando o vi encaixar a flecha no arco, a corda cintilando ao luar.

Warin não podia atirar no que não via, mas, se me acertasse, meu sangue deixaria um rastro para seguir. Eu não duvidava que fosse essa sua intenção, então me apressei em direção à ponte.

Eu poderia andar livremente na ponte da Fúria, onde ocorrera a negociação, assim como o barão e seus homens fizeram mais cedo em seu atentado fracassado, porém, depois precisaria enfrentar três portões. Três portões que teriam que ser abertos sob meu comando para que eu chegasse à segurança da fortaleza. As palavras de Vincent voltaram à minha memória.

E sob circunstância alguma devem levantar o portão, a não ser por comando meu.

Eu não sabia se os soldados levantariam o portão para mim, mas tinha que acreditar que honrariam meu clamor por santuário, por mais improvável que parecesse.

Isso se sequer erguerem o rastrilho, pensei.

Com dificuldade para respirar, corri para a ponte da Fúria.

O rio me expôs, se espalhando quando disparei pela margem. Escutei uma flecha acertar o chão atrás de mim com um baque. Outra passou zumbindo pelo meu cotovelo.

— Eu mandei não correr — gritou Warin. — Mas eu adoro um alvo em movimento.

Olhei de relance para trás, e vi que ele me seguia, não correndo, mas em passos ágeis. Ele olhou para a ponte e uma risada fria escapou de seu sorriso torto.

— Ah, você acha que os mortais levantarão este portão para você — disse ele, encaixando outra flecha no arco. — Há muito tempo não me divirto tanto, Matilda. Talvez você possa pagar meu primeiro pedágio.

Ignorei sua provocação e, aliviada, cheguei à ponte.

As tábuas de madeira cintilavam com água da chuva. Névoa subia do rio. A luz do fogo na torre emanava um brilho fantasmagórico, como de estrelas cadentes pegas em uma teia, e o rastrilho e o portão da Fúria assomavam ao longe como uma bocarra sombria. Eu sabia que precisaria me revelar para o guardião me enxergar. Eu teria que tirar a capa, descamar a invisibilidade como pele velha.

Relutante, deixei o tecido cair. A exposição me causou um calafrio, como se a névoa do rio, faminta, afundasse na minha pele.

— Guardião! — gritei para a torre da Fúria, sabendo que as sentinelas me viam, pois eu notava o perfil de um arqueiro na janela, cujo movimento bloqueava a luz. — Pode erguer o rastrilho para mim? Apenas o bastante para que eu encontre santuário entre a grade e o portão.

Não houve resposta. Nenhum grito de reação.

Eu mordi a bochecha e estudei a grade de ferro do rastrilho e o portão assombroso logo atrás. Se pudesse me abrigar entre as duas partes — se o guardião erguesse o rastrilho apenas o bastante para eu passar —, escaparia do alcance de Warin.

— Matilda.

Eu escutava seus passos tranquilos quando ele chegou à ponte da Fúria. O ritmo suave de seus sapatos na madeira. Ele não tinha pressa para me alcançar; confiava que o portão não se abriria.

— Desçamos ao rio, meu bem — continuou. — Viajemos de vento ao meu salão, onde podemos conversar melhor.

Eu o ignorei, assim como a dor nos meus ossos, causada pelo frio e pelo medo, que estalava como gelo no meu corpo.

— Guardião! — gritei e, desta vez, não pude esconder o desespero rouco na voz. — Por favor, erga o rastrilho para eu encontrar santuário.

Novamente, não houve resposta.

Apenas um silêncio ensurdecedor. O sussurro do rio sob meus pés. A risada baixa de Warin, que via meu pedido fracassado na ponte.

— Talvez seu marido e seu povo tenham esquecido que você é sua nova *senhora* — disse ele. — Esse é o problema dos mortais, não é? Eles esquecem tão fácil. Eu teria aconselhado que você evitasse desperdiçar suas promessas com tamanho descuido.

Continuei a esperar, olhando as janelas da torre, onde se mexiam as sombras das sentinelas. Será que me responderiam? Por que seu silêncio era como uma faca afundando devagar no meu corpo?

Warin segurou meu braço e me puxou para trás.

— *Não* me ignore — disse ele, irritação partindo sua máscara perfeita. — Você deve saber, melhor do que ninguém, que não gosto de ser feito de bobo.

— Feito de bobo? — retruquei, escapulindo como um peixe da mão de Warin.

Eu não era páreo para sua força, mas ele não era páreo para minha agilidade. Dei três passos para trás, criando uma boa distância entre nós.

— Como assim? — questionei.

— Por que você queria os chinelos? Por que me usou para atravessar o rio?

— Eu não o usei, Warin.

— Ah, não?

A voz dele tomara aquele tom estridente e perigoso. O som quase me carregou pelo tempo, para nossa última briga na escada do solar. Quando ele me empurrara. Quando eu caíra degraus abaixo, arranhando a pele, manchando o mármore com sangue.

Minha boca secou. Tentei engolir, sem sucesso. Ao longe, escutei o vento alísio oeste chegar, soprando pelo rio.

— *Guardião!* — gritei pela última vez, me esquivando de Warin, que se aproximava.

Eu não ousava desviar o olhar dele.

Venha, pensei para o vento, preparada para viajar nele. *Rápido.*

Warin também notou a chegada do alísio. Ele guardou o arco e inclinou a cabeça quando a lufada se intensificou, bagunçando seu cabelo, e então pulou em mim, mais rápido do que eu jamais o vira se deslocar.

Não tive opção além de pular para trás, batendo com força na balaustrada. Eu me curvei, flexível como uma muda na tempestade, para evitar suas mãos.

Porém, minha esperança afundou como pedra na água quando Warin me pegou pela roupa e *puxou*, rasgando o tecido. Eu tropecei, caindo sobre ele. Ele me enlaçou com os braços, segurou com firmeza, e reconheci a derrota.

Não tinha aonde ir.

O portão não se levantaria; o alísio não vinha rápido o bastante para que eu esvanecesse.

Não havia santuário que eu pudesse pedir.

Considerei pegar o escudo do cinto. Fazia tempo que não o empunhava. Tempo que eu não lutava com ele.

Cerrei os punhos, com as palmas molhadas de suor. Warin me segurou, mantendo-me no reino mortal quando o vento alísio nos ultrapassou, emaranhando nosso cabelo.

Ele podia puxar o arco e atirar flechas em mim e alegar que era apenas brincadeira, mas, no momento em que eu empunhasse qualquer arma contra ele, mesmo algo simples, como um escudo, ele consideraria o gesto uma ameaça. Eu ansiava pela minha flecha de eithral, escondida em uma das pedras da lua. Minha mão doía de vontade de pegá-la — imaginava o choque que passaria pelo rosto de Warin ao perceber o que eu possuía —, mas, racionalmente, resisti, decidida. Não queria que ninguém soubesse que eu tinha uma escama. E, se a expusesse à luz, revelando tanto poder, precisaria dar um golpe fatal, sem hesitar.

— Quer chamar seu marido? — perguntou Warin.

Então, para me humilhar mais ainda, ele afundou os dedos no meu cabelo, puxando meu rosto para cima até nossas bocas quase se tocarem. Senti o cheiro do vinho doce do barão em seu hálito.

— Acredito que ele esteja assistindo à nossa dança lá da torre — acrescentou.

Meu coração acelerou ao imaginar, entrando em um ritmo agudo e insuportável. Deixei que pintasse em pensamento uma cena, que ardia como sal na ferida: Vincent à janela da torre, vendo eu me debater na ponte. Recusando meu santuário, mesmo que o implorasse.

Ele não gostava dos deuses, mas era difícil imaginá-lo tão frio.

E não pude resistir.

Olhei para as janelas iluminadas da torre, onde sombras ainda se mexiam. Busquei por ele, desesperada para vê-lo, embora também desejasse que não estivesse ali. Que ele ainda estivesse na cama, dormindo, como eu o deixara. Que não me visse tão fraca e derrotada.

Um grito partiu a noite: uma voz grave, sombria, me chamando da torre.

Warin aproveitou o momento de distração para me levantar no colo.

— Warin — sibilei, arranhando seu rosto, suas vestes. — *Espere...*

— *Você* virá *comigo* — declarou ele.

Tive apenas um segundo para inspirar — rápido e com dificuldade — antes de Warin me puxar com ele pela beira da ponte, afundando no abraço do rio.

TERCEIRO ATO

Saudade de algo que nunca conheceu

XXXII

Fogo abaixo d'água

VINCENT

Eu não estava sonhando, porque os tônicos que tomava toda lua nova suprimiam meus sonhos. Quando dormia, vagava por um mar vermelho, um lugar de descanso, sem pensamentos. Porém, essa calmaria se partiu como vidro quando alguém esmurrou minha porta.

Despertei de sobressalto e pulei da cama, embolado no lençol, com a vista embaçada. O fogo na lareira baixara, e a luz estava dourada e turva. Vi minha espada, apoiada na cadeira. Estava prestes a empunhá-la quando uma voz falou do outro lado da porta.

— *Senhor* — chamou Edric, arfando como se tivesse corrido. — Acabo de receber notícias das sentinelas. Há um problema na ponte.

Levei um momento para absorver as palavras. Para perceber que a deusa que estivera diante da janela, vestida em uma combinação tão fina que eu via cada curva do corpo quando a luz do fogo a tocava no ângulo certo, se fora.

Escancarei a porta.

— Cadê Matilda? — perguntei, brusco.

— Na ponte — respondeu Edric, com uma careta.

Era claro. Tolice minha pensar que ela ficaria parada, ao meu lado, enquanto eu dormia.

Com ira e pressa, vesti uma calça e enfiei os pés nas botas.

— Que ponte? — perguntei, prendendo a espada no cinto.

— Da Fúria — disse Edric.

Que conveniente que uma altercação dessas fosse ocorrer justamente na ponte mais distante de mim, aquela que eu teria que alcançar correndo. Eu rangi os dentes e desci a escada da torre a passos ágeis, deixando Edric, mais lento, para trás. Atravessei o saguão e o pátio da torre do Centeio. Fiz esforço para acelerar depois do primeiro portão, e então do segundo, na torre da Donzela.

Minhas botas golpeavam as tábuas de madeira da ponte em um ritmo que imitava meu coração acelerado. Ao longe, a torre da Fúria se erguia. Reconheci seu pilar em contraste com o céu noturno. As luzes piscavam e queimavam a bruma, como se me acolhessem, e eu estava quase na escada quando escutei os gritos frenéticos de Matilda para o guardião.

O desespero dela era penetrante.

Eu tropecei, ralando a mão na parede de pedra.

A dor passou enquanto eu corria porta afora, subindo de dois em dois degraus, minha respiração queimando os pulmões quando finalmente cheguei ao corredor das sentinelas. Meus arqueiros estavam posicionados à janela, com flechas encaixadas para atirar, mas de postura rígida e hesitante.

— Esperem! — ordenei.

Os arqueiros obedeceram, um deles recuando para me dar lugar na janela. Olhei através da névoa e da luz das tochas, fixando-me imediatamente em Matilda.

Um homem a imprensava contra a balaustrada.

Um homem, não. Um deus que reconheci.

— *Matilda!*

O nome dela me dilacerou; eu mal reconheci o som de minha própria voz. Porém, meu apelo chegou tarde.

Pasmo, vi Warin empurrá-la do parapeito para as profundezas do rio. Eles afundaram com estrondo e eu forcei a vista, à espera. Porém, eles não voltaram a emergir.

Eu respirei fundo, com dificuldade. O ar estava frio, mas não ajudou a aliviar o calor que se espalhava pelo meu corpo. Eu estava prestes a me afastar da janela, afundando as unhas no parapeito, quando uma luz fraca chamou minha atenção, mais além no rio. Algo que brilhava sob a superfície.

Observei aquele fogo abaixo d'água. Não estava distante do que chamávamos de Garra, na ponta mais ao sul da torre da Donzela, cujas correntezas infelizmente me eram muito familiares. Matilda estava lá — de algum modo, eu soube disso —, capturada pelo deus dos rios. Pelo deus do ferro e da primavera, que eu detestava.

— Senhor?

Recuei da janela. Não sabia que expressão tomara meu rosto, mas deveria ser terrível. Os arqueiros e dois cavaleiros baixaram o olhar imediatamente. Ninguém ousava se mexer nem falar.

— Sir Kenneth — chamei, e as palavras mais pareciam vapor, de tanto que meu peito queimava. — Era você o guardião desta noite. Diga-me o que ocorreu.

— A deusa chegou na ponte pela margem leste do rio, vinda da direção do acampamento de seu tio, como se surgisse da névoa — explicou Kenneth, um dos cavaleiros mais antigos de Wyndrift, cujo tom sugeria suspeitar de Matilda. — Ela pediu para levantarmos o portão, e honramos sua ordem, senhor. Este comando é exclusividade sua.

— Ela pediu para levantarmos o *rastrilho* — corrigiu Hyacinthe, seca. — Queria abrigo entre o rastrilho e o portão, pois Warin a perseguia.

Passei a mão pelo cabelo, sentindo arder a palma arranhada. A ordem fora minha, obedecida por eles. Foram as minhas palavras que impediram a segurança dela.

Tentei engolir a saliva, mas minha boca estava seca.

Meus pensamentos eram um redemoinho, pois eu não fazia ideia de por que Matilda estivera no acampamento de meu tio, nem por que não me alertara antes de sair. Embora a desconfiança de Kenneth não fosse injustificada, minha raiva tornou-se viva e indomável.

— Ela é sua senhora de Wyndrift — declarei, com a voz sombria e suave. — E agora foi levada, contra a vontade dela, por outro deus. Porque vocês não a protegeram.

— Ela é uma *deusa* — começou Kenneth, exasperado. — Senhor, ela não deveria necessitar de *nossa* proteção. Pode ter sido um estratagema dela. Ela pode estar mancomunada com seu tio, tentando nos convencer a abrir o portão enquanto o senhor dormia. Não considerou essa possibilidade?

Tive vontade de bater nele.

Pela graça dos deuses, me contive.

— Você nunca mais falará assim de minha esposa — ordenei. — Você a protegerá como me protege. Se ela pedir que levante o portão, você o levantará.

Kenneth corou, escarlate.

Eu passei por ele e segui para a escada.

— Senhor?

Hyacinthe veio atrás de mim. A armadura e a cota de malha dela cintilavam à luz. Ela estava pronta, preparada, como sempre, mas seus olhos cor de mogno pareciam suaves de preocupação.

— Aonde vai? — perguntou. — Precisa de auxílio?

Parei no topo da escada, brancura se espalhando pelos nós dos meus dedos de tanto apertar o punho da espada. Porém, o que era o aço frente à força do rio? O que era minha força, comparada à de um divino? Era terra, pó, sal e osso. Warin era feito de primaveras e constelações. De ouro e ferro derretidos, de vento eterno.

E, no entanto… eu conhecia aquele rio.

Eu o conhecia melhor do que ele, talvez, então continuei a descer.

— Vou à Garra.

* * *

O nome tinha um motivo simples: era um afloramento de rochas na forma de uma garra, brotando da base da ilha da torre da Donzela. As pedras criavam uma pequena piscina natural, que então levava ao coração sombrio de Wyndrift, onde a correnteza fluía para baixo.

Era o lugar onde meu tio antigamente amarrava nossa cintura e nos arremessava na água como boias. Eu e meus irmãos mais velhos. Nathaniel, felizmente, nunca tivera essa experiência. Nenhuma de minhas memórias ali era boa, mas não permiti que isso me detivesse.

Tirei a espada, as botas e a túnica, e entrei apenas de calças na piscina natural, gelada e cheia após a chuva. Eu ainda tinha o colete de mergulho encantado que Marcher encontrara: uma peça de couro que era leve na água e poderia ser amarrada a uma corda por segurança. Também tinha bolsos onde guardar pedras, o que parecia contraintuitivo para quem não desejava se afogar, mas era para isso que servia o encantamento. Não era raro que a magia desafiasse a lógica.

Garanti que os bolsos estivessem cheios de pedras antes de ajustar o colete no peito. Em seguida, atei-o à corda. A outra ponta prendi no anel de ferro que Grimald um dia fincara nas pedras. Dei-lhe um puxão, para garantir que não se deteriorara com ferrugem.

— Senhor, o que fará se encontrá-la? — perguntou Hyacinthe.

Ela era a única a me acompanhar até a Garra, embora eu soubesse que as sentinelas da torre da Donzela observavam de seus respectivos postos.

A pergunta era justa, e eu não tinha resposta. Novamente, senti a limitação de minha mortalidade. A dor dos meus ossos, a restrição da respiração. Eu não podia viver sem ar; não podia viver sem terra firme. Eu estaria por um fio. Porém, também não podia ficar parado, sabendo que Matilda estava capturada e submersa.

Cheguei mais perto da beira da piscina, sentindo a correnteza puxar meus tornozelos. O chamado das profundezas escuras. O pior momento era aquele, antes de pular.

— Se eu chamá-la — pedi para ela —, me puxe.

Hyacinthe assentiu. Porém, foi com o rosto tenso ao luar que me observou.

De olhos fechados, segurei a corda e apaguei meus pensamentos, como fazia com meus pesadelos ao dormir. Quando abri os olhos de novo, contudo, imaginei Matilda. Quantas vezes ela não me tirara da água?

Era verdade para mim, mesmo que eu dissesse o contrário. Mesmo que fosse apenas em sonho.

Eu mergulhei atrás dela.

Deixei a água me carregar como se eu não passasse de uma folha boiando na superfície. Porém, controlei a velocidade com a corda, mantendo o percurso lento e firme. Era parecido com o modo de meus irmãos descerem a montanha de rapel quando tentamos alcançar o eithral morto no cume, tantos anos antes.

Em pouco tempo, vislumbrei a luz cintilante muito abaixo de mim.

Soltei o que restava da corda, para afrouxá-la, e, imediatamente, as pedras no colete começaram a me levar para o fundo. A correnteza do rio era forte, e eu sentia minha exaustão ressurgir. Eu teria pouco tempo antes de precisar voltar, e seria a parte mais difícil da jornada — abrir caminho contra a corrente. Ainda assim, respirei fundo logo antes da superfície se fechar sobre minha cabeça, e segui a luz encantada.

Ali, a correnteza era mais forte, mas eu aprendera a me deslocar de modo a cortá-la, ágil como a brema que abundava no rio. O peso do colete também me carregou, rápido. Em pouco tempo, cheguei ao veio mais frio e escuro, que era também mais calmo, mais pesado. Meus ouvidos estalaram. Senti o ar queimando meus pulmões, bolhas desesperadas para escapar de minha boca.

Nadei até o mais fundo que ousei, de olhos abertos e fixos na luz.

Porém, não importava a força de meus movimentos, nem o quanto as pedras do colete me puxavam. Não importava que eu estivesse atravessado pela determinação para encontrar Matilda, que eu atravessasse a água como um raio de seda, gracioso mesmo no frio. Meu corpo começou a doer; meu sangue ansiava pela superfície.

E o leito do rio permanecia distante como a lua, como as estrelas. Algo que eu podia ver, mas nunca tocar.

Com a mão trêmula, puxei a manga do colete, tirando uma pedra lisa. Deixei que caísse da minha mão e desaparecesse nas trevas. Tirei outra, e mais outra, até deixarem de me pesar ou me manter suspenso na água.

Sem as pedras, comecei a ser levado pela correnteza.

Meus pulmões murchavam. Eu sentia as têmporas latejarem, alerta de que eu passara tempo demais ali embaixo. Que, independentemente do que eu acreditava — quer fosse Beckett ou não —, nem o sangue marítimo de minha mãe me salvaria ali.

Comecei a subir, tomando impulso pela corda.

Minha exaustão me queimava. De repente, quis fechar os olhos e desistir, afundar no esquecimento. Nas sombras serenas. Era o jeito do rio: se passasse tempo suficiente em seu abraço, ele tinha o hábito de niná-lo até dormir. Ou fazê-lo esquecer, pegá-lo pela garganta e penetrar seus pulmões antes que você notasse.

Desta vez, contudo, ele me soltou, como se soubesse que eu não era dele. Pelo menos, não naquela noite. Irrompi pela superfície, tremendo.

Boiei pelo que poderia ser um momento ou um ano inteiro — na água, não há tempo. O sol estava prestes a nascer, e eu observava o horizonte ao leste quando algo se enroscou nas minhas pernas. Eu me sobressaltei, chutando por instinto, mas aquilo me agarrara com tenacidade. Com um xingamento, estiquei a mão e puxei o objeto para a superfície, vendo que era a capa de Matilda.

Aquilo, então, eu podia levar para casa, e foi aí que reconheci. Senti a vasta extensão que nos separava — eu e Matilda. O mundano e o mágico. O mortal e o divino.

Não importava minha intenção de alcançá-la onde quer que ela estivesse, de esticar minha mão e pegar a dela.

Nos tocávamos apenas em momentos fugazes.

E poderíamos nos reunir em brevidade espantada, como a lua que cobria o sol a cada treze invernos. Um encontro que parecia tão feroz que a terra inteira notava sua sombra. Porém, não éramos feitos para viver unidos. Nem por fingimento.

XXXIII
Confronto submerso

MATILDA

Warin me arrastou até o leito do rio. Assim que chegamos ao fundo, ele me soltou, como se curioso para ver se eu fugiria de novo.

Dessa vez, não tentei escapar. Na água, eu seria lenta, mesmo com os chinelos encantados, e a escuridão era espessa e gelada, o piso, irregular. Eu sentia a inclinação do fundo do rio, a areia que imitava colinas ondulantes, a correnteza fazendo a superfície escorregar como neve nas charnecas.

— Por que você fugiu de mim? — perguntou Warin, quebrando o silêncio entre nós.

Abaixo d'água, a voz dele soava diferente: um pouco abafada, com vogais mais suaves. Fiquei aliviada por ele ter se acalmado, embora meus ombros continuassem rígidos, tensos.

— Você agiu como se precisasse de santuário — continuou. — Como se eu quisesse machucá-la. Tudo que eu queria era conversar com você.

Ele dava a entender que era tolice minha correr dele e de suas flechas.

Precisei me lembrar que meus instintos nunca se equivocaram, embora eu devesse saber que não encontraria santuário na ponte. Fora uma decisão imprudente, nascida do medo.

Toquei meu braço, no ponto em que ele agarrara. Seu aperto lembrava algemas de ferro, e eu sentia os hematomas brotarem na pele. Apesar do medo ainda pulsar dentro de mim, eu sabia como sobreviver àquele encontro.

Não devo entrar em pânico.

— Warin? Eu não o vejo. — Minha voz também estava alterada pela água, e emergia mais suave, mais contida. Tive a sensação de que poderia gritar até rasgar os pulmões, e o som se dissiparia em um sussurro.

O rio permaneceu escuro como a noite de lua nova até Warin murmurar e, das profundezas sombrias da água, emergir um cardume de peixes luminescentes. Eles formaram um círculo ao nosso redor, as barbatanas cortando o fluxo da correnteza e os mantendo em perfeita suspensão, como estrelas flutuantes. Admirei os peixes estranhos, tentada a tocá-los.

Minha capa, ainda pendurada na curva do cotovelo, estremeceu, como se para me desencorajar.

— Venha — disse Warin, virando-se. — Mais adiante, há um lugar para nos sentarmos.

Relutante, fui atrás dele, acompanhada pelos peixes brilhantes que emanavam sua luz. Passamos por um esqueleto e um pequeno cofre arrombado, com algas emaranhadas no interior. Um escudo com borda de aço ainda reluzente, um colar de rubis, e um elmo amassado, parcialmente enterrado na areia.

— Há muitas histórias aqui — disse Warin, bolhas escapando sempre que falava. — Enterradas neste leito. Às vezes, é de nos fazer questionar como os mortais sobreviveram tanto tempo.

Eu não respondi, mas concordava. Aquela estranha maré que me inundava ao ver os ossos, os resquícios de armadura, as peças da mortalidade, esquecidas na água... Quem fora aquela pessoa, o que acontecera para encontrar seu triste repouso ali?

Enfim, chegamos a uma parada.

Duas rochas grandes imitavam cadeiras, desgastadas pelo fluxo da água. Warin sentou-se na maior, que me lembrava de um trono, e eu me empoleirei na beira da menor, diretamente na frente dele.

Meu cabelo flutuava e se espalhava ao meu redor como tentáculos. Um dos peixes ficou curioso e desceu em disparada por entre os fios. Sua curiosidade quase me arrancou um sorriso.

— Do que queria falar comigo? — perguntei.

— Quero saber o que você está planejando — questionou Warin, olhando para mim como se lesse meus pensamentos. — Por que mais se uniria a alguém tão frágil? Um homem que não pode lhe dar o que você deseja?

Fiz silêncio, ponderando minhas palavras. Eu precisava tomar muito cuidado ao responder.

— Por que você acha que eu trocaria juras com alguém fadado a morrer? — retruquei.

Warin franziu a testa. Eu era uma língua que ele só sabia falar parcialmente; ainda lhe faltavam palavras e letras, apesar dos anos que passamos juntos. Ele me lia apenas em trechos.

— O que está escondendo de mim? — perguntou.

— Não escondo nada de você.

— Esconde, sim. Sempre pressenti em você esses segredos que guarda. Há mais dentro de você do que jamais me mostrou, por mais que eu quisesse que me deixasse entrar.

Prendi o fôlego, odiando as dores antigas que voltavam. Parecia que eu passava o dedo por um osso quebrado e cicatrizado. Um ponto que eu não sabia se ficara mais forte ou mais frágil após a fratura.

— Eu conheci Vincent há muito tempo. Antes até de conhecer você. É difícil assim acreditar que eu o quero para mim?

Tomei cuidado com o que dizia, evitando qualquer coisa que aludisse a *amor* ou *vulnerabilidade*. Qualquer coisa que pudesse tornar Vincent uma fraqueza a ser explorada por Warin.

Ele continuou a me observar, mas a tensão ia relaxando em suas feições, como as rugas de um pano amassado.

— Você deseja poder sobre o rio? — perguntou. — Sobre a ponte?

— Não — respondi. — É algo que você deseja?

Warin relaxou visivelmente, acomodando-se na cadeira. Ele estava aliviado por não querermos a mesma coisa.

— Eu assumi o poder dos rios nesta última primavera, como você já sabe. Desde então, pedi ao seu marido um pedágio, como me é devido, e ele se recusou a pagar — explicou, arqueando a sobrancelha e alterando sua expressão com a fluidez da areia sob nossos pés. — Demonstrei muita paciência com ele, mas, considerando sua insolência e recusa em colaborar, acho que me darei melhor com aquele barão inútil.

Engoli em seco. Isso, eu não sabia: que Vincent e Warin se conheciam. Que Vincent se recusara a pagar o pedágio ou conceder qualquer poder sobre a ponte para Warin.

— Você disse a ele qual seria o pedágio? — perguntei, tentando me acalmar.

Meu coração martelava no peito. Eu quase sentia o gosto de nossa ruína. Vincent nunca aceitaria um pedágio. Warin não desistiria até receber pagamento. O barão entrara em jogo, e não podíamos arcar com Warin como aliado dele.

— Você me conhece — disse Warin, abanando a mão. — Sabe que sou muito razoável, Matilda. Eu não pediria nada exagerado, nada que um mortal não pudesse pagar.

— Qual é o pedágio? — insisti, pensando que Warin, apesar de tantos séculos de vida, não entendia muito da humanidade.

— Ofereci três opções, dependendo de seu ofício.

— Quais são?

— Primeiro: uma porção da primeira safra. Devem me entregar um terço da produção, da colheita, do vinho. Não é um pedido absurdo. Mortais devotos já fazem tais oferendas em catedrais. A ponte me serviria de altar.

— A segunda?

— Uma porção de dinheiro. Devem me entregar um terço do ouro, da prata, das joias, do cobre.

Apenas um Celeste desejaria tal coisa.

— E a terceira opção? — questionei.

Warin sorriu. Eu não gostava daquela expressão. Da fome em seu olhar.

— Podem me oferecer seu terceiro filho. Viu, eu tenho misericórdia.

— Que misericórdia é essa?

— Não pedi o primogênito, que é herdeiro. Não pedi o segundo filho, que assume o ofício da família. Peço apenas pelo *terceiro*, que não tem tanta importância e, frequentemente, é apenas mais uma boca a alimentar.

Vincent era um terceiro filho. Tentei imaginar seu pai abrindo mão dele, apenas para atravessar um rio, e deparei com uma muralha nos meus pensamentos. Um impedimento tão sólido que eu não enxergava do outro lado; não podia ignorar como atiçava minha raiva.

— E o que você faria com tantos terceiros filhos? — perguntei, na esperança de ele não escutar meu nojo.

— Isso é segredo. Você perdeu o meu favor, senão já estaria ciente dos meus planos. Inclusive, já contei demais.

Ele me contara *exatamente* o que queria que eu soubesse, para que voltasse a Vincent e tentasse persuadi-lo a aceitar o pedágio. A manipulação de Warin chegava a me dar coceira.

— De início, achei tolice sua. Atar-se a ele — continuou, sem dar atenção a meu desdém. — Porém, agora vejo... que você é muito esperta. Ao deitar-se com o senhor, terá poder sobre a ponte. E ele estará morto antes que você tenha tempo de se entediar dele. Mas eu estou divagando. Fale com seu marido. Veja se pode convencê-lo do que é razoável. Eu serei aliado daquele que me pagar o pedágio, sejam vocês ou o barão.

— Quando você precisa da resposta?

— Em dois dias — declarou ele, e se levantou do trono submerso. — Vá, fale com ele. Você sabe como me encontrar.

Tendo dito isso, Warin murmurou para os peixes e interrompeu seu transe. As escamas reluzentes se apagaram, uma a uma.

Quando me levantei, o rio arrancou a capa do meu braço.

Tropecei, inspirando um gole d'água que entrou como ar, e estiquei a mão na tentativa desesperada de pegar a barra. Fui lenta demais. Devastada, vi minha capa sumir na escuridão da correnteza, e senti sua ausência como a ardência de um corte na pele.

— Que pena — disse Warin —, perder uma capa dessas.

Ao dizer isso, ele se foi.

XXXIV
Deixe estar

MATILDA

Quando emergi do rio, o sol brotava no horizonte e a névoa se dissipava. Desta vez, fui mais sábia e, em vez de abordar um portão, fui para uma das torres, e não a de Vincent, onde temia ser atacada outra vez. Eu estava cansada de flechas, então optei pela Donzela, devido à magia que vibrava em sua base. Sem fôlego, escalei a face rochosa até descobrir que havia apoios esculpidos na pedra, como se outros já tivessem feito aquele caminho antes de mim. Segui os indícios até uma porta escondida na parede.

Eu não a teria visto se não fosse metade Inferior, com talento inerente para localizar portais ocultos.

Bati na porta, pendurada nos dedos das mãos e dos pés, preparada para argumentar por minha entrada.

A sentinela que guardava aquela passagem me reconheceu. Ela abriu a porta sem dizer nada e me ajudou a entrar, até que me encontrei em um corredor iluminado por tochas, com o aroma de uma refeição pairando no ar. Estávamos perto do coração da torre — o salão octogonal, onde os soldados se alimentavam. Minha fome era terrível. Qual fora minha última refeição?

Eu segui o som dos talheres, o cheiro quente de alimento e o burburinho de conversas que poderiam me levar a dormir, de tanto cansaço. Porém, a exaustão diminuiu quando cheguei ao salão, feliz ao ver que era um lugar alegre e iluminado, como se em desafio às sombras da possível guerra. As paredes eram decoradas por tapeçarias estreitas e ervas secas. Capas pendiam de ganchos na parede. Mesas redondas transbordavam de vida, os soldados tomando desjejum sentados.

Levou alguns momentos para um deles me notar e, quando me viu, quase derrubou a tigela inteira de sopa espessa. Então fez-se silêncio, como se eu os tivesse encantado, e os soldados me fitaram com olhos arregalados de incredulidade.

Nathaniel foi o primeiro a se levantar, quebrando o gelo do desconforto. Eu nem notara a presença do irmão de Vincent, pois ele se misturava perfeitamente aos soldados.

— Senhora Matilda — cumprimentou, levando a mão ao peito. Ele usava uma túnica de lã cor de vinho e calças cinzentas. Uma espada pendia do cinto. As botas estavam lustrosas, polidas, e o cabelo castanho, parcialmente trançado, afastado do rosto. — Posso escoltá-la até o castelo?

Eu avancei pelo salão. Minha combinação estava ensopada, assim como meu cabelo. Eu gotejava pelo piso a caminho do balcão de serviço, onde uma janela interna dava para a cozinha apertada e abafada. O cozinheiro ficou paralisado ao me ver.

— Eu gostaria de saber se posso compartilhar desta refeição com vocês — falei para os soldados. — Não me recordo da última vez em que comi.

— Sim. *Sim*, é claro! — respondeu Nathaniel, entusiasmado.

Eu pressenti, contudo, que meu pedido o desarmara. Ele não esperava que eu dissesse aquilo.

— Cozinheiro, sirva, por favor, uma tigela de mingau para nossa senhora? — pediu ele.

O cozinheiro gaguejou — era difícil dizer se estava satisfeito ou assustado —, mas encheu uma tigela de madeira com aquele alimento chamado *mingau*. Então acrescentou um pouco de mel, além de algumas folhas verdes e macias e frutinhas de verão em conserva.

— Senhora — sussurrou, ao me oferecer a comida.

A mão dele tremia, e eu sorri ao aceitar a tigela.

— Cheira muito bem — comentei. — Acho que nunca comi isso antes.

— Aveia. Senhora — disse o cozinheiro, e corou, com uma careta. — Quis dizer que... é *de* aveia. Cultivada perto daqui, em nossos campos ao lado oeste do rio.

— Excelente. Estou animada para provar.

Quando virei para encontrar um lugar para me sentar, vários soldados se levantaram de uma vez, oferecendo seus assentos.

Eu sorri e aceitei uma das cadeiras e, enquanto mexia a aveia, vi Nathaniel fazer sinal para um dos soldados à porta. Um comando silencioso com a mão. O soldado assentiu e saiu discretamente, enquanto outro vinha trazer uma capa das que estavam penduradas na parede, para cobrir meus ombros com delicadeza.

A tensão se esvaiu de meu corpo quando senti o peso confortável no ombro, mesmo que não fosse a minha capa.

Comi a primeira colherada de mingau: era estranho, mas gostoso, e espalhava calor pelo meu peito ao engolir. Alguém me serviu um copo de água de cevada e, conforme a luz do sol irradiava pelo piso, esparramando-se das janelas estreitas, a conversava voltou ao salão.

Nathaniel se sentou ao meu lado, com a tigela de mingau pela metade.

— Posso perguntar de onde veio, irmã?

O termo me espantou, mas, estranhamente, eu o recebi com prazer. *Irmã*. Expulsava o resquício de frio da água e aquecia meu sangue como vinho.

— Do rio — respondi, e, por não querer falar do portão que não se abrira para mim, nem do preço da aliança de Warin, acrescentei: — Conte-me como é o dia na ponte. É frequente que você esteja aqui com as sentinelas?

— É, sim — respondeu Nathaniel, entusiasmado por meu interesse. — Meus aposentos são na torre da Fúria, mas sempre tomamos o desjejum aqui, na Donzela. O cozinheiro sabe dar bom sabor a qualquer coisa. E hoje será um dia atipicamente movimentado. Seguiremos a vigília e o treinamento de costume, mas, ao mesmo tempo, prepararemos a ponte para um ataque. Alguns cavaleiros receberam ordens de acompanhar a evacuação para Drake, cuja partida está programada para a nona badalada. Meu irmão pediu que eu fique para trás, então ficarei. Depois disso, nós...

Nathaniel se deteve. Não entendi o motivo até erguer o rosto e ver Vincent na porta do salão, olhando para mim.

A expressão dele era indecifrável, a postura rígida exceto pelo peito que subia e descia rápido, como se tivesse corrido até a torre. Ele tentava disfarçar seu ar ofegante, mas o rosto o traía. As faces estavam coradas, como se ele estivesse estado ao relento. O cabelo parecia mais escuro do que de costume, preto como tinta derramada, e notei que estava tão molhado quanto o meu. Água pingava das pontas, criando constelações na túnica que vestia, e eu só pude fantasiar sobre onde ele estivera, de onde vinha.

Eu o imaginei no rio, mas logo desconsiderei a ideia ridícula.

— Deixem-nos, por favor — pediu ele ao salão, em uma ordem ríspida que me preparou abruptamente para uma briga.

Os soldados obedeceram de imediato, seguindo a deixa de Nathaniel. Levaram as tigelas e os copos, acenando para Vincent ao passar. Até o cozinheiro partiu, até restarmos apenas eu e Vincent no salão. Fiquei onde estava, sentada e embrulhada na capa, e ele veio até mim, observando minha aparência deplorável. Ele parou do outro lado da mesa, o silêncio entre nós pesado e vivo.

— Se for escapulir na calada da noite — declarou, enfim —, pelo menos me acorde para me avisar.

Eu apenas o olhei, surpresa pela voz áspera de cascalho. Surpresa por ele estar tão chateado, pelas emoções se agitarem como tempestade dentro dele.

— Você esquece quem sou — respondi. — Como arauto, eu venho e vou como bem desejo. Porém, isso não é motivo para me acusar de algo que não fiz.

— Eu a acusei?

— Você achou que eu o tivesse abandonado.

— Nunca usei essa palavra.

O calor subiu pelo meu rosto.

— Sei que você é irreverente, mas por que duvidar de mim? Eu não vim enganá-lo, nem traí-lo. Não vim *escapulir* na calada da noite. A verdade é que... não pensei em despertá-lo. Apenas porque frequentemente estou sozinha, e não relato meus movimentos na tentativa de me proteger.

Algo que eu disse escoou a agressividade de Vincent.

Um suspiro demorado lhe escapou, e ele curvou os ombros. Apoiou a mão na barriga e me deu as costas, mas sua postura ferida não me enganou. Senti sua dor, sem saber se era física ou se vinha de outro lugar, talvez da memória.

— Perdão — disse ele, com a voz rouca. — Vê-la aqui, após imaginar que você tinha se afogado, agitou em mim uma emoção que não sinto há muito tempo.

Ele vira, então. Ele me vira cair da ponte com Warin. Ouvira meus gritos por santuário e os ignorara.

Isso não deveria ter importância alguma para mim. Não deveria despertar uma dor em meu peito. Porém, fui incapaz de sustentar seu olhar, e me virei para o mingau.

— Se tiver perguntas quanto ao meu paradeiro esta noite — falei, baixando a voz a um tom mais frio —, pergunte. Responderei com sinceridade.

Vincent puxou uma cadeira e se sentou nela ao contrário, do outro lado da mesa. Ele fez silêncio, como se ponderasse as palavras.

— Você esteve no acampamento de meu tio ontem à noite? — perguntou, enfim.

— Estive.

Contei, então, tudo que ocorrera. As preces queimadas que chamaram minha atenção, a travessia do rio, a invisibilidade da capa, as palavras que ouvira serem trocadas entre o barão e

Warin. Notei que a expressão de Vincent se fechou assim que pronunciei aquele nome: *Warin*.

— Você o conhece? — perguntei, já sabendo a resposta.

— Sim, e ele não é bem-vindo aqui.

Hesitei antes de dizer:

— Eu conversei com ele, embaixo d'água. Ele mencionou um pedágio. Há alguma chance de você aceitá-lo, mesmo que negocie valores diferentes? Menos pesados?

— Não — respondeu Vincent. — Por que eu daria qualquer coisa para um deus que não fez nada por nós? Que não nos protege, nem garante nosso bem-estar? Para um deus avarento, ardiloso e cruel, que acredita que merece o esforço de nossas mãos, o fruto de nosso trabalho? Os filhos que trazemos ao mundo?

As palavras dele atiçaram algo em mim. Uma sensação profunda, perturbadora. Que me fez olhar com mais dureza para meus semelhantes divinos — para minhas próprias decisões no passado.

— Discorda de mim, Matilda?

— Não — respondi, em voz baixa. — Ele é cruel. E avarento. E ardiloso. Porém, é como qualquer outro deus, acima ou abaixo. Tem suas forças e poderes, mas também suas fraquezas.

— E você é uma delas? — perguntou Vincent, sustentando meu olhar. — O deus dos rios a deseja?

A pergunta dele atingiu um ponto sensível em mim.

Eu me dei conta de que não aguentava olhá-lo. Meu coração acelerou, implorando para fugir, e eu me levantei para andar em círculos pelo salão. Eu ansiava pela vasta charneca, pela extensão solene do céu, pelo silêncio do reino subterrâneo, e parei diante da janela, saboreando o sol na pele.

— Certa vez — respondi —, há muito tempo, quando eu era ingênua e buscava meu lugar no reino Celeste, Warin me quis. Porém, não era por amor, nem mesmo desejo.

Vincent fez silêncio por tanto tempo que achei que não fosse responder, até escutar a cadeira arranhar o chão. Senti sua presença se aproximar, juntando-se a mim à luz do sol.

— Se o deus da primavera, do ferro e dos rios a perdeu... — disse Vincent, sua voz vibrando junto ao meu ouvido. — Ele é ainda mais tolo do que imaginei.

Um sorriso triste passou por meu rosto.

— Eu nunca fui dele para que ele me perdesse.

— Duvido, Matilda. Como ele a agarrou ontem à noite e a arrancou da ponte. Apenas um homem fraco, um *deus* fraco, faria algo assim. Ele ainda tenta segurá-la, mesmo sabendo que você já escapou de seus dedos.

Aquela dor no meu peito tornou-se mais vibrante.

A agonia cresceu, mais aguda do que qualquer flecha, e me virei para partir, desejando solidão. A pressa fez a capa escorregar dos meus ombros. Os hematomas tinham sarado, embora eu ainda pudesse identificar exatamente o lugar em que estiveram, onde pintaram minha pele de ouro. A roupa, entretanto, estava rasgada, e Vincent reparou.

Ele esticou a mão e tocou minhas costelas. O lugar que eu o ensinara a acariciar à noite, o lugar onde o pano estava rasgado. Eu não percebi o frio que sentia até sua palma tocar minha pele. Eu quase derreti, quase suspirei, ao seu toque.

— Ele a machucou? — sussurrou Vincent.

— Não.

— Olhe para mim.

A urgência em sua voz quebrou minha determinação em manter distância. Ergui o olhar para ele.

— Nenhum portão jamais lhe será barrado novamente — declarou. — Se comandar que abram, abrirão. Se pedir santuário, meu povo lhe oferecerá santuário. Esta noite, eu não consegui chegar a tempo. Ainda estava dormindo quando soube que havia uma comoção na ponte.

Eu não sabia o que dizer. As palavras de Vincent roubaram as minhas, com a promessa que me fazia.

Então, fiz a única coisa que me ocorreu. A primeira ideia que me veio.

Tirei do bolso de pedra da lua sua prece ensanguentada e a estendi entre nós.

Vincent a reconheceu. Eu senti sua tensão; a mão dele — a mesma que traçara aquelas palavras desesperadas — soltou minha cintura, enquanto ele me via desdobrar o pergaminho.

Matilda, me ajude.

— Você me escreveu isto há dez anos — falei. — Porém, recebi apenas recentemente. Eu teria vindo imediatamente naquela noite, assim que você me chamou, se esta carta me encontrasse quando deveria. Se eu não estivesse no reino Celeste.

— Agora, não importa — disse Vincent, mas o tom de sua voz mudara.

Ele estava resguardado outra vez, como eu, antes.

— Ah, importa, sim. O inimigo dessa noite distante voltou. Desta vez, eu responderei.

Abri a boca e pus o pergaminho na língua. Vincent observou, prendendo o fôlego. As palavras de tinta derreteram entre meus dentes. O pergaminho manchado de sangue virou leite, adocicado como se por mel, e eu o engoli de uma vez.

A prece se espalhou por meu corpo, preenchendo espaços vazios que eu não sabia existirem em mim. Por um momento, senti uma pontada de sua angústia. Desceu pela lateral do meu tronco, pela pele exposta pelo rasgo no tecido, antes de se acomodar como tutano em meus ossos.

Um vínculo se formou entre nós. Invisível, mas inegável. Um fio atando minha costela à dele.

— Qual — perguntou ele, com a voz pesada, como se também sentisse nossa união — é o gosto de minhas palavras?

— Pergaminho mofado.

Vincent pestanejou, franzindo a testa.

— *Como é?*

— Brincadeira minha, senhor. Suas palavras são doces, douradas. Leitosas.

— Não me dá mais segurança do que *mofado*. E não entendo por que você precisa comer as preces. Logo isso.

— Porque, agora, esta prece é parte de mim, como um dia foi parte de você — respondi, e poderia levar a mão à curva daquelas palavras, escondidas nas minhas costelas. — Alguns deuses devoram as preces apenas para sentir aquela emoção mortal, por mais efêmera que seja, ou para esmagar corações mortais por despeito. Porém, eu ponho sua prece na língua para mostrar que estou dedicada a você nesta provação. Eu me unirei a você, ao seu lado; não o abandonarei, não escapulirei na calada da noite, não o trairei. Eu lhe darei uma resposta, embora espere nossa vitória. E, se eu precisar partir, você pode se tranquilizar com o discernimento de que voltarei assim que possível.

Vincent desviou o rosto, passando os dedos pelo queixo, pela sombra de barba que crescera da noite para o dia. Minha declaração não causara a reação que eu esperava, e então me ocorreu...

— A não ser que prefira me libertar — acrescentei. — Sei que você não é devoto e que escreveu essas palavras anos atrás. Sei que mudou, como eu também mudei. Diga-me agora mesmo se deseja revogar esta prece. Eu farei o que você desejar, o que acreditar ser melhor.

Ele me encarou por um momento duro e demorado. Pela manhã, seus olhos não pareciam tão escuros, puxando para o cinza das asas das pombas. Ele estendeu a mão em concha e sussurrou:

— Como você me devolveria minhas palavras, caso eu as desejasse tê-las aqui novamente, em minha mão?

Engoli em seco e peguei a adaga da bainha de seu cinto.

Devagar, eu me recostei na mesa e apontei a lâmina para minhas costelas expostas.

— Terei de cortá-las — respondi, e estava prestes a abrir a pele até o osso quando Vincent me seguiu como uma sombra, como se seu corpo estivesse mesmo amarrado ao meu.

Ele parou entre minhas pernas Cobriu minha mão com a dele, detendo o movimento.

— Então deixe estar — falou.

— Já senti dor pior, se for...

— *Não*. Você não sangrará por mim novamente.

Eu me calei, mas sustentei seu olhar enquanto ele continuava parado acima de mim. Seu cabelo pingava água nos meus braços.

— Você me seguiu durante a noite? — perguntei. — Rio adentro?

Ele não disse nada, mas tensionou a mandíbula ao me soltar, antes de pegar a adaga de volta e guardá-la na bainha de couro.

— Estamos começando a evacuação — disse, evitando minha pergunta. — Mais pessoas do que eu imaginava anseiam por partir.

— Para Drake?

— Sim. Um grupo em ritmo vagaroso levará dois dias para chegar à fortaleza de Hugh, mas eu consigo voltar em um dia só e chegar a Wyndrift antes do fim do prazo de meu tio. Espero voltar com os soldados de Hugh.

— Então eu o encontrarei aqui, com meus próprios aliados — falei, imaginando apresentar Vincent e Bade.

Seria como a noite e o dia se encontrando, e me causou um calafrio. Eu me preocuparia com isso depois.

— Precisa de mais algo de mim? — questionei.

— Não — disse Vincent, e andou na direção da saída do salão, olhando para trás para acrescentar: — Nos vemos em breve. *Esposa*.

Eu o vi partir, aquela palavra — *esposa* — se dissipando no ar entre nós como a nota de uma lira.

Ele me dera o poder de erguer os portões, mas achei melhor sair pela porta. Decidi que era hora de encontrar a que estava escondida na torre. A porta que se abria para o lugar escuro e cintilante onde eu nascera.

O reino Inferior.

XXXV
Fios de cabelo carmim

MATILDA

Eu encontrei a porta pelo cheiro frio do reino subterrâneo. Não estava escondida em um porão, como eu esperava, e sim localizada em um pequeno quarto particular, bem no alto da torre da Donzela.

Não havia ninguém ali. Parecia ser um quarto abandonado, talvez de uma sentinela que morrera desde então, considerando a poeira e as teias de aranha. Janelas gêmeas esculpidas na parede deixavam entrar a luz rosada e a vista, voltada para a torre da Fúria e para o acampamento do barão na margem leste.

Uma cama estreita ficava encostada na parede, com lençóis e uma pele de lobo cobrindo o pé do colchão de palha. Havia uma mesa com velas de cera de abelha, um pequeno livro de baladas e um jarro vazio. Um guarda-roupa triste ocupava a outra parede, aberto devido à dobradiça quebrada.

A porta para o subterrâneo não era usada fazia tempo. Dava para notar, porque demorou a despertar enquanto eu caminhava pelo quarto, passando os dedos pelas paredes de pedra e argamassa, em busca de um batente, seguindo o gosto úmido e adocicado do ar subterrâneo. Quando a porta sentiu minha magia, enfim, ganhou vida. Uma pequena passagem arqueada, a maçaneta astutamente escondida sob uma pedra solta.

Acendi uma das velas e, carregando seu fogo, passei pelo acesso.

A porta se fechou, com um ruído arranhado, e me enclausurou nas sombras. Eu me encontrei no topo de uma escada estreita que descia pelas profundezas escuras. Os degraus eram íngremes e grosseiramente esculpidos, as paredes decoradas por pequenas opalas que cintilavam como dentes ao toque da luz do fogo. Teia pendia em camadas grossas do teto, e as respectivas aranhas me olhavam com irritação enquanto eu tentava passar sem rasgar os fios. Desci devagar e, quando cheguei ao fim da escadaria, minhas pernas estavam ardendo.

Não surpreendia aquela passagem estar abandonada. Dava em um covil perfeitamente circular. Era impossível ver o piso, coberto inteiramente por ossos e carne podre, exceto por um espaço bem no centro, onde dormia um cão enroscado.

Parei para observar a fera.

O cão era relativamente pequeno, revelando sua idade de filhote. Porém, ainda tinha tamanho suficiente para uma boa briga se eu o despertasse, e analisei sua pele translúcida, repuxada sobre os ossos, e o coração iluminado que batia rápido no peito largo. As patas compridas, as garras enormes. Ele tremeu, sonhando, e torceu o focinho ensanguentado, exibindo uma fileira de caninos brilhantes.

Procurei as fitas da minha capa, que não estavam ali, e o que encontrei foi a corrente com a flor de júbilo-do-rio. Ponderei se deveria tentar envenenar o bicho, sabendo que não o mataria, mas que talvez diminuísse sua velocidade, caso ele despertasse para me perseguir. Soltei o frasco e o deixei acomodar-se no meu peito. Algo me dizia que eu talvez precisasse do veneno outro dia, então comecei a abrir caminho devagar entre os ossos, passando longe do cão.

Cera pingava da vela, queimando meus dedos e endurecendo na pele. Porém, eu continuei silenciosa e tensa, até acidentalmente pisar em uma clavícula. O movimento provocou uma cascata ruidosa de ossos.

Fiquei paralisada, de olho no cão.

Eu só conseguia pensar nas cicatrizes de Bade, criadas no dia em que ele se colocara entre mim e os cães. Na dor que devia ter sentido, ao assumir aquelas feridas em meu nome.

O cão adormecido respirou fundo, enchendo o peito como um odre de vinho, mas não despertou. Para meu choque, continuou a dormir, e eu prossegui a passos discretos até a entrada do covil.

Apaguei a vela quando saí para o corredor, tentando me localizar. Eu não estava longe da minha própria toca, mas, a caminho da forja de Bade, notei que a névoa se dissipara. O ar estava parado, pesado de pó e silêncio. O único som vinha do fogo aceso nas arandelas da parede, e até ele dançava baixo, como se enfeitiçado.

A última vez que eu vira a névoa sumir fora quando Dacre me perseguira com os cães.

Parei de andar e prendi o fôlego, forçando os ouvidos. Não escutei uivos ao longe. Nem senti o tremor no chão inspirado pelos eithrais. O reino parecia um túmulo. Desatei a correr, com o coração entalado na garganta.

Não passei por ninguém — me sentia a única deusa viva — e, quando cheguei à forja de Bade, minha respiração era acelerada como as correntezas, meu suor como o orvalho. O que me impressionou de início foi o fogo apagado. Eu estava tão habituada a ver Hem na forja, iluminado pelo brilho eterno, movimentando os foles, batendo o martelo na bigorna, o cheiro de metal quente secando a garganta. Diante de mim só havia quietude; Hem não estava lá. Apenas brasas crepitavam na lareira, e eu corri até a porta de Bade, aliviada ao ver que estava entreaberta, o que me permitiu entrar sem dificuldade.

— Bade! — gritei, voando pelo corredor, minha voz ricocheteando ao redor, ou talvez fosse apenas a minha pulsação ecoando nos ouvidos. — Adria?

Entrei na sala de estar, olhando de uma parede à outra. Fazia tempo que eu não entrava ali, e o lugar tinha mudado. Estava limpo, organizado, arrumado. Os livros nas prateleiras eram ordenados pela cor da lombada, e tapeçarias coloridas do mundo mortal pendiam de traves. Armaduras e espadas também adornavam as paredes, penduradas em ganchos de ferro. Trepadeiras com pequenas flores azuis se espalhavam pelo teto, adentrando por uma rachadura. Havia tapetes malva no chão e duas cadeiras viradas para a lareira.

Foi aí que encontrei Bade, caído de barriga para baixo.

Atravessei a sala e me ajoelhei a seu lado.

— *Bade?*

Minha voz ficou rouca e eu apertei seu ombro. Precisei de toda a minha força para virá-lo. Ele estava inerte, pesado como uma mó, e um cálice tombou de seus dedos frouxos. Ele devia estar segurando o cálice ao cair — o vinho deixara uma poça escarlate que manchava o chão — e eu me preparei para ver sua falha destruída, seu coração arrancado.

Porém, não havia ferida alguma nele. Ele não estava morto, estava *dormindo*. Seu rosto estava leve, como se sonhasse com coisas boas. Sua respiração seguia um ritmo regular e profundo.

Permaneci ajoelhada a seu lado, olhando para ele, incrédula.

— Acorde — ordenei, sacudindo-o de novo. — Bade? Abra os olhos!

Estapeei o rosto dele até minha mão arder, até meus dedos deixarem um rubor em sua face. Sacudi os ombros dele com mais força ainda, como se estivesse em um navio balançado por uma tempestade. Aproximei a boca de seu ouvido e gritei insultos diretamente para ele — *acorde, seu deus velho, ranzinza, feio, eu já disse* velho? —, mas nada o despertava.

Medo me atravessou como uma lâmina enferrujada.

Meu aliado dormia, cativo do sono encantado. E eu não sabia acordá-lo.

Eu me levantei, com os pés formigando, e fui até o cômodo seguinte. O quarto dos dois, que se transformara em um espaço aconchegante. Ali encontrei Adria, também entregue ao sono, sentada à mesa. Ela estava escrevendo quando o sono a capturara; a mão manchada de tinta ainda segurava uma pena. Seu rosto estava apoiado na página de um livro aberto. Velas permaneciam a arder a seu redor, dourando sua face quando me aproximei.

— Adria? — chamei.

Ousei tocar o ombro dela, sacudir suavemente. Porém, ela estava como Bade — perdida nos sonhos. A primeira coisa que pensei foi: *Alva*. Rangi os dentes, preparada para voar até sua toca a fim de interrogá-la, quando duas coisas me chamaram a atenção.

A primeira era uma anotação elegante em um pedaço de pergaminho, amarrotado como se tivesse sido lido inúmeras vezes, ou guardado em um bolso. Eu me aproximei para ler melhor.

Rogo que meus dias sejam longos ao seu lado. Deixe-me fartar e satisfazer cada desejo de sua alma. Que sua mão esteja junto à minha, ao dia e à noite. Que nossa respiração se entrelace e nosso sangue se torne um só, até nossos ossos voltarem ao pó. Mesmo então, que eu encontre sua alma ainda prometida à minha.

Eu engoli em seco ao entender que Adria escrevera esse parágrafo, talvez quando ainda mortal. Quando era a Rainha Poeta, se apaixonando pelo deus da guerra. Pensei se seriam as promessas que fizera a Bade.

Eu estava prestes a me virar quando notei a segunda coisa. Era meu nome, escrito na letra de Adria.

Matilda Inferior.
Matilda Celeste.

Abaixo do nome, ela desenhara minha constelação de seis pontas. As estrelas do arauto, o falcão-peneireiro em voo. Eu não teria estranhado, se ela não tivesse traçado outra constelação de seis pontas diretamente abaixo daquela. De início, parecia um agrupamento aleatório de estrelas, até que, quando olhei melhor, vi que era um reflexo perfeito das minhas, como se duas partes se unissem para formar um desenho completo.

Doze pontas, escrevera abaixo do desenho, contando as estrelas de cima e também as de baixo. E então: *condutora de almas*.

Eu recuei, com a boca seca.

O que aquilo queria dizer? Eu me lembrei da história que minha mãe me contara um dia, sobre Orphia. A deusa da morte vira algo estranho no espelho de escriação no dia em que lera meu horóscopo. Porém, fazia anos que eu não pensava naquela história de ninar. Não tinha tempo para questioná-la agora, e deixei a toca de Bade e Adria, meu medo como um banho de óleo quente.

Segui o silêncio ensurdecedor até o salão, coberta de arrepios ao encontrar a corte inteira reunida e adormecida às mesas compridas. Espantada, abri caminho entre eles, olhando para meus irmãos Inferiores vestidos em suas roupas mais elegantes, de cabelo adornado com fitas e pedras preciosas. Estudei o banquete servido nas mesas, já frio e parcialmente comido, e as velas que tinham queimado quase por inteiro, atraindo mariposas das sombras.

Deviam ter adormecido durante o banquete de casamento, na noite anterior.

Talvez fosse algum efeito da comida ou um novo veneno no vinho. Talvez fosse obra de um Inferior frustrado com a chegada de Enva, ou um vassalo humano com sede de vingança. Porém, vi então que os mortais também tinham pegado no sono, cercados por bandejas caídas e vinho derramado. A teoria também não explicava por que Bade e Adria, tão distantes do salão, tinham sido afetados, então deixei para lá e me mantive atenta.

Achei que nada mais me chocaria, até ver o movimento de uma asa. Fiquei paralisada. Dois eithrais tinham sido trazidos das profundezas, os pescoços apertados por correntes ensanguentadas. Eles dormiam, como os deuses, as escamas refletindo a luz enquanto respiravam, de asas estendidas em repouso. Eram aterrorizantes e belos. Precisei desviar o olhar deles, que logo fixei em cinco cães, também ali. Dacre só levava as criaturas para o salão quando queria exibir seu poder e controle sobre elas, lembrar-nos do gosto do medo. Assim como o filhote no covil com que eu esbarrara, aqueles cinco roncavam, enroscados ao redor do estrado onde nosso senhor, no trono, dormia como o resto da corte.

Não consegui nem acreditar no que via. Na vulnerabilidade explícita daquilo tudo.

Devagar, como se atravessasse a maré alta, andei pela corte baixa, pela corte média, pela corte alta. Meus planos de encontrar Alva e ralhar com ela se desfizeram quando a encontrei também dormindo, o cabelo dourado espalhado como teia de aranha pela mesa, caindo no prato de comida. E ali, ao lado dela, estava Phelyra.

Eu me detive abruptamente, encarando a assassina de minha mãe.

A deusa do dinheiro, da folia, do inverno, do fogo e da astúcia também dormia. As pérolas trançadas em seu cabelo cintilavam sob a luz. Ela estava com o rosto apoiado no braço, e o vestido translúcido era de um tom de lavanda que combinava com sua pele pálida.

Fúria subiu pela minha garganta, dura como pedra.

Eu não conseguia respirar. Estrelas piscavam no canto da minha vista.

Estendi a mão e enfiei os dedos no cabelo decorado por pérolas para puxar a cabeça dela para trás e expor a garganta delgada. Com a outra mão, tirei do cinto a arma que ela própria criara. A escama de eithral, atada à vara da flecha. Cabia perfeitamente em minha mão. Trêmula, apontei a escama para o pescoço dela, para sua falha. Mesmo que eu me equivocasse e que a fraqueza dela fosse o coração, eu teria a oportunidade de atingir os dois pontos.

Como seria fácil matá-la, apagar sua mortalidade como a chama de uma vela. Como seria fácil enviá-la para o deserto, para se humilhar diante da guardiã, em desgraça, despida de poder e magia. Como seria fácil me vingar.

Contudo... hesitei.

Olhei para o rosto dela — sereno e leve, sem nenhuma ciência de que eu estava a instantes de matá-la. Ela nunca saberia, nunca sentiria a força de minha ira. Ela adormecera, e nunca despertaria.

Eu poderia matar todos eles, pensei, olhando pelo salão. Se eu desejasse mais poder, poderia roubá-lo sem disputa. Poderia me deleitar até o salão ser inundado por icor dourado. Poderia cortar o pescoço do próprio Dacre, tomar a magia dele para mim. Poderia jogar o cadáver dele do trono, e ocupar seu lugar.

Porém, essas ideias não aqueciam meu sangue. Não aceleravam meu coração, nem saciavam minha sede desesperada. Em vez disso, faziam eu me sentir vazia e seca, como se condenada a nunca mais me satisfazer.

Soltei o cabelo de Phelyra.

A cabeça dela caiu de novo, apoiada no braço.

Eu não a mataria, mas também não a deixaria como a encontrara.

Engoli em seco e peguei meu próprio cabelo. Cortei algumas mechas com a escama de eithral, tão afiada que o corte foi simples. Só então guardei a arma no cinto, onde a deixaria à espera de outro dia.

Eu amarrei os fios de cabelo carmim no punho de Phelyra. Eles brilhavam como uma pulseira de cobre, como um anel de sangue mortal na pele dela. Uma coisa era acordar com uma mecha do próprio cabelo. Era inteiramente diferente despertar e ver o cabelo de outra pessoa amarrado em seu punho.

Quando ela finalmente acordasse, veria e saberia. Saberia que eu estivera ali em seu momento mais vulnerável, quando sua morte poderia ser causada por minha mão, e que eu a poupara.

Eu a deixara viver.

E ela estaria em dívida comigo.

Não perdi mais tempo ali embaixo. Saí do salão, decidindo que deveria viajar para o reino Celeste, desesperada para garantir ao menos um aliado a tempo do conflito com Grimald se desenrolar na ponte. E quem sabia quando Bade acordaria? Quando qualquer um deles despertaria?

Logo antes de sair, porém, notei que faltava alguém na multidão adormecida de Inferiores. Alguém cujo trono no estrado estava vazio, que abandonara o próprio banquete de casamento.

Enva.

XXXVI
Quando as estrelas se apagam

MATILDA

Eu viajei no vento alísio do leste para o salão de meu pai no céu. Era um solar vasto, de pilastras e mármore branco que refletia as estrelas, com escadas que se estendiam e se bifurcavam como raízes, conduzindo a um labirinto de corredores, colunatas arqueadas e jardins. Ali, as nuvens pairavam baixo, encharcadas pelas cores do poente, e braseiros ardiam com chamas vermelhas-escuras, sedentas pela fumaça de preces.

Não fui diretamente ao salão, onde escutava a festa. Eu sabia que meu pai estaria lá, como a maior parte da corte. Bebendo, dançando, comendo, descansando. Tentando esquecer a partida de Enva.

Em vez disso, peguei a escada que levava ao último andar, onde meus aposentos particulares se encontravam, escondidos em uma ala mais tranquila. Eu não poderia aparecer diante da corte usando roupas íntimas mortais, rasgadas, amarrotadas e enlameadas, então rapidamente me arrumei com um vestido levíssimo, macio e branco como uma nuvem, com saias compridas que escureciam até um cinza azulado, cor de tempestade. Apertei meu cinto ao redor, mas senti que os braços estavam muito expostos. Pus dois braceletes dourados, guardei o frasco de júbilo-do-rio venenosa no bolso, e penteei o cabelo até cair em ondas apresentáveis, que chegavam à cintura. Enfim segui para o salão, na esperança de meu pai não dar falta de minha capa.

Como eu imaginava, a corte estava toda ali, no meio de um banquete.

Abri caminho entre as mesas baixas e as almofadas, passando o olhar rapidamente pelos rostos familiares. Eu buscava dois em particular: Shale e Enva. O primeiro era o único outro divino que me ocorria que poderia me auxiliar em batalha, e a segunda? Eu temia que ela tivesse jogado um feitiço de sono nos Inferiores e voltado para o reino Celeste. Se fosse o caso, a paz frágil que tínhamos acabado de travar entre os clãs se fraturaria, e, além disso, eu precisava saber como acordar Bade.

— Filha.

Eu me virei e vi meu pai encostado em uma pilastra, em parte à luz do fogo, e em parte no ocaso. O cálice dourado em sua mão estava cheio de néctar doce. Eu passara direto por ele, tão atenta à busca que nem o vira.

— Pai.

Abaixei a cabeça, mas senti uma pontada repentina no peito; por mais vontade que tivesse, eu não podia pedir por seu apoio. Ele não era meu aliado, apesar de nosso sangue compartilhado. Eu tampouco queria confessar-lhe que estava envolvida em um dilema mortal.

— Por que está aqui? — perguntou ele, e me olhou de cima a baixo, como se visse os hematomas e sentisse o cheiro de rio no meu cabelo. — Imaginei que estaria lá embaixo com Enva.

— Estava em serviço — respondi, o que não era mentira.

Se Thile acreditava que Enva ainda estava no reino subterrâneo, deveria ser o caso. Eu não imaginava que ele fosse escondê-la aqui depois de aceitar que ela partisse, e não tivera tempo de procurá-la por lá. Ela poderia estar em qualquer lugar no reino Inferior, explorando sozinha suas muitas rotas e recantos.

— Como foi o banquete de ontem? — perguntou ele, então.

Fiz uma careta, sabendo que não podia mentir.

— Perdi a primeira festa. Orphia me enviou em uma missão urgente.

— Foi para seu marido mortal? — questionou Thile, demoradamente, e eu fiquei paralisada, como uma corça na mira da flecha de um caçador.

Quando meu silêncio se estendeu, meu pai sorriu, uma expressão fria e afiada.

— Warin me informou — acrescentou — que você se uniu a um homem. Achei que eu a tivesse alertado para ir com calma, deixar seu poder crescer antes de se jogar no primeiro devoto que encontrasse.

Ele está longe de ser meu devoto, quis dizer, mas não disse, sabendo que apenas intensificaria o desgosto de meu pai. Quase confessei, também, que era apenas um ardil; que era evidente que eu não me unira a ele por jura alguma. Contudo, um alerta capturou as palavras como se fosse uma rede antes que escapassem de minha boca.

Eu não podia correr o risco de a verdade ser espalhada aos quatro ventos, a ponto de Warin saber e, por sua vez, compartilhar com Grimald.

E falando em vento…

— Você viu Shale? — perguntei.

Thile arqueou a sobrancelha.

— O que quer com Shale?

— Tenho um recado para ele.

Dessa vez, a mentira saiu suave como madeira polida.

— Ele não está aqui hoje; está fazendo seu percurso no mundo mortal. Porém, se tivesse um recado verdadeiro para ele… você já estaria ciente disso, não?

Meu pai sabia como minha magia funcionava. Quando eu tocava e assumia uma missão, ela me assumia também, e me conduzia até o alvo.

— O recado é *meu* — retruquei.

Thile apenas ergueu o cálice e tomou um gole demorado. Ele me observou por cima da borda dourada; sabia que eu estava tramando alguma coisa. Para provar, ele disse:

— Por que não se senta para o banquete? Aproveite seu tempo conosco antes de voltar para seu marido.

Eu tinha acabado de partir dali, mas o dia anterior já me parecia distante. Como ele mencionara Warin, olhei ao redor do salão, à procura dele. Ele não estava ali, comendo, dançando, nem bebendo, como era de seu costume. Era raro que ele faltasse a um encontro da corte. Eu não soube explicar por que isso tanto me perturbou. Eu queria manter o máximo de distância dele, mas precisava saber de seu paradeiro.

Finalmente, notei a presença de Luz, deusa da chuva e da colheita. Ela estava sentada a uma mesa, escutando as flautas e liras cuja música soava desafinada e sem graça sem o acompanhamento de Enva. Luz era amante de Warin. Ele a seduzira pouco depois de eu e ele terminarmos, e, embora eu e Luz nunca termos sido aliadas, o clima entre nós ainda era estranho.

Ela pressentiu minha presença e se virou para mim, de olhos escuros e semicerrados.

Imaginei que Warin não fosse estar muito longe dela, mas a encontrei sentada com o deus do mar, a deusa da malícia e alguns vassalos humanos.

— Tenho que ir — respondi para meu pai, desviando o olhar de Luz —, mas obrigada.

Não havia ali mais ninguém em quem eu confiasse implicitamente, que eu chamaria com alguma garantia de apoio caso a situação desmoronasse.

Eu saí do solar e desci a escada para chegar ao portal onde sopravam os ventos alísios, quando o próprio Shale chegou, para meu tremendo alívio. Alto e musculoso, com uma cascata de cabelo prateado, o rosto murcho como se em tristeza perpétua. Ele dava passos pesados, e sua barba comprida e fina tilintava com contas, como sinos de vento. Quem o julgasse pelas aparências o consideraria lento, velho e facilmente distraído. O pior tipo de aliado. Porém, eu não me deixava enganar. Ele era tão ágil quanto poderoso no reino mortal. Era afiado e esperto, como se vivesse duas vidas: um deus soturno e cansado no reino Celeste, e um deus apaixonado e astuto no reino mortal.

Ele levou um momento para perceber minha atenção e, quando me olhou, hesitou.

— Criança divina — disse, afetuoso, como se feliz em me encontrar.

Em sua estima, eu seria sempre aquela deusinha que correra pela charneca. Qualquer que fosse minha idade ou meu poder, para ele eu permaneceria uma eterna criança.

— O que a traz aqui? Cansou de seu marido mortal? — perguntou.

Eu esquecera que boatos ganhavam asas e voavam como as corujas da Fortuna pelas cortes. Como arauto, era estranho ser o foco das notícias, e eu suspirei. Sabia que era obra de Warin, que espalhava a informação para fazer eu parecer fraca e comprometida.

— Não — respondi. — Estava procurando por você.

— Ah. Está atrás de conselhos, então.

— Conselhos?

— Para assumir um esposo mortal. Não é um acordo dos mais simples. Eles envelhecem e morrem. Não podemos ter filhos com eles, pois seu sangue não se mistura ao nosso. Eles podem ser tão volúveis quanto nós, e igualmente dedicados. Podem violar promessas e juras, com muito mais facilidade do que nós.

— Sim — respondi —, eu já sei de tudo isso.

— Então presumo que tenha a sabedoria necessária para não confiar nele.

Eu hesitei, sem conseguir esconder minha carranca.

— Lembra-se de Julian? — perguntou Shale, de repente.

— Não. Este nome não me é familiar.

— É porque ele foi deus da profecia, muito antes de você nascer, e seu nome desde então foi apagado do registro histórico, e as lendas que tratavam dele, alteradas. A magia e as estrelas dele foram retiradas do céu.

Eu sabia aonde aquela história chegaria. Constelações só desapareciam da noite em uma circunstância, e eu engoli em seco, esperando Shale continuar.

— As lendas mortais dirão outra coisa, mas eu sei da verdade. Julian se apaixonou por uma mulher mortal, que ele acreditava que o amava também. Ela era uma princesa, poderosa, bela e talentosa. Também era muito sagaz. Julian não sabia que seu reino estava fadado ao colapso, a não ser que ela mostrasse força suficiente para matar um deus. Era exatamente o que ela pretendia fazer, e portanto o seduziu. No início, ele a visitava durante a noite, mas nunca pernoitava enquanto ela dormia. Ele partia quando ela sonhava, até que, certa noite, ela implorou que dormisse a seu lado. Ele estava cansado, então aceitou. Quando ele adormeceu, ela enfiou uma lâmina encantada em seu peito, e foi seu fim. Julian sangrou ouro na cama dela, e deixou o mundo dos vivos com um gemido.

Sustentei o olhar de Shale por um momento, me perguntando como a profecia antes existia no céu. Magia perdida. Estrelas apagadas por uma princesa mortal.

— Digo isso apenas para alertá-la para que tome cuidado — falou ele, enfim, e tocou meu ombro. — Eu odiaria vê-la sucumbir ao mesmo destino, criança divina.

— Não será esse meu destino.

Ele assentiu e começou a subir a escada. Eu me virei, elevando a voz para que me escutasse antes de adentrar a folia:

— Shale? É possível que eu precise de sua ajuda nos próximos dias. Se eu chamá-lo, você responderá? Você me ajudará?

Ele parou e se virou para mim, arqueando a sobrancelha.

— Isso tem relação com seu marido mortal?

Eu fiz silêncio.

Ele suspirou.

— Chame, e eu considerarei.

Com isso, ele seguiu caminho. Fiquei mais um momento ali, com as mãos geladas. Passar um sermão e aí recusar-se a prometer ajuda quando necessário? Contar uma lenda em que um deus é completamente esquecido, apenas por amar uma mortal? Nada disso deveria me surpreender.

São assim os hábitos dos deuses.

XXXVII
Filha do crepúsculo

VINCENT

O primeiro dia de evacuação ocorreu como planejado, embora eu esperasse que algo desse errado.

A manhã em que saímos em direção a Drake começou fria e fresca, mas deu lugar a uma tarde quente que nos levou a tirar as capas. A deusa do outono deixara sua magia transparecer até nas árvores mais teimosas, transformadas em ouro e carmim. Folhas revoavam na brisa, e varas-de-ouro cresciam em ramos volumosos à beira da estrada. Deixamos para trás o rio, voltados para as montanhas do norte à nossa frente, que assomavam em índigo contra o céu.

Eu saboreei a viagem como um homem que passara dias em jejum. Inspirei fundo aquele ar, guardando em mim a terra, as florestas, o musgo e o solo como se fossem alimento. Era tão raro sair da fortaleza no rio, que eu não resistia à tentação de descer do cavalo e caminhar, nem que fosse apenas para sentir a terra firme e forte sob mim. Não resistia à vontade de me abaixar e pegar um punhado de solo, vê-lo escorrer entre meus dedos.

Eu possuía mais hectares no lado oeste do rio do que no lado leste e, embora a maioria fosse de vargens e plantações cultivadas pelos meus fazendeiros, algumas áreas mais tranquilas sempre chamavam minha atenção. Casinhas aninhadas entre as árvores e colinas que subiam, ondulando, até as montanhas.

Minhas terras enfim deram lugar às de Hugh. A fronteira entre nossas províncias era marcada por um córrego que fluía, obstinado, em direção ao norte — mas, mesmo sem a água para marcar a divisa, eu saberia quando chegasse às terras de Delavoy. O domínio de Hugh era marcado por terreno rochoso no contraforte. Arenito, calcário e basalto. Seu povo minerava e enviava as pedras para o sul e o oeste de Cambria, para o extremo leste, até o rei na cidade de Oath, e para todos os senhores terra afora que quisessem construir castelos e muralhas. Era por isso que Hugh precisava da minha ponte: era a via mais rápida para transportar materiais para o outro lado do rio.

A procissão avançava em ritmo constante; a maioria ia a pé, mas tínhamos cinco carroças de mantimentos, e era nelas que os mais velhos, os mais novos e os enfermos viajavam, entre sacas de grãos, rodas de queijo e cestos de maçãs e outras verduras colhidas da horta.

Chegaríamos a Drake ao pôr do sol do dia seguinte, e eu transbordava de inquietação.

Fazia anos que eu não via Hugh, e ele não respondera a minha correspondência. Ele sempre fora simpático comigo, e eu o admirava quando menino, mas era possível que eu chegasse em sua fortaleza com uma comitiva de pessoas em busca de refúgio e ele nos mandasse embora.

Logo, o sol se pôs, e as sombras ficaram compridas e monstruosas. Estávamos próximos das terras de Hugh, e escolhemos uma área para acampar e passar a noite: uma campina em forma de meia-lua, na beira de mata cerrada. As árvores escondiam, como um segredo, uma casa decadente. Os últimos moradores tinham partido havia anos, e ninguém se mudara para lá desde então. Foi ali que dormiram os idosos e aqueles retirados da enfermaria, protegidos pelos muros de pedra, enquanto o resto de nós acampou na grama. O vento baixara em um sussurro, mas o primeiro brilho das estrelas trouxe consigo uma friagem que levou os cavaleiros a armar pequenas fogueiras.

Desarreei meu cavalo sob um galho retorcido de pilriteiro, vendo as pessoas se reunirem ao redor do fogo para comer pão e arrumar os sacos de dormir. Algumas crianças brincavam de pega-pega nos círculos de luz, sua risada um som doce que acompanhava o nascer da lua.

Será uma noite fria e longa, pensei, deixando de lado minha mala. Foi então que ocorreu a comoção.

Andei a passos largos até a clareira, levando a mão ao punho da espada. Se fosse um eithral, precisávamos apenas ficar paralisados até se esvair o resquício de sol, e se fosse…

Eu parei de repente.

Ali, andando pelo centro de nosso acampamento, estava Matilda.

Ela usava um vestido da cor das nuvens, de tecido macio e plissado, que fluía como água com seus movimentos. O cabelo caía ao redor dela em ondas suaves, vermelho-escuro à penumbra. As crianças de Wyndrift, já queimadas de sol, sujas de terra e cansadas pela viagem, dançaram a seu redor com alegria renovada. Algumas até puxavam as mãos dela, desesperadas por sua atenção.

— Senhora Matilda — cantarolavam. — *Senhora Matilda!*

Ela parou no meio do acampamento, sorrindo para as crianças.

Sua presença ali era uma surpresa; ela me dissera que nos reencontraríamos na fortaleza, e a ideia me aliviara — saber que ela estaria lá antes de eu voltar, para ajudar Nathaniel em caso de necessidade.

Matilda finalmente pressentiu meu olhar. Ela ergueu o rosto e me viu, encarando-me por cima da ondulação da grama. Ela tinha um talento impressionante para fazer alguém sentir que era a única pessoa no mundo, como se visse as camadas mais profundas da alma, que mais ninguém enxergava.

Eu estremeci — éramos apenas eu, ela e a noite crescente — até desviar o olhar, lembrando que tínhamos plateia. Engoli um grunhido. O povo de Wyndrift nos observava, de mãos unidas e olhos brilhantes de esperança. Até as crianças percebiam a energia invisível, e soltaram Matilda, recuando quando chamadas pelos pais.

Hesitei, sentindo-me como um osso deslocado da articulação.

Era o momento de fortalecer e tranquilizar meu povo. Estavam famintos, cansados e preocupados. Eu pedira que eles abandonassem seu lar e lhes dera uma incerteza atrás da outra. A ameaça do cerco borbulhava em nosso sangue; a garantia da batalha nos feria. Porém, havia uma deusa entre nós. Uma deusa que escolhera lutar por nós, uma deusa que meu povo acreditava estar unida a mim, jurada a mim.

Eu tinha pouca fé, mas, naquele momento, ao olhar para ela... acreditei que sairíamos vitoriosos.

Meu sangue esquentou; eu acabei com a distância entre nós, andando pelos rastros deixados pelas crianças na grama. As estrelas começavam a queimar; escuridão desabrochava pelo céu. Ainda assim, eu via Matilda, nítida e vívida.

O arrebol lhe caía bem, ali sozinha, à minha espera. Ela era filha do crepúsculo, afinal.

Quando a alcancei, deixei de lado minha hesitação.

Não me permiti tempo para dúvidas ou questionamentos. Entreguei-me ao meu corpo, e não aos pensamentos. Segurei o rosto dela com as duas mãos e a beijei na boca.

Se Matilda se surpreendeu, ela disfarçou bem.

Ela reagiu como se fosse aquele nosso plano, como se, dias antes, tivéssemos armado aquele momento exato. Subiu as mãos pela minha coluna, segurando minha túnica. Abriu os lábios sob os meus, lânguidos, mas cuidadosos.

Eu me deliciei com seu gosto.

Eu a puxei para mais perto, até sentir seu corpo junto ao meu. Havia apenas o vento, soprando por nosso cabelo, e a grama, roçando nossos joelhos. Havia apenas as estrelas, piscando acima de nós, e nossas bocas, uma explorando a outra com fome intensa.

É fingimento.

As palavras eram secas, estalando no fundo dos meus pensamentos como uma espada faiscando na pedra. Contudo, meu sangue corria pelo corpo, despertando uma dor em meu peito.

Ela foi a primeira a interromper o beijo, mas apenas para respirar, como se eu tivesse roubado todo o seu fôlego. Quando me fitou, foi com olhos escuros e lúcidos. Estava de faces coradas, lábios avermelhados pelo beijo. As pequenas pedras da lua de seus brincos cintilavam à luz baixa. Sua sobrancelha estava ligeiramente arqueada, como se me fizesse uma pergunta em silêncio. Uma pergunta que eu não sabia responder.

Algumas crianças comemoraram, seguidas por resmungos de um grupo de garotos.

O som me assustou e me trouxe de volta ao presente. Nosso beijo já era mais do que suficiente para manter as aparências, mas eu ainda peguei a mão de Matilda e entrelacei nossos dedos, e a conduzi de volta na direção das árvores.

Um dos cavaleiros terminara de cuidar do meu cavalo, que amarrara na campina para deixá-lo pastar com o plantel. Minhas malas estavam no chão, com meu cantil e meu saco de dormir, e tudo era breu exceto pela lanterna pendurada no galho, que derramava luz em nossos rostos.

— Achei que era para nos reencontrarmos na fortaleza — falei, pressentindo que algo dera errado. — Você conversou com Bade?

Matilda desviou o rosto. A confiança que eu sentira momentos antes começou a diminuir.

— Não pude falar com ele — respondeu ela —, então subi para falar com Shale.

— O deus do vento?

— Sim. Ele não me deu garantia, mas acredito que virá se eu chamá-lo. A presença dele é poderosa; será bom ter seu auxílio.

Eu queria acreditar, mas a voz dela tinha falhado. Ela estava preocupada, o que me fez cambalear.

— Tem alguma coisa para beber aqui? — perguntou Matilda.

— Tem. Meu cantil de água, ali no chão. E tem um pouco de comida nas malas, caso esteja com fome

Ela se ajoelhou na frente da bagagem e pegou o cantil primeiro. Fiz silêncio, me afogando em medos e dúvidas, até minha atenção se focar nela. Eu a vi inclinar a cabeça para trás e beber. Na pressa, a água escorreu pelo canto da boca, descendo pelo pescoço dela como gotas de chuva.

Ela engoliu, contente, e abriu a bagagem de couro, ficando subitamente imóvel.

— Matilda? — chamei, franzindo a testa.

— *Minha capa.*

A voz dela soou vibrante de surpresa. Ela pegou a capa da minha mala, onde eu a dobrara, para carregá-la comigo. O tecido cobriu o colo dela, de um escarlate tão vivo que parecia respirar. Ela ergueu o olhar para mim.

— Achei que a tivesse perdido — comentou. — Onde você encontrou?

— No rio.

Ela sustentou meu olhar, com expectativa, e quase com humor.

— E sim — acrescentei —, eu fui atrás de você.

Eu a segui, mas não a alcancei.

Matilda olhou para a capa, que acariciava.

— Obrigada.

— Eu tenho um pedido — falei, antes de perder a coragem.

— Qual é?

— Estou no segundo turno de vigília esta noite. Por enquanto, devo descansar, e gostaria de pedir que você se deitasse comigo. Sei que você não dorme. Não precisamos sequer nos tocar, mas acho que seria importante para o povo vê-la ao meu lado. Sua aparição deu um ânimo para eles que eu não via há muito tempo.

Matilda arregalou os olhos, surpresa, mas assentiu.

— Sim, posso fazer isso. Há outra coberta para mim?

— Deixe-me procurar.

Eu saí de entre as árvores, e Matilda me acompanhou, com a capa amarrada no pescoço. Encontrei outro saco de dormir em uma carroça e estendi para ela, e, juntos, escolhemos um lugar na beira do acampamento para estender as cobertas, lado a lado. Estávamos próximos o bastante para sermos vistos e admirados pelos outros, que começavam a se acomodar para descansar. Algumas mães contavam histórias para os filhos, e do cerne do grupo soaram as notas de um pífaro, espalhando uma canção de ninar onírica pela escuridão. Os cavaleiros de vigília protegiam o perímetro, em silêncio à luz das estrelas.

Eu me deitei primeiro, de lado. O chão era irregular, mas logo esqueci a pedra sob minha costela quando Matilda se deitou junto a mim.

Ela se acomodou de barriga para cima, com os braços atrás da cabeça, e olhou para o céu, com a expressão saudosa.

— Você estuda as estrelas? — perguntou.

— Quando era mais novo, tinha que estudar — respondi, pensando em todas as aulas que eu escutara, todas as constelações que decorara. — É matéria obrigatória para nós.

— É? Eu não sabia.

— É, sim. Sua constelação apareceu no céu pouco depois de eu nascer. Lembro que minha mãe achou que fosse um bom agouro. Se bem que as estrelas mais novas a surgirem no céu não foram as suas, e, sim, as de Adria.

— Quando vocês descobriram que as estrelas eram dela? — perguntou Matilda.

— Quase um ano depois de ela morrer.

Eu não gostava de pensar naquela época. Nosso mundo mergulhara em caos sem a orientação de Adria. Levara um tempo para os embates se acalmarem, para o rei retomar o controle. Para a terra não parecer mais ressequida e arrasada.

— Suponho que, de certa forma, Adria tenha vencido, afinal, apesar de não ser como esperávamos — continuei. — Quando ela se anunciou para nós como deusa, a paz finalmente voltou ao reino. Ela vinha jantar em nossos salões, tocar nossas feridas, escutar nossas dores. Era gentil e bondosa, até como divina. O que me fez começar a acreditar que, quem sabe, nem todos os imortais sejam cruéis e desalmados.

Matilda fez silêncio, ainda olhando fixamente para o céu, enquanto eu voltava meu olhar para a terra, para ela.

— Então ainda há esperança — disse ela.

— Do quê?

— De que, um dia, você não tenha uma opinião tão ruim de *todas* as divindades.

Ela aludia à outra noite. À nossa conversa em meu quarto, que ainda me fazia corar só de recordar o lampejo de mágoa em seus olhos. Quando eu não me pronunciara quando ela perguntara se eu tinha essa opinião dela, como de todos os outros deuses, exceto por Adria.

Antes que eu pudesse me redimir, contudo, Matilda perguntou:

— Você já desejou extinguir uma constelação?

— Matar um divino, você quer dizer? Não. Nunca.

Não acontecia muito, pois era um feito extraordinário matar um imortal. No entanto, já ocorrera, especialmente quando alguém com acesso a armas encantadas usava sua astúcia para enganar os deuses. Muitas baladas sobre essas glórias eram cantadas nos salões irreverentes.

Meu pai, mesmo não sendo o mais devoto dos homens, não gostava que contassem tais lendas sangrentas em Wyndrift. Acho que era por ter quatro filhos e não desejar de modo algum atiçar em nós uma sede tola por sangue. Por não desejar assistir à nossa morte prematura, nem que nos acreditássemos fortes e espertos o bastante para matar um deus, sendo que certamente não o éramos.

Em vez disso, observávamos as estrelas em buscas de sinais e agouros, para acompanhar os deuses. Embora as constelações revelassem certas notícias, não nos podiam dizer quando um divino matava outro, o que era muito mais frequente. Nesses casos, a magia do deus morto perdurava, cintilante no céu, apesar de mudar de mãos. Precisávamos esperar que a notícia passasse de um reino a outro, ou que as corujas da Fortuna nos visitassem em sonhos míticos.

— Quer saber o que eu desejo? — perguntei, ansioso para expulsar o ar pesado que pairava entre nós. — Você me perguntou na última noite, e eu me recusei a responder.

— Sim, eu lembro.

— Eu nunca disse isso para ninguém, mas sempre quis lavrar a terra. Ter uma pequena fazenda em algum lugar, escondida do mundo. Viver só, uma vida simples, sem guerra, sangue ou violência. Viver em sonho, suponho.

Matilda se virou para mim, esquecendo o céu.

— Uma fazenda como esta?

— Talvez. Esta casa precisa de consertos drásticos. Passou muito tempo abandonada.

— Precisa apenas de um novo telhado de palha. As paredes ainda estão firmes.

— E acho que faz tempo que não lavram esse campo.

Estiquei a mão e arranquei um punhado de grama, deixando escapar entre os dedos.

— É bom deixar o campo repousar — disse Matilda. — Você poderia plantar centeio aqui.

— E aveia — acrescentei.

— E ter um rebanho de ovelhas.

— Não entendo nada de criação de animais.

— Então terá que aprender.

Ela olhou nos meus olhos, curvando os cantos da boca em um sorriso. Eu gostava de estarmos sonhando a lado a lado, desta vez de olhos abertos. Ela fazia o impossível parecer ao meu alcance. Enfim, perguntou:

— Você viveria só? Não se sentiria sozinho?

Eu me sentiria sozinho, sim, mas respondi:

— Se encontrasse alguém com o mesmo desejo, pediria que ela ficasse comigo. E poderíamos envelhecer juntos. Poderiam me enterrar junto a ela quando eu morresse, e eu ficaria contente no além.

— Então espero que isso aconteça — sussurrou Matilda. — Espero que você a encontre.

Engoli em seco, sem saber o que dizer, e por que as palavras dela faziam meu peito apertar, como uma gaiola em colapso. Ela estremeceu sob a capa, e eu franzi a testa.

— Está com frio?

— Estou — admitiu. — Não sei por que o frio aqui me afeta. Não o sinto no céu, nem no subterrâneo.

Estiquei o braço e o passei por baixo das costelas dela. Eu a puxei para perto até meu calor poder aquecê-la, de corpos alinhados e pernas entrelaçadas. Lembrei-me daquele dia, tanto tempo antes, quando eu a agarrara com tanto afinco, temendo soltá-la sob as asas agitadas.

Senti aquele puxão inebriante entre nós, aquele fio que eu sentia sem ver.

— Posso perguntar uma coisa? — questionei.

— Hmm.

— Se você raramente dorme, como me encontrou em sonhos? Sempre supus que você também estivesse dormindo, que nossos sonhos estivessem se unindo.

Matilda se tensionou em meus braços. Eu me arrependi da pergunta quando ela recuou um pouco, mas foi apenas para me olhar.

— Eu li seus sonhos depois de eles acontecerem — respondeu. — Apenas uma vez eu estive mesmo lá, no momento.

Ela me contou dos pergaminhos de Alva, da surpresa ao se descobrir nos meus sonhos. Que, finalmente, descobriu como entrar em um dos meus pesadelos, embora não me explicasse o método.

— Qual sonho foi? — perguntei.

— Quando escalamos o penhasco até o eithral. Quando voltamos para o seu quarto e queimamos moedas Celestes.

Senti um aperto na garganta. Ela falava do sonho em que meu tio a levara embora e eu, paralisado e inútil, não pudera ajudá-la. Quando eu acordara apenas depois de me jogar da janela. Do sonho em que eu aprendera seu nome.

— Perdão — falei.

— Por quê?

Ela se acomodou junto a mim outra vez, até eu sentir sua respiração mesclada à minha. Encostou a mão no meu peito, passando o dedo ligeiro pelo bordado de minha túnica. Senti o toque ecoar pelos meus ossos.

— Por não ter ajudado você.

— Mas você ajudou. Acordou e me libertou. E, naquele dia, eu aprendi uma lição importante sobre os mortais.

— E o que foi isso?

Ela apoiou a cabeça em meu ombro, o cabelo comprido espalhado ao nosso redor.

— Que não posso confiar plenamente neles. Não posso permitir que me peguem, que me segurem.

— O que estou fazendo, então? — perguntei, com a voz áspera. — Por que me deixa segurá-la?

Eu me referia a meu braço, que ainda a envolvia em um gesto protetor. A minha mão, espalmada no quadril dela, como se a curva do osso se encaixasse perfeitamente ali. A nosso acordo, nosso ardil de casamento. Ao fato de fazermos todos acreditarem que ela era minha, e eu, dela, para salvar meu lar.

— Por que está arriscando tanto por mim? — insisti. — Não sou um desconhecido para você, agora? O que você ganharia ao meu ajudar, ajudar meu povo?

Esperei que as perguntas a expulsassem de meus braços. Esperei, tenso e retesado, senti-la se desvencilhar de mim. Eu me odiava por encorajar aquele afastamento, sendo que queria mantê-la por perto. Porém, era como tentar atravessar uma correnteza profunda, ávida para fechar-se sobre minha cabeça.

E eu sempre tivera medo de me afogar.

— Você não me é desconhecido — disse ela, parando as carícias e espalmando a mão em meu peito. — E sei que, se eu quisesse, você me deixaria ir.

Nós nos calamos, mas meu coração parecia uma criatura selvagem. Eu sabia que ela o sentia bater forte sob sua palma. Ordenei que ele se acalmasse, que meu sangue ficasse mais espesso, mais lento, para eu não me sentir tão vivo ao lado dela, tão incandescente de desejo.

Olhei para o céu, nomeando as constelações, até encontrar a dela: seis pontas brilhantes. Arauto dos deuses. O falcão-peneireiro em pleno voo.

Desejei que aquelas estrelas queimassem eternamente, pois não suportava imaginar que elas se apagariam um dia.

XXXVIII
Caçar os céus

MATILDA

Eu não dormi, deitada ao lado de Vincent. Gradualmente, ele relaxou o abraço, até eu saber que se entregara ao sono. A lua continuava sua jornada pelo céu e, finalmente, eu me levantei, escapando com cautela do peso do braço dele. Ele parecia tão jovem, tão vulnerável ao luar, o cabelo preto embaraçado na testa. Algo como uma teia de aranha repuxou dentro de mim, apertando os pulmões e dificultando minha respiração.

Eu dei meia-volta e me juntei aos cavaleiros na vigília do perímetro.

O acampamento despertou logo antes do amanhecer, espanando o pó dos sacos de dormir e arrumando as carroças enquanto os primeiros raios de sol apagavam as estrelas. Chegaríamos a Drake ao entardecer, e eu olhei para o norte, vendo as sombras escorregarem pelas encostas montanhosas. A luz nascente expulsava a escuridão do vale, dourando a estrada comprida à nossa frente como uma linha de cobre desfiada de uma tapeçaria. Logo adentraríamos as terras de Hugh, e eu me questionei sobre o aliado de Wyndrift. Torcia para que Vincent tivesse mais sucesso do que eu em reunir forças.

Bade inevitavelmente ocupou meus pensamentos.

Quando ele acordaria?

— Vou encontrar um cavalo para você — disse Vincent, tocando minhas costas ao passar por mim.

Dessa vez, não recuei. As mãos dele, seu toque, estavam se tornando mais familiares.

— Não há necessidade — respondi. — Prefiro caminhar.

Ele hesitou, enxotando uma família de donzelinhas da grama, e arqueou a sobrancelha em sinal de surpresa.

— Tem certeza?

Eu confirmei.

— Me dará a oportunidade de conversar com seu povo.

Ele não respondeu, mas notei que sua expressão, suave quando deitávamos juntos na grama, se tornara resguardada, imperscrutável. Seus olhos, porém, nunca mentiam para mim. Estavam distantes, brilhando de pensamentos e expectativa. Ele olhava para dentro, e para longe, e eu quase escutava a lógica: como seria difícil para o povo se passassem a me amar, se acreditassem na farsa de que eu seria eternamente senhora de Wyndrift, unida a ele por juras e também por amor. O que ele contaria quando acabasse a batalha e eu tivesse respondido a sua prece? Quando eu me fosse, levada pelo vento? O povo se sentiria traído por nossa mentira, nossa armação?

O custo me parecia justificado. Era o caminho da vitória. Eu não tinha pudor em mentir, ou em fingir, para vencer ou sobreviver.

Contudo, eu também vira aquilo outras vezes: como era difícil e complicada a vida quando as emoções eram mais intensas do que o esperado. Quando corações mortais se envolviam. E quando as crianças de Wyndrift me viram andar até elas, sua esperança e alegria brilharam novamente, como fogo na campina. Correram para mim, não com medo de meu poder e divindade, mas desejando se achegar como se eu fosse uma delas. Desejando pegar minhas mãos, chamar minha atenção e meus sorrisos. Que eu soubesse seus nomes, quem eram seus pais, seu ofício, a idade delas, que mito tinham aprendido nas lições.

Eram uma maré ao meu redor, e eu, uma ilha. Quando olhei para trás, vi que Vincent me observava. Ele rapidamente se virou para montar no cavalo, mas não antes de eu ver o desejo, a tristeza, passarem por seu rosto.

Começamos a caminhar estrada afora, e as crianças se mantiveram próximas de mim. As horas passaram rápido apesar da dor em nossos pés, da terra em nossa pele; elas ansiavam por me fazer perguntas e pedir histórias dos meus dois reinos. Eu respondia, compartilhando pequenas porções de minha vida lá embaixo e lá em cima, embora retirasse as partes mais amargas e mordazes. As caças, as mortes e as traições, a magia roubada, os mortais que juravam servir e nunca partir, e fabricavam objetos encantados.

Uma das crianças ficou fascinada por meu cinto. Ela bateu a unha em uma pedra. Obviamente, era o olho da guardiã, ainda dormindo. Fazia tempo que o olho não se abria por inteiro.

— O que as pedras da lua significam? — perguntou um menino. — Por que você as usa?

— Elas representam minha magia — respondi. — Também me lembram de casa. Da minha origem.

— Lá embaixo ou lá em cima? — questionou uma das meninas, que escutava atentamente todas as minhas histórias.

A pergunta me atingiu mais fundo do que eu gostaria.

Hesitei.

O menino então declarou:

— A casa dela é com a gente! Em Wyndrift.

Um coro de concordância soou entre as crianças.

Eu não respondi, olhando para além do balanço da caravana, para Vincent, que cavalgava na dianteira. Suas costas estavam rígidas, o cabelo preto comprido e solto, esvoaçando na lufada repentina do vento.

Um cheiro estranho tomou a brisa.

Minha intuição se aguçou quando a poeira girou em círculos, arrastando folhas caídas pela estrada. As sombras ficaram mais compridas, o sol da tarde baixando, e o ar logo foi invadido por um perfume carregado, de maçãs podres, pedra molhada e um toque de enxofre.

Eu conhecia aquele cheiro. Conhecia aquele frio.

— *Parem.*

Minha ordem soou bem quando uma sombra ondulou pelo chão, pairando acima de nós.

Ergui os olhos e vi uma eithral em pleno voo. As duas asas eram enormes, com as pontas rasgadas, e agitavam a poeira. O corpo escamado era como alabastro ao sol, refletindo a luz até doer olhar, e ela mantinha as duas pernas encolhidas junto à barriga, com garras compridas, curvas e manchadas de sangue.

Gritos brotaram da caravana. Pessoas começaram a se dispersar, correndo para a vala. Cavalos empinavam, as carroças balançando perigosamente, a ponto de virar.

— Não fujam! — gritei. — Fiquem onde estão!

As crianças ao meu redor escutaram e se agacharam, paralisadas. Tinham sido treinadas para um momento como aquele, e meu coração pesou ao compreender. Encontrei o olhar de Vincent outra vez. Ele seguia na frente da caravana; a pelagem do cavalo estava escurecida por suor nervoso, e o animal batia as patas e abanava a cabeça. Vincent encontrou meu olhar através do tumulto, e sustentamos juntos o momento de tensão. Foi tão breve quanto insuportavelmente demorado.

Em desespero, ele não teve opção além de apear e cobrir os olhos do cavalo com a barra da capa, até o animal parar de se agitar, trêmulo.

— Fiquem parados! — ordenou Vincent.

Parece tolice parar assim no meio da estrada, fingir-se de morto enquanto uma fera o sobrevoa, embolando seu cabelo, arrancando seu fôlego, jogando poeira em seus olhos.

As pessoas escutaram, mesmo choramingando e se encolhendo, mas os cavalos não tinham jeito.

Dois corcéis haviam derrubado seus cavaleiros e disparado para a proteção distante de um arvoredo. Outro cavalo se soltara do arreio, derrubando a carroça. Horrorizada, vi os mantimentos se espalharem pela estrada. Garrafas se estilhaçaram, derramando vinho como sangue no solo seco. Pão, queijos e frutas caíram nas valas. O cavalo solto avançou a galope, arrastando o arnês, e as pessoas não tiveram opção além de gritar e se jogar para evitarem ser pisoteadas.

Era movimento demais, caos demais.

A eithral deu outra volta no céu, atraída pela comoção na estrada. Eu a observei, segurando o fôlego, com as mãos geladas como se o inverno chegasse, sem convite, no recinto do outono. As asas elegantes do dragão abriam um caminho no céu, e esperei que a criatura mergulhasse e investisse. Quando ela desceu, eu me arrepiei; tinha certeza de que estava prestes a destroçar a multidão trêmula. Eu crescera ouvindo essas histórias, e estava a um instante de me jogar no caminho da criatura quando a eithral voltou a subir.

Eu a observei melhor, notando que mantinha as pernas encolhidas. Se tivesse intenção de matar, já o teria feito, e, embora continuasse a circular, guinchando em desafio ao sol, pressenti que não nos ameaçava, o que indicava que já tinha se alimentado. O sangue na barriga e nas garras da criatura era fresco. Além do mais, estava sozinha, o que pôs meus pensamentos em ação.

Parte do acordo de Enva para casar-se com Dacre era que ele interrompesse esse tipo de ataque. Ele já aterrorizara demais o reino mortal com seus eithrais e cães, e Enva cansara de cantar lamentos por tantas almas antes do tempo devido. Eu me perguntei se aquela criatura despertara do sono encantado no subterrâneo e subira, ou se já tinha fugido e nunca sido chamada de volta.

De qualquer modo, eu desconfiava que Dacre — se tivesse acordado — não sabia que um de seus bichos estava solto, ameaçando romper o elo frágil da paz entre Inferiores e Celestes.

Eu ainda estava de olhar fixo no voo da eithral quando ela seguiu para as montanhas. Não vi as flechas até elas choverem na estrada, afundando na terra com baques. Milagrosamente, ninguém se feriu, e eu me virei para ver o lampejo de movimento no arvoredo. Arqueiros de roupas escuras saíam a céu aberto com seus arcos. Era evidente que miravam na eithral, não na caravana, mas seus disparos tinham sido detidos pela brisa, salpicando a estrada e a vala.

Em questão de instantes, a radiância do sol voltou, encharcando a paisagem. As sombras recuaram. O vento baixou em um sussurro e calor se espalhou pelo ar, carregando consigo um toque de grama pisoteada e vinho derramado. Comecei a tranquilizar as crianças e ajudá-las a se levantar, antes de arrancar do chão uma flecha e estudar sua ponta.

Obsidiana afiada.

Não era uma flecha qualquer. Aqueles arqueiros sabiam ferir um eithral — que material perfuraria as escamas se atirado no ângulo correto —, e olhei novamente para o arvoredo. Vincent tinha retomado a montaria e cavalgava na direção dos desconhecidos. Eu o segui a pé, meus passos ágeis pelo chão.

Perdi o cumprimento, escutando apenas murmúrios indecifráveis quando o cavalo de Vincent parou. Contudo, cheguei a tempo de ver os arqueiros abrirem caminho para o senhor que emergiu por entre as árvores finas, sobre um cavalo paramentado com um caparazão de veludo de uma era esquecida. Tratava-se de um homem desgastado por muitos invernos, o cabelo castanho com mechas grisalhas, os olhos de um tom penetrante de azul, o nariz lembrando o nó no tronco de uma árvore. Ele usava uma armadura de aparência velha, como prata que perdera o lustre nas beiradas. Havia manchas de ferrugem nas manoplas, e pequenos furos na cota de malha, onde os elos se soltavam.

— Senhor do rio — disse o desconhecido para Vincent. — É o último lugar onde eu esperaria encontrá-lo.

Ele tinha um sotaque melódico, e sua voz era um barítono grave, que retumbava como trovão distante.

— Realmente — retrucou Vincent. — Suponho que minha carta não o tenha alcançado?

— Carta? Não, mas eu passei os últimos dias vagando pelas terras, caçando o eithral que acabaram de ver. Tem causado um desastre nas minhas aldeias.

O senhor abanou a mão para o céu, exasperado. Devia ser Hugh de Delavoy, o aliado de maior confiança de Vincent. Eu quase o perdoaria pela demora em responder a correspondência, até que seu olhar se fixou em mim, dois passos atrás do cavalo de Vincent.

Hugh franziu a testa ao me analisar, observando cada detalhe. Meu vestido, meu cinto, minha capa, o tom do meu cabelo, as joias na minha orelha. Eu ainda não era muito conhecida; meu poder como deusa apenas começara a se desenrolar, se espalhando como névoa na charneca, mas percebi que ele sabia que eu era divina. Ele sabia quem eu era e, por algum motivo, isso me assustou.

O silêncio se estendeu por tempo demais. Vincent se virou para ver o que detivera tanto a atenção de Hugh, e descobriu que era eu.

— Arauto — disse Hugh, os olhos ainda fixos nos meus, como se temesse que eu desaparecesse. — Posso perguntar por que acompanha Vincent de Beckett?

— Pode — respondi, e levantei o queixo, preparada para saborear sua surpresa. — Eu sou esposa dele.

XXXIX
Considere o amor um grilhão

VINCENT

— Conte-me como a capturou.

Eu me sentei em um tronco caído no arvoredo, a luz do sol salpicando o solo entre nós. Eu e Hugh estávamos sozinhos, os arqueiros esperando na clareira, junto a nossos cavalos. De início, o pedido escorreu de mim como chuva. Eu não entendi a quem ele se referia, até ver seu olhar se dirigir à caravana e se fixar em Matilda outra vez, enquanto ela ajudava minha gente a recolher os mantimentos caídos na estrada.

— Como eu a *capturei*? — repeti, sem conseguir esconder a acidez no tom.

As palavras soavam de modo muito diferente na minha voz e na dele, e qualquer resquício de esperança a que eu me agarrasse — qualquer confiança que eu nutrisse ao buscar seu auxílio — se esvaiu como fumaça ao vento.

Ele não era o homem de que me lembrava. Um senhor sábio, corajoso e diligente. Um senhor honrado, disposto a lutar até a morte pelo que acreditava ser justo.

— Não são muitos entre nós que podem dizer que se deitaram com um divino, muito menos que o ataram com juras de matrimônio — continuou Hugh, ainda a observando. — Porém, você a conhece há anos, não? Reconheço que é a deusa que fugiu de nós na charneca, logo após a morte de Adria. Na época, ela era muito mais nova.

Aquele dia estava destinado a viver em minha memória, ao mesmo tempo fosco e brilhante, precioso e azedo. Eu quase me arrependia de ter segurado Matilda por tanto tempo, pois aquilo apenas nos trouxera dor. O medo dela, minha angústia. Que sabedoria dela fugir, por mais que arrancasse meu coração pela raiz. Que sabedoria dela recusar minha oferta para ir comigo à minha casa. Eu queria que ela se sentasse ao meu lado no salão, queria mostrar a ela os lugares que tínhamos explorado apenas em sonhos difusos.

Ela não estaria segura.

Eu cerrei o punho.

Eu teria que tomar cuidado com o que diria para Hugh. Não podia deixá-lo saber que meu respeito por ele diminuíra, e que não havia a menor chance de restaurá-lo.

— Eu não precisei capturá-la — respondi —, a não ser que considere o amor um grilhão.

Isso, finalmente, chamou a atenção de Hugh.

— A maioria entre nós não se casa por amor, rapaz. Nem por beleza. Casamos para fortalecer nossas terras, nossas fronteiras, nosso povo. E você sabe que nunca poderá ter filhos com ela? Sangue divino e mortal não podem criar vida juntos.

— Eu sei — respondi. — Não desejo filhos.

— Não quer ter herdeiros? É estranho dizer isso, como senhor.

Eu fizera essa promessa para mim mesmo havia tempo. Eu não geraria filhos, herdeiros. Pois, se o fizesse, estaria eternamente acorrentado à fortaleza. Que nunca deveria ter sido minha.

— Tratemos da carta que você não recebeu — declarei, ansioso para mudar os rumos da conversa. Estávamos perdendo o pouco tempo que nos restava. — Venho pedir seu auxílio para defender a ponte.

Contei a ele sobre os dias anteriores. Contei da chegada de Grimald com cinco mil homens, da negociação fracassada que terminara com uma flecha. Dos três dias que Matilda lhe dera para bater em retirada.

— Neste caso, por que você está na estrada com *crianças*? — exclamou Hugh. — Com mulheres, idosos e enfermos?

— Trouxe eles para *você* — respondi. — Imploro por santuário e proteção em nome deles. Peço que os abrigue em seu salão. Estou me preparando para o pior, para a fortaleza desmoronar, para o cerco durar meses. Peço que você honre sua promessa ao meu pai, que me apoie na defesa à torre.

Hugh resmungou alguma coisa, se recostando no tronco. De repente, ele pareceu mais velho naquela luz, as sombras rasgando seu rosto, uma carranca repuxando as cicatrizes. Ele ficou quieto, pensativo. Mais uma vez, voltou o olhar para a estrada, atento a Matilda.

— Ela não basta? — perguntou. — Não é o poder de que necessita?

— Ela mais do que basta — respondi. — Mas isso não tem relação com a promessa que você jurou cumprir.

— Você pede demais de mim.

Eu não sabia o que responder. Mordi a língua, engolindo a torrente de palavras furiosas que queria cuspir.

Finalmente, como eu esperava, ele se apiedou.

Hugh suspirou e me olhou.

— Seu povo será bem-vindo no abrigo de meu salão, embora eu não possa garantir um banquete toda noite. O inverno logo chegará, e nossos armazéns não estão tão cheios quanto já estiveram. Creio que os deuses nos testam. Porém, eu honrarei a promessa que fiz a seu pai, porque eu o amei como um irmão. Ele salvou minha vida mais de uma vez nas batalhas de Adria. E seu tio sempre foi uma cobra sorrateira, um ardiloso. Não me surpreende que ele tenha voltado, e sinto muito por você ter que enfrentá-lo novamente.

Hugh se levantou, a armadura rangendo.

Eu me levantei com ele, meus ossos leves de alívio. Engoli a emoção, que afundou como uma pedra no meu peito. Algo pesado que eu carregaria por dias. Semanas. *Anos*.

Até que me perguntei... Ele aceitava me ajudar apenas por eu estar casado com uma deusa? Uma deusa de quem ele não conseguia tirar os olhos?

— Obrigado — falei, estendendo a mão.

Hugh a aceitou e apertou com firmeza.

— Se quiser que esta caravana chegue antes de anoitecer, devemos partir. Depois, cavalgaremos de volta ao rio, embora seja difícil alcançarmos sua fortaleza antes de Grimald iniciar o ataque. Ainda preciso reunir meus soldados. Isso levará tempo.

Era o que eu temia: ainda estar a quilômetros da fortaleza, atrasado pelo contraforte, quando começasse o ataque à ponte, deixando Nathaniel sozinho na defesa de nosso lar.

Contudo, olhei para Matilda, que conversava com uma das tecelãs, fazendo a senhora mais velha rir.

Deixei Hugh no arvoredo, bloqueando sua visão de Matilda ao caminhar até ela, pois desejava que conversássemos a sós. Peguei seu braço com delicadeza e a puxei para a beira da estrada, ainda distante de Hugh, onde apenas as varas-de-ouro, ervilhacas e algumas abelhas escutariam nossas palavras.

— Preciso fazer outro pedido para você — falei.

Matilda estudou meu rosto como se fosse um mapa, com suas rugas, vincos e pontas afiadas.

— O que é?

— Eu continuarei a viagem para Drake com Hugh e a caravana. Porém, gostaria que você voltasse a Wyndrift, que fique ao lado de meu irmão. Temo que o ataque comece antes de eu voltar com reforços. Por isso quero que você parta já, para ajudá-lo.

— Não gosto de nos separarmos — disse ela —, mas cumprirei seu pedido, sob uma condição.

— Devo ficar com medo?

Ela sorriu para minha tentativa boba de brincadeira. Fiquei com vontade de repetir o feito, de continuar a trazer à tona nela tamanha leveza.

— Não achei que se assustasse com tanta facilidade, meu senhor.

— Ah, tenho medo de muitas coisas.

Eu me permiti acariciar a beira de seu maxilar. Ela fechou os olhos, brevemente, como se gostasse do toque. *Isso não é de verdade*, lembrei, e abaixei a mão ao dizer:

— Declare sua condição.

Matilda desamarrou as fitas da capa. Seus braços nus brilhavam à luz do sol, delineados em músculos. Pulseiras douradas tilintavam nos pulsos. Devagar, ela estendeu a capa para mim.

— Leve isso com você — pediu. — Pode protegê-lo, caso você necessite. Pra encantá-la, murmure apenas "me transforme em sombra".

— E você? Viajará sozinha. Precisará mais disso do que eu.

— Não. Sinto dizer, mas... eu não confio inteiramente em seu aliado. Durma de olhos abertos ao lado dele. Use minha capa, senão, serei obrigada a permanecer com você.

Eu não podia discutir. Não podia enfrentar o ferro em sua voz, as trevas em seus olhos. Seu cheiro de bruma, grama e água fria na pedra.

Estendi a mão e aceitei a capa.

Matilda recuou um passo. Ela observava a brisa que começava a soprar do leste, como se esperasse algo chegar. O vento soprou por seu cabelo e o jogou na frente do rosto.

— Nos vemos em breve — disse ela.

Eu não tive a chance de responder.

Em um momento, ela estava ao meu alcance. No segundo, era fumaça e memória.

Sem respirar, vi Matilda ser levada pelo vento.

XL
Se me chamar, eu atenderei

MATILDA

Quando voltei para Wyndrift, o céu estava escuro, cor de ameixa. As primeiras estrelas começaram a piscar quando o sol se pôs ao oeste, deixando um rastro de fogo na correnteza do rio, como se a água sangrasse. Parei na ponte da Fúria, onde sopravam os ventos alísios no castelo, e estudei a margem leste.

O barão tinha um dia inteiro pela frente para abandonar o acampamento, mas não se mexera. As barracas continuavam aglomeradas, o trabuco, à espera, as flâmulas de Englewood, abanando à brisa. Parecia de uma tranquilidade estranha, quase serena, quando olhei para o outro lado da água.

Matilda.

A voz de Warin chegou de longe, lânguida como óleo escorrendo pela madeira.

Eu me esquecera dele e da resposta que aguardava. Uma resposta que o levaria de vez para o lado de Grimald. Quase o ignorei, fingindo que não escutava. Porém, ele me chamou outra vez — *Matilda* — e eu soube que tinha se aproximado. Ele também viajava no vento, dirigindo-se à ponte da Fúria, o mesmo lugar onde a negociação ocorrera. O mesmo lugar onde ele me segurara, com os dedos em garra, e me arrastara para as profundezas.

Apenas um homem fraco, um deus *fraco, faria algo assim.*

As palavras de Vincent ecoaram por mim quando ouvi Warin chegar às minhas costas, em uma lufada de vento.

Eu me virei para cumprimentá-lo, a ansiedade vibrando no sangue, como ouro martelado à exaustão na forja de um ferreiro. Se eu o enfurecesse, atacaria-me novamente? Levaria-me com ele, mesmo que eu não desejasse acompanhar? Seria meu vínculo com Vincent, com Wyndrift, forte o bastante para me segurar aqui?

— Irmã?

Nathaniel cortou meus devaneios sombrios. A voz dele era forte e retumbante, flutuando da janela da torre. Chamou minha atenção, e também a de Warin, e vi o rosto de Nathaniel iluminado pela tocha, observando a ponte.

— Se me chamar, eu atenderei.

De início, não entendi o que ele queria dizer. Até que compreendi, escutando o que ele não pronunciara: se eu pedisse para levantar o portão, ele obedeceria sem hesitar. Se eu pedisse para seus arqueiros atirarem, eles fariam chover flechas em Warin.

Certa vez, eu estivera ali sozinha. Porém, aquela noite passara, e não se repetiria. Fui invadida por um alívio quase dolorido, como se tivesse engolido comida e vinho em excesso.

— Ah — disse Warin, como se também entendesse a ameaça, e o modo de Nathaniel me assumir como seu sangue, como *irmã*. — Você está agindo rápido com esses mortais. Gosta de ver eles comerem da palma da sua mão?

Fixei o olhar em Warin, mas senti que Nathaniel permanecia atento; ele observava tudo lá do alto, sem deixar nada escapar. Esperava meu comando.

— Você veio para receber sua resposta — declarei, ignorando a provocação.

— Vim — disse Warin, e se calou por um momento, olhando para mim. — Foi capaz de persuadi-lo? Pelo bem de vocês todos, espero que sim. Podemos ter nossas diferenças, Matilda, mas... eu não desejo fazer mal a você. Não quero enfrentá-la em batalha.

Uma parte delicada de mim queria acreditar nele. Porém, lembrei como ele me arremessara pela escadaria comprida do solar quando eu dera fim a nossa corte. Como ele rosnara meu nome, puxara meu cabelo. Como meu icor manchara suas vestes.

Ele não tinha apreço por mim; seu único apreço era pelo que eu podia dar e oferecer. Informação e segredos do reino subterrâneo. O favor de meu pai. Dizer que era meu primeiro, acreditando que me marcara de algum modo. Que poderia receber crédito pelo que eu aprendera.

— Nossa resposta é não. Não haverá altar para você aqui. Não haverá aliança entre nós, nem pedágio na ponte. Você não participou de sua criação, nem de sua proteção. Não há nada aqui para você ganhar.

Warin bufou. Por um momento, achei que fosse me bater, nem que apenas para me ver ceder. Porém, então ele voltou a atenção para o alto, para as janelas da torre, onde Nathaniel estava a postos para o ataque, para feri-lo se eu levantasse a mão.

Mortais podem acreditar que não têm poder sobre nós, mas têm, sim.

— Está bem — disse Warin, com a voz tensa e metálica, e recuou um passo. — Mas você vai se arrepender, Matilda.

Ele partiu com essas palavras, mas eu estava atordoada demais para sentir seu gelo. Eu o vi andar até o acampamento do barão, sua presença como um peixe nadando em águas rasas. As barracas estremecendo à sua passagem, soldados saindo para ajoelhar-se à sua frente. O fogo dos braseiros ardendo mais forte, como se ele jogasse combustível, respirasse sua fumaça. Os vivas que soaram da margem, um rugido sedento por sangue que, enfim, arrancou um calafrio de meus ossos.

Eu não queria ver mais nada, ouvir mais nada. Eu me virei para a torre da Fúria, onde o irmão de Vincent ainda esperava, atento.

— Nathaniel? — chamei, com a voz rouca.

Ele abriu o portão para mim.

XLI

Me transforme em sombra

VINCENT

Estávamos indo rápido até a tempestade cair. Não havia uma nuvem no céu quando chegamos a Drake ao anoitecer; as estrelas ardiam e a lua observava, derramando em nós sua lua prateada, tão forte que formávamos sombras. Enquanto eu ajudava a descarregar a caravana, Hugh foi convocar seus soldados, e, ao amanhecer, voltamos à estrada, a caminho de Wyndrift. Foi então que as nuvens se agruparam, baixas e cinzentas. Trovão retumbava ao longe; o ar tinha o cheiro pesado de chuva.

Aceleramos os cavalos, mas, quando as nuvens se rasgaram, não tivemos opção além de diminuir o ritmo. Havia muito tempo que eu não testemunhava uma chuva daquelas, tão carregada que eu não enxergava a estrada à minha frente, meros borrões. A terra virou lama; logo, pareceu que galopávamos por um riacho, a água cobrindo inteiramente os cascos dos cavalos.

— Vincent! — chamou Hugh, me forçando a desacelerar. — Não podemos cavalgar assim por essa tempestade. Precisamos esperar passar.

Eu não tinha tempo para esperar. Se eu parasse, não chegaria a tempo em casa. E não podia deixar meu irmão enfrentar Grimald sozinho.

— Não — gritei de volta para ele, em meio ao ruído da chuva. — Se pararmos, nos atrasaremos.

Hugh apenas levantou as mãos, desamparado.

— Você a enfureceu? Luz Celeste? Por que ela o impediria com tamanho vigor?

Na realidade, eu não estava pensando nos deuses. Apenas uma deusa passava por minha cabeça, repetidamente, e era Matilda. Eu não observara a tempestade crescer, me preocupando com Luz e a chuva. Não questionara nem por um instante o que eu fizera para merecer tanta fúria.

— Eu não sei — respondi, honestamente.

Por que Luz daria atenção a mim?

— Precisamos parar — insistiu Hugh.

Fiquei estarrecido. Os cavaleiros e soldados dele espalhavam-se atrás de nós, de cara fechada. A determinação se dissolvia rápido na chuva, especialmente para quem lutava apenas por dever, mas eu não podia me deter. Que ele parasse se quisesse, mas eu continuaria em frente.

E assim prossegui, e as forças de Hugh seguiram em um ritmo cauteloso; não sentiam o mesmo furor que eu, o mesmo medo. A emoção me teria feito atravessar qualquer coisa: breu absoluto, gelo, fogo, enchente. Quando a chuva persistiu, me lembrei, finalmente, do que carregava na bagagem.

Peguei a capa de Matilda.

Desde que minha mãe fugira para o reino Celeste, para servir as divindades como vassala, eu evitava objetos encantados, especialmente qualquer coisa tecida. Eram raros em nosso reino, mas ainda assim me faziam pensar nela e em seu cabelo preto e comprido, suas mãos habilidosas, sua voz rouca. Me faziam questionar o que teria acontecido se ela permanecesse conosco. Teria morrido quando Grimald nos traiu no salão, de garganta cortada junto à do meu pai? Talvez, sim, mas ainda teria sido *nossa*, e não entregue aos deuses.

Eu amarrei a capa no pescoço, esperando que não fosse obra de minha mãe.

— Me transforme em sombra — sussurrei, mas meu coração estava frio, relutante.

Nunca funcionaria: a capa pressentiria minha descrença e me deixaria ao relento na chuva. Porém, a magia me respondeu. Vi o vermelho sumir, substituído por lavanda. Eu e meu cavalo ficamos invisíveis.

Cavalgamos, meu coração pulsando na garganta, nas têmporas.

Era o que Hugh desconfiava: Luz devia estar infeliz comigo, ou talvez, por tédio, tivesse decidido me atormentar. Sem que ela me visse, cheguei enfim ao limite da tempestade. Atravessei a última cortina de chuva para uma paisagem iluminada e ensolarada, seca como osso.

Maldita, queria gritar para o céu. Para Luz e suas peripécias.

Galopamos até meu cavalo estar exausto, encharcado de suor espumante. Ele precisava descansar, e eu parei no acostamento para deixar o animal se recompor. Porém, meu olhar se mantinha fixo na terra à nossa frente: estávamos perdendo o resto de sol.

Eu não chegaria a Wyndrift antes da aurora. Aceitei esse fato, sentindo meus ossos frágeis.

As forças de Hugh apareceram por fim, cintilando de armadura, ainda um sonho distante no horizonte. Eu estava me preparando para ir ao encontro deles, para tirar a capa para me verem, quando notei que se detiveram. Não estavam se mexendo, então franzi a testa, impaciente.

Foi então que senti o ar frio. O vento podre. A luz baixa.

Ergui os olhos e vi de novo a eithral perdida, pairando sobre mim com suas asas esfarrapadas.

XLII
As dores do primeiro amor e fumaça

MATILDA

Eu passei aquele último dia de paz ao lado de Nathaniel. Ele estava confiante ao administrar os preparativos, e o ar vibrava de atividade, com guerreiros carregando caixotes de pedra, aljavas de flechas e tonéis de óleo para as três torres — Fúria, Donzela e Centeio —, preparando-se para o assalto à ponte.

Não apenas isso: logo fiquei sabendo que precisávamos também nos preparar para a cheia do rio. Os soldados enfileiraram sacos e mais sacos de areia, e recolheram todos os baldes disponíveis para tirar a água se necessário. Já acontecera algumas vezes, explicou Nathaniel, soturno. O rio enchera a ponto de inundar as masmorras e os andares mais baixos das torres da ponte.

— Imagino que Warin não encheria tanto — argumentei —, pois assim afogaria os homens do barão nas margens, certo?

Nathaniel assentiu, mas preparou-se mesmo assim.

De repente, fiquei muito agradecida por Vincent ter escutado minha recomendação de evacuar a maior parte da população.

Hyacinthe encontrou uma armadura para mim, a pedido de Nathaniel. Eu nunca usara armadura — uma couraça de aço com filigranas elaboradas, manoplas, grevas, um elmo com um penacho de crina dourada e uma cota de malha fria e pesada, que cintilava quando eu me mexia.

Para mim, parecia mais fardo do que proteção; a couraça me impediria de usar o cinto. Decidi que usaria apenas a cota de malha, as grevas e as manoplas, mantendo o elmo debaixo do braço — mais do que suficiente, em minha opinião —, quando abordei Nathaniel.

— A armadura não coube? Meu irmão vai me matar se encontrar um arranhão que seja em você — disse ele, e olhou para meus pés, ainda calçados nos chinelos de Warin. — E as botas? Ficaram grandes, foi? Hyacinthe achou que ficariam. Posso ir atrás de outro par.

— Prefiro usar esses sapatos. E a couraça só diminuiria minha velocidade.

— E a espada e o escudo?

— Tenho meus próprios.

Nathaniel suspirou, como se quisesse discutir. Porém, sua atenção foi necessária em outro lugar, e continuei a segui-lo, mantendo-o sempre à vista, exceto por um ou outro momento particular. Repeti o pedido de Vincent como se tivesse sido gravado em meu braço: *Fique ao lado de meu irmão.* As palavras me mantinham atada, e eu não arrisquei aventurar outra visita ao reino subterrâneo para ver se os Inferiores ainda dormiam. Para tentar despertar Bade uma última vez.

Passava o dia, e nada de Vincent voltar. Ele e os soldados de Hugh sequer eram avistados do parapeito mais alto do castelo, e tentei engolir minhas dúvidas. Resisti à tentação de usar a visão Celeste e voar com uma das aves para localizá-lo, pois sabia que dividiria minha atenção, e que eu precisava manter o foco ali, onde estava.

Porém, minha preocupação começou a pesar. Onde estaria ele? Se algo ocorresse, eu saberia? Eu *sentiria*? Se ele morresse, as palavras dele que eu ainda continha em mim escorreriam como sangue de uma ferida? Eu sempre carregaria a cicatriz delas, de um pedido que não pudera cumprir?

O último raio de sol se apagou.

Fogo algum foi aceso nas torres quando a noite caiu; todos precisavam manter os olhos aguçados no escuro, intocados pela luz. Eu me sentei ao lado de Nathaniel nas sombras, escutando o sussurro distante do rio. Edric fora nomeado comandante da torre do Centeio, e Hyacinthe, da Donzela. Estávamos prontos, mas eu sentia que falhara com eles de algum modo. Eu não tinha aliados para nos fortalecer; era apenas eu, um arauto. Uma deusa verde como a grama de verão, que transportava palavras. Do que eu adiantaria quando começasse a batalha?

Tracei as linhas da palma da mão com minha unha, afundando até curvar meus dedos.

— De todos os sonhos — me disse Nathaniel em voz baixa —, por que os de Vincent?

Fiquei pensativa, refletindo sobre como responder. Nathaniel era paciente. O silêncio entre nós não era incômodo.

— Ele me escolheu primeiro — respondi. — Ele sonhou comigo antes de eu conhecê-lo. A alma dele encontrou a minha antes de eu saber procurar a dele.

— Talvez um dia cantem uma balada sobre vocês dois. Se acontecer, lembre que eu fui o primeiro a comentar.

Eu sorri, mas a expressão pesou. Nathaniel devia ver a preocupação em meu rosto.

— Ele chegará logo — falou. — Tenho certeza de que foi apenas um breve atraso.

— Sim. Você provavelmente está certo.

Fez-se outro momento de silêncio. Eu estava à vontade assim; não precisava ocupar o espaço com minha voz, mas enfim Nathaniel se aproximou, esbarrando o ombro no meu, e perguntou:

— O que você mais ama no meu irmão?

Olhei para ele, com curiosidade. Ele estava desenhado pelo luar adentrando a janela; metade do rosto em sombra. Assim, se parecia mais com Vincent. Eu via semelhanças tênues entre os dois.

— Está me testando? — perguntei.

— Não. De modo algum. Simplesmente sinto que devo protegê-lo, digamos assim. Eu... não quero que magoem ele de novo.

— De novo?

Meu coração me surpreendeu ao acelerar. Eu sentia que estava correndo colina abaixo.

— Houve outra mulher? — perguntei. — O primeiro amor dele?

— Houve outra, sim. Uma outra mulher, mas ele não a amava.

Nathaniel continuou a me encarar, como se pedisse que eu lesse seus pensamentos. Eu não consegui; não sabia o que ele tentava me transmitir, nem por que minha pele ardia tanto. Por que a lógica mortal era tão confusa? A visão de mundo deles era diferente da minha; eles se orgulhavam de detalhes que eu parecia fadada a ignorar.

— Eu acho, Matilda — disse ele, voltando a olhar para a janela —, que ele chamaria *você* de primeiro amor. Quando ele não conseguiu mais encontrá-la em sonhos... ele passou um bom tempo devastado. Começou a tomar tônicos para não se lembrar mais... nem dos bons sonhos, nem dos pesadelos. Ele deixou de falar de você, mas eu sabia que ainda sentia saudades. Que ainda pensava em você, com frequência.

Eu não conseguia alcançar ele, quis insistir, mas as palavras ficaram entaladas na garganta. Culpa se desenrolou em meu peito.

— Sei que você é uma deusa — continuou ele. — Que é arauto dos três reinos, e tem lares e família longe daqui. Sei que, após o fim desta batalha, você deverá partir por algum tempo. Talvez até por um longo tempo. Mas me preocupo com meu irmão.

— Nunca seria minha intenção magoá-lo — respondi.

— Eu sei, *eu sei* — concordou Nathaniel, em um murmúrio incisivo, mas um vinco fundo franzia suas sobrancelhas.

— Contudo... se puder me prometer uma coisa, eu pediria que você fosse cuidadosa com ele. Que não roubasse o coração dele outra vez, se planeja nos deixar.

Eu não sabia como responder. Eu planejava, *sim*, partir, e *não* me via voltando para essa fortaleza, pelo menos não para morar sob esse teto.

— Não roubarei nada — declarei, depois de um momento demorado, quando meu coração finalmente retomou o ritmo lento e regular. — Vim aqui proteger ele. Proteger *você*. Seu povo, seu lar ancestral.

Nathaniel apenas assentiu, mas seus olhos pareciam perturbados, enevoados de preocupação, ao desviá-los de mim.

As horas se arrastaram em silêncio, sem a marcação dos sinos da fortaleza, como se o tempo em si se detivesse naquela noite. Quando fui até uma das janelas, com vista para a ponte da Fúria vazia, notei que a lua se punha.

Era aquele período vulnerável e dolorido antes da aurora.

Quando suspirei, vi minha respiração.

Do outro lado do rio, o acampamento escuro do barão começou a se movimentar. Aço refletindo as estrelas, cota de malha iluminada pela lua. Estavam começando a se reunir, a se organizar, e eu senti que já vira aquilo tudo antes. Uma ilustração em um dos livros de guerra de Bade.

Eu conhecia aquela história, e seu final.

Eu me preparei para sangue.

Quando Nathaniel se ergueu, eu o segui. Cobrimos nossas cabeças com os elmos; puxei meu velho escudo arranhado para o braço. Ao comando dele, acenderam as tochas, e os arqueiros assumiram posição. Deixamos para trás a sala comunal e subimos de escada até o topo da torre.

O horizonte ao leste corava com a alvorada, e com a luz vieram Grimald e seus homens, marchando pela ponte.

Identifiquei rapidamente o barão. Ele usava sua melhor armadura, montado em um cavalo grisalho na dianteira. Atrás dele vinha uma fileira de cavaleiros em seus corcéis, vários pajens transportando o estandarte de Englewood, e enfim as fileiras de infantaria com uma barreira de escudos, protegendo os homens que empurravam um aríete enorme.

Eles pararam na metade da ponte da Fúria, e Grimald avançou com o cavalo. Ele olhou para Nathaniel no parapeito.

— Cedam esta ponte e esta fortaleza para mim — declarou ele —, ou percam suas vidas.

Nathaniel ficou quieto.

O vento lufou, soprando do leste. Nuvens correram pelo céu, como se ávidas para testemunhar o combate. O sol irrompera por completo no horizonte, vermelho-sangue como se pusera, espalhando dedos rosados pelo firmamento. E o rio fluía adiante, gorgolejando como se o mundo não estivesse prestes a tremer a seu redor.

— Wyndrift não é sua para ser tomada — respondeu Nathaniel. — Não cedemos.

Grimald esperava a resposta, talvez até a desejasse, e ergueu a mão com um floreio. Os cavaleiros se separaram atrás dele, deixando passar o aríete. Conforme a barreira de escudo se deslocava, Nathaniel deu a primeira ordem.

Eu permaneci onde estava no parapeito, logo atrás dele. O ar se agitava ao nosso redor enquanto os soldados se mexiam, pegando pedras para arremessá-las lá embaixo. Vi as pedras amassarem escudos, derrubarem homens, tirarem sangue. O aríete, contudo, não vacilou. Continuou a procissão até deter-se logo em frente ao rastrilho.

Nathaniel deu uma segunda ordem.

Os arqueiros dispararam uma cascata de flechas em chamas, e embora a maior parte fosse contida pela barreira de escudos, algumas passaram pelos intervalos. Soou um coro de gritos de dor; eu vi um tremor percorrer os homens do barão, mas eles se mantiveram firmes, implacáveis, aguardando a ordem para empurrar o aríete contra o portão.

Por que demorar tanto?, pensei, o elmo frio no meu rosto.

Os homens de Grimald estavam em posição, e o aríete, pronto. Ainda assim, fez-se um período de silêncio sombrio, como se as forças de Englewood tivessem sido congeladas no lugar.

Nathaniel ordenou outra saraivada de flechas. Elas zumbiram pelo ar, batendo em madeira, em corpos, na ponte. Novamente, a barreira de escudos tremeu, mas não entrou em pânico.

Pedras foram arremessadas.

Então veio a ordem de derramar o óleo, e em seguida o fogo.

Mantive os olhos fixos em Grimald. O barão ergueu a mão de novo, mas nada aconteceu.

Nathaniel se esticou para a frente. Fui logo atrás, como se sentisse o repuxar de uma corda. Meu coração pulou quando senti um gosto leve de magia. Magia que não era minha, mas me era familiar. Ferrugem, musgo de primavera e violetas silvestres no caule.

Warin.

Eu não o notara até então, não o vira misturado à fileira de cavaleiros. Ele montava um cavalo baio, resplandecente e observador, com o rosto parcialmente escondido por um elmo.

Fiquei tensa.

Esperei a enchente, a cheia das águas, como todos temíamos, para a qual nos preparáramos. Porém, o rio não subiu. Em vez disso, fumaça branca brotou do portão. Houve um chiado e um estalido mágicos, que fizeram os arqueiros e arremessadores de pedras recuarem, tossindo na manga das roupas. Eu me mantive firme, mesmo que a fumaça dançasse ao meu redor, ardendo nos olhos.

Quando o ar desanuviou, notei que a fumaça era tudo que restava do rastrilho. O ferro derretera sob comando de Warin, expondo o portão de madeira da Fúria. O portão era formidável, feito do carvalho mais resistente, mas também fortificado por ferro, com dobradiças e correntes de ferro...

Uma ordem de *puxar*, de *empurrar*, quebrou o gelo da ponte.

Os homens do barão começaram a balançar o aríete. Puxar para trás e empurrar para a frente em um ritmo hipnotizante. Não havia rastrilho para detê-los. Quando o aríete acertou o portão de madeira, eu fechei os olhos.

Shale!, chamei, sabendo que ele estava por perto. Eu o sentira no vento alísio, soprando por nós. *Venha, Shale! Me ajude.*

O ar, contudo, ficara pesado e carregado. Não havia vento, nem a promessa de uma brisa. Nada que pudesse enfrentar os homens do barão com força e empurrá-los para trás.

Senti o portão cair, estrondoso, sem resistir, despido de seu ferro.

A torre da Fúria tremeu e os homens do barão adentraram suas sombras.

XLIII
Venha cá

MATILDA

Estávamos encurralados no alto da torre.

Não podíamos ficar ali, expostos e separados da fortaleza. Eu precisava levar-nos de volta à segurança da torre da Donzela, mas não empunhei a espada. *Ainda não*, pensei, mantendo o escudo erguido adiante, protegendo meu coração, meu pescoço.

— Atrás de mim! — ordenei para Nathaniel.

Ele apertou o punho da espada, mas, percebendo nosso dilema, arregalou os olhos, respirando com dificuldade, apavorado.

Nathaniel obedeceu, mantendo-se junto a mim. Arqueiros continuaram a atirar do alto, fechando a fileira atrás de nós quando começamos a descer as escadas. Com o coração na boca, escutei gritos ecoarem pelas paredes de pedra.

Os soldados de Grimald invadiram o portão derrubado. Inundaram a torre da Fúria como o próprio rio, subindo de degrau em degrau. Muito rápido, nos encontraram na escada, o fogo refletindo na armadura, nas espadas ensanguentadas.

Reuni toda a minha força e investi com o escudo, derrubando soldados com vigor. Ataquei de novo e os vi atingirem as paredes, as armaduras amassadas pela força. Eles desabaram escada abaixo, cedendo como trigo sob a foice que era o meu escudo. Eu os derrubava, avançava um passo, derrubava, avançava outro passo. Minha força era um incêndio, ganhando combustível até arder tão intensamente em mim que meu icor parecia ferver. Como se, caso cortassem minhas veias, eu fosse derramar ouro fumegante nas pedras, queimando quem ousasse me tocar.

Ocorreu a mim, fugaz como uma estrela caindo do céu, que eu nunca lutara assim.

Parecia que eu tinha despertado de um sono muito profundo. Que tinha captado meu reflexo no espelho, chocada ao ver suas mudanças. Eu não era como lembrava.

Porém, mesmo com minha força e fúria divinas, percebi que em breve me cansaria. Nosso progresso lento para chegar à ponte me deixava zonza. Estávamos encurralados na torre da Fúria, em número terrivelmente menor do que o oponente. Por mais que eu empurrasse os homens do barão escada abaixo, mais deles emergiam das sombras.

— Continue, irmã — arfou Nathaniel atrás de mim, desesperado. — Precisamos chegar à torre da Donzela.

As palavras dele me impeliram; investi de novo e de novo com o escudo até um dos homens do barão aprender meus movimentos e me cortar com a espada. O aço me acertou na coxa, logo abaixo do brilho da cota de malha. Não senti a ardência da lâmina; apenas meu icor que começava a fluir, pingando pela pele.

O ar ganhou o cheiro doce de meu sangue, como flores pisoteadas. De dentes arreganhados desequilibrei o soldado, mas mais ressurgiam, nos empurrando de volta para o alto da escada.

Minha respiração estava ofegante, meu coração, a mil, quando senti as pedras ao meu redor tremerem. O fogo das arandelas oscilou. Argamassa e poeira choveram do teto, polvilhando nossos elmos e ombros.

De repente, o ar tomou o sabor de sal frio, como se eu tivesse lambido uma rocha encharcada pela maré.

— O que foi isso? — perguntou um dos arqueiros atrás de mim.

Eu não tinha certeza, mas mantive o olhar fixo na escada, surpresa quando os homens do barão pararam de subir. Surgira um intervalo, apesar da cacofonia da batalha que continuava a ecoar.

— Temos que ir! — disse Nathaniel, apressado. — O caminho está livre.

Levantei a mão para impedi-lo.

— *Espere* — falei.

Continuei a observar as sombras poeirentas da escada, os anéis de luz das tochas.

Nathaniel obedeceu, embora eu percebesse sua impaciência. Ele estava tão próximo que eu sentia seu calor, que ouvia o ritmo trôpego de sua respiração, os pulmões encolhidos pelo temor. Porém, não desci o degrau. *Ainda não*, palpitava meu coração. Arrepios se espalharam pelos meus braços enquanto eu segurava firmemente o escudo, esperando que o pior nos encontrasse na escada. *É melhor eu empunhar a espada*, pensei. Uma ideia solta que quicou na minha cabeça como uma pedrinha.

O ar ficou ainda mais frio.

Continuei a esperar o pior, de olhar fixo nas sombras oscilantes.

— *Matilda* — insistiu Nathaniel, mas sua voz estava distante, como se em um reino diferente do meu.

Alguém subia a escada. Eu sentia a força dos passos, que faziam a torre tremer. Quem vinha não era mortal, e, sim, um deus. Eu me preparei, com o coração latejando. Foi naquele momento que vim a conhecer o medo pela primeira vez na vida, e me vi tão trêmula quanto as pedras.

Minha respiração virou fumaça no ar gelado.

Meu sangue ainda escorria pela perna, doce como mel, a ferida demorando a fechar.

E, das sombras, emergiu ninguém menos do que Bade, a capa vermelha rasgada na barra, o rosto salpicado de sangue mortal. Ele parou cinco degraus abaixo do meu, carrancudo.

— Cadê sua espada? — perguntou.

Meu alívio foi tão agudo que não consegui dizer nada. Apenas o encarei como ele me encarava, e resisti à tentação de me jogar em seu abraço. Em vez disso, puxei a espada, em silêncio. A lâmina lampejou em minha mão, e ele grunhiu.

— Vamos — disse ele. — Aqui, vocês são alvo fácil.

Nós o seguimos, e eu só pude me perguntar como ele despertara, se meu perigo interrompera o sono. No fim da escada, saímos para um mundo nebuloso de aço, espadas cruzadas e pedra escorregadia de tanto sangue. Fumaça subia em fios lânguidos do portão derrubado, e eu avaliei rapidamente o trajeto até a ponte da Donzela. Seu rastrilho também se desintegrara sob a magia de Warin, e as forças do barão iam avançando para seu portão vulnerável, carregando o aríete. Eles já deveriam ter conseguido ocupar a torre do meio, mas os cavaleiros de Wyndrift tinham formado sua própria barreira de escudos na ponte, mantendo a linha.

Lutei ao lado de Bade, e o mundo parecia se distorcer ao redor dele. Ele era um redemoinho, um frenesi, mas eu sentia que mantinha reservada a porção mais feroz da força, sempre atento a mim. Abrimos caminho pela ponte até a Donzela, e Nathaniel seguiu na minha sombra.

Entramos em uma estranha dança — quatro passos, e paramos. Um confronto com soldados de infantaria de armadura de couro, ou cavaleiros de armadura de aço e cota de malha. Então mais quatro passos, antes de pararmos e revidarmos, pararmos e atacarmos.

Eu estava protegendo as costas de Nathaniel quando senti um tranco nas minhas próprias. Quase perdi o equilíbrio e, quando levantei a mão, descobri que uma maça me atingira, as pontas afiadas perfurando minha cota de malha.

Minha respiração ficou fraca; meu braço esquerdo formigou.

Eu me virei e vi um cavaleiro me observar de trás do elmo, como se também impressionado por me ferir. Sangue manchava sua couraça e pingava das manoplas. Havia um borrão dourado no aço. Meu sangue, entendi, distante.

Ele procurava uma espada caída, preparando-se para me atacar novamente, quando revidei com o escudo. Acertei o rosto dele com tanta brutalidade que esmaguei seu elmo. Ele soltou um grito esganiçado. Um segundo golpe e ele caiu, pisoteado por outra onda de homens do barão.

Senti uma pontada dolorida seguida por um calafrio de alívio quando a maça foi arrancada de meu ombro. Antes que eu conseguisse me endireitar, alguém pegou o meu braço para me manter firme.

— Fique perto de mim — ordenou Bade, arremessando a maça para o outro lado da ponte.

Nós nos entreolhamos pelo mais breve momento; o rosto dele estava contorcido por uma brutalidade que eu nunca vira.

— Nathaniel — falei, com a voz tênue.

Uma corrente de soldados se pusera entre nós. Eu me desvencilhei de Bade — que me seguiu imediatamente, com um ruído de insatisfação — e disparei em meio aos caos até voltar ao lado de Nathaniel.

Avançamos na direção da torre da Donzela.

Caía uma chuva de flechas. Algumas brilhavam de óleo e tinham a haste em chamas, e logo labaredas começaram a lamber o chão. O ar cheirava a contradições, uma mescla de magia e sangue mortal. Inspirei fundo, sôfrega, sentindo o gosto de ferrugem e lírios, grama cortada e cabelo queimado.

Eu poderia sufocar com aquele odor; não sabia como Bade era capaz de engrandecer naquelas condições, mas ele era pura vida, um poder luminoso que crescia conforme a luta se intensificava. Contudo, não havia prazer algum nele; havia raiva, tristeza, cansaço em sua postura.

Notei porque o conhecia melhor do que a maioria.

Ele viera por mim, mas apenas devido à promessa de sal.

Ele não desejava estar ali. Não fruía de derrubar mortais. Não como antigamente.

O que causara tal mudança nele?

Engoli em seco, mas algo me engasgou. Lágrimas, culpa, minha própria ira — eu não tinha certeza do que era, mas me concentrei na tarefa de proteger Nathaniel. Atravessamos os gritos e os lampejos de fogo, os cadáveres, as pedras e os homens aos prantos.

O mundo era um caos emaranhado, e meus olhos ardiam com a fumaça.

Por um momento, não identifiquei que soldados eram nossos e quais eram do barão. As cores se misturavam, embaçadas. Eu estava de espada em mão, mas precisava abrir caminho com o escudo.

Homens desabavam à minha frente, sem fôlego e atordoados, soltando urros que me causavam arrepios. Eu não parei. Não até o vento mudar de direção repentinamente, capturando minha atenção.

Ergui os olhos.

Shale, pensei, meu coração acelerando. Ele finalmente viera me auxiliar — ou pelo menos foi o que imaginei até sentir o frio implacável que o vento continha.

O sol começou a escurecer, como se coberto por um véu de nuvens sujas. O cheiro podre se tornou sufocante. De decomposição, lugares escuros e rocha úmida que nunca vira a luz da lua ou das estrelas.

Era a eithral fugidia. Ela cintilava no céu como uma pedra preciosa distante. Uma mancha branca na tapeçaria azul, voando diretamente no sentido da ponte.

Da torre mais alta da fortaleza, começou a soar um sino de alerta.

Minha cabeça ficou silenciosa de assombro antes de fervilhar com possibilidades perigosas. Meu sangue acelerou, mas não de medo ou temor, e, sim, de algo muito mais sombrio.

— Ah, pelos deuses — arfou Nathaniel.

Ele arregalou os olhos e abaixou a espada ao ver a aproximação do dragão. Eu quase escutava seus pensamentos: Como lutaríamos contra outro inimigo? Um com asas, garras e presas reluzentes?

Bade também se imobilizara, rangendo os dentes. Toquei o braço dele, chamando sua atenção.

— Proteja Nathaniel — falei, com a voz rouca, baixa.

Ele fechou ainda mais a carranca.

— Aonde você vai?

— Fique com ele — insisti.

Antes que Bade pudesse protestar, eu me esgueirei pela multidão. Ele me chamou, meu nome afiado no ar. Para qualquer outra pessoa, ele soaria furioso, mas eu ouvi seu medo, que me cortou como gelo. Ele não queria me perder de vista, mas eu não tinha tempo para tranquilizá-lo, para olhar para trás. Avancei até a barreira de escudos dos cavaleiros e passei por ela.

A torre da Donzela assomava à minha frente, nebulosa na luz esfumaçada.

Corri até lá, mantendo os olhos no céu e na aproximação da eithral, contando os batimentos de meu coração. Adentrei as sombras da torre, esbarrando nos arqueiros e guerreiros que preparavam a defesa. Subi correndo a escada em espiral, meu peito ardendo como fogo quando cheguei ao topo da torre. Arqueiros estavam a postos ali, também de olho no novo terror do céu. Encolhidos nas armaduras, observavam a aproximação da eithral, preparados para atirar.

As flechas não fariam nada. Eles não podiam lutar contra aquela fera com fogo e pederneira, e eu me dei conta de que o momento necessário era iminente. A eithral estava tão próxima que eu sentia o vento agitado sob suas asas. Teria um momento fugaz e precário para atingi-la, e precisava estar a sós.

— Deixem-me — comandei.

Os arqueiros se viraram para me olhar, finalmente notando minha presença. Eles hesitaram, paralisados, vendo meu cabelo esvoaçar ao vento, minha cota de malha encharcada de sangue mortal vermelho. Embainhei a espada e guardei o escudo. Tirei o elmo.

— *Vão!* — insisti, mais brusca, e eles se dispersaram como palha na brisa, correndo pela escada até eu ser a única restante no alto da torre da Donzela.

Sozinha, andei até a beira do parapeito, inspirando ar frio entre os dentes. Fiquei parada, esperando a fera. A eithral continuava a se aproximar, as asas cintilando à luz. As lufadas sopravam mais imundas, mais geladas, conforme ela chegava.

Eu não me mexi.

Mantive o olhar fixo nela, minha magia escapando de mim em súplica, em sussurro.

Venha cá.

Eu nunca ousara fazer aquilo. Nunca arriscara o segredo Celeste com tamanho atrevimento. Porém, eu faria isso por ele. Faria isso por Vincent, pelo irmão dele, pelos inocentes que ali viviam. Pelo lar deles no rio. Pela prece que eu não atendera.

Venha cá.

A eithral continuou a voar, e se o que a atraiu foi a correnteza brilhante do rio, o caos da ponte, a altura orgulhosa das torres ou meu murmúrio de magia… eu nunca saberia.

Eu aguardei o momento perfeito. O momento em que a sombra da eithral estava prestes a se derramar sobre mim, o vento das asas emaranhando meu cabelo e me jogando de joelhos. Tão próxima que eu enxergava as escamas iridescentes, exibindo todas as cores sob o sol. Espelhando o brilho de todas as pedras preciosas.

Me empresta sua visão?

Prendi a respiração quando os olhos vermelhos da eithral encontraram os meus. O corpo dela ondulou no ar acima de mim, sinuoso e gracioso, como uma cobra entre as nuvens.

Me empresta sua visão?, perguntei uma segunda vez.

Fez-se um momento de silêncio imenso, tão pesado que eu sentia que me afogava. Como se meus pulmões entrassem em colapso e eu não pudesse mais puxar ar. Até que a tempestade em mim se silenciou. Senti um gosto podre arder no fundo da garganta; senti o peso se acumular nos meus ossos, como se alongados, mais grossos. Expirei, e senti minha pele ficar fria e calejada, coberta por escamas duras como ferro que jamais poderia derreter.

Pestanejei, desorientada, como se arremessada ao céu de repente. Até que o mundo ondulou sob mim. Entrou em relevo nítido, em detalhes brilhantes. Transbordando de cores que eu nunca vira.

Eu vi o mundo pelos olhos da eithral.

XLIV
Voo

MATILDA

Eu voava por cima da ponte.

Vi os homens tremerem e se encolherem sob minha sombra, a lufada de minhas asas puxando seu cabelo, abafando seus gritos. Metade deles parecia determinada a continuar lutando, seguindo em frente sob os comandos do barão. Porém, a outra metade se desesperava. Alguns corriam em busca de abrigo na torre da Fúria, esquecendo o aríete, enquanto outros disparavam freneticamente flechas pelo ar, mirando em minha barriga.

Eram meros gravetos, e eu não as temia.

Girei no céu, voltando para passar novamente sobre a ponte. Dessa vez, a fome pulsou em mim, e eu ousei pairar mais baixo. Fixei os olhos em um dos cavaleiros do barão. Ele estripava um arqueiro de Wyndrift, e mergulhei e capturei o cavaleiro com minhas garras.

O grito dele não passava de um miado; ele se debateu enquanto eu o carregava cada vez mais alto. Meu prazer brilhava como mercúrio, iluminando as profundezas sombrias sem fim de minha mente.

Largue ele no rio.

O pensamento não parecia ser meu. Era uma trepidação que emergia do fogo dos meus ossos, e eu me entreguei. Deslizei acima da água e soltei o cavaleiro. Ele afundaria até o leito do rio com aquela armadura; seus ossos repousariam lá eternamente, limpos pelos peixes, e eu dei outra volta, escolhendo um segundo cavaleiro ensanguentado do barão.

Eu o arremessei na água em seguida, e me virei para um terceiro, um quarto, um quinto ataque, vendo a batalha começar a fraturar. O terror deles era adocicado e enjoativo, uma fumaça perfumada que eu inspirava profundamente, minhas asas ganhando mais poder a cada movimento no ar.

Encontrei o barão em meio ao tumulto. Ele era como uma moeda de prata sob a luz, atraindo meu olhar. O cavalo dele empinou; Grimald largou a espada, debatendo-se com as rédeas. A armadura lampejou em escarlate, refletindo o fio de fogo queimando por perto e, quando eu voei por cima dele, tão próxima que vi o terror esbranquiçado em seus olhos, ele caiu.

Uma risada estrondou em mim, quente como brasas atiçadas na lareira.

Outra vez, dei uma volta no alto, cortando o vento com as asas. Estudei os brilhos alvoroçados de armadura e cota de malha na ponte. Grimald estava entre eles, escondido como um covarde, e eu estava determinada a encontrá-lo — queria sentir o gosto de seu sangue, esmagar seus ossos entre os dentes — quando outro cavalo agitado chamou minha atenção.

Era o deus da primavera. O deus dos rios e do ferro.

Eu reconheceria o fedor daquela magia em qualquer lugar. O queixo empinado de arrogância.

Warin estava pálido, o rosto úmido de brilho febril. A égua saltitava pela barafunda, mas, quando ele puxou as rédeas, o animal parou, como se encantado.

Fúria gelada me percorreu. Invadiu minha visão e a pintou de vermelho. Estalei as mandíbulas, rangendo os dentes compridos, e fixei a vista em Warin e seu cabelo acinzentado. Suas vestes de poente. Eu o destroçaria. Carregaria seu corpo às montanhas e o devoraria, osso a osso.

Matilda!

Achei ouvir um nome, um grito distante. Achei sentir alguém apertar meu ombro, sacudir-me como se eu estivesse sonhando. Mas não, eu estava no céu. Eu era fogo, trevas e asas, e me afastei daquela voz, mesmo que algo em mim saltasse em reconhecimento.

Desci, o ar uivando ao meu redor, os homens se espalhando na ponte sob minha sombra. Todos menos um. Warin, que sustentava meu olhar.

Ele tremia, mas não se mexeu. Não cedeu, não antes de minhas garras estarem a momentos de perfurar seu peito, de arrancá-lo de cima do cavalo.

Só então ele tombou.

Ele fugiu do cavalo e correu a pé até a ponte da Fúria, para escapar no rugido repentino do vento alísio. Um grito brotou em meu peito. Vibrou em mim como trovão, me escapando em um guincho com gosto podre, rasgando o ar ao meio. Escutei aquele nome de novo — *Matilda!* — e, por um momento, senti que estava suspensa em uma teia. Emoção me puxou, dolorida, enredada. Eu estava presa em algo complexo; tinha afundado em um pântano do qual não conseguiria me erguer.

Eu sabia quem era meu inimigo, mas não conhecia meu próprio nome.

Eu não sabia quem eu era.

Minha mente era sombras e névoa. Um lago profundo e escuro. Vento frio atravessado por notas de flauta. Percebi, então, que eu tinha voado baixo demais, por tempo demais, por cima da ponte. Tinha perdido a torre de vista, que emergiu entre a fumaça.

Outro grito me percorreu quando minhas asas bateram no ar, com dificuldade de ganhar altura. Flechas ricocheteavam de minhas escamas, sem me ferir, e eu fiz uma curva fechada para a direita.

Tarde demais.

Eu colidi com a torre.

XLV
Volte para mim

VINCENT

Eu não sabia se a eithral me seguira ou se eu seguira a eithral. Ela me pressentia, talvez, mesmo que a noite a forçasse a repousar e eu continuasse a cavalgar, escondido sob o abrigo da capa de Matilda, em ritmo mais lento no escuro. Ao amanhecer, contudo, a fera voava outra vez, e me alcançou na estrada. Nossos rastros eram um estranho reflexo — um na terra, outra no céu.

Quando subi a última colina antes de chegar em casa e vi Wyndrift ao longe, com fumaça subindo e o lampejo da batalha na ponte leste... meu coração congelou. O pavor apenas se intensificou quando a eithral se adiantou, atraída pelo alvoroço prateado da batalha. Hugh e seus soldados ainda estavam quilômetros atrás de mim; eu não poderia contar com seu apoio por horas. Instiguei meu cavalo a galopar no que restava da estrada, vendo a eithral começar a baixar nas proximidades da torre da Fúria.

Meu sangue virou gelo quando disparei pela ponte oeste, cujos portões tinham sumido por inteiro, deixando a fortaleza vulnerável. Os rastrilhos haviam desaparecido, e os portões de madeira correspondentes, caído. Passei pelas pontes ao oeste sem ser detido, e minhas mãos tremiam quando finalmente apeei no pátio.

O lugar parecia abandonado.

Apenas sombras se mexiam no musgo e nas pedras, jogadas por nuvens que corriam no céu, e eu segui os gritos, o tilintar de aço, o rugido da eithral até a ponte leste. Novamente, o portão do Centeio estava destruído, como todos os outros, mas eu encontrei um grupo de soldados meus reunidos ao redor de Edric.

Me revele, sussurrei para a capa. Ela me obedeceu, como se meus ossos transbordassem de magia e poder. A lã se transformou em um vermelho vivo.

Imediatamente, fui notado.

— *Vincent!* — exclamou Edric, corado e tenso, meu título se desfazendo sob o peso de seu desespero. — Estávamos esperando sua volta.

— Contem-me o que aconteceu — pedi, acelerando pela passagem da torre do Centeio, em direção à da Donzela.

Edric me acompanhou, rapidamente detalhando os acontecimentos da manhã, com a voz rouca, como se tivesse passado horas gritando.

— Acho que não temos como segurá-los por muito tempo, senhor. Os portões...

— Eu vi.

— E nós... *Espere*, senhor. Devemos vesti-lo com armadura. Ainda está de roupas de...

— Onde está Nathaniel?

Edric fez uma careta.

— Estava na torre da Fúria, com sua esposa. Não sei...

Eu desatei a correr, agarrando o punho da espada na bainha da cintura. Tentei engolir, mas minha boca estava seca; senti o gosto da terra da estrada nos dentes. Parecia que minha voz se partiria se eu ousasse falar. Minha pulsação martelava enquanto eu disparava pelas sombras da torre da Donzela, até chegar ao ar livre da ponte.

Foi apenas quando vi a eithral novamente, mergulhando com suas asas reluzentes e capturando cavaleiros para arremessá-los na água, que parei, derrapando.

Admirei o monstro, paralisado por medo e incredulidade. Pela minha impotência.

Mantive os olhos fixos nela, vendo-a mergulhar, abrindo as asas largas e translúcidas na luz. Ela mirava apenas nos homens do barão, que entregava ao rio. Eu ainda não a vira atacar nenhum de meus soldados.

— Senhor! — Hyacinthe me notou. A voz dela pareceu ecoar pelo tumulto ao nosso redor como se estivéssemos em um pesadelo; sua armadura brilhava à luz fraca conforme avançava na minha direção. — Que ordem devo dar?

Abri a boca para responder, ainda hipnotizado pela eithral. Eu não me mexi quando a criatura passou voando por cima de nós, dando a volta na torre da Donzela para retornar à da Fúria. Vi um lampejo vermelho, na altura das ameias, como cabelo comprido emaranhado ao vento.

Matilda.

— Mantenham posição — disse para Hyacinthe, meus pés me levando de volta à Donzela.

Minhas palavras, porém, foram abafadas pelo urro repentino da eithral. O som rasgou o ar e nos derrubou de joelhos, os soldados de Wyndrift e as forças do barão, como se esquecidos de nós mesmos, unidos diante de um novo inimigo.

O efeito durou apenas um momento.

Eu me encolhi, mas não deixei de olhar a criatura; eu a vi colidir com as ameias da torre da Fúria.

A ponte tremeu com o impacto. Pedras caíram do alto. Poeira e fumaça continuaram a subir, cobrindo o mundo com uma névoa dourada. Homens berravam.

Eu me forcei a me levantar.

A eithral dava uma segunda volta na torre, como se determinada a derrubá-la. Um calafrio me percorreu; senti gosto de cobre e sal na língua, e notei que tinha mordido o lábio.

— Mantenham posição — ordenei novamente, engolindo o sangue e dando as costas a Hyacinthe.

Ao meu redor, eu sentia a batalha mudar.

Os homens do barão começavam a fugir, desesperados para voltar à margem antes do desabamento da torre da Fúria prendê-los na ponte. Eu ouvia cavaleiros gritarem, e enfim soou o berrante de retirada, uma nota que uivou pelo ar como uma criatura ferida.

Sozinho, subi correndo a escada em espiral da Donzela, minhas panturrilhas ardendo de esforço quando cheguei ao topo. Eu não sabia o que esperava, mas saí para o céu vasto e o vento implacável do topo da torre, e ali estava ela.

Parei de supetão, olhando para Matilda.

Ela estava de costas para mim, ajoelhada. De cabelo solto, emaranhado como fios carmim no vento. A cota de malha cintilava com uma mancha dourada — sangue dela, percebi, o que fez meu coração acelerar.

Não estava sozinha. O deus da guerra estava a seu lado, a presença dele uma montanha severa se comparada com sua beleza plácida. A capa dele esvoaçava no vento; o rosto ensanguentado estava franzido, em uma expressão de aparente agonia, enquanto ele sacudia o ombro dela.

Ele ainda não me vira.

— Matilda! — gritou Bade, desesperado, como se ela estivesse em um sonho, um transe, de que ele precisava despertá-la. — *Matilda!*

Eu não sabia o que acontecera, o que a acometera. Por que ela não o respondia, nem por que continuava ajoelhada, de rosto virado para o céu. Eu não sabia, mas, enquanto meus pensamentos me inundavam em cascata, reluzentes e afiados, suspirei e senti a torre tremer novamente sob meus pés.

Ela estava controlando a eithral.

Senti o mistério em meus ossos como uma dor que se manifesta no inverno, e me aproximei, chamando a atenção de Bade.

Imediatamente, ele entrou em guarda. Seu medo foi substituído por desconfiança nos olhos escuros. Ele inflou as narinas ao me encarar, calculando a ameaça que eu representava. Contudo, não puxou a espada, nem me desafiou. Pelo menos por enquanto. Com um nó no estômago, continuei a diminuir a distância entre nós.

— Deixe-me tentar — pedi.

Ele não conseguira trazê-la de volta. E, embora eu soubesse que Bade era jurado a Matilda — que era seu aliado —, ele não sabia o que eu era para ela. Não sabia que, um dia, eu e ela tínhamos nos deitado juntos sob as samambaias ondulantes, agarrados e entrelaçados como se nada — nem uma criatura do reino Inferior — pudesse nos separar. Um dia, tínhamos caminhado por sonhos, lado a lado.

Ela não era minha por uma promessa declarada, mas por algo mais profundo. Algo que parecia mais antigo, mais forte, mais sombrio, como uma língua cantada séculos antes, e desde então esquecida. Algo que fervia no sangue e me chamava, me levava a ela.

Como eu resistira àquele chamado, como se devesse temê-lo. Como se fosse uma fraqueza que me condenaria se eu me permitisse ceder.

Eu não queria mais resistir.

Bade hesitou, a mão flexionando junto à lateral do corpo. Desejava a espada. Porém, deve ter visto como eu a olhava. Só então me concedeu passagem e recuou, permitindo que eu avançasse plenamente.

Eu me ajoelhei atrás dela. Não nos tocávamos. Não ainda, embora o espaço entre nós parecesse vibrar de desejo. Suavemente, sussurrei o nome dela:

— *Matilda.*

Se ela me ouviu, não reagiu. A eithral voou sobre nós, a lufada de suas asas arrancando o ar dos meus pulmões, jogando meu cabelo nos olhos.

Eu precisava chegar mais perto.

Avancei até não restar mais espaço entre nós. A coluna de Matilda alinhada com meu peito. Minhas pernas ao redor das dela. Passei a mão por sua cintura. Levei a outra a seu coração. Sentia-a tremer, como se sua magia requeresse tremendo esforço. Como se ela estivesse perdida e não soubesse voltar.

Minha garganta entalou.

Por um momento, não consegui falar. Encostei o rosto no dela, face com face, para ver o que ela via — céu e nuvens e o sol embaçado, homens de armadura reluzente, sangue e fumaça e fogo, uma torre desmoronando sob seu poder.

Eu a abracei com força, a cota de malha machucando minhas mãos. Eu teria arrancado a armadura do corpo dela, apenas para sentir sua pele na minha, apenas para acabar com as camadas entre nós.

— Matilda — repeti. — Volte para mim.

A eithral continuou a circular e mergulhar, guinchando novamente. Dessa vez, contudo, havia hesitação. Uma demora ao pairar, as asas agitando um redemoinho no ar.

Encostei a boca no pescoço de Matilda; respirei em sua pele gelada. Ela tinha gosto de chuva. Sussurrei no cabelo dela, palavras que apenas ela ouviria:

— Volte para mim, Ruiva.

Ela encostou a cabeça no meu ombro. Soube que estava consciente de minha presença, enfim, de meu corpo alinhado com o seu. De nossas respirações unidas, nossos peitos subindo e descendo em sincronia, do toque das minhas mãos e da cadência da minha voz, mantendo-a ancorada em mim. Era mais forte do que qualquer prece que eu poderia pronunciar, do que qualquer palavra que eu poderia escrever em tinta.

A tensão começou a se dissolver de seu corpo.

— Se isso a levar para longe — falei —, leve-me junto. Não me deixe para trás, Ruiva.

Ela estremeceu.

Soube o momento exato em que a consciência dela voltou, quando ela piscou para abandonar o mundo em que estivera cativa, um lugar que eu só podia ansiar por ver a seu lado.

Matilda soltou um suspiro partido, o início de um soluço. Levantou as mãos para cobrir as minhas, mais frias do que o gelo. De início, achei que fosse me afastar. Porém, ela apenas fez pressão nas minhas mãos para segurá-la, como se precisasse que eu a lembrasse da realidade. Como se ela também quisesse arrancar as escamas, os elos de aço da cota de malha.

— Vincent — disse, com a voz desgastada, áspera.

— Sim. Estou aqui com você.

Ela fez silêncio por um momento, assim como eu. Olhava para o céu, onde a eithral se afastava. O vínculo entre elas se partira; eu sabia que fora a minha voz que o cortara como uma espada. Porém, não observei a criatura sumir entre as nuvens; minha atenção era apenas em Matilda, e eu contei suas respirações, o ritmo de seu coração. O som dela lutando contra as próprias lágrimas, tentando engoli-las.

Aquilo me feriu profundamente.

— Está tudo bem — falei, as palavras vibrando em meu peito. — Não precisa se segurar.

— Não — sussurrou ela, a voz rouca, grave. — Eu... não posso.

Quando ela se levantou com esforço, eu a soltei, relutante. Permaneci ajoelhado enquanto Matilda se debruçava na ameia, abaixando a cabeça até seu cabelo pender como uma cortina. Eu sabia que ela deixava as lágrimas escorrerem pelo rosto. Que não queria que eu soubesse. Quando terminou, ela se recusou a me olhar.

Matilda ficou observando a eithral voar no azul do horizonte ao leste, mas eu a observava.

E eu só podia questionar qual seria o preço. O que aquela vitória exigiria dela. O preço do triunfo que entregara para o rio, para Wyndrift.

Para *mim*.

XLVI

Presas mais afiadas

MATILDA

Aos poucos, eu voltei ao meu corpo. Escamas viraram pele, sangue frio virou ouro aquecido pelo sol. Minhas asas tornaram-se pó. Pestanejei e vi o mundo que eu sempre conhecera, com cores cujos nomes eu sabia.

Não havia motivo para chorar até eu entender o que fizera.

O alarme parou de tocar.

Quando minha emoção se aquietou, dei as costas para o céu.

Meus olhos queriam se fixar em Vincent, ainda ajoelhado atrás de mim, o cabelo escuro em contraste com a face pálida. Ele me fitava com uma doçura que poderia me derrubar — eu me sentia quase inebriada, ainda zonza do voo —, mas minha atenção foi roubada por Bade. Lampejos de medo iluminavam seus olhos ao me encarar.

— O que você fez, Matilda? — perguntou.

O que eu fiz?

As palavras ecoaram em meu vazio, e eu olhei para a ponte e a destruição que causara. Metade da torre da Fúria desmoronara, e a nova silhueta era irregular no céu, as escadas levando apenas às nuvens.

Warin derrubara o portão, então eu criara o meu próprio com os escombros. A parte superior da torre desabara sob minha ira, formando uma barricada. Ninguém poderia passar por ali, nem o barão, vindo do rio, nem nós, vindo de dentro. Pela agitação que via através da fumaça da ponte, os homens do barão presos ali estavam se rendendo. Os que não tinham voltado ao acampamento antes das pedras caídas barrarem o caminho. Eram nossos prisioneiros, e eu os vi caírem de joelhos, de mãos erguidas, enquanto os cavaleiros de Wyndrift atavam seus punhos.

— Venci a batalha — respondi, seca.

— Não — disse Bade, e levantou a mão para o céu. — O que foi *aquilo*?

Eu sabia o que ele indicava. Ele era Inferior, não conhecia os modos e segredos Celestes. Não sabia que eu podia comandar a visão de seres alados.

Jurara diante da corte Celeste que protegeria nossa visão coletiva, e acabara de quebrar a promessa. Eu expusera o poder não apenas para Bade, como também para Vincent.

Ardi de vergonha. Eu sentia ao mesmo tempo frio e calor. Estava tonta, como se o chão fosse balançar quando eu finalmente ousasse dar um passo. Será que Shale vira aquilo? Ou meu pai? Fora desespero, tolice, arriscar esse segredo. Porém, se eu não o fizesse... a batalha ainda estaria à toda lá embaixo. Sem os portões, acabaríamos perdendo a torre da Donzela, e então a do Centeio. Warin, Grimald e seus homens nos teriam encurralado no coração da fortaleza. Teria sido o começo do fim, um massacre terrível.

Eu não me arrependia do que fizera. Quebraria minha promessa de novo e de novo para salvar os mortais que eu viera cuidar e proteger. Quando reconheci isso, minha vergonha passou.

Se for este meu destino, que seja.

Vincent se levantou. Ele se postou entre mim e Bade e, embora os olhos de Bade ainda transbordassem de dúvidas, os de Vincent, não. Os olhos dele eram límpidos, quase penetrantes, ao me encarar. Quando retribuí, senti meu coração pular, como se nele tivessem brotado asas frágeis.

Ele sabia o que eu fizera. Sabia que eu controlara a eithral e que quase me perdera em meio ao seu poder na caverna de sua mente. Sabia, e não me temia, nem pensava menos de mim. Não, havia outra coisa queimando seu olhar.

Volte para mim, Ruiva.

O timbre grave de sua voz. O nome que ele me dera na inocência, na infância. A voz dele me arrastara de volta pelo vento uivante e pelas constelações de estrelas sem nome. Por uma distância que parecia tão profunda e eterna quanto o mar.

Não precisa se segurar, dissera ele no meu cabelo. Porém, eu não podia me soltar. Tinha medo demais de me permitir me desfazer assim. Se puxasse um fio solto, temia que a tapeçaria inteira descosturasse.

— Quem é você para ela? — perguntou Bade, com a voz afiada, voltando a atenção para Vincent.

Vincent sustentou meu olhar por mais um momento, como se não quisesse desviá-lo. Enfim, olhou de soslaio para Bade. Eu me preparei para sua resposta, sabendo o que viria...

— Sou o marido dela.

Para enorme crédito de Bade, ele não reagiu. Houve apenas um minúsculo tremor em sua mão direita, como se ele ansiasse pela espada. Mas ele era esperto; manteve a espada embainhada. Olhou para mim rapidamente, e assim permaneceu, mais uma vez com o brilho de centenas de questões.

— Posso ter um momento a sós com minha aliada? — perguntou ele.

Vincent abaixou a cabeça em consentimento, mas, antes de nos deixar, desamarrou a capa de seu pescoço e cobriu meu ombro com ela. Eu suspirei e segurei as fitas na altura das minhas clavículas, o tecido ainda quente do corpo dele. Sentia o cheiro de grama e fumaça de madeira, de sol e vento, da pele dele ainda ali.

Quando ele se foi, o silêncio se estendeu, pesado, entre mim e Bade. Nenhum de nós falou. Meramente nos encaramos, e eu senti o suor acumulado nas mãos. Minha respiração ficou mais profunda, como se preparando-me para uma discussão.

Decidi que seria a primeira a falar.

— Minha atribulação o despertou?

Bade franziu a testa, repuxando as cicatrizes.

— Despertou?

— Você, Adria, toda a corte Inferior — falei, chegando mais perto. — Os eithrais, os cães. Os vassalos. Dacre. Estavam todos dormindo quando eu os visitei. Nada os acordava.

Medo o atravessou, brilhando como o sol em uma adaga. Na mesma rapidez que chegou, sumiu, como pó debaixo de um tapete.

— Quanto tempo dormimos?

— Não sei. Mas estavam todos vulneráveis.

— E você se vingou?

Ah, como ele me conhecia. Rangi os dentes, pensando em Phelyra. Eu me perguntei se Bade esperava que eu a matasse. Que roubasse a magia que um dia fora de minha mãe. Ele se decepcionaria por eu tê-la poupado? Por ter saído de barriga vazia?

— O que você acha? — retruquei.

Sua boca repuxou em uma linha soturna, e ele desviou o olhar para as ruínas esfumaçadas da torre da Fúria.

— Não me lembro de adormecer — confessou ele —, nem sonhei enquanto repousava. Acordei com Adria me sacudindo. Nenhum de nós recordava o que nos fizera dormir, mas nos sentimos renovados, restaurados. Pouco depois, senti seu medo, como se uma flecha me perfurasse. O medo me trouxe aqui, e só consegui ficar imaginando como foi que você tinha se metido em uma enrascada dessas, envolvida em uma batalha mortal.

Eu mordi a língua, considerando se deveria contar. Minha hesitação o fez me olhar de volta.

— E casada com um homem mortal, ainda por cima — disse Bade, com a voz um pouco mais sombria de desaprovação.

— Embora agora eu compreenda por que você estaria aqui, travando guerra. Compreendo por que você derrubaria uma torre. Se foi por amor.

Não achei sábio admitir que a maior parte da situação era um ardil. Até Bade, em quem eu confiava, poderia me expor. Os Inferiores não eram tão infalíveis quanto eu antes acreditava. Eu poderia tê-los matado todos enquanto dormiam, e a ideia me apavorava.

— Este homem é Vincent, imagino — acrescentou Bade.

Eu franzi a testa.

— É. Como você sabia?

— Eu me lembro do dia em que você fugiu do reino Inferior. Lembro que queria buscar santuário com ele.

Sim, pensei, engolindo em seco.

— Isso muda sua opinião dele? — perguntei.

— Minimamente. Mas também me encoraja a alertá-la, Matilda.

— Em que sentido?

— Se for se arriscar por ele, por amor — começou Bade —, então precisa se preparar para pagar o preço. Talvez você acredite que será diferente, que escapará ilesa dessa forca, mas é inescapável. Haverá um preço. Quando alguém da nossa laia ama algo mortal... um sacrifício é sempre necessário. Embora talvez você tenha começado a pagar.

Ele falava da eithral novamente.

Eu queria rebater suas palavras, mas ele não estava passando sermão. Ele conhecia muito bem aquilo que falava, pois se apaixonara por uma mulher mortal. O caos que se seguira, a desgraça que ainda o maculava.

— Perguntarei de novo, e espero que me responda — disse Bade. — Como seu aliado... o que você fez com a eithral? Como a comandou? Que magia utilizou?

— Não tenho que responder — retruquei, as palavras ásperas como areia na minha garganta. Minha raiva fora atiçada, junto com meu medo. — Você se diz meu aliado, mas veio apenas por dever. Veio me auxiliar hoje por causa de uma promessa de sal que se arrepende de fazer.

Eu queria que Bade negasse. Que me dissesse que viera porque me amava, e que não portava arrependimento algum. Que uma parte discreta dele me via como a filha que nunca tivera.

Porém, o amor entre deuses nos torna vulneráveis. É uma fraqueza. Um mapa de falhas que ensina aos inimigos onde nos atacar para nos ferir profundamente.

E mesmo ali, apenas nós dois, a sós, ele não diria o que eu ansiava por escutar. Vi a verdade brilhar em seus olhos ao me encarar, estoico e rígido, como se fosse mais rocha do que divino.

— Foi bondade sua vir, e eu agradeço — sussurrei —, mas eu o liberto de sua promessa de sal.

Bade estremeceu como se eu o tivesse estapeado, com a expressão contorcida em choque.

— Você não quis dizer isso — declarou, com a voz falhando.

— Por que eu diria algo que não quis? Estou lúcida e não me engano. Você cumpriu essa promessa antiga e, agora, deveria partir livre, sem estar preso a mim e ao perigo que me aguarda.

Meu coração batia forte, metade de angústia, metade de orgulho. Vagamente, pensei: *O que você está fazendo? Essa guerra com Grimald não terminou. Haverá outra batalha, e você abre mão do único aliado que tem...*

Até que as presas de meus pensamentos ficaram mais afiadas.

Eu não queria que alguém me ajudasse por dever. Estava cansada daquilo, daquele mundo de dívidas e promessas. Preferiria enfrentar o terror sozinha a ter alguém atrás de mim apenas por obrigação.

Pensei em Vincent e, de repente, me reconheci. Eu estava fazendo o mesmo com ele. Estava ali, fingindo um matrimônio, por culpa e remorso. Porque eu não o respondera anos antes, quando ele precisara de mim. Porque tentava me redimir por algo que ocorrera em nosso passado, algo que estivera inteiramente além do meu controle.

Percebi que eu podia partir. Não tinha que responder afirmativamente a sua prece. Minha resposta podia ser *não*. Muitos divinos devoravam ou inspiravam pedidos para sentir o prazer, e então desdenhavam da dor humana e recusavam auxílio.

Vá embora, sussurrou uma voz para mim. *Você assumiu a flecha da Morte por ele. Quebrou uma promessa Celeste por ele. Já fez o suficiente.*

Porém, quando eu imaginava aquilo... quando me via abandonar ele e aquela fortaleza, o rio e seu povo... quando me voltava para dentro, tão fundo que sentia que abria uma velha cicatriz, encorajando a sangrar, me dava conta de que não era apenas a mera culpa que me mantinha ali.

— Matilda — disse Bade, brusco. — Espere um momento.

Eu me virei, olhando para a ponte. Esperava que ele suspirasse e partisse. O que mais havia a dizer entre nós?

Ele falava, a voz grossa e familiar, mas meu foco se concentrara em minha cintura, no calor repentino no cinto. Olhei para as pedras da lua, meu coração pulando de pavor.

A guardiã abria o olho.

XLVII
Uma porta abandonada

MATILDA

Ao longo dos anos que eu passara no reino Celeste, aprendera que o olho na pedra abria apenas quando alguém próximo de mim morria. Não necessariamente alguém que eu amava, mas alguém cujo destino era ligado a meu. A conexão podia ser um encontro breve ou uma relação que durasse estações eternas. Quando o olho se mexia, contudo, eu sabia que alguém dava seus últimos suspiros. Uma sombra estava prestes a ser recolhida por Orphia; uma alma estava prestes a vagar pelo deserto.

A guardiã pressentia a chegada, e começava a abrir o olho de expectativa. Ela se preparava para receber a alma no portal, para pesar seu valor na bruma.

Apenas uma vez o olho se fechara prematuramente, no caso de Adria — também fora a primeira vez que eu vira o olho abrir. Nesse caso, porém, a Rainha Poeta escapara do deserto e da bruma ao evoluir e tornar-se uma de nós. A segunda vez em que o olho se abrira fora na morte de minha mãe, e eu, de tamanho abalo, não sentira o calor do alerta.

Cobri a pedra com a palma da mão, meu coração acelerando em um ritmo frenético.

— Matilda? — chamou Bade, percebendo que minha mente ia longe, embora eu estivesse tão próxima dele que nossas sombras se misturavam nas ameias da torre. — Você me ouviu?

Eu estava me virando para ele quando veio o grito lá de baixo. Um som horrível, esganiçado. Arrepiou os pelos em meus braços; minha boca secou como o auge do verão. Mais gritos se seguiram, carregados pelo vento. Furiosos, seguidos pelo tilintar de aço.

Bade e eu nos debruçamos no parapeito, olhando para a ponte da Donzela. Um dos cavaleiros do barão estava sendo jogado ao chão, mas não antes de eu ver uma espada ensanguentada cair com estrépito a seus pés, arrancada da mão. Ele matara alguém, alguém cujo destino era ligado ao meu. Passando o olhar pelo caos e pelos fios de fumaça, eu não conseguia ver quem caíra. Não encontrava Vincent em meio ao tumulto.

Afastei-me das ameias.

O sangue crepitava como fogo em minhas veias; o ar queimava meus pulmões ao respirar. Desci a escada da torre em ritmo desatinado, me equilibrando no corrimão. Bade me seguiu, fiel, como se uma corda nos amarrasse. Era a promessa de sal; eu não poderia desfazê-la apenas com minha voz. Precisava escrever, palavra a palavra, em um pergaminho que nós dois comeríamos novamente, para finalmente dissipar seu poder.

Ele me pediu para desacelerar, mas sua voz era um mero burburinho perdido no ar. Um rugido me consumia, estreitando minha visão a um ponto fixo, manchada por estrelas escuras.

O que quer que eu estivesse prestes a encontrar, eu não estava preparada.

Eu sentia o ponto fraco em mim, como se pressionasse gelo rachado.

Não podia ser Vincent.

Se fosse ele, eu me afogaria. Quase senti meu luto subir como a cheia de água gelada. Eu o engoliria, gole a gole, até o peso me afundar por completo.

Enfim cheguei ao ar livre da ponte da Donzela.

Disparei adiante, obrigada a pular os corpos espalhados na ponte como se fossem entulho, deitados em sangue ainda úmido. Grupos de urubus circulavam no céu. As sombras ondulavam sobre os mortos e feridos, sobre espadas e escudos abandonados e flechas ainda ardendo em chamas.

Cheguei mais perto, atraída pelos cavaleiros de Wyndrift que formavam um círculo amplo ao redor de alguém.

O tempo pareceu escapar de mim naquele momento, detido. As cores se esvaíram e o ar girou, carregado e úmido. Parecia que eu me deslocava no mel, lenta e com dificuldade, por mais esforço que fizesse para acelerar. Finalmente, cheguei ao círculo armadurado. Passei entre Edric e Hyacinthe para ver quem estava no centro.

Vincent estava lá, como eu sabia que estaria.

Estava ajoelhado de novo, mas o sangue manchando as tábuas de madeira não era dele. Era do homem que ele abraçava no colo.

Nathaniel.

Parei abruptamente, como se meus pés criassem raízes.

Ele ainda estava vivo, em desafio à ferida no pescoço que jorrava sangue, vívido e fino, pelo peitoral encouraçado. Eu sabia, como todos ali reunidos, que era um golpe fatal. Sabia que ele não tinha muito mais tempo de vida, e escutei sua respiração. Sôfrega e úmida. O sangue borbulhando pelos dentes, pingando dos cantos da boca. Vi a palidez em seu rosto, a vida escoando pela pele, deixando-o branco como neve. Com os olhos arregalados, brilhando de incredulidade, ele fitava o irmão.

— Você vai ficar bem — disse Vincent, em tom gentil, afastando uma mecha de cabelo murcha da testa de Nathaniel. — Aguente só mais um pouquinho. Estão... Estão vindo com ervas para ajudar com a dor. E agulha e linha, para suturar sua ferida. Você sempre odiou agulhas, não foi? Mas agora terá uma cicatriz para competir com a minha. Você sempre disse que queria uma.

Tentei respirar, e descobri que não conseguia. Minha garganta se fechara; minhas costelas pareciam pergaminho fino, enroscado. Vi Nathaniel tentar falar, mas saíam apenas sons indecifráveis. A voz dele era repicada, entrecortada. Ele estremeceu, flexionando os dedos como se quisesse esticá-los para segurar o irmão. Segurar algo vivo.

Sua sombra, porém, sumia rápido.

Vi Orphia passar pela multidão, as vestes pretas esvoaçando na brisa como nuvens de tempestade. Os mortais não a viam, mas sentiam sua presença fria. Estremeceram, baixando os olhos. Vincent se calara, tão imóvel que podia ser uma tapeçaria. Um homem tecido em cem fios, paralisado no tempo.

Aquilo não deveria ter acontecido.

Eu deveria ter permanecido com Nathaniel, como Vincent pedira. Deveria ter ficado com ele em vez de mandar Bade protegê-lo, pois a prioridade de Bade sempre seria a promessa de sal. Ele me seguira torre acima.

Orphia recolheu a sombra de Nathaniel como se fosse um corte de linho escuro. Pendia de seu braço, mais uma para a coleção. Para pendurar nas vigas manchadas de fumaça de sua toca.

Ela sentiu meu olhar implacável e o retribuiu. Por mais lugares em que tivesse vagado, por mais divinos que conhecesse, eu não conseguia interpretar sua expressão. Era como olhar em um poço muito fundo, e eu só podia ponderar que pensamentos a atravessavam naquele momento. Se era ela quem tecera aquela morte para o irmão mais novo de Vincent no tear compartilhado, ou se fora Rowena.

Foi você?, quis perguntar, rangendo os dentes. *Você teceu esta dor?*

Orphia olhou para minha cintura.

Ela encarava o olho na pedra. *O olho da mãe dela*, percebi, ficando tensa.

A Morte não me disse nada.

Ela apenas arqueou a sobrancelha e deu meia-volta, e levei o tempo de duas respirações ofegantes para entender que ela me desafiava. Ela sabia que eu podia adentrar o deserto. Sabia que eu levava o olho perdido da mãe no cinto, e que ele se mexia quando Orphia estava prestes a recolher uma vida. Sabia que eu não era apenas um arauto.

Ela vira meu horóscopo dias após meu nascimento.

Condutora de almas, Adria escrevera no diário, sob minhas estrelas.

Eu podia ir atrás da alma de Nathaniel no deserto. Podia falar com ele, uma última vez, mas, primeiro, precisava de uma porta abandonada.

Pensei no portal pelo qual passara antes. A porta nas ruínas do castelo. Não estava longe dali, mas eu precisaria de um vento alísio para chegar a tempo. E o vento alísio soprava na ponte da Fúria. Um lugar que eu não tinha como alcançar, devido à minha própria barricada.

Engoli em seco, pensando que não tinha opção além de tomar o caminho do reino subterrâneo, o que causaria um atraso para o qual não tinha tempo, até que olhei para a torre que eu partira. A Fúria, envolta em fumaça.

Medi a pilastra restante, até a ponta escarpada, e a estudei com um novo olhar. A escada sobrevivera à minha ira. Levava ao céu. Eu a notara vagamente antes, mas não percebera um batente com a porta ainda intacta, cujo cômodo correspondente virara parte dos escombros.

Uma porta abandonada. Uma porta que não levava a lugar nenhum.

Fui percorrida por expectativa. Eu não tinha como saber se aquele portal mudaria com minha presença e me levaria ao deserto, e não às nuvens. Apesar de insegura, precisava tentar.

Olhei novamente para Vincent.

Quieto, solene, fitava o vazio. Seu rosto estava pálido e fundo, como se ele mordesse as bochechas. Ele continuava a abraçar Nathaniel, mas tremia, como se esgotado pelo choque.

Devagar, levantou a mão ensanguentada. Fechou os olhos vazios de Nathaniel.

Eu queria me aproximar dele. Queria tocá-lo como ele me tocara antes, oferecer santuário para ele repousar. Porém, se eu me ajoelhasse, cairia no redemoinho que a Morte deixara para trás. Perderia o momento, então criei coragem e escapei pelo círculo de cavaleiros.

Me transforme em sombra, pedi à capa, que obedeceu rapidamente.

Invisível, comecei a escalar os escombros que eu criara, e a subir pelo que restava da torre da Fúria. Não parei, não olhei para trás — apenas quando cheguei à escada exposta e olhei para o outro lado da ponte.

Bade me observava, carrancudo. Era o único que notara meu sumiço. Ele sabia que eu estava subindo a torre, embora provavelmente questionasse aonde eu ia.

Desviei o olhar dele para ver Vincent outra vez. Ele não se mexera; ainda abraçava o irmão, e a curandeira chegara enfim, de vestido azul-escuro e xale branco.

Era uma moça jovem, bonita como uma manhã de primavera. O rosto redondo dela era rosado, o cabelo curto e loiro, da cor da palha. Ela parou ao chegar a Vincent, a testa franzida de tristeza. Encostou a mão no ombro dele.

Era um gesto gentil e íntimo.

Notei, forçando a vista.

E não soube nomear o sentimento que me atravessou; eu nunca o sentira antes, como se tivesse mergulhado as mãos em tinta verde-escura. O mundo pareceu ficar escorregadio, escapulindo entre meus dedos como peixinhos na água.

Eu deveria estar com ele, e não estava.

Ele era um homem, mas eu era uma deusa, prestes a mergulhar nas costuras ocultas do mundo.

Inspirei fundo e senti um rasgo no peito. Doía desejar duas coisas ao mesmo tempo. Querer estar em dois lugares diferentes. Eu sabia que, quando o torpor passasse, Vincent me procuraria. Seus olhos buscariam os meus na multidão, e não iriam encontrá-los.

Como imortal, o tempo para mim sempre fora diferente. Era abundante em nossos salões; eu poderia pegar minutos, semanas e estações nas mãos como água da nascente e beber à vontade, sempre que sentisse sede. Porém, naquele momento, eu *senti* sua lâmina afiada, como se fosse mera mortal, carne e osso, fadada ao fim. Parecia cobrir minha pele, como roupa molhada. Pesava em mim, agitando uma chama ansiosa em meu peito.

Corra, pensei. *O tempo urge.*

Subi os últimos degraus. Para as nuvens, para o nada. Se eu estivesse errada quanto àquela porta, a queda seria dolorida. Porém, eu descobrira que as magias mais poderosas aconteciam quando eu confiava nelas por inteiro. Quando fechava os olhos e esticava a mão.

Minha dúvida, minha preocupação e essa sensação dolorida se dissiparam quando cheguei ao portal.

Poder vibrou em meus ossos. Possibilidades cantaram em mim.

Abri a porta abandonada e pisei no céu.

XLVIII
Peso na balança

MATILDA

O deserto era exatamente como eu lembrava.

Argila cor de salmão ondulava em colinas e vales. Árvores estranhas estendiam galhos tortos e compridos, decorados por folhas eternas. Vagalumes vagavam a esmo. A ilusão do riacho se mantinha firme, borbulhando de iridescência. O céu ainda ardia como o poente, contendo seus dois sóis, quatro luas, e todas as estrelas do firmamento.

Saboreei a magia incontida ali por um momento, meu coração a mil após a corrida escada acima Qualquer porta aberta para lugar nenhum me respondia. Podiam me trazer aqui se eu desejasse, percebi. Enfim, um calafrio percorreu minha coluna. Olhei para o cinto e vi que o olho da guardiã estava quase inteiramente aberto. Nathaniel viajara rápido. Ele se aproximava do portal.

Senti o tempo outra vez, como uma chibatada na mão. Como se eu fosse mortal. Rapidamente, tirei as manoplas dos braços, as grevas das pernas. Deixei a armadura cair, derretendo em poças prateadas no chão. Continuei de cota de malha, que cintilava como centenas de minúsculas estrelas quando desatei a correr.

Subi uma colina, e desci o vale lavanda e pedregoso. Passei por baixo dos braços esticados das árvores, e por cima do riacho serpenteando com sua água imaginária. Segui a trilha marcada por milhares de pés mortos, minha velocidade aumentando a cada passo que dava, cada respiração.

Eu já estivera ali com Xan.

E sabia que estava quase no portal.

Subi mais uma colina íngreme, e enfim a paisagem se abriu à minha frente, espalhada como um ovo quebrado.

Eu via dali o portal em forma de fúrcula; sentia o gosto sugestivo da bruma, e só de pensar nela ardi de sede. Ali, no portal, olhando para a passagem ao repouso eterno, estava Nathaniel.

Ele ainda usava a armadura da batalha. As roupas e o aço que usava ao morrer. Reluzia sob os sóis e as luas como uma estrela cadente. Sangue pingava de seu pescoço, vermelho como o suco de morangos colhidos na charneca. Um fluxo constante que me fazia pensar no rio onde ele nascera.

Quando a guardiã atravessou o portal para cumprimentá-lo, ele se encolheu.

Espere! Minha cabeça estava repleta de comandos que não tinham asas para decolar, palavras engasgadas como espinhos na garganta.

Desci correndo a colina, com as pernas quentes e fortes, a pulsação vibrando nas têmporas. Em momentos, eu devorara o espaço que nos separava, e a guardiã levantou a cabeça para me olhar, surpresa. Um sorriso largo e torto se abriu em seu rosto, revelando todos os dentes pontudos da boca.

— Arauto — disse ela. — Nos encontramos novamente.

Diminuí o ritmo dos passos. Minha pele luzia de suor; meu cabelo estava embaraçado na nuca.

— Guardiã — cumprimentei, antes de voltar a atenção para Nathaniel.

Ele me encarava, corado, de olhos arregalados. Suavemente, falei para ele:

— *Irmão.*

Eu nunca chamara ninguém por um termo desses. Nunca falara com tamanho carinho. Talvez minha maior surpresa fosse, acima de tudo, para mim.

Não era fingimento. Não era mentira.

— Irmã — respondeu ele, a postura relaxando de alívio, e veio para mais perto de mim. — Onde... onde estou?

— No deserto, rapaz — respondeu a guardiã, antes de mim. — Você não conhece as velhas lendas? Ou foi criado em um lar irreverente?

Nathaniel ficou quieto. O braço dele roçou no meu, mas sem calor. Havia apenas um frio delicado, como da geada antes de amanhecer.

Pensei em quem ele era no reino dos vivos. Era vibrante. De risada solta, transbordando de humor. Amava, escutava e defendia quem era importante para ele. *Um mero menino*, pensei, com uma pontada de dor, que acabara de virar homem. Ainda estava crescendo. Havia tanto adiante dele, uma vida ansiando por ser experimentada.

— Estou morto? — perguntou ele, com o tom oco.

— *Sim* — respondeu a guardiã, sibilante, sem conseguir esconder seu prazer. — Não sente os resquícios quentes de quem foi quando vivo? Não sente o golpe que o trouxe para mim?

Ele levantou a mão para tocar o corte no pescoço. Os dedos ficaram vermelhos e molhados de sangue, mas vi que o fluxo começava a diminuir e escurecer. Ele em breve estaria seco, tão sedento que se arrastaria até as brumas, ávido por repouso.

— Achei ouvir uma música — disse ele, de repente melancólico. — Uma harpa, me pedindo para escolher entre duas melodias. Uma que levava acima, e outra, abaixo.

Prendi o fôlego. Sim, ele teria escutado a música de Enva após a morte. As melodias dela podiam guiar mortais falecidos se optassem por se tornar sombras, transportá-los para os Celestes ou para os Inferiores. Pela primeira vez na vida, fiquei aliviada por Nathaniel ignorar sua música. Ele escolhera o silêncio que vinha com o deserto.

— Muitos mortos seguem a música para virar sombras, recusando o julgamento de meu portal. Porém, inúmeros outros passaram por aqui hoje — disse a guardiã.

Ela pegou a balança dourada e a pôs no chão à nossa frente, os dois pratos vazios tilintando, e recordei vagamente Xan, desesperado para encher de ossos um dos lados.

— Embora seja raro que o arauto chegue com os mortos — acrescentou. — Ela deve estar ansiosa para acompanhá-lo, rapaz mortal.

Eu franzi a testa. Ela dissera algo semelhante para mim e para Xan, muitos anos antes.

Pode adentrar a bruma, Xan Inferior. A não ser que prefira ser acompanhado pelo arauto?

— Não tenho desejo algum de virar um vulto na corte divina — disse Nathaniel, interrompendo meu devaneio, com uma pontada de medo na voz. — Preciso que pese minha alma e veja se sou digno da bruma. Mas como… o que devo fazer?

— A hora de fazer já passou — disse ela, antes de eu sequer abrir a boca. — Você usou seu tempo, e agora eu devo julgar. Comece do começo.

— Do começo?

Eu me aproximei dele.

— Ela quer ouvir histórias da sua vida. Os momentos que o formaram. Os medos que teve, e as vitórias. As dores. As alegrias. A raiva. Os arrependimentos.

Ela é glutona, quis acrescentar, mas não disse. *Vive vazia e faminta. Quer se saciar, e anseia por suas histórias. Seus pecados. Suas feridas. Seus sentimentos.*

Nathaniel não parecia confiante. Era a primeira vez que eu realmente o vira demonstrar preocupação.

— Eu nasci no rio — disse finalmente —, durante uma tempestade. Minha mãe tinha medo da enchente, então se recusou a sair da torre durante o trabalho de parto. Meu pai estava removendo as águas das masmorras quando cheguei. Não foi ele o primeiro a me pegar no colo. Foi meu irmão mais velho, que também escolheu meu nome. Nathaniel. *Um presente.*

Para meu alívio, a guardiã estava intrigada. Ela jogou um pequeno osso de dedo no prato.

— Prossiga — disse. — Estou ouvindo.

Nathaniel continuou compartilhando fragmentos da própria vida. Notei que a guardiã amou a história da mãe dele, que os abandonara para viver no reino Celeste. Também se deleitou com a lembrança da traição de Grimald, embora Nathaniel, por ser ainda muito menino, não estivesse no salão quando a trapaça ocorrera. Porém, ele se lembrava vividamente do cheiro de sangue, do fedor da morte. Dos gritos da angústia.

Escutei e observei o prato, os ossos acumulados. Porém, ainda faltava peso; ele precisava dar *mais* para o prato tocar o chão, mais pesado do que o outro lado.

Ele logo ficou rouco, e as histórias, desconexas.

Estava ficando cansado, com sede. O sangue parara de escorrer de sua ferida.

— É só isso? — perguntou a guardiã, o rosto acidentado alisado pelo tédio.

Ela perdia interesse. Meu coração acelerou de preocupação.

— Eu… — Nathaniel me olhou, assustado.

— Você pode dar mais alguma coisa para ela? — sussurrei. — Segredos ou histórias que nunca contou para ninguém?

— Eu contei tudo — respondeu ele, cansado. — Não quero estar aqui. Não quero estar morto.

Olhei novamente para a balança, com a pele arrepiada de frio. *Não*, pensei. O irmão de Vincent seria rejeitado da bruma, e eu não suportaria. Ele teria que vagar pelo deserto, sedento e solitário. Estaria destinado a esquecer quem fora, antes de sucumbir a um pesadelo.

— Guardiã — chamei. — Meu irmão ainda é jovem. Ele foi ceifado muito antes de sua hora. Certamente pode levar em consideração os anos vividos?

— Já falei com mortais mais jovens do que ele, que pesaram na balança com facilidade — respondeu ela, e suspirou. — Se ele só tiver isso, voltarei para meu antro.

— *Espere.*

Lambi meus lábios secos. Eu também ansiava por beber da bruma. Por saciar a sede que sentia, apesar de não estar morta.

— Deixe-me oferecer algumas histórias minhas em nome dele — propus. — Para encher de ossos a balança.

A guardiã inclinou a cabeça, levantando a sobrancelha acima da cavidade do olho perdido. Cabelo prateado escorria pelo ombro dela como uma cachoeira em pedras pálidas.

— Nunca me pediram isso — respondeu. — Nunca foi feito. Precisarei de outra coisa sua. Uma barganha, em troca de minha misericórdia.

— Matilda — disse Nathaniel, rouco.

Ele segurou meu braço, mas não senti seu toque, apenas dedos feitos de gelo.

— Se oferecer suas histórias — continuou —, o que acontecerá quando você enfrentar a bruma?

— Eu não enfrentarei a bruma — respondi. — Mas, se enfrentar, será daqui a muitos anos. Terei tempo de sobra para acumular novas histórias.

Minha confiança o tranquilizou e a divertiu. A guardiã sabia, como eu, que havia sempre a possibilidade de eu enfrentá-la antes de estar pronta, como acontecera com Xan. Como acontecera com minha mãe.

— Qual é seu preço? — perguntei para a guardiã.

Minha aspereza poderia ter descascado uma fruta verde, mas já passáramos tempo demais ali, escutando Nathaniel trocar a vida toda por um punhado de ossos.

Eu estava impaciente, irritada.

Pensativa, ela considerou minha pergunta. Quase via as estrelas girarem no céu atrás dela, como se ela puxasse sua magia. Como se contasse as próprias costelas e o vazio que ainda continham, imaginando o que poderia exigir de mim que a preencheria como a maré.

— Você deve me conceder dez anos — disse a guardiã, enfim. — Dez anos pela conta mortal, começando em sua próxima visita ao deserto. Nesses dez anos, você deverá servir como meu arauto. Terá o poder de ir e vir entre bruma e deserto, mas não poderá voltar ao mundo dos vivos. Apenas após o fim de seu serviço.

Não era o que eu esperava.

O sangue em minhas veias se diluiu em água dourada enquanto considerava a barganha. Eu sentia a amargura no fundo da garganta.

O que ela queria de mim? Do que adiantaria um arauto ali no deserto, na bruma, com os mortos?

Novamente, senti o fio cortante do tempo.

Como imortal, dez anos deveriam ser pó. Uma página em um volume. Porém, eu passara a medi-lo por outra referência. Pelas respirações de Vincent.

Inevitavelmente, um dia ele estaria naquele mesmo lugar.

Decidi que eu poderia viver dez anos ali, mas teria de ser *depois* de ele partir. Depois de chegar seu fim mortal, e eu tê-lo acompanhado em segurança à bruma.

— Cinco anos — tive a ousadia de negociar. — E, depois de findos esses cinco anos, posso continuar a ir e vir pelo portal da bruma quando bem desejar.

Sempre que eu quisesse vê-lo. O portal não nos separaria.

O sorriso dela ficou maior, cavando rugas em seu rosto. Ela pressentia que eu estava desesperadamente entrelaçada com algo fadado a morrer. Alguém que eu estava destinada a amar e perder.

— *Sete* — retrucou. — Não menos do que isso, arauto, ou me ofenderá. Ademais, ninguém saberá deste acordo além de nós duas. Se tentar falar dele antes de cumpri-lo, sua boca será calada. E, sim, a bruma nunca lhe será interdita. Não se cumprir seu lado da barganha.

— Então aceito os sete anos de serviço, desde que minhas histórias tenham o peso necessário para conduzir Nathaniel à bruma.

— Sim, sim. Por que não teriam?

— Jure, guardiã.

— Eu juro, Matilda. Suas histórias terão peso em nome dele. Elas o conduzirão em segurança por meu portal.

Eu a amarrara a mim, como ela me amarrara. E podia apenas torcer para não me arrepender do que fizera.

XLIX
Do que adianta um arauto para os mortos

MATILDA

Eu comecei do início.

Comecei com meu surgimento no mundo, encharcada de icor e chorando em protesto. Contei que era filha do fogo, do inverno e da astúcia. Que Bade, dentre os deuses, fora o primeiro a me aninhar junto ao coração. Que ele me dera meu nome — *poderosa na batalha* — e que eu desejava ser sua filha, embora não fosse. Meu sangue era do reino subterrâneo e do céu ao mesmo tempo. Eu pertencia às duas metades, e não podia assumir nenhuma das duas por inteiro.

Um osso na balança.

Contei da aliança que minha mãe formara. Que eu escutava discretamente as reuniões noturnas, servindo o vinho, uma mera criança de pele macia e fascínios inúmeros. Que Alva me emprestava pergaminhos de sonhos que eu devorava em segredo.

Outro osso.

Contei do primeiro sonho que chamara minha atenção. De um garoto moreno que corria atrás dos irmãos mais velhos, desesperado para lutar pela Rainha Poeta. Que ele costumava se afogar, até a noite em que sonhou comigo e eu o salvei da correnteza.

Mais um osso.

A guardiã sorveu minhas histórias como creme doce. Seus olhos transbordavam de luz, desejosos por mais, *mais*, como se eu tivesse quebrado um fêmur e derramado tutano em sua língua. Ao meu lado, Nathaniel me observava, igualmente vidrado. Eu contava para ele partes de mim que nunca ousara dizer para ninguém. Cedia aquilo por ele e, de certa forma, meu coração se devastava pela oferenda. De outra, senti que ficaria mais forte por entregar aqueles fragmentos, pois eles abririam espaço para novos feitos. Estava podando uma árvore, sentindo sua nudez. Passando os dedos por gotas de seiva, aguardando novos brotos.

Tinha chegado ao momento em que Warin me emprestara os chinelos do rio. Em que eu me preparava para atravessar o leito da água e escalar a torre para encontrar Vincent.

A guardiã jogou outro osso. Dessa vez, o peso foi suficiente para mexer a balança. O prato bateu no chão com um tinido, e eu parei no meio da frase.

— Continue — pediu ela, sem se dar conta do que fizera.

— Outra hora — respondi, indicando a balança que pesara em favor de Nathaniel.

Desagrado perpassou as feições dela. Achei que fosse derrubar a balança, espalhar todos os ossos que eu e Nathaniel tínhamos conquistado a duras penas, mas ela apenas bufou. Fiquei quase lisonjeada por ela estar tão interessada em meu passado, mas meu povo sempre viu o amor entre divinos e mortais com um misto de emoção e horror. É impossível parar de acompanhar.

— Você me terá por sete anos — lembrei. — Teremos tempo de sobra para histórias.

Isso a apaziguou.

— Está certa — respondeu, após um longo momento. — Ele pode adentrar a bruma. Eu o considero digno, a não ser que você queira acompanhá-lo para outro lugar.

Eu poderia ter desabado de joelhos, fraca de alívio. Em vez disso, eu me virei para Nathaniel.

Não fui capaz de mantê-lo vivo em seu reino, mas garantira que repousaria no paraíso. Ele não vagaria, solitário. Teria uma boa morada no além.

— Você transportaria uma mensagem para mim? — perguntou ele, com um tremor na voz. — Aconteceu tão rápido. Eu... Eu não tive tempo de dizer adeus a meu irmão, e há mais... que eu quero dizer para ele.

O pedido me espantou. Não por eu não querer transportar suas palavras, mas porque nunca imaginei que um dia eu seria arauto dos mortos. *Condutora de almas*, Adria me chamara. Era isso que ela via em mim?

Eu queria que houvesse mais. A ideia de carregar as palavras mortas de Nathaniel de volta para Vincent, de pronunciá-las com minha voz, me abalava.

Porém, assenti.

— Sim — respondi, com as lágrimas apertando a garganta. — *Sim*. Eu transportarei suas palavras para ele.

Novamente, imaginar a cena me fez sentir que eu crescia mais do que minha pele. Que, ao dar um passo, ela se rasgaria. Que tudo em mim se esparramaria como uma represa arrebentada.

— Diga que eu o amo — começou Nathaniel. — Diga que ele será um bom senhor para nosso povo, por mais que ele duvide. Diga que...

Eu levantei a mão, detendo-o.

— *Espere* — pedi.

Ele se calou, perturbado. Atrás dele, a guardiã sorria, como se beber nossa angústia lhe desse prazer. Ela me dominara porque sabia algo que eu não sabia. Havia mais alguma coisa ali, eu tinha certeza. Se eu pertencesse a uma constelação de doze pontas, como Adria desenhara, deveria levar minha magia ao limite. Como saberia qual era, se eu não a testasse? Se não desafiasse o molde minguado em que eu me formara de início?

— Você quer voltar? — perguntei a ele. — Em vez de transportar suas palavras, transportarei sua alma. Sei o caminho de volta para seu reino.

Nathaniel me encarou, paralisado. Estava tão pálido que era quase translúcido, e o sangue seco rachava como terra ressequida na couraça. Porém, a luz piscou em seus olhos, atiçada pela pergunta.

— Quero voltar para casa — disse ele, enfim. — Mas como?

Não sei, pensei, mas apenas estendi a mão.

— Segure firme. Você não deve soltar. Não antes de passarmos pela porta abandonada.

Nathaniel obedeceu. Sua mão tocou a minha. Não havia pele, nem calor. Senti apenas um frio amargo. A dor que disparou pelo meu braço me fez tremer.

— Enfim, o arauto decide carregar algo além das palavras — disse a guardiã, nos observando com atenção. — Eu me perguntava quando tentaria.

— Então é possível? — questionei. — Posso guiar a alma dele para longe daqui? Posso levá-lo para casa?

— Você terá que descobrir se tem força para isso. Não desvie do caminho. Seja lá o que enfrentem, os dois devem seguir juntos. Ele não pode olhar para trás quando chegar à porta abandonada. E, se você o soltar no caminho, ou ele soltá-la... ele ficará perdido no deserto. Vocês devem escolher agora mesmo se, para ele, vale a pena.

Olhei para Nathaniel, esperando encontrar dúvida. Porém, a ideia de voltar o deixou radiante.

— Não a soltarei — declarou, e então, mais fraco, como se a esperança tivesse pontas afiadas: — Me leve para casa.

Eu não sabia o que esperar.

De início, o trajeto parecia simples, como eu lembrava, como uma linha da minha palma. Deixamos a guardiã e o portal enevoado para trás e viajamos pelas colinas. Minha mão doía pelo frio dos dedos de Nathaniel, mas não o soltei.

— O que contaremos ao meu irmão quando voltarmos? — perguntou Nathaniel.

Eu ponderei por um momento, subindo outra ladeira.

— Não sei — confessei —, mas você deve jurar para mim que não contará para ninguém além de Vincent o que ocorreu aqui.

Nathaniel fez silêncio.

Olhei de relance para ele, medo apertando meu peito. Eu não considerara o perigo que aquela escolha representava para mim. Os rumores e boatos que se espalhariam como pétalas pelo reino mortal, finalmente chegando às cortes divinas. E, se eu tivesse sucesso em trazer de volta uma alma, desafiando Orphia e Rowena... quem poderia me matar por tamanho poder?

— Não direi uma palavra para mais ninguém — garantiu Nathaniel. — Apenas Vincent.

Eu precisava confiar nele, por mais que fosse contraditório para minha imortalidade, e assenti, continuando a puxá-lo pela trilha. Queria que acelerássemos. Eu pressentia que alguém nos observava, uma impressão incômoda que me tensionava, como se os nós nas árvores virassem rostos. Nathaniel, contudo, estava enfraquecendo. Ele tropeçou, arfando.

— Perdão — disse, rouco. — Nunca senti uma sede assim.

Continuei de mãos dadas com ele, esperando que se recuperasse. Ele ansiava pela bruma, e a sensação só faria piorar quanto mais nos afastássemos do portal.

— Pode beber toda a água que quiser em casa — falei, puxando ele de pé. — Um rio inteiro, até. Venha, seu irmão nos aguarda.

Seguimos andando.

Eu só podia imaginar quanto tempo passara no reino mortal. Quanto tempo estivemos ali? O corpo de Nathaniel estaria apodrecido quando chegássemos? Enterrado? Queimado?

Não tinha pensado nessas possibilidades. Tínhamos desperdiçado tempo, trocando histórias por ossos. Eu deveria ter percebido meu poder de conduzir almas antes. E, embora estivesse tentada a pegar meus discos solar e lunar, pendurados nas correntes do cinto, resisti. Meu foco se manteve firme adiante, em busca da porta abandonada.

Logo, entendi ao que a guardiã aludira.

Um portal de obsidiana reluzente brotou da trilha, bloqueando o caminho. Parei abruptamente, com Nathaniel ao meu lado, e encaramos a bocarra escura.

— Damos a volta? — perguntou ele.

— Não. Não podemos desviar do caminho. Temos que atravessá-lo.

— Mas aonde leva?

Eu passara por um daqueles portais no deserto outra vez. Sabia aonde nos levaria, e apertei a mão dele com mais força, sentindo o frio da morte queimar meus ossos como gelo.

— Não me solte — adverti.

Nathaniel assentiu.

Dei o primeiro passo pelo portal, adentrando a paisagem vasta de seu pesadelo.

A escuridão era impiedosa.

Abaixo de mim, o piso era liso como mármore. Em algum lugar perto, água pingava continuamente. Quando nos deslocávamos, nossos passos ecoavam, como se estivéssemos presos em uma caverna. Forcei a vista, mas não enxergava nada exceto pela luz mais suave ao longe. Um vislumbre de farol que marcava a saída.

Firmei nosso trajeto para segui-lo.

— Conheço este lugar — disse Nathaniel, assombrado. — Já estive aqui.

— Sim, em sonhos.

Parei um instante, me perguntando se o medo dele era apenas do escuro, ou se deveria me preparar para mais.

Assim que a ideia me ocorreu, água começou a se acumular rapidamente no chão, alcançando nossos tornozelos.

— *Rápido* — arfou Nathaniel. — Vai subir, e…

Um rugido afogou sua voz. Água começou a jorrar como uma cachoeira na caverna, quase arrancando-o de mim. Eu apertei seus dedos e o puxei, mas, em pouco tempo, também perdi o equilíbrio. Boiamos na água salgada revolta, ofegando.

Haveria outro portal do lado oposto do sonho, pensei. Precisávamos apenas chegar lá antes do pesadelo nos exaurir ou nos separar. Precisávamos chegar à luz distante.

— Matilda — arfou Nathaniel, e eu o senti afundar, exausto. — Não posso…

— Mas *precisa* — insisti. — Não há opção além de chegar ao outro lado. Venha, imagine que saiu para nadar.

Tive que dividir minha força, me mantendo na superfície e a ele também, nos conduzindo pelas trevas tão profundas que pareciam me sufocar. Porém, não deveria me surpreender que o irmão de Vincent também sonhasse com afogamento. Que sonhasse com estar aprisionado em uma caverna enchendo de água, sem saída.

O pior ainda viria.

Não estávamos sozinhos na água.

Algo cortou minha panturrilha, tirando sangue. Parecia uma garra. Fiz uma careta, parando apenas um instante antes de continuar a nadar. Outra criatura enroscou dedos grudentos como alga no meu tornozelo e me puxou. De novo, chutei, mas o ser me agarrou, se arrastando atrás de mim como uma bandeira. Eu não tinha como arrancar os bichos da minha pele; com uma das mãos, cortava a água, avançando, e com a outra, segurava Nathaniel. Nada me faria soltá-lo. Nem o sal ardendo nos olhos. Nem a enchente, nem as criaturas das profundezas. Nem o frio dolorido da Morte queimando meu braço.

— Perdão — disse ele, rouco.

Percebi, então, que as criaturas da água não o feriam. Apenas a mim — mas ele estava morto, e eu, viva, não? Elas se deliciavam em me arranhar com dentes e garras. Em sentir minha pele ceder e quebrar. Lambiam meu sangue com línguas geladas, bebendo até a água tomar um cheiro doce.

Não havia tempo no sonho. Parecia que nadávamos por estações inteiras, por *anos*.

Contudo, eu sempre fora boa em determinar meu percurso. Em conectar duas pontas. Um princípio a um fim. A distância não me assustava, desde que eu visualizasse meu ponto de chegada.

Mantive o olhar fixo naquela luz vacilante. Logo, discerni o contorno do portal. Estávamos quase lá, e usei o que restava de minha força para nadar a distância pela frente.

Minha cabeça esbarrou no teto da caverna.

Nathaniel não precisava do ar, mas eu, sim. E os chinelos do rio de Warin não tinham poder ali.

Inspirei todo o ar que cabia em meus pulmões e mergulhei. As criaturas nos cercaram, avolumadas, cortando meu rosto, puxando meu cabelo. Nem assim impediram minha viagem. Estávamos quase lá. Eu via a luz do deserto, o restante da trilha para seguir…

Nathaniel sacudiu na água.

A mão dele começou a escorregar da minha — senti com um nó no peito. A sombra fria dele enfraquecia.

Escutei apenas a voz de Vincent. O barítono grave em meu ouvido.

Fique ao lado de meu irmão.

Apertei os dedos gelados, arreganhando os dentes, desesperada. Deixei as criaturas se aglomerarem ao meu redor. Elas enfiaram as presas e garras em meu corpo, penetrando até o osso, mas eu não o soltei, nem quando a dor se tornou incandescente e insuportável.

O frio da Morte voltou com toda a força agonizante. Meu braço direito ficou dormente de gelo, meus dedos, rígidos. Quase considerei se tinha morrido ali sem notar, mas Nathaniel me segurou como eu o segurava, e eu nos arrastei, com os pulmões em fogo, pelo portal do pesadelo.

Caímos na trilha.

Desabamos, murchos, encharcados e ofegantes.

Eu ainda estava sangrando. Ao meu lado, um soluço de choro partiu o silêncio. Nathaniel deitou a cabeça no chão, com os ombros tremendo.

Eu não sabia se conseguiria caminhar pelo resto do caminho. Nunca me sentira tão cansada, e minhas feridas pareciam demorar a sarar. Eu me perguntei se deixariam cicatrizes em meia-lua; imaginei minha semelhança com Bade, uma deusa marcada pelos anos e por minha própria imprudência.

Afinal, que tipo de divina arriscaria sua força, sua beleza, seu poder, por mortais?

Apertei a mão de Nathaniel, mesmo que não sentisse mais a minha. Então acumulei a pouca força que me restava para olhar para a frente, pestanejando até afastar a ardência da água salgada e a memória sufocante das trevas.

E ali, como se tivesse vindo nos receber, com pressa de nos levar para casa, estava a porta abandonada. Antes que eu pudesse encorajá-lo com a proximidade, Nathaniel falou.

— Lembra quando perguntei por que você escolheu os sonhos de Vincent?

— Lembro, sim — respondi.

— Bom, acabo de perceber que eu me equivoquei.

— Por quê?

— Porque você também apareceu nos *meus*. Sonhei com esse pesadelo mil vezes quando menino. Quase o esquecera até agora, mas, certa vez, sonhei que não estava sozinho. Alguém me dava a mão e me puxava pela água.

Nathaniel abriu os olhos e se virou para mim. Estava tão fraco que temi que fosse desaparecer, até que sorriu e concluiu:

— Era você.

L

É um sonho... Desperte

VINCENT

Eu me sentei ao lado do corpo de Nathaniel no sepulcro, no coração da fortaleza, e vi a luz baixar.

Fazia um dia inteiro desde a morte de meu irmão na ponte, e seu corpo começava a se decompor. Ele fora lavado e preparado para o enterro, vestido em suas roupas mais finas, com uma coroa trançada de júbilo-do-rio na testa. As mãos pálidas estavam cruzadas sobre o punho da espada. Por um momento, quase pude me convencer de que ele estava apenas dormindo, até inspirar e sentir o gosto da Morte.

Era hora de cerrar e trancar a porta do sepulcro. Contudo, algo me impedira de dar a ordem. Minha negação, meu luto? Eu não tinha certeza.

Só o que conseguia fazer era respirar fundo e aguentar a dor.

Passara horas sentado ao lado dele, vendo o tempo passar com o movimento da luz do sol na porta, com a escuridão que ia e vinha como o mar na orla.

Alyse visitara, tentando me convencer a sair da tumba, oferecendo algo de beber, de comer.

Eu não suportava engolir nada.

Hyacinthe também visitara por pedido meu, para me atualizar sobre os feridos e os prisioneiros da batalha. Sobre o cavaleiro que matara meu irmão após fingir se render, que estava acorrentado muito abaixo de nossos pés.

Um destino terrível o aguardava.

O acampamento de meu tio continuava armado na margem, mas o dia passara sem movimento. Entráramos em um interlúdio, uma semana em que batalha alguma poderia começar, permitindo o tempo e espaço necessário para todos enterrarem e lamentarem seus mortos.

Edric me visitara também, parado na porta do sepulcro, o mais preocupado que eu já o vira. Havia novas rugas na testa dele, como se os últimos dias o tivessem envelhecido em uma década. Hugh e os soldados finalmente tinham chegado, ele me contou. Estavam ajudando a cavar as covas na margem oeste do rio.

Quanto a Matilda... ela desaparecera. Eu não sabia aonde ela fora, nem se voltaria. Parte de mim queria me envolver em aço. Preparar-me para nunca mais vê-la, ou, pelo menos, não pelos treze anos seguintes. Por que ela partira naquela hora? Não tinha um momento sequer para falar comigo?

Senti o espaço entre nós crescer, vasto.

Ela viajava para reinos que eu nunca poderia alcançar. Desaparecia no vento. Passava por portas ocultas, florescia em recantos sombrios e subterrâneos. Respirava debaixo d'água e caminhava por leitos de rio, na escuridão revolta que nunca vira a luz.

Eu soube, naquele momento crepuscular, que ela estava muito distante.

Outra parte de mim, contudo, eu aninhava como um osso quebrado. Ela prometera me dar uma resposta e me apoiar até o fim do conflito. Engolira minhas palavras e as guardara entre as costelas. Era perigoso para homens mantê-la perto demais; ela não me dissera aquilo? Mesmo deitada em meus braços?

Eu me obriguei a deixá-la partir.

Deixe-a.

Fechei os olhos e cruzei os braços no peito, com as pernas dormentes de tanto tempo sentado. A exaustão me cobria como uma mortalha. Não recordava a última noite de sono que dormira por completo, nem a última refeição de verdade que comera. Queria sobreviver de ar, de rancor, de suposições. Queria sacudir meu irmão — *Desperte! É um sonho!* —, mas a verdade — aquele cheiro doce e podre da Morte — ainda me mantinha preso à nova realidade.

Nathaniel estava morto.

Eu perdera meu último irmão.

Eu estava sozinho.

A luz das tochas atraiu uma revoada de mariposas de asas brancas. Eu as vi dançar ao redor das chamas; o ar esfriou, a escuridão esparramando no chão uma capa estrelada. Eu estava pegando no sono quando achei ouvir outra respiração junto à minha. Alguém que inspirava enquanto eu expirava.

De olhos embaçados, eu me concentrei no fogo da tocha. As mariposas e seu frenesi de asas. O sussurro do vento na porta escancarada.

Não havia ninguém ali comigo; eu devia ter imaginado a segunda respiração. Porém, quando meus olhos pesaram... voltou o som, um suspiro profundo que preencheu o cômodo.

Desconfiado, analisei as sombras. A escuridão que parecia escorrer pelos cantos, lambendo a luz do fogo. Porém, não havia nada de vivo. Nada se mexia, exceto pelos dedos de Nathaniel na espada.

Estavam tremendo, flexionando.

Eu me levantei.

Meu coração martelava quando olhei as mãos de meu irmão. Pareciam estar espanando teias de aranha, como se nunca tivessem morrido, apenas adormecido, e foi então que vi seu peito subir e descer. Ele respirava — e foi quando soube que eu devia estar sonhando. Pegara no sono, e não ousei criar esperança, até me aproximar e ver que a palidez leitosa de Nathaniel se diluía. Cor voltava à face dele, como se sangue corresse novamente por suas veias.

Desperte, ordenei para mim mesmo. Porém, não havia sono do qual despertar. Eu estava no mundo dos vivos, no mundo desperto, e meu irmão não estava morto.

— Nathaniel? — Minha voz soou áspera como madeira lascada.

Meu irmão ficou estático. Respiração suspensa, mãos elegantemente pousadas no punho da espada. Não pude fazer nada além de observar, com medo de piscar e perdê-lo outra vez. Desespero se espalhou em mim como raízes emaranhadas.

— Nathaniel? — repeti, dessa vez mais alto.

Uma lufada repentina soprou no sepulcro, trazendo a fragrância do rio. Uma das tochas se apagou com um chiado, emanando um rastro de fumaça densa. Com calafrios nos braços, eu vi Nathaniel abrir os olhos, as pupilas arregaladas e escuras como a lua nova.

— Onde está ela? — perguntou.

A voz dele não era a que eu lembrava. Estava rouca, dura.

— Quem? — sussurrei. — De quem está falando?

Ele hesitou. Temi que escapasse de mim de novo, e ousei esticar a mão e pegar a dele. Ele estava frio, duro. Desejei que o calor chegasse a seus dedos.

Enfim, Nathaniel me olhou.

— *Matilda.*

LI

Abra os olhos

VINCENT

Eu voltei ao lugar onde a vira pela última vez.

A ponte da Donzela ainda estava ferida de batalha. Sangue a manchava, como sombras permanentes; chamas tinham deixado anéis chamuscados na madeira. A lua no céu brilhava como um agouro quando cheguei ao lugar onde Nathaniel morrera. Eu vira Matilda logo depois de ele soltar seu último suspiro em meus braços. Ela andara entre os cavaleiros, a capa vermelha oferecendo um ponto fixo para meu olhar antes de desaparecer.

Eu quisera chamar seu nome.

Quisera que ela me tocasse, que permanecesse comigo, e me debatera com agonia por ela não fazê-lo. Matilda me deixara sozinho com minha dor, ou era o que eu imaginava.

Finalmente, eu sabia aonde ela fora.

Nathaniel mal conseguia falar, mas, quando enfim estava de banho tomado, vestido e alimentado, diante da lareira do quarto, ele me contara partes da história. O bastante para eu traçar uma imagem vaga de aonde ele fora, e como Matilda o seguira.

— Ela me deu histórias. No portal — dissera, com a voz tensa. — Ela me segurou, até nas trevas. Na água. Ela não me soltou.

Emocionado, eu o deixara descansar.

As horas passaram e eu permaneci na ponte, escutando o rio fluir, no altar que ela fizera, uma torre quebrada e um portão de escombros. Quando suspirei, minha respiração era vapor, efêmera. O inverno estava à espreita, e meus olhos inevitavelmente se ergueram para a noite — fria, seca e perfurada por centenas de estrelas.

Encontrei a constelação de Matilda. Um brilho familiar no oeste do céu, que eu saberia desenhar de olhos fechados. Contudo, não era como eu a conhecia. Outra constelação despertara no céu logo abaixo da dela, como se fossem brasas mortas, esperando o vento para acendê-las.

Franzi a testa e estudei as estrelas desconhecidas, ponderando se um novo divino nascera. Se sim, quem seria?

Meus pensamentos foram interrompidos por pedras caindo pela torre.

Havia movimento no que restava da Fúria. Uma pessoa delineada ao luar. Estava descendo para a ponte, com a postura de alguém que sente dor. Meu coração acelerou quando dei um passo para a frente.

Era ela.

Assim que reconheci Matilda, ela escorregou.

— *Não.*

A palavra me escapou em um sussurro esganiçado. Corri ao encontro dela, e um instante depois notei que aquilo não passava de um reflexo mortal. Pensar que o chão a feriria, como se ela fosse feita da mesma carne que eu. Pensar que eu conseguiria segurá-la.

Mesmo assim, eu corri. Apesar de correr a toda velocidade, cheguei tarde, e ela caiu na montanha de escombros que se tornara o portão da Fúria, rolando pela encosta. Pedras se espalharam, seguindo seu caminho pela ponte, até onde ela desabou de bruços, imóvel.

— *Pelo amor dos deuses* — praguejei, me ajoelhando. — Matilda?

Ela não se mexeu. Com as mãos tremendo, eu a virei. Fios emaranhados de cabelo úmido cobriam seu rosto. Afastei as mechas delicadamente até ver seus olhos fechados, as pestanas como uma franja escura na face. A boca, entreaberta ao respirar com dificuldade, sôfrega. A ponta fina do nariz.

Havia cortes pequenos no rosto dela, nos cantos da boca. Hematomas brilhando em ouro na pele. O sangue escorria, cintilante, à luz das estrelas. As roupas estavam encharcadas, amarrotadas pela salmoura do mar.

Onde você esteve?

— Abra os olhos — sussurrei, e dessa vez não escondi meu desespero, minha voz ameaçando falhar. — Olhe para mim, Ruiva.

O que ela veria se olhasse? Se pudesse enxergar meu rosto em toda sua vulnerabilidade. Pois eu não podia mais esconder. *Que ela me veja*, pensei, *desde que para isso abra os olhos.*

Ela se mexeu, abrindo os olhos devagar. Havia um ar de exaustão dentro dela — parecia quase mortal —, mas enfim encontrou meu olhar e o sustentou. Um suspiro escapou dela.

— Vincent — disse em voz tão baixa que quase não ouvi.

— Sim?

Eu me debrucei até sentir a respiração dela tocar meu rosto.

Ela fechou os olhos de novo, repousando sob a carícia de minha mão.

— Seu irmão...?

— Está em casa, de volta dos mortos.

Ajeitei uma mecha de cabelo dela atrás da orelha. Havia mais que eu queria perguntar, que eu queria dizer, mas eu contive as palavras.

— Pode me levar para um lugar seguro? — pediu Matilda.

Eu a peguei no colo.

Ela tinha um cheiro que me era familiar. Eu queria enterrar o rosto no pescoço dela, no cabelo. E, por um momento, nossos corações voltaram a ser jovens.

Éramos apenas eu e ela.
O calor do corpo dela me aquecendo.
As estrelas, nos pintando de prata.
Eu a carreguei até meu quarto.

QUARTO ATO

Sonhamos com o que podemos ser

LII

Fique

MATILDA

Acordei em uma cama que não era a minha.

O sol do fim da manhã entrava pela janela aberta. Raios de luz amanteigada se espalhavam pela manta verde quando eu mexi as pernas, o lençol macio como nuvem na minha pele nua. O fogo da lareira crepitava, e toques de fumaça de madeira e ervas frescas perfumavam o ar. Era uma cena serena para despertar, como se eu tivesse sido transportada para um reino inteiramente diferente. Um que ainda vivesse escondido e protegido sob as estrelas, ignorado pelos deuses.

Suspirei, contente.

Eu não sabia por quanto tempo dormira, mas não havia medo em mim. Eu nunca me sentira tão repousada e, quando me sentei, vi que ele estava sentado à escrivaninha.

O cabelo de Vincent estava solto, as ondas escuras roçando o ombro. Ele usava uma túnica azul simples, com couro reforçando os cotovelos, e sua calça predileta. Por baixo da mesa, estava descalço. As mãos dele estavam manchadas de tinta; ele se concentrava na escrita, a ponta da pena rabiscando palavras no pergaminho, e dali eu via apenas a beira de seu perfil anguloso, banhado em luz.

Ele sentiu meu olhar e abaixou a pena para me fitar, as sombras mudando em seu rosto.

— Bom dia.

Eu queria responder, mas minha sede virou um aperto intenso na garganta. Olhei para meus braços. O direito ainda doía de frio, mas a pele tinha sarado. Não havia mais hematomas, nem cortes. Eu quase quis ver cicatrizes ali. Marcas para traçar com a ponta dos dedos. Algo para me confirmar que não fora apenas um delírio.

Eu trouxera uma alma de volta do mundo dos mortos.

— Por quanto tempo dormi? — perguntei.

Vincent se levantou. Ele devia ter ouvido minha rouquidão, pois serviu um copo d'água que levou para mim, antes de se sentar na beira da cama.

— Dormiu a noite inteira, e a maior parte da manhã — respondeu ele, enquanto me via beber. — Como você está?

Engoli, agradecida por sentir a água se espalhar em mim.

— Estou bem.

— Você levou um tombo feio da torre. Lembra?

— Lembro.

Ele me chamara de *Ruiva* de novo, e eu tinha gostado.

Contudo, no momento havia dúvidas sem fim em seus olhos. Eu as enxergava, cintilando como moedas de ouro no fundo de um rio.

— Seu irmão? — perguntei, com um ritmo ansioso no peito.

— Ele despertou no sepulcro, como se estivesse apenas adormecido.

Vincent se calou, como se ponderasse que palavras dizer e quais reprimir.

— Ele me disse uma ou outra coisa do que viu — retomou. — Quando você o guiou de volta para casa pelo deserto.

Eu hesitei e desviei o rosto.

— Sim. E ninguém deve saber. Isso precisa se manter entre nós três.

Eu não precisava explicar o motivo — que minha vida estaria em risco se os outros deuses soubessem que eu tinha mais poder do que imaginava. Minhas estrelas de repente se tornariam muito cobiçadas. Nenhum dos divinos vira um arauto com ameaça, mas uma condutora de almas? Era o tipo de magia que desejariam para si.

Vincent já sabia. Eu via a preocupação enrugar sua testa. A luz baixou em seus olhos.

— Guardaremos segredo — disse ele, e eu acreditei.

Quando me viu tremer, acrescentou:

— Quer que eu esquente água para seu banho?

Eu assenti. Enquanto ele se dirigia ao cômodo anexo, afastei a manta. Estava vestida de combinação, a mesma que usara na noite do casamento. Meu cinto e minha capa estavam pendurados na cadeira, junto com a cota de malha.

Vagamente, recordei a noite anterior, quando Vincent me ajudara a tirar a armadura. Quando ele limpara o icor seco de minha pele, notando cada marca, cada ferida. Quando me cobrira com a combinação e me deitara no centro da cama.

Estarei aqui, junto à lareira, se precisar de mim.

Minha última lembrança era dele. Sentado diante da lareira, delineado pela luz crepuscular, com um livro no colo, próximo o bastante para me ouvir, caso eu o chamasse.

Eu nunca me sentira tão segura quanto naquele momento.

O sono viera rápido.

Remoí essa memória até ele voltar alguns momentos depois, seguido pelo vapor perfumado do banho, quando percebi como ainda estava fraca ao me levantar. Minhas pernas doeram no primeiro passo cambaleante.

Vincent pegou minha mão enquanto eu tropeçava, desajeitada. Ele me manteve firme, e o resquício de frio começou a derreter.

— Mandarei trazerem comida enquanto você se banha — disse ele, me conduzindo ao cômodo anexo. — Tem algum pedido para o cozinheiro?

— A essa altura, qualquer coisa está bom — respondi, observando a forma estranha do cômodo.

Era iluminado por velas e uma janela pequena, curva, que deixava entrar um feixe de sol. O ar era morno e úmido, repleto do vapor com gosto de lavanda, alecrim e sândalo, e os azulejos azuis sob meus pés estavam deliciosamente aquecidos. No centro ficava uma tina de cobre generosa, cheia de água quente. Abaixo da banheira havia uma camada de carvão em brasa, que Vincent atiçara. *Esperto*, pensei, embora parte de mim sentisse saudade do córrego subterrâneo onde antes eu me banhava.

Ele soltou minha mão quando me aproximei da tina. Notei os diferentes sabonetes quadrados em uma mesinha, além da esponja para me esfregar.

— Precisa que eu fique? — perguntou Vincent.

Perguntava por educação, atento a meu cansaço. Eu considerei, porém, o que ele faria se eu assentisse.

Eu não precisava dele, mas o queria.

Contudo, não podia me permitir ser sensível, especialmente depois do deserto, que fizera eu me sentir vulnerável, como uma página prestes a rasgar. Eu temia que, se sentisse as mãos dele na pele, a respiração dele misturada à minha, fosse me desfazer completamente.

— Não — falei.

Ele meneou a cabeça e se afastou, deixando-me sozinha naquele cômodo e fechando a porta entre nós.

Eu me despi e entrei no banho, saboreando a ardência da água quente, que me envolveu como um bálsamo, expulsando o último arrepio frio da Morte dos meus ossos.

Lavei meu cabelo e esfreguei a pele, e então me permiti me deitar, apoiando o pescoço na beira da tina. Podia ficar ali um bom tempo, perfeitamente contente, e estava vendo o vapor subir, com pensamentos lânguidos, quando escutei a porta ranger.

— Vincent?

O vapor formara uma névoa espessa. Eu não enxergava através do véu, e me sentei quando vi uma sombra se aproximar.

— Não exatamente — respondeu uma voz, familiar, feminina e profundamente jocosa. — Sou eu. Sua amiga.

As palavras ecoaram por mim, revivendo uma lembrança antiga com gosto de cinzas. Eu não respirei enquanto Alva emergia da camada de vapor, com pedras preciosas cintilando em seu cabelo loiro comprido. Ela parou ao lado da banheira e me fitou com os olhos redondos e penetrantes como os de uma coruja. Não me envergonhava de minha nudez, mas meu pescoço, meu peito… Eu não tinha com o que me proteger.

— O que você veio fazer aqui? — questionei.

— Você parece tão feliz de me ver — retrucou ela, irônica. — Mas olhe só para você, tão adaptada ao mundo mortal. Usando as roupas deles, comendo as comidas deles, dormindo na cama deles.

— O que você quer, Alva?

— Quero falar com você. É tão difícil de acreditar?

— Fale, então.

Ela se aproximou mais um pouco. Senti o cheiro do reino subterrâneo, o ar doce e úmido que perfumava seu vestido.

— Como é, Matilda? — perguntou ela, com o sorriso mais afiado. — Como é no deserto?

Eu não estava mais em segurança ali. Meu coração foi parar na boca quando me levantei de um pulo, derramando água da banheira, antes que Alva pudesse me capturar. Caí de quatro nos azulejos; atordoada, me reergui e peguei um dos castiçais. Velas tombaram no chão, quebrando a cera e extinguindo as chamas, enquanto eu brandia o ferro como arma. Eu me virei para encará-la quando ela se aproximou a passos longos, mas Alva parecia achar graça de minha reação. Da minha prontidão para lutar.

— Confia tão pouco em mim? — disse Alva, estalando a língua. — Eu já fui sua aliada, não lembra?

Eu não respondi. Apenas a encarei, água pingando de meu cabelo.

— Meu irmão quer vê-la no subterrâneo — anunciou, finalmente. — E eu, também. Venha nos encontrar.

Com isso, ela sumiu.

Eu fiquei zonza, o castiçal tremendo em minha mão.

Quanto ela sabe? Meus pensamentos rodeavam como urubus. Havia alguma chance de ela estar apenas tentando me intimidar, na esperança de eu confessar segredos por medo. Contudo, se ela soubesse que eu estivera no deserto, saberia também que trouxera uma alma de volta?

Ela era a deusa dos sonhos e pesadelos. Devia ter visto quando eu guiara a alma de Nathaniel pelas águas turvas. Porém, a guardiã também me dissera que Alva nunca encontrara o portal da bruma. Ela não teria testemunhado a conversa que lá acontecera, mas tinha informação suficiente para deduzir o que minha magia fizera.

— Matilda?

A voz de Vincent atravessou a névoa. Eu o escutava, sentia suas mãos me tocarem. Meu ombro, minha face. Contudo, eu não o via.

— Você está sonhando — disse ele. — Acorde.

Eu despertei, arfando.

Ainda estava sentada na banheira, com o pescoço apoiado na beira de cobre. A água estava morna, mas o vapor se dissipara. Meus dedos estavam enrugados, e minha pele, corada.

Vincent estava ajoelhado ao meu lado, fitando meu rosto com os olhos atentos. Soltou meu ombro, e estremeci.

— Está tudo bem? — perguntou.

Não, era o que eu queria dizer. Porém, fiz que sim e me levantei, a água escorrendo pelo corpo.

Não fora um mero sonho. Alva me encontrara em sono, entrara em meus pensamentos com a facilidade com que eu entrava por portas abandonadas. E eu estivera cansada e distraída demais para perceber.

Estremeci outra vez, e Vincent me envolveu com uma manta.

— Venha — disse ele, pegando minha mão para me conduzir de volta ao quarto. — A comida chegou. Está na frente da lareira. E há roupas para você no meu armário.

Eu mal me lembrava de minha fome. Meu estômago estava revirado após a aparição de Alva.

Olhei a refeição que Vincent servira para mim em frente à lareira. Pão escuro, queijo macio, peixe assado com fatias de maçã, brilhando de mel. Ainda assim, dei as costas ao prato, com a cabeça mais acelerada do que o corpo.

Meu irmão quer vê-la no subterrâneo.

O que Dacre poderia querer comigo?

— Preciso ir embora — disse, andando até o guarda-roupa.

— *Embora?*

Vincent me seguiu a passos rápidos. Quando estiquei o braço para abrir a porta do guarda-roupa, a mão dele encontrou a minha, pressionando minha palma na madeira, nossos dedos abertos e entrelaçados. Ele estava às minhas costas, mal me tocando. Porém, meus braços se arrepiaram como se um raio percorresse nosso sangue.

— Você acaba de voltar para mim — disse ao pé de meu ouvido, grave e rouco. — E eu passei a noite sentado à sua cabeceira, cheio de dúvidas, questões e agonias. Esperei para falar com você. Por favor... não vá ainda.

Minha garganta apertou. Senti uma dor nas costelas, exatamente no lugar em que se escondiam ainda as palavras dele, aguardando que eu as cumprisse. Entretanto, eu me permiti mergulhar no presente, sem olhar para o futuro ou remoer onde estivera antes.

Eu amava sentir a mão dele na minha. Os calos da pele dele, a força de seu aperto. O cheiro de ervas frescas e vento. Ele me prendia a seu reino como uma âncora, e eu saboreei o modo como o sopro dele remexia meu cabelo. O calor promissor da presença dele às minhas costas.

Ele talvez interpretasse o meu silêncio como indecisão. Fiquei feliz por ele não ver meu rosto, o prazer que me inundava por senti-lo tão próximo, por sentir seu desejo por mim.

— Fique — sussurrou Vincent. — Fique mais um pouco comigo.

— Por quanto tempo? — retruquei, e minha voz me traiu.

Eu estava sem fôlego, e ele escutou.

Vincent apertou minha mão com mais força, e a pontada de dor foi bem-vinda, acendendo um fogo sombrio em meu sangue. Enfim, ele me soltou, deslizando os dedos que cobriam os meus. Ele recuou, e o ar frio entre nós se agitou.

— Pelo tempo que puder me oferecer, Ruiva.

LIII

Enterrar ou queimar

VINCENT

Nós nos sentamos frente a frente junto à lareira para comermos. Matilda ainda tinha a manta pendurada nos ombros, e seu cabelo, úmido e embaraçado, secava com relutância. À primeira vista, parecia o mais mortal que eu já a vira — corada pelo banho, à vontade. Parecia ter nascido ali, como uma menina que crescera nadando no rio e colhendo júbilo-do-rio das rochas.

Eu poderia me enganar até olhá-la mais de perto, o sol brilhando em seu rosto, o pó girando no ar ao seu redor. Como era o caso de todos os divinos, ela era linda de um modo que tirava nosso fôlego e invadia nossos sonhos. Eu sempre pensara isso dela, mesmo quando éramos crianças. E, se o quarto fosse um lago, ela seria uma pedra jogada na água plácida. Sua presença tinha peso; o ar parecia rodar em torno dela.

Saberia que ela estava próxima, mesmo no escuro.

Eu nunca desejara ser um deus, comandar o poder como os divinos, mas, naquele instante, quis deter o tempo. Eu faria um interlúdio para nós, um espaço em que a hora perdia sua urgência e o sol parava no céu. Poderíamos simplesmente respirar e nos permitir desatar, devagar, esse nó entre nós dois.

Nossos dedos se esbarraram quando fomos pegar o pão ao mesmo tempo.

Matilda sorriu para mim. Foi então que soube que eu estava condenado, afogado naquele dilema.

Eu a amava.

Eu a amava havia muito tempo, e não sabia o que fazer.

— Por que fez aquilo, Ruiva? — sussurrei, sem conseguir segurar as palavras. — Por que trouxe meu irmão de volta? Por que se deu a tanto trabalho?

— Foi por você — respondeu ela.

Meu coração quicou no peito. Eu me sentia como vidro, prestes a rachar, e tive que desviar os olhos dela, voltando a atenção para o fogo. Pensei em todos os cortes e hematomas que vira nela à noite, quando a ajudara a se despir. Ela estava tão exausta que achei improvável que lembrasse, mas eu limpara seu sangue, vira seus ferimentos se fecharem. Eu sabia que, onde quer que ela tivesse estado, o que quer que tivesse feito, lhe custara muito.

— É algo que pode fazer novamente? — perguntei, engolindo em seco. — Por outro mortal? Por um divino morto?

— Sim.

— Como é no deserto?

Eu a escutei me contar da paisagem, das portas abandonadas cuja passagem mudava a seu toque. Contou da guardiã, das histórias que meu irmão oferecera, da balança que precisava pesar em favor da bruma.

— Nathaniel mencionou que você ofereceu histórias por ele no portão — falei. — O que ele quis dizer?

— Ah. Sim.

Matilda limpou farelos do colo. De repente, ficou evasiva, como se não quisesse me responder.

— Dei algumas histórias minhas, para ajudar a desequilibrar a balança — continuou. — Mas foi então que percebi que não precisávamos fazer isso. Eu poderia trazê-lo de volta por poder próprio, e deveria ter me dado conta antes, antes de...

Ela se calou.

— Antes do quê? — perguntei, delicadamente.

— Quis dizer que tinha esse poder desde o início, e deveria tê-lo sentido, usado, antes de agora.

Havia algo que ela não me contava. Eu não sabia por que sentia ser necessário esconder, mas não insisti. Em vez disso, perguntei:

— É por isso que novas estrelas acordaram no céu?

Ela ficou paralisada, como se eu a tivesse enfeitiçado.

— Novas estrelas? — ecoou. — Onde?

— Abaixo da sua constelação. Eu notei ontem.

Matilda se levantou de um pulo. Ela começou a dar voltas no quarto, apertando a manta junto ao peito.

— Deve ser por isso que Alva quer conversar comigo — murmurou, e o nome azedou o ar.

O que quer que houvesse ao nosso redor — o intervalo congelado no tempo — derreteu imediatamente. O sol afundava em seu arco. O dia esfriava. O tempo não pararia por nós. Eu me levantei, rígido.

— Alva? — perguntei.

Matilda não pareceu escutar. Ela já estava a quilômetros de mim em pensamento, e voltou ao guarda-roupa. Dessa vez, eu não a segui, e ela abriu a porta, olhando para as roupas lá dentro. Metade era minha, metade era dela. Ela deixou cair a manta — a pele pálida reluzindo ao sol — e eu me virei para a janela, sem conseguir respirar.

— Quanto tempo? — perguntei. — Quanto tempo você passará longe, desta vez? Quando devo esperar sua volta?

Eu a escutei se vestir. O farfalhar suave da combinação. O tilintar das contas do corpete.

— Não sei — confessou. — Quando precisará de mim novamente?

Quando eu precisava dela? Precisava dela imediatamente, mas não suportava dizer. Me expor assim.

— A semana de luto terminará daqui a cinco dias — respondi. — É então que o conflito retornará. Não sei quais são os próximos planos de Grimald, mas Hugh de Delavoy está aqui com seus guerreiros.

— Que bom. Devo voltar muito antes desses cinco dias terminarem.

Escutei aqueles estranhos chinelos dela baterem no piso enquanto ela se aproximava. Eu escolhera não descalçá-la à noite, porque nunca a vira sem aqueles sapatos.

— Pode me ajudar com isso? — perguntou.

Eu me virei e vi que ela estava atrapalhada com a amarração do corpete, as fitas murchas na mão. Eu as peguei e puxei, vendo o cruzamento apertar. Ela esticou as mãos e segurou meus antebraços, sua respiração rápida como uma pedra quicando na água.

— Está bom ou quer mais? — perguntei.

Ela abaixou as mãos. O que estava prestes a dizer, eu nunca saberia. Vagalumes piscaram a seu redor. Ela olhou para os insetos que voavam, refletindo o brilho em seus olhos.

— Diga que já vou — declarou, e ouvi o leve tremor em sua voz, como se de ansiedade.

Os vagalumes recuaram, apagando-se um a um. Se eu não estivesse diante de uma deusa, acharia que os tinha imaginado.

— Meu pai — me explicou Matilda. — Ele acaba de me convocar para a corte.

Eu assenti, apesar da tensão em meu peito. Ela não parecia confortável, e recordei o que ela já me dissera de Thile. Apesar do sangue compartilhado, não era seu aliado.

— Devo ir com você? — perguntei.

Minha voz soou leve — ela ouviria e acreditaria que era apenas brincadeira —, mas era impossível negar que as palavras pareciam espinhos, arranhando a garganta.

Matilda me surpreendeu. Ela esticou a mão e acariciou meu rosto, calorosa e suave. Fechei os olhos, me entregando a sua maciez, a sua força.

— Se houvesse como — sussurrou —, eu o levaria comigo.

Nós dois sabíamos que eu nunca andaria ao lado dela nos reinos divinos. A não ser que me tornasse um vulto ou um vassalo, acorrentado à vontade dos deuses, e eu sabia que ela nunca o permitiria. Eu também nunca me tornaria imortal, como fora o destino de Adria. Tal impossibilidade ocorrera uma vez; lendas como aquela eram imbuídas de tamanha magia que nunca se repetiam.

Eu seria sempre mortal, entregue ao tempo, à idade e às estações. Eu morreria, e Matilda viveria eternamente.

— Eu sei — respondi, voltando a olhá-la.

Tinha tanta tristeza dentro dela. Eu não suportava ver sua angústia, e sorri para esconder minha própria dor.

— Posso escrever para você enquanto estiver distante? — perguntei. — Assim que você partir, tenho certeza de que pensarei em *alguma coisa* que precisarei dizer.

— Você sabe me procurar?

— Se estiver lá embaixo, devo enterrar minhas palavras. Se estiver lá em cima, devo queimá-las. Por segurança, é melhor fazer ambas as coisas, pois nunca tenho como saber exatamente onde você estará.

— Sim — respondeu ela. — Eu acolheria qualquer palavra sua de bom grado.

— E se eu desejar saber de você? E se eu ansiar por palavras suas enquanto você não estiver aqui?

Ela abaixou a mão, soltando meu rosto, mas eu tinha certeza de que deixara sua marca em mim. Estava convencido de que quem visse minha face saberia que a mão dela estivera ali.

— A magia não flui neste sentido — respondeu ela, com um toque de frustração. — Pense que é como a correnteza do rio. Você acordaria um dia e veria Wyndrift correndo para o norte, em vez do sul?

— Mas você é arauto dos deuses, Ruiva. Transporta palavras em suas mãos. Carrega as mensagens de todos. Por que não dar um jeito de enviar suas próprias?

— Eu... não funciona *assim*.

— Você já tentou? — perguntei.

Matilda fez silêncio, mas eu via o véu cair entre nós outra vez. Sua cabeça transbordava de pensamentos profundos e sombrios.

— Devo ir — declarou abruptamente, andando até a cadeira onde o cinto de pedra da lua e a capa encantada a aguardavam.

Nosso interlúdio de momentos roubados findara.

Dessa vez, eu a deixei partir sem dizer nada.

LIV
O que voa deve cair

MATILDA

Cheguei ao solar de meu pai no céu, sem fôlego, corada de vento e vestida em roupas mortais. Dessa vez, não me troquei. A lã cheirava a Vincent, ao cedro e pinheiro do guarda-roupa, e eu entrei no salão, preparada para encontrar dança e folia. Esperava encontrar o lugar como sempre era, com música saindo de flautas de prata e um banquete servido nas mesas baixas. Fumaça perfumada subindo dos braseiros, e o vento quente balançando as cortinas brancas penduradas das colunas.

O que encontrei, contudo, foi uma corte silenciosa. Uma reunião de Celestes que pareciam aguardar minha chegada, todos cheios de expectativa, quietos, de olhos arregalados. Senti seu olhar intenso enquanto eu atravessava a multidão. Estava ali Luz, com gotas de chuva brilhando no cabelo. Ao lado dela, Warin, sorrindo de trás de um cálice de néctar. Shale, olhando para mim com tristeza, como se soubesse o que viria.

Eu só conseguia pensar nas estrelas acordando no céu. Na outra metade de minha constelação, finalmente revelada.

Thile observou minha aproximação do estrado, mas seu rosto era indecifrável. Não havia sinal de emoção, nenhuma ruga de expressão marcando sua beleza fria. Nada que me ajudasse a adivinhar seus pensamentos e traçar meu plano em resposta.

Parei diante dele e fiz uma reverência, sentindo que eu era uma muda de árvore, verde e flexível, preparada para me curvar, sem quebrar.

— Pai — cumprimentei, erguendo meu olhar para ele. — Recebi sua convocação. Que mensagem posso transportar em seu nome?

Thile fez silêncio e me observou por um momento demorado e desconfortável. Anéis cintilavam em seus dedos, que tamborilavam no trono de mármore. Ele tensionou a boca, e eu me preparei internamente.

Curvar, sem quebrar.

— Onde você esteve, filha? — perguntou, com a voz ressoando e ocupando cada canto do salão, o som percorrendo minha pele como uma lâmina, deixando para trás um arrepio. — Eu a convoquei há um dia inteiro, em tempo mortal. Não a encontrei em lugar algum.

Eu engoli em seco. *Não*, pensei. *Estava no deserto.*

— Perdão — respondi, com a cadência leve, cristalina, como se fosse impossível tentar enganar meu próprio pai. — Estava no subterrâneo.

O silêncio que se seguiu foi pesado o suficiente para me sufocar. Tive dificuldade de respirar fundo; parecia que meus pulmões tinham murchado. Enfim veio uma voz que fez meus dentes tiritarem:

— E isso foi antes de roubar os olhos da eithral, ou depois?

Warin.

Meu pai olhou de mim para ele. Eu me recusava a dar minha atenção a Warin.

— Ao que ele se refere? — perguntei. — Não roubei olho algum.

Meu coração afundou como pedra. Eu sabia por que meu pai tinha convocado a corte. Por que estavam todos esperando minha chegada.

Thile voltou a atenção para mim.

— Ele se refere à batalha mortal que você travou no rio. A batalha em que você lutou por aquele seu marido irreverente.

— Tenho o direito de travar guerras em nome do que é meu — declarei, com um calor na voz que não pude conter; minha raiva fora atiçada pela intervenção de Warin. — Posso defender tais coisas quando estão sob ameaça.

— Realmente. Mas você cometeu um crime, Matilda. Não apenas utilizou a visão Celeste diante dos mortais, quebrando sua promessa a esta corte e expondo nosso segredo, como o fez com um eithral. Esses monstros pertencem às profundezas. Há motivo para não invadirmos a mente deles e os comandarmos.

Thile aludia ao fato de ser fácil se perder naquela criatura. Eu o sabia muito bem, pois sentira meu nome se desfazer como a casca de um sicômoro. Sabia da fome sombria e sem fim da eithral quando eu mesclara minha percepção à dela.

Porém, vi também a mais discreta das rugas surgir na testa de meu pai quando ele falava. A questão não era apenas que eu descumprira minha promessa e expusera o segredo de nossa família. Essa parte era apenas o floreio, o crime visível. A raiz da questão era a seguinte: eu manipulara a visão de uma eithral e saíra incólume. Comandara aquele poder, o que indicava que eu poderia fazê-lo novamente.

Meu pai se sentia ameaçado.

E, quando se levantou do trono, eu soube que o pior ainda estava por vir.

— Este crime exige resposta — declarou, estendendo a mão. — Devo puni-la diante da corte para garantir que não se repita.

Não importava que eu tivesse sido perfeita até aquele momento. Que eu tivesse me dedicado a satisfazê-lo, sempre, e a respeitar os Celestes. A merecer meu lugar entre eles, servindo como arauto. Eu fora repreendida em particular antes, mas nunca humilhada em público. Apreensão me percorreu enquanto eu esperava, questionando quão humilhante e dolorido seria aquele castigo. Um vassalo humano emergiu das sombras para trazer um chicote para meu pai. Suas muitas cordas terminavam em fragmentos de vidro e algo mais que chamou minha atenção, cintilando à luz. Quando Thile desceu a escada, entendi o que eram aqueles cacos brilhantes.

Escamas de eithral.

Forcei a vista e contei quatro delas. Quatro escamas, trançadas no chicote. Meu sangue correu rápido, escoando do rosto. Fiquei zonza, vacilante.

Era ali que tinham ido parar as outras escamas.

Meu pai as possuía, provavelmente as tivera desde o princípio, escondendo sua presença até chegar o momento certo. E o momento era eu, sua filha que quebrara uma promessa.

Que adequado, pensei, soturna, que aquelas escamas perdidas administrassem meu castigo. Pensei na escama que cintilara um dia em nossa mesa, em meio às moedas Celestes proibidas. Pensei em minha mãe e seu pescoço cortado. No som que a escama fizera quando Phelyra a enfiara em sua garganta.

Eu não sabia como me preparar para tamanha agonia pública.

Um medo que nunca sentira vibrou no fundo de meu corpo, implorando por fuga. Eu era ágil, podia escapar para o deserto. Um lugar que nenhum deles — nem meu pai, nem Warin — alcançaria antes da morte. E, mesmo na morte, eu teria poder sobre eles. Poderia transportar as almas deles, se assim o desejassem.

Contudo, minha barganha com a guardiã ardia como uma bolha no calcanhar. Eu não estava pronta para aquela pena de sete anos.

Dessa vez, não fugiria.

Quando meu pai atravessou a distância que nos separava, o chicote tilintando no chão, pensei, estranhamente, em Bade. A voz dele me veio em um sussurro. Palavras que ele me dissera na torre.

Quando alguém da nossa laia ama algo mortal... um sacrifício é sempre necessário. Embora talvez você tenha começado a pagar.

Ele não estava errado. Eu me preparei para pagar aquele preço de novo, e de novo, nos dias vindouros. Considerei se restaria qualquer coisa de mim ao final.

— Pai — falei. — Posso lhe pedir uma coisa?

Thile parou a dois passos de mim. Ele se assomava à minha frente, e talvez por isso me permitisse falar. Eu não parecia tão ameaçadora em sua sombra. Ele inclinou a cabeça, à espera.

— Há uma promessa de sal — comecei, ignorando a dor em meu peito. — Devo desfazê-la antes de começar meu castigo.

— *Balela!* — exclamou Warin. — Senhor, ela fugirá! Usará essa desculpa para escapar do castigo!

— Silêncio — ordenou Thile.

Finalmente, sua paciência para Warin acabara. Mais baixo, para mim, ele disse:

— Eu não sabia que você tinha um aliado de sal.

Eu assenti, pensando em Bade. Ele fora me auxiliar quando eu corria perigo no topo da torre. Meu medo, minha pele partida, meu icor escorrendo, tinham convocado ele ao meu lado. Eu não imaginava como aquela desgraça — aquelas chicotadas — o afetariam, mas sem dúvida ele sentiria minha angústia mesmo em outro reino. Ele não teria opção além de tentar me encontrar e, se conseguisse, correria perigo na corte inimiga.

— Se me permitir partir para revogar a promessa — falei —, eu voltarei para o castigo.

Meu pai considerou, quieto.

Devia haver uma pontada de curiosidade nele. Talvez até de ciúme, ao pensar em algum aliado meu no subterrâneo. Um aliado tão unido a mim que sentiria a dor que meu pai estava prestes a arrancar de meu corpo.

— Pode ir e revogar a promessa — anunciou enfim, provocando murmúrios na corte —, mas deve voltar ao pôr do sol, em tempo mortal, para seu castigo. Se não aparecer, eu colocarei um preço por sua cabeça, e você não terá paz, descanso ou segurança até pagar por seus crimes. Entendido, Matilda?

— Eu compreendo, pai — respondi. — Voltarei a tempo do pôr do sol.

Thile desviou o olhar para alguém atrás de mim. Achei que fosse Warin novamente, sem dúvida com raiva do atraso em minha humilhação, mas então senti a umidade fresca da presença de Shale, que se apresentava ao meu lado.

— Eu a acompanharei, senhor — disse Shale, humilde.

— Ótimo — respondeu meu pai, e devolveu o chicote ao vassalo, limpando a mão nas vestes cintilantes. — Vá com ela, já.

Ele sabia que eu não tinha como fugir do vento.

Aceitei a mão que Shale me ofereceu.

LV

Então quebre

MATILDA

Encontrei Bade na forja.

Ele estava diante da bigorna, o rosto cheio de cicatrizes iluminado pelas chamas. A luz viva destacava o cobre da barba e os fios de prata do cabelo comprido e trançado. Eu às vezes me esquecia como Bade era velho, até vê-lo em seu elemento, quando ele fazia o mundo a seu redor parecer jovem quando respirava e se mexia.

Ele mergulhou uma lâmina ardente em um balde d'água. A fumaça chiou e se espalhou, dançando a seu redor. Ele ainda não me notara, e aproveitei o momento para observá-lo em seu domínio, entregue à nostalgia.

— Cadê Hem? — perguntei.

Bade me olhou abruptamente, franzindo a testa. Qualquer outra pessoa se encolheria diante daquela carranca, mas eu o conhecia bem. Ele estava surpreso, mas feliz em me ver.

— Foi embora — respondeu ele, deixando a espada de lado.

Ele tirou as luvas de couro e se virou para dedicar a atenção a mim.

— Embora? — perguntei, chegando mais perto, até sentir o calor do fogo. — Para a feira? Para a corte?

— Para casa.

Não esperava aquela resposta. Eu o olhei e ele me encarou de volta, inabalável.

— Eu o libertei — explicou Bade, com um suspiro. — Anos atrás, pelo cálculo mortal. Ele me serviu muito bem, mas era hora de voltar para o próprio reino. Amar alguém, se assim desejar. Fazer as próprias armas na própria forja.

Eu me lembrei de que Hem não estivera presente quando eu viera correndo pedir ajuda de Bade na batalha. Quando o reino Inferior inteiro fora pego pelo sono.

— Você desaprova? — perguntou Bade.

— Não. Simplesmente não esperava.

Talvez devesse esperar, contudo. Bade mudara pouco a pouco desde que eu o conhecera. Antigamente, ele era impiedoso, frio, mortífero, alastrando seu poder pelo reino mortal, indiferente aos humanos que eram pegos em seu desastre. No momento, porém, parecia mais sensível.

— Achei ter ouvido sua voz.

Eu me virei e vi que Adria chegara. Ela parou sob o batente cintilante que levava à toca, com o rosto radiante como a lua em uma noite de céu limpo.

— Adria — cumprimentei. — Vim para uma visita rápida. Não...

— Ah, você deveria ficar para comer conosco! Acabei de botar comida na mesa. Bade? Convença ela a ficar.

Bade levantou a sobrancelha para mim.

— Fica — disse, simplesmente.

— Por acaso sou um cão? — retruquei, com um meio sorriso.

— Caso tenha esquecido, cães têm garras e dentes afiados — respondeu ele, mas então pigarreou e tentou de novo. — Adoraríamos que você comesse conosco, Matilda. Na realidade, nos ofenderia se recusasse.

Fiquei tentada a pegar o disco solar no cinto, mesmo que fosse ainda início da tarde quando Shale me deixara na charneca, perto da porta Bracken. Eu teria muito tempo antes do castigo, mas meu sangue ainda pulava nas veias só de imaginar me atrasar. Como meu pai arderia de fúria incandescente. Como ele acharia que eu fugira, dando as costas à honra e o humilhando diante de toda a sua corte.

— Não posso demorar — respondi, ao que Adria bateu palmas de entusiasmo e Bade franziu a testa.

— Por que está aqui, para começo de conversa? — perguntou ele, quando seguimos o corredor e deixamos para trás o calor da forja. — Não está com problemas, está?

— Claro que não — respondi, rápido.

Bade me olhou de soslaio, desconfiado, quando entramos na sala da toca.

Adria dissera a verdade: a mesa estava posta, com três pratos e três cálices, como se soubesse que eu visitaria. A comida agradaria até ao mais faminto dos deuses. Havia uma travessa de enguia assada com limão, ostras de concha aberta e queijos salgados. Havia pão e manteiga doce, creme e frutas silvestres, uma tigela de azeitonas marinadas em óleo, amêndoas tostadas.

Eu estava ansiosa demais para sentir fome — achava melhor receber as chicotadas de estômago vazio —, mas me sentei e me servi. Embora a comida que eu beliscava me atravessasse como vinho quente, me aquecendo até os ossos, o que mais saboreei foi a companhia de Bade e Adria. Escutei-os conversar, cheios de sorrisos, brincadeiras e olhares. As histórias com que os dois me entretinham me faziam rir até meus olhos arderem de lágrimas. Outras histórias me causavam espanto e me faziam ralhar com Bade. Ah, de quantas encrencas Adria o salvara ao longo dos anos. O que ele faria sem ela?

Eu teria gostado de ver essas histórias acontecerem com meus próprios olhos, pensei, com uma dor no fundo do peito. Talvez eu tivesse visto, se não estivesse no reino Celeste.

Discretamente, conferi o disco solar por baixo da mesa. Duas horas até o entardecer. O tempo ali corria rápido, como um riacho fluindo pelo penhasco, mas era apenas por eu me divertir. Como desejava permanecer ali com eles, noite adentro, contando histórias, rindo e esvaziando garrafas de vinho.

— Você tem compromisso? — perguntou Bade, notando que eu estava distraída.

— Tenho — respondi, soltando o disco solar, que deixei pender da corrente de prata. — Antes de partir, porém, devo pedir uma coisa.

Eles me olharam, em expectativa. De repente, fiquei tímida. Passei o dedo na borda do cálice, hesitante.

— Seria possível me emprestarem tinta, pena e dois pedaços de pergaminho? — pedi, finalmente.

— Claro — respondeu Adria. — Me dê um momento para buscar o que pediu.

Enquanto ela estava no quarto ao lado, eu e Bade começamos a tirar a mesa. Os movimentos dele eram rígidos, e ele não falou comigo, sequer me olhou. Ele sabia por que eu estava ali, por que pedira papel, tinta e pena. Sabia, e escondia o rosto de mim.

Abri a boca para dizer alguma coisa, desesperada para preencher o silêncio que fissurava o ar entre nós, mas minhas palavras viraram escória na língua. Eu as engoli com o resto do vinho, e deixei o cálice vazio ao lado da pia.

— Aqui — disse Adria, ao voltar. — Serve?

Peguei a pena, o tinteiro e os dois pedaços de pergaminho que ela me deu.

— Serve, obrigada.

Eu me sentei a mesa outra vez, no mesmo lugar que ocupara durante a refeição, e me preparei para escrever a quebra de promessa.

Fiquei incomodada ao ver que minha mão tremia para abrir o tinteiro. Havia um poço de dúvida em mim, uma semente enterrada tão fundo que eu temia quebrar os dentes nela depois. Eu temia me arrepender de libertar Bade da promessa. Porém, eu inspirei fundo, tão fundo que os pulmões arderam, e soube que era a decisão correta.

Ele fizera por merecer seu título de aliado de sal, de novo e de novo. Eu não queria mais que estivesse jurado à minha segurança, ao meu bem-estar. Não queria mais acorrentá-lo a mim por dever. Ele encontrara amor em um período sombrio, e ser obrigado a mim não era mais justo.

Além disso, havia meu orgulho. Não queria que Bade soubesse que eu fora chicoteada pelo meu pai, na frente de toda a corte Celeste. Não queria que ele soubesse que eu sofrera tamanha dor e desgraça.

— Junte-se a mim, Bade — pedi, mantendo a concentração na tarefa.

Ele puxou a cadeira de frente para mim e se sentou com o corpo pesado. Adria, que também percebera minha intenção, se recolheu para nos dar privacidade. Quase desejei que ela ficasse ali, para botar a mão no ombro dele.

— Foi ideia do seu marido? — perguntou Bade, irritado.

Eu levantei o olhar para ele, de repente.

— De Vincent? Não. Por que acharia isso?

— Ele não gosta de mim.

— Ele não *conhece* você. Mas talvez um dia conheça, e vocês dois possam conversar direito e compartilhar uma refeição.

Bade passou os dedos na barda.

— Certo, então por quê? Por que quebrar minha promessa? Não sou suficiente?

— Você cumpriu seu dever mil vezes — respondi, com dificuldade de manter firme a voz embotada de lágrimas. Engoli em seco antes de prosseguir. — Você me serviu muito bem. Você me treinou com espada e escudo até meus ossos moles virarem ferro. Eu sei me proteger, ser sagaz neste mundo traiçoeiro. Você recebeu novas cicatrizes por mim, foi desgraçado por mim. Veio lutar comigo em uma batalha que não era sua. Como posso pedir por mais qualquer coisa? Como posso mantê-lo preso a mim por eras eternas? Este dever ao qual você é jurado ameaça dominar todo o resto de sua vida.

Ele fez silêncio, mas sustentou meu olhar, carrancudo. Era apenas uma máscara, que disfarçava os batimentos pesados de seu coração. O efeito de minhas palavras, que o envolviam como uma capa, derretendo seus ossos após um inverno gélido e comprido.

— Tem certeza, Matilda? — perguntou ele, rouco.

A resistência se esvaíra dele. Naquele momento, ele mostrava sua idade e cansaço, um deus esculpido pelos séculos.

— É *você* quem deseja quebrar esta promessa? — insistiu.

— Sim.

— Então quebre.

Eu escrevi a quebra da promessa duas vezes, em palavras escuras e úmidas em cada pedaço de pergaminho. Um para ele comer, e outro para mim. Quando terminei, entreguei o pedaço dele, para ler enquanto eu declarava em voz alta para ter certeza de que não fora movida por traição, nem tentava enganá-lo.

— "Eu, Matilda Inferior e Celeste, arauto dos deuses, quebro esta promessa de sal com Bade Inferior, deus da guerra. Ele foi meu aliado fiel e nunca me traiu Ele me auxiliou quando eu estive em perigo e tive necessidade. Ele me instruiu para que eu lutasse e me defendesse, até me tornar forte como ferro. Ele não quebrou esta promessa, e, sim, a cumpriu, e, por esse mérito, eu o liberto da promessa de sal."

Pus o pergaminho na língua.

Antes, o gosto era do preço que Bade estava destinado a pagar. Minha mãe dissera que exigiria dele muito esforço e sacrifício. Porém, no momento, quando a promessa começou a derreter, eu soube que a amargura, a tristeza entalada na minha garganta, era o sabor da minha própria angústia.

Bade pôs o pergaminho — minhas palavras — na língua.

Ele fechou os olhos pelo mais breve momento, como se o sal queimasse, mas enfim terminou. A promessa se dissolveu entre nós. Ele não era mais um aliado jurado, prometido a mim, e se levantou da mesa. Como se eu tivesse cortado as cordas que nos uniam, ele partiu, sumindo pelas sombras do corredor.

Eu fiquei sentada sozinha no rumor do silêncio.

O sol mortal não esperaria por deus algum, muito menos por mim.

Era hora de voltar para Shale na charneca, então tampei o tinteiro e limpei os dedos no vestido. Ansiosa, analisei de novo o disco solar e vi que restava menos de uma hora antes de meu castigo. Eu não teria tempo de encontrar Alva ou Dacre naquela visita, como esperava. Teria que voltar em outra ocasião.

Adria apareceu na sala, tão discreta que não notei sua presença até vê-la se mexer pelo canto do olho.

— Tenho algo para você — falou.

Eu me levantei e fui até ela, surpresa ao ver que me oferecia outro pergaminho. Com a borda irregular, como se rasgado de uma encadernação. Ela pôs a folha em minha mão aberta, e vi que era a constelação que ela desenhara para mim. Aquela indicada como *condutora de almas*.

— Como você soube? — perguntei. — Como viu a outra metade das minhas estrelas antes de mim? Antes de se acenderem no céu?

— Eu nunca deveria ter visto essas coisas — confessou Adria. — Mas tampouco deveria ter virado imortal, não é mesmo? Quando fui coroada pela Morte e pela Fortuna, os ossos da divindade se deslocaram minimamente. Eu ganhei uma porção do poder das duas matriarcas. Posso me esquivar da morte a meu próprio modo, embora seja menos potente do que você, é claro, e também vislumbrar o que virá, o que é destinado, como quem mira um lago lodoso. Orphia e Rowena não perceberam. Ainda não, mas perceberão em breve.

As palavras dela me agitaram como uma lufada de vento; meus pensamentos revoavam como folhas caídas.

— *Adria* — falei, mas me detive quando tirou do cinto uma pequena adaga.

Ela furou o dedo com precisão fria. Uma gota de icor brotou na pele.

Não protestei quando ela desenhou dois pontos em minha clavícula com seu sangue doce. Duas pontas que conectou, como se fossem estrelas, em ouro cintilante.

Apenas duas outras divinas podiam pegar as próprias estrelas e dá-las para outrem — Orphia e Rowena. Eu perdi o fôlego ao entender quem Adria era, na verdade. O que ela se tornara entre nós.

A Morte e a Fortuna não tinham criado apenas uma deusa da paz.

Tinham criado outra matriarca.

Se o reino Inferior pertencia a Orphia, e o mundo Celeste, a Rowena, Adria era a matriarca do terreno mortal. Sempre existiram três reinos em nosso mundo; era de se esperar que nascesse entre nós uma terceira matriarca. Deveríamos ter esperado por ela, sabendo que viria do reino mortal.

— Você não pode me dar suas estrelas — sussurrei. — Precisa delas.

— Lembra de quando eu era uma rainha mortal? — perguntou. — Você era uma criança na época, mas deve ter ouvido falar que eu vim da pobreza. Mesmo quando fui nomeada rainha, não tinha nada em meu nome, exceto por um colar de pérolas. Tinha sido de minha mãe de minha avó. Minha única herança. Conforme a guerra avançava, eu decidi derreter todos os cálices de ouro do salão e moldar tiaras, coroas, e incrustar em cada uma as pérolas tiradas do colar. Comecei a distribuí-las entre os membros do conselho que se dedicavam não apenas a mim, mas a Cambria. Essas pessoas, embora não fossem perfeitas, lutavam pelo bem maior.

— Eu me lembro — respondi. — Bade ganhou uma coroa sua.

Um sorriso triste passou pelo rosto de Adria.

— Ganhou, sim. Ele demorou um pouco, e foi assim que começou a mudar minha opinião dos deuses. Antes, eu acreditava que eles não se importavam com os humanos, e desconfiei de Bade quando alegou desejar nos auxiliar. Porém, dia após dia, ele voltava para mim, fiel como o sol nascente, e começou a mudar. Eu o vi se sensibilizar à nossa causa, não para obter uma coroa de ouro, mas por se importar comigo e com meu povo. Da mesma forma, vi homens e mulheres em quem antes eu confiava endurecerem seu coração. Eles fariam qualquer coisa para obter uma coroa minha, para usá-la como símbolo de poder, e então entendi que eu cometera um erro grave. Minhas intenções, embora fossem puras, tinham resultado em algo terrível. Minhas coroas não eram mais proteção, e, sim, alvos, algo pelo qual matavam e roubavam, e eu pensei que... se um dia empunhasse tamanho poder novamente, seria mais sábia. Não concederia todas as minhas pérolas. Eu coroaria apenas aqueles que tinham se provado altruístas e bons para com os mortais.

Eu não sabia se ela me dava uma coroa. Não a via, nem sentia seu peso na testa, então, em vez de perguntar isso, falei:

— Esse poder voltou para você? Dar coroas àqueles que julga serem dignos?

— Sempre foi meu poder. Apenas aguardo os momentos adequados para oferecê-las, e somente para quem se mostrou digno do amor mortal.

Ela cobriu meu ombro com meu cabelo, escondendo as duas estrelas que cintilavam na clavícula.

— Esconda-as até precisar delas — falou.

Engoli em seco.

— Quando precisarei?

Adria apenas sorriu e respondeu:

— Você saberá.

Levei suas estrelas pintadas em sangue na clavícula ao deixar o reino subterrâneo. Elas não afundaram em minha pele; seu poder não virou parte de mim.

Pelo menos, por enquanto.

Eu não sabia quando precisaria assumi-las para mim. Não sabia nem o que sua magia me causaria. Que parte de seu poder ela me dera, se era uma coroa ou algo completamente diferente.

Deixei o mistério subir comigo ao reino Celeste.

LVI

Um salão cheio de ouro

MATILDA

Eu me preparei para o flagelo nas sombras silenciosas de meu antigo quarto Celeste.

Tirei as roupas mortais que pegara do armário de Vincent e as estendi na cama. Guardei meu cinto de pedra da lua, minha capa e o frasco de júbilo-do-rio no baú de cedro, por segurança. Massageei minha pele com óleo, poupando o dueto de estrelas de Adria na clavícula, e raspei o excesso cintilante com uma pequena lâmina curva. Pus um vestido de costas abertas e trancei meu cabelo em uma coroa.

De modo estranho, sentia que me preparava para ser sacrificada em um altar. Medo afundava em meus ossos, tão gelado que eu não conseguia expulsá-lo, nem ao lado da pira oratória.

Estendi as mãos para aquecê-las, mas as brasas ali estavam escuras. Nunca tinham ardido em chamas; nunca nenhuma prece fora queimada para mim — nenhuma palavra que as atiçaria —, mas eu me demorei o quanto pude, para o caso de Vincent decidir escrever.

Respirei fundo a cada momento que passava. Esperei, mas o fogo não queimou. A fumaça perfumada não subiu das cinzas.

Fiquei tentada a pegar meu próprio pergaminho, tinta e pena. Vincent perguntara se eu podia escrever para ele, mas a mera ideia desafiava o que eu sabia da verdade, minhas crenças em mim e na minha magia. Eu não conseguia imaginar um mundo em que eu enviava minhas próprias palavras. Estava tão acostumada a transportar as mensagens dos outros, e não as minhas.

Não é hora para isso, pensei, mas não resisti a imaginar.

Querido Vincent, escreveria. Fechei os olhos e imaginei as palavras no pergaminho. O gosto delas.

Estou com tanto medo.

Mordi meu lábio, acolhendo a dor. Eu nunca me exporia tanto assim. Do que me serviria?

Porém, continuei a pensar nele ao sair do quarto. Espalmei a mão nas costelas, no lugar onde suas palavras moravam em mim, esperando minha resposta. *Não demorará muito*. Algumas coisas eu só podia ponderar, mas aquela eu sabia ser verdade. A semana de luto logo terminaria; os mortos seriam enterrados, os nomes dos falecidos, listados, e as últimas canções memoriais, tocadas.

O fim estava próximo; eu quase sentia seu gosto.

Andei sozinha até o salão, e cheguei bem quando o sol mortal se entregou ao horizonte oeste.

A corte inteira se reunira para me ver.

Observaram minha aproximação do estrado, onde meu pai aguardava com o chicote. As escamas de eithral refletiam o fogo queimando nas arandelas e brilhavam, iridescentes, até ali, tão longe de casa. Tão longe das criaturas das quais foram arrancadas, de sua morada no reino subterrâneo.

Meu coração martelava quando cheguei ao pé do estrado. Enfim, parei, com as mãos coçando, a respiração ofegante. A corte murmurava atrás de mim, faminta pela minha desgraça. Senti o olhar de Warin queimar meus ombros, a curva de meu pescoço.

Eu me sentia estrangeira, como se nunca tivesse estado naquele salão. Ninguém se pronunciaria em meu favor; ninguém ousaria desafiar o castigo de meu pai.

Eu o senti me analisar. Mantive os olhos abaixados, à espera.

— Vinte e cinco chicotadas por quebrar sua promessa ao usar a visão diante dos mortais — declarou Thile, a voz sonora e límpida no salão.

O fogo dos braseiros bruxuleou a seu som; os sussurros da corte se calaram.

— E vinte e cinco chicotadas por usar a visão em uma fera Inferior — concluiu.

Eu estremeci. Esperava cem chicotadas, e aquele castigo não parecia tão insuportável. Pelo menos, até eu voltar a observar as escamas de eithral. Elas me cortariam profundamente; eu me perguntei se, ao final, restaria pele nas minhas costas.

Levantei os olhos para meu pai.

Ele parecia esperar o gesto, como se quisesse ver o que se escondia em mim. A sombra de minha mãe, talvez, ou uma versão mais jovem dele. Duas coisas que, eu imaginava, ele ansiava por esquecer. Eu era o exemplo do que poderia ter sido. Do que ele perdera e nunca teria.

— Ajoelhe-se — disse Thile.

Devagar, eu me abaixei e me ajoelhei. O mármore era frio e liso, inflexível, sob meu peso. Fechei os olhos, respirei e esperei.

Esperei.

Esperei.

O silêncio era insuportável.

Então veio a primeira chicotada, queimando com a velocidade de um raio as minhas costas. A dor era diferente de tudo que eu já sentira antes; roubou o ar de meus pulmões. Esmagou meu peito, ardeu nos olhos. Eu não consegui conter um tremor quando as escamas de eithral afundaram em mim como presas afiadas. Senti minha pele ceder. Meu sangue brotar, ávido. Escorrer pelas minhas costas, seguindo a coluna.

Um, pensei.

Eu me preparei para o golpe seguinte.

Veio a segunda chicotada, e a terceira.

Toda vez, eu sentia que estava sendo rasgada, aberta até os ossos. Eu me sentia vulnerável, fraca. Exposta frente à corte. Minhas feridas ardiam como se pegassem fogo e fossem esfregadas com sal. Eu respirava em ofegos rápidos e trêmulos. Meu peito se apertava de angústia; eu temia que meus órgãos estourassem se eu puxasse ar demais. Temia que meu coração — minha falha — desmanchasse sob a pressão de me sustentar.

Na décima oitava chicotada, meu orgulho se desintegrou. Eu não conseguia mais me segurar na posição.

Caí de barriga para baixo na escada. Meu icor corria livre; meu vestido estava encharcado em ouro. Sangue formava uma poça sob mim, cintilando como mel quente, pingando pelos degraus e formando riachos no chão polido.

Meu pai não aliviou as chicotadas. Eu afogaria o salão em ouro, e o chicote continuou a dilacerar minhas costas, de novo e de novo. Implacável. Em pouco tempo, perdi a conta. A dor virou uma queimação constante, deixando minhas mãos dormentes, e então meus braços. Meus pés. Eu mal sentia meu corpo, e me perguntei se estava prestes a partir para o deserto. Se o olho na pedra se abria e, daquela vez, a guardiã me aguardava.

Vincent, pensei.

Ele esperava minha volta. Eu não podia ceder — não podia abandoná-lo sem explicação outra vez, sem vê-lo pessoalmente —, então forcei meus pensamentos naquela névoa dourada.

Fique mais um pouco comigo.

As palavras dele eram um eco, um bálsamo para as feridas.

Eu me agarrei a elas, repetindo-as como um hino. Uma canção que eu sabia dedilhar. Um coro que me carregaria pela dor.

A agonia terminaria, como tudo termina.

Eu precisava apenas respirar mais um pouco.

Tossi entre chicotadas. Sangue salpicou o mármore. Pingou da minha boca, molhando meus dentes como seiva. Tentei engolir, mas minha própria magia me sufocava.

Demorei a me lembrar das estrelas de Adria na clavícula. Tentei levantar a mão para elas, para encostar nas duas pontas e convidar seu sangue a mergulhar em mim, sua magia a se mesclar à minha. Ela dissera que eu saberia quando ia precisar delas. Porém, meus dedos estavam dormentes, esmagados entre meu corpo e os degraus.

Eu não tinha nem mesmo força para me levantar um pouco, para soltar as mãos.

— Já basta, Thile.

O comando retumbou pelo salão, detendo a tortura de meu pai.

A voz brusca era vagamente familiar, como um sonho esquecido ao despertar, mas relembrado horas depois. Eu não ouvia aquela voz havia muito tempo, e me perguntei se era mera imaginação, até abrir os olhos. Vi vestes verde-escuras ondulando e os pés com garras compridas de Rowena quando ela se aproximou.

A Fortuna viera por mim.

A matriarca Celeste, que odiava a corte e raramente participava de seus encontros vorazes.

Parecia ter sido ontem que eu encontrara o caminho de seu pomar, minha primeira entrega.

Meu pai me chicoteou outra vez, com raiva, como se quisesse provar que não precisava dar ouvidos a ela.

As escamas de eithral faiscaram nos meus ossos. Eu me enxerguei novamente como uma jovem divindade, no momento em que vira pela primeira vez a escama na mesa de minha mãe. O começo do fim dela. Eu me vi no sonho de Vincent, subindo o penhasco com ele, aquela única escama presa à pele da criatura morta, como uma provocação.

Fogo lambeu meus ossos. Minhas costelas racharam, e eu respirei com dificuldade. Gemi — o primeiro som esganiçado que emiti — e fechei os olhos.

— Você se orgulha disso, é? — questionou Rowena, seu desprezo ácido como fumaça. — De cortar sua filha até os ossos?

— Ela precisa aprender — disse Thile, com a voz sôfrega, como se o flagelo o tivesse exaurido. — Ela pôs *todos* nós em risco com sua tolice.

— E você a mataria por isso? Devoraria a própria magia que concedeu a ela?

— Nenhum divino jamais foi extinto em um flagelo.

— Não, a menos que você a torne a primeira. Você já provou o que queria. *Basta*.

Senti um sopro de ar frio nas costas. Percebi que era Thile se afastando. Escutei sua retirada, os sussurros da corte zumbindo como uma colmeia. Escutei o tilintar das garras de Rowena no mármore ao se aproximar e senti a mão fria como gelo do rio tocar minha testa.

— Matilda? — chamou. — Respire, menina. Abra os olhos.

Eu tentei, mas meus pulmões estavam rasgados. Balançavam como velas esfarrapadas ao vento.

Eu mergulhei em um mar vermelho e escuro.

LVII
Uma flecha com mira perfeita

VINCENT

— **Cadê sua esposa?**

A voz de Hugh atravessou o burburinho do salão. Eu não me surpreendi por ser a primeira coisa que ele me dizia. Ele subira os degraus do estrado para sentar-se ao meu lado, mas seu olhar vagava pelos soldados que se reuniram para jantar à luz do fogo. Eu sabia que ele procurava o brilho do cabelo carmim, a delicadeza lânguida dos movimentos de Matilda, mas ela já estava muito distante.

— Não está aqui — respondi.

Hugh torceu a boca — ele nunca fora bom em esconder decepção, mas assim era a maioria dos senhores — e ocupou a cadeira vazia de Nathaniel.

Eu não disse nada; meu irmão preferira comer no quarto.

— Quando ela voltará? — perguntou Hugh, acenando quando um dos criados encheu seu caneco de cerveja. — Certamente antes do fim da semana?

— Sim, ela voltará antes disso.

Nós nos calamos, em clima tenso. O ar permanecia carregado pelo luto. Estávamos exaustos de cavar covas, reunir os nomes dos mortos, tratar dos feridos, nos organizar para a próxima batalha. Restavam quatro dias de repouso, e eu não tinha certeza de como me preparar. Grimald provavelmente usaria os trabucos; as muralhas da fortaleza estavam fadadas a desmoronar. O portão da Fúria seguia bloqueado pelos escombros.

— Senhor?

Um rapaz subiu ao estrado. Trazia na mão um pergaminho, que estendeu para mim, hesitante.

— Os nomes restantes dos mortos, para enviar a Drake — falou. — Conforme o pedido.

Eu aceitei, soturno. Pedira aquela lista na véspera. Sabia que a maioria dos soldados mortos eram queridos por aqueles abrigados na fortaleza de Hugh. Eles quereriam notícias das pessoas que amavam e, se necessário, iniciar seu próprio período de luto.

Li os nomes. Deixei que me machucassem.

Hugh pegou o pergaminho de minha mão.

— Me dê — pediu, em voz baixa. — Mandarei um de meus cavaleiros mais rápidos entregar a seu povo.

Eu assenti, cansado demais para me opor.

Comemos em silêncio e, quando Hugh me pediu para acompanhá-lo à sala de estratégias, eu fui.

Uma mesa se estendia entre nós, coberta por um mapa gasto da fortaleza e das duas pontes. Com os portões e rastrilhos ainda quebrados pelo encanto de Warin, Hugh instalara vigias na ponte oeste. Ninguém podia ir ou vir sem seu alerta; seus soldados constituíam um portão improvisado enquanto as fundições do castelo queimavam incansavelmente noite e dia, meus ferreiros dedicados a fazer novas dobradiças e barras de ferro para nos proteger.

Ali, conforme a noite avançava, nós nos debruçamos no mapa e nos preparamos para a segunda investida.

— Teve notícias do deus dos rios? — perguntou Hugh.

— Não — respondi, mas meu sangue gelou à menção de Warin, que não passara por minha mente nos últimos dias. — Ele foi visto pela última vez fugindo da batalha na ponte, como um covarde. Sumiu no vento. Desde então, não soubemos dele.

— Tem alguma intenção de negociar com ele?

— Negociar? — repeti, e não ignorei o calafrio que arrepiou minha pele, a suspeita que brilhou como brasa no canto mais escuro dos meus pensamentos.

Como Hugh sabia do pedido que Warin me fizera? Do pedágio que queria? Eu não falara daquilo com ninguém, exceto por meu irmão, Matilda, Hyacinthe e Edric, e confiava em todos com minha própria vida.

— Sim — disse Hugh, se apoiando na mesa. — Quer dizer... esse deus certamente deseja algo de você. Não é novidade; os deuses *sempre* querem algo de nós. Então me pergunto... se há algum modo de virar a maré a nosso favor. Sei que você tem Matilda, mas do que o poder dela adianta contra água e ferro? Ela é arauto, não é? O que pode fazer para nos ajudar?

Cerrei os punhos ao lado do corpo. Ela já vencera uma batalha por nós ao comandar a eithral, mas apenas eu e o deus da guerra sabíamos disso. Ninguém mais desconfiava do poder que ela empunhava, do perigo que corria. Eu ainda não entendia plenamente, mas não precisava entender.

— Matilda se provou minha aliada de outras formas — respondi, mantendo a voz calma.

— Como assim?

— Ela é muito boa espiã. Ganhou mais tempo para mim quando eu precisei. E eleva o moral dos soldados.

— É isso que ela está fazendo agora? Reunindo inteligência?

Eu assenti, apenas para apaziguá-lo. Ela estava no reino Celeste, isso eu sabia, embora só pudesse imaginar o motivo de seu pai convocá-la.

— Bom — respondeu Hugh, e suspirou.

Ele tamborilou os dedos no mapa, indicando as três torres da ponte oeste com as unhas amareladas. As torres que ele jurara proteger.

— Não podemos correr o risco da eithral voltar durante a próxima batalha e arruinar nossos esforços, dispersar nossos soldados, causar caos — continuou. — Não podemos perder outra torre como a da Fúria. Seria, sim, útil se o monstro lutasse para nosso lado, mas esses bichos não podem ser controlados. Inevitavelmente causarão destruição.

Fiz silêncio, afogado em palavras.

A eithral nos ajudara, mas apenas porque Matilda a conduzira. Eu não pediria aquilo dela de novo.

— O que sugere, então? — perguntei, com a voz pesada.

— Permissão para encomendar de seus artesãos cinco balistas e cinco dardos de obsidiana. Eu as instalarei no topo das torres. Derrubaremos a fera da próxima vez que pairar sobre nós. Então, podemos colher suas escamas para usar como armas. Nenhum deus sobrevive à sua ponta afiada. Nem Warin, com todo o seu poder. Podemos acabar com ele com uma flecha com mira perfeita, desde que a ponta seja uma escama.

Eu me virei para a janela. Era noite, e o rio estava coberto de névoa. Eu não via as estrelas, apenas o suave brilho da lua minguando.

Eu sabia que Hugh lutara por Adria na última guerra. Tinha sido um conflito prolongado e sangrento. Dilacerara nossas terras como uma espada denteada. Porém, ele ganhara experiência naqueles anos sombrios, como uma coroa incrustada de pedras preciosas, e conhecia o preço da vitória, e também da derrota. A severidade exigida.

— Vincent? — insistiu.

Eu escutava o entusiasmo em sua voz. A ideia de criar balistas, de derrubar um eithral do céu, atiçava seu sangue. Ele não estivera caçando a criatura meros dias antes, afinal?

— Sim — respondi, mas algo se partiu em meu peito. — De acordo. Faça isso.

LVIII
Querida Matilda

VINCENT

Outro dia passou. E mais outro.

Matilda ainda não aparecera.

Toda hora, eu ficava tentado a escrever para ela e queimar minhas palavras em fumaça, enterrá-las no jardim, mas me continha.

Ela virá, pensava.

Eu precisava apenas de paciência.

Porém, estava envolto em preocupações, que cresciam como trepadeiras espinhentas. Algo de inesperado deveria ter ocorrido no reino divino para atrasá-la. Algo em um lugar que eu nunca alcançaria, a não ser que quisesse ser como minha mãe. Um vassalo.

Eu passava as noites em claro, imaginando.

Ao pôr do sol, subi ao parapeito e vi as balistas de Hugh serem içadas para as torres. Vi Grimald preparar os trabucos na margem do rio. Restavam apenas dois dias de luto, e o tempo entre nós se esgarçava.

— Vince?

Eu me virei e vi que Nathaniel se juntara a mim. Desde que voltara dos mortos, ele parecia distraído, como se visse coisas em nosso mundo que eu não via. Agouros nas sombras, alertas nas nuvens, profecias na cera que pingava dos castiçais. Contudo, eu também não podia negar que havia nele um brilho que antes não estava ali, uma leveza nos passos, um fervor pela menor das coisas. Um caneco de hidromel preparado no verão anterior. Uma túnica recém-lavada, seca no sol. Um gato enroscado em seu colo à noite, quando nos sentávamos junto à lareira.

A perspectiva dele mudara. Ele saboreava a vida, e isso lhe dava mais poder. Eu me sentia como a lua minguando ao brilho de sua presença. Porém, ficava contente. Era aquilo que eu queria: vê-lo florescer. Ver nossos soldados olharem para ele com admiração, ávidos para se juntarem a ele.

Meu povo ficara maravilhado ao ver meu irmão saudável e devolvido do mundo dos mortos. Rumores e especulação começaram a se espalhar, e eu não tivera opção além de dizer que orara para a Morte e a Fortuna quando Nathaniel morrera. Meu coração frio e irreverente se comovera; eu suplicara para as deusas trazerem-no de volta, e elas me tinham atendido.

Era tudo mentira, claro, mas eu rapidamente descobri que faria qualquer coisa para desviar a desconfiança de Matilda.

— Teve notícias dela? — perguntou meu irmão, juntando-se a mim no parapeito.

— Ainda não.

Voltei o olhar do rio para as pontes, para o acampamento na margem.

Nathaniel fez silêncio, mas eu sabia que também esperava a volta de Matilda. Ele ansiava por falar com ela de novo.

— Tenho um pedido — disse, finalmente.

— Pois não, qual é?

— O que aconteceu com o cavaleiro que me matou?

Franzi a testa e olhei para ele.

— Ele não morreu, morreu? — continuou Nathaniel, como se preocupado.

— Não. Nenhum dos homens do barão que aprisionamos morreu. Pelo menos, por enquanto. Mas *esse*… ele enfrentará o pior dos destinos pelo que fez com você.

— Que destino imaginou para ele?

— Estava pensando em afogá-lo — respondi. — Entregá-lo à correnteza do Wyndrift. Deixá-lo afundar de armadura até o leito do rio.

Nathaniel ficou quieto.

— Você desaprova? — perguntei.

— Estava pensando em outra coisa — confessou. — Um castigo diferente.

— Como assim?

— Deixar ele vivo. Deixar ele me servir como sentença.

— Servir você?

— Sim. Ele deverá me seguir, caminhar comigo, me escutar. Talvez até ler para mim à noite.

— Isso não me parece um castigo, Nathaniel. Já esqueceu que ele *matou* você? O sujeito enfiou uma espada na sua garganta depois de se render para nós. É uma mácula para qualquer cavaleiro. Não se pode recuperar a honra depois disso.

— É verdade, mas eu ouvi rumores nas masmorras — disse Nathaniel, com a voz calma e suave, se comparada com a ferrugem afiada da minha. — A maioria dos soldados de Grimald, especialmente os cavaleiros… não têm nenhum amor por ele como líder. Eles se lembram de quando ele tomou Englewood, de como foi cruel e sanguinário ao usurpar o lugar de seu senhor. Eles juraram serviço a ele apenas para sobreviver, e a maioria ainda era muito jovem. Após chegarem à margem, nosso tio colocou um preço sobre nossa cabeça, a minha e a sua. Se algum de seus homens nos entregarem mortos, ele oferecerá um prêmio. Qualquer coisa que desejarem. Riqueza, título, terras. Eles podem pedir qualquer coisa em troca de nossa morte.

Ele parou de falar. Esperei, cada vez mais impaciente.

— E isso desculpa as ações do cavaleiro? — questionei.

— Não, é claro que não. Mas acho que há algo que ele queria mais do que riqueza, título e terras. Acho que queria liberdade de Grimald.

Suspirei, minha exaustão transformando meu corpo em chumbo. Eu me apoiei nas ameias, o vento soprando entre nós, vindo afiado do norte.

— Deixe-me pensar sobre seu pedido — falei. — Se quiser que ele o sirva, terá de ser após o fim deste conflito. Ele deve ficar contido nas masmorras até nosso tio ser derrotado. E, se ele matá-lo de novo… eu o afogarei na armadura. Segurarei a cabeça dele no fundo do rio até a resistência se esvair de seu corpo e o deixarei cair nas profundezas como uma pedra.

Nathaniel assentiu, solene. Porém, um sorriso logo levantou o canto de sua boca, como se ele visse o que viria. Havia luz pela frente, depois de tantas sombras cinzentas.

— Obrigado, Vince.

Quando me deixou, eu senti frio. Como se ele verdadeiramente tivesse virado o sol, e eu, uma lua minguante.

À noite, eu estava sozinho no quarto, o vento assobiando pelas rachaduras da argamassa. Parecia implacável, o prelúdio de uma tempestade, arrancando as últimas folhas outonais dos galhos, ondulando pelo rio até formar espuma como o mar. Da janela, eu via o acampamento do barão sacudido por lufadas ferozes, as fogueiras ardendo com dificuldade.

Shale devia estar furioso.

Eu jogava lenha na lareira, fazendo faíscas subirem em revoada, quando soou a batida na minha porta. Era tarde e, por um momento, meu coração me traiu e pulou para a boca.

Matilda.

A batida soou de novo, mais leve, mas, quando levei a mão à maçaneta de ferro, soube que não era ela. Ela, que pulava janelas, andava no leito do rio e adentrava sonhos.

Eu entreabri a porta.

Gwenda me olhava do outro lado, o cabelo loiro reluzindo ao brilho do fogo. Seus olhos azuis estavam arredondados de súplica.

Eu a conhecia por muitas coisas. Ela era uma curandeira habilidosa. Trabalhara incansavelmente nos últimos dias, limpando e tratando feridas, recolhendo os nomes dos soldados que morriam sob seus cuidados. Também preparava os tônicos que eu bebia para afastar meus pesadelos. E, anos atrás, quando minha solidão virara uma espada, eu visitava os aposentos dela nas noites em que o sono me escapava inteiramente. Certa vez, eu tentara amá-la, e ela tentara me amar, e, embora houvesse prazer entre nós, faltava fogo. A pequena chama acesa rapidamente virara brasas frias.

— Seu tônico, senhor — disse ela, estendendo um frasco de vidro verde. — Para os pesadelos.

Fazia muito tempo que ela não batia na minha porta para me entregar o tônico. Era Alyse quem sempre cuidava disso, mas, ultimamente, Alyse tinha outras preocupações. Como todos nós.

— Obrigado.

Aceitei o frasco, mas ela continuou ali, como se tivesse mais a dizer.

— Precisa de mais alguma coisa? — questionei.

— Gostaria de saber se podemos conversar — disse ela, e acrescentou: — em particular.

Eu hesitei por um momento antes de convidá-la a entrar.

— Por favor, não me diga que mais algum soldado nosso morreu — falei, apoiando o frasco na mesa.

Por favor, não me dê outro nome para escrever em tinta. Outra alma a caminho da bruma.

— Não, abençoada seja Enva. Acho que o pior já passou, até a próxima batalha.

Ela cruzou os braços, observando meu guarda-roupa. A porta estava entreaberta; lá dentro, pendiam as roupas mortais de Matilda, lã em cores escuras e corpetes bordados. O brilho de uma combinação transparente.

— Embora minhas reflexões tenham pendido em direção à morte — acrescentou.

Eu esperei.

Enfim, ela se virou para mim, com a expressão resguardada, exceto pela ruga na testa.

— Como Nathaniel voltou dos mortos? — perguntou. — Sei que você disse que rezou para ele ser trazido de volta, mas sinto que há de haver mais. Alguma outra coisa ocorreu, não?

Fiquei quieto, mas meu estômago se revirou, incômodo. Eu não queria falar daquilo, e ela devia ver em minha expressão, em meus olhos fechados, em minha boca tensionada. Gwenda se aproximou em dois passos, estendendo a mão, suplicante.

— Por favor, Vincent. Preciso saber o que aconteceu. Preciso saber se posso repetir o feito. Pense em todas as pessoas que eu poderia salvar, que eu poderia trazer de volta, se soubesse seu segredo.

— Isso está muito além de você, Gwenda — respondi.

Ela parou abruptamente, a alguns passos de mim.

— Você é talentosa, e eu agradeço pelo que fez nos últimos dias — continuei. — Porém, a volta de Nathaniel não foi por suas mãos. Foi obra da Morte e da Fortuna.

Eu a vi engolir em seco, rubor subir pelo pescoço. Ela olhou de relance para minha cama. Um lugar no qual ela nunca estivera, apesar de todos nossos encontros.

— Onde está o arauto?

— Minha esposa? Matilda?

Gwenda suspirou.

— Eu não queria ter que dizer isso, mas... há boatos de que vocês não se casaram de verdade. Que foi apenas um ardil para distrair o barão.

Meu sangue esquentou como ferro no fogo.

— Quem disse uma coisa dessas?

— Não importa, Vincent. Muitos de nós acreditamos. Não vimos nenhuma jura pronunciada entre vocês. Apenas um beijo desajeitado. Ela vem e vai a seu bel prazer. Ela o abandonou, deu as costas a você, enquanto seu irmão morria em seus braços — disse ela, erguendo a voz, de rosto corado. — Mesmo agora, ao final da semana de luto, ela não está em canto algum. É isso que você quer? Que você merece? Uma mulher que vai e vem, que o abandona quando bem entende?

Eu me encolhi como se ela me tivesse dado um tapa. De repente, não suportei olhá-la; raiva fervia no fundo da garganta.

Enfim, ela se aquietou.

Ela esticou a mão e segurou a manga da minha roupa, me mantendo ali.

Eu me esquecera que, algumas noites, muito tempo antes, quando eu era mais novo e muito mais ingênuo, eu a deixava acariciar meu cabelo após nossos encontros. Eu a deixava me abraçar em sua cama, e eu contava o que temia, o que me ferira no passado. Eu falava de minha mãe, que nos abandonara por um deus Celeste.

Gwenda conhecia minhas dores. Sabia onde me atingir para machucar.

De repente, fiquei aliviado por ter me afastado dela. Eu considerava se viria a me arrepender, mas não. Separar meu caminho do dela fora uma decisão sábia.

— Perdão — sussurrou Gwenda, apertando minha manga. — Eu… Eu não queria magoá-lo. Não quis trazer à tona suas dores do passado. Quero apenas que veja o arauto por quem é de verdade.

Eu a encarei, rangendo os dentes.

Foi Matilda. Matilda trouxe meu irmão de volta dos mortos. Ela criou um portão quando o nosso falhou. Ela causou o fim da batalha. Ela ganhou mais tempo para nós. Ela conduziu nosso povo à segurança.

Porém… eu não podia dizer nada daquilo.

Meu povo podia adorá-la, mas não a entendia e nunca entenderia. Nem os mais devotos de Wyndrift reconheceriam plenamente o que Matilda fizera por nós. O que dera para nos proteger.

Eu queria contar para Gwenda aonde Matilda fora ao sair correndo da ponte. Onde ela estivera quando pusemos meu irmão no sepulcro.

Ninguém deve saber. O alerta de Matilda ecoou em mim. *Isso precisa se manter entre nós três.*

Eu, Nathaniel e ela.

Gwenda tomou meu silêncio por encorajamento. Devagar, subiu a mão para o meu rosto. Os dedos dela eram gelo, e a palma estava úmida ao acariciar a curva de minha face, descer pela aspereza da barba por fazer no queixo.

— Eu a amo — falei, e a mão dela se paralisou de choque, antes de tombar. — Eu amo Matilda há muito tempo. Antes de sequer saber que você existia. E você não pode me oferecer nada que eu queira. Não pode me dar nada de que eu precise. Eu pertenço a ela.

Gwenda recuou, com o rosto escarlate, os olhos brilhando.

Ela não me disse mais uma palavra.

E a vi sair pela porta.

Depois disso, não foi difícil escrever.

Eu me sentei à mesa, escutando o vento continuar a sibilar, e peguei um pergaminho, uma pena, um tinteiro.

Querida Matilda, escrevi.

Deixei fluírem as palavras para ela.

E, quando a tinta secou, entreguei meu coração ao fogo.

LIX

Mensagem na garrafa

MATILDA

Devagar, voltei a perceber meus arredores, abrindo os olhos pesados.

Estava deitada de barriga para baixo em uma cama de plumas macia e, de início, não reconheci o quarto. Era aberto e arejado, sustentado por pilastras que desapareciam no teto envolto em nuvens. Um zéfiro morno balançava as cortinas compridas e brancas. O piso era de mármore xadrez, e flores silvestres brotavam, tímidas, das rachaduras. Hera crescera em uma mesa de madeira posta com jarros e potes e uma tigela transbordando de mel, reluzindo nos favos. As trepadeiras também cercavam uma pequena pira oratória, cujas brasas estavam escuras.

Tentei me levantar, com a visão embaçada.

A resposta foi uma agonia que me cegou. Eu nunca sentira tamanha dor; se alastrava pelas minhas costas como se eu estivesse pegando fogo. Era tão imensa que minha respiração agarrava os pulmões como teias de aranha. Minhas unhas arranhavam a cama sob mim.

Eu sentia o cheiro de meu icor, doce como a chuva de verão, que começava a escorrer pelas costelas.

O mundo girou — nuvens, trepadeiras, pilastras.

Eu caí de novo no embalo da escuridão.

* * *

Quando despertei outra vez, foi ao som do canto dos pássaros e dos estalos de uma lançadeira.

Abri os olhos sonolentos e vi o outro lado do quarto. Rowena estava sentada ao tear; a tapeçaria em que trabalhava era tão imensa e infinita que cobria o chão como um tapete.

Era a tapeçaria da vida. Aquela que ela tecia junto à Morte.

Eu estava no solar da Fortuna.

— Matriarca? — chamei, minha voz como folhas secas, esfarelando na garganta.

Rowena olhou para mim, do outro lado do quarto.

— Já era hora de você se mexer. Estava começando a achar que aquele seu pai tinha chicoteado sua falha.

Foi então que relembrei. A memória que já ansiava por suprimir. Ajoelhada diante da corte Celeste, meu pai me flagelando com o chicote de escamas de eithral.

Engoli em seco. Meus dentes estavam grudentos, minha língua, ressecada.

— Há quanto tempo estou aqui? — tentei perguntar.

Rowena se levantou do tear. Eu a escutei andar até a mesa, servir um copo de néctar.

— Levante a cabeça, mas devagar — disse ela, sentando na beira da cama. — Suas feridas ainda estão sensíveis. Você já as abriu uma vez, quando eu estava no pomar.

Eu obedeci, levantando a cabeça com cautela para beber do néctar. O líquido me invadiu como a luz do sol, aquecendo da cabeça aos pés. Eu suspirei, aliviada de sentir minha força voltar, mesmo que em pequenas doses.

Bebi até a saciedade e enfim apoiei a cabeça outra vez, meu cabelo embaraçado no travesseiro. Rowena permaneceu ao meu lado, olhando para mim com uma expressão perplexa.

— Obrigada — falei, após um momento de timidez. — Por me ajudar.

— Pff.

Isso a afastou. Ela abanou a mão nodosa e se levantou, largando o copo na mesa com ruído.

— E, respondendo à pergunta anterior — acrescentou —, você está aqui há dois dias, seguindo o nascer e o pôr do sol mortal.

Dois dias?

Meu coração afundou.

Eu só conseguia pensar em Vincent. A batalha seguinte fervilhava no horizonte. Ele estaria se perguntando sobre meu paradeiro. Por que eu demorava tanto. Eu fizera uma promessa, engolira as palavras dele, e não podia descansar até respondê-las por inteiro. Tampouco podia auxiliar a ele e a seu povo se estivesse em outro reino, dormindo por horas a fio.

Eu precisava sair do solar assim que me aguentasse em pé.

Devagar, testei minha força, com pressa para conseguir me sentar na cama. Minhas feridas começaram a latejar e repuxar as costas; a pele parecia prestes a rasgar de novo, e eu prendi a respiração, tremendo.

Como se lesse meus pensamentos, Rowena falou, com a voz arrastada:

— Eu ficaria deitada aí quietinha, se fosse você. Aquelas escamas cortaram fundo. Levará um tempo para o seu corpo se curar.

— Sim, eu sei. Estou sentindo.

Rowena bufou.

— Bom, fico feliz de ver que você já está falando do seu jeito. Como se o mundo não conseguisse acompanhar seu ritmo, criança divina. O que é imprudência sua, se me permite acrescentar. No que estava pensando, ao comandar a visão de uma eithral? — questionou, e estalou a língua, voltando a atenção para o tear. — Não sei se você é corajosa ou tola.

Ambas as coisas, pensei, com uma careta quando uma das feridas voltou a abrir. A tolice ultimamente parecia me acompanhar como sombra.

Minha constelação de doze pontas se iluminara por completo no céu. Eu tinha o poder de controlar eithrais. Podia transportar almas de volta dos mortos. A notícia de meu poder se espalharia, por mais que eu me esforçasse para abafá-la.

O alvo que me cercava ampliava-se.

Eu me deitei de novo e passei a mão ao redor das costelas, para tocar o volume de feridas. Os cortes estavam quentes, febris. Eram lesões que deixariam para trás uma teia de cicatrizes douradas. Apertei a que se abrira, meu icor escorrendo entre os dedos.

— Tem um pano ao seu lado — disse Rowena, sem dúvida sentindo o cheiro forte do meu sangue.

Encontrei o pedaço de pano e fiz pressão na ferida, mordendo o lábio, impaciente. Eu me sentia criança de novo, com ossos e pele macios. Quando os cortes nos meus joelhos demoravam a sarar, e os hematomas perduravam após os treinos com Bade.

— Como vai minha mãe, por sinal? — perguntou Rowena.

A mãe dela, guardiã do deserto.

De sobressalto, percebi que estava sem meu cinto. Sem a capa. Sem o frasco de júbilo-do-rio. Eu guardara os três em meu baú de cedro no palácio Celeste, e sentia sua ausência como uma ferroada de vespa.

— Você sabe que posso visitar o deserto? — perguntei, cautelosa.

— Não sabia até você ir pela primeira vez, quando seus fios mudaram no tear. Achei, de início, que fosse Orphia, desfiando qualquer nó que eu trançasse para você, mas então nós duas reparamos que não era obra nossa. Havia um fio nebuloso em sua fortuna, que nem eu conseguia ver.

Minha visão embaçou de novo. A sonolência pesava como chumbo, apesar de meu desejo de fazer mais perguntas a Rowena. O calor das feridas começou a penetrar meus ossos.

— Estou correndo perigo? — perguntei.

Rowena parou de tecer.

— Diga-me um divino que não corra perigo, Matilda. Mas, sim, seria sábio ser cautelosa nos dias que virão. Sua constelação não é tão pequena quanto as cortes antes acreditavam. Alguns deuses conspirarão para matá-la, deuses que antes a ignoravam.

— Por que as outras estrelas estavam escuras?

— Orphia pode responder melhor do que eu, mas, pelo que entendi, essas estrelas lhe foram dadas pela linhagem de seu pai, e o nome dele não tinha sido assumido quando leram seu horóscopo. Portanto, as estrelas continuaram adormecidas, escondendo seu fogo até você finalmente usar sua magia por conta própria.

Eu me lembrei do que minha mãe me contara daquele dia na toca de Orphia, quando minhas estrelas apareceram em seu espelho de obsidiana. A Morte vira outra coisa, talvez um lampejo das estrelas ocultas, mas não dissera nada.

Voltei a afundar na cama e adormecer. Logo, um sono profundo me agarrou, um sono que nem Alva alcançaria em sonhos. Eu ardia, derretia. Parecia que meu sangue fervia nas veias, e eu sabia que me faltava algo necessário para sarar.

Despertei quando Rowena limpou minhas feridas novamente. Era noite fora do solar, e o ar estava fresco, iluminado pelas estrelas. Ainda assim, eu queimava. Minhas costas latejavam no ritmo do coração, e vi a preocupação no rosto de Rowena quando ela achava que eu não estava olhando.

Estava adormecendo novamente quando escutei. Um fiapo de voz, como se Vincent se debruçasse para cochichar no meu cabelo.

Querida Matilda.

Fiquei imóvel, mas meus olhos se abriram.

Fazia silêncio no solar, tomado por sombras índigo. Era logo antes do nascer do sol ali — os grilos cantavam na grama alta, e uma névoa cobria o pomar —, mas eu via que a pira pegara fogo. As brasas estavam agitadas; uma chama azul e solitária dançava ali, e fumaça branca e perfumada começou a subir.

Ele escrevera para mim.

Eu me impulsionei para fora da cama e me levantei. Minhas feridas latejaram em resposta, e eu respirei, trêmula, mexendo os ombros com cuidado. As feridas não se abriram, então avancei um passo. O mármore foi um choque gelado em meus pés descalços; meu vestido estava ensopado de suor, grudando nas pernas quando avancei outro passo, e mais um. Meus joelhos balançavam, os ossos pareciam cera derretida de uma vela. Eu tremi e cambaleei, mas mantive os olhos fixos naquela luz, que me atraía como uma mariposa.

Eu precisava de uma garrafa.

Aquela que carregava havia anos ainda estava guardada no cinto, longe de mim, então eu peguei um frasco vazio da mesa e tirei a rolha.

Eu me ajoelhei diante da pira, vendo as chamas crepitarem e brilharem. O calor era uma delícia, e eu inspirei a fumaça profundamente.

Não exagere, me adverti. Poderia devorar a fumaça por inteiro, mas preferia engarrafar sua mensagem, saboreá-la depois. Eu a carregaria no cinto por muitos anos, para ouvi-la de novo e de novo, até escapar o último sopro.

Inclinei o frasco para capturar a fumaça.

As palavras de Vincent se acumularam dentro do vidro, como nuvens de tempestade.

Quando o fogo morreu em brasas ardentes, a carta completa, pus a rolha no frasco e o segurei na mão.

Um lado meu tinha medo de ouvir suas palavras. Tinha medo de elas me abrirem como as feridas nas minhas costas. Tinha medo de começar a sangrar e nunca conseguir parar.

— Está esperando o quê? — perguntou Rowena, a voz partindo o silêncio da noite.

Eu me sobressaltei, olhando ao redor do quarto para ver que ela estava sentada ao tear, me observando com interesse descarado, seus olhos refletindo a luz fraca como os de um felino. Uma de suas corujas brancas empoleirava-se em seu ombro.

— Talvez a prece dele seja o necessário para você se curar — acrescentou ela, quando hesitei.

A ave levantou uma asa, como se concordasse.

— Ele é irreverente — respondi, rápido, mas minhas palmas estavam molhadas de suor. — Não é uma prece.

— Ele pode ser irreverente para todos nós, exceto por você. Acho que ele deseja adorá-la.

— Não quero que ele sinta que precisa me adorar. Não quero mudar o que ele deseja, nem no que acredita.

Rowena sorriu.

— Ah, criança, você ainda é muito jovem, não é? Ele anseia por adorá-la, mas não do jeito que você imagina.

Com essas palavras ainda pairando no ar entre nós, ela se levantou e saiu do solar com a coruja, ambas desaparecendo na névoa do pomar.

Entendi que ela me dava um momento de privacidade para escutar a mensagem dele. Palavras cinzentas como o mar de inverno, rodopiando na garrafa. Eu me apoiei nos joelhos doloridos e então voltei andando até a cama, para me sentar na beirada macia.

Novamente, me demorei.

O sol já nascia, jogando prismas de luz âmbar no piso, quando abri o frasco. Inspirei a fumaça. Escutava vividamente a voz dele, como se estivesse sentado ao meu lado. As palavras me preencheram como o ar lavado pela chuva e, pela primeira vez em minha memória, eu me entreguei.

Querida Matilda,

Você partiu há três dias, e eu nunca tive tamanha consciência do tempo. Conto as horas, escutando os sinos que as marcam. Coleciono cada momento sem sua presença, que se acumulam em meus ossos como o inverno.

Eu anseio por você.

Não sei quando isso aconteceu, quando a maré subiu e eu deixei a correnteza me carregar, de bom grado, mas houve um momento em que olhei para você e perdi o fôlego. Um momento em que a vi partir, e quis me ajoelhar.

Sei que eu e você somos de reinos diferentes, e que você tenderá a vagar, como instiga sua magia. E eu sou um homem com raízes, e uma quantidade fixa de dias que me foi outorgada. Tempo que não quero desperdiçar. Minha vida parece breve como o orvalho quando a comparo com seu oceano, mas, se você me aceitar, é isso que tenho a oferecer a você.

Meu lar é seu lar. Meus braços são um porto para seu repouso. Meu sobrenome é seu, se você o desejar. Eu a amarei até meu túmulo, e para além dele, quando a bruma me acolher; quando, espero, eu for muito velho, grisalho e ranzinza e tiver passado as estações ao seu lado enquanto você estiver aqui, e sonhado com você quando estiver ausente.

Eu te amo profundamente, Ruiva.

Volte para casa, para mim. Retorne para mim, quando puder. Até então, eu observarei os céus e o rio.

Seu,

Vincent

LX

Quando o gelo traz fogo

MATILDA

Eu não podia passar mais um dia no solar da Fortuna.

Desci com dificuldade a escada que levava ao pomar, à grama onde se espalhavam maçãs e ameixas. Ali, no mesmo lugar em que vira a Fortuna pela primeira vez, pedi que ela fosse ao palácio de meu pai para recuperar meu cinto, minha capa e meu frasco de flores venenosas. Rowena fechou a cara, como se eu tivesse pedido que ela arrancasse a lua do céu e a jogasse para os Inferiores, mas, quando partiu no vento alísio do leste, fiquei aliviada.

Enquanto ela não voltava, eu me forcei a subir a escada de volta. Senti cada sacolejo, cada respiração trêmula no peito. Minhas feridas inchavam, mas não se abriam, mesmo que eu andasse de um lado para o outro do solar, ansiosa para reavivar minha força para a viagem de volta ao reino mortal.

Mantive o frasco de fumaça na mão.

Não escutei as palavras de Vincent de novo, mas não precisava; elas reverberavam em mim como notas prateadas e límpidas, tocadas em uma harpa. Acomodavam-se em meus ossos, mais quentes do que a febre que me assolava.

Parei diante do tear, tentada a olhar o desenho da tapeçaria.

Se eu ousasse observar, sabia que veria o fio dourado de minha própria vida, entrelaçado a inúmeros outros. Minha vida, emaranhada ao fio prateado de Vincent. Porém, seria o passado e o presente. Uma história que eu já conhecia. Rowena tecia o que viria pela frente e, quando me aproximei do tear... percebi que não queria olhar. Não queria saber quando estava destinada a perdê-lo, quando seu fio terminaria e o meu continuaria, sozinho.

Dei as costas para a tapeçaria, olhando outra vez para o pomar.

Rowena se equivocara quanto ao poder de cura da prece de Vincent. As lacerações de minhas costas ainda estavam sensíveis e quentes ao toque, com dificuldade de cicatrizar. Eu sentia um puxão duradouro, a pulsação de algo que não podia sarar, o calor emanando pelo meu corpo, deixando minha respiração ofegante e minha pele brilhante como gelo.

— Você não está apta a viajar nos ventos alísios para o reino mortal — disse Rowena, sem me cumprimentar, quando voltou. Ela me olhou com expressão dúbia, mas trazia nos braços os itens que eu pedira que recuperasse para mim. — A viagem abrirá seus cortes. Você voltará à estaca zero de dias atrás. Fraca que nem um cordeirinho, atraindo todos os lobos.

Aceitei primeiro meu cinto, que afivelei abaixo da cintura. Fiquei agradecida ao ver o olho adormecido da guardiã. Em seguida, pendurei o frasco de júbilo-do-rio no pescoço, em seu devido lugar, e, por último, vesti a capa de meu pai, vívida como sangue mortal naquela manhã, como se quisesse me repreender.

— Temo não ter opção — respondi, encarando Rowena. — Precisam de mim em outro lugar. Já passei muito tempo distante.

— Ele está se perguntando onde você se encontra — declarou ela.

— Está esperando minha volta — falei, pensando nas palavras de Vincent. — Está prestes a enfrentar outra batalha, e eu prometi ajudá-lo.

— Por que você se acorrentaria a algo tão trivial? Você pode usar seu tempo e suas paixões em algo muito mais recompensador do que batalhas mortais, que vêm e vão com a frequência das marés.

Eu hesitei, surpresa. Mais cedo, ela me incentivara a ler as palavras dele, a acolher sua adoração, e agora falava dele como um fardo?

— Nunca vi como uma corrente — retruquei.

Ela estreitou os olhos, mas foi apenas para esconder o sorriso.

— Que bom — disse Rowena. — Então vá encontrar aquele que ama.

Quando o vento alísio oeste me carregou do pomar da Fortuna, eu estava determinada a seguir seu poder até Wyndrift. Porém, Rowena estava certa. A viagem repuxava minhas feridas sem misericórdia, afiada como o bico de um corvo. Dor ondulava pelas minhas costas, delineando todos os pontos fracos. Eu me encolhi, tentando me conter, enquanto o vento me girava como vapor pelas montanhas.

Não consegui chegar ao rio.

Desembarquei do alísio assim que pude, arfando ao sentir o sangue escorrer por minhas costas novamente. Minha pele estava quente ao toque, pingando de suor. Com o olhar enevoado, eu pestanejei para segurar as lágrimas. Gradualmente, a dor retrocedeu o bastante para eu me localizar. Vi-me ajoelhada em lajes cobertas de musgo. O pátio de uma fortaleza, aninhada no sopé das montanhas que se erguiam como dentes afiados atrás dela. O ar estava fresco; pela inclinação do sol, parecia ser o meio da manhã, e o chão estava úmido de chuva.

Estremeci, impressionada pelo silêncio do lugar, e me levantei. A fortaleza parecia escura, envolta por sombras sinistras. Um segundo depois, percebi que era a terra de Hugh de Delavoy. Eu estava na entrada de Drake.

— Deusa.

Um sussurro chamou minha atenção à direita. Uma mulher de meia-idade estava na arcada que levava ao estábulo, com o cabelo castanho-grisalho preso em uma trança desgrenhada, o vestido amarrotado e manchado como se o usasse havia dias.

— Podemos nos falar? — perguntou, esticando a mão para mim, com o rosto vermelho de choro.

— O que aconteceu aqui? — questionei, correndo para encontrá-la.

Quando me aproximei, vi que ela usava um frasco de júbilo-do-rio pendurado no colar, como eu. Ela vinha de Wyndrift, era uma das refugiadas.

— Está tudo bem? — acrescentei.

— Não, minha senhora. Nós... tentamos mandar notícias para o senhor Vincent em Wyndrift, mas creio que nenhum de nossos recados chegou a ele.

— Que recados?

— Dias atrás, pouco depois de chegarmos aqui em busca de santuário, uma boa quantidade de nós desapareceu.

Meu coração gelou de medo.

— *Desapareceu?*

— Sim — disse a mulher, e hesitou, cobrindo a boca para conter um soluço de choro. — Minha filha mais nova, Kitty, está entre os desaparecidos. Meu irmão também. Tentamos entender, identificar um padrão. Mas parece ter sido uma seleção aleatória. O povo do senhor Hugh não foi afetado, e nos garantiu que não é travessura deles, que não ousariam infringir a lei dessas terras e ferir aqueles que buscam abrigo sob seu teto. Até tentaram nos ajudar a buscar nossos parentes e amigos desaparecidos. Porém... não há nem rastro deles. Eles sumiram, e não sabemos encontrá-los.

Fiquei pensativa. Se tivesse tempo, eu me demoraria ali, procurando a resposta. Porém, eu ainda estava a dois dias de Wyndrift, a cavalo. Mesmo que encontrasse o animal mais rápido para me transportar, chegaria atrasada para a próxima batalha.

Porém, ainda mais do que o tempo... Eu pressentia que aquela travessura era feito de um deus.

— Sinto muito por saber disso — falei. — Levarei uma mensagem para Vincent em seu nome. Escreva, e entregarei para ele pessoalmente. Encontraremos seus parentes e amigos desaparecidos.

Um homem idoso emergiu das sombras. Ele estivera escutando e, de início, esperei que fosse fazer mais perguntas, como se eu soubesse as respostas. Porém, ele apenas estendeu uma carta endereçada a Vincent, que ele já escrevera e estava se preparando para despachar.

— Obrigado, minha senhora — disse ele. — Minha esposa também está entre os desaparecidos.

Engoli em seco e aceitei a tarefa. A magia me inundou, puxando meus dedos. Senti a atração que me levaria a Vincent. Ele estava em casa, como eu sabia que estaria. Pressenti a correnteza do rio, as pedras aquecidas pelo sol, a brisa suave agitando seu cabelo.

Ele estava na ponte.

Deixei Drake pouco depois, aceitando apenas uma pequenina bolsa de mantimentos e um cantil de água, ainda fria da nascente da montanha. O povo de Vincent insistiu, além de me fornecer um cavalo que viera carregando uma de suas carroças.

Eu teria ido mais rápido a pé se conseguisse correr, mas as feridas continuavam a arder, ameaçando abrir de novo. Eu ainda sangrava, em um fluxo fino, mas regular, ao subir na sela e partir a galope, seguindo a estrada que me conduziria de volta à terra dos Beckett.

No trajeto, pensei de novo em tudo que o povo de Vincent me explicara dos desaparecidos. Que não havia rastros, nem padrão que encontrassem quanto aos desaparecidos e seus motivos. Uma desconfiança estranha surgia na penumbra de minha mente, que eu ruminava quando o ar ficou drasticamente mais gelado.

Meu cavalo diminuiu o ritmo, relinchando de insegurança.

Eu o fiz parar e olhei para os arredores.

Estávamos em uma floresta; a estrada sinuosa avançava entre as árvores, mas parecia que tínhamos adentrado o inverno. O ar estava cinza, lúgubre e afiado como uma faca na garganta. Névoa começava a se acumular no chão. Os galhos de pinheiro e as samambaias cintilavam de geada. Quando suspirei, minha respiração rodopiou como fumaça.

Um poder sombrio se reunira naquele bosque.

Algo transbordando magia.

Apeei do cavalo, que estava ouriçado, molhado de suor. Assim que soltei as rédeas, o animal disparou de volta por onde viera, me deixando sozinha na estrada, mergulhada em névoa até os tornozelos.

Eu enfrentaria o perigo, em vez de fugir.

Puxei o escudo do cinto. Meu braço tremeu sob o peso. Eu ardia, como se minha pele tivesse queimado no sol, mas o ar gélido me fazia tiritar de frio. Eu não sabia como podia sentir as duas coisas ao mesmo tempo, mas me mandei respirar, apesar da dor nos dentes, e me afastei da estrada, adentrando a névoa.

Eu era filha do inverno. Aquela cena era quase uma memória. Às vezes, minha mãe me permitia caminhar com ela pelo reino mortal quando começava sua estação. Eu a via tocar os lagos para congelá-los. A geada que brotava em suas pegadas. Ela inclinava a cabeça para o céu e suspirava, fazendo neve cair.

Minha mãe morreu.

Eu ainda sentia o sangue dela nas mãos — o cheiro adocicado e enjoativo — conforme me aprofundava na floresta.

— Phelyra? — chamei.

Ela era a deusa do inverno, afinal, mas não tive resposta. Nem os pássaros se mexiam ali. A floresta estava vazia, exceto por uma coisa poderosa, e eu continuei a seguir seu rastro gélido, sem conseguir esconder meu tremor.

As árvores ficaram mais esparsas, os galhos, partidos. Gelo quebrava sob meus pés.

Cheguei a uma clareira e ali parei, a névoa recuando.

No centro da floresta, com asas esfarrapadas e escamas iridescentes, seus olhos de rubi fixos nos meus, estava a eithral perdida.

LXI
Asas

MATILDA

Eu a encarei, com medo de me mexer.

Estava com frio, mas me sentia queimar.

Era de ferro, mas me esfarelava como argila.

Ela me observou, fixando em mim sua atenção plena. Os flancos subiam e desciam com a respiração, e as narinas vermelhas se abriam. Ela sentia o cheiro de meu icor, que molhava a capa e manchava minhas costas. Talvez sentisse até o cheiro das feridas, que, com mais uma torção, se abririam até revelar os ossos úmidos.

Eu sabia que deveria evitar movimento à vista de um eithral, porém, não aguentava mais o escudo. Eu o abaixei até o lado do corpo e, quando o escudo caiu de vez no chão congelado, deixei estar.

A eithral se levantou. Ela estava repousando ali, de asas abertas. Elas cintilaram à luz nublada quando ela as fechou junto ao tronco. O ar que girava ao nosso redor era estaladiço como a casca de uma maçã e nuvens de tempestade no inverno. Como o gelo que crescia em montanhas pedregosas. Fiquei tentada a recuar, até perceber que o fedor sumira. Em toda memória minha, o ar podre sempre viera antes da chegada de um eithral, e se intensificava com sua proximidade. Por isso eu não desconfiara da presença dela ali quando a floresta gelara.

Ela não está mais sob o controle de Dacre.

A ideia me atravessou como uma lança.

Ela tem cabeça própria, vontade própria.

Talvez seja por isso que eu tenha reunido a coragem de me aproximar. Eu partira o domínio de Dacre sobre ela. Tínhamos compartilhado uma só mente. Eu quase me perdera em sua vastidão, e talvez ela também se perdesse na minha. Tínhamos forjado poderes em uníssono, e eu nunca me esqueceria nem me arrependeria da decisão, apesar da dor no meu corpo.

Eu me aproximei.

Logo vi todas as escamas que a vestiam, resplandecentes. As que faltavam, deixando para trás pele lisa e cinzenta, e as que ainda a protegiam, fechadas como cota de malha.

Eu caí de joelhos.

Lágrimas arderam nos meus olhos. Quando pestanejei, elas caíram, e eu não as sequei. Desamarrei a capa e me deitei na frente dela, de costas expostas.

Aqui está minha fraqueza. Aqui estão minhas feridas.

Elas eram muito mais fundas do que era possível enxergar, mas eu fechei os olhos, escutando a eithral se mexer. O ar estalava entre nós como uma tempestade ganhando força sobre o oceano; um arrepio percorreu meus braços quando ela encostou o focinho na minha coluna para farejar. *Ela poderia acabar comigo*, pensei. Poderia me rasgar inteira, e eu quase esperei que acontecesse. Aguardei, parada. Queria ser partida outra vez, meu mundo fixo em um único ponto.

Ela apenas respirou em minhas feridas, cada sopro gelado um flagelo próprio.

Eu me encolhi de dor. Afundei as unhas na terra fria.

Ela bufou de novo e meus cortes arrebentaram, um a um. Dessa vez, eu gritei, minha voz um som esganiçado que ecoou pelas árvores. Porém, com as feridas abertas, o fogo que me devorava começou a arrefecer. Era a essência gélida dela, extinguindo as chamas. Eu gemi, me sentindo frágil como pergaminho virando cinzas no fogo.

Fui me aprofundando em minhas próprias sombras internas, mas o movimento da eithral me trouxe de volta à floresta. Ela estava se afastando de mim, e eu continuava esparramada, mole. Quando ousei me mexer, senti o gelo que cobria minhas costas, protegendo as feridas.

Passei um bom momento deitada ali, com o rosto encostado no chão congelado. Enfim senti um puxão no meu tronco, tão agudo que me fez abrir os olhos. Eram as palavras de Vincent. A carta que eu precisava entregar.

Erga-se.

A voz em meus pensamentos não era minha. Era mais sombria, mais rouca. Uma voz que parecia se espalhar pela terra arrasada. Eu me perguntei se pertenceria à eithral.

Erga-se, Matilda.

O tempo escorrera como areia entre meus dedos, e eu repousara o máximo que podia. Devagar, me levantei, com pernas que pareciam frágeis como as de um filhote. O gelo era como um torno em minhas costas, me firmando. Tinha expulsado o pior da dor, o calor que parecia aprisionado sob a pele.

Recolhi o escudo caído, a capa descartada.

A eithral ainda me observava, com uma pontada de curiosidade nos olhos fulgentes.

Quando estiquei a mão para tocar seu flanco, ela permitiu. As escamas eram lisas e polidas como pedras do rio. Eu quase via meu reflexo nelas. E, quando ousei imaginar como seria montar em seu dorso, ela se abaixou para que eu subisse. Nossas mentes, então, ainda se cruzavam.

Estremeci ao me acomodar no espaço entre suas asas, mas não foi de frio. Eu sentia o poder dela vibrar em mim. Sentia seu coração bater — em uma cadência mais lenta do que o meu, mas seu sangue estava igualmente faminto por velocidade e voo.

Wyndrift, pensei, imaginando o rio, a ponte, as torres, a fortaleza. Vincent.

As asas da eithral começaram a bater no ar em movimentos pesados e estrondosos. Pressão subiu em meu peito; meu coração ficou errático quando o chão desapareceu sob nós. Ela se ergueu, e eu me ergui com ela.

Dessa vez, voamos como aliadas, e eu admirei o mundo com meus próprios olhos.

LXII

Jantar e obsidiana

VINCENT

Eu sempre desconfiara de uma porta para o reino subterrâneo escondida em algum lugar da torre da Donzela, considerando a magia que parecia brotar como erva-daninha de suas fissuras. Era naquela torre que a comida nunca esfriava, que as roupas molhadas secavam assim que eram despidas e que o fogo queimava fiel nas tochas, extinto apenas quando se desejava o escuro. Por isso eu me encontrei ali no último dia da semana de luto, preparado para o pior por vir ao amanhecer.

Fui ao arsenal, para inventariar as armas que nos restavam. Espadas, machados, chicotes de armas, lanças, bestas. Algumas estavam empoeiradas e embotadas pela falta de uso. Separei as que precisavam ir à forja para amolar e consertar, com pensamentos distantes até sentir um arrepio frio na nuca.

Alguém me observava da porta.

Eu aprendera a reconhecer as mudanças do ar causadas pelas divindades. Era como uma coruja em voo, cortando o espaço sem fazer som.

Eu me preparei e me virei para ver o deus da guerra, emoldurado pelo batente humilde, com metade do rosto nas sombras. Usava armadura recém-polida e uma capa vermelha. Trazia uma espada com punho de rubis embainhada na cintura e cheirava a vinho quente, fumaça e mais alguma coisa que eu não sabia identificar.

Eu deveria me surpreender por receber mais um deus em minha fortaleza, sem se anunciar. Eles eram como gatos, pensei, atraídos pelas pessoas que deles menos gostavam. Porém, eu estava cansado demais para surpresas, e suspirei, pensando que era feito da torre. Da porta Inferior secreta.

— Peço perdão por incomodá-lo — disse Bade, após um momento tenso. — Mas venho ver Matilda.

Eu o olhei por um momento demorado. Ele ajeitou o peso nos pés, olhando para as armas que eu separara.

— Ela está? — acrescentou, um pouco impaciente.

— Não, não está — respondi.

Ele franziu ainda mais a testa.

— Onde está ela?

— No reino Celeste. O pai dela a convocou para a corte, há quatro dias.

— Há quatro dias... — disse ele, remoendo o fato, e pressenti sua preocupação. — Quando espera que ela volte?

Eu abaixei os olhos.

— Ainda esta noite.

Ela me dissera que voltaria antes do fim do período de luto, então eu continuava a esperar. Continuava a observar a porta abandonada da torre da Fúria. A correnteza do rio. Minha própria janela.

Bade suspirou. Esperava que ele fosse embora, então voltei à minha tarefa, selecionando outro montante cujo fio precisava ser amolado. O deus da guerra permaneceu onde estava, teimoso como uma sombra, e eu senti minha própria preocupação crescer, tumultuando meu peito como corvos amontoados no mesmo galho.

O que faz um senhor quando um deus impaciente aparece inesperadamente em seu castelo e não vai embora?

Convida-o para jantar, na esperança de que recuse.

Para minha angústia, Bade aceitou

* * *

O cozinheiro se superou na refeição da noite anterior à batalha, assando trutas frescas do rio com dentes de alho, inhame cozido e acelga e pão com ervas e queijos macios. Comemos no salão da torre da Donzela. Bade mais parecia uma montanha, ocupando o espaço duas cadeiras. Meus soldados mantinham uma distância respeitosa, sem conseguir desviar o olhar dele enquanto comia. Alguns se lembravam de Bade da guerra de Adria, e eu via uma mistura de emoção em seus rostos: raiva e desconfiança, mas também esperança e entusiasmo.

Não tive opção além de sentar-me de frente para meu convidado, apesar de meu pouco apetite.

Estávamos jantando cedo, um badalo antes do pôr do sol. A luz âmbar entrava inclinada pela janela, refletindo nas armaduras, nos punhos das espadas, nos anéis nos dedos. Eu sentia o cheiro úmido do rio misturado ao de peixe, suor e folhas queimadas. A sala parecia abarrotada, mas íntegra, como se, acotovelados ali, crescêssemos em poder.

— Está bom — disse Bade, mas sua carranca só fez piorar, como se nossa comida ser deliciosa fosse uma terrível decepção.

— Está. Nosso cozinheiro é talentoso — falei, e enchi seu cálice de cerveja adocicada. — Fique à vontade para comer o quanto quiser.

Outro momento de silêncio desconfortável. Eu não sabia o que dizer para o aliado de Matilda. Quando menino, eu o odiei por roubar Adria de nós, embora, mais velho, eu entendesse o motivo. Ela teria morrido se ele não a levasse ao subterrâneo. Estávamos destinados a perder nossa rainha, independentemente do fim da guerra.

— Você conhece Matilda desde a infância? — perguntou Bade, me olhando.

Pestanejei, contendo meu choque. Foi então que percebi: ele não estava ali apenas para ver Matilda, mas para tentar *me* conhecer. Estava sentado à nossa mesa, comendo nosso jantar mortal, sofrendo um desconforto enorme, na esperança de encontrar pontos em comum comigo.

— Conheço — respondi. — Embora eu tenha sonhado com ela antes mesmo de conhecê-la pessoalmente.

— Você *sonhou* com ela?

Fiz que sim.

— Anos atrás, eu sofria de pesadelos. Eu me afogava no rio quase toda noite, até ela aparecer e me tirar das águas.

O que eu disse fez Bade hesitar.

Decidido a ser educado, continuei:

— Soube que você a treinou em combate.

— Sim.

A voz de Bade soava distante. Ele pegou mais um pedaço de pão, mas não comeu.

— Ela me testou muitas vezes — acrescentou.

Não resisti a um sorriso.

— Imagino.

Ele começou a me contar uma história. Do primeiro treinamento deles, quando Matilda se irritara, jogara o escudo aos pés dele e fugira correndo pelo reino Inferior.

— Nesse dia, aprendi que ela era ágil — comentou ele, com carinho. — Nem eu a alcançava.

Eu conhecia aquela agilidade — como ela correra pela charneca, escapando de meus irmãos a cavalo —, e senti minha própria história na ponta da língua. Eu estava prestes a contar para Bade da primeira vez que a vira em pessoa, quando o sino da torre começou a soar.

Imediatamente, o clima no salão ficou solene. Nós nos paralisamos, prendendo a respiração, escutando o sino e os gritos distantes da ponte.

— O que foi? — perguntou Bade. — Começou a batalha?

— Não — respondi, e me levantei. — Um eithral foi visto.

* * *

Bade me seguiu ao ar livre da ponte do Centeio.

A luz estava oscilando. Nos encontrávamos em um mundo pintado em tons de cinza, e o ar esfriou tanto que gelo começou a reluzir nas tábuas de madeira.

— Ali vem ela — disse Bade, o primeiro a ver o dragão.

Ele apontou o céu do norte, onde a eithral se misturava quase que por completo às nuvens baixas. Eram as asas, que refletiam o sol fraco como um prisma, que a revelavam.

— Seus soldados devem se esconder — acrescentou.

A maioria se escondera; eles sabiam o que fazer, sem precisar de comando. Todos nós tínhamos crescido sob ameaça de eithrais e internalizado a ordem de ficar quietos e imóveis.

Até que um grito partiu o silêncio pesado.

Vinha da torre do Centeio, e eu olhei para cima, vendo movimento nas ameias. Quase me esquecera de Hugh, das balistas, dos cinco dardos de obsidiana. Os soldados dele preparavam a balista no Centeio, o que significava que também armavam os dardos nas três torres a oeste. Embora eu tivesse concordado... não podia negar o nó no estômago em resposta.

Uma coisa era imaginar derrubar um dragão do céu. Outra coisa era ver acontecer.

— O que está acontecendo? — perguntou Bade, olhando com irritação para o movimento na torre do Centeio. — Você deve comandar imobilidade. Eles vão atraí-la para cá.

Eu não respondi. Meus olhos estavam fixos na eithral, que chegava cada vez mais perto, as asas agitando um vendaval gelado. Foi então que percebi duas coisas: o ar estava fresco e limpo, como o da primeira neve do inverno, e alguém vinha montada nas costas da eithral.

Matilda.

Meu mundo se fixou naquele único ponto vibrante. A capa, o cabelo, como chamas no fundo branco e cinza. Tentei respirar, mas não consegui. Meu coração estava na boca.

— Não atirem! — gritei.

Meu comando rasgou o ar, mas os soldados na torre do Centeio não obedeceram. Estavam mirando, transbordando de entusiasmo. Os gritos deles retumbavam, frenéticos, quando a eithral entrou na área de alcance, a momentos de pairar sobre nós.

— Não! — berrei para eles. — *Não atirem!*

Porém, era como se eu estivesse em um pesadelo. Minha voz parecia arrancada pelas raízes, meus pés estavam pesados demais para se deslocar. Bade segurou meu ombro, afundando as unhas na pele, como se também reconhecesse Matilda nas costas da eithral.

A balista disparou.

O dardo de obsidiana girou pelo ar, cortando o vento com um chiado.

Eu estava urrando, mas não escutava minha voz. Era como cinzas na boca. Ouvia apenas minha pulsação, latejando nos ouvidos, enchendo meu peito com seu rugido.

A flecha atingiu o peito largo da eithral.

Ela se sacudiu e soltou um berro que fez o mundo tremer. Cores desbotaram como chuva. A ponte balançou. Eu caí de joelhos, mas não estava observando as asas, nem o corpo dela, desabando em dor pelo ar. Estava observando Matilda, que se esforçava para não cair.

Bade gritava comigo, mas sua voz scava distorcida, como se debaixo d'água.

Ele me sacudia, mas eu não podia fazer nada. Não podia fazer nada além de ofegar enquanto a eithral carregava Matilda por cima d'água, perdendo altitude com a dificuldade de bater as asas.

Juntas, elas tombaram, fazendo a névoa rodopiar.

Elas caíram no lado de Grimald do rio.

LXIII
Você não quer ser capturada pelos homens

MATILDA

O momento antes de cairmos no chão foi surreal e sereno.

Nuvens giraram acima de nós, com gosto de névoa. O acampamento de Grimald se espalhava lá embaixo, as barracas tremulando ao vento. Vi soldados se encolherem no chão. A lama, a grama e as fogueiras eram como um mosaico vasto, cada parte nitidamente definida.

Eu me agarrei à eithral, minhas pernas tremendo de esforço, e inspirei o último instante de paz. Fumaça de madeira, gelo e terra fria.

Eu vira Vincent na ponte. Vincent e Bade, lado a lado. Fora inesperado, e vê-los me deu tamanha alegria que notei as balistas nas torres tarde demais. Nunca me ocorrera que seríamos alvejadas.

O dragão voou mais baixo, respirando com dificuldade. Demos a volta na colina onde ficava a tenda de Grimald e descemos para o vale. Passamos pela última parte do acampamento e eu me preparei para a queda, meu coração batendo nas costelas, com tanta força que poderia quebrá-las.

Mais e mais baixo.

As samambaias farfalhavam sob nós. Um pássaro fugiu voando da grama.

Rasgamos a terra como um arado de ferro, sulcando o solo.

A colisão foi tão violenta que me arremessou das costas dela. Caí no chão com estrondo e rolei pelos montes de grama e pedra. A capa foi arrancada do meu pescoço, e o gelo na minha coluna fraturou. Rolei até afundar os dedos na terra, e ali me segurei, prostrada, com o vestido enlameado e esfarrapado. Sangue doce encheu minha boca; eu tinha mordido o lábio. Engoli o sabor, vendo a eithral acabar caída de lado, com uma asa trêmula levantada, iridescente no crepúsculo.

Gritos ecoaram pelo vale.

Eram os soldados de Grimald, correndo do acampamento a nosso encontro.

Atordoada, eu me levantei com um impulso e corri até a eithral. Nenhuma de nós podia ser capturada pelos homens, pelo inimigo. Meu sangue acelerou quando toquei suas escamas frias. Ela respirava em ofegos curtos, e eu dei a volta para a frente do corpo dela, até ver a vara de obsidiana enfiada em seu peito. Não acertara o coração, mas um dos pulmões, e eu tremi de alívio.

Ela sobreviveria, se conseguisse chegar a um refúgio.

— Vou tirar isto aqui, mas você precisa fugir agora — sussurrei para ela. — Voe para um lugar seguro, onde possa descansar e se curar.

Os olhos vermelho-escuros dela brilharam em reconhecimento. Ela soltou um som baixo, como se concordasse.

Outro grito alvoroçado cortou o ar.

Os homens se aproximavam. Quando olhei para trás, vi uma fileira chegando, de armadura manchada de lama, espadas em punho.

Rápido, pensei, e então: *Perdão*.

Peguei a flecha, molhada pelo sangue cintilante da eithral, e a arranquei com um puxão.

Ela urrou; o som me atingiu como um trovão. O que restava da névoa se dissipou e as nuvens pareceram ferver. Meu coração deu um pulo e eu recuei, vendo ela se levantar com dificuldade.

— Voe! — comandei, emoção me engasgando. — *Voe!*

Ela bateu as asas, uma mais baixa do que a outra. O lado ferido parecia pesar, mas ela começou a subir pelo ar, e eu segui em sua sombra. Corri, aumentando o ritmo a cada passo.

O gelo começou a derreter nas minhas costas. Conforme escorria, a sensação anestesiada também passava. Eu sentia as cicatrizes: sensíveis, mas fechadas. Eu não tinha como escondê-las; minha capa fora deixada para trás, pisoteada pelos homens de Grimald.

Porém, eu ganhava velocidade, e, quando a eithral sumiu em meio as nuvens, fixei o olhar na floresta ao longe. Uma sombra verde-escura que podia me esconder.

Deixei os homens de Grimald para trás, devorando vastas extensões da campina a cada passo. Em pouco tempo, sequer ouvia seus gritos, o tilintar da armadura ao me perseguir. Contudo, não ousei descansar até chegar ao abrigo da floresta. Adentrei as profundezas das árvores nuas, diminuindo o ritmo. Meu peito arfava; eu estava tremendo, percebi, pela queda, pelo desespero, pela fuga.

Sob todas as sensações, senti uma pontada no peito.

Vincent.

Eu ainda trazia uma carta para ele. Estava em uma missão, e a distância repentina entre nós me fez cambalear.

Devagar, fui parando.

Toquei uma das árvores, para me equilibrar. Eu não tinha muito tempo; os homens de Grimald logo chegariam à floresta, mas a eithral escapara, e era isso o mais importante. Eles a teriam matado para roubar as escamas.

— Você parece ter causado um tumulto e tanto.

Ergui o rosto, assustada ao ver que não estava sozinha.

Ela entrara tão silenciosamente na mata que eu não a ouvira. Ou talvez já estivesse ali antes, vendo o desastre se desenrolar com seus olhos azuis e astutos.

— Alva — falei, com a voz rouca.

— Falei para você visitar a mim e a meu irmão. Ainda assim, você deixou passarem dias mortais.

Ela parou, notando meu vestido sujo de terra, a grama embaraçada no meu cabelo, o sangue de eithral nas mãos.

— Ele não ficaria feliz de saber que você ainda por cima montou em um de seus bichinhos — acrescentou.

Esperei o medo me tomar com suas garras, mas não aconteceu.

— O que você quer? — perguntei.

Alva inclinou a cabeça, a franja loira caindo no olho.

— Não podemos discutir aqui. Venha comigo agora, e eu não contarei para Dacre da eithral.

Eu hesitei. Ao longe, ouvia os gritos dos homens se aproximarem.

— E — acrescentou ela — você não quer ser capturada pelos homens, ou quer?

Antes que eu pudesse responder, Alva abriu uma porta escondida na árvore, uma passagem que eu nunca vira nem usara. Continuei a refletir, até reconhecer que a conversa era inevitável. Eu não tinha como fugir dela por muito tempo.

Eu segui Alva para o reino Inferior.

LXIV

Lamento em cantiga de ninar

MATILDA

A toca de Alva estava exatamente como eu lembrava.

As estantes sem fim ainda carregadas de pergaminhos empoeirados, os móveis ainda descombinados. A prateleira ainda coberta de garrafas de vinho coloridas, e tapeçarias monstruosas ainda assombrando as paredes, evocando um calafrio quando eu as olhava.

A única coisa que mudara ali era eu.

Sentei-me na cadeira diante da lareira que Alva me ofereceu. Ela foi ao aparador nos servir duas taças de vinho e, discretamente, analisei sua mesa, iluminada por velas bruxuleantes. Um novo pergaminho estava aberto sobre a madeira de cerejeira, sonhos rabiscados em palavras de tinta escura.

— Suponho que você tenha passado os últimos dias no reino Celeste? — perguntou Alva.

Ela estava de costas para mim ao tampar a garrafa e acrescentar um floreio de ervas em cada cálice. Seu cabelo comprido estava embaraçado, com fios soltos, como se tivesse acabado de acordar.

Não me ocorrera antes que talvez ela só pudesse utilizar sua magia de sonhos e pesadelos se também dormisse. E como aquilo lhe tornava vulnerável. Seu momento mais poderoso era quando aceitava a fraqueza exigida.

— Sim — respondi quando ela se virou para mim e me ofereceu o vinho. — Meu pai me convocou para a corte.

Ela se sentou na cadeira de frente para a minha, cruzando as pernas.

— Hmm. Tinha alguma relação com as novas seis estrelas que nasceram no céu, diretamente abaixo da sua constelação?

Não, pensei, seca. A corte Celeste estava preocupada demais com meu crime e meu flagelo para notar o céu noturno e suas mudanças sutis.

Fiquei quieta, com a postura ereta. Eu estava tomando cuidado para esconder as cicatrizes de Alva, sem nunca lhe dar as costas. Talvez eu pudesse mudar o curso da conversa se contasse que fora castigada, mas não queria expor tal fato para ela. Nem poderia admitir o motivo das chicotadas.

— Você notou as novas estrelas? — perguntei.

Alva sorriu. Era um sorriso tímido, revelando um vislumbre de dentes.

— Alguns entre nós observam cuidadosamente o céu, mesmo que pareça não mudar nada, ano após ano. Ocasionalmente, porém, velhas estrelas se apagam e novas se acendem, como na noite do seu nascimento. Sempre me mantive atenta a essas coisas.

Calor se espalhou pelo meu rosto. Eu estivera distraída nos últimos dias. A última vez em que estudara verdadeiramente o céu noturno, estava nos braços de Vincent, deitada entre grama e a luz das estrelas. Pensava no corpo dele, como era bom senti-lo junto ao meu, como se fôssemos duas peças que compunham um todo.

Engoli em seco, mas uma pedra ficara engasgada na minha garganta.

Senti aquele puxão que me conduzia a ele novamente, como se estivesse na praia à maré alta. Estava longe dele, em outro reino. Porém, aquela atração profunda a onde ele estava, cercado por água, com o cabelo ao vento… *É apenas a magia*, pensei. Era a carta que eu ainda transportava, com seu nome escrito no papel. A notícia terrível dos desaparecimentos que precisava contar para ele.

Contudo, eu não conseguia distinguir o que era magia e o que era o meu coração. Estavam emaranhados, e eu me perguntei se meu poder exigia enorme fraqueza, assim como os sonhos de Alva.

— Não tenho muito tempo, Alva — falei. — O que precisa conversar comigo?

— Você fala igualzinho à sua mãe, sabia?

Eu não queria ser lembrada de minha mãe. Não por ela, nem por Phelyra. Nem mesmo por Bade.

— Não — respondi.

— Até essa sua carranca é que nem a dela — falou, e tomou um gole de vinho, ainda me observando por cima da borda. — Mas estou divagando. Ando me perguntando por que despertaram aquelas novas seis estrelas. Suporia que era por sua viagem pelo deserto, mas você já passou por lá antes, não foi? Quando era uma criança divina e entrou no sonho de Vincent pela primeira vez. Então sei que não foi sua passagem pelo deserto, mas algo que *fez* lá nessa última visita.

Minha boca ficou seca que nem osso.

Quase tomei um gole de vinho, mas algo deteve meu movimento. Um calafrio subindo pelo braço.

— Um dia você me disse que as almas não se movem do mesmo jeito no deserto e aqui, em nosso reino — respondi. — Talvez o mesmo valha para a magia. Algo que eu fiz tempos atrás esperou para se revelar.

O sorriso de Alva continuava curvado como uma foice, mas ela estreitou os olhos.

— Talvez. Mas isso ainda deixa a questão do que é esse seu poder, Matilda.

— Por que você quer saber?

— Porque, se essas seis estrelas abaixo da constelação de arauto pertencerem *mesmo* a você, é um poder imenso. E esse jogo de poder só é justo quando conhecemos todas as peças no tabuleiro. Não há segredos, ocultações, entre nossas cortes. Se um de nós matar o outro, sabemos exatamente que magia tomamos e consumimos.

Ela nunca matara outro divino em busca de seu poder. Era um dos motivos para eu confiar parcialmente nela nessas circunstâncias; ela não tinha apetite por sangue. Contudo, me perguntei por que se preocupava tanto com essa necessidade de transparência. Por que tinha tanta avidez pelos meus segredos.

Uma batida pesada soou na porta, quebrando a tensão do ar entre nós.

— Quem é? — chamou Alva.

— Bade.

A voz dele estava ofegante, como se tivesse corrido uma longa distância.

— Abra a porta — pediu.

— Ah, *Bade* — ecoou Alva. — Há anos você não me visita. Desde o fim da aliança com Zenia. Por que vem agora, velho amigo?

— Você está com Matilda. Enva disse que viu vocês duas vindo para cá. Preciso falar com ela, vê-la.

— Matilda está *bem*. Não tem nada para ver. Não é, menina?

Ela fez sinal para eu falar.

Pigarreei, forçando minha voz a sair potente, tranquila.

— Estou bem, Bade.

Houve uma pausa, como se ele ponderasse cem pensamentos ao mesmo tempo. Minha cadência, as palavras que eu dissera... e as que deixara por dizer.

— Abra a porta, Alva — insistiu ele. — Recebi instruções de procurar por ela, garantir que está ilesa, e levá-la para casa.

Alva revirou os olhos.

— Instruções de quem?

— Do marido dela.

Eu perdi o fôlego. Alva notou, e me olhou de relance, como se surpresa pela reação. Mantive os olhos fixos na porta, com dificuldade de disfarçar minha expressão. *Sou uma deusa, não me importo com mortais*. Era isso que eu queria que Alva visse em mim.

Porém, apertei o cálice até meus dedos empalidecerem.

Tive que lutar de novo contra aquela atração interna por Vincent. Aquele desejo de largar tudo e correr até ele. Ele era um lugar onde eu sabia estar segura.

Foi então que eu reconheci.

Não era a carta por entregar. Um peso em meu cinto.

Era o fio dourado de minha própria vontade. Minha carne, meu sangue, desejando estar perto dele.

— Está bem — disse Alva, se levantando. — Abrirei a porta, mas você deve permanecer no batente. Você nos interrompeu, e Matilda já disse que não tem muito tempo para mim.

— De acordo. Agora abra.

Bade e seus modos — ou a falta deles.

Quando Alva abriu a porta, meu olhar encontrou o de Bade do outro lado da sala. Ele obedeceu Alva: permaneceu parado no batente, carrancudo — como de costume. Contudo, vi algo inesperado em seus olhos. Um brilho de lágrimas. Era preocupação, medo. Ele me observou, como se pudéssemos conversar sem palavras. Como se me perguntasse: *Você está bem? Precisa que eu mate ela por você?*

— Estou bem — falei. — Como você vê.

Fiquei aliviada por estar de frente para a porta, mantendo minhas costas na sombra. Eu não queria que ele visse minhas cicatrizes, nunca.

— Vimos você… cair — disse ele, com a voz dura, como se cuidasse do que dizia na frente de Alva.

— Sim, mas não me machuquei — insisti.

— Vincent me pediu para procurar por você. Desconfiei que você fosse vir aqui para baixo, para escapar.

Eu assenti, cutucando distraidamente uma pedra preciosa incrustada no cálice.

— Você pode transportar uma mensagem para ele por mim?

— O que você quiser — disse Bade, mais baixo. — Embora esperasse acompanhar você.

— Preciso terminar essa conversa com Alva — respondi. — Mas, se você puder voltar para Vincent agora para garantir a ele que estou bem e que voltarei para ele ainda hoje... eu agradeceria profundamente.

Não me passava despercebido que eu, arauto dos deuses, pedia para outra pessoa entregar uma mensagem em meu nome. Era estranho. Porém, muito tempo antes, eu transportara uma carta por Bade enquanto Adria morria em seus braços.

Ele nunca se esquecera daquele momento que mudara nosso mundo, e sentimos a memória brotar entre nós como água da nascente. Nós dois lembrávamos aquela noite como se fosse a véspera, e Bade — que nunca se curvava para ninguém, exceto por Adria — curvou a cabeça para mim.

— Irei agora — disse ele, antes de olhar abruptamente para Alva. — Não demore muito mais.

Alva abanou a mão, irritada.

— Pode deixar. Você ouviu o arauto. Vá logo, antes que o marido dela tenha um desmaio.

Rangi os dentes quando ela fechou a porta e escutei os passos pesados de Bade se afastarem.

Eu não gostava de ouvi-la zombar das emoções de Vincent. Parecia que estava apertando minhas próprias feridas, mas voltei a acalmar minha expressão quando ela se sentou na minha frente.

— Que arauto esperta você é — disse Alva, arqueando a sobrancelha, com a voz quente de humor. — Fazendo o deus enferrujado da guerra carregar um recado seu.

Não era esperteza, e, sim, desespero. Precisava que minhas palavras chegassem a Vincent, e Bade apresentara uma oportunidade.

— O que mais você desejava me dizer? — perguntei.

— Achei que pudéssemos forjar uma nova aliança. Eu e você. Éramos tão próximas quando você era menor. Todos aqueles pergaminhos que emprestei…

— Do que me serviria uma aliança com você?

— Acho que é melhor perguntar do que *não* serviria — retrucou Alva. — Sou a única Inferior que sabe que você pode entrar no deserto. Sei que você pode entrar em sonhos. Sei que usa o olho da guardiã no cinto. Sei que você é sensível aos mortais, e que monta eithrais. Sei que essas seis estrelas novas são suas, e que seu poder é muito maior do que qualquer um imaginava.

Ela parou por um momento, e não pude negar que meu coração vacilou.

— Pode-se dizer que eu estava esperando por este momento — prosseguiu. — Para você crescer como deusa e voltar para a nossa corte. Eu a ajudei a virar quem é, e acho que não há nada mais justo do que você me pagar o que me deve.

— Pagar? — respondi, contendo a risada incrédula. — Pelo quê?

— Por todos os pergaminhos que deixei você ler. Por todas as vezes que a ajudei a disfarçar quando sua mãe queria desvelar seus segredos. Por quando a deixei sair pela porta do Lago Sombrio.

Ela não me deixara sair. Eu escapara das mãos dela como o vento.

Ocorreu-me que Alva não queria uma mera aliança, como dizia. Ela queria me controlar. Dominar meu poder.

E talvez se sentisse ameaçada por mim. Pelo fato de eu poder andar pelo deserto, coisa que ela não podia. De eu também poder entrar em sonhos e pesadelos. No domínio dela.

— Sei demais a respeito de você, Matilda — murmurou Alva, se inclinando para a frente. — Seria sábio ter a mim como aliada. Posso proteger você aqui.

As palavras dela escorriam pela minha pele como suor frio quando ela bateu o cálice no meu. Um brinde forçado. Ela queria que eu bebesse com ela, que abrisse as comportas de meus segredos. Que confiasse nela.

Antes de eu levar o vinho à boca, soou outra batida à porta.

— Quem é? — perguntou Alva, frustrada.

— Sou eu, irmã. Trouxe algo para você.

Enva.

Reconheci a voz sedutora, que se espalhava como perfume no ar.

Alva abaixou o cálice com um baque forte, tensionando a mandíbula.

— Ela tem sido um incômodo constante — resmungou para mim. — Mas meu irmão me mandou fazer as vontades dela, para mantê-la contente aqui. Como se ela fosse uma criança divina petulante.

Mordi a língua, vendo Alva se levantar para abrir a porta pela segunda vez.

Enva não esperou por convite. Assim que a porta de madeira de carvalho se abriu, ela entrou, rodopiando as saias coloridas. Trazia a harpa pendurada nas costas, por cima da capa violeta, e seu cabelo comprido e preto estava solto e brilhando de óleo, decorado por florezinhas azuis.

— Ah, Matilda — cumprimentou, como se eu fosse uma surpresa. — Senti sua falta nos banquetes do casamento. Mas como é bom ver você aqui, visitando minha irmã. Pensei em entretê-las. Com uma nova canção que compus. Dacre me encorajou a tocar para outras pessoas, então vim aqui.

Ela se sentou em um banco ao meu lado e pegou a harpa no colo, apoiando o instrumento no ombro. Tocou algumas notas soltas, acordando a música. Tudo acontecera tão abruptamente que Alva só conseguia olhar para a intrusa, boquiaberta. Embora eu também quisesse protestar — por mais que amasse a música de Enva, *não tinha tempo para aquilo* —, só consegui prender a respiração.

Aquilo não era típico de Enva.

Na corte Celeste, ela era elegante e misteriosa, como um lago de águas escuras. Era reservada e solene, baixando a guarda apenas entre divinos de sua confiança. Ela não tocava tão abertamente no salão de meu pai; frequentemente, tínhamos que implorar por sua música.

Não, aquela deusa entusiasmada e vivaz que entrara como um furacão na toca de Alva não era a Enva que eu conhecia.

De início, eu me perguntei se morar lá embaixo a transformara tão profundamente que era como ver uma versão fraturada dela. Porém, ela me olhou de volta, e vi um brilho de alerta em seus olhos.

Era fingimento. Ela não estava ali por Alva, e, sim, por mim.

Eu me acomodei na cadeira, deixando o vinho de lado.

— Uma canção *rápida*, então — disse Alva, com a voz tensa e irritação enrugando o canto da boca, ao sentar-se novamente. — Matilda tem compromisso.

— Ah, não tocarei por muito tempo — insistiu Enva, sorrindo abertamente para Alva. — Obrigada, fico *contente*.

Então ela ouvira o que Alva dissera.

O ar ficou azedo, desagradável, até Enva começar a tocar de verdade.

Desde que eu me lembrava, amava sua música. Quando ainda era criança e queimava moedas Celestes apenas para ouvir trechos. Quando enfim subira à corte de meu pai, e suas melodias eram transcendentes, fluindo por nós como leite, nos alimentando como mel.

Conforme a canção crescia, preenchendo cada canto da toca de Alva, eu me permiti mergulhar nas notas. E, porque já ouvira sua música no reino de cima, percebi que soava um pouco diferente ali, no reino de baixo. A música parecia mais carregada, mais sombria, lembrando sangue derramado na seda. Enquanto via seus dedos ágeis puxarem as cordas, as notas continham um brilho suave; eu quase as via no ar, como um raio de sol na chuva.

Ela começou a tocar uma melodia animada, que senti até os ossos.

Sorri e comecei a bater o pé. Tinha engolido toda a luz, toda a chuva de verão, todas as primeiras frutas, triunfante. Eu era feita de ouro derretido, de fumaça perfumada e calor brilhante, e, quando risada subiu por minha garganta, deixei que escapasse.

O som da gargalhada pareceu se entrelaçar na música de Enva, como se a balada enfim estivesse completa — notas de prata e voz imortal, subindo e descendo juntas.

Diante de mim, Alva começou a bater palmas. Seu rosto era radiante como a lua cheia. Estava jovial, como se todas suas armações e artimanhas tivessem se esvaído e ela fosse uma versão mais feliz de si. O que estávamos discutindo? Era coisa séria?

Por que eu estava naquela toca mesmo?

Eu não lembrava.

Sabia apenas o que estava bem ali: música lépida que fazia meu coração dançar. Alva e Enva, uma como o sol, e a outra, a lua. As duas eram poder vestido em beleza, proeza e talento. E eu não queria que o momento de júbilo acabasse nunca. Queria que seguisse e seguisse, desafiando o próprio tempo.

Não sei por quanto tempo Enva tocou a balada álacre, mas, cedo demais, seus dedos ágeis diminuíram o ritmo. As notas que soavam trocaram o fervor por outra coisa. Uma canção composta de dor e tristeza.

Imediatamente, parei de bater o pé Minha gargalhada foi sufocada por lágrimas. As palmas de Alva cessaram. Nosso sorriso e brilho se ofuscaram como estrelas no amanhecer, e nos aproximamos, sedentas pelas notas tristes de Enva, mesmo que espetassem como espinhos.

Era uma canção melancólica, revivendo lembranças doloridas. Aquelas que eu guardava no fundo de mim, sem querer repetir em pensamento. Aquelas que, infelizmente, tinham me tornado quem eu era.

Meus olhos viraram fontes, e eu chorei. Parecia ser outra exigência da música — as notas precisavam de minhas lágrimas; precisavam do som de minha angústia. Ela alimentava a música de Enva, como se eu jogasse carne para um eithral, aumentando suas forças.

Não fui a única a chorar. Alva também soluçava, cobrindo o rosto com as mãos de unhas compridas. Era agonia, mas também liberdade, uma limpeza. Sob nossos gemidos, ouvi um pensamento distante, cortando caminho pela emoção.

Estou sendo hipnotizada?

Meu coração batia em cadência pesada. Tentava se elevar do desespero — *nada disso é verdade, é um feitiço* —, porém, sua lógica era uma vespa, zumbindo em meu ouvido e fugindo de minha mão.

Logo, não consegui mais chorar e percorrer a suspeita incômoda ao mesmo tempo. Eu me entreguei por inteiro à tristeza, até sentir que secara de tanto chorar, e minha voz ficara rouca.

Enva mudou a canção outra vez.

Os dedos tocavam ainda mais devagar, e as notas se transformaram, de lamento em cantiga de ninar.

Imediatamente, meu choro cessou, como o de Alva.

Erguemos os olhos vermelhos para ver as mãos pálidas de Enva tocarem notas doces e suaves. Lembrava o ronronar de um gato. Um raio de sol. As águas efervescentes do verão, fluindo pelo córrego subterrâneo. O cheiro de ervas frescas. Uma taça de vinho quente, temperado com cravo e canela. Os braços fortes de alguém me aninhando, um abraço que não era grilhão, e, sim, refúgio.

Suspirei, devagar e profundamente.

Meus ombros começaram a murchar. Meus ossos pareciam pesados como ferro.

Não conseguia manter os olhos abertos

Devagar, como um barco desamarrado do cais, comecei a vagar para mar aberto. Comecei a me entregar ao sono.

Senti um puxão agudo nas costelas. Palavras de tinta, aninhadas ali. Palavras que não eram minhas.

Matilda, me ajude!

Ouvi a voz de Vincent. Vislumbrei seu rosto, enrugado em agonia. Nem pensar nele, nem o desejo que crepitou em mim, conseguiu me ancorar ao mundo desperto.

Afundei em um sono profundo e sombrio.

LXV
O sedimento da música

MATILDA

Eu despertei devagar.

Alguém me puxava por baixo dos braços. Sentia as unhas compridas pressionarem a pele, a respiração soprando meu cabelo. Meus pés sendo arrastados pelo piso frio de pedra.

Abri os olhos.

Minha visão estava embaçada até eu piscar e, como escamas se abrindo, o mundo ganhar nitidez. Estávamos em um dos corredores Inferiores; a luz das tochas parecia difusa. Mariposas tinham se reunido em grupos no teto, lembrando pétalas pálidas de flores com as asas abertas. Eu ouvia o borbulhar de um córrego subterrâneo. O ar cheirava a pedra úmida e musgo, além de uma pitada de fumaça.

— Acorde, Matilda — disse uma voz familiar ao meu ouvido. — Não lhe resta muito tempo.

— *Enva* — respondi. — Onde estamos?

Tínhamos chegado à margem do córrego, e ela parou, confirmando que eu me aguentava em pé antes de me soltar. Meus pensamentos estavam emaranhados em um redemoinho; eu não lembrava o que nos levara àquele momento, nem por que ela me arrastava. Parecia que parte de minha memória fora cortada.

— Qual é a última coisa de que você se lembra? — perguntou, entrando na minha frente.

Ela estava com a harpa pendurada nas costas, a capa violeta esvoaçando à menor brisa. Seus olhos pareciam queimar os meus como brasas.

— Eu estava com Alva — respondi, franzindo a testa. — Bade bateu à porta, e depois você... apareceu. Tocou uma música para nós.

— Que música?

— Não lembro.

Porém, eu ainda *sentia* a melodia, como se tivesse deixado sedimento em meus ossos.

— Por que você nos interrompeu? — perguntei. — Por que me levou embora?

— Porque Alva planejava matar você.

As palavras me atingiram como flechas. Por um momento, só pude respirar, parada, sustentando o olhar de Enva.

— Como você sabe disso? — sussurrei.

— Escutei ela conversar com Dacre. O plano era convidá-la à toca dela e envenenar seu vinho para forçar a verdade de sua boca. Ela queria saber mais das seis estrelas que despertaram no céu sob sua constelação. Se eram mesmo suas, que magia escondiam e como comandar tal poder. Então, planejava matá-la para tomar seu poder para si.

Eu me virei, olhando para o córrego. Meus olhos ainda estavam embaçados, meu coração, ferido pela revelação de Enva. Palavras nas quais não queria crer ao pensar em quem Alva fora para mim na infância, mas que, ao mesmo tempo, sabia serem verdade. Em silêncio, me ajoelhei e recolhi água nas mãos, bebendo até não me sentir tão seca e exausta, como se estivesse a um toque de me esfarelar em pó. Ganhei um pouco de tempo para me recompor e alinhar meus pensamentos, engolir a emoção que apertava meu peito como um nó.

— Obrigada — falei, quando voltei a me sentir mais firme. Olhei para ela. — Como você me tirou de lá? Ainda não me lembro do que ocorreu depois da música.

— Porque você dormiu — respondeu Enva. — Eu as enfeiticei com a música. Toquei para a alegria, para a tristeza e, por fim, para o sono. Foi minha única ideia para afastar você dela. Neste momento, ela também há de ter despertado. E estará começando a lembrar, como você. Em breve, virá procurá-la de novo. Você precisa deixar o reino Inferior e ficar afastada até a notícia dessas estrelas novas não arder mais nas cortes.

Deixar o reino Inferior.

Eu tinha acabado de voltar. Mas o que havia ali para mim?

Bade e Adria.

Enva, que era muito mais poderosa do que eu imaginava. Ela nunca enfeitiçara a corte Celeste com sua música. Ela cunhava moedas, mas nunca tínhamos sido forçados a dormir, rir ou chorar quando escutávamos sua melodia. Porém, talvez ela sempre estivesse destinada a tocar ali embaixo. Talvez abrir mão da liberdade e morar no lugar que menos desejava tivesse revelado parte de seu poder que ela sequer sabia portar.

Eu me levantei, cara a cara com ela outra vez. Estava relutante em me despedir, mas ela me surpreendeu ao cortar uma trança fina do cabelo.

— Eu não a salvei para endividá-la comigo — murmurou, enrolando a trança preta em meu pulso e amarrando como pulseira. — E não perguntarei qual é essa magia que agora detém. Pode ser segredo seu, até estar pronta para declará-lo. Porém, um dia, precisarei de você e de seu poder. Um dia, eu a chamarei, e pediria que você se recordasse desta noite, quando eu a poupei da morte.

— Recordarei — respondi. — E virei quando você chamar.

Eu podia estar no deserto, na bruma, que ainda assim a responderia.

Vozes começaram a ecoar pelo corredor. Eu ainda não tinha entendido, mas, quando Enva tocava no reino subterrâneo, todas as criaturas e os divinos eram vítimas de suas melodias enfeitiçadas. A música vibrava pelas rochas, iluminava as pedras preciosas. Ondulava por nossa água e nosso vinho. Todos nós tínhamos rido, chorado e adormecido. Enfim, toda a corte também despertava, tentando compreender o lapso na memória.

— Foi seu pai? — perguntou Enva, triste.

Eu fiquei tensa.

Ela não precisava que eu respondesse. Soltou a capa do próprio pescoço e a usou para cobrir meus ombros. Eu suspirei sob o calor e o peso suave. Não me sentia mais exposta, com as cicatrizes à mostra.

— *Obrigada* — repeti.

Ela beijou minha testa, como faria uma mãe.

— Agora vá.

Eu me virei e corri pelos túneis, na direção de onde sabia que o reino subterrâneo conduzia à torre da Donzela.

O covil do cão.

LXVI
Duas mensagens e uma elegia

VINCENT

Ele me entregou o recado dela bem quando o sol se punha.

— Ela está bem — disse Bade. — Ilesa.

Desde que eu vira Matilda passar voando sobre mim, permanecera na ponte, de olho no acampamento de Grimald. Não conseguia desviar a atenção, nem ao chegar o entardecer e a névoa crepuscular se espalhar sobre o rio. Logo veio a cerração. Uma umidade fria se instalou em meu tutano. Eu estava encharcado, mas não conseguia parar de olhar, nem mesmo quando Bade voltou.

— Senhor — insistiu ele, segurando meu ombro. — Me escutou?

— Sim.

Parecia que eu não falava havia cem invernos. Parecia que eu não a via, nem a tocava, havia mais mil.

— Você a viu? — perguntei.

— Vi. Ela me pediu para transmitir uma mensagem: voltará ainda esta noite, antes do nascer do sol.

Assenti com a cabeça, mas queria mais.

Parecia que eu poderia me afogar naquilo — naquele querer.

— Você deve se concentrar no que vem pela frente — me disse Bade em voz baixa, como se lesse meus pensamentos.

— Matilda cumprirá sua promessa. Você deve supervisionar a última elegia.

Eu odiava que ele estivesse certo. Odiava me sentir tranquilizado por sua presença.

— Por que você está aqui? — perguntei, seco. — Por que me ajudar?

Bade fez uma expressão solene por um momento tenso. Como deus, podia me negar. Não tinha que responder a minhas questões incisivas. Podia me condenar por meu atrevimento. Podia amaldiçoar minha linhagem inteira. Podia simplesmente dar meia-volta, ir embora e me deixar sem respostas.

Eu esperava uma dessas três opções.

— Porque ela é sua, e você, dela — respondeu Bade, em voz baixa. — E ela é preciosa para mim.

Seguimos para o salão quando escureceu.

Hugh e seus soldados já estavam reunidos, a armadura reluzindo pela umidade da neblina, à espera da elegia. O fogo queimava alto nas lareiras, e a melhor cerveja fora servida, mas o clima era sombrio e ansioso. Meus soldados chegaram em seguida, conduzidos por Nathaniel. Não me surpreendeu que eles o seguissem, nem que sua atenção fosse dedicada à presença dele. Ele morrera e voltara à vida; era magia encarnada, e dava esperança de que sairíamos vitoriosos.

Meu irmão escolheu sentar-se entre os soldados.

Eu não o chamei para o estrado, onde me sentei no centro, com Bade à minha direita, e Hugh à esquerda. Quando a segunda rodada de cerveja foi servida, e o fogo começou a baixar, eu soube que era hora.

A flautista se levantou da mesa onde estivera sentada com os irmãos e começou a tocar. As notas eram melancólicas, uma canção para recordar as vidas perdidas, derrubadas em batalha. Fizemos silêncio, escutando, e, quando chegou ao fim da elegia, ela transformou as notas finais em uma nova melodia. Inspirou o ar em lufadas, soprando em um coro de batalha emocionante.

A tristeza se dissipou como sombras ao meio-dia. Era um chamado para empunhar armas e lutar em memória dos mortos. Para defender nosso lar quando amanhecesse.

Escutei o salão inteiro enfeitiçado pelo coro, batendo os canecos na mesa e cantando, como a melodia deveria fazer na véspera da batalha. Eu queria me juntar a eles, mas estava frio e paralisado, sufocado por pavor, até sentir um incômodo repentino.

Alguém me encarava abertamente, e eu comecei a observar a multidão. Passei os olhos de mesa em mesa, mas nenhum soldado me dava a menor atenção. Estavam todos admirando a flautista, que andava pelo salão com seu instrumento, jorrando uma cascata de notas.

Todos os olhos voltavam-se para ela, com exceção de um par, que finalmente encontrei.

Matilda, sob o batente arqueado da entrada do salão, olhava para mim, suavizada pelas sombras.

Sustentei o olhar dela, meu sangue vibrando por sua proximidade, e me perguntei se ela lera minhas palavras, que eu queimara em fumaça. Quando não desviou os olhos de mim — quando o salão se esvaiu, até restarmos apenas nós dois —, eu soube que sim.

Eu me levantei.

Raspei a cadeira no chão, e meu movimento abrupto distraiu a flautista. Ela interrompeu as notas, e enfim viu o que detivera minha atenção. Viu Matilda, parada na porta, vestida em branco e ouro, com a capa caindo pelas costas, e enfim a flautista acelerou as notas, como se pudesse medir a pulsação que latejava em minha garganta.

Eu desci os degraus e caminhei pelo corredor.

Matilda avançou para me encontrar e, assim que a luz do fogo a inundou, dourando o cinto e brilhando no cabelo avermelhado, a assembleia a viu e comemorou. Vê-la era tão encorajador quanto qualquer melodia de véspera de batalha, quanto qualquer tática demarcada em uma mesa de estratégia.

Eu queria abraçá-la, esmagar minha boca na dela. Queria afundar o rosto em seu pescoço, inspirar o cheiro de sua pele. Queria perder meus dedos em seu cabelo, ver o prazer passar por sua expressão.

Não queria que mais nada naquilo fosse fingimento.

Essa verdade aguda me fez parar a um braço de distância dela. Nós nos encaramos por um, dois segundos, antes de eu decidir que precisava fazer *algo*; tínhamos plateia, e eu precisava cumprimentá-la como minha esposa.

Atravessei o que restava de distância e a abracei.

Apertei Matilda junto ao peito, com uma das mãos na curva da lombar, e a outra espalmada nos ombros. Sentia o cheiro do vento em seu cabelo, assim como o perfume terroso de flores e mel na pele. E eu a abraçaria por mais tempo se ela não tivesse se encolhido e tensionado em meus braços.

Imediatamente, eu a soltei e me afastei.

Eu devia ter interpretado mal seu olhar. Ter entendido mal a intensidade que vira nela quando me observara de longe. Senti um horror ardente e recuei mais um passo. Comecei a pensar rapidamente em modos de apaziguá-la. Poderíamos continuar nossa parceria, enterrando meus sentimentos tão fundo que ela nunca precisaria reencontrá-los.

— Você voltou — falei.

Meu coração me traiu, acelerando tanto que mal consegui respirar.

— Voltei — respondeu Matilda, num murmúrio suave. Seus olhos brilhavam à luz do fogo, e não se desviaram de mim nem por um momento. — E trouxe uma mensagem para você.

Nós nos retiramos para a sala de estratégias, deixando Bade para começar a vigília na ponte, mas Matilda me surpreendeu ao convidar Hugh para ir conosco. Eu soube, então, que a mensagem que ela trazia para mim não seria boa, e me preparei para o pior quando ela me entregou a carta.

Enquanto lia, senti que Matilda e Hugh me observavam atentamente.

A carta era de Darian, um dos artesãos mais talentosos de Wyndrift. Um homem de honra, que amara meu pai e meus irmãos mais velhos. Suas palavras me atingiram como uma faca. Engoli em seco, mas senti minha ira e meu terror se desenrolarem, apertando meus pulmões.

— O que houve, senhor? — perguntou Hugh. — A eithral ferida foi encontrada?

Olhei primeiro para Matilda. Ela me olhou de volta, e vi em sua expressão que sabia do conteúdo da carta. Ela estivera em Drake, o que me era um estranho conforto.

— Senhor? — insistiu Hugh.

Eu me virei para ele.

— Boa parte de meu povo desapareceu de sua fortaleza.

Isso o deixou sem palavras. Ele abriu e fechou a boca, o branco dos olhos brilhando.

— Isso é impossível — gaguejou Hugh, enfim. — Quando?

— Dois dias depois de eu acompanhá-los até lá, sob promessa de proteção, que você agora infringiu — respondi, e entreguei a carta para Hugh lê-la. — Seu povo alega que não é obra deles. Porém, espero uma resposta, deles ou sua, quanto a essa questão.

Hugh percorreu a carta de Darian com o olhar.

— Senhor... Não sei o que aconteceu. Perdão, mas *isso*... isso é um mistério. Algo divino ocorreu em minha ausência.

Dizendo isso, ele olhou para Matilda, como se a culpa fosse dela.

Cerrei os dedos em punho ao lado do tronco.

Matilda, porém, apenas sustentou o olhar do homem, com desafio cintilando nos olhos.

— Tenho de concordar com você, Hugh de Delavoy — disse ela, com a voz profunda e suave como madeira polida. — Porém, há algo na divindade que você não compreende. As lendas podem até dizer que descemos do céu e emergimos da terra como imortais sanguinários, ávidos por raptar seus amantes e filhos para nosso usufruto. Porém, não podemos simplesmente capturar humanos. Eles devem aceitar nos seguir para nosso reino, ou nos ser fornecidos por seu próprio senhor. Podemos roubar uns dos outros, mas raramente roubamos de mortais. Aceitamos o que nos é oferecido.

— Então deve ser obra de Vincent — disse Hugh, rápido. — Senhor, talvez tenha sido um acidente de sua parte, visto que essa gente pertence a você e a Wyndrift. Não são minhas para sacrificar para deus algum.

— É verdade, mas estavam sob proteção de *suas* terras — respondeu Matilda, com a voz mais afiada, como se a acusação a mim atiçasse sua raiva. — Elas só poderiam ser raptadas sem o conhecimento de Vincent se houvesse consentimento de sua parte.

— Não consenti com *nada* — insistiu Hugh.

Ele sustentou meu olhar, implorando. Estava pálido e fraco à luz das velas. A idade lhe cabia como uma roupa frouxa, todas as rugas parecendo tortas e destacadas.

— Nem é a hora certa para discutirmos isso, com a batalha que se aproxima ao amanhecer — acrescentou. — Será nossa última noite de tranquilidade antes de iniciar a investida. Recomendaria descansarmos e dormirmos, ponderando este dilema preocupante, e talvez a clareza venha com a aurora.

Eu não gostava da ideia de dormir sem resolver um assunto tão grave, mas Hugh estava certo. Eu não podia fazer muito pelo meu povo no momento, diante da noite sombria que nos aguardava. Não podia deixar a fortaleza, viajar para tranquilizá-los. Mal conseguia imaginar aonde os desaparecidos poderiam ter ido, sem deixar rastros.

Porém, me lembrava da noite em que minha mãe nos deixara pelo reino Celeste.

As divindades estavam envolvidas, de algum modo. Quanto mais olhava para Hugh, mais eu acreditava que ele me traíra.

— Então nos despeçamos para repousar — declarei, escondendo a desconfiança da voz. — E eu o verei no salão, na hora anterior ao amanhecer.

Hugh me devolveu a carta. Ele se curvou e partiu, e Matilda e eu passamos um bom momento em silêncio antes de ela pegar minha mão.

Meu coração deu um pulo; a pele dela era macia em contato com a minha, calejada.

— Venha — disse ela, entrelaçando os dedos nos meus. — Temos mais a discutir, mas devemos fazê-lo em seu quarto.

Eu a deixei me levar embora.

LXVII
Eterna como as estrelas

VINCENT

Seria a última noite tranquila na fortaleza, mas eu pressentia que pouco sono me esperava. Eram demasiadas as preocupações pululando em minha cabeça, e demasiadas as questões que eu e Matilda precisávamos discutir. Eu sentia o peso de palavras por dizer entre nós quando nos sentamos, frente a frente, diante da lareira.

Alyse estivera ali para atiçar o fogo e arrumar a cama. Zimbro fresco fora cortado e arrumado na prateleira acima da lareira; o ar estava perfumado pela planta perene, e eu vi que a carta da Morte para mim — aquela que eu não abrira nem lera, aquela que trouxera Matilda para minha janela — continuava exposta ali, entre as folhas.

— Por onde começamos? — perguntei.

— Suponho que você possa me contar o que aconteceu aqui enquanto eu não estava — disse Matilda.

Sim, pensei. Algo simples e direto.

Contei dos preparativos para a batalha, e do pedido de Nathaniel para manter seu assassino vivo. De quando Bade aparecera e ficara para jantar.

— Bade disse por que veio? — perguntou ela.

Eu franzi a testa.

— Achei que ele fosse seu aliado.

— Ele era. *É*. Mas há dias que quebrei a promessa de sal que tinha com ele. Libertei-o, e ele não tem mais dever algum para comigo, então fico perplexa por vê-lo aqui.

— Matilda — sussurrei. — Ele está aqui porque se importa com você.

Ela se calou, mas uma expressão de dor tomou seu rosto. Era como se duvidasse da ideia de Bade ter vindo por amor, e não por obrigação, e eu considerei como tinha sido para ela, crescer entre imortais poderosos. Será que ela nunca ouvira que era amada? Será que sua mãe nunca a abraçara, nunca a afirmara assim?

Pensei em minhas próprias palavras, escritas e queimadas em fumaça para ela. Palavras que tinham viajado por reinos para encontrá-la.

Eu te amo profundamente, Ruiva.

Meu rosto esquentou com a lembrança. Eu não recebera resposta dela, mas tampouco a esperava. Ela me explicara que sua magia não fluía nesse sentido, então eu aguardara sua volta. Aquele momento exato, quando pudesse falar com ela.

Matilda se levantou e começou a andar em círculos.

Senti sua energia, borbulhante, quente e ansiosa, como a água de uma nascente. Ela estava com vontade de correr. Se não estivesse contida por paredes de pedra, imaginei que assim o faria. Eu a imaginava disparando pelas charnecas, o cabelo embaraçado ao vento. Sentia a distância se abrindo entre nós, embora estivéssemos no mesmo quarto, e de repente fiquei desesperado para me manter perto dela.

Eu sabia que seria aquele o meu destino ao amá-la. Ela era eterna; estava destinada a ir e vir, como o ciclo das estações. E eu era o quê? Um humilde mortal, condenado a envelhecer e morrer. Enraizado ao solo, destinado a voltar à terra como pó.

Não podia segurá-la mais do que seguraria o vento, mas, por isso, eu a amava.

Eu a vi se movimentar, graciosa até quando incerta, a capa esvoaçando atrás do corpo. Foi então que reparei.

— Sua capa — falei, e ela parou, olhando para mim. — Esta é outra.

— É, sim — respondeu Matilda, e notei que ela estremeceu. — Perdi a minha com a queda da eithral. Mas a recuperarei após esta batalha.

Eu estava esperando para falar da eithral.

Minha culpa queimou como uma bolha na pele. Eu me levantei, sem conseguir ficar sentado.

— Me desculpe, Ruiva — falei. — Eu nunca deveria ter admitido aquelas balistas e dardos. É minha culpa que você tenha sido derrubada. Peço perdão por minha fraqueza.

Ela me olhou por um longo momento antes de se aproximar. Meu corpo reagiu como um instrumento cujas cordas estavam apertadas demais, ansiando pelo toque dela.

— Você não precisa de meu perdão — disse ela, parando a dois passos de mim.

Uma distância segura, mas ainda próxima o bastante para eu sentir o cheiro de sua pele. Para ver o fogo brilhando como estrelas em seus olhos.

— Você estava protegendo seu povo, como deve fazer — acrescentou. — Você cresceu temendo essas criaturas. Elas causaram desastre e devastação entre os seus, e não posso culpá-lo por seu temor. Afinal, como você saberia que eu chegaria montada em uma delas? Eu mesma não esperava.

— Posso ouvir a história? — perguntei. — Como você acabou montando tal criatura?

Eu a escutei engolir em seco. Ela olhou para o chão e ajeitou o cabelo atrás da orelha.

— Pode. Mas, primeiro, preciso contar outra coisa. E eu...

Ela interrompeu as próprias palavras, rindo em um suspiro sem humor. Parecia um escudo, um blefe.

— Não sei que sentimento é esse — falou. — Raramente senti isso, mas acho que estou constrangida ou talvez com vergonha de contar isso para você.

Eu a esperei, dando-lhe o tempo necessário.

Finalmente, ela me olhou.

— Eu teria voltado muito antes — começou —, mas fui ferida. E precisei de dias para me recuperar.

Ela se virou e deixou a capa cair.

Eu olhei suas costas nuas, as cicatrizes cruzadas reluzindo em ouro à luz do fogo. Eram tantas que eu não conseguia nem contá-las. Minha visão ficou vermelha. Minha fúria era uma coisa abrupta e terrível, garras rasgando o meu peito.

— *Quem?* — perguntei. — Quem feriu você, Ruiva?

Matilda se virou de volta para mim. Mantinha a expressão séria, e eu não conseguia nem começar a adivinhar o que estava pensando, mas minhas emoções eram vívidas como tinta na pele.

— Meu pai — respondeu, simplesmente. — Ele me castigou diante de toda a corte Celeste.

A resposta me fez titubear. Eu me sentia devastado de imaginar aquela cena.

— Por quê? — questionei, rouco, e me aproximei.

— Queria poder explicar, mas não posso. E agora estou *bem*. Os ferimentos sararam, e só me incomodam às vezes. Estou quase inteiramente recuperada.

Eu a machucara. Quando a abraçara no salão. Tinha feito pressão com as mãos em suas costas, e por isso ela se encolhera em resposta.

— Perdão — sussurrei, a palavra entalada na garganta.

Matilda sorriu, mas era uma expressão triste.

— Recebi sua carta enquanto me recuperava no solar da Fortuna. Suas palavras… Eu nunca recebi palavras como as suas, e estava ansiosa para responder, para ver você de novo. Para dar minha resposta. Porém, ainda estava fraca. Tentei viajar pelos ventos alísios até Wyndrift, e acabei em Drake.

Meu coração latejou enquanto a escutava contar o que vira lá. As pessoas com quem ela falara, sua angústia e preocupação.

E então, na jornada de volta a Wyndrift, a eithral perdida na floresta. O gelo nas costas, a febre derretendo. O vínculo hesitante compartilhado com o dragão. Como ela ousara montar nas costas da criatura, sabendo que chegaria a mim muito mais rápido por céu do que se caminhasse ou cavalgasse.

Nós dois sabíamos o que viria em seguida.

Uma flecha de obsidiana.

Meu comando de parar o ataque, ignorado ao vento.

— Sei que Hugh é seu aliado — disse Matilda —, mas eu não confiaria nele. Algo de vil ocorre nas terras dele. Algo que ele esconde de você.

Passei a mão pelo cabelo.

— Eu sei. Mas como recuperar minha gente que desapareceu? Como encontrar respostas, se Hugh souber que desconfio dele?

Matilda fez silêncio, perdida em pensamento. Enfim, respondeu:

— Acho que ele pedirá algo de você. Em troca da volta segura do seu povo. Você deve se preparar para isso quando acabar esta batalha.

Eu assenti, tomado pelo pavor. Estava dividido por contradições: não queria que a aurora chegasse nunca, mas queria que o sol seguisse seu curso para a trepidação chegar ao fim.

Comecei a me virar, mas ainda havia mais a dizer.

— Se o que quiser for amizade, então posso lhe oferecer — falei, mas as palavras me arranharam por dentro, arrastadas pelos ossos. — Simplesmente me diga o que deseja de mim.

Ela ficou tão quieta que achei que entraria em colapso. Eu estava desmoronando entre batimentos do coração, com dificuldade de respirar, sem saber para onde olhar.

Matilda chegou mais perto. Vi o fogo refletir no cobre de seu cabelo, os fios soltos de ouro perto das têmporas, as gotas de pedra da lua nos brincos. Quando encontrou meu olhar, eu não consegui me mexer. Ela poderia me destruir com uma única palavra, e eu esperei que isso acontecesse.

— Você disse, em sua carta, que em um momento *soube* — disse, e hesitou, com os olhos quentes como a terra de verão. — Disse que, em certo momento, olhou para mim e perdeu o fôlego. Quando foi?

— Na manhã depois de acamparmos na pradaria — respondi. — Na beira da estrada, pedi para você voltar a Wyndrift. Não queria deixá-la partir. Não queria que nos separássemos, mas você era a única em quem eu confiava para ajudar meu irmão. Em um momento, você estava na minha frente. No outro, o vento a levara embora. E eu senti sua ausência como se parte de mim fosse arrancada. Eu teria feito *qualquer* coisa para segui-la.

Ela ficou quieta, suavizada pelo fascínio.

— Quer saber meu momento? — perguntou. — O momento em que eu soube?

Em que soube que queria mais ou que queria menos?

— Diga — sussurrei, dolorido.

— Foi quando acordei em sua cama. Você estava sentado à escrivaninha, escrevendo. Foi a primeira vez que me senti segura ao dormir perto de alguém. Tive vontade de reviver esse momento tranquilo, de novo e de novo. Dormir, acordar, abrir os olhos e ver você ali. Todos os dias.

Ela esticou a mão e acariciou meu rosto. O toque era tão suave, tão ligeiro, que poderia ser imaginação, se não fosse pelo tamborilar em meu sangue.

— Não posso mais fingir — disse ela. — Eu te amo. Eu te amo há muito tempo.

Um som me escapou. Eu estava tremendo, e queria esconder dela. Como devia parecer fraco. Então, entendi que queria que ela me visse exposto. Eu era fraco apenas por ela, e queria que ela soubesse. Não queria esconder nada dela.

Cobri a mão de Matilda com a minha e virei minha boca para sua palma, inspirando seu cheiro.

Eu e ela estávamos condenados.

Um dia, eu pereceria, e ela viveria, eterna como as estrelas.

Porém, se estivéssemos condenados, que aproveitássemos plenamente.

Quando ela me beijou, não foi por ninguém, apenas por ela. Por mim.

Poderia ter passado uma hora ou meros momentos. O tempo derreteu entre nós enquanto nos explorávamos, nossas bocas se encontrando de novo e de novo.

Eu era insaciável por ela.

Ajoelhei-me, pressionando o rosto em seu vestido. Respirei no tecido, sentindo-o aquecer sob minha boca. Com as mãos, envolvi sua cintura e a ajudei a sentar na beira do assento, na frente da lareira.

Devagar, tirei aqueles chinelos curiosos dos pés dela e levantei a barra do vestido, espalhando beijos na parte interna dos joelhos, na maciez das coxas. Matilda arfou, afundando os dedos no meu cabelo. Jogou a cabeça para trás, expondo o pescoço e perdendo o fôlego quando eu a delineei com a língua.

Olhei para ela, vendo o êxtase tomar seu rosto. Ela estava de costas arqueadas, olhos fechados. O vestido caía do ombro, e a pele estava corada à luz do fogo. Ela puxou meu cabelo e eu gemi, me deliciando com seu sabor. Com a visão que era. Pensei que se morresse ali mesmo ficaria feliz, ajoelhado na frente dela, com o coração tão desvairado que parecia capaz de explodir, como uma oferenda das primeiras frutas no altar.

— Vincent — sussurrou ela, ofegante, leve como pluma, e enroscou os dedos no meu cabelo, uma dor momentânea que eu acolhi. — Eu...

Não se segure, pensei, sentindo ela se esforçar para não se entregar inteiramente ao prazer.

Dediquei a boca a ela por mais um momento, me embevecendo. Continuei a observar seu rosto, lendo cada ruga, cada tremor na respiração.

E pensei que, *sim*, o tempo seria cruel para mim. Os invernos deixariam em mim suas marcas, ano após ano, e um dia eu morreria e Matilda encerraria meu corpo no túmulo. Porém, até chegar aquela manhã, eu passaria minhas horas a adorando, aprendendo do que ela gostava, o que ela amava, do que ela precisava.

Um gemido escapou dela.

Queria arrancar aquele som dela de novo, e de novo, mas, quando ela me puxou para eu me levantar, eu segui o movimento, tomando sua boca com os lábios melados.

— Quero que você — murmurou ela entre beijos — se sente.

Ela fez pressão nos meus ombros, me sentando na cadeira. Engoli em seco enquanto ela tirava minhas botas, minha túnica e minha calça. Eu a observei tirar o cinto de pedra de lua, que caiu em um lampejo cintilante no chão, seguido pelo vestido, até estarmos pele a pele e olho a olho.

Ela desceu o corpo sobre o meu. Foi minha vez de gemer.

Apoiei as mãos no quadril dela, e senti a textura das cicatrizes sob meus dedos. As feridas se curvavam na cintura, lambendo suas costelas. Tomei cuidado com elas enquanto minhas mãos vagavam por sua pele, com atenção para não apertar demais enquanto Matilda encontrava um ritmo entre nossos corpos. Uma dança que fez minha vista escurecer por um momento.

— *Ah, pelos deuses* — arfei, agarrado a ela.

— Está me abençoando ou me amaldiçoando? — perguntou, irônica, ao me beijar de novo.

— Pode ser as duas coisas?

Ela sorriu e, quando abaixei a mão para tocá-la, estremeceu. Fechou os olhos de novo, um vinco enrugando sua testa.

Não se segure, pensei de novo, observando-a atentamente.

Suor começou a brilhar em nossa pele. Nossa respiração entrou em uma cadência seca. A dela subia quando a minha descia, como se perseguíssemos o ritmo de uma canção esquiva.

— Olhe para mim — falei. — Olhe para mim, Ruiva.

Matilda abriu os olhos, fitando os meus. Ela não desviou o rosto, e vi o brilho sombrio em seus olhos. Eu a senti gozar, e despenquei do êxtase logo em seguida quando a agonia virou ouro e o prazer dourou nosso corpo, deixando o mundo pesado, enevoado.

Desenhei as cicatrizes dela com as mãos, sentindo como se estivessem em minha própria pele.

Lágrimas arderam nos meus olhos. Eu teria levado cada chicotada por ela.

Então, enterrei meu rosto em seu cabelo.

LXVIII

Magia de deter a hora

MATILDA

Era uma madrugada escura e chuvosa quando Vincent me carregou até a cama.

Eu me acomodei de barriga para baixo, coberta até a cintura, exibindo as cicatrizes. Não tinha mais vontade de escondê-las; elas faziam parte de minha história. Eram prova de meus erros e de minhas glórias.

Meu sangue ainda vibrava de prazer quando vi Vincent apagar as velas, uma a uma, até a única luz do quarto vir da lareira, pulsando em ouro vermelho-escuro. Tínhamos apenas um punhado de horas antes do amanhecer, e eu daria qualquer coisa para ter o poder de deter o tempo. De me demorar o quanto desejássemos naquele momento, de corpo pesado e reluzente, nos saboreando.

Vincent se deitou na cama, de lado para me olhar.

— No que está pensando? — perguntou, acariciando meus nós dos dedos.

— Estou pensando que queria que este momento nunca acabasse — confessei.

Ele sorriu, enrugando o canto dos olhos. Eu amava ver aquilo, as rugas causadas pelos anos, pela idade, pelas expressões. Amava o brilho que via dentro dele, como se seu coração estivesse aceso, e ele não pudesse esconder a luz dos ossos.

— Nós o viveremos de novo e de novo — sussurrou —, enquanto você me desejar.

Inspirei as palavras, desesperada para acreditar. Porém, não conseguia deixar de pensar na sombra que a Morte jogava sobre nós.

Ele devia ver a preocupação em meu rosto, e passou o polegar pelas minhas sobrancelhas. Pela beira da bochecha, descendo até a curva do lábio, como se me aprendesse de cor.

— Minhas palavras lhe deram tristeza?

— Não, me deram alegria. Estou pensando apenas no que vem pela frente.

Ele ficou quieto, vendo a luz do fogo dançar na minha pele. Com a mão, continuou a acariciar meu pescoço, meu ombro, meu braço.

Meu sangue voltou a pulsar.

— Na sua carta — falei, e então hesitei, reunindo as palavras. — Você disse que Wyndrift poderia ser meu lar.

— Sim. Se você quiser.

— Eu quero, mas o que devo fazer quando você se for?

Ele fez silêncio, como se minha pergunta roubasse sua voz. Desviei os olhos, desesperada para esconder as lágrimas que brotavam em mim repentinamente.

Vincent repousou a mão sobre a minha. Eu o escutei respirar fundo, um contraste à minha expiração sôfrega. Quando voltou a falar, foi com a voz grave, um sussurro que parecia o trovão distante.

— Wyndrift será sempre seu lar, mesmo quando eu não estiver aqui.

— Isso acabará conosco no final — falei. — Acabará *comigo*, viver após você respirar seu último sopro. Visitar o rio, daqui a anos, e ver você em cada onda, cada chuva, e lembrar que você se foi.

Eu poderia trazer ele de volta, pensei. Se ele morresse amanhã, eu poderia carregar sua alma de volta ao reino dos vivos. Não deixaria Orphia roubá-lo assim tão fácil. Porém, quando ele fosse velho e grisalho — quando tivesse vivido sua vida completa e sua alma ansiasse pela bruma —, eu teria que deixá-lo partir.

— Um dia, chegará esse momento — disse Vincent.

Ele se aproximou mais, até nossas peles se tocarem. Eu absorvi seu calor. A canção de seu sangue, vermelho como amaranto, pulsando nas veias. A força serena de sua mortalidade. Ele entrelaçou as pernas nas minhas, e eu senti que derreteria sob seu fogo, sua certeza.

— Você provavelmente já terá enjoado de mim — acrescentou. — Serei um velho ranzinza que reclama do clima e de tudo que quebra a rotina. Estarei enrugado e grisalho e cheio de histórias que contarei de novo, de novo e de novo, até você conseguir recitá-las até dormindo.

Não consegui conter um sorriso, por mais que quisesse chorar.

Ele chegou ainda mais perto, roçando a boca com a minha.

— Mas, até lá, que festejemos, dancemos e durmamos abraçados. Eu sou seu, Ruiva. Serei sempre seu. Isso, nem a Morte pode mudar.

Ele afastou a coberta, ajustando a posição do corpo até estar sobre mim. Senti sua respiração em minhas costas; fechei os olhos e estremeci quando beijou minhas cicatrizes.

— Dói? — perguntou.

— *Não* — sussurrei. — Por favor... não pare.

Afundei as unhas na cama enquanto sua boca acompanhava cada cicatriz dourada em minha pele. Os lábios dele encontraram os meus, a mão dele no meu queixo. Ele me beijou, voraz, e eu entrelacei os dedos em seu cabelo, segurando-o ali enquanto sua língua acariciava a minha.

Que eu viva neste momento, pensei.

A aurora nunca quebraria a escuridão. O fogo nunca se apagaria em cinzas. Seria sempre outono, e as estrelas nunca deixariam de brilhar; a lua nunca minguaria, nem cresceria.

Dessa vez, fomos mais devagar. Antes, estávamos famintos, mas, agora, éramos curiosos e lânguidos. Aproveitamos o tempo que tínhamos, como se tivéssemos a eternidade à nossa frente, um rolo de pergaminho sem fim, uma história que não acabaria nunca. Senti-o se mexer dentro de mim, indo e vindo como a maré, a pele quente nas minhas costas como se fosse um escudo sob o qual me curvar, arfar e repousar, a boca junto ao meu ouvido, sussurrando meu nome, de novo e de novo, como uma oração.

Eu sou seu, disse ele.

Eu sou seu.

E talvez tivéssemos a magia de deter a hora.

Pelo menos por um tempo.

Acordei com o som de meu nome, um murmúrio rodopiando como redemoinho pelas sombras.

De início, achei que fosse Bade, chamando por mim.

Eu me sentei na cama, com o coração a mil. Vincent deslizou a mão pelas minhas costelas, em um toque quente e possessivo. Ele continuou a respirar profundamente, sem interrupção, roçando a pele na minha como se ansiasse por me tocar até em sono.

Fiquei quieta, procurando a voz de novo, olhando ao redor do quarto.

O fogo baixara até sobrarem brasas, e as sombras se esparramavam, espessas e frias, pelo chão. Faltava uma hora para o amanhecer, o ponto mais escuro do dia, e algo estava errado. Minha pele se arrepiou quando eu me levantei, tomando cuidado para não despertar Vincent.

A túnica dele estava caída no chão. Eu a peguei e vesti, me sentindo imediatamente segura, abraçada pela lã que cheirava a ele. Fui até a janela, curiosa para ver se o acampamento de Grimald estava iluminado do outro lado do rio.

Minha respiração embaçou o vidro. Senti o gosto da chuva que continuava a cair noite adentro.

Matilda.

O chamado se repetiu, dessa vez mais alto. Uma voz familiar e lânguida, seguida por um puxão dentro de mim que gelou meu sangue.

Antes que eu pudesse responder, tiras de ferro cobriram meus pés descalços. Musgo e juncos trançados e mica rastejaram pelo chão para cobrir meus dedos e amarrar meus calcanhares, como se eu tivesse vindo do rio.

Olhei para os chinelos de Warin. Haviam calçado meus pés magicamente e tinham a força do repuxo, me arrastando para longe dali.

Ácido subiu pela minha garganta quando entendi o que estava acontecendo.

Ele estava pedindo a devolução dos chinelos.

— *Vincent!*

Minha voz escapou esganiçada, como se eu estivesse sufocada. O nome dele mal movimentou o ar.

Eu me agarrei ao reino mortal, como se pertencesse mais a ele do que àquele de cima ou de baixo. Segurei paredes que se esfarelaram em pó, uma janela que suspirou em fumaça. Era tudo intangível, nada me mantinha ancorada ali. A magia era faminta, e eu aceitara aquela barganha.

Foi Vincent, dormindo em nossa cama, enroscado nas cobertas, o peito nu subindo e descendo, que fez minha alma sangrar.

Ele foi a última coisa que vi antes da magia de Warin me transportar à sua morada nas nuvens.

LXIX
Quando quebra o silêncio

VINCENT

Não foi a luz, mas o frio, que me despertou.

Estiquei a mão para o outro lado da cama. O lado de Matilda. Tateei o lençol amassado pela nossa união. Ainda sentia o gosto da memória dela, meu sangue pulsando com a lembrança, mas o colchão estava frio ao toque. Ela se levantara já fazia algum tempo, e eu me sentei na cama, olhando ao redor do quarto.

— Ruiva?

Não houve resposta. Apenas poeira rodopiava nos feixes de luz da aurora. Até as brasas na lareira estavam quietas, morrendo em cinzas, e eu afastei a coberta e me levantei, sentindo o piso como gelo em meus pés descalços.

Eu tinha perdido a hora, mas o castelo estava silencioso. Por algum motivo, isso me perturbava, e eu andei até o banheiro, achando que talvez Matilda estivesse ali. O lugar também estava vazio, os ladrilhos azuis cintilando como se soubessem um segredo que eu desconhecia.

— Matilda? — chamei, voltando ao quarto.

Vi a capa violeta, pendurada na cadeira. O cinto e o vestido ainda estavam no chão, com minha calça e minhas botas. Eu os peguei, sem conseguir explicar o nó em minha garganta.

Tinha algo de errado.

Ela nunca deixaria o cinto para trás.

O retumbar de meus pensamentos foi interrompido por um impacto. Abaixo de mim, uma pedra foi arremessada no muro do castelo.

O chão tremeu. As vigas rangeram. Parecia que a terra em si sacudia, e eu vi a tapeçaria na parede oscilar. Um cálice caiu com estrépito da mesa junto à lareira. O vidro da janela rachou em uma teia de fissuras.

Devagar, andei até a janela. A luz estava azul-clara; uma chuva suave ainda caía. Porém, eu via o outro lado do rio, os trabucos enfileirados na margem, disparando pedras imensas contra a fortaleza.

Tinha começado.

Matilda, pensei, meu medo como uma faca.

Uma coisa era certa: onde quer que ela estivesse, era longe dali.

Longe de mim.

LXX
Um solar nas nuvens

MATILDA

Segundo as estimativas mortais, fazia anos que eu não visitava o solar de Warin. Eu não sentira saudade por um momento sequer.

Parei no espaço entre duas nuvens, seus alicerces machucados de chuva. Uma escadaria comprida cortava a tempestade como uma espada, conduzindo ao salão, aninhado entre o topo espumoso das nuvens.

Não havia som exceto pelo suspiro triste do vento. O ar estava frio, elétrico. Fiquei imóvel, firme, olhando para as pilastras distantes como se pudesse fazê-las desaparecer sob a intensidade de meu olhar.

Venha, Matilda, chamou Warin.

Minha resistência era inútil. Os chinelos em meus pés me forçaram a subir um degrau. E mais outro.

Era uma escada alta e, quando cheguei ao topo e parei sob a arcada, escutei a melodia de uma lira. Os chinelos me forçaram a entrar na antessala, que conduzia a um ambiente ainda mais amplo, logo antes do salão. Fiquei surpresa ao ver o espaço transformado desde minha última visita. Em vez de um jardim verdejante, era uma oficina simples. Mortais sentados a mesas compridas, de cabeça baixa, se concentravam em suas tarefas. Eles separavam montes de coisas estranhas, e eu diminuí o passo para ver melhor.

Com dedos ágeis, trançavam punhados de musgo, junco enrolado e correntes de pedras. Uniam tudo com lama do rio e salpicavam com mica. Eu sentia o cheiro de ferro quente da forja vindo do corredor, ouvia as batidas do martelo ecoadas pelo trovão. Dois homens mortais vieram daquela direção, trazendo cestos transbordando de ganchos de ferro, que despejaram na mesa de madeira arranhada, o metal ainda quente pelo fogo dos ferreiros.

Aqueles humanos estavam fazendo sapatos de rio.

Os mesmos chinelos que Warin me emprestara. Os que me permitiram viajar por baixo d'água e escalar a torre. Os que estavam nos meus pés.

Uma das mulheres me olhou, com o rosto corado de esforço, os olhos vermelhos. No momento em que encontrei seu olhar, perdi o fôlego.

Eu a reconhecia.

Era uma das tecelãs de Vincent. Ela fizera parte do grupo evacuado para Drake.

Suor gelado molhou minha pele enquanto eu olhava para cada rosto mortal. Eram uma mistura de gerações. Alguns não passavam de crianças, e outros estavam na flor da vida. E havia também os grisalhos, curvados pela idade, mas todos trabalhavam incansavelmente na tarefa ordenada.

Eram as pessoas desaparecidas. Que tinham sumido de Drake.

Abri a boca para falar, querendo tranquilizá-las, mas a voz de Warin chicoteou meus pensamentos.

Matilda!

Na opinião dele, ele já esperara o suficiente por minha chegada. Engoli o ácido amargo na garganta; os sapatos me arrastaram como a correnteza, mas não antes de eu ver o desespero e a esperança nos olhos dos mortais que me viam partir.

Eu poderia libertá-los de dois modos: convencer Warin a soltá-los ou matar Warin e assumir sua magia para mim. Assim, eu teria o poder de liberá-los de seu serviço.

A sede de sangue brotou em mim, queimando como um incêndio, e eu entrei nas sombras e fumaças do salão de Warin.

Ele me aguardava, sentado em uma cadeira moldada em galhos verdes, trepadeiras espinhentas e pequenas flores brancas. Uma homenagem a seu poder natural, quando ele fora, de início, deus da primavera. O arco estava apoiado ao lado do trono, assim como uma aljava cheia de flechas. Ele observou fixamente minha chegada, mas minha atenção foi roubada pela linda mulher sentada ao lado dele, dedilhando a lira, de rosto abaixado. Outra mortal de Wyndrift, jovem, pelos anos mortais.

Assim que os chinelos me forçaram a parar, a cinco passos do estrado, a menestrel interrompeu a música abruptamente e se retirou, de cabeça baixa. Não antes, contudo, de me olhar nos olhos, e eu voltar a ver: o brilho da esperança de eu estar ali para levá-los para casa.

— Como estão suas costas? — perguntou Warin, quebrando o silêncio entre nós. — Soube que escamas de eithral deixam cicatrizes que nunca desaparecem de nossa pele.

Finalmente, sustentei seu olhar. Precisei de todas as minhas forças para esconder meu ódio, manter minha expressão neutra. Se fosse convencer Warin a libertar a gente que raptara de Wyndrift, precisava ser calculista. Não podia correr o risco de irritá-lo imediatamente.

— Por que pediu a devolução agora? — perguntei.

— É tão difícil acreditar que senti saudades?

— É, sim. Só posso supor que você me chamou em nome de seu aliado, para eu estar distante quando ele começar a atacar a fortaleza.

Warin inclinou a cabeça para o lado, o cabelo claro caindo sobre o ombro.

— Você deveria ficar lisonjeada. Indica que eu e ele reconhecemos que você é uma imensa ameaça à nossa vitória, como provou na ponte.

Fiquei em silêncio, mas meu coração acelerou. Eu estava sem o cinto de pedra da lua, o que me colocava em enorme desvantagem. Não tinha armas, nem escudo. Não tinha como calcular o tempo mortal e, embora parecesse estar ali com Warin havia pouco tempo, talvez um dia inteiro tivesse passado para Vincent.

Ele acordaria e veria que eu tinha partido.

Eu mal suportava imaginar.

Minha respiração ficou entalada como uma farpa na garganta.

— Você não pode me manter aqui tanto tempo — lembrei. — Esqueceu dos termos do empréstimo?

— Pensei neles com frequência — admitiu Warin, com um sorriso afiado. — *Eu não a deterei por tempo excedente ao de um jantar, ao qual pedirei que você me acompanhe quando devolver os chinelos*. Porém... você veio vestida de modo muito peculiar. E sinto o cheiro *dele* em você.

Warin torceu a boca ao fitar meu corpo, escondido pela túnica de Vincent.

— Que fedor — comentou. — Mandei prepararem um banho para você, além de um dos seus vestidos que ainda estão aqui, e...

— *Não* — interrompi, a palavra cortando o ar como aço. — Você não pode me manter aqui por mais tempo do que eu desejar. Comecemos logo essa refeição para cumprir o acordo. Nós dois temos compromissos importantes.

Os olhos de Warin cintilaram com uma luz perigosa. Contudo, ele se levantou sem discutir e me conduziu pelo salão até uma mesa baixa, posta com um banquete para dois, entre as colunas.

Nós nos sentamos nas almofadas, frente a frente. Eu não estava com fome, e olhei para a comida disposta entre nós: faisão assado e fatias de maçã, batatas com ervas verde-escuras, pão folha com mel e nozes picadas, espetos de peito de pombo com tâmaras e hortelã, fruta descascada e cortada na forma de estrelas.

— Um brinde aos velhos tempos? — perguntou Warin, servindo um cálice de néctar para mim.

— O que há para brindar? — retruquei, aceitando a bebida. Eu não ousaria beber o néctar, nem comer da refeição, depois da tentativa de Alva de me envenenar. Não me surpreenderia se Warin estivesse armando o mesmo.

Ele tomou um gole demorado e me observou atentamente.

— Como você mudou, Matilda. Há alguns momentos em que olho para você e penso que… não sei mais quem você é.

Para imortais, a mudança é uma ideia apavorante. A mudança traz evolução, transformação. Padrões desconhecidos e destino imprevisível.

Eu sabia que Warin estava certo. Eu *tinha* mudado; sentia que tinha crescido para além de minha antiga pele. Deixara as versões anteriores de mim descascarem, e o que me restava agora?

Doze estrelas em meu nome.

Poder imenso que eu ainda não assumira publicamente.

Um homem mortal que eu amava.

Um lugar no rio que podia chamar de lar.

— Você também mudou — comentei. — Da última vez que estive aqui, você tinha dois vassalos a seu serviço. Agora, tem tantos que perdi a conta.

— Ah, sim. Estava pensando em quando você mencionaria isso.

— Para que você precisa de tanta gente? Está criando tantos chinelos de rio que tornará seu poder obsoleto.

Foi então que entendi, com um lampejo ardente de compreensão. Warin precisava de milhares de chinelos porque planejava calçar um exército com eles. As tropas de Grimald. Eles não podiam chegar a Wyndrift pela ponte, então chegariam por magia. Pelo leito do rio, escalando as torres como eu fizera.

— Eles são felizes aqui — disse Warin, interrompendo meus pensamentos. — Pense na honra imensa que forneci a esses mortais, que agora podem tecer magia com suas mãos humildes.

— Sim, mas o senhor deles não os ofereceu para você — respondi, em tom cauteloso. — Como reuniu tantos?

— Ele me ofereceu, sim, de certo modo.

— Como assim?

Seja direto, queria exigir. Queria pular a mesa e esganar ele. Não fiz nada disso, mas olhei com frieza enquanto ele comia.

— O pedágio, é claro.

O pedágio.

Ácido me percorreu novamente. Náusea revirou meu estômago e eu engoli, engoli e engoli, mas meus pensamentos rodopiavam, sombrios, relembrando o pedágio que Warin pedira para Vincent.

Primeira safra. Dinheiro. Terceiro filho.

Aquelas pessoas eram os terceiros filhos que Warin queria. Quando pediram santuário nas terras de Hugh, abrira-se uma brecha que Warin podia explorar. Vincent se recusara a entregá-los, mas Hugh — como seu protetor imediato, responsável por seu bem-estar — aceitara. Os fios se conectaram quando entendi que era assim que Warin devia tê-los raptado.

— O que você prometeu a Hugh de Delavoy em troca da traição dele? — perguntei.

— Traição? Escute o que disse, Matilda! Está parecendo tão mortal quanto esses vassalos. Na verdade, pior ainda. E cansei desse assunto.

Ele jogou fora um osso e pegou um peito de pombo, que rasgou com os dentes.

— O que você prometeu a Hugh de Delavoy? — insisti, com a cadência mais seca.

Warin me observou com olhos semicerrados. Suco pingava por seu queixo.

— Disse que ele teria meu favor, qualquer que fosse o resultado da batalha. E que ele poderia usar minha ponte para o transporte que desejasse nas próximas décadas. Eu não cobraria dele nenhum pedágio, desde que me pagasse o que Vincent me devia.

O crime que Hugh cometera era imenso. Eu não conseguia pensar em pecado pior.

Minhas mãos gelaram de ira.

— Você está chateada — disse Warin, estalando a língua. — Pensa que esses mortais são seus agora? Só porque abriu as pernas para o senhor deles e o deixou dominá-la?

Ele esperou minha reação com um sorriso cruel. Estava ávido por minha fúria, me desafiando a atacá-lo. Como fiquei quieta, continuou:

— Deixe-me tranquilizá-la, então. Esses vassalos agora vivem na beleza de meu solar, livres da doença, da fome e da instabilidade política que assola o reino mortal. Maldade sua, Matilda, me pintar de bruto.

Ele cortou o faisão com uma faca dourada, e levantou a sobrancelha para mim. Mais calmo, perguntou:

— Por que não está comendo? Era parte do acordo do empréstimo, não era?

— Eu disse que você não poderia me manter aqui, em seu domínio, por tempo excedente ao de um jantar — respondi. — Não concordei em compartilhar a refeição com você.

Warin riu, mas notei que sua frustração crescia.

— Viu, docinho. É *isso* que você faz. Você posa de frágil e submissa, um arauto coitadinha transportando as palavras dos deuses de um lado para o outro, nada digna de atenção ou preocupação. Fugiu de mim na ponte, como se fosse fraca demais para lutar, mas quase arrancou meus órgãos com a eithral que comandou — disse ele, comendo um pedaço de faisão, que puxou com os dentes da ponta da faca. — Não tem nada de fraco em você. Não quando sabe distorcer as situações a seu favor. Enganar propositalmente.

— Não estou enganando ninguém, Warin.

— Ah, mas está, sim. Você me engana, engana a todos, desde sua primeira respiração.

— Não sei...

— Sabe, sim.

Ele girou a faca nos nós dos dedos, um gesto aparentemente distraído, e se inclinou para a frente.

— As seis novas estrelas no céu — continuou. — Essa sua magia, que permite acordar os mortos. De quem você a roubou? Há quanto tempo a possui?

O icor correu em mim como se eu tivesse sido cortada. Parecia que meu poder estava escorrendo de mim, pingando pelo chão.

Ele sabia.

Sabia o que eu podia fazer, e entendi como se estivesse sendo segurada debaixo d'água, a força escapando de meu corpo. Warin não tinha a menor intenção de me deixar sair viva daquele lugar.

— Onde você ouviu falar disso? — perguntei, mas minha voz saiu rouca.

— Mortais falam sob pressão — respondeu ele. — Sei que você trouxe o irmão de Vincent de volta depois de ele ser morto na ponte. Quem mais você ressuscitou? Como fez isso? Pode reviver um divino morto? Conte, Matilda. Conte seus segredos, e eu libertarei os vassalos.

Ele me apresentou uma escolha impossível.

Eu não suportaria deixar o povo de Vincent para trás, acorrentado pela magia de Warin. Porém, tampouco podia contar a ele meus segredos. Se ele soubesse dos detalhes de meu poder, me mataria. A única coisa que o detinha era a ignorância de como utilizar minha magia.

Se eu desse esse conhecimento em troca dos mortais, Warin saberia qual era minha falha. Saberia que deveria atacar primeiro o coração quando tentasse me matar, e eu precisava que ele duvidasse.

— Deixe-me perguntar novamente, Matilda — murmurou Warin, como se soubesse que me encurralara. — Como você traz as almas de volta ao nosso reino? Como chega ao deserto?

Eu me levantei da mesa.

O jantar tinha terminado; o empréstimo estava pago.

— Você pode perguntar o quanto quiser, mas eu nunca lhe direi — declarei, satisfeita quando vi sua arrogância falhar.

Seu rosto murchou de choque, corou de fúria.

— Tem certeza? — gritou ele. — É essa sua decisão? Deixar esses mortais para trás?

— É. Adeus, Warin.

Dei meia-volta e saí do salão. A cada passo, os chinelos afrouxavam em meus pés.

Quando cheguei ao antigo jardim, a oficina onde ainda trabalhava o povo de Vincent, quis parar. Quis cochichar palavras de conforto para eles. *Aguentem só mais um pouquinho.* Entretanto, não podia correr aquele risco. Senti que Warin me seguia, de arco em mão.

Eu não podia usar palavras, mas olhei para eles. O que viram em minha expressão bastou.

Eles voltaram à tarefa, com a esperança reavivada. Eu sabia onde estavam. Eu não os abandonaria ali.

Vou matar ele.

Com essa promessa firme como sal, desci a escadaria do solar, voltando às nuvens com seu brilho relampejante. Onde sopravam os ventos alísios.

Deixei para trás um rastro de musgo, pedras, juncos e ferro.

LXXI

Dívidas de uma assassina

MATILDA

Eu não podia voltar a Wyndrift de mãos abanando. Se Warin planejava calçar as tropas de Grimald em chinelos de rio feitos pelo povo de Vincent, eu precisaria enfrentar as forças dele com uma surpresa também. O fim estava próximo; eu o quebraria como uma rocha faz com as ondas. Enva me alertara para manter distância, mas eu viajei do vento para a grama e mais além, até a escuridão do reino subterrâneo.

Havia uma dívida a ser cobrada.

Andei descalça com prazer na rocha fria. Sem fazer barulho, fui de corredor em corredor, seguindo as pedras preciosas, pelas sombras. Enfim, cheguei à porta de Phelyra. Parei na entrada, recordando a última vez que estivera ali. O dia em que minha mãe morrera e eu fugira para o reino Celeste.

A lembrança era como vidro estilhaçado em minha mente.

Bati na porta de leve.

— Quem é? — A voz de Phelyra era melódica. Um tilintar de sino, que me fazia pensar em prata embaçada.

Eu não disse nada, apenas bati de novo, até ela finalmente abrir a porta.

Se ficou surpresa ao me ver ali, não o revelou. Apenas arqueou a sobrancelha, como quem pergunta: *Por que demorou tanto?*

— Matilda, seja bem-vinda — disse, mas ouvi hesitação em seu tom.

Entrei na toca, tomando o cuidado de não dar as costas para ela, e observei a sala. O ambiente cintilava com inúmeros cacarecos, a maioria do mundo mortal. Bibelôs de vidro e tigelas de ouro, esculturas de pedra branca e lisa, caixas de joias transbordando de pérolas, uma montanha de seda dobrada, livros encadernados em couro com lombadas iluminadas, um mapa de constelações esfarrapado.

— Desconfio que você tenha vindo me pedir pagamento — disse Phelyra, girando a pulseira feita de cabelo que ainda usava. — Por me poupar naquela noite no salão.

Eu a olhei diretamente. Se podia respeitá-la por uma coisa, era por não me fazer perder tempo.

— Sim — respondi.

— O que você quer? Pode pegar o que quiser dessa toca. Qualquer joia, qualquer moeda, qualquer livro.

Ela abriu o braço, me oferecendo sua riqueza.

Não consegui deixar de olhar para o lugar no chão onde minha mãe sangrara. O icor tinha sido lavado, mas, se forçasse a vista, ainda enxergava seu leve brilho ali.

— Eu gostaria de tomar sua magia emprestada — declarei. — Quero o fogo e o inverno, por três auroras e poentes.

Phelyra fez silêncio, mas torceu a boca, considerando.

— Emprestarei o fogo e o inverno — disse enfim —, mas apenas por um dia completo.

Eu não achava que seria suficiente. Porém, fora ali desarmada, sem escudo, nem espada. Estava no domínio dela, no lugar onde ela matara uma deusa. Eu tinha apenas as duas estrelas de Adria, desenhadas na clavícula, escondidas pela túnica de Vincent. Estrelas que ainda não compreendia.

Um dia teria de bastar.

Eu estendi as palmas para ela.

Phelyra tirou uma adaga de um bolso escondido no vestido. Tinha punho de ouro, lâmina polida a um brilho brutal.

Ela pode me matar, pensei. Eu poderia sangrar no mesmo lugar que Zenia morrera, ter minha magia colhida. Porém, não me mexi. Não tinha escolha além de confiar na palavra de Phelyra.

Eu a observei cortar a própria mão. Seu icor, perfumado como vinho branco derramado em chão de pinho, brotou da pele.

A adaga voltou a seu esconderijo; ela mergulhou o dedo no sangue. Prendi o fôlego enquanto ela desenhava as constelações de minha mãe nas palmas das minhas mãos. Fogo na direita, inverno na esquerda. Eu vira aquelas pontas e linhas inúmeras vezes, até sabê-las de cor. Eu mesma as desenhara quando criança, imaginando seu poder.

Enfim, elas estavam em minha pele, ilustrando minhas mãos.

— O feitiço de empréstimo está completo — disse Phelyra. — A magia será sua por um dia mortal inteiro.

Encolhi os dedos. O sangue crepitou nas linhas das palmas como brasas. Porém, a magia afundava em mim. Eu a sentia agitar meu sangue, uma sensação inebriante que me fez fechar os olhos pelo momento mais breve.

Eu era fogo e inverno, almas e palavras.

A rapsódia foi interrompida quando Phelyra se aproximou, com astúcia nos olhos.

— Você guardou a escama, imagino? — murmurou. — Deixei para você.

Engoli em seco, sustentando seu olhar. Nunca me ocorrera que ela deixara a escama de eithral propositalmente, para eu pegá-la após a morte de minha mãe. Eu imaginava que, de tão apressada para fugir, ela a esquecera. Porém, se soubesse que eu a possuía... o elemento surpresa se perderia.

— Quando escolher usá-la — continuou Phelyra —, ataque rápido. Você deve usar toda a sua força, e atingir o centro da falha. Não deve hesitar, senão, apenas ferirá seu alvo.

Como fiquei em silêncio, ela andou até a porta e a abriu.

— Adeus, Matilda — declarou, arrogante.

Andei até a saída, mas parei na porta.

— Foi você quem encontrou meu pai em segredo para contrabandear as escamas. Você deu quatro para ele, manteve uma para si em segredo e negociou outra com Warin, sem que minha mãe soubesse.

Eu a chocara, mas ela se recuperou rápido, lambendo os lábios pintados.

— Faz tanto tempo, criança, e minha memória não é mais como antes.

— Eu guardarei seus segredos — falei, mas seus olhos brilharam.

Ela escutou as palavras que eu não disse: *Enquanto você guardar os meus.*

Phelyra abaixou a cabeça para mim, e eu a deixei para trás, mesclando-me às sombras.

Cheguei à ponte da Donzela pela porta Inferior, bem quando o sol se punha. Subi a escada até o topo, passando por soldados no caminho, e olhei para a fortaleza. Dor pulsou em mim quando vi a destruição que ocorrera na minha ausência.

Os trabucos tinham perfurado as paredes orgulhosas de pedra; os buracos largos me lembravam de feridas abertas. Uma seção de parapeito fora demolida, desmoronando como um dente podre, mas outras tinham se mantido firmes sob o ataque. A torre de Vincent se mantinha de pé, para meu imenso alívio, embora estivesse amassada.

Uma lufada soprou neblina pelo rio; as gotas encontraram os últimos raios do sol. Prismas desabrocharam no ar, se espalhando por cima da fortaleza como uma bandeira, e eu engoli a emoção que surgiu, surpresa pelo efeito que tinha em mim.

Wyndrift será sempre seu lar, mesmo quando eu não estiver aqui.

— Matilda!

Eu me virei e vi Nathaniel, de armadura e cota de malha, chegar ao topo da torre. Ele devia ter me visto da ponte e subido para me cumprimentar. Quando nos entreolhamos, ele sorriu, brilhante como o sol.

Era a primeira vez que eu falava com ele depois do deserto, e avancei para cumprimentá-lo, feliz ao ver como sua alma estava vibrante, como se a Morte tivesse apenas tornado sua vida mais vigorosa, mais nítida.

— Nathaniel — falei, surpresa quando ele me puxou para um abraço apertado. Dei um tapinha nas costas dele, sentindo a armadura fria sob minha palma. — Me conte o que ocorreu hoje.

Ele se afastou para me olhar, e sua alegria diminuiu.

— Grimald começou a atacar ao amanhecer. Ele parou há mais ou menos um sino, mas estamos nos preparando para a próxima rodada. Vincent ficou no parapeito da fortaleza, mas me postou aqui na ponte. Quer que eu a leve até ele?

Não pude deixar de olhar para o castelo de novo. Eu via as tochas sendo acesas nas ameias, e silhuetas em movimento, as armaduras cintilando à luz.

— Preciso ficar na Donzela — falei, voltando a olhar para Nathaniel. — Esta torre foi construída em uma linha de Ley, e minha magia será mais forte aqui. Mas pode transmitir um recado meu para seu irmão?

— Posso, é claro. O que é?

— Diga para Vincent que estou aqui, na ponte, e que darei apoio a ele aqui da Donzela. Porém, ele precisa se preparar para

Grimald e seus homens atravessarem o rio por baixo d'água. Eles se esconderão na calada da noite e, após a travessia, escalarão as paredes do castelo. Acabará em combate corpo a corpo, muito em breve.

Nathaniel fez silêncio, semicerrando os olhos em contemplação. Ele imaginava a cena: soldados surgindo do rio, escalando a fortaleza. Pareceria absurdo se eu não tivesse feito a mesma coisa. Ele assentiu e disse:

— Darei o recado para ele agora. Mais alguma coisa?

— Não — falei, mas a palavra saiu baixa, aflita.

Eu queria ir até Vincent pessoalmente. Queria tocá-lo, encostar a boca na dele, sussurrar minhas palavras em seu ouvido.

Aquele desejo apenas me distrairia. Deixei para lá enquanto Nathaniel se afastava às pressas, e me concentrei na noite pela frente. Na magia do fogo e do inverno, que pareciam pedras lisas em minhas mãos, um peso ávido por ser arremessado de longe.

Decidi treinar e me virei para uma tocha apagada. Meu coração acelerou quando puxei uma chama, que vi acender com um estalo de faíscas. O fogo dançava para mim, ávido, como se aguardasse meus comandos.

Em seguida, olhei para as tábuas de madeira sob meus pés, molhadas de chuva. O que desejei aconteceu, e a água endureceu em gelo, que cintilava como poeira estelar, estalando com fervor.

— O que você está planejando?

Eu me virei e vi Bade a poucos passos de mim. Ele olhava feio para meus pés descalços e o gelo reluzindo nas tábuas. Era estranho vê-lo ali; eu não o tinha libertado?

— Achei que você estaria lá embaixo, com Adria — falei.

Ele grunhiu e se aproximou.

— Estou preocupado com você.

— Não devia estar.

— É, mas *estou*. E não sei o que fazer com esses... *sentimentos*.

Estranhamente, eu não sabia acalmá-lo. Portanto, fiz a única coisa que me pareceu natural. Estendi as mãos para ele, as palmas voltadas para o céu. As constelações ainda brilhavam com o ouro do sangue de Phelyra.

Bade arregalou os olhos e pegou minhas mãos nas dele, calejadas e machucadas. Ele olhou para as estrelas que eu podia comandar. A magia que eu detinha, nem que fosse por um dia. Um músculo tremeu em seu maxilar; soube que ele estava triste, pensando em minha mãe. Sua antiga amiga e aliada.

— Que bom — disse ele, brusco. — Não estou mais preocupado.

Porém, pressenti que não era verdade.

Ele se acomodou ao meu lado para esperar aquela noite longa.

— *Irmã*.

Nathaniel voltou mais rápido do que eu esperava. Eu e Bade observamos sua chegada, a cota de malha cintilando à luz do crepúsculo. O que me fez perder o fôlego, porém, foram a capa violeta de Enva e meu cinto de pedra da lua, pendurados em seu braço.

— Transmiti seu recado para Vince — disse ele. — Ele agradece e diz que estará preparado para a chegada de Grimald pelo rio. Também queria que eu dissesse que pagará você, generosamente, por seu auxílio e inteligência após o fim dessa batalha. Você só precisa dizer o que deseja.

— Me *pagará*? — perguntei, franzindo a testa. — Eu não que...

Eu me interrompi, um pensamento repentino me queimando por dentro.

Pele na pele, a boca dele como um selo na minha. Os sons que ele arrancara de mim na noite anterior.

Olhei mais uma vez para o topo da fortaleza. Meus olhos divinos eram aguçados; eu via uma sombra que parecia fixa entre as ameias, imóvel à luz do fogo.

— E pediu também para eu trazer isso para você — disse Nathaniel, pigarreando. — Eu também deveria ter trazido sua armadura e botas. Se você pegar friagem, ele vai me matar.

Bade riu.

Eu apenas sorri e aceitei as oferendas. Eu não sentia o frio, e suspirei ao fechar o cinto ao redor da cintura, a capa no pescoço. Eram familiares, reconfortantes. Olhei através do escuro e encontrei de novo aquela sombra no parapeito, fixa como a estrela do norte.

Eu sabia que era Vincent, parado no parapeito. Ele olhava para a torre, onde sabia que eu estaria. E a distância entre nós de repente pareceu mais vasta e revolta do que o mar.

LXXII
Herança

VINCENT

Do parapeito da fortaleza, eu via o rio lamber a margem, muito abaixo.

O recado de Matilda fora entregue, e esperamos que Grimald e seu exército emergissem da água. Os trabucos tinham parado de atirar no meio da tarde. Desde então, o mundo se aquietara, arrastando-se até o anoitecer.

— Senhor — disse Hugh, sua voz quebrando o silêncio, logo atrás de mim. — Está vendo aquilo ou eu é que estou sonhando?

Eu me debrucei no parapeito. Olhei através da escuridão.

De início, eu não vi, apenas *senti*. Um frio familiar, úmido e de gelar os ossos, como se o inverno ofuscasse o outono.

Quando expirei, meu sopro virou vapor, e, ao erguer o rosto para o céu, vi que nuvens cobriam as estrelas como musgo. Começou a nevar. Os flocos caíam como plumas, derretendo no fogo das tochas. Se acumulavam nas minhas manoplas e se espalhavam pelas ameias da fortaleza.

— Não está sonhando — respondi, olhando para a torre da Donzela, onde Matilda também esperava no escuro. Ela um dia fora filha do inverno. E eu soube que aquela magia estava sob comando dela. — O inverno chegou mais cedo.

* * *

Era difícil calcular o tempo sem o soar dos sinos, mas imaginei que uma hora inteira tivesse se passado antes de eu ver alguma perturbação na água. O gelo começava a endurecer as margens rasas do rio, e um dedo de neve se acumulara no parapeito e na terra abaixo.

Enfim, um elmo rompeu a superfície escura da água. Seguido por outro logo depois.

Homens começaram a subir do rio, em ritmo arrastado. Eles caíam na margem nevada da fortaleza. Alguns pareciam atordoados pelo frio, cambaleando como se não sentissem mais as pernas, enquanto outros chegavam aos alicerces do castelo, preparados para escalar.

Os arqueiros atrás de mim se tensionaram, voltando os dedos para as flechas.

— Esperem — ordenei.

Continuei a observar os elementos do inverno congelarem os homens de Grimald assim que emergiam, fazendo-os tossir e desabar na margem ou impulsionando-os com urgência, como se soubessem que, ao parar, morreriam.

Não tardou para que uma horda de guerreiros — da cavalaria e da infantaria — escalasse os muros, como Matilda fizera com aquele calçado estranho dela. A neve continuava a cair, e a noite parecia um breu sem fim além dos círculos de luz das tochas. Parecia que o solstício de inverno desmanchara o tempo e a ordem, e que o sol nunca voltaria a nascer.

Eu sentia a neve se acumulando como coroa no meu cabelo. Estava frio até para mim, perto do fogo.

Foi então que notei meu tio, de armadura elegante, liderando a escalada. Ele seria um dos primeiros a chegar a mim no parapeito, se não congelasse antes disso.

— Senhor? — questionou um dos arqueiros, que também reconheceu Grimald. — Quando devemos disparar?

— Esperem — ordenei novamente.

Eu queria que meu tio estivesse perto o suficiente para ver meu rosto à luz das tochas.

Passaram-se mais alguns momentos. Eu o vi subir com dificuldade. Ao redor dele, os homens grudavam nas pedras, congelados. Ainda assim, Grimald perseverou, como se nada o impedisse, como se não desse importância para perder tantos soldados.

— Preparar — mandei.

Os arqueiros se moveram em sincronia, encaixando as flechas na corda de seus arcos. Enquanto mantinham a posição, chamas irromperam da ponta das flechas, como se encantadas. Obra de Matilda, eu tinha certeza, e esperei mais seis batimentos de meu coração enquanto meu tio subia, chegando mais perto.

Por dez longos anos eu aguardara aquele momento.

Por dez longos anos eu sonhara com a justiça. Ela finalmente tinha chegado, e eu me sentia incapaz de respirar. Incapaz de sentir o gosto da neve, relembrando apenas o sangue e as cinzas daquela noite distante.

— Apontar! — ordenei.

Houve um tumulto repentino no muro. Gelo desceu como uma cascata, estalando como trovão. Homens gritaram, desabando para a morte certa. Perdi Grimald de vista. Praguejei e me debrucei mais na beirada, mas logo afastei as mãos da pedra, quando percebi que o gelo crescia em camadas grossas logo abaixo das ameias. Ia se espalhando pela rocha e pela argamassa como um véu cintilante, devorando com voracidade os homens do barão.

— *Recuar!* — berrou Grimald, rouco de medo. — Ataque iminente!

Os homens mais próximos do parapeito não tiveram tempo de recuar. Eles ficaram imediatamente congelados no muro, com a boca aberta em gritos silenciosos, os olhos arregalados, a armadura reluzindo sob as camadas de gelo.

Desviei o olhar.

Outros tiveram muito mais sorte, se dispersando como aranhas pelo muro, escapando da fúria do gelo ao adentrar em buracos na amurada, abertos no bombardeio anterior, ou chegando à porção do parapeito que sofrera o pior do ataque do trabuco. Parte do muro tinha desabado como se derrubado por uma foice gigante, e vários andares e pontos de acesso estavam expostos à noite.

Os homens do barão, abandonando a ordem de invadir as ameias onde eu e meus arqueiros estávamos de vigília, entraram pelos andares mais baixos do castelo, como água escorrendo pelo ralo.

— *Espadas!* — gritei, correndo até a escada.

Hugh veio logo atrás. Eu tinha pedido que me acompanhasse; não confiava nele, e não queria perdê-lo de vista. Juntos, descemos e saímos em um dos andares atingidos pelos trabucos. Meus cavaleiros e espadachins estavam postados a cada ponto frágil do muro, e não demorei a encontrar um combate no corredor.

De espada em punho, segui a cacofonia de aço, gritos e passos pesados de bota, chegando enfim ao primeiro segmento quebrado. Espirais de neve entravam pelo buraco na parede, e os homens de Grimald ainda chegavam por ali, quebrando o gelo que começava a crescer, como uma teia, pela abertura. A expressão abatida deles era impressionante, algo que eu nunca antes vira, como se o mundo tivesse virado do avesso.

Prendi o fôlego, perturbado, ao ver os homens do barão lutarem contra gelo e frio para caírem no corredor, desesperados pelo alívio do calor do fogo, e encontrarem imediatamente o fio da espada de um cavaleiro.

Eu não queria isso, pensei, soturno, mas me permiti apenas um momento de angústia antes de entrar na briga, revidando e rebatendo com a espada, acompanhado de perto por Hugh.

Sangue salpicou minha couraça quando matei o primeiro homem. Um corte na garganta. Matei o segundo. O terceiro.

Deixei os corpos caírem, me aprofundando na algazarra, como uma agulha costurando linho, mas não via nem sinal de meu tio.

— Preciso descer — falei para Hugh, recuando. — Grimald não tinha chegado tão alto no muro. Ele entrará por um andar mais baixo.

Hugh, de dentes arreganhados e sangue no rosto, concordou.

Voltamos para a escada, deixando um embate para trás apenas para encontrar outros, conforme descíamos. Eu mergulhava em cada briga, mas não encontrava sinal de Grimald. Vi apenas Sir Kenneth sofrendo um golpe fatal no pescoço e Lady Hyacinthe, minha cavaleira mais corajosa, defendendo o corredor de uma onda dos homens de Grimald.

Retornei à escada, voando degraus abaixo. Hugh tinha dificuldade de acompanhar minha velocidade. A respiração dele estava sôfrega, e sangue e suor pingavam de sua barba. Sofrera um corte na coxa e estava mancando. Eu quase o deixei para trás, mas diminuí o ritmo quando vi neve soprar por uma rachadura larga no gelo. Havia uma pilha de mortos no chão. O conflito ali começara e terminara, a maioria dos falecidos usando o brasão de Englewood, mas eu senti o instinto de seguir em frente, atrás do rastro de sangue.

Em breve, o castelo ao meu redor se aquietou, exceto pelas tochas brilhando nas arandelas de ferro. Finalmente, deixei Hugh para trás — ele estava cansado demais para acompanhar, e sua coxa sangrava tanto que era preciso repousar —, e o silêncio, após tanto ruído, era inquietante.

Um arrepio se espalhou pelos meus braços. Eu sabia aonde levava aquele corredor, e imaginei que a pessoa que sangrara por ali também sabia. Quando passei por uma arandela vazia, cuja tocha fora roubada, engoli em seco e avancei, o mais silencioso que podia.

Cheguei à porta da antessala do salão.

Estava entreaberta, marcada pelo rastro de sangue.

Parei ali, à escuta.

Ouvi apenas o rumor do silêncio espectral, como se em um pesadelo, e corrigi as mãos no punho da espada. Respirei fundo e empurrei a porta, entrando na antessala pronto para me defender de um golpe.

Nenhum ataque me recepcionou.

Na realidade, não havia ninguém na pequena sala. A tocha roubada estava presa em outra arandela; em vez de fogo, soltava fumaça. Até as brasas na lareira chiavam, como se recém apagadas por um balde de areia. Contudo, em meio às sombras, eu via a armadura que fora deixada para trás como a pele de uma serpente. Uma couraça com borda de ouro. Manoplas incrustadas com minúsculas lascas de pedras preciosas. Grevas e um cinto, uma espada ainda guardada na bainha cheia de filigranas. Um par de chinelos semelhantes àqueles que Matilda usava constantemente, feitos de musgo, juncos, metal e lama.

Avancei ainda mais pela sala.

Apenas alguém que morasse ali saberia encontrar aquela antessala no escuro, e identificar a porta perfeitamente disfarçada na parede, que conduzia ao salão. Ela também estava entreaberta, e eu decidi embainhar minha espada.

Não me esforcei para fazer silêncio ao entrar no salão, pois sabia quem me aguardava do outro lado.

A porta rangeu, anunciando minha chegada.

Grimald estava em pé no estrado, olhando ao redor do salão vazio como se o imaginasse repleto de seus soldados, seus cavaleiros, seus criados. Aquecido pelo fogo, transbordando de comida e música. Uma festa organizada em sua homenagem. Um evento que viveria apenas em sua imaginação.

Ele tinha tirado a armadura na antessala, e usava apenas a calça e a cota de malha. Carregava um elmo simples debaixo do braço, e vi que tinha enfaixado uma ferida na coxa com uma tira de pano grosseiramente rasgado. Estava descalço, de cabelo ainda molhado do rio.

— Nos encontramos de novo, sobrinho — disse Grimald. — Da última vez que o vi aqui, achei que você estivesse morto.

Parei de andar, quatro passos antes de alcançá-lo.

— Teria poupado você de muito trabalho, não é? Se eu tivesse morrido naquela noite.

— Cometi um erro de cálculo dez invernos atrás.

Grimald suspirou. Contudo, se recusou a se virar para me olhar. Seria muito fácil puxar minha espada, cortar o pescoço de meu tio. Desferir o golpe fatal, vê-lo cambalear, arfar e sangrar no piso, exatamente no lugar onde meu pai e meus irmãos tinham morrido.

Porém, eu me contive.

— Achei que, se eu recuperasse minha herança, o povo de Wyndrift me respeitaria. Me seguiria. Se ajoelharia, com lágrimas nos olhos, aliviado de ver que o senhor por direito voltara para liderá-los.

Grimald riu, como se o único jeito que tivesse de encarar aquela memória fosse o humor.

— Mas que erro o meu — continuou. — Embora às vezes eu pense... que talvez acabassem cedendo facilmente a mim, por medo do massacre. Pelo desespero para sobreviver. Mas aí os cavaleiros souberam que você estava vivo. Que estava ferido, mas ainda respirando. Você e Nathaniel, os dois. E vocês deram esperança para Wyndrift. Esperança que não pude combater.

Eu nunca pensara no Inverno Sombrio nesses termos. Reconhecia apenas meu luto, minha dor. Uma mescla de agonia física e emocional que eu não desejaria nem para meu pior inimigo. Nem para meu tio, o traidor, autor de minha dor.

Grimald, enfim, se virou para me olhar.

— Outra vez, cometi um erro de cálculo, até tendo o deus dos rios como aliado. Pensei que, certamente, poderia recuperar minha herança, mas não considerei a deusa. Ela cobriu sua fortaleza de gelo, fechou os buracos que abri em suas muralhas e apagou todo o fogo que meus homens buscaram por calor e proteção. A tocha se recusou até a arder em minha mão, a me oferecer conforto, e eu nunca senti tanto frio quanto hoje.

Fiquei quieto, mas o coração martelava meu peito.

— Eu perdi mil homens no rio — declarou Grimald. — Eles não suportaram o frio quando o inverno chegou mais cedo. E os que fizeram a travessia? Ou escorregaram no gelo, ou ficaram congelados no muro. Foram recebidos pelas suas espadas assim que entraram na fortaleza.

— Entregue-se — pedi. — Você sabe que perdeu esta batalha. Entregue-se agora, que eu declararei o cessar-fogo. Você, e o que restar de suas forças, serão capturados como prisioneiros.

Grimald sorriu.

— Temo não poder me entregar a você, Vincent. Meu orgulho não me permite.

— Prefere morrer aqui?

— Prefiro me entregar ao rio.

Não era um eufemismo poético. Entendi exatamente o que ele queria dizer, e saltei para a frente, na pressa de capturar meu tio antes de ele fugir para a ponte.

Grimald estava preparado.

Com a mão que estava escondida debaixo do elmo, arremessou um punhado de areia nos meus olhos.

— Pelo amor dos *deuses* — praguejei, tropeçando e arranhando meu rosto. — *Maldito!*

Eu escutava o ritmo dos pés descalços de Grimald batendo no chão ao correr, e pisquei para tirar a areia dos olhos, com a vista embaçada. O medo e a raiva se emaranharam no fundo de meu peito quando respirei, embotando a parca visão que me sobrava.

Entendi finalmente por que Grimald tirara a armadura. Assim, podia correr, rápido, para a ponte. Podia nadar na correnteza sem medo de se afogar. Ele escaparia de minha defesa; nada o identificava — nem espada, nem armadura, nem brasão. Nem o elmo simples, que ele provavelmente roubara de um dos mortos de Wyndrift, serviria para revelá-lo.

Minha memória me guiou quando disparei atrás de Grimald, dando a volta nas mesas de banquete, na direção do saguão. Expulsei areia dos olhos e tropecei ao chegar no pátio. Até ali tinha nevado, e o ar estava gelado. Finalmente, voltei a enxergar.

Grimald corria na direção da torre do Centeio, passando pelo portão aberto.

— Detenham-no! — ordenei. — O fujão é Grimald!

Minha voz não foi ouvida, roubada por uma lufada repentina de vento.

Rangi os dentes e corri pelas lajes e pela passarela da torre do Centeio, vendo Grimald, que continuava a disparar pela ponte, um lampejo de cota de malha e pés ensanguentados. Ele escorregou em uma camada de gelo, o que me deu o tempo necessário para alcançá-lo.

Arranquei o elmo dele, que joguei de lado.

— Seu *covarde* — rosnei, e soquei o rosto dele.

Uma, duas, três vezes. Sangue jorrou do nariz e da boca dele.

— Você perdeu esse rio no dia em que assassinou meu pai e meus irmãos — continuei. — Ele nunca será seu.

Grimald cuspiu um dente, sangue escorrendo pela barba. Ele me deu uma cabeçada, bem na testa. Dor explodiu por meu crânio; estrelas dançavam nos meus olhos, e eu desabei no chão.

— É isso aí, seu bastardo — provocou Grimald. — Rasteje no chão, onde é seu lugar.

— *Vince!*

Foi a voz de Nathaniel que trouxe meu foco de volta. A tontura e a confusão se dissiparam e eu me ajoelhei, me esquivando do soco que Grimald mirou em mim. Foi então que notei que uma plateia se reunira ao nosso redor. Era Nathaniel com os cavaleiros e alguns dos arqueiros. Eles observavam de lábios apertados, soltando sopros enevoados, com as mãos pálidas de tanto apertar espadas e arcos.

Quando voltou a nevar, eu soube que Matilda também assistia da torre da Donzela, e rolei para o lado, escapando de mais um soco de Grimald. Consegui me levantar, com um estalo dos tornozelos. Minha armadura me constringia, dificultando os movimentos ágeis, mas meu tio sofria mais com o frio, e seus ataques iam perdendo a vantagem da surpresa. Ele estava arfando, e gelo ia se acumulando nas roupas úmidas e na cota de malha.

Eu recuei, fingindo que ia socá-lo. Em vez disso, dei um chute em sua perna ferida.

Ele soltou um grito esganiçado, mancando para se afastar de mim.

Fui atrás, com os dedos dormentes por baixo das manoplas. Soquei Grimald na têmpora, e mais uma vez no queixo, arrancando outro dente. E me perguntei quanto tempo aquilo duraria. Nós dois dando voltas na neve, derramando sangue e quebrando ossos.

Minha espada ainda estava embainhada na cintura, me atrasando com seu peso. Por um momento, pensei em empunhá-la, mas para que fim? Eu sonhava frequentemente com me vingar de Grimald, dilacerá-lo a facadas, mas, diante da oportunidade... percebi que não se assemelhava em nada com a expectativa que tinha em pensamento ou no coração.

Minhas emoções não estavam mais alinhadas ao meu passado.

Eu olhava para um velho que tinha perdido tudo, mesmo que sua destruição fosse causada por sua própria ambição e tolice. Um homem que ofegava, descalço e sangrando, na neve.

— Eu ensinei você a nadar nesse rio — disse Grimald, como se pressentisse o interlúdio entre nós. — Lembra? Sua mãe ficou aqui nessa ponte mesmo, de olho em nós. Gritava comentários para mim o tempo inteiro, como se nadar no mar fosse igual a nadar no rio.

— Eu lembro — respondi, a memória engasgada na garganta.

Grimald avançou um passo, de sobrancelha erguida como se testasse se eu atacaria outra vez. Quando mantive os punhos abaixados, ele deu mais um passo, até nossa respiração ofegante se misturar.

— Por que não me mata? — perguntou. — Por que você não pega essa sua espada e enfia em meu coração podre?

Eu sustentei o olhar dele. Atrás de mim, o rio cantava sua melodia, descendo a corrente. Na minha frente, Nathaniel assistia à cena com uma expressão preocupada, logo atrás da curva do ombro de Grimald.

— Renda-se — falei.

Meu tio suspirou e abaixou a cabeça, olhando para nossos pés — minhas botas, e seus dedos sangrentos. Quando atacou, foi com uma agilidade inesperada.

Ele me pegou pelo pescoço, rasgando a pele com as unhas. Empurrou com o peso de uma montanha, nos deslocando como se travássemos uma dança. Quando minhas costas bateram na balaustrada, minha armadura perdeu a rodada por mim, ajudando Grimald a desequilibrar meu centro de gravidade. A tirar meus pés do chão.

Caímos juntos pela beirada.

Despencamos em meio ao rugido do vento frio da noite para o abraço do rio.

LXXIII
Como osso à luz celestial

MATILDA

Do meu comando da torre da Donzela, vi Vincent sumir no rio, seu corpo deixando um rastro de espuma na superfície. Meu coração disparou, errático de medo. Era um medo que eu nunca sentira, cujo gosto desconhecia, que inundou meus pulmões como água salgada.

Esperei, agoniada, que ele emergisse.

Senti a fragilidade dos meus ossos conforme os segundos se estendiam, demorados como horas.

Sangue escorreu entre meus dentes. Percebi, tarde demais, que tinha mordido o lábio; não sentira nem a dor. Engoli a doçura até ficar enjoada, mas nada desviaria meu olhar da correnteza. Passei os olhos pelo rio que subia e descia, de novo e de novo, esperando Vincent emergir da água escura.

Ele continuou submerso, assim como Grimald.

Meu único alívio era que o olho da pedra preciosa continuava adormecido em meu cinto.

Praguejei e subi no parapeito da torre, preparada para pular.

— *Não* — declarou Bade, e apertou meu braço com firmeza, me contendo. — Use sua magia, Matilda. Se pular, você perderá a vantagem. Você precisa enxergá-lo para conseguir salvá-lo.

Eu hesitei, tentada a me desvencilhar, enquanto a ira ardente me percorria.

Entretanto, ele estava certo.

O vento soprava. Meu cabelo se embaraçou no rosto — finalmente senti frio, e levantei a mão esquerda, cerrando o punho e *puxando*. De súbito, a neve parou de cair.

Eu aprendera que minha magia emprestada não era ilimitada. Fazer o gelo subir a fortaleza custara muito. Enfeitiçar a luz do fogo me fizera tremer. Eu me sentia funda e sombria como um poço, mas, conforme a noite se desenrolava, precisava cavar cada vez mais profundamente para encher as mãos da magia que desejava.

Inspirei fundo, trêmula, procurando por mais, ainda mais fundo. Na bifurcação das veias, no limite macio dos órgãos. Na medula óssea.

Bade ainda me segurava, mas, com o ar limpo de neve, eu vi o movimento.

Era Grimald.

Ele boiava na água, mais abaixo no fluxo do rio do que eu esperava.

Um momento depois, Vincent emergiu, pouco atrás dele, se debatendo para atravessar a correnteza, o cabelo preto misturado ao tom de meia-noite da água. A armadura o puxava para baixo. Ele não aguentaria muito, e o pavor penetrou meu peito como uma lança.

Eu não tinha mais os chinelos de Warin nos pés. Não poderia escalar os escombros da torre da Fúria para chegar à porta abandonada. Se Vincent se afogasse, eu não teria como encontrá-lo no deserto antes da bruma puxar sua alma pelo portão.

Esconda-as até precisar delas. A voz de Adria ecoou em mim. *Posso me esquivar da morte a meu próprio modo, embora seja menos potente do que você, é claro, e também vislumbrar o que virá, o que é destinado, como quem mira um lago lodoso.*

Eu me lembrei das duas estrelas dela, cintilando em minha clavícula. Não sabia o que elas me forneceriam, como exatamente ela se esquivava de Orphia, mas eu estava desesperada para tirar Vincent da água. Meu coração se afogava com ele.

Tremendo, passei a mão por dentro da gola da túnica e a espalmei sobre as estrelas. Elas estalaram na minha pele, como cristais derretidos, e eu senti seu calor me encharcar. A magia de Adria se entrelaçou à minha, e eu soltei um suspiro profundo.

Senti algo pesado na cabeça, mas, quando levantei os dedos, não havia nada além do cabelo salpicado de neve e da testa fria e lisa. Ainda assim, uma paz me inundara, expulsando a bagunça frenética de meus pensamentos. Minha mente ficou nítida, e eu soube do que Vincent precisava.

Nos pesadelos dele, eu estava com ele na água. Eu mergulhava e o puxava de volta.

Uma ideia me atravessou.

Gelo se formara nas margens do rio, delicado como renda. Reluzia ao luar, e eu estiquei a mão e o convoquei para mais perto, vindo da margem leste, da margem oeste. Trancei uma tapeçaria de gelo, espessa o bastante para dar sustentação. Os dois lados se encontrariam, entrelaçados como uma coluna, criando um lugar para Vincent tomar impulso e sair da água.

Fechei os olhos e deixei a magia fluir, convocando o poder das constelações do céu. Das lembranças que tinha de minha mãe. O encantamento sufocou meus pulmões; meus olhos ardiam de lágrimas. Vibrava por meus ossos, ameaçando fraturá-los.

Chamei ainda mais magia, indo o mais fundo que conseguia, e imaginei um leito de gelo no qual Vincent poderia se apoiar. Gelo formando uma escada. Degraus que mergulhavam no rio, para ele subir da água com facilidade.

Suor brilhava na minha pele e encharcava a túnica. A lã grudava no meu corpo enquanto eu puxava o ar, mantendo a mão esticada rio abaixo.

Minha concentração foi interrompida por um estalido distante.

Quase tive medo de abrir os olhos.

Olhe para mim, Ruiva.

Abaixei a mão. Sangue manchava meus dentes. Um calafrio dançava em mim.

Eu abri os olhos.

Ao longe, uma camada de gelo cobria o rio. Eu forjara minha própria ponte, que cintilava como osso à luz celestial. Uma sombra subia, equilibrando-se em minha ponte. Depois veio outra, uma segunda sombra, menos rápida, de armadura reluzente.

Grimald e Vincent estavam no gelo.

— Me solte, Bade — sussurrei.

Ele hesitou e apertou meu braço antes de abaixar a mão.

Arranquei a capa do pescoço e pulei.

LXXIV

Chamado aos fantasmas

VINCENT

Eu nunca sentira tamanho frio.

Minha pele ardia como se pegasse fogo. Eu me impulsionei para fora da água e para a ponte de gelo, com o corpo dormente e lento. A água pesava em mim; eu tossi e a senti queimar meus pulmões como labaredas. Vi a água congelar assim que pingava da minha boca para o chão.

Eu tinha certeza de que era um sonho; meus movimentos eram todos nebulosos, precários.

Minha respiração era como a fumaça de uma forja. O ar machucava minha boca e eu avancei devagar, esmagando geada com a armadura. Meus cílios congelaram quando pestanejei, olhando para Grimald.

Meu tio parecia igualmente abatido.

Gotas de gelo pendiam de sua barba. A cota de malha estava colada no corpo. As solas dos pés rasgavam a cada passo que dava, deixando pegadas sangrentas no gelo.

— Misericórdia, Vincent — disse Grimald. — Se me deixar viver, nunca mais verá meu rosto.

Lutei contra o peso, contra o ar, contra o frio para me levantar. Eu estava pegando fogo; queria fechar os olhos. A necessidade de me deitar e dormir ia me invadindo. Porém, eu encarei meu tio, o luar derramado sobre nós. Nosso mundo era azul, preto e prateado.

— Não — respondi.

Pulei para a frente, desajeitado e lento, mas derrubei Grimald no gelo. Estávamos fracos; o sangue coagulava em nossas veias. Nossa respiração saía ofegante. Porém, consegui rolar com meu tio até a beira da ponte, onde a água retomava a correnteza, fluindo rio abaixo.

Eu chamaria os fantasmas essa noite. Meu pai, meus irmãos.

Abriria minhas antigas feridas para costurá-las. Eu me permitiria sangrar de novo.

— Por Marcher — falei, forçando a cabeça de Grimald para baixo d'água.

Eu o segurei ali por três segundos antes de puxá-lo de volta pelo cabelo.

— Por Finnian.

Afundei a cabeça dele de novo, segurando por mais seis segundos. Ele se debateu, resistindo a mim, desesperado, mas fraco. Puxei a cabeça de Grimald uma última vez, escutando ele arfar, como se acabasse de nascer para esse mundo.

— Por meu pai — disse entre os dentes, entre o gelo e o sangue, e afundei ele de novo.

Dessa vez, segurei a cabeça de meu tio embaixo d'água até ele parar de se mexer. Não demorou para ele ficar gelado e rígido, um cadáver iluminado pelas estrelas.

Engoli o nó na garganta e empurrei ele para o rio, entregando seu corpo à água, como Grimald antes quisera. Vi a correnteza carregá-lo rio abaixo até ele ser uma mera sombra se misturando à escuridão maior, quando um soluço partiu minha respiração.

Eu me afastei da beira do gelo, tremendo até ver que não estava sozinho.

Matilda estava perto de mim, solene ao luar. Eu via estrelas brilhando em seu cabelo, como se as constelações tivessem descido do céu para coroá-la. Quando pestanejei, a coroa permaneceu ali, trançando luz em sua testa.

— *Ruiva* — sussurrei, seu nome virando fumaça.

A palavra gastou o que restava de minha força.

Eu me senti definhar, levado ao sono pelo frio, pelo gelo, pela neve. Então senti a mão de Matilda em meu rosto.

O toque dela foi minha última lembrança.

LXXV
Fogo de inverno

MATILDA

Eu arrastei Vincent para o oeste, pela ponte de gelo.

Ele estava pesado, sufocado pela armadura. *Ele deveria ter se afogado*, pensei, com um calafrio, bem quando o gelo cedeu sob nós. Ia ficando mais fino conforme o rio quebrava os pontos mais fracos da ponte, separando placas geladas que flutuavam pela correnteza. Mergulhada até a cintura na água escura, puxei Vincent para a margem nevada. Ele ficou deitado, imóvel. Estava de olhos fechados, boca azulada. Gelo cintilava em seu cabelo e nos cílios compridos e curvados.

— Vincent — falei, tocando seu rosto. — Você consegue abrir os olhos?

Ele estava gelado, mas um fio de ar escapou de sua boca.

— Ruiva — sussurrou ele, como se doesse falar, e abriu os olhos, tremulando. — Preciso que você… tire… essa armadura. Antes de… eu congelar.

— Claro — falei, abrindo as fivelas da couraça.

Afastei o aço do peito dele. A cota de malha estava salpicada de gelo. A túnica por baixo estava encharcada, colada na pele. Em seguida, soltei as manoplas, que puxei dos punhos.

— Me diga o que mais fazer — pedi. — Do que você precisa?

— Preciso me esquentar — respondeu, tiritando. — Com uma fogueira ou seu corpo… junto ao meu.

Olhei para atrás dele, onde a margem levava a arbustos, e os arbustos, à floresta.

— Posso fazer um abrigo — falei, acariciando o cabelo dele. — Me espere aqui.

Vincent assentiu, mas senti uma pontada de preocupação quando fechou os olhos. Ele poderia escapar tão facilmente. Minha única garantia era o olho no meu cinto. Eu não parava de observá-lo, mas o olho permanecia fechado.

Durma, guardiã.

Eu me levantei e adentrei a mata. Era um emaranhado de trepadeiras e espinhos, que lutaram contra minha tentativa de contê-los. Finalmente, abri um espaço, uma toca onde caberíamos nós dois, e afastei a neve, reunindo folhas para servir de leito. No canto, empilhei galhos, que acendi com a magia preenchendo minha mão direita.

Parei ali, vendo as chamas subirem. Fui tomada por uma sensação incômoda. Fogo soltava fumaça, e fumaça podia atrair inimigos. Porém, engoli a preocupação e voltei correndo para Vincent, com um aperto na garganta quando demorei um pouco para despertá-lo.

— Vincent — falei, sacudindo-o. — *Por favor*, olhe para mim.

Ele gemeu, mas manteve os olhos fechados.

Foi então que senti: um lampejo de calor na cintura. Eu sabia, sem olhar para baixo, que a guardiã abria o olho. A pedra da lua no meu cinto ganhava vida.

A sombra de Vincent, projetada pela lua alta, começava a mudar.

Não.

Eu arranquei as botas dele. O cinto e a bainha da espada. A cota de malha, a calça e a túnica, até restar apenas sua pele, branca e luzidia na escuridão.

Eu o arrastei para a toca no arbusto, e o deitei junto à pequena fogueira.

Com as mãos tremendo, eu me despi também, tirando a túnica ensopada, mas mantendo o cinto no lugar. O frio em minha pele nua era ao mesmo tempo amargo e eletrizante. Lembrava a sensação de viajar nos ventos alísios, e eu me deitei ao lado de Vincent, passando as mãos pelo corpo dele. Pelo peito, os músculos esguios das pernas, a curva dos ombros, o quadril côncavo, a ponta dos dedos. Esfreguei até sentir calor atiçar seu sangue e sua respiração ficar mais regular.

Quando ele passou o braço ao meu redor, quase chorei.

Em vez disso, aninhei a cabeça na curva de seu pescoço, saboreando o cheiro de sua pele. Espalmei a mão em seu peito, contando seus batimentos cardíacos, cada vez mais fortes.

O olho da pedra se fechou. Então, veio uma sensação diferente. Como de uma corda desamarrada. Uma dor nas costelas.

Senti de novo o sabor suave da prece de Vincent. Daquela que ele escrevera tantos anos antes.

Ela derreteu, espalhando em mim um choque de prazer.

Eu a respondera; meu auxílio estava completo, e eu estremeci.

— Matilda — sussurrou.

Levantei a cabeça para olhá-lo. Os olhos de Vincent estavam vermelhos, o rosto, corado de frio. Eu me perguntei se ele também teria sentido suas velhas palavras virarem um suspiro, desaparecerem no ar.

— Quando você me encontrou no gelo...

Ele parou de falar, mas me abraçou com força. Suor começou a brotar entre nossos corpos, nossa pele ardendo como se fôssemos nossa própria fogueira.

— Vi uma coroa de estrelas, cintilando na sua testa — concluiu.

Eu fiquei quieta, mas meu coração estava errático. Ao assumir as estrelas de Adria e deixá-las afundar na palma da mão, eu sentira um peso na cabeça. Algo que eu não via, mas Vincent, sim.

— Ainda estão aqui? — sussurrei.

Ele levantou a mão para desenhar um arco em minha testa.

— Estão. Menos brilhantes do que antes, mas lindas. Você parece uma rainha.

— São quantas estrelas?

Ele ficou quieto, contando.

— Catorze.

Sorri para ele, mas não consegui afastar a preocupação e o fascínio que começavam a encher minha cabeça. Eu me sentia como uma espada quente, mergulhada em óleo. Forjada no fogo, no calor e na pressão de um martelo. Reluzindo com uma lâmina afiada, ávida para cortar o mundo.

Eu precisava ver o céu. As estrelas.

— Me dê um momentinho — sussurrei na boca dele, com um beijo. — Volto logo.

Ele apertou o abraço, como se temesse me soltar. Sua boca despertou ao meu toque, e compartilhamos a mesma respiração, o mesmo gemido. Um som que me cativou, suave de desejo.

Porém, quando eu recuei, Vincent me soltou.

Abriu o braço, suspirou. Ele me viu me levantar em nossa toca improvisada, sair para a margem do rio, ainda coberta de neve. Parei no ponto em que a água lambia o gelo, minha pele como alabastro ao luar.

Estava quase com medo de encontrar minha constelação; parte de mim acreditava que devia ter caído do firmamento para me coroar. Porém, ergui os olhos e vi que ali perdurava, iluminando o céu oeste. Minhas seis estrelas de arauto brilhavam fortes, como moedas de prata ao sol do meio-dia. As seis estrelas de condutora de almas ficavam logo abaixo, como o reflexo em um lago. E duas pontas novas tinham surgido no centro de tudo, cintilando de alegria.

A troca de estrelas fora bem-sucedida, mesmo que, no momento, parecesse um sonho.

O dueto de Adria se tornara meu. Ela me coroara com outra coisa, que ainda me maravilhava. Algo além da paz e da firmeza que me permitiram tirar Vincent do rio.

Encontrei a constelação da paz no norte, para provar minha teoria. Eu me assustei ao ver que lhe faltavam não duas pontas, mas quatro, e meu olhar percorreu o céu, centenas de estrelas, em busca do novo lugar daquelas outras duas.

Bade, pensei, e ali sua constelação ardia no manto escuro da noite. O deus da guerra. Ele antes era uma constelação de onze pontas, que tinham se tornado treze. Ela dera duas estrelas para ele e duas para mim.

Matilda.

Fiquei paralisada ao ouvir a voz familiar, que serpenteava por minha mente, invasiva e escorregadia como seda.

Era Warin, que estava por perto. Pressenti sua presença andando pela floresta. Ele vinha me desafiar pela última vez.

Matilda, chamou de novo, e sangue pulsou por minhas veias, preparando-me para lutar.

Voltei correndo para a toca e entrei para pegar minha túnica. Estava molhada e endurecida, cintilando de gelo. Eu a vesti pela cabeça e vi que Vincent tinha pegado no sono. Ele se aconchegara junto à minha fogueira, que ainda crepitava animadamente na escuridão gélida. A luz dourada desenhava o corpo dele, destacando cada curva, cada linha, cada cicatriz. Parei ali, abalada, mas a respiração dele estava profunda e regular. Um rubor rosado voltara a sua pele. O olho na pedra da lua continuava fechado. Vincent ficaria em segurança ali, desde que eu desviasse a atenção de Warin para outro lado.

Saí discretamente da toca e convoquei a neve, pedindo que caísse pesada e lenta. Que disfarçasse meus passos e escondesse nosso abrigo de olhos divinos. *Que o proteja*, pensei, ao me afastar e adentrar o coração da mata.

* * *

Não demorei para encontrar Warin.

Entrei em uma clareira e senti um calafrio gelado. Eu sabia que era o olhar dele. Ele me observava, mas eu não o via em meio à nevasca e às sombras da noite, tortas e mais escuras que tinta.

— Warin? — chamei, parando de repente, cada gota do meu corpo acesa de expectativa. — Venha cá.

— Ah, mas isso estragaria a graça desse nosso joguinho, *Ruiva*.

Cerrei o punho. As unhas cortaram minha pele.

Eu arrancaria a língua dele por me chamar assim.

Minha fúria ansiava por desaguar, mas eu a contive. *Espere*, comandei a mim mesma, e segui a direção da voz dele até o lugar onde os pinheiros formavam uma mata fechada. Contudo, vi ali apenas árvores, samambaias, neve e trevas, com lampejos de luar quando o vento rasgava as nuvens. Ele não estava em lugar algum; eu precisava falar com ele de novo.

— Que jogo? — perguntei.

— O jogo em que eu liberto um vassalo mortal em troca de cada segredo que você me contar, começando por sua magia de trazer os mortos de volta.

A voz dele mudara de direção, vindo de trás de mim. Eu girei para segui-la, com um arrepio na nuca. Finalmente, entendi por que não o enxergava.

Ele usava minha capa encantada.

Eu me lembrava de perdê-la. Um açoite no pescoço quando a capa me fora arrancada, logo depois da eithral despencar no vale perto do acampamento de Grimald. Embora sua perda me agoniasse, eu nunca imaginara que ela acabaria nas mãos sebosas de Warin.

Ele estava invisível.

Eu não teria como derrotá-lo assim.

Não teria como atacar o que não via, e o medo se desenrolou pelo meu peito.

Estava tão concentrada em descobrir a localização de Warin que sequer senti a outra lufada de ar frio e de neve agitada que vinha da minha direita. Percebi apenas quando uma voz grossa quebrou o silêncio tenso:

— Os segredos dela não são para você, deus dos rios — disse Bade, que parou entre dois olmos, de escudo no braço e espada em punho. — Revele-se, ou lutaremos sem regras.

— Ah, desconfiei que você viria, deus da guerra — respondeu Warin, que estava em algum lugar bem na minha frente, mas, pela voz, seguia em movimento, dando voltas nas árvores. — Não aguentou ficar longe, não foi? Matilda, imagino que seja essa velha relíquia seu aliado de sal? Aquele cuja promessa você queria quebrar antes de ser flagelada na corte? Você deveria ter mantido a promessa! Teria sido muito engraçado se o deus da guerra fosse ajudá-la. Como estão seus machucados, por sinal? Imagino que ainda estejam doendo. Aquelas escamas cortaram até seus ossos.

O sangue se esvaiu de meu rosto.

Eu não queria que o que ele dissesse me ferisse, mas doía. Ele me apedrejava com palavras, e, de repente, fiquei ansiosa para olhar para Bade. Para ver a verdade percorrer seu rosto.

Bade não disse nada e manteve a expressão fixa — severa e resguardada, como de costume. Apenas sua respiração o revelava; eu o vi soltar um arquejo pesado, como se também atingido.

— Pegue sua espada e seu escudo — disse ele, andando até mim.

Algo sombrio e terrível brilhou em seus olhos enquanto observava as árvores que nos cercavam. Enquanto procurava por Warin.

Puxei a espada e o escudo do cinto e me posicionei de costas para as costas de Bade, a floresta se aquietando ao nosso redor.

— Ele tem uma escama de eithral — alertei.

— Sim — grunhiu ele. — Eu lembro.

Juntos, esperamos.

Eu sabia que Warin espreitava na periferia da minha visão; ainda sentia seu olhar em mim, um calafrio que não passava. Bade era uma complicação para a qual ele não se preparara e, conforme os momentos se prolongavam, tensos como a corda de um arco, eu vi passos marcarem a neve.

A neve expunha seus movimentos. Assim que percebi, Warin pulou na minha direção. Eu me senti esmagada contra a muralha das costas de Bade, a neve se agitando em revoada à minha frente.

— Escudo! — gritou Bade, e eu levantei a proteção, meu braço mais forte do que nunca, grosso de músculos.

A espada de Warin acertou meu escudo com tanta força que senti o impacto reverberar pelos dentes, sacudindo minha magia até seu âmago. Vi um círculo de estrelas cintilantes; senti o gosto de ferro e gelo, de sal e terra. Inspirei fundo e senti o ar queimar meu sangue.

Eu me mantive firme, revidando com o escudo.

Queria derrubá-lo no chão. Jogá-lo de costas, expondo seu pescoço. Era ali que precisava cortá-lo. A mente dele era sua falha, e eu rasgaria sua voz, sua garganta. Estava sedenta daquilo, de ver o sangue dele manchar a neve.

Warin riu, perto de meu ouvido. Ele se divertia com aquele joguinho de provocação, e era ágil, disparando como um redemoinho. Bade, entretanto, estava atento, e atacou em seguida, marcando os movimentos de Warin pela neve. Em breve, perderíamos aquela vantagem. Quanto mais nossos pés revolvessem a neve em lama gelada, mais difícil seria localizar Warin.

Parecemos girar nesse impasse por horas. Warin me atacava, então atacava Bade de novo e de novo, antes de voltar para mim.

Eu permaneci na defensiva, usando o escudo como minha maior arma. Estava desesperada para aprender os ritmos dele antes de me tornar vulnerável ao tentar cortar o ar. Warin parecia querer aquilo — que eu sacudisse a espada e me exaurisse, potencialmente expondo meu ponto fraco.

A neve continuava a cair, acumulando em nosso cabelo e preenchendo as pegadas mais velhas. O gelo cobria os galhos das árvores, que rangiam ao vento, luzindo como lâminas de prata sob o luar que se refletia, claro, ao nosso redor.

Eu quase convoquei fogo na mão, para jogar em Warin. Ele sairia ileso, mas a capa queimaria e o revelaria. A imagem encheu minha mente até eu recordar que aquela magia estava ancorada na minha mão direita, que segurava a espada. Eu teria que embainhar a arma para atacar, e o fogo apenas distorceria mais ainda minha visão.

Em vez disso, deixei o feitiço invernal de minha mãe continuar a nos cobrir.

Enfim, vi minha chance.

Bade estava aparando um ataque de Warin. Pés invisíveis escorregavam na neve, e eu parei atrás dele. Cortei o ar e as espirais de neve com a espada, meu sangue vibrando como um tambor. Senti o contato do aço e, embora mirasse no pescoço, soube que tinha atingido o ombro.

Minha lâmina fez um corte fundo. Senti ela abrir a pele, ecoar no osso.

Warin chiou e se virou. Minha espada continuou enfiada nele, mas, assim que ele a arrancou de minha mão, a arma também ficou invisível, capturada pelo encanto da capa. Contudo, eu o marcara; o sangue dele começou a pingar pela neve, fumegando como ouro derretido.

Eu recuei, de escudo erguido, mas ele não revidou.

Warin fugiu.

Arfando, vi seus pés revirarem a neve, na direção de um aglomerado denso de pinheiros. Estava prestes a segui-lo quando senti a mão de Bade em meu ombro.

— Ele quer que você o persiga — murmurou, também de olhar fixo nas árvores que tremiam pelo efeito da retirada de Warin. — Não baixe a guarda.

— Ele aproveitará o tempo para se curar e voltar — argumentei. — E recomeçaremos esse ciclo, de novo e de novo. Isso *nunca* vai acabar.

Bade se calou, a própria respiração esgarçada pela revolução de aparar, cortar, bloquear. Até que ele se virou pra mim, e seu olhar se suavizou.

Eu me perguntei se ele estaria pensando no que Warin mencionara antes. No meu flagelo.

Ele abriu a boca para me dizer alguma coisa, mas eu nunca ouviria suas palavras.

O zumbido da corda de um arco partiu o silêncio. Um som que eu já ouvira muitas vezes.

Minha pele se arrepiou em alerta, mas era tarde.

Bade cambaleou.

Ele soltou um grunhido de dor, e vi a ponta de uma flecha projetar-se de seu peito. Icor dourado se espalhou pela armadura, pingando do aço e cintilando no escuro.

Minhas mãos ficaram dormentes, mas eu me disse: *Vai ficar tudo bem.* Era uma humilde flecha. De fabricação mortal. Irritante, mas não fatal para divindades. Ele já fora atingido por muitas flechas, espadas e machados em batalha. *Vai ficar tudo bem.*

Ele me encarou, de olhos arregalados. Quando caiu em cima de mim, perdendo o equilíbrio, eu o segurei pelo braço. Ele deixou cair a espada, o escudo. Eu me esforcei para sustentá-lo em pé, mas não consegui; não conseguia nos equilibrar juntos. Ele pesava como ferro, e escorregava para o chão.

— *Bade* — chamei, rouca. — Bade, sua espada!

Ele não pareceu me escutar. Seu rosto estava pálido; seus dentes, rangidos de dor. E, quando caiu de costas, entregando-se à neve, eu vi um brilho iridescente. Não era uma flecha comum: a ponta era uma escama de eithral. Era a mesma arma que um dia matara minha mãe.

Warin a disparara do arco.

Eu esperava que ele fosse usar a escama como Phelyra, próximo o bastante para atacar com a mão. Porém, deveria ter pensado em seu talento como arqueiro. Um som terrível foi arrancado de mim.

— Bade.

Eu me ajoelhei ao lado dele, sacudi seu braço.

— Bade, levante!

Ele pegou minha mão e apertou, fraco.

— Seu escudo, Matilda — sussurrou.

Eu também deixara o meu cair, e não me preocupei com recuperá-lo.

Meu corpo inteiro gelou, formigando com milhares de pontadas. Senti, então, o calor temido no cinto. Eu sabia que o olho se abria. O coração dele fora perfurado; sua alma estava prestes a escapar.

— Você deve ir — disse Bade, com a voz rouca, tão grave que precisei me abaixar para escutá-lo. — Para Adria.

O nome dela foi sua última palavra.

Seus olhos, porém, ainda estavam em mim, tomados por uma estranha luz, como se visse algo que eu não enxergava.

Engoli em seco, vendo seus olhos se apagarem. Escutei seu estertor trêmulo, seu último sopro, antes de sua mão escorregar da minha.

E o mundo ao nosso redor retomou seu silêncio.

LXXVI

Primavera, ferro, rios

MATILDA

Preciso de uma porta abandonada.

Era meu único pensamento nítido, um fogo que me consumia no escuro.

Eu me forcei a me levantar.

O olho na pedra da lua estava parcialmente aberto. Bade estaria no deserto, a caminho da bruma. Eu poderia trazê-lo de volta, mas, assim que pisasse lá, começariam meus sete anos de serviço para a guardiã. Eu estaria proibida de entrar no reino mortal durante aquele tempo.

Vincent.

O nome dele era um segundo coração batendo em meu peito, e eu hesitei, pega na teia.

Eu não queria escolher.

Fiquei zonza; não conseguia respirar ao me afastar do corpo de Bade. Meus joelhos tremiam, e meu coração estava na boca. Lágrimas ardiam nos meus olhos enquanto eu encarava a neve caindo, e eu soube o que precisava, o que *queria*, fazer.

Meu sangue voltou a pulsar quando me preparei para viajar no vento alísio até a primeira porta abandonada que encontrara nas ruínas do castelo. Dali, correria atrás de Bade no deserto; capturaria a alma dele antes que escapasse para a bruma. Traria ele de volta para Adria, e então viveria sete anos com a guardiã.

O vento alísio vinha chegando. Eu o escutava assobiar pela floresta, rodopiando na neve.

Não teria tempo de explicar minha partida para Vincent, nem de me despedir. Minha boca estava selada pelo acordo com a guardiã. Mesmo que eu tivesse tempo para contar dos sete anos, não conseguiria. Ele acordaria no mato, e eu teria partido. Abriria os olhos e se veria sozinho. Mordi a bochecha até a dor me invadir.

Sete anos era muito tempo para um mortal.

Como se pressentisse minha angústia, o vento alísio se aproximou.

Eu avancei um passo, com pressa de me entregar a suas asas.

— O velho deus morreu?

A voz de Warin me paralisou. Na angústia, esquecera sua existência. Porém, pressentindo ali sua presença, foi inundada por ira tão potente que quase lasquei um dente ao rangê-los. Eu me permiti um momento para respirar, para controlar o coração, diante dos planos que mudavam tão rápido.

— Você deveria saber — respondi. — Você virou o deus da guerra, não foi?

Flexionei a mão, mas desejei que ele chegasse mais perto. Mais perto ainda, para eu matá-lo antes de partir.

O vento vinha. Restavam-me meros segundos.

Ele mordeu a isca, esmagando a neve com seus passos. Warin chegou ao alcance de meu ataque.

— Foi mais fácil matar ele do que imaginei. Acho que você deve ter amolecido o brutamontes, Matilda. Mas eu não me sinto diferente. O poder dele não é tão glorioso e vasto quanto nos convenceram no reino Celeste. Mal o sinto despertar em meu sangue.

Ele virou o corpo de Bade e arrancou a flecha de eithral de suas costas.

Eu prendi a respiração, vendo o movimento na neve. Ele estava tão perto, mas eu só tinha direito a *um* ataque. Minha mão hesitava na altura do cinto, esperando para puxar minha própria escama de eithral.

Venha cá, pensei, bem quando o vento começou a balançar meu cabelo.

— Ah, veja só quem decidiu se juntar a nós — disse Warin, em tom melodioso. — Que alegria! Essa noite está saindo melhor do que eu planejava.

Meu sangue gelou.

Olhei para a esquerda, onde Vincent se encontrava entre as árvores, olhando para mim através da neve. Ele arfava, a respiração se espalhando como nuvens. Usava a túnica e as botas molhadas, e seu cabelo cintilava de gelo. Estava de rosto corado, com uma espada reluzindo na mão, embora eu pressentisse sua fraqueza.

Ele precisava de calor. De abrigo. De descanso. Não deveria estar ali, tropeçando em meio à minha magia invernal.

O vento alísio chegou naquele preciso momento.

As nuvens se abriram acima de nós, derramando luar na clareira. A brisa acariciou meu cabelo. E eu permaneci fixa ali, sem conseguir respirar, nem viajar no vento, de olhos vidrados em Vincent. Eu não podia deixá-lo com Warin.

Eu perderia Bade, então.

Eu não o alcançaria a tempo, e toda a fúria que tinha represado subiu à tona. Vi Adria, sozinha na toca, chorando nas sombras. Meu próprio coração, em parte arrancado do peito, por saber que o único deus que eu amara como pai se fora.

Acerte em cheio, Hem um dia me dissera.

Não deve hesitar, aconselhara Phelyra, meras horas antes.

Discretamente, puxei a escama de eithral do cinto. O cabo de madeira cabia perfeitamente em minha mão, e eu me virei para Warin. Entretanto, ele se deslocara no segundo em que eu olhara para Vincent. Se eu tivesse olhado para baixo, veria a neve marcada aos meus pés, diretamente adiante de mim. Perceberia que ele usara aquela breve distração — meu momento de fraqueza — para se posicionar de modo a me ferir primeiro.

Ele me atacou com tanta força que eu arfei.

Senti a ponta afiada da escama raspar minhas costelas, perfurar meu pulmão. A dor era familiar — eu não a sentira me açoitar implacavelmente? —, até que se aprofundou, me atravessando como se eu fosse gaze. Eu a senti penetrar meu coração, um golpe fatal, e ali se deter. Uma flecha que encontrara o alvo.

O frio começou a tomar minhas veias. Meu coração parecia picado, inchado no peito. Fui preenchida por um ritmo estranho, até entender que... os batimentos desaceleravam. Minha falha começava a rachar.

Warin soubera onde me atingir, assim como eu sabia onde atacá-lo.

Senti o gosto de meu sangue como seiva, subindo pela garganta a cada expiração sôfrega. Minhas pernas estavam fracas, mas eu não me ajoelharia. Eu não desabaria. Não antes de fazer uma coisa.

Eu pressentia Warin ali, cara a cara comigo. Sentia sua respiração em minha face, quente e fermentada, como fruta podre.

Estiquei a mão e peguei minha capa. Estava macia, ansiosa por meu toque. Removi o tecido do pescoço dele e, portanto, o encanto. Imediatamente, ele apareceu à minha frente, de uma beleza vívida e cruel. Cinzento, pálido e azul ao luar. Ele estava sorrindo; seus olhos brilhavam de fome ao ver meu sangue começar a escorrer pelo peito, perfumado e luminoso.

— Sentirei saudade, velha amiga — cantarolou ele.

Eu sorri.

— E eu também, quando você vagar eternamente pelo deserto, rejeitado pela bruma.

Uma carranca uniu suas sobrancelhas. Ele semicerrou os olhos.

Eu já escapara por entre os dedos dele, e o faria de novo, uma última vez.

Peguei a escama que matara minha mãe e a enfiei em seu pescoço.

* * *

Girei a mão até a escama atravessá-lo, arrebentando cada veia dourada. Warin cambaleou, recuando com um arquejo. Ele apertou o pescoço com a mão, mas o icor era uma cascata que encharcava suas vestes.

Ele caiu de joelhos, chiando. Olhou para mim, incrédulo, como se não pudesse acreditar que eu lhe atacara com um golpe fatal.

Eu vi seu rosto empalidecer, branco.

— Matilda — tentou dizer, mas sua voz saiu arranhada, como aço na pedra.

Ele desabou ao chão e soltou seu último suspiro trêmulo, a magia fluindo na minha direção, ávida por um novo santuário.

Primavera, ferro, rios.

Não havia guerra ali para assumir. A magia nunca fora dele, mesmo que Bade morresse por sua mão, mas eu não tive tempo para questionar aquele mistério. Para desvendar o que podia significar, e como Bade detivera seu poder.

Bebi a magia de Warin como vinho tinto. Três goles, até encher meu sangue e me deixar zonza, no deleite do novo esplendor. Néctar aquecido pelo sol, metal enferrujado, água fria com um toque de lodo. Era sufocante, como mergulhar no oceano durante uma tempestade, sentir o empuxo da maré.

Fechei os olhos, imaginando como conteria aquela magia toda sem me despedaçar, sem perder quem eu era antes. Senti as sombras frescas do solar de Warin no céu, um solar que enfim respondia a mim. Comandei que as algemas soltassem os mortais que ali residiam. O povo de Vincent estaria livre para voltar ao próprio reino, sem dívida com deus nenhum. A alegria deles era incandescente. Eles voltariam para casa.

Em meio a tamanha luminosidade, esqueci que estava morrendo. Meu coração batia com dificuldade e minha alma derretia. Minha sombra desaparecia.

Eu me afogava em poder e em meu próprio sangue.

Foi apenas quando olhei para Vincent — quando o vi correr até mim, largando a espada, com medo ardendo nos olhos —, que me entreguei.

Caí de cara na neve.

LXXVII

Prender o vento

VINCENT

Eu caí de joelhos e a puxei para o meu colo. A neve se acumulara em seu cabelo; ela estava fria e rígida, mas seu sangue era quente e brilhante, escorrendo por minhas mãos como óleo recém-espremido, manchando minhas roupas como tinta iluminada. Quando a aninhei em meu abraço, ela abriu os olhos, voltados para mim.

— *Não* — falei, quando ela abriu um sorriso triste, carinhoso. — Nem ouse me deixar, Ruiva.

Porém, em meu coração, ela sempre fora o vento, que não ficava no mesmo lugar por muito tempo. Eu sempre soubera que não podia prendê-la. Podia correr atrás dela enquanto ainda tivesse forças, mas eu estava fadado a cansar, perder a velocidade. Não importava o quanto eu a desejasse; em alguns momentos, podia me aproximar o suficiente para respirar com ela. Podia selar sua boca com a minha, sonhar com envelhecer a seu lado. Contudo, em outros momentos, eu sabia que não podia segui-la.

— Fique comigo — sussurrei, um som rouco, partido.

— *Vincent* — suspirou Matilda.

Ela fechou os olhos, séria e serena. Eu a apertei junto ao peito, alinhei-a aos batimentos de meu coração. A coroa de estrelas continuava ali, cintilando no escuro.

Matilda morreu em meus braços.

QUINTO ATO

O fogo em nossos ossos

LXXVIII
Fantasmas que criamos

MATILDA

O deserto era mais bonito do que eu lembrava. Colinas rosadas ondulantes, um céu poente transbordando de estrelas, luas e sóis, um rio iridescente que fluía como canção. Levei um momento para me localizar e entender que eu não entrara naquele reino por uma porta abandonada e, sim, apenas em alma.

Eu podia respirar, mas não precisava. Não havia pulsação a sentir nos meus punhos, no pescoço.

Um corte profundo em meu peito estava molhado de sangue.

Eu tinha morrido.

Meu corpo ainda era sólido e familiar, embora estivesse desconectado de um jeito que eu não sabia explicar. Eu sentia uma sede imensa, que me levou a caminhar pela trilha que já percorrera, sabendo que me levaria ao portal. Foi então que comecei a me lembrar de meus momentos finais. A morte de Bade viera primeiro. Depois a de Warin, por minha mão. Então meu próprio fim, nos braços de Vincent.

Fora suave, essa passagem para a morte. Como pegar no sono.

Bade.

Eu desatei a correr, com pressa de encontrá-lo. Nenhum peso me atrasava; eu voei pelas colinas como se tivesse asas, diminuindo o passo apenas ao chegar ao último cume, com vista para o portal. Bade ainda estava no caminho, subindo a encosta, a passos lentos. Ele devia ter ouvido minha aproximação, pois parou e se virou.

— *Matilda* — disse, de rosto tenso. — Você não deveria estar aqui.

Até que ele viu o sangue que escorria por minha túnica, uma ferida como a dele, e sua postura murchou.

— Foi *ele*? — perguntou.

Olhei para o resto da trilha e vi Warin na entrada da bruma. Ele devia ter cortado caminho na frente de Bade, o que não me surpreendia. A guardiã pegara a balança e o escutava, pesando sua vida. Ele ainda não tinha muitos ossos a seu favor. Viera em desgraça, despido de toda a magia. Magia que era minha, e que eu sentia, trançada em minha própria essência.

Warin abanou as mãos. Escutei sua voz subir, embora eu não captasse as palavras. Ele soava impaciente, furioso. A guardiã apenas levantou a sobrancelha.

— Foi — respondi, voltando a olhar para Bade. — Agora tenho a primavera, o ferro e os rios em meu nome, mas não sou a guerra. Você sabe o porquê?

— É obra de Adria.

— Das duas estrelas que deu para você?

Bade ficou quieto por um momento, como se pensar na esposa doesse.

— Sim. Como deu para você também.

— Ainda não entendi.

— Ela é mais do que a deusa da paz. É a matriarca do reino mortal, e pode trançar coroas de constelações e concedê-las aos divinos que escolher. Depois de oferecida, essa coroa não pode ser roubada, e, assim, a magia de tal divino também não pode ser tirada. Warin pode até ter me matado, mas minha magia foi protegida pela coroa que Adria me deu. É minha, e será sempre minha.

Refleti sobre isso por um momento, melancólica.

Warin me matara, mas almas e palavras ainda eram minhas. As estrelas sob as quais nascera eram aquelas com as quais morria. Tudo porque Adria as trançara em uma coroa e me devolvera esse círculo infinito.

— Se você tem uma coroa de estrelas... por que não a vejo? — perguntei.

— Porque apenas quem conhece sua alma pode ver. Adria vê a minha. Desconfio que Vincent veja a sua.

Engoli em seco e olhei para minhas mãos. As constelações de minha mãe ainda brilhavam nas palmas. De certo modo, ela parecia próxima de nós, e eu me perguntei se esperava logo no limiar da bruma para acolher Bade. Para me acolher.

— Vamos caminhar juntos? — perguntou Bade, apontando o portal com a cabeça.

Eu abaixei as mãos e olhei para ele. Meu coração, um recipiente gelado e quieto no peito, de repente esquentou, como se minha magia se agitasse.

— Você quer voltar para ela? — perguntei. — Quer voltar para Adria?

Dor tomou o rosto de Bade.

— É claro que quero.

— Então pegue minha mão.

Ele olhou para minha mão direita, estendida no espaço entre nós.

— O que é isso, Matilda?

— Pegue minha mão — repeti. — Mas você deve prometer que não me soltará. Aconteça o que acontecer, você deve me segurar.

Bade hesitou. Enfim, envolveu minha mão com a dele, grande e fria como a neve invernal que diluíra nosso sangue derramado momentos antes.

— Prometo — respondeu.

Eu o puxei comigo pelo caminho da ida, nos afastando do portal enevoado, da balança, da trepidação de ossos, do olho aguçado da guardiã. Passamos por uma colina e pelo vale correspondente antes de subirmos de novo, nossas almas em sincronia. A única coisa que diminuía nosso ritmo era a sede. Era difícil de ignorar, conforme a bruma ficava para trás. Eu estava começando a temer que, estando morta, não pudesse transportar uma alma, que estivesse apenas nos carregando a esmo pelo deserto, quando um portal de obsidiana finalmente brotou no caminho à nossa frente. Um impasse que não podíamos contornar, que precisávamos ultrapassar para chegar à porta abandonada.

— O que é isso? — perguntou Bade.

— Lembre-se do que eu falei — respondi, apertando os dedos dele. — Não me solte, não importa o que sinta ou veja.

Esperei ele assentir. Só então eu o puxei pelo portal.

Certa vez, eu imaginara o que assombrava o sono do deus da guerra. Quando ele se entregava ao raro repouso, que pesadelos despertavam em sua mente? Aonde sua alma vagava quando dormia?

Era um lugar de culpa e remorso. Sonhos sangrentos, mergulhados em crânios e angústia.

Adentrei a paisagem de seus pesadelos — um mundo mal-iluminado de árvores chamuscadas, grama morta e fumaça — e, imediatamente, desejei sair dali. Eu já estava fria pela própria Morte, mas o gelo daquele sonho ainda assim me penetrou. Era sufocante; percebi que naquele lugar não havia esperança, apenas desalento.

Bade parou, puxando minha mão.

Quando olhei para ele, vi o medo que enrugava seu rosto. Medo, pavor e culpa. Ele fechou os olhos.

— Não — sussurrou. — *Não*. Não quero estar aqui.

— É apenas um sonho — falei —, mas precisamos atravessá-lo para chegar a Adria. Ela espera por você do outro lado.

Bade tremeu. Ele ficou de olhos fechados, como se não suportasse confrontar seu passado, elementos que ainda o assombravam. A pele dele estava macilenta, brilhante. Tive uma visão espantosa, como se enxergasse uma sombra de quem ele fora quando mais novo. Quando era uma criança divina, com dificuldade de compreender a dimensão de sua magia. Quando desenvolvia seu poder e entendia o que podia fazer com o mundo. As cicatrizes que podia marcar em sua superfície.

— Venha — falei, avançando um passo. — Estou aqui com você, Bade.

Para meu alívio, ele acompanhou. Bade tinha força suficiente para me arrastar para qualquer lugar, e tive medo de ele fugir correndo para a entrada. De puxar até seus dedos escaparem dos meus, de eu perdê-lo eternamente no nevoeiro de seu próprio pesadelo.

Eu não queria nem imaginar.

Eu me concentrei no caminho que precisávamos seguir, tentando distinguir a saída. Ela surgiria como um farol, e eu ansiava por localizá-la, quando encontramos o mar de corpos. Eu parei, assustada. Eram centenas. Milhares, mortos em batalha. De rosto cadavérico, boca aberta, com vermes rastejando entre seus dentes. O sangue era vermelho-escuro, quase preto, após secar na armadura e na roupa. Mortais, então, e eu estremeci enquanto puxava Bade pelo campo de batalha.

Ele puxou minha mão de volta, resistente.

Contudo, Bade sabia, como eu, que não havia como contornar. Tínhamos que abrir um caminho por *dentro*, então começamos a pisar nos corpos. Eu sentia pele inchada ceder sob meus pés, ossos quebrarem, feridas se abrirem à pressão de meus calcanhares. Eram filhos, filhas, irmãos, irmãs. Amantes, esposos. Pais e mães. Parentes. Eram mortais com nomes, cujas vidas um dia foram trançadas na tapeçaria com inúmeros fios. Eram todos amados por alguém, e morreram muito antes do que deviam, ceifados pela foice da guerra.

— Melhor voltarmos atrás — arfou Bade. — Não tem nada… nada de bom pela frente.

Não respondi, e continuei a puxá-lo.

Em pouco tempo, o mar de corpos foi se dispersando.

Estávamos andando por esqueletos, limpos por urubus. Armaduras abandonadas, cintilando por baixo da fumaça. Caveiras com dentes quebrados. Estandartes fincados no chão, rasgados pelo vento implacável.

Uma tenda se erguia à nossa frente. Uma tenda de guerra, entendi, e minha boca secou quando nos conduzi a suas sombras e chamas.

Ali dentro estava Adria, olhando para um mapa.

Escutei Bade prender a respiração. Ele parou abruptamente, e eu parei também, olhando para a memória dela.

Ainda não ascendera como deusa. Era ainda uma rainha mortal, paramentada em armadura, de rosto cansado, olhos vermelhos. Uma coroa de ouro incrustada de pérolas reluzia em sua cabeça.

Ela nos escutou entrar, ou talvez tenha sentido a brisa gelada. Adria ergueu o olhar. Eu era invisível, mas ela encarou Bade fixamente. Ele apertou minha mão com mais força, como se em agonia.

— Eu falei que não queria vê-lo de novo — disse Adria, seca. — Falei para você nunca mais pisar neste campo de batalha, deus da guerra. Você não é bem-vindo aqui. *Saia.*

— *Adria* — suplicou ele. — Espere.

Ele tentou chegar mais perto dela. Estava prestes a cair de joelhos quando eu o puxei de volta, mantendo-o perto de mim. *Rápido*, pensei, antes do pesadelo enganá-lo. Nós dois podíamos perder a noção da realidade e da fantasia. Eu o arrastei para fora daquela tenda, para dentro de outra. Ela estava ali de novo, e de novo. Mortal, bela e cheia de fogo. Toda vez que o olhava, era com nojo e decepção, como se ele fosse a pior coisa que ela jamais encontrara.

— Não quero ver você nunca mais — disse ela, rangendo os dentes. — *Vá embora.*

Seria uma lembrança ou estaria distorcida por seu remorso, seu medo? Eu não tinha certeza, mas era brutal.

Tremi de alívio quando saímos da última tenda. Meus passos eram leves, e os de Bade, pesados e arrastados, como se ele quisesse deitar e morrer outra vez. Mais adiante, ao longe, havia um arco de luz. A saída, percebi, e minha determinação cresceu.

— Estamos quase lá — falei para ele.

A sede vibrava em mim; o que eu não daria por um gole de néctar, uma gota de chuva. Para mergulhar no rio de Wyndrift...

— Olhe só, Bade. Viu aquela luz? Estamos...

— *Bade!*

O grito me percorreu como uma trovoada. Era minha própria voz que me interrompia. Uma versão mais jovem de mim, e eu a vi — com doze invernos em seu nome, de joelhos dourados de sangue, cabelo preso na trança comprida. Eu era tão jovem, tão assustada. Sensível e insegura.

Até eu fiquei balançada ao vê-la.

Eu queria protegê-la, abraçá-la.

— Bade! — minha versão mais nova gritou de novo, e ele respondeu como se levasse um tapa.

— Matilda — disse ele, me puxando atrás dela. — *Espere*. Me espere.

A jovem Matilda deu meia-volta e saiu correndo pelas sombras. Finquei os calcanhares na terra do sonho como uma âncora, resistindo à atração que ela criava. Rangi os dentes e desafiei a força de Bade, desesperada para mantê-lo no caminho certo.

— Bade! — sibilei. — *Bade*, eu estou *aqui*. É só um sonho. Estou de mãos dadas com você, e nós...

Ele correu atrás da lembrança de mim, seu medo como o coração azul de uma labareda, ardendo em seus olhos.

— Cadê você? — gritou ele.

— Estou aqui! — exclamei de volta, mas a jovem Matilda disse exatamente as mesmas palavras no escuro, abafando minha voz.

Segurei a mão dele com uma força férrea, com medo de ele se soltar. Ele me arrastou atrás de meu próprio fantasma, e eu não pude fazer nada para detê-lo. Estávamos mergulhando de cabeça na escuridão profunda. Se meu coração ainda batesse, estaria a mil. Não tardou para que cães começassem a uivar ao longe. Eu senti Bade tremer.

— *Matilda!* — berrou ele.

De novo, tentei responder, mas a jovem Matilda roubou as palavras de minha boca. A voz dela era aguda, e retinia como um sino.

— Aqui, Bade! Socorro!

Ele nos puxou para a direita, perseguindo o som. Seu medo de algo terrível me acontecer era sufocante. Senti o chão começar a mudar. Havia pedras soltas embaixo de nós. Eu escorreguei, mas Bade nem pareceu notar. Ele continuou a me arrastar, desesperado para alcançar a jovem Matilda, conforme os uivos ficavam mais altos.

Só consegui pensar em um jeito de interromper seu foco. De trazer seus olhos de volta aos meus. Chamá-lo por um nome que a jovem Matilda nunca usara.

— Pai — falei, com a voz falhando. — *Pai!*

Isso fez Bade parar, derrapando. Imediatamente, os uivos se calaram. A escuridão perdeu seu peso. A jovem Matilda desapareceu na névoa.

Ele se virou para mim, ainda agarrada à sua mão, de olhos arregalados e desesperados.

Eu nunca o chamara assim, mas era quem ele era para mim. O sangue não nos unia, mas, sem ele, eu não seria quem era.

Eu era a filha que ele nunca teria. A filha que ele secretamente queria ter.

— Matilda? — sussurrou.

— *Sim.*

Alívio me derrubou de joelhos, com um gosto azedo na boca. Mesmo assim, eu não soltei sua mão, e ele apertou meus dedos.

— Sim, estamos quase na saída. Na luz.

Ele me ajudou a levantar.

Dessa vez, andamos juntos, em sincronia. Se cães uivavam ao longe, não fugimos deles. Não os tememos. Deixamos para trás os fantasmas, a culpa, a dor do remorso.

A luz ficou mais forte, enchendo meus olhos até eu não ver mais nada.

Eu respirei, embora não precisasse de ar. Mesmo assim, inspirei profundamente, lembrando como era estar viva.

E puxei Bade pelo portal dos sonhos.

Almas se cansavam tanto quanto carne, osso e sangue. Ficavam finas, como véus e pergaminho velhos. A luz as atravessava, até parecer que se tornaram mero vapor.

Era assim que eu me sentia quando eu e Bade voltamos à trilha. Minha exaustão ardia na pele; parecia que tínhamos passado décadas vagando por seu pesadelo. Estávamos ambos surrados, sedentos e tristes. Tremendo de alívio. Ele segurava minha mão, e eu, a dele.

— Não me solte — falei. — Ainda não. Ali, logo à frente, está a porta abandonada.

Eu a via e a familiaridade me aqueceu: uma placa arqueada de madeira de cedro com maçaneta de ferro e batente de pedra. Uma porta que parecia brotar do deserto, e não levava a lugar algum.

— Porta abandonada? — ecoou Bade. — Aonde ela dá?

— Venha ver — respondi.

Chegamos à passagem, e eu forcei minha tristeza a se dissipar. Eu a abafei como brasas. Minha esperança se reavivou, em desafio, espalhando calor por minhas veias frias e mortas.

Eu me perguntei se poderia transportar minha própria alma e voltar ao mundo dos vivos.

— Esta porta leva ao mundo mortal — falei, quando paramos ali. — Abrirei para você, e você precisa passar sem olhar para trás.

Bade franziu a testa.

— E você? Você vem comigo.

— Eu… não tenho certeza se posso.

— Como assim?

— Almas são como palavras — respondi. — Transporto para todos, menos para mim. Nunca tentei carregar as minhas.

— Então deve tentar, desta vez — disse Bade, gentil, apertando meus dedos. — Por mim, por Adria. Por Vincent.

Olhei para o deserto, ansiando por aliviar a dor que brotava em minha alma. Minha ferida deixara de sangrar, assim como a de Bade. Nosso icor era pó dourado nas roupas, na pele. Porém, ainda havia um buraco em meu peito. Um lugar que não se fecharia.

— Claro que vou — falei, tentando sorrir. — Agora, deixe-me abrir a porta para você. Vou soltar sua mão para você passar, mas, lembre, você *não pode* olhar para trás. Me escutou, Bade?

Ele grunhiu. Contudo, era apenas para esconder a preocupação que vi cintilar em seus olhos, ainda fixos nos meus.

— Escutei — disse ele, enfim —, filha.

A passagem ganhou vida quando toquei a maçaneta de ferro. Com a mão esquerda, abri a porta, enquanto soltava Bade com a direita.

Ele saiu, como eu esperava, delineado à luz do sol, e então hesitou.

Não olhe para trás, pensei, mas contive a voz. Se eu falasse, sabia que apenas o tentaria a olhar. *Continue andando até Adria.*

Acho que ele esperava sentir minha alma, vindo logo atrás. Garantir que eu o seguia. Então eu pisei na passagem, agitando o ar ao meu redor.

Os ombros de Bade relaxaram. Ele seguiu em frente. Sumiu na luz, voltando ao mundo dos vivos. Quando tentei seguir, descobri que não conseguia. Eu estava presa ao deserto. Aquela saída, embora brilhasse de magia, me era interdita.

Não tive opção além de voltar aos tropeços para a vastidão do deserto.

Eu não achei que fosse chorar; não achava que *conseguiria*. Contudo, caí de joelhos, cobri o rosto com as mãos e chorei. Não saíam lágrimas, apenas seu sal, apenas seu som. Eu queria me encolher e virar pedra, me deitar e esquecer o que tinha perdido até ficar dormente, mas então veio uma voz, ondulando pelas colinas até me encontrar.

Matilda.

Era a guardiã, me convocando.

Eu me calei, respirando na palma da mão.

Matilda, seus sete anos começam agora.

LXXIX
A lenda de um senhor mortal

VINCENT

Eu me sentei nas sombras do sepulcro ao lado do corpo de Matilda, à espera. Aguardei que seu peito subisse de novo, que seus pulmões puxassem ar. Que seu coração relembrasse o compasso, que sua magia fechasse o corte até deixar apenas a mais leve cicatriz. Esperei que ela abrisse os olhos, piscasse para afastar a escuridão. Que me olhasse. Que sua alma aquecesse a carne.

Esperei que ela suspirasse meu nome.

Passara-se um dia inteiro desde que ela morrera no bosque, desde que eu a carregara de volta à fortaleza. Ela continuava imóvel, fria ao toque, preservada como se fosse pedra. Eu a despira e lavara seu sangue. Penteara seu cabelo com óleo dourado até brilhar como cobre, e a cobrira com um vestido azul-claro, afivelando o cinto de pedra da lua. Pus um buquê de júbilo-do-rio nas mãos dela, e as flores brancas e venenosas tinham aparência delicada, leve como renda.

Eu a deitei no mesmo lugar que Nathaniel antes ocupara — sem respirar, pálida, morta.

Esperei, sentindo que tinha adentrado um recanto oculto do mundo. Além do sepulcro, eu sabia que o tempo andava sem mim. Os consertos da fortaleza começavam sob vistoria de Nathaniel. Os mortos eram enterrados. Outra semana de luto começara, e o conflito com Grimald terminara.

Ele estava morto, afogado, e seus homens tinham fugido.

Pensei nessas coisas conforme um dia virava outro, e eu permanecia ao lado dela. Matilda não se mexeu. A luz do sol entrava pela porta aberta, tocando suas mãos cruzadas, as flores brancas, o vestido comprido. E depois a luz da lua. Do fogo. Das estrelas. Do sol, de novo.

Ela não respirou.

Ainda assim, eu esperava e aguardava.

Fui despertado por um estrépito. Passos pesados na pedra. Uma sombra imensa, bloqueando a luz. Sopro rodopiando no ar da tarde.

Eu não tinha percebido que dormira até me levantar de sobressalto, olhando primeiro para Matilda, que não se mexera, e então para a figura na entrada da tumba.

Era Bade.

Pestanejei, esperando que ele desaparecesse. Que fosse mera ilusão. Ele morrera ao lado dela, dias antes. Da última vez que eu o vira, estivera deitado em um leito semelhante em outra tumba próxima. Eu o levara para repousar em Wyndrift, pois não sabia aonde mais levar o corpo de um deus morto.

Bade olhou para Matilda, como se esperasse que ela se levantasse. Os momentos se passaram, mas ele ficou. Bade não desapareceu, e entendi que tinha voltado. Ele era de carne e osso de novo, e meu coração acelerou.

— Quanto tempo? — arfou ele. — Quanto tempo passamos mortos?

— Dois dias — respondi. — Você a viu? Ela estava com você no deserto?

Ele assentiu, mas não parecia capaz de dizer mais nada.

O deus da guerra se acomodou do outro lado de Matilda. Esperamos juntos, em silêncio. Outro dia terminou em um anoitecer nebuloso. O frio de outono começou a mergulhar nos meus ossos. Folhas amarronzadas caíam das árvores e eram sopradas para dentro do sepulcro. Sussurravam no piso de mármore e se acumulavam nos cantos.

Bade desistiu antes de mim.

Foi com tristeza no rosto que ele finalmente se levantou. Passara um dia completo sentado ali, e sua esperança minguara como a lua.

— Ela estava bem atrás de mim — falou, acariciando o cabelo dela. — Se ainda não voltou, não voltará.

— Não diga isso — retruquei, com a voz afiada, faiscando. — Ela trouxe meu irmão de volta. Trouxe *você* de volta.

— Sim, mas ela me disse que transportar almas era como transportar palavras — disse Bade, e hesitou, afastando a mão do cabelo de Matilda. — Ela não pode carregar as próprias.

A resposta dele atiçou minha ira até eu achar que minha voz pegaria fogo.

— Então vá. Volte para seu reino subterrâneo. Eu ficarei aqui, ao lado dela.

— Vincent — suspirou Bade, lamentoso. — Você precisa fechar e selar este sepulcro. Ela merece repouso. Merece paz. Permita isso ao corpo dela.

— Vá. Embora.

O deus da guerra hesitou, com uma expressão de dor. Enfim, beijou a testa de Matilda. Eu não suportei olhar; desviei o rosto para as folhas mortas no canto. Ele partiu sem me dizer mais uma palavra, e eu continuei nas sombras, tenso e dolorido.

Aguentei mais três dias até meu irmão me convencer a fechar o sepulcro. Quando fechei, subi a escada até meu quarto na torre, abrindo caminho entre os escombros causados pelos trabucos — pedras soltas, cacos de vidro. Tapeçarias tinham caído das paredes. Fechei a porta e me deitei na cama, no mesmo lugar onde Matilda dormira certa vez.

Eu adormeci e, felizmente, não sonhei.

* * *

— *Vince.*

Foi a voz de Nathaniel que me despertou do sono cinzento e modorrento. Ele sacudia meu ombro, e, quando acordei, vi que não estava sozinho. Outro homem, que eu não reconhecia, estava amarrado à cintura dele com uma corda.

— Quem é esse? — perguntei, com a voz enferrujada de sono.

Nathaniel olhou para o rapaz em sua sombra.

— É Anton.

O cavaleiro que o matara.

— Por que ele está aqui? — Eu me levantei na cama, com o sangue repentinamente acelerado.

— Ah, não, Vince.

Nathaniel recuou um passo, corado. Quando ele se mexeu, Anton o espelhou, como se fossem reflexos.

— Ele está me ajudando — explicou Nathaniel. — *Nos* ajudando. Estamos reconstruindo as muralhas, os portões. Na verdade, você ficará feliz de saber que os portões oeste foram pendurados na ponte. Os escombros da torre da Fúria também foram limpos.

Eu fiquei de pé. Não lembrava a última vez que tinha comido, bebido. Minhas têmporas latejavam. Eu sentia que dissolveria se me mexesse mais rápido.

— Por que você me acordou? — perguntei, mas senti uma pontada no peito ao falar.

Eu estava envergonhado por ter ficado ali largado, sem conseguir me levantar, enquanto meu irmão comandava a recuperação e restauração de nosso lar. Eu deveria auxiliá-los, mas meus ossos estavam pesados demais, meu sangue, espesso demais.

Queria dormir. Não queria ficar acordado, pensando em Matilda. No corpo dela encerrado na tumba. Nela morrendo em meus braços. No tempo que eu passara ajoelhado na neve, abraçado a ela, respirando seu cheiro, até ela esfriar.

Era para ser eu, pensei. *Não você, Ruiva.*

— Trouxe boas notícias — disse Nathaniel, com um sorriso hesitante. — Nossa gente voltou de Drake. E todos os desaparecidos foram reencontrados. Eles dizem que viram Matilda. Que foi ela quem os libertou.

— Eles viram ela? — perguntei, rouco. — Ela voltou?

— Sim e não — disse Nathaniel, e segurou meu braço delicadamente, como se soubesse que eu estava a um sopro de desmoronar. — Eles a viram dias atrás, no solar de Warin.

Ainda havia muitos pedaços da história que eu não sabia e, quando Nathaniel e seu assassino partiram, eu me forcei a lavar o rosto e me vestir com roupas limpas. Desci a torre e encontrei meu povo no salão. Não me sentei no estrado; sentei-me entre eles, lado a lado, compartilhando cerveja e pão, e escutei me contarem o que lhes ocorrera. Os que tinham permanecido em Drake e os que tinham sido levados como vassalos para o solar de Warin nas nuvens, devido ao acordo sorrateiro de Hugh.

Entendi aonde Matilda fora na manhã em que eu acordara sozinho, procurando por ela na cama. Na manhã em que os trabucos tinham começado a atacar, e meu coração estava na boca, meu estômago, embrulhado. Ela fora devolver os sapatos de rio e vira meu povo ali.

Ela também os libertara ao matar Warin.

— Cadê Hugh de Delavoy? — perguntei, o salão se calando ao meu redor.

Lembrei vagamente que ele me seguira durante o ataque, mas que estivera lento, ferido. Eu o deixara para trás para perseguir Grimald.

— Cadê ele? — repeti, mais incisivo.

Nathaniel apareceu, Anton logo atrás.

— Ele morreu — disse meu irmão. — Dormiu ontem, e hoje não acordou. A curandeira acha que ele sucumbiu às feridas. Ainda estava se recuperando.

Eu sabia o que aquilo queria dizer. O que Nathaniel não pronunciara.

Alguém envenenara Hugh com júbilo-do-rio.

Era melhor assim, pensei. Eu teria pegado uma espada e executado ele no pátio por seus crimes. Teria derramado seu sangue com prazer. E, quando me levantei da mesa, olhei nos olhos de Nathaniel. Vi algo sombrio brilhando nele. Justiça, astúcia. Uma sombra de nosso pai.

Tinha sido meu irmão mais novo, percebi. Ele matara Hugh discretamente para eu não precisar manchar minhas mãos em público.

Acho que foi então que eu soube.

Soube que Nathaniel estava quase pronto.

Outono deu lugar ao inverno. Os dias curtos eram assolados por lama, fome e neve. As noites eram compridas e cruéis. Nem um dia passava sem que, ao acordar, eu pensasse nela. Sem que eu procurasse por ela no rio, nas estrelas. A constelação dela brilhava em prata no escuro. Vê-la era uma tristeza e um bálsamo.

Nem uma noite passava sem que eu ansiasse por ela, sem que eu me deitasse, sozinho e frio em nossa cama, vendo o fogo morrer. E, bem quando achei que não suportaria mais um dia sombrio, esvaziado pelo luto, o inverno se entregou à primavera. As manhãs cintilavam de geada, mas as tardes esquentavam, e o céu era azul brilhante quando não chovia.

O rio encheu; ervas cresceram das rachaduras nas pedras. As árvores floresciam; a terra do jardim era escura e úmida em minha mão. As flores desabrochavam na charneca distante.

A vida continuou, como sempre, mesmo quando parecia que não deveria.

Os consertos ainda aconteciam na fortaleza e na ponte, mas nossos dias em Wyndrift entraram em um ritmo firme e tranquilo. Nenhum deus batia em nossa porta. Nenhuma deusa caía por nossa janela. Nenhum eithral assombrava nosso céu. Nenhum barão desafiava nosso rio.

Vivíamos, respirávamos e curávamos nossas feridas em paz e, devagar, saramos e voltamos a sonhar com as estações por vir.

Eu esperei o auge do verão. Quando senti que não aguentava mais conter as palavras, convidei Nathaniel para caminhar pelo parapeito. Por pedido meu, Anton não o acompanhava. O cavaleiro assassino não vivia mais atado ao meu irmão por uma corda, mas ainda assim sempre o seguia, uma intimidade inesperada — uma amizade — se formando entre eles.

— Eu gostaria de pedir algo para você, Nate — falei.

Nathaniel fez silêncio por um momento, e paramos diante das ameias. No mesmo lugar do qual eu vira o gelo encantado de Matilda inundar a muralha.

— O que é? — perguntou Nathaniel, mas, pela tensão em seus ombros... ele sabia.

Ele sabia o que eu ia pedir, e soava cauteloso, resguardado.

— Quando nosso pai morreu — comecei —, esta fortaleza e este rio deveriam ir para Finnian. Quando Finnian morreu, deveriam ir para Marcher. E quando Marcher morreu, deveriam vir para mim. Como terceiro filho, nunca imaginei que este lugar acabaria em minhas mãos assim. Eu nunca o quis.

Hesitei, com dificuldade de saber o que dizer. Até que olhei para meu irmão e um nó afrouxou em meu peito.

— Há muitos anos, penso que estava simplesmente guardando o lugar como líder provisório — continuei. — Era para eu passar uma temporada aqui, e então entregar tudo para você.

Nathaniel expirou um suspiro lento, fundo. Ele também pressentia aquilo. Vi que minhas palavras não o surpreendiam. Talvez ele sentisse o lugar chamar seu nome na noite.

Ouvisse a música da correnteza, como nosso pai, como nossos irmãos mais velhos. Era ele quem deveria se erguer no lugar deles.

— Os cavaleiros e soldados seguirão você para onde for — continuei. — Vi isso em tempos de guerra e em tempos de paz. Os artesãos adoram você, sentem que os entende. Você ama o rio, a ponte e a fortaleza, reconhece todas as suas forças e fraquezas. Você reconstruiu este lugar, e chegou a transformar um inimigo que um dia roubou sua vida em um amigo íntimo e de confiança. Por isso, peço que me deixe entregar esta coroa para você. Que me permita sair de cena e me ajoelhar à sua frente. Que me deixe partir, irmão.

Nathaniel ficou quieto por um bom tempo. O silêncio entre nós era sensível e, enfim, ele sussurrou:

— Para onde você vai? Não quero que parta.

Eu sorri — alívio me inundando — e respondi:

— Não estarei longe. Virei visitar sempre e, se você me chamar, eu responderei. Isso eu juro.

Meu irmão me olhou, como se avaliasse o que via em minha expressão. Achei que estivesse prestes a chorar, mas então ele pegou minha mão. Ficamos ali juntos, as sombras entrelaçadas como uma só, o céu azul acima de nós e o rio fluindo abaixo, sempre em frente.

E eu soube qual seria sua resposta, muito antes de ele declará-la.

Quando chegou o outono, eu concedi minha coroa, meu título, meu poder.

Entreguei tudo a Nathaniel e deixei Wyndrift não como senhor, mas como homem.

Meu irmão perguntou de novo aonde eu iria. Eu sabia que ele pensava na história que nosso pai nos contara quando éramos pequenos. Na lenda de um senhor mortal cuja cabeça e coração se partiram ao perder a mulher que mais amava — a alma que tocava a sua. Ele queimou seu legado, seu lar, seu nome, até deixar apenas cinzas para trás. Virou sombra e névoa, vagando solitário até a Morte vir buscá-lo. Apenas então reencontrou seu amor.

Nathaniel temia que fosse esse meu destino.

Eu não respondi. Ainda não, embora imaginasse um lugar no qual estivera certa vez, um ano antes. Era para lá que eu viajaria, como se seguisse uma velha trilha que abrira.

Cavalguei sozinho, saboreando o vento e a terra silenciosa. Cheguei ao destino quando anoitecia.

Os lugares nunca são bem como lembramos. Porém, ali estava a campina onde eu me deitara, ao lado de Matilda, banhado à luz das estrelas. Eu quase via onde nossos corpos estiveram, a marca que deixáramos na grama. Ali estava a floresta, trançada em samambaia, um lugar de abrigo. E ali estava a casa decadente. Esquecida, abandonada, esperando que alguém voltasse e acendesse seu fogo.

Precisa apenas de um novo telhado de palha. As paredes ainda estão firmes, Matilda dissera.

Eu avancei para tomá-la para mim.

LXXX

Querido Vincent

MATILDA

Do que adianta *ser arauto dos mortos se não posso voltar para o reino dos vivos?*

Era tudo em que eu conseguia pensar nos primeiros dias de meu serviço, quando eu espalmava a mão no peito, ansiando por sentir o canto do meu coração, e o encontrava quieto e partido. Quando combatia minha sede pela bruma e andava até a porta abandonada. Tocava a maçaneta de ferro, mas nunca mais tentava atravessar, por mais que minha alma cobiçasse a travessia.

Em vez disso, eu me esparramava no chão rosado e deixava meus pensamentos vagarem.

O que eu não daria para sentir o tempo fluir ao meu redor de novo. Para ver a lua crescer e minguar e o sol nascer e se pôr, derramando sua luz na terra. Para erguer o rosto para a chuva e deixar a neve se acumular no meu cabelo. Para respirar. Para sentir as mãos de alguém em minha pele. Para doer e sangrar. Para ouvir Vincent murmurar meu nome.

O que eu não daria para viver de novo.

— É claro que você voltará a viver se assim desejar — disse-me a guardiã, como se eu fosse boba, pouco depois de eu iniciar meu serviço e ela sentir o peso em minha alma. — Não, a pergunta é se você ainda *desejará* viver depois de passarem esses sete anos.

Sete anos não era muito tempo para uma imortal.

Não deveria me parecer uma prisão, e eu não entendia por que a ideia me machucava tão profundamente até a guardiã acrescentar:

— Já conheci muitos homens mortais. O coração deles pode até quebrar como vidro, mas eles são tão volúveis quanto os deuses. Tem certeza de que ele esperará por você?

Sete anos era muito tempo para um mortal.

Eu pensei em Vincent.

Parte de mim temia encontrá-lo ali no deserto. Ele estivera tão fraco quando eu morrera. O frio o atingira, e os homens adoeciam facilmente sob efeito dos elementos. Porém, conforme passavam os dias e ele não aparecia, fiquei aliviada. Tão aliviada quanto triste.

— Quando aceitei esta barganha, achei que a vida mortal dele teria terminado quando eu voltasse para cá — falei. — Achei que os sete anos pareceriam um repouso, e não uma jaula.

— Hmm — murmurou a guardiã, parecendo achar graça. — O tempo passará mais rápido se você aceitar fazer o que preciso.

— O que você precisa que eu faça?

Ela abanou a mão e duas árvores desapareceram ao longe. Um momento depois, uma resma de pergaminho apareceu aos meus pés. Então, ela pegou um frasco de vidro e o encheu com água do rio iridescente, que virou tinta. Por fim, colheu uma pluma do céu.

— Prepare-se para quando a próxima alma chegar ao meu portal — disse ela. — Meu olho ainda está no seu cinto. Quando abrir, você saberá que preciso do seu trabalho.

Com isso, ela se retirou para a bruma. Um lugar onde eu ainda me recusava a pisar, por medo de nunca querer voltar ao deserto. E eu não fazia a menor ideia do que ela queria, mas, ainda assim, recolhi o pergaminho, a tinta mágica, a pena.

Esperei a próxima alma chegar.

Foi Hugh de Delavoy.

Ele chegou com sangue espumando da boca, de olhos arregalados para o deserto, o portal alto de osso arqueado, os turbilhões de bruma doce.

— O que aconteceu com você? — perguntei, embora estivesse satisfeita por vê-lo ali.

Que ele apodreça.

— Aquele imbecil me envenenou — disse ele. — Tenho certeza.

— Vincent?

— *Nathaniel.*

— Ah. Que pena — respondi, com um suspiro, bem quando a guardiã chegou para recebê-lo com sua balança dourada.

Eu trouxera o pergaminho, a tinta e a pena, e esperava sua instrução.

— Escreva tudo que ele me contar — pediu ela. — Todas as histórias, todos os pecados, todas as dores. Quero um registro de todos que vierem ao meu deserto. Quero poder reviver essas narrativas sempre que desejar.

Isso me pegou de surpresa, mas não deveria. Recordei vividamente da fome que ela tinha pelos pedaços da vida de Nathaniel, de Xan, até da minha, como se nossos passados fossem néctar para ela beber. Todos os momentos que nos definiam. Histórias que ela só ouvia uma vez, no momento em que eram proferidas.

Eu me sentei ao lado dela e comecei a transcrever a vida de Hugh. Ele era um homem de muitos anos, pelo cálculo mortal, e tinha um sem-fim de histórias a contar. Eu não gostava de vê-lo ganhar ossos da guardiã; não queria que ele entrasse na bruma. Porém, a decisão não era minha, então eu fiquei quieta, anotando as palavras dele como faria uma boa escriba.

Ele tinha lembranças de Vincent.

Uma lembrança minha.

Meus dedos travaram quando Hugh compartilhou a primeira vez que me vira. Quando eu era uma criança divina e fugia de Vincent e dos irmãos. Quando eu desaparecera no vento antes de eles me capturarem.

Ele repetiu o que Grimald dissera para Vincent.

Da próxima vez, não solte ela. Peça seu nome, seu favor. Poderíamos tê-la usado. Não se solta uma deusa, muito menos uma jovem, sem nome, cujas estrelas ponderamos há mais de uma década.

— Mal sabia eu que estava fadado a vê-la outra vez, deusa — disse Hugh, e senti seu olhar em mim. — Na realidade, nunca imaginei que a encontraria *aqui*, nem que estaríamos os dois mortos. Porém, pelo menos, Vincent aprendeu alguma coisa com o tio naquele dia. Ele deu um jeito de não soltá-la e de usá-la a seu favor, não foi?

Minha mão ficou tensa, ameaçando quebrar a pena. Eu tinha parado de escrever, recusando-me a imortalizar as palavras de Grimald. Devagar, ergui os olhos e encarei Hugh. Se houvesse sangue em minhas veias, estaria fervendo. Se minha pena fosse uma espada, eu a teria enfiado em seu pescoço.

Estranhamente, a guardiã não ofereceu um osso por essa história, embora seu olho brilhasse de interesse.

— Continue — pediu para Hugh, desviando a atenção dele.

Hugh falou por muito tempo, ou foi o que me pareceu. Eu não tinha como medir dias e noites, estações e anos no deserto. Contudo, quando chegou a hora de sua alma ser pesada para entrar na bruma, ele se mostrou insuficiente.

— Você me enganou! — gritou para a guardiã.

— Como assim, mortal? — perguntou ela, devagar. — Minha balança não mente.

— Ela enfeitiçou minhas palavras — insistiu ele, e apontou para mim, contorcendo a boca de fúria. — Usou um encanto e as fez pesar menos.

— Ela fez apenas o que eu ordenei, e não há encanto algum. É apenas um registro de que você esteve aqui e de que viveu — disse a guardiã, e recolheu a balança. — Sua entrada na bruma é proibida, Hugh de Delavoy. Você vagará pelo deserto até esquecer seu nome e virar uma sombra. Você viverá em pesadelos, e nunca encontrará repouso, nem saciará sua sede. Isto é, a não ser que a arauto tenha a generosidade de acompanhar sua alma de volta ao reino dos vivos?

A expressão de Hugh murchou. Toda a fúria se esvaiu, e ele caiu de joelhos à minha frente.

— *Deusa* — suplicou, curvado em reverência, e eu senti seu desespero, o medo afiado. — Por favor. Não era minha hora de morrer. Se você me conduzir de volta para casa, eu construirei um altar em seu nome. Eu a adorarei e oferecerei para você toda a primeira safra de minhas terras. Eu nunca esquecerei sua misericórdia, nem o que você fez por mim.

Eu o encarei, inabalável.

Ele sentiu minha frieza e ousou levantar o rosto para mim.

— Eu levarei um recado seu para Vincent. Tenho certeza de que há mais que você deseja dizer para ele, não? Seu tempo, como o meu, acabou cedo demais. Ou talvez uma carta? Escreva suas palavras para ele, e eu as transportarei, senhora de Wyndrift.

Outro machucado desabrochou em minha alma.

Eu precisei desviar o rosto, mas o desespero continuava ali, como uma flecha enfiada no tronco.

Seria esse meu destino? Transportar almas de volta ao reino dos vivos, para que elas carregassem minhas palavras? Senti a limitação de minha magia como uma rede que me capturara, por eu deter uma miríade de poderes, mas ser contida por eles.

— Não — declarei, e me levantei.

Dei as costas para ele e entreguei o registro da vida de Hugh para a guardiã. Até ela pareceu chocada por minha recusa.

Que Hugh vague pelo deserto, pensei. O mesmo destino de Warin.

Eu sentia que havia certa justiça no mundo — por deuses e homens cruéis não serem recompensados com o paraíso quando chegava o fim —, e isso me oferecia conforto.

Decidi andar pelas colinas, ansiando por estar sozinha. Para me debater com minha sede, minha solidão, o que eu desejava.

Eu queria escrever uma carta para Vincent.

Mas queria carregar as palavras por conta própria.

Eu me adaptei ao papel de escriba da guardiã, registrando todas as histórias dos mortos. Ela criava uma biblioteca na bruma, encadernando cada volume com couro, agulha e linha. Ela dizia reler a maioria enquanto repousava, na espera da próxima chegada.

Às vezes, havia uma fila de mortais no portal, ansiosos por aceitação.

Às vezes, havia um deus ou uma deusa, chocados por sua imortalidade ter sido apagada como uma vela.

Às vezes, por períodos longos de tempo, não havia ninguém, e era assim que minha solidão e minhas dores reviviam como ossos velhos doendo no inverno, e eu caminhava pelas colinas. Por algum motivo, eu sempre acabava na porta abandonada, e lá me sentava, imaginando como seria abri-la quando acabassem meus sete anos.

Eu ainda desejaria voltar?

Eu tivera tanta certeza ao mandar Bade de volta, mas eu tinha acabado de morrer, e minha alma ansiava para reencontrar meu corpo. Conforme se estendia o tempo no deserto, conforme eu escrevia vida e mais vida no pergaminho… Comecei a temer que, ao fim dos sete anos, eu estaria mudada. Temia não recordar a sensação de estar presa a um corpo quente e vibrante. Um corpo que envelhecia, mesmo que em ritmo lento.

Ou, para ser sincera, não era apenas por mim, mas por Vincent. Até onde ele sabia, eu tinha morrido e assim continuaria. Ele não sabia que eu poderia voltar depois dos sete anos. Eu imaginava que ele se recuperaria e seguiria com a vida, e não podia culpá-lo por isso.

Continuei a repensar nas palavras da guardiã.

Tem certeza de que ele esperará por você?

O tempo continuava a rodopiar como um redemoinho, mesmo que eu não sentisse sua correnteza. E a guardiã, apesar de satisfeita com minhas transcrições, parecia esperar por outra coisa.

Demorei um tempo para entender o que ela oferecia, até que, em determinado momento, a ideia me veio como um raio. Ela tinha o poder de pesar vidas para a bruma, mas eu tinha o poder de pesar vidas e devolvê-las se achasse justo. Ela e eu éramos nossa própria balança dourada; ficávamos lado a lado, uma dupla temível para todos que nos encaravam.

Escutávamos, escrevíamos e pesávamos a vida. Baníamos, acolhíamos, transportávamos almas a seu devido lugar.

Hugh implorara para eu levá-lo de volta ao reino mortal, mas a maioria dos mortos sequer sabia me pedir isso ao chegar ao portal, com sede e — na maior parte do tempo — confusos. Eles despejavam sua vida em fragmentos aterrorizados.

Rapidamente, eu descobri que podia me esquivar de Orphia e de Rowena. Podia desfiar os nós e desenhos da Morte e da Fortuna ao levar almas de volta, mas não era simples como eu antes imaginava. Havia consequências por soltar fios da tapeçaria, por levar de volta alguém que estava fadado a morrer.

Ainda no início de meu serviço, uma moça mortal chegou ao portal, chorando. Quando a guardiã a considerou indigna da bruma, escolhi transportá-la de volta ao reino dos vivos.

— Pegue minha mão — falei. — Não me solte até eu dizer que pode.

Porém, quando percorremos a parte mais sombria e pesada de seu pesadelo, ela me soltou. Eu a perdi e a vi se transformar em sombra, condenada a assombrar o próprio pesadelo por toda a eternidade.

A lembrança disso me adoeceu; por muito tempo, não ousei conduzir outra alma. Até que, um dia, chegou um homem mortal que se ajoelhou na nossa frente. A tristeza dele era tangível, a dor tão vívida quanto o sangue que pingava de seu pescoço. Ele me lembrava de Vincent, de certa forma, e, quando nos contou que fora morto e separado de seu verdadeiro amor em sua noite de núpcias, a compaixão me impeliu.

— Cuidado, Matilda — murmurou a guardiã, quando ofereci a ele a oportunidade de voltar. — Certas coisas são fadadas, por mais que a divindade não acredite.

— A decisão de voltar é dele, se ele aceitar minha oferta — respondi. — Não é minha.

Quando estendi a mão para o homem, ele se alegrou. Ele aceitou e eu o transportei pelo pesadelo, até a porta abandonada. Imagine, porém, minha surpresa quando ele chegou ao portal de novo logo depois. Ele fora morto uma segunda vez, e seu desespero e angústia eram ainda maiores por ter suportado a dor da separação e o choque da Morte duas vezes.

Eu não transportei sua alma de novo.

Imagino que também se possa dizer que eu estava esperando por outra coisa. Apenas não imaginava que viria na forma de um menininho de olhos azuis acinzentados e cabelo escuro. Uma criança que gaguejou por um momento antes de me olhar diretamente e dizer um nome familiar no portal.

— *Vincent?*

* * *

Como criança, o menino não tinha muito a contar da própria vida. Ele não falava em frases. Dizia palavras soltas, pensamentos e nomes desconexos. O nome de Vincent não parava de ressurgir, como se o menino o procurasse.

Eu não sabia se era seu filho ou não, mas, de algum modo, eles estavam conectados.

De repente, eu me comovi tanto que abaixei a pena e me afastei. Atravessei o riacho iridescente e andei por baixo das copas embaraçadas das árvores. Não tinha ar para respirar, nem coração para vibrar no peito. O buraco continuava ali; eu conseguia traçar a borda irregular com a ponta do dedo, o brilho frio de meu próprio osso. E eu desmoronei sob as estrelas do deserto. Arfei, caindo de joelhos. Rastejei, engolindo o sal das lágrimas, tentando abafar a agonia.

Lembrei, então, o que era estar viva, depois de tantos anos de morte.

Minha mente, rápida como mercúrio, disparava por inúmeras possibilidades, tentando compreender aquele encontro.

Fazia quase seis anos que eu estava ali. O menino *podia* ser filho dele, e eu tentei imaginar a mulher com quem Vincent poderia ter criado aquela vida. Algo que eu nunca poderia dar a ele; o sangue divino não podia se misturar ao mortal, o que nós dois sabíamos.

Eu não queria que ele estivesse sozinho. Não suportava pensar nele solitário, mas imaginá-lo com outra mulher em seu abraço era como uma faca em meu pescoço. Se fosse ali que a vida o levara — se algo de bom viera de minha morte —, eu deveria deixá-lo partir? Por que voltar depois dos sete anos se ele estivesse contente, amado por outra pessoa? Por que causar perturbação, dor e arrependimento em nós dois?

Talvez eu devesse ficar ao lado da guardiã, pesando almas. Talvez devesse finalmente andar pela bruma.

Voltei ao portal, sem que meu rosto revelasse nada. O menino ainda aguardava, solene, assim como a guardiã.

— Pegue minha mão — disse para ele. — Levarei você de volta para casa, para Vincent.

Eu carreguei a criança por seu pior pesadelo. Quando ele chorou, eu o peguei no colo. Andei com ele até a porta abandonada, e ele nunca me soltou. A confiança do menino em mim era implícita, e tamanha fé poderia me fazer chorar. Era uma chama que aquecia a parte mais fria de mim. Quando ele se foi, voltando à vida mortal, passei um longo momento sentada, olhando para o portal que não podia atravessar.

Um ano poderia ter passado ali.

Eu estava perdida em meus pensamentos, na memória de minha antiga vida.

Enfim, peguei um pergaminho do cinto. A tinta, a pena.

Querido Vincent, escrevi.

O nome dele, escuro, reluziu na página. As palavras de início saíram confusas. Eu nunca escrevera nada em meu benefício. Mal sabia por onde começar até nos imaginar sentados diante de sua lareira na torre do castelo, conversando como antes, noite adentro.

Escrevi uma carta para ele.

Quando terminei, dobrei o pergaminho e me aproximei da porta abandonada. Minha alma não podia passar por ela, mas talvez minhas palavras pudessem. Certa vez, eu supusera que minha magia só fluía em um sentido, até Vincent me desafiar:

Você já tentou?

Eu nunca tinha tentado, e fechei os olhos pensando no lugar que queria que a carta chegasse. Em como eu podia entregá-la, não com as mãos, com os pés ágeis, nem com a respiração, mas por magia, apenas.

Imaginei primeiro as janelas, recebendo raios de luz, e então portas com passagens que mudavam. As linhas de Ley do reino subterrâneo, que corriam como córregos ocultos sob o mundo mortal, cintilando com pedras preciosas. Precisava conectar aquela porta abandonada com outra. De início, pensei na porta da torre da Fúria. Aquela pela qual eu entrara em busca da alma de Nathaniel. Porém, aquela porta não ficava em uma linha de Ley. Eu não encontrava sua luz, seu pulso mágico, então deixei minha mente vagar até se fixar na torre da Donzela.

Era ali que a magia se reunia. Onde os dois reinos se sobrepunham.

Havia uma porta para o reino subterrâneo ali também, no quarto abandonado; eu a usara para ir e vir. Contudo, quando imaginei a passagem na parede e a escada que descia, senti um frio inesperado. Aquela porta levava a algum lugar, e eu precisava de uma que não levasse a lugar algum.

Voltei meu olhar interno para aquele quarto, recordando cada detalhe. As paredes de pedra, a cama, as teias de aranha, as velas. Minha atenção acabou se fixando no guarda-roupa. Aquelas portas eram abandonadas. E minha magia brilhava, quente e forte, ávida por abri-las.

Tremendo, eu me ajoelhei diante da porta no deserto. De início, me perguntei se deveria abri-la, mas temi que ela pressentisse minha presença. O portal impediria minha passagem de novo, como fizera quando tentei seguir atrás de Bade.

Engoli em seco e passei o pergaminho dobrado por baixo da porta fechada.

E vi minha carta desaparecer.

LXXXI
Em sonhos e morte

VINCENT

Morar sozinho no limite da floresta, no espaço tranquilo entre o rio e as montanhas, tinha sido meu sonho. Porém, aquele primeiro inverno me ensinou muitas coisas. Primeiro: eu não sabia o que estava fazendo. Segundo: para durar ali e criar raízes, eu precisava de humildade para pedir ajuda. Precisava aprender habilidades inteiramente novas.

A ajuda veio dos arrendatários da terra vizinha: James, um fazendeiro jovial com alguns verões a mais do que eu, que parecia incansável e nunca se irritava, e Lara, uma pastora e tecelã, além de jardineira. Eles moravam juntos na terra ao lado e cultivavam centeio na primavera e no outono. Eles tinham um rebanho volumoso de ovelhas, cuja lã tosquiavam todo ano, um apiário de abelhas melíferas, um viveiro cheio de faisões e um trio de collies que eu às vezes ouvia latirem do outro lado do vale.

Enquanto James me ensinava a consertar o telhado, Lara arava a horta atrás da casa. Eles levaram lenha para minha lareira, um barril de cerveja, pães inteiros, queijo salgado e um cesto de sua safra de outono. Eles me deram sementes para plantar quando chegasse a primavera, um xale que Lara fiara, tingira e tecera em seu tear, além de palha para meu cavalo e para o enchimento do colchão empelotado do quarto.

— Se aguentar o primeiro inverno, vai ficar tudo bem, senhor — disse James com um sorriso simpático e um tapinha no meu ombro. — Ficamos felizes de ver o fogo aceso aqui. Esta casa triste está vazia há muito tempo.

— Obrigado — respondi, aceitando o caneco de cerveja que Lara me servia. — Veremos se eu sobreviverei.

— Se permita um ano de adaptação — disse ela, com um sorriso gentil.

De repente, me perguntei se estaríamos falando da vida rural ou de outra coisa. Se meu luto ainda se via desenhado na pele. Eu me perguntei se minha história trágica com Matilda fora carregada pelo vento, charneca afora.

— Escute a minha esposa, senhor — disse James, e o jeito que ele olhou para Lara doeu no meu peito. — Ela está sempre certa.

Eu tive que parar de olhar.

Porém, respondi:

— É claro. E, por favor, me chamem de Vincent.

Eu passei todas as noites do inverno congelando, encolhido sob camadas de cobertas e o xale tecido por Lara. Minha cama era fria sem Matilda, então, com frequência, eu dormia na cadeira de frente para a lareira, o mais perto que podia da luz e do calor. Mesmo assim, não afastava o frio que me tomava.

O inverno sempre me fazia pensar em meu pai, meus irmãos. Meu tio. O solstício em que o salão fora coberto de sangue. Minha cicatriz antiga doía com a lembrança, como se tivesse sido cortada em mim ainda na véspera.

Contudo, nem o frio sombrio e amargo me tiraria dali. Eu estava determinado a permanecer naquela casa capenga, e assim o fiz.

Foi um alívio ver os dias se alongarem. Chegou a primavera. A segunda que eu passaria sem ela.

James e Lara foram solícitos, e me ajudaram a plantar meu próprio campo de centeio, além da horta. Eles me forneceram um rebanho de ovelhas e alguns faisões, além de um dos collies para me fazer companhia.

— Não preciso de cachorro — falei, teimoso.

— Precisa, sim — insistiu James. — Ele é boa companhia. Se chama Reeve.

Aceitei o cão, e foi bom ter aceitado. Eu não conseguiria pastorear o rebanho sem ele. Além disso, ele se enroscava aos meus pés toda noite; de repente, minha solidão deixou de ser tão aguda.

Quando chegou o verão, a casa estava começando a ficar confortável. Um lugar que eu poderia chamar de meu. Eu me familiarizara com seus rangidos e estalidos noturnos. Com o som do vento assobiando pelas muitas rachaduras. Eu aprendera a inclinação do piso, e podia andar ali de olhos fechados. Sabia prever quando choveria, porque a lareira começava a cheirar a musgo e pedra úmida. Hera crescia nos muros externos, e pássaros se empoleiravam na janela. Minha horta vivia cheia de mato, mas eu olhava para ela e sentia certo orgulho.

Nathaniel visitava com frequência naqueles primeiros dias, e às vezes trazia Anton. Eles se amavam, e eu fiquei feliz por eles. Os dois se casaram pouco depois. Edric e Hyacinthe também iam me visitar, levando presentes de Alyse. Até Bade bateu em minha porta certa noite morna. Eu ofereci cerveja e nós bebemos sentados, em silêncio porque nenhum de nós suportava dizer o nome dela. Porém, meus amigos mais próximos eram James e Lara, e o menininho que eles trouxeram ao mundo no último dia de verão.

Ele era minúsculo. Eu tinha medo de segurar algo tão frágil, até James colocá-lo em meu colo, embrulhado e adormecido.

Nunca desejei filhos — sempre pensei assim —, mas, naquele momento, decidi que eu o amaria como se ele fosse meu parente.

Eles o chamaram de Tristan.

O tempo até então parecia insuportavelmente lento. Quando nasce uma criança, começamos a ver como os dias passam rápido. Como as semanas derretem como gelo sob o sol. As estações rodam mais rápido, e os anos de repente parecem muito mais curtos. Mal sentimos nossa própria idade, ou como os anos nos marcam, até compará-los com os de uma criança.

Os anos, então, começaram a passar rápido.

Eu estava lá quando Tristan começou a falar. Um balbucio que inspirou tremenda alegria em Lara e James. Eu estava lá quando ele deu os primeiros passos. Quando queimou as mãos na lareira. Quando seu primeiro dente de leite nasceu, e ele começou a morder, deixando marcas nos meus braços. Eu estava lá quando ele aprendeu a dizer meu nome, e finalmente trocou sua aparência de larvinha pela de uma criança linda, de olhos azuis e cabelo escuro, bochechas rosadas e expressão frequentemente séria. Eu estava lá como seu tio, como se tivesse laços de sangue, e nunca me cansava de suas maravilhas. De vê-lo crescer e mudar, virar uma pessoa.

Ele me era precioso.

Contudo, quando ele fez quatro anos, duas coisas estranhas aconteceram.

A primeira foi que James levou a irmã até minha casa, para apresentá-la a mim.

Eu estava ajoelhado na horta, colhendo cenouras e rabanetes para o jantar de aniversário de Tristan, quando eles apareceram no portão.

— Olá, Vincent! — cumprimentou James, com um aceno exagerado. — Podemos entrar?

— Na horta? — perguntei, ainda achando que o plural se referia a Lara e Tristan.

Pessoas que eu considerava da família, com quem eu me sentia confortável. Logo entendi que ele vinha acompanhado de uma *desconhecida*. Uma mulher alta e magra, de cabelo tão loiro que, tocado pelo sol, parecia prata. Eu me levantei rapidamente, de mãos sujas de terra.

— Esta é minha irmã, Henriette — disse James. — Ela veio de Oath para o aniversário do Tristan. Achei que vocês se fariam boa companhia, quem sabe?

Eu fiquei paralisado. *Não*, pensei, bruscamente. Não, eu não gostaria da boa companhia de uma desconhecida.

Minha criação como filho de um senhor, contudo, me salvou. Eu abri um sorriso tênue e abaixei a cabeça.

— É um prazer. Temo não ser a melhor companhia no momento.

— Não se preocupe! — disse James. — Não vamos atrapalhar. Mas nos vemos mais tarde, lá em casa? Para o aniversário do Tristan?

Eu não podia recusar. Não quando se tratava de Tristan.

Assenti e os vi irem embora. Uma sensação gelada se esgueirou dentro de mim. Eu estava incomodado, angustiado. Foi cheio de medo que andei com Reeve pelo caminho que levava à casa deles naquela tarde. De algum modo, consegui trocar algumas palavras com Henriette, palavras das mais simples. James reparou e, enquanto Tristan destruía um bolo de mel, ele me puxou de lado.

— Não quis causar desconforto — murmurou ele, em voz baixa, para as mulheres não nos ouvirem enquanto riam das travessuras de Tristan. — Mas achei que você pudesse querer começar a conhecer... outras pessoas. Que talvez quisesse ter sua própria família um dia.

Um nó apertou minha garganta. Eu considerava *eles* minha família, além de Nathaniel e Anton. Edric. Hyacinthe. Até Bade. Porém, eu sabia o que James queria dizer. Eu não desejava uma companheira? Uma esposa? Uma amante? Alguém com quem envelhecer? Alguém para viver ao meu lado, dia após dia? Corpo a corpo, fôlego a fôlego?

Matilda tinha partido havia quase seis anos. Eu deveria tê-la superado. Contudo, quando vasculhava as camadas da minha vida, precisava reconhecer uma verdade simples: eu nunca poderia amar ninguém como a amara.

Ela levara meu fogo consigo para a bruma. Eu não ousava pronunciar aquelas palavras, embora as repensasse todo outono, quando se aproximava a data de sua morte.

Ainda esperava que, certo dia, ela voltasse para mim.

— Estou perfeitamente contente — falei, mas um brilho triste piscou nos olhos de James.

Nossa conversa foi interrompida por Tristan, que começou a chorar. As bochechas dele estavam mais vermelhas do que de costume; ele tinha choramingado e resmungado pela maior parte do jantar.

— Acho que ele precisa dormir — disse Lara, pegando-o no colo.

Eles me convidaram para tomar uma cerveja e comer torta, enquanto a lua subia no céu. Eu recusei; Tristan ainda chorava, inquieto, e eu voltei para casa à luz das estrelas, acompanhado de Reeve. Era noite de lua nova, e as estrelas estavam excepcionalmente brilhantes. Parei para olhar o céu e localizar a constelação de Matilda.

Se me visse ali, o que ela pensaria? Eu tinha me livrado do poder e do prestígio como se descascasse a pele calejada. Tinha aberto mão daquilo tudo, e vivia uma rotina muito simples. Era uma vida da qual eu gostava, mas eu não tinha certeza de aonde me levaria. O que eu queria daquela vida?

Naquela noite, aconteceu a segunda coisa estranha.

Uma coruja branca me visitou.

A janela do quarto estava aberta. Eu colocava mais lenha na lareira e não escutei a ave — que chegara muito furtivamente —, mas Reeve rosnou. Olhei para trás e vi a coruja empoleirada no parapeito, me observando com olhos dourados e penetrantes.

Muitos anos tinham se passado desde a última visita das corujas da Fortuna, que traziam sonhos de Matilda. Eu não esperava voltar a vê-las.

— Não sou poeta — falei para a ave, com a garganta apertada. — Não sou bardo. Não estou nem aí para as lendas dos deuses.

Mentira, pensei, porque eu dava importância para as lendas de *uma* divina, e ela se fora. Contudo, eu começara a pensar em como seria escrever minha história, entrelaçada a dela, no papel.

— Por que veio me ver agora? — perguntei.

A coruja não se mexeu, não piou. Ela apenas me fixou com seu olhar.

Decidi não tomar o tônico que bebia sempre na lua nova para abafar os sonhos. Eu tinha aprendido a prepará-lo, com ervas que colhia da horta, macerava e fervia na água. Porém, com a visita da coruja… algo me conteve, e eu deixei o tônico na mesa de cabeceira.

Naquela noite, vigiado pela coruja, eu sonhei com Matilda.

Ela cortou a névoa do sono como um raio de luz.

Sonhei que nadávamos no rio, e ela era exatamente como eu lembrava. Corpo comprido e pálido, brilhando na água, e cabelo da cor viva do cobre. As pedras da lua reluziam em suas orelhas, e seus olhos eram escuros e profundos como âmbar quando sorria para mim. Não vestíamos nada além da pele, e meu coração deu um pulo dolorido quando me aproximei a nado, querendo tocá-la.

Bem quando meus dedos roçaram suas costelas, o sonho se rompeu.

Acordei sufocado, como se tivesse me afogado. A coruja se fora, e eu olhei para o cômodo escuro, meu corpo transbordando de fogo, de dor. Passei mais um tempo deitado, questionando quanto tinha perdido por medo. Do que tinha me afastado, por medo de me machucar? Deitado ali, imaginei se a coruja me mostrava um vislumbre do futuro, por mais impossível que parecesse, até aceitar que o sono não me voltaria. Eu me levantei, aticei as brasas da lareira, e estava esquentando água no fogo quando ouvi o berro ecoar pelo vale.

Era Lara.

Ela gritou de novo, um som que arrepiou meus braços inteiros.

Larguei a panela e saí correndo pela porta, seguido de perto por Reeve. O cachorro logo me ultrapassou, mas eu disparei pelo vale, o mais rápido que jamais correra, com o coração martelando no peito. Eu não sabia o que esperava encontrar ao entrar voando na casa deles, mas não era a cena que me recebeu.

Tristan, pálido e inerte no colo de James. James e Lara chorando, inconsoláveis.

— O que aconteceu? — ofeguei.

Eles não me viram. Não pareciam capazes de falar, apenas de uivos que gelavam meu sangue.

Quem respondeu foi Henriette. Ela segurou meu braço, sentiu meu tremor.

— Uma febre — murmurou. — Ele morreu.

No dia seguinte, eu cavei uma cova.

Meus ombros ardiam quando a pá acertava a terra, de novo e de novo. Trabalho irracional, no qual eu queria me perder. Minha respiração estava sôfrega; minhas mãos, em carne viva. Logo, a pele arrebentou e sangrou, mas eu continuei a cavar, cavar e cavar, até a força se esvair.

Eu me ajoelhei na terra e chorei.

O tempo pareceu parar. Em certo momento, Henriette se juntou a mim.

Eu tinha cavado a cova distante da casa, em uma área bonita de terra, entre duas árvores. Ela levou um jarro de cerveja para compartilharmos, e nos sentamos lado a lado na grama, de rosto ardendo de lágrimas, olhos vermelhos. Encaramos a cova enquanto o sol se punha.

— Lara se recusa a enterrar ele — disse Henriette, finalmente. — Daqui a pouco, o corpo... vai começar a apodrecer. Você precisa me ajudar a convencer eles, Vincent.

Eu não era a pessoa certa para aquela tarefa. Não tinha passado dias de vigília no sepulcro de Matilda, esperando o impossível? Me recusando a encerrá-la na pedra?

Ficamos em silêncio até a cerveja ser consumida, quando me levantei para continuar a cavar. O sol se punha, e as nuvens ondulavam em vermelho e ouro, quando ouvi outro grito, vindo da casa. Larguei a pá, preparado para correr até lá, quando vi Tristan.

Ele vinha andando na minha direção, de mãos dadas com Lara.

Por um momento, pensei: *É outro sonho.* Era apenas um sonho, e eu despertaria, com lágrimas nos olhos. Porém, corri até eles, e a terra continuou sólida, a grama roçando no meu tornozelo. Minhas mãos ardiam, e eu sentia o gosto de terra e a promessa fresca da noite que tingia o ar.

Quando peguei Tristan no colo, ele riu, um som de júbilo que senti no sangue, e tudo que pude fazer foi olhar para ele, maravilhado.

— Ele despertou — disse Lara, com um sorriso brilhante. — Como se tivesse apenas dormido.

Tristan deu um tapinha no meu rosto, e eu o observei. Peguei sua mãozinha na minha, e um calafrio percorreu meus ossos. Foi então que eu soube.

Soube que Matilda o tinha trazido de volta para casa.

LXXXII

Desenrolar

VINCENT

Eu não perdi tempo. Fui de cavalo para Wyndrift imediatamente, e cheguei no meio da madrugada.

Os guardas me reconheceram nos portões das pontes. Eles abriram as passagens, uma a uma, até eu chegar ao castelo. Estavam todos dormindo. As sombras eram frias e pesadas, mas eu subi a escada, pulando degraus, até os aposentos de Nathaniel.

— *Nate!* — chamei, esmurrando a porta. — Nate, preciso falar com você.

Escutei um grunhido. O som de passos pesados arrastados pelo chão. A porta se abriu, rangendo, e eu vi meu irmão, de cabelo embaraçado e olhos semicerrados.

— Vince? — perguntou, arqueando as sobrancelhas de surpresa.

As palavras jorraram de mim:

— Quando você esteve no deserto, anos atrás, com Matilda. Quando ela foi atrás de você, e você me contou do portal, dos ossos, de ela contar histórias em seu nome... o que mais aconteceu? Eu sei... sei que tem mais, e ela, você... você deve saber. Se lembrar.

Nathaniel me encarou por um momento, inteiramente paralisado.

— Nate? — veio o barítono de Anton, do quarto. — Está tudo bem?

Eu sabia que impressão devia passar, com meus olhos vermelhos, minhas mãos trêmulas. Minhas palavras, uma tropeçando na outra.

— Está — respondeu Nathaniel. — Pode servir vinho para a gente, Anton? E acender a lareira? Meu irmão está aqui, e precisa falar comigo.

— Deixe ele entrar, então.

Alguns minutos depois, eu estava sentado de frente para eles, perto da lareira, com uma taça de vinho que não conseguia beber, de tanta ansiedade.

Anton tinha jogado mais lenha no fogo, e as sombras no quarto recuaram. A luz bruxuleava em minhas mãos, no meu rosto. Percebi que devia tê-los acordado, e senti uma pontada de culpa.

— Você veio da fazenda? — perguntou Nathaniel, franzindo a testa de preocupação.

De repente, ele parecia, em feição e voz, muito mais velho do que eu.

— Aconteceu alguma coisa? — insistiu ele.

— Sim. Nesses últimos seis anos… Pelos *deuses*, eu achei que Matilda estivesse na bruma. Que ela não podia trazer a própria alma de volta — falei, e parei um momento, deixando o vinho na mesa antes de eu derramá-lo. — Mas agora sei que ela está no deserto. Ela está *lá*, o que significa que está a apenas uma porta de nós, e eu preciso saber tudo que você lembra da vez em que ela foi atrás de você.

Nathaniel respirou fundo, como se para criar coragem.

— Já faz muito tempo — começou, passando a mão pelo cabelo aloirado. — Sinto dizer que, quando penso nisso… a situação inteira parece um mero sonho. Honestamente, acho que não me lembro de nenhum detalhe. As cores ficam embaçadas, as palavras parecem erradas. Como se eu olhasse através de vidro fraturado e nada fizesse sentido.

Anton tocou o ombro dele, em acalento, reconforto.

Engoli em seco e esperei, paciente, mas desesperado por qualquer informação que ele pudesse me oferecer.

— Mas, sim — continuou Nathaniel, franzindo mais a testa —, tinha ossos. Por algum motivo, Matilda me ajudou com eles. Eu… eu acho que não tinha o suficiente. Para entrar na bruma.

— E esses ossos vinham de histórias? — perguntei.

Minha memória da ressurreição de Nathaniel também era difusa, esmaecida. Como se, quanto mais tempo passasse, menos lembrássemos. Eu supunha que fosse magia, talvez da guardiã. Talvez até de Matilda. Não deveríamos lembrar essas coisas depois de voltar dos mortos. Porém, eu ansiava por desenrolar aquele mistério.

— Sim. Lembro que ela falou de você, inclusive.

— De mim? — perguntei.

Maldito coração, que pulou ao pensar nisso.

Nathaniel sorriu.

— Ela contou a história de quando conheceu você. Em um sonho, e depois na charneca. Quando um eithral voou por cima de vocês.

— Então ela ofereceu histórias em seu nome — falei —, em troca de ossos. Ela ofereceu um favor, então qual foi o preço?

— Preço?

— Imagino que a guardiã quisesse algo de Matilda em troca disso? Uma barganha entre elas? Para dar a ela o poder de fazer isso por você?

— Eu… eu não lembro.

Nathaniel secou os olhos. De repente, ele pareceu abatido.

— Perdão, Vince — continuou. — Eu adoraria dar as respostas que você busca. Eu quis escrever, logo que voltei, por medo de esquecer. Mas você me mandou manter segredo. Não queríamos que mais ninguém soubesse o que tinha acontecido. O que Matilda fez por mim.

Eu me curvei para a frente.

— Não tem que pedir perdão por nada. Obrigado por me contar o que lembra.

A decepção ardeu em meu peito. Eu me levantei, pesado. Estava a caminho da porta quando Nathaniel também ficou de pé.

— Espere — disse ele. — Algo foi dito sobre dez anos. E sete anos, também.

Dez anos. Sete anos.

A ideia era uma pedra em minha garganta. O que Matilda fizera por meu irmão? O que ela oferecera para ele ser devolvido a mim?

Certa vez, eu vivi treze anos sem ela. Eu aguento sete. Eu suporto dez. Se ela voltar para mim depois.

— Obrigado — murmurei de novo.

Eu tinha toda a intenção de voltar para casa naquela mesma noite, mas Nathaniel protestou.

— Você acorda a mim e a meu marido como se a terra pegasse fogo, pergunta coisas que eu infelizmente não sei responder, e agora quer ir embora, tão abruptamente quanto chegou? Para cavalgar noite adentro? — perguntou ele, estalando a língua. — Nada disso, irmão. Fique aqui. Seu antigo quarto está como você o deixou. Seu cavalo precisa descansar. Você pode voltar de manhã.

A ideia de dormir em meu antigo quarto deve ter me causado uma carranca.

— Ou — acrescentou Nathaniel, alegre — podemos pedir para Alyse preparar um dos aposentos de hóspedes.

— Não, não. Pode ser o meu antigo quarto.

Deixei meu irmão e Anton no corredor, mas senti que eles observavam meu caminho até a torre, como se preocupados. Eu estava tão ocupado repensando em tudo que Nathaniel me dissera, que demorei um momento para perceber que o fogo estava aceso na lareira do meu quarto, e que a colcha estava dobrada na cama. Alyse já estivera ali, informada de minha chegada tumultuosa.

Fiquei agradecido por ela ao me sentar na frente da lareira para tirar as botas, o cansaço se espalhando pelos meus ombros. Foi então que ergui o rosto e vi: uma carta na prateleira acima da lareira, meio enterrada em galhos de zimbro.

Vincent de Beckett, senhor de Wyndrift

Eu me lembrava daquela carta; eu me recusara a abri-la. Era a correspondência que Matilda levara para mim.

Uma carta da própria Morte.

Eu me levantei e peguei o papel. Quantos anos tinha passado ali, sobre a lareira? Quanto tempo esperara para eu romper seu selo e desdobrá-la, para meus olhos percorrerem as palavras de tinta?

Tempo demais, pensei, embora começasse a acreditar que o objetivo sempre fosse lê-la naquele momento, tantos anos depois.

Caro Vincent,

Quase nos encontramos uma vez, anos atrás, mas eu decidi poupá-lo, nem que fosse para ver quem você se tornaria. Foi o que fiz, e por isso me impressiono. Desta vez, minha irmã teceu seu fim em nosso tear. Porém, ela não viu, como eu vi, o fio dourado entrelaçado no seu.

Matilda é tudo de que você precisa para escapar de nós duas. O destino dela está trançado ao seu. Um nó que nem eu sei desenrolar.

— Orphia Inferior
Matriarca

Eu li a carta da Morte pela segunda vez. Pela terceira, até as palavras ficarem borradas.

E joguei-a no fogo para queimar.

LXXXIII

Confissões

VINCENT

As árvores estavam quase nuas, as folhas douradas e vermelhas, caídas na grama, e as noites, estreladas e frescas, quando Nathaniel me visitou sem avisar. Eu estava na horta de novo, ajoelhado perto das couves, quando ele chegou, de olhos arregalados e cabelo bagunçado pelo vento. Ele trazia na mão um pergaminho.

Era fim de tarde, mas o vento uivava do leste, e cheirava a chuva.

— Vince! — disse ele, com um sorriso largo, revelando os dentes separados. — Você não vai acreditar no que eu trouxe.

— Parece papel.

Eu espanei a terra dos joelhos e me levantei. Reeve ganiu, e eu o soltei no pasto, para cuidar das ovelhas.

— É. Uma carta para você.

— Isso estou vendo. É de quem?

— Melhor entrar e se sentar.

Nathaniel me pegou pelo cotovelo e me arrastou pelo pátio de laje. Estranhei o comportamento dele e, quando vi Edric andando em círculos perto da porta da frente, e Anton ao lado dos cavalos, minha preocupação se multiplicou.

Eu finquei os calcanhares no chão.

— O que é que está acontecendo? Por que vocês estão todos aqui?

— Não está feliz de nos ver? — perguntou Edric, com ar ofendido.

Anton só fez rir.

— Claro que estou — respondi, irritado. — Mas vocês três nunca vieram assim, de uma vez só, que nem numa emboscada.

Um momento de silêncio incômodo afetou o grupo. Nathaniel pigarreou e me arrastou para dentro de casa, até minha cadeira preferida, perto da lareira.

— Sente-se — comandou. — Precisa comer alguma coisa? Beber? Quer que eu bote mais lenha no fogo?

— Não. Por que essa preocupação comigo?

— Bom, é por causa da carta.

— É, isso eu entendi. De quem é?

— Antes de eu entregar para você — disse Nathaniel, erguendo o pergaminho murcho —, quer saber onde encontraram?

Eu suspirei.

— Onde?

— Naquele quarto assombrado da torre da Donzela. Sabe qual é? Aquele quarto onde ninguém quer dormir por causa do frio, e do barulho, e do armário de porta quebrada, e do fogo que parece agir por vontade própria? A carta estava lá, no meio do chão. Ninguém sabe como foi parar lá, nem quanto tempo ficou à sua espera, e, por isso, peço profundo perdão, Vince. Se eu soubesse, teria trazido imediatamente. Ah, e mais uma coisa. Não tinha endereço, então alguns de nós lemos, e entendemos que era para você, e que ela tinha escrito para você, e aí…

Minha mente se aguçou.

— *Ela?* — repeti. — De quem você está falando?

Quando Nathaniel abaixou o pergaminho para me entregar, eu soube.

Minha boca secou. Meu coração acelerou.

— Pode me dar um momento a sós, por favor? — sussurrei, pegando o papel.

— É claro. Nós três estaremos lá fora, esperando.

Assenti e vi meu irmão atravessar a sala. Quando fiquei sozinho, engoli em seco e desdobrei o pergaminho.

Querido Vincent,

Se estas palavras chegarem a você, é porque eu fiz o impossível. Lembra que, certa vez, você me desafiou a lhe enviar uma carta quando eu estivesse distante? Você queria saber de mim, e eu achei que não existisse magia profunda e forte o suficiente para transportar minhas palavras através dos reinos. Eu nunca tinha tentado, mas é porque não tive motivo antes de agora.

Sei que o tempo tem passado constantemente no mundo mortal. Só posso imaginar onde você está agora, e aonde sua vida o guiou desde a última vez que nos vimos no bosque. Desde que caiu a neve e você me abraçou. Parte de mim está desesperada para voltar para aquela noite, para reescrevê-la. As decisões que eu teria mudado, na esperança de encontrar um caminho que não me separasse de você. Mas acho... acho que nossa história sempre foi para ser como foi.

Faço estas confissões completamente ciente de que você pode ter encontrado outra pessoa com quem passar seus dias e suas noites. Eu nunca o culparia por essa felicidade. Devo também falar de uma criança, um menino cujos olhos me lembraram dos seus, e que veio ao portal. Ele disse seu nome. Não pude deixar de me perguntar se era seu filho quando o carreguei de volta ao reino mortal.

Há momentos em que penso que voltarei assim que puder. Que recordarei meu corpo como se tivesse sido arrancado de mim ainda ontem, que baterei à sua porta e que será como se nenhum tempo nos tivesse afastado. Porém, talvez seja mero sonho. E acho que é mais seguro manter minha distância.

Não desejo causar mais dor e sofrimento, mas, se você me esperar, quando as folhas caírem e as noites se alongarem, eu irei ao seu encontro, e poderemos conversar novamente, cara a cara.

Sua,
Matilda

Esperei a volta dela como as estrelas esperam o sol se pôr.

Vi o outono dar lugar a um inverno escuro. Naquele ano, o gelo era grosso, e a neve chegou cedo e demorou a derreter. Dormi perto do fogo e sonhei com ela, mesmo sem visitas da coruja.

O inverno virou a primavera com um suspiro, minha sétima primavera sem ela, e as tempestades foram violentas, a lama, incessante. Até que veio o verão, leve e belo. O mel fluía generosamente dos favos, as frutas da horta abundavam nas trepadeiras, e eu aprendi a tecer no tear de Lara.

Verão, enfim, finalmente, virou outono.

Eu esperei, cada nascer do sol roubando meu fôlego.

Até que, em certa noite chuvosa, na hora mais fria e sombria antes da aurora, uma batida soou em minha porta.

LXXXIV
Mil anos

MATILDA

Eu me perguntava quanto tempo eu levaria para recordar meu corpo, a sensação de respirar. Quando arfei ao despertar no sepulcro, foi como se inspirasse pela primeira vez. Meus pulmões inflaram com uma dor agradável, meu coração ardendo no peito como se pegasse fogo.

Deitada no leito de pedra, de olhos abertos na escuridão que fizera companhia a minha carne por sete anos mortais, eu respirei de novo, e de novo, puxando todas as sombras para dentro de mim, até meu coração esquentar. Ele retomou sua dança, fechando a cada batimento a ferida rasgada no peito.

Sangue logo se espalhou por minhas veias, luminoso. Mexi os dedos das mãos, dos pés. Levei a mão ao rosto. Flores, tão secas que tinham virado pó, caíram dos meus dedos, e eu tremi como folhas recém-brotadas de um galho, testadas pela tempestade. Acariciei meu rosto, minha boca, minhas orelhas, as pedras da lua dos brincos.

Ia lembrando devagar, mas não podia negar que me sentia estrangeira em minha própria pele.

Um pensamento cortou minha mente como uma faca iluminada ao sol. Eu voltaria a me sentir inteira ou tinha passado tempo demais afastada?

Devagar, eu me levantei. Meus primeiros passos foram arrastados, mas enfim encontrei a porta da tumba. Estava selada, mas eu era a deusa do ferro. Espalmei a mão na porta e senti a tranca pulsar. O ferro derreteu sob meu comando, e eu empurrei.

A porta estremeceu e cedeu.

Eu saí para a noite chuvosa.

O castelo estava escuro e silencioso, sonhando. Eu não queria acordá-lo ao caminhar pelos corredores vazios, a memória me conduzindo pela escada da torre. Subi os degraus, com o coração a mil.

Parei diante da porta de Vincent. Uma ideia lampejou em mim, e eu temi encontrá-lo na cama, enroscado em outra mulher. A preocupação foi desnecessária: o quarto estava escuro, os móveis cobertos por lençóis brancos, como se fizesse tempo que ele não estivesse ali. As cinzas tinham sido varridas da lareira.

No meio do quarto, procurei por algum sinal de aonde ele teria ido. Se não estava ali, onde estaria? Em outro quarto, talvez? Mas não, aquele era seu santuário, e eu soube, então, que ele não se encontrava entre aquelas paredes. Nem na ponte.

Finalmente, acendi uma vela e me sentei à mesa dele. Havia ali pergaminho e um tinteiro de vidro. Um copo com penas e um sinete para selos de cera. Repensei em nossas conversas, finalmente me detendo em uma que me fez hesitar. Ele certa vez dissera que desejava ter uma pequena fazenda, isolada do mundo. Para viver sozinho.

Fechei os olhos e usei minha magia, como se tivesse uma entrega para ele. Uma carta em minha mão, com seu nome escrito.

Passei a consciência pelo rio. Pelas charnecas com suas flores silvestres, as varas-de-ouro que desabrochavam na beira da estrada. A via que levava às montanhas ao norte, um lugar onde eu certa vez caminhara com ele e seu povo. Relembrei a campina onde me deitara com ele, e onde admiramos as estrelas.

A segurança que experimentara em seus braços, sentindo-o respirar comigo...

Abri os olhos.

Eu sabia onde Vincent estava.

Caminhei descalça pela estrada. Estava escuro — as nuvens de tempestade serviam de escudo para a lua e as constelações — e continuava a chover. Porém, eu saboreava seu gosto, o ritmo com que batia na pele. A sensação de meu vestido, que me agarrava como um amante. Meu cabelo de seda, pingando água.

Fazia muito tempo que eu não corria. Eu quase esquecera a sensação — a emoção dos meus pés marcando uma melodia na terra, minha respiração ardendo no peito.

Sorri ao apressar o passo.

Logo, eu estava correndo pelas colinas.

Gargalhada me escapou. Não consegui conter o prazer, que ainda transbordava no sangue quando cheguei a uma casa no bosque. Diminuí o ritmo ao me aproximar da porta. Ele estava ali; era o lar que escolhera, e eu só podia imaginar o que o levara àquele lugar. Será que ele tinha perdido o poder de senhor ou que abrira mão de bom grado?

Levantei o braço para bater à porta, mas hesitei.

Tomada pelo medo, decidi ir embora, circulando entre as árvores. Estava tarde; ele estaria dormindo. Eu não sabia se minha mensagem o alcançara e, se não... Eu estava prestes a pegá-lo de surpresa absoluta. Pensei na criança que eu trouxera de volta ao reino mortal. No menino que chamara seu nome.

Ele podia ter uma família. Uma esposa dormindo a seu lado. Eu não queria incomodar sua nova vida, e pensei se deveria partir. Desaparecer no vento ou procurar uma porta oculta para ir às profundezas mais distantes que o reino Inferior permitiria. Voltar ao deserto para viver com a guardiã.

Parecia a opção mais segura. Porém, eu já sentia o gosto de arrependimento, como se tivesse cortado o lábio.

Eu me debati nesse dilema por mais um tempo, parada entre um olmo e um carvalho. Finalmente, decidi voltar àquela porta. Tremendo, levantei o braço. Um suspiro trêmulo escapou de mim quando bati, três pancadas rápidas.

Eu esperei.

Não havia som, nem luz.

Decidi ir embora e dei meia-volta. Tinha dado dois passos quando escutei o trinco deslizar. A porta se abriu, rangendo. Senti a luz do fogo se derramar nas minhas costas, nos meus ombros, e parei, com medo de olhar para ele. Porém, eu sentia seu olhar.

— *Ruiva* — suspirou.

Meu coração apertou. Devagar, eu me virei para ele.

Vincent estava na porta, segurando uma vela.

O cabelo dele estava mais comprido. Tinha mais cinza em suas têmporas, e ele deixara a barba crescer. Rugas se acumulavam no canto de seus olhos, e uma túnica caseira descia até os joelhos. Ele não estava de calça, nem de sapatos, como eu. Cheirava a terra do jardim, a pão e a videira verde, a fumaça de madeira, pinheiro e lã.

Eu o encarei, admirando essas mudanças sutis, mas ainda assim ele me era familiar. Eu via a marca dos sete anos nele; tinham sido longos anos, repletos de medo e preocupação, além de alegria e humor. Sol e invernos frios, tempestades e histórias à luz do fogo.

Percebi que eu não tinha respondido. Não tinha nem ousado respirar enquanto o olhava.

Até que Vincent sorriu, e a tensão se esvaiu dos meus ossos.

— Entre — disse ele. — Estava à sua espera.

Eu parei na frente da lareira, vendo-o acender o fogo.

— Está com fome? — perguntou. — Sede?

Confirmei com a cabeça, temendo que minha voz falhasse se eu ousasse falar.

Vincent limpou as mãos na túnica e se levantou. Um cachorro branco e preto, enroscado perto da lareira, me observava com seus olhinhos, como se eu fosse uma ameaça. Engoli em seco e desviei o olhar, observando a casa. Era um lugar acolhedor, com ervas penduradas das vigas, o espaço ocupado por móveis variados. Tapetes de pele de carneiro cobriam o chão de pedra, e algumas tapeçarias pequenas decoravam as paredes.

Vincent tinha sumido de vista no cômodo anexo. Eu não sabia o que ele estava fazendo até voltar com uma túnica limpa pendurada no braço.

— Quer trocar de roupa? — perguntou.

Olhei para baixo. Meu vestido estava translúcido de chuva, a barra enlameada. Eu tinha encharcado seu piso com poças d'água.

— Quero — falei, pegando a roupa. — Obrigada.

Ele sorriu de novo, e senti o calor de quem engolira um punhado de brasas. Ele me deu as costas, concentrando-se inteiramente no fogo e na sopa que aquecia no caldeirão. Entendi que ele me oferecia privacidade, então tirei o cinto, deixando tilintar no chão. Despi o vestido, com a pele arrepiada no ar frio. Ele manteve o olhar desviado, o que me lembrou de nossa noite de núpcias. Da noite em que fingimos matrimônio.

Eu vesti a túnica e suspirei. A roupa era quente e macia, e cheirava à pele dele.

Quando Vincent me convidou a sentar em uma cadeira, foi o que fiz. Quando me entregou uma tigela de sopa, eu aceitei, agradecida. Levei a tigela à boca e sorvi o caldo de carne, sentindo todos os sabores silvestres de sua horta.

— Você que preparou? — perguntei, com a voz rouca.

Ele pendurou meu vestido ensopado para secar perto do fogo. Então, sentou-se na cadeira de frente para a minha e me entregou uma fatia de pão integral.

— Fui eu. Você gostou?

— Está muito gostoso — confessei.

Eu sentia cada gole escorrer por mim, como se reavivasse meu sangue. Devorei o resto, e raspei o fundo da tigela com a casca do pão. Quando ele me serviu um caneco de cerveja, eu bebi, me deliciando na acidez dourada.

Vincent estava quieto, me observando. Até que perguntou:

— Posso perguntar de onde você veio, Matilda?

Finalmente aquecida, seca e de barriga cheia, percebi que era hora de conversarmos. Cruzei as pernas; ele olhou de relance para o movimento antes de encontrar meu olhar outra vez, e assim continuar, fixo em mim.

— Venho do deserto — falei. — Passei sete anos lá, cumprindo um serviço para a guardiã.

— Você acordou hoje no sepulcro?

— Sim.

— Alguém viu você acordar?

— Não. O castelo estava dormindo. Fui ao seu quarto na torre, esperando encontrá-lo lá. Fiquei surpresa ao ver que estava frio e vazio. Há quanto tempo você está aqui?

— Seis anos.

Escutei ele me contar de tudo que acontecera depois de minha morte. De sua decisão de abrir mão do título de senhor e deixar o cargo para o irmão. Do frio amargo do primeiro inverno naquela casa. Da dificuldade da primavera, aprendendo a plantar centeio, a amassar pão, a pastorear as ovelhas.

— Você mora aqui sozinho? — perguntei, com o coração em suspenso na espera da resposta.

— Moro. Exceto por Reeve.

— Reeve?

Vincent inclinou a cabeça.

— O cachorro.

— Ah.

Olhei para o collie, que ainda me observava com um dos olhos.

— Mas eu queria contar... Sabe o menino de quem você falou na carta? Ele se chama Tristan, e é filho de James e Lara. Meus amigos, que ajudaram a me orientar nas estações passadas aqui.

Vincent encheu nossos canecos de cerveja, e eu estremeci, um alívio terrível me invadindo. Torci para que ele não notasse.

— Então minhas palavras *chegaram* a você? — perguntei.

— Chegaram. Nate encontrou a carta na torre da Donzela. No quarto assombrado que ninguém quer. Ele disse que o pergaminho estava no chão, como se alguém tivesse deixado cair.

Eu lambi os lábios, profundamente satisfeita.

Vincent me observava atentamente.

— Como você enviou?

— Pela porta — respondi.

Ele me olhou, a luz do fogo dançando em seu rosto. Havia uma suavidade em seu olhar, e conversamos mais sobre minha magia no deserto, além de seu tempo ali. Da labuta da fazenda, e dos triunfos. Dos amigos e das ovelhas, do cachorro e do menino Tristan, que ele amava como sobrinho.

— Apresento você a eles amanhã — disse ele. — Se você quiser.

— Eu quero — respondi, e me choquei ao bocejar.

Estava cansada, sentindo o corpo pesar; tinha dificuldade de manter os olhos abertos.

Vincent reparou e se levantou.

— Você está exausta. Venha, tem lugar na minha cama. Eu posso dormir aqui perto da lareira.

Eu o segui até o quarto anexo. Era simples, como se ele passasse pouco tempo ali. Tinha uma cama, com espaço para dois, e uma janela, fechada para proteger da noite de chuva. Outra lareira, com brasas acesas, e uma cadeira ao lado de uma pilha de livros.

— Estarei aqui fora, se precisar de qualquer coisa — disse Vincent, alisando o lençol amassado.

Porém, estiquei a mão e segurei a manga de sua túnica, e ele ficou paralisado, como se eu o tivesse encantado.

— Fique aqui — pedi.

Na hora sombria antes da aurora, quando a chuva caía em um sussurro e o fogo crepitava em cinzas, Vincent tirou a túnica de meu corpo. Eu me deitei nua na cama dele, o cabelo úmido espalhado ao meu redor. Eu me sentia segura, quente. Ele me olhou, admirando cada linha, cada curva. Eu o observei tirar a própria roupa e deixá-la de lado. Sua pele era pálida à luz dourada, seu corpo, belo e familiar. A cicatriz era uma marca leve que eu tracei com os dedos, descendo até a curva do quadril.

Ele perdeu o fôlego.

Quando ele se deitou comigo, eu fechei os olhos. Sua pele era quente junto à minha. Seu coração batia com o meu, como se os dois estivessem no mesmo compasso, e eu mal consegui respirar em meio ao prazer quando abri as pernas sob ele, quando enfiei os dedos em seu cabelo. Ele beijou a curva de meu pescoço, e respirava rápido, mordiscando meu ombro com dentes afiados.

Eu queria que ele me partisse ao meio, para ver o que meu sangue derramaria. Os segredos, a dor, as sombras, as palavras. As partes de mim que eu tinha medo de expor para qualquer um, exceto para ele. Eu queria entregar esses fragmentos nas mãos de Vincent. A lenda de quem eu fora, de quem ainda poderia me tornar, minha vida entrelaçada à dele.

Uma deusa que amava um mortal.

Meu nome estava destinado a ser apagado das lendas divinas e talvez até esquecido entre os poetas e os bardos, conforme passassem as estações. O tempo não favorecia histórias tão discretas. Houve uma época em que eu temera tal ideia, até entender que minha história não fora feita para ser devorada por desconhecidos. Não, era para mim e para ele. E, se quiséssemos contá-la, contaríamos a nosso modo.

— Eu esperaria mil anos por você — disse Vincent. — Se você me pedisse, eu esperaria até restarem apenas meus ossos no altar. Porém, se você precisar partir de novo, permita-me segui-la, Ruiva.

Minha garganta estava apertada demais, minha pulsação, acelerada demais, para falar. Ele acariciou a beira do meu maxilar, a curva de minha boca com o polegar.

— Não suporto ficar longe de você — sussurrou ele, beijando minha testa.

De novo e de novo, até eu entender que ele acompanhava minha coroa de estrelas. Que apenas ele enxergava.

— Olhe para mim, meu amor — pediu. — Deixe-me ver seus olhos.

Eu abri os olhos, pestanejando. Encontrei seu olhar, e senti ele me penetrar. Devagar e cauteloso, suave, como se também recordasse. Quando cravei as unhas em suas costas, um som sôfrego lhe escapou; senti a vibração passar de seu peito para o meu, e ele acelerou, indo mais fundo. Eu não resisti; fechei os olhos e arqueei as costas. Os dedos dele percorreram a saliência de minhas cicatrizes e deram a volta nas costelas, descendo aos poucos. Um gemido agitou minha respiração quando ele me preencheu, de novo e de novo, enquanto seus dedos hábeis me acariciavam.

— *Vincent.*

Ele beijou seu nome em minha boca, e nós nos entregamos juntos.

Olhei para ele, vendo o êxtase tomar seu rosto. Beijei o orvalho de sua pele, acariciei a curva das costas. Ele era meu, e eu era dele.

Depois, ficamos deitados, entrelaçados, nossa respiração voltando ao ritmo regular. Quando ele inspirava, eu expirava. E adormeci em seus braços.

Acordamos pouco depois, bem quando a aurora irrompia da tempestade com sua luz azul-pálida.

Enquanto Vincent atiçava a lareira, eu me embrulhei na manta e saí pela porta dos fundos. Parei no meio da horta, escutando a chuva pingar das árvores. O solo estava úmido e perfumado. Um pássaro revoava de galho em galho, cantarolando enquanto se dissipavam os últimos fios da escuridão.

Levantei o rosto para o céu e vi as nuvens se esgarçarem. A última estrela da noite derreteu.

— Matilda — escutei Vincent dizer.

Eu voltei a ele bem quando o sol surgia no horizonte.

EPÍLOGO

Lendas e corações mortais

Em certa noite fria de primavera, quando chovia por três dias e a luz das ruas se esforçava para queimar na escuridão perpétua, eu convoquei Matilda.

Imaginei que ela levaria algum tempo para chegar. Ela precisaria viajar pela bruma, pelo deserto e pelo reino mortal, mas eu sabia que viria. Esperei pacientemente no térreo de uma loja de antiguidades, repleta por raridades — algumas encantadas —, além de cacarecos mundanos. Havia pilhas de livros, sextantes de latão, pinturas de navios ao mar, lamparinas velhas com abajures de vidro colorido e chaleiras de cobre esverdeadas pelo tempo. Latas vazias cheias de pincéis, relógios com mostradores rachados, cestas de engrenagens de metal e instrumentos. Uma pilha de jornais cobria um banco e, ao seu lado, alinhadas na mesa, estavam três máquinas de escrever, recém-montadas e cintilando à luz.

Cada máquina de escrever continha seu encanto próprio, mas ainda não estavam conectadas. O dono da loja não apenas colecionava antiguidades, como era também mecânico, técnico, inventor e sonhador, devoto à magia. O prédio ficava em uma linha de Ley, e ele sabia usar o fato a seu favor. Ele era mais perceptivo do que a maioria dos humanos e, quando um dia o observei com um monóculo encantado, que ele usava ao trabalhar para ver todos os possíveis fios mágicos nos materiais que manipulava, soube que poderia criar o que eu imaginara.

Precisei apenas persuadir o sr. Stone, em sonho, a encomendar as máquinas de escrever desse fabricante.

Olhei para as teclas, tentada a tocá-las. Eu me contive, pensando de novo no sr. Stone e em seu desespero por ter algo que conectasse sua filha doente às duas amigas. Aquele desespero triste me comovera. Alouette Stone estava fadada a morrer em breve, mas ainda havia tanta vida dentro dela. Tantas palavras que não dissera. Não me parecia possível que alguém como ela fosse apagada como uma chama, mas eu nunca chegara a entender os jogos da Morte e da Fortuna.

Eu queria ajudá-la. Então mexera meus pauzinhos em sonhos, conduzindo o sr. Stone àquela loja e dando a ele a ideia das três máquinas de escrever para a filha e as duas amigas.

Eu precisava apenas da magia para uni-las, e tal poder não era meu.

A porta da loja se abriu, fazendo tilintar o sino.

Esperei na sombra até ter certeza de que era ela. Alta e esguia, de cabelo arruivado cintilando de chuva. Ela usava um vestido branco e simples, que arrastava pelo chão, e broches dourados nos ombros. Na cintura, usava o cinto de pedra de lua que eu certa vez invejara por sua beleza e praticidade.

Nós nos entreolhamos, nos encaramos.

Se Matilda se surpreendia com o estado avançado do mundo mortal, um mundo cheio de luzes incandescentes comandadas por interruptores, de bondes que sacolejavam pelas ruas, de trens que cortavam pastos e de fumaça que manchava o ar, ela disfarçava bem. Ela morrera havia muitos anos, mas voltara para viver junto a seu amor mortal. O tempo deles juntos fora simples, mas substancioso. Quando ele finalmente falecera, grisalho e cansado pelos anos generosos que lhe foram concedidos, ela o acompanhara até a bruma, para o choque dos outros deuses. Desde então, eu não a vira, talvez porque tenha sido nessa época em que o conflito entre Inferiores e Celestes se deflagrou, ardente e violento.

Ela era a única divina que podia ir e vir a seu bel-prazer. Que podia atravessar o limite da bruma quando quisesse. Quanto poder detinha; irradiava dela como o sol de verão. Eu mal acreditava que ela tivesse sido esquecida entre os homens. Que seu nome fosse evocado apenas pelos mais velhos dos divinos, e tínhamos quase todos desaparecido naquele novo mundo.

Era um golpe de sorte, como diziam os mortais, eu me lembrar dela, e ela ter a magia de que eu precisava.

— Matilda — falei, e me aproximei para cumprimentá-la.

De início, ela desconfiou. Eu não a culpava. Tinha acabado de arrancá-la do êxtase, do repouso e do que mais encontrasse no paraíso. Contudo, quando a abracei, ela retribuiu o afeto.

A trança de cabelo que eu amarrara em seu punho continuava ali, esperando que eu cobrasse a dívida que ela tinha comigo por poupar sua vida. Que noite fora aquela, na toca de Alva, havia muito, muito tempo.

— Enva — cumprimentou Matilda, meu nome um suspiro leve em sua voz. — Você está igualzinha ao que eu lembrava.

— Você também, minha velha amiga.

Dei um momento para ela olhar ao redor da loja. Seus olhos, contudo, inevitavelmente foram atraídos exatamente pelo motivo para eu precisar dela. Ela viu as máquinas de escrever e ali se demorou.

— O que é isso?

Ela chegou mais perto e olhou para as teclas.

Eu a segui, em silêncio, vendo-a passar os dedos pelas letras. Ela apertou a tecla do I, do R. Do M e do V. Maravilhada, viu a máquina responder rapidamente, os tipos voando para pressionar a fita de tinta.

— Máquinas de escrever — respondi. — Elas criam mensagens, carimbando palavras no papel.

Matilda tocou as três máquinas, brincando com as teclas. Porém, ela devia pressentir o peso de minha convocação, e seu sorriso murchou quando se empertigou, olhando para mim.

— Por que me chamou para cá?

— Eu gostaria da sua magia emprestada — falei. — Como pagamento pelo que você me deve.

Em silêncio, ela tirou a pulseira de cabelo e me devolveu.

— Que magia? — perguntou.

Ela era muitas coisas. Era palavras e almas, primavera e ferro. Era rios. E nada disso jamais poderia ser roubado dela.

— Palavras — falei. — E alma também.

Ela arqueou a sobrancelha.

— Não tenho a menor intenção de transportar alma alguma — acrescentei depressa. — Mas acho que você sabe que a alma pode ser encontrada em palavras, e palavras, na alma. As duas se refletem no céu, não é?

Matilda ficou pensativa. Achei que pudesse recusar, mas enfim ela tirou uma adaga do cinto. Eu a vi cortar a palma, e seu icor brotou, doce e dourado à luz da lâmpada.

— Estenda as mãos — disse ela.

Obedeci, e um calafrio me percorreu quando ela desenhou as constelações nas minhas palmas. Alma na direita, palavras na esquerda.

Eu não especificara um prazo para o empréstimo, mas precisaria da magia apenas por um momento.

Eu me voltei para as máquinas e toquei as três. Deixei a magia fluir por mim como uma correnteza luminosa, adentrando as teclas, os tipos, as fitas, as bobinas. As três logo se conectaram por um fio dourado invisível, por linhas de Ley, portas de armário e passagens. Um modo estranho de ligá-las, mas que vinha diretamente de Matilda. Uma essência da magia dela e de sua experiência.

Afastei as mãos das teclas.

Quando me virei de volta, Matilda tinha partido.

A porta da loja se fechou atrás dela.

As constelações desapareceram de minhas mãos. Quando estudei as três máquinas de escrever novamente, vi a magia se acumular no espaço entre as letras, no espaço entre as palavras. Vi a magia, tensionada como cordas. Como notas por cantar, esperando as mãos corretas para tocá-las.

Ao longo dos muitos anos de minha vida, morando nos três reinos, vi as lendas mudarem e se transformarem dependendo de quem conta a história. Como uma balada, que soa diferente dependendo de quem canta sua letra. Lendas escritas sobre mim. Lendas em que sou frágil e flexível, a noiva virgem de um deus Inferior furioso. Lendas em que tramo sua derrota, e minha música é cruel, comandando todos que têm a infelicidade de ouvir minhas notas e minha voz. Eu vi lendas alegarem que canto para as almas mortais subirem ao reino Celeste ou descerem ao reino Inferior após a morte, que conduzo as almas para cima ou para baixo, como sombras que passarão a eternidade em nossas cortes. Até isso é apenas parcialmente verdade.

Minha música pode alcançar as almas após a morte — preencher o espaço quando o coração finalmente se aquieta —, mas Matilda é quem realmente as conduz a seu repouso.

Matilda, que as lendas tentam apagar e esquecer, apenas porque ela amou um mortal.

Algumas histórias alegam que os humanos dependem dos deuses. Isso também não é verdade. O divino não é nada sem corações mortais. E, se os amamos, não devemos ser castigados por isso.

Não, eu penso. É ainda mais motivo para sermos lembrados.

Deixei a loja para trás, embora fosse voltar a ver as máquinas de escrever dali a pouco tempo. Enquanto caminhava pelas ruas, ouvia uma melodia distante se acumular em meu pensamento. Era inspirada por pedras da lua e fogo, por um rio e uma fortaleza construída por mãos mortais. Por icor derramado na neve.

Era inspirada por Matilda e Vincent, e de repente ansiei por tocá-la, até com minhas mãos doloridas.

Ergui o rosto para a chuva, para o céu escuro, para as nuvens que escondiam as estrelas. E imaginei o que poderia vir de uma única palavra. Uma única carta enviada corajosamente pelo éter.

A magia de Matilda estava prestes a reescrever as velhas lendas.

FIM

Agradecimentos

Escrevo estes agradecimentos de coração pleno e lágrimas nos olhos. É um pouco assustador, confesso, porque são inúmeras as pessoas que dedicaram seu tempo e amor a mim, como pessoa e autora. Pessoas que me acompanharam em minha jornada para ajudar a me orientar, que moldaram meu trabalho para ser o melhor possível, que me auxiliaram a refinar estas palavras em ouro. E talvez não consiga nomeá-las todas nestas páginas. Mas, por favor, saibam o quanto as valorizo, e como agradeço profundamente por ter vocês em minha vida pessoal e profissional.

Para o Nosso Senhor, que dá sonhos e dádivas. Meu cálice transborda.

Para Ben, minha cara-metade. Foi um ano de muitas novas aventuras para nós, e é uma honra passar esta vida ao seu lado. Tem muito de você em Vincent, e muito de mim em Matilda, o que fez desta história ainda mais bonita e emocionante de escrever no papel.

Para Sierra e as galinhas — Speckles, Clover, Penelope, Pickles, Houdini e Honey —, que me escutaram pacientemente tagarelar sobre os nós do enredo deste livro e me deram alegria para encarar os prazos.

Para meus pais e irmãos — Caleb, Gabriel, Rome, Mary e Luke. Obrigada por serem o apoio e a base de que eu precisava nos altos e baixos da escrita e da publicação. Para os clãs Ross, Deaton, Russell e Wilson, que torceram por mim e apoiaram meu sonho desde o começo. Amo tanto todos vocês.

Para Isabel Ibañez por sua amizade, por todas as horas que passou lendo versões iniciais deste livro (e todos os outros manuscritos anteriores!), e por me ajudar incansavelmente a pensar nas partes mais complicadas. Sou uma escritora melhor por sua causa. Ah, e por sugerir o nome Matilda!

Para Suzie Townsend — agente extraordinária — e para a equipe dos sonhos da New Leaf, meu lar e família literária na última década: Sophia Ramos, Olivia Coleman, Sarah Gerton, Keifer Ludwig, Tracy Williams, Katherine Curtis, Eileen Lalley, Hilary Pecheone, Gabby Benjamin e Jo Volpe.

Para Cassie Malmo. Foi um prazer trabalhar com você neste livro! Obrigada por entrar na minha equipe e por tudo que fez por mim nos bastidores.

Para minha editora incomparável, Eileen Rothschild. Este livro não aconteceria sem você. Obrigada por acreditar na história de Matilda e Vincent, e por todos seus conselhos e comentários (e por confiar em mim quando eu quis reescrever o livro!). Para minha equipe maravilhosa na Saturday Books, que dedicou inúmeras horas de magia, amor e tempo, não apenas a *Reverência indomável*, mas a mim como autora: Meghan Harrington, Lexi Neuville, Char Dreyer, Kelly South, Daisy Glasgow, Melanie Sanders, Brant Janeway e Sara Goodman. Para o pessoal genial da Macmillan, que incentivou esta série e a comemorou comigo.

Para Angus Johnston, que preparou o texto dos três livros no universo de Divinos Rivais e foi um santo diante dos meus erros gramaticais estranhos. Neste livro, foi *mantel* em vez de *mantle*, confusão entre *further* e *farther* e *iron scones* quando eu queria dizer *iron sconces*. Palavras não expressam quanto sou grata a você e sua atenção aos detalhes.

Para Olga Grlic pelo design de mais uma capa linda que roubou meu coração.

Para Tara Phillips, que ilustrou as folhas de guarda estreladas românticas e a capa dura da edição de luxo de Vincent e Matilda. Eu não conseguiria nem sonhar com uma edição mais bonita.

Para Kelley McMorris, que ilustrou a bela capa do Reino Unido. É uma honra para mim você ter ilustrado várias capas minhas. Fico até sem fôlego de ver todas juntas.

Para minha equipe britânica na Harper Voyager e Magpie, que deu para este livro a casa perfeita no Reino Unido: Elizabeth Vaziri, Frankie Gray, Fleur Clarke, Natasha Bardon, Chloe Gough, Catherine Perks, Sian Richefond, Susanna Peden, Holly Martin, Rosie Hawkins, Ruth Burrow, Leah Woods e Emily Chan.

Para todos os meus editores internacionais e todos os tradutores que dedicam tempo e cuidado a traduzir meu trabalho para outra língua. Obrigada por levarem minhas histórias para seus leitores ao redor do mundo.

Para a Little Shop of Stories por encarar corajosamente outra campanha de pré-venda para este livro. Agradeço profundamente por todos vocês e pelo tempo e cuidado que dedicaram a mim, aos meus livros e aos meus leitores.

Considerando o prazo em que precisei escrever estes agradecimentos, sei que posso ter deixado de mencionar algumas pessoas extraordinárias que participaram do sucesso de *Reverência indomável*, e quero dizer obrigada! De revisores a produtores de audiolivro a livreiros a bibliotecários a livrarias a outros autores que me apoiaram nesse percurso... obrigada. Seu tempo, energia, entusiasmo e talento são coisas que me causam profunda honra e gratidão.

E, finalmente, para meus leitores.

Por todas as mensagens fofas, as artes lindas, os posts, as resenhas, as recomendações, os eventos a que vão para comemorar comigo. Por me apoiar, livro após livro... Eu não estaria aqui sem vocês. Obrigada por lerem e por me encorajarem a continuar a escrever. Honestamente, vejam só o que me fizeram fazer! Outro livro neste mundo! Espero que o amem tanto quanto eu amo.

Este livro, composto na fonte Fairfield,
foi impresso em papel Ivory Slim 65g/m² na gráfica Leograf.
São Paulo, Brasil, setembro de 2025.